KB246409

[고전번역+비교문화학연구단] 총서 3

문화소통과 동서양의 고전

부산대학교 인문한국(HK)
고전번역+비교문화학 연구단 편

보고사

이 저서는 2007년 정부(교육과학기술부)의 재원으로 한국연구재단의 지원을 받아 수행된 연구임(NRF-2007-361-AM0059)

책머리에 /

문화의 흐름과 고전, 그 한계와 가능성에 대해

이 책은 부산대학교 인문한국(HK)「고전번역+비교문화학연구단」이 지난 2단계에 수행한 연구결과물을 모은 첫 번째 책이다. 우리 연구단은 2007년 '고전번역학과 비교문화학을 통한 소통인문학의 창출'이라는 아젠다를 설정하고 출범한 이래 1단계를 거쳐 2010년부터 지금까지 "소통의 문화교류학"을 연구의 주제로 하여 2단계의 사업을 수행해왔다. 이 책은 지난 3년간 우리 연구단이 수행해온 연구의 결실 가운데 잘 익은 것들을 주제별로 묶어놓은 것이다.

문화는 폐쇄된 그릇에 담긴 물이 아니다. 그것은 넘쳐흐르는 물줄기처럼 어딘가로 끊임없이 흐르고 다른 물줄기를 만나 섞이고 새로운 강을 만들고 지도를 그린다. 1단계 연구에서 우리 연구단은 문화형성의 문제를 작게는 민족 단위에서, 크게는 문명 단위에서 고전과 관련시켜 연구한 것이라면, 2단계에서는 문화의 흐름, 특히 오늘날 싫든 좋든 개별의 문화들이 세계화의 흐름 속에서 서로 대면하고 영향을 주고받는 혼종의 문화적 현상을 이해하고 이를 고전의 역할과 위상의 문제와 관계시켜 연구하고자 했다.

"문화의 소통"은 과거에 어떠한 양상을 띠었으며 현재는 어떠한가? 문화의 소통은 왜 필요하며 이를 위해서 우리는 어떠한 입장을 가져야만 하는가? 나아가 문화의 소통의 문제에 고전과 고전번역, 그리고 고전학은 어떠한 관계에 있으며 어떤 역할을 할 수 있는가? 우리 연구단의 2단계 연구는 바로 이와 같은 문제를 해명하는 데 있었다. 문화의 소통이란 서로 다른 두 개 이상의 문화를 전제하는 개념이기 때문에 자신의 문화와 타자의 문화에 대한 구별과 차이에 대한 인식에서 비롯된다. 이러한 '차이'의 문화론은 유사 이래 존재한 것이지만, 그 영향력이 극대화된 것은 자기 민족과 국가의 '남과 다른' 정체성을 의식하기 시작한 시점부터, 그리고 그것의 문화적 우수성을 국내와 국외에 홍보하고 강요하려는 시점부터 구체화된다고 할 수 있다. 중국의 중화주의(中華主義)가 내부를 결속하고 주변국에 대한 지배와 영향력을 합리화하는 데 봉사한 것처럼 근대 유럽의 제국주의 역시 서구와 비서구, 문명과 야만, 중심과 주변, 상위문화와 하위문화라는 이분법적 틀을 가지고 내부와 외부를 동시에 겨냥했던 것은 자기중심주의의 필연적 결과라고 보아야할 것이다.

문제는 거대한 중심부의 세력에 지배를 받는 주변국들 역시 이에 저항하는 수단으로 자민족의 우월한 문화적 차이를 발견하는 데에 몰두하였다는 사실이다. 우월과 열등의 이분법으로 고통 받은 문화적 피지배민들이 지배세력의 한계를 그대로 답습하고 말았던 것이다. 자신의 '고전'을 자민족의 고유한 우월성의 증거로 제시한 과거의 역사는 중심과 주변이 동일한 함정에 반복적으로 빠져든 것이라고 말할 수 있을 것이다. 자신의 정체성을 아는 것과 남과의 차이를 아는 것은 중요한 일이지만 이러한 차이를 바탕으로 문화의 우열을 가리는 것은 자칫 문화를 '고정된' 실체로서만 파악하는 결정적 오류를 범하고야 말았던 것이다.

이런 차별적인 일방향적 문화론은 한국의 고전 형성 및 문화 전통의 변천에도 밀접한 관계를 가지고 있다. 한국 전근대에서 지식인들이 성리학과 한문 글쓰기를 관학화하고 내면화했던 과정이나 근대에 태동한 민족문화/문학의 이념 그리고 현대의 동아시아 담론에 이르기까지의 이어진 지적 흐름과 운동은 문화의 차별성에 대한 극복과 반성을 담고 있는 것이다. 우리는 이와 같은 서구와 동아시아의 고전뿐만 아니라 한국적 고전의 형성과 문화 전통을 고전번역학과 비교문화학의 견지에서 재검토하여 새로운 가능성을 모색하고자 했다.

하나의 문화는 다른 문화와 구별되는 개성을 가지고 있으면서도 다른 문화들과 끊임없이 교류하고 혼융하는 가운데 새롭게 자신을 형성해나가는 과정 중의 실체이다. 게다가 21세기의 전지구적 소통의 시공간에서 개별의 문화들은 이러한 소통의 환경에 노출되어 있다. 따라서 현재 우리에게 필요한 것은 고정된 문화가 유지된다거나 높은 문화가 낮은 문화로 전이되고 대체한다는 과거의 단순한 차별적 문화론을 포기하는 일이다. 지역의 문화가 그들의 의지와는 상관없이 과학기술과 거대자본의 전지구적 유통으로 확대되고 있는 문화 간 소통의 현실을 이해하고 이에 적극적으로 대처하는 자세가 중요하다.

우리는 문화의 접점에는 저항과 수용의 양상만 있는 것이 아니라 충돌하는 두 문화의 질과 다른 '새로운 주체'의 탄생이 항상 일어나고 있었다고 주장한다. 대한제국 말기에 우리는 공간적으로 아시아와 서양, 시간적으로는 전통과 근대의 충돌을 몸소 겪었다. 그것은 군사적인 힘의 발휘로 체험되기도 했지만, 다른 지역의 고전들이 수입되는 것과 같은 문화적인 힘들의 틈입으로 인식되기도 했다. 근대 이전 우리가 받아들인 불교나 성리학 혹은 근대 초 우리 사회에 들어온 일본과 서구의 문물과 사상과 고전은 일방적인 강요도 아니었고 정신의 식민화도 아니었다. 현재의 우리는 무수히 일어난 문화적 충돌의 과정에서 새로이 탄생된 주체들이다. 바로 이 지점에서 우리는 고전의 새로운 가능성을 보고자 했다.

우리가 고전이 가지고 있는 중심주의적 위험을 경계하면서도 문화소통의 희망을 보는 것은 고전을 통해 새로운 주체가 탄생할 수 있다는 가능성을 보기 때문이다. 오늘날 세계는 새로운 세계주의를 경험하고 있다. 민족들과 문화들이 급속히 가까워짐에 따라 우리는 새로운 '문화들'과 접촉을 거부한 채 살아갈 수는 없다. 우리는 서구적 가치와 미국식 자본주의로 이루는 세계화에 반대하지만 민족주의자들이 강조하는 '고국, 경계, 영토, 뿌리'와 같은 지정학적 장소에 매달리는 것을 경계한다. 글로벌과 세계시민주의 담론은 로컬이 직면한 상황에 대한 논의인 동시에 로컬의 절박한 현실성은 현재와 과거에 있지 않고 다가올 미래에 있으며, 문화소통의 미래는 현재의 혼종적인 문화의 흐름을 통해 새로운 삶의 윤리를 가진 주체의 탄생에게 달려 있는 것이다. 이 책은 문화소통의 현재와 과거 그리고 미래에 있어서 고전이 해온 역할, 그리고 앞으로 하게 될 역할의 바람직한 방향을 모색한 결과물들이다.

이 책의 1부는 문화의 소통이 한국을 포함하여 동아시아, 나아가 전지구적으로 어떠한 양상을 보였는지 그것의 과거의 역사와 오늘의 현상을 살펴보고자 한다. 이용일의 「혼종과 횡단의 공간으로서 유럽과 정체성정치」는 독일이라는 '민족 공간'에서 일어난 유럽정체성 정치를 다룬다. 이 공간은 유럽정체성 정치가 민족, 지역, 로컬과 때론 협력하며, 때론 경쟁하며, 실제로 매일같이 일어나고 있는 곳이다. 이 곳은 민족 공간이란 명칭이 무색할 만큼, 그 안에 세계가, 그리고 유럽이 큰 위치를 점유하고 들어와 있는 열린 공간이다. 이 글은 인구의 5분의 1이 '이민배경을 가진 자들'로 이루어진 땅에서 독일성, 유럽성은 무엇이며 터키와 독일 사이의 '혼종정체성'으 어떤 것인지, 그리고 유럽 속 다양한 타자들을 인정하는 새로운 유럽정체성은 실현 가능한 것인지를 묻고 있다.

이효석의 「아일랜드 탈민족주의 담론과 문학의 포스트-수정주의적 개입」은 아일랜드를 사례로 강력한 변화를 추구하는 탈식민사회가 언제나 '아래'와 '주변'을 억압할 위험이 있다는 점에 주목한다. 아일랜드 민족주의 담론이 '민족'의 이데올로기로 민족을 억압했다면, 그것을 비판한 수정주의 담론은 경제적 세계화를 추구한 정부의 움직임과 연계되어 있었다. 아일랜드의 분쟁문학은 민중의 지향점이 언제나 민족주의와 수정주의의 한계를 넘어서는 제3의 길 즉, 포스트-수정주의적 문제의식을 보여준다. 문학과 영화는 민족의 역사와 문화를 둘러싼 논쟁에서 자기성찰과 객관성을 담보할 수 있는 소중한 장으로서의 기능하고 있다.

김정현의 「비서구와 서구의 철학적 소통을 향하여-두셀(E. Dussel)과 리쾨르(P. Ricoeur)의 경우에서」는 비서구와 서구의 소통의 가능성을 탐구하기 위한 한 사례로 두셀과 리쾨르 간의 철학적 만남을 분석한다. 두셀이 경제(철학)을 경유한 정치(철학)을 말한다면, 리쾨르는 정치의 자율성을 주장한다. 전체주의를 경험한 유럽의 철학자로서 리쾨르는 경제적인 것으로 환원되지 않는 정치 고유의 병리에 철학적으로 주목하는 반면, 제국주의의 지배를 경험한 라틴 아메리카 철학자로서 두셀은 경제적인 것을 경유하지 않은 정치적 자유의 공허함과 기만성을 폭로한다. 이 글은 두 철학자의 차이의 확인과 인정을 넘어, 차이의 역사적 근원의 이해를 시도함으로써 대화를 위한 건설적 가능성을 모색하고 있다

이 책의 2부는 문화가 소통된 과거와 현재의 양상이 우리에게 주는

의미를 살펴보고 이를 통해 문화의 접촉과 소통이 미래에는 어떠하여야할까를 고민한 글들이다. 허정 「문화횡단으로서의 동아시아」는 동아시아의 정체성의 차이에 초점을 맞춘다. 동아시아론은 지역 단위의 사고를 통해 지역 외부로는 '서구중심주의에 대한 비판과 대안 모색', 그리고 지역 내부로는 '국민국가의 폐쇄적 동질성 해체', '동아시아의 평화공존' 등과 관련하여 의미 있는 문제제기들을 진행해왔다. 그러나 그와 동시에 정체성과 이질성 문제와 같은 만만찮은 문제점을 노출하기도 했다. 이 글에서 사카이 나오키와 다케우치 요시미의 이론을 방법론 삼아 이 문제들을 정체성과 차이의 관점에서 살펴보았다.

최현덕의 「다문화주의와 여성주의 사이의 갈등에 전제되어 있는 문화개념에 관하여」는 전지구화(Globalisation) 과정에서 점점 더 심각성을 더해가고 다문화주의와 여성주의의 갈등에 대해 검포한다. 다문화주의와 여성주의는 모두 차이가 차별로 이어지는 현실을 비판하며 차이의 인정을 통해 문화적 다양성을 이루거나 젠더 정의를 이루려는 목적을 갖고 있음으로 인해 문제의식에서 상통하는 바가 있음에도 불구하고 실제 상황에서 갈등으로 나타나는 경우가 왕왕 있다. 이 글에서는 킴리카의 다문화주의 이념과, 여성주의적 입장에서 행해진 오킨의 다문화주의 비판을 소개한 후 독일에서 일어난 "명예 살인"이라 불리는 구체적 사건의 예를, 다문화주의 대 여성주의의 갈등, 서구문화 대 이슬람 문화의 갈등, 가부장제 사회 내부의 갈등 등 세 가지 측면에서 분석한다.

이은령의 「『한어문전』의 문법기술과 품사구분」은 언어문화적 관점에서 19세기에 한국에 온 프랑스선교사 리델의 저작으로 알려진 『한어문전』의 한국어 문법 기술과 품사구분 체계를 고찰한다. 이를 위해 그동안 한국어 문법의 특성을 제대로 반영하지 못했다는 비판과 프랑스어 문법체계에 경도된 언어기술이라는 점에서 비판받아온『한어문전』을 다시 읽고 언어 간 격차가 큰 두 문화 간의 만남에서 빚어진 일방적 소통의 문제점을 지적하면서도 당시의 역사적, 언어 인식적 한계를 극복하고자 했던 『한어문전』의 긍정적 부분을 발굴한다.

김애령 「텍스트 읽기의 열린 가능성과 그 한계-드 만의 해체 독서와 리쾨르의 미메시스 독서」는 텍스트의 의미론적 자율성에 근거한 두 가지 서로 다른 독서 이론, 즉 해체적 독서이론과 미메시스적 독서이론을 비교한다. 폴 드 만(Paul de Mans)은 텍스트의 의미론적 자율성으로부터 출발하여 독서불가능성(unreadability)를 주장한다. 그의 해체적 독서 이론에 따르면 다양하고 서로 대립하는 독서들 사이에서 어떤 것이 더 타당한지를 가늠할 척도는 없다. 언어의 비유적(figurative) 본성으로 인해, 어떤 방식으로도 어떤 텍스트 읽기가 더 나은지를 결정할 표준은 없다는 것이다. 드 만에게 독서는 알레고리이다. 이에 비해 리쾨르의 미메시스 이론은 텍스트의 의미론적 자율성을 독서를 시작해야 하는 이유로 불러낸다. 리쾨르의 미메시스적 독서는 텍스트를 다시금 그것을 읽는 독자의 세계 경험과 연결 짓는다. 텍스트의 뜻이 고정될 수 없고 다양한 해석 가능성이 열려 있다 하더라도, 하나의 해석이 다른 해석들에 비해 더 개연적인 타당성을 가질 수 있다. 이 글은 이 두 방법의 비교를 통해 '읽기'의 새로운 지평을 검토하고자 한다.

이 책의 3부는 문화가 소통될 때 고전이 어떠한 역할을 수행했는지를 살펴보고 미래적 상황에서 고전이 어떤 역할을 할 수 있을지를 살펴보고자 한다. 서민정의 「『훈민정음』 '서문'의 두 가지 번역-15세기와 20세기」는 기존의 문자 '훈민정음'에 대한 평가가 훈민정음의 창제 목적을 담고 있는 서문의 번역에서 왔음에 주목하고, 15세기 창제 당시의『언해본 훈민정음』의 서문과 20세기 현대역 훈민정음을 비교 분석하였다. 그러한 분석을 통해 15세기 창제 당시의 서문의 내용과 20세기에 번역된 서문의 내용이 다름을 확인할 수 있었다. 그리고 이러한 차이는 결국 20세기의 근대적 가치를 함의하고 있는 '국가', '국민', '자주' 등의 개념으로 15세기의 '훈민정음'을 평가하는 것은 근대적 이데올로기의 시각이 개입될 가능성이 있을 수밖에 없음을 논의하였다.

신상필의 「한중서사의 교류와 구비전승의 역할」은 중국 서사문학의 한국 전래의 과정에서 문헌전승과는 다른 차원에서 전개된 구비전승의 역할에 주목한다. 구비전승의 현장에 대한 구체적 자료가 적어 논의가 어려운 점이 있다. 그러나 이 연구는 조선왕조 정희량(鄭希亮)과 전우치(田愚治) 관련 기록이 중국의 서사문학과 연극의 구비전승을 통해 형성되었음을 확인하였다. 이제신(李齊臣)의 〈청강선생후청쇄어〉에 실린 중국의 점술 예언이 임매(任邁)의 〈잡기고담〉에는 정희량의 행적으로 기록되고, 중국 줄타기 연희의 내용이 유몽인(柳夢寅)의 〈어우야담〉에는 전우치의 행적으로 기록된 경우가 대표적인 사례이다. 이 자료는 원래 중국의 서사문학이 문헌전승이 아닌 구비전승을 거쳐 완전히 조선 서사문학으로 변모해 수용되고 있음이 특색이다. 구비전승이 이루어낸 성과이다.

이상현의 「이상현 한국신화와 성경, 선교사들의 한국신화 해석－게일의 성취론과 단군신화 인식의 전환」은 개신교 교리의 영향 하에서 단군 신화를 번역한 게일의 번역작업에 주목하고 있다. 게일은 "하느님"이란 어휘와 개념을 발견하고, 성경을 완역하였다. 그리고 단군을 민족 종교의 시원을 자리매김한 대종교의 등장을 계기로 단군에 대한 인식이 전환되었음을 알 수 있었다. 그는『신단실기』의 기록을 통해 환인－환웅－단군의 계보 속에서 성부, 성령, 성자를 이야기하는 과거 한국인의 목소리를 발견했지만 할 수 있었다. 하지만 이러한 게일의 변화는 성서를 번역해야 할 한국어, 한국인의 관념을 찾는 선교사업의 범위를 초과하는 것이었다. 이 글은 그것은 기독교문명론에 의한 복음의 성취로 제한되는 것이 아니라, 한국문학, 한국사 속에서 새겨지며 기념·기억해야 할 역사적 존재들로 구성된 민족을 위한 세속종교의 경전을 창출하는 행위였기 때문이다. 이 글은 게일의 사례를 통해 문명간 소통을 위한 번역의 고전 번역의 역할이 무엇인지를 재확인한다.

김경연의 「내선일체의 멜로드라마와 식민주의의 균열–이광수의 내선 연애/결혼 소설을 중심으로」는 일제말기 식민지 조선인과 제국 일본인의 연애와 결혼을 다룬 내선 연애·결혼 소설을 '내선인(內鮮人)'들의 텍스트로 재독하였다. 이는 내선 연애·결혼 소설에 대한 기왕의 연구들이 견지해온 저항/협력의 이분법적 빗금을 풀고, 그 불확실한 '사이' 지대를 탐사하고자 함이다. 또한 그것은 '조선인'과 '일본인'의 사랑이나 이별에 관한 서사가 아니라, '내선인'과 '일본인'의 결연과 결렬을 다룬 멜로드라마로 내선 연애·결혼 소설을 다시 읽고자 하는 시도이다. 식민제국의 언어를 번역/통역 가능했던 소수의 식민지 주체들이 상상한, 일본어나 혹은 조선어–일본어의 이중 언어적 틀 속에서 대부분 기록된 이들 서사에 나타나는 균열은 저항 대 협력이라는 단선적 시선으로는 포착 불가능한 잉여의 흔적들을 남긴다. 이 글은 흔적으로 기입된 이 잉여/균열을 확인함으로써 내선일체의 식민주의를 근본적으로 심문하고 내파하는 침묵의 발화, 혹은 명시적인 작가의 발화 너머에 있는 텍스트의 발화의 가능성을 묻고 있다.

우리는 이 책을 구성하며 문화소통의 지나온 역사와 현재적 양상 그리고 미래의 전체적인 모습을 그려내고자 했다. 그러나 이 거대한 주제를 한 권으로 다 담아낼 수는 없다. 다만 이것이 토대가 되어 문화가 소통되었던 역사를 이해하고 미래를 예측하는 앞으로의 작업에 조금이라도 보탬이 될 것으로 믿는다. 우리는 이 책이 독자에게 문화소통의 전체적인 윤곽의 일부라도 제시할 수 있다면 그것으로 큰 보람을 삼고자 한다.

2013년 4월

부산대학교 인문한국(HK)

[고전번역+비교문화학연구단]

차 례

제3부 문화소통과 고전의 개입

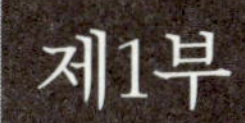

문화소통의 어제와 오늘

혼종과 횡단의 공간으로서 유럽과 정체성정치
– 독일 터키이주민을 중심으로

이용일

Ⅰ. 유럽, 유럽인, 유럽정체성

하인리히 뵐(Heinrich Böll)의 『아일랜드일기(Irisches Tagebuch)』는 다음과 같은 프롤로그로 시작하고 있다. "이 아일랜드는 존재한다. 그러나 그곳에 가서 이것을 발견할 수 없는 자는 저자에게 배상해달라고 요구할 수 없다."[1] 뵐은 조금은 우수에 찬듯하지만 따뜻하고 정감어린 그 특유의 문체로 여행자로서 그가 보고 느끼고 냄새 맡았던 아일랜드를 이 조그마한 책에 담아내었다. 하지만 온통 아일랜드에 대한 이야기로 가득 찬 이 책에서 저자가 정작-그것에 대한 장황한 언급 없이도- 이야기하고 있는 것은 전후의 서독인들이었다. 여전히 서유럽의 낙후된 지역들 중 하나였던 1950년대 중반 아일랜드의 가난하지만 명랑하고 느긋한 사람들은 패전 이후 신속한 경제적 재건으로 다시 부유해졌지만 불만족스럽고 조급한 독일인들에 대한 '애정 어린' 비판의 준거가 되었다. 이항대립적 타자설정을 통해 스스로 우리가 누구인

1) Heinrich Böll, *Irisches Tagebuch*, Köln, 1957, p.5.

가를 인식하려 했던–혹은 '우리사회'를 비판하려 했던– 뵐의 방법론은 전혀 새로울 것 없는 정체성 찾기의 오래된 정석이다.

뵐의 기행문보다 대략 230년 앞서 발간된 몽테스키외(Montesquieu)의 『페르시아인의 편지(Lettres persanes)』 역시 같은 방식을 취하고 있다. 하지만 파리에 간 페르시아 여행객이 '고국'에 있는 친지들과 주고받았던 편지 글모음의 형식을 띠고 있는 몽테스키외의 책은 훨씬 직접적이고 극단적이다. 전자가 작가 스스로 실제 아일랜드에 가서 겪고 느끼고 보았던 것을 기록한 기행문이고, 거기서는 독일적인 것이–실제적 효과와는 무관하게– 우회적으로만 드러났다면, 후자는 가상의 페르시아 여행객을 설정했고, 그 안에 묘사된 페르시아의 문화와 풍속은 극히 부수적이고 간접적인 것이다. 그러한 것은 당대의 유럽과 프랑스사회를 비판하기 위한–더 정확히는 그러한 비판으로 야기 될 수도 있었을 어려움을 막기 위한– 일종의 안정장치와도 같은 것이었다. 비교적 자유로웠던 네덜란드에서 익명으로 책을 간행하는 치밀함까지 보였던 실제화자인 몽테스키외는 당시 유럽과 프랑스 사회에 대한 '무지와 편견'에 가득 찬 가상의 타자로서의 페르시아인이 필요했을 뿐이었다. 이 책에서 몽테스키외는 '주인공'이 페르시아인임을 전해들은 한 파리인의 입을 통해 오늘날까지 자주 회자되고 있는 유명한 질문을 던진다: "아! 아! 그가 페르시아 사람이라고요? 대단히 놀랍군요! 어떻게 페르시아사람이 될 수 있지요?"[2)]

---

2) 이매뉴얼 월러스틴, 김재오 역, 『유럽적 보편주의: 권력의 레토릭』, 창비, 2008, 63쪽에서 재인용. 프랑스의 저명한 중세사가 르고프가 『르고프가 들려주는 유럽의 역사』 (독일어본)에서 유럽정체성과 관련하여 몽테스키외의 질문을 전유한 것에 착안하였다. 르고프의 인용이 단문이라, 전후 맥락을 위해 앞의 문장을 조금 더 인용하려 했는데, 최근 국내에 나온 번역본은 뉘앙스에서 조금 차이가 나서, 부득이 재차 중역된 월러스틴의 인용을 차용했다.

이것은 이 글의 주제이기도 한 유럽정체성과 관련된 질문으로 종종 환원되기도 한다: "어떻게 유럽인이 될 수 있지요?"[3] 어쩌면 이것은 '무지와 편견'에 가득 찬 유럽외부의 여행객이 아니라 유럽내부의 다양한 문화적 차이들에 정통한 사람이나 한번쯤 던져 볼 수 있는 의문일 듯하다. 과연 다양한 민족들이, 문화들이 교차하고 횡단하며 끊임없이 변모하는 혼종의 공간으로서 유럽을 하나의 통일된 전체로 파악하는 것이 가능한 것일까? 신자유주의적 세계화와 "이민물결" 속에서 이미 '다양한 세계문화들의 집합지'가 되어버린 유럽에서 과연 유럽성, 유럽정체성은 무엇을 의미하는 것일까? 민족정체성들 사이를 넘나들며 어느 것 하나의 포기를 강요받고 있는 유럽의 이주민들, 특별히 무슬림 이주민들에게 트랜스내셔널 기획으로서-적어도 그렇게 표방하고 있고, 그렇게 비춰지는- '유럽통합운동'이 새로운 정체성의 가능성을 열어줄 수 있을까?

이러한 질의들에 대한 답을 찾는 이 글은 다음의 몇 가지 전제들의 바탕 위에서 논의를 전개하고자 한다.

1. 유럽은 지리적이라기보다 관념이자 개념이며, 특수한 국면과 맥락 속에서 만들어지고 변화한-여전히 변화하고 있는- '역사적 구성물'이다.[4] 이러한 전제는 우리를 앞서 던졌던 정체성의 문제로 다시

몽테스키외, 이수지 역, 『페르시아인의 편지』, 다른세상, 2002, 98~99쪽: "아! 아! 저분이 페르시아 사람이에요? 참 괴이한 일이기도 하죠. 어떻게 페르시아인이 될 생각을 할 수 있죠?"

3) Jacques Le Goff, *Jacques Le Goff erzählt die Geschichte Europas*, Frankfurt am Main, 1997, p.18.

4) 스튜어트 홀, 김수진/박병영/전효관 역, 『현대성과 현대문화』, 현실문화연구, 2001, 407쪽. 홀이 여기서 이야기하고 있는 것은 정확히 서양 또는 서구이다. 서양, 서구, 유럽은 대개 혼용되지만, 타자설정과 맥락에 따라서 구별되게 사용되는 개념들이다. 하지만 홀이 말하는 서양 또는 서구라는 말 대신 유럽을 넣는다고 해서 크게

돌아오게 한다: "그렇다면 과연 유럽은 무엇이며, 유럽인들은 누구인가?" 사실 완전하고 통일된 정체성은 늘 상상 속에서만 존재할 뿐이다. 유럽정체성 역시 역사적 실재가 아니라 역사적으로 구성되고 정의되는 '가상의 실재'일 뿐이다: "정체성. 그것은 우리가 누구인가라는 질문에 대한 답이다. 그 질문은 항상 실제 역사가 아니라, 인간에 의해 서술된 역사에 따라 일정 정도 대답될 수 있을 따름이다."[5)]

2. 역사적으로 유럽은 비유럽이라는 타자를 통해서 자기 자신을 인식하곤 했다.[6)] 바꾸어 말하면, 타자와의 만남, 더 정확히는 그들과의 갈등과 전쟁이 유럽정체성 정치가 가동되고 발전하는 온상이 되었다.[7)] 정확한 시기는 역사가들에 따라 의견이 분분하지만, 유럽의식이 본격적으로 대두되기 시작했던 것은 대략 15세기에서 16세기로 추정된다. 독일의 저명한 역사가 볼프강 슈말레(Wolfgang Schmale)는 오스

문제될 것은 없어 보인다. 유럽 역시 개념이자 관념이고, 역사적 구성물이기 때문이다. 서구, 유럽, 서양, 또는 서구화, 유럽화 내지 유럽중심주의와 서구중심주의 등의 개념적 유사성과 차별성을 논할 때 언제나 문제가 되는 것은 어떤 유럽, 어떤 서구, 어떤 서양인가하는 것이다. 물론 그것들은 언제나 가변적이고 맥락적이다.

5) Herrmann Lübbe, "Politische Aspekte einer europäischen Identität", Stiftung Haus der Geschichte der Bundesrepublik Deutschland ed., *Europäische Geschichtskultur im 21. Jh.*(Bonn, 1999), p. 유럽, 유럽적인 것이 과연 무엇이며, 유럽인들이 누구인가에 대한 자기상 내지 자기인식에 이르는 거울로서 비유럽, 비유럽적인 것, 비유럽인들에 대한 상은 필수불가결한 것이었다. 마찬가지 것이 비유럽인들에게도 적용된다. 즉 상호간의 반영을 통해 유럽과 비유럽은 그들 스스로가 누군가를 인식했다. 55. 볼프강 슈말레, 박용희 역, 『유럽의 재발견. 신화와 정체성으로 보는 유럽의 역사』, 을유문화사, 2006, 346쪽에서 재인용.

6) 마찬가지 것이 비유럽인들에게도 적용된다. 즉 상호간의 반영을 통해 유럽과 비유럽은 그들 스스로가 누군가를 인식했다. Jürgen Osterhammel, *Europa um 1900: Auf der Suche nach einer Sicht von außen,* Bochum, 2008, p.9.

7) Jürgen Kocka, "Wege zur politischen Identität Europas. Europäische Öffentlichkeit und europäische Zivilgesellschaft", *www.fes-online-akademie.de,* pp.1~2.

만제국의 침공으로 비잔틴제국이 멸망한 해인 1453년을 유럽통합과 유럽정체성의 형성에 중요한 역사적 분기점으로 보고 있다.[8] 물론 16세기 '신대륙 발견' 이후 유럽의 팽창 역시 유럽인들의 자의식 형성에 큰 전기를 마련한 사건이었다.

3. 이시기 '열등한 비유럽과 우월한 유럽'이라는 유럽중심주의적 세계관은 초기 형성단계에 있었다. 때문에 18세기 초에 출간된 몽테스키외의『페르시아인의 편지』에 등장하는 '비유럽인들'은 유럽인들과 상대적으로 대등한 위치에 있다고 여겨지던 타자들이었다. 유럽적 가치와 문화를 보편적인 것으로까지 격상시키며 '비유럽적인 것'을 폄하하는 지식체계로서 유럽중심주의 혹은 유럽적 보편주의는 19세기 유럽중심의 근대화의 물결 속에서 비로소 완전히 확립되었다. 이러한 유럽중심주의적 세계관 속에서 세계는 유럽과 그 나머지로 분할되었다. 한때 경이로움, 신비로움, 그리고 호기심으로부터 생겨났던 '비유럽' 또는 동양에 대한 대중적 관심은 급속하게 식었고, 식민정복, '문명화의 사명', 선교를 위한 학문적 첨병역할을 했던 극히 일부의 분과학문들, 이를테면 민족지학과 동양학이 그 '나머지세계들'에 대한– 대부분 유럽적 시각에서 전유되고 왜곡된– 지식을 독점했다.[9] 이러한 '무지와 편견'으로 유럽은 오랫동안 비유럽의 다양성을 간과했고, 여전히 그러하다. 이것은 오늘날 유럽사회가 무슬림 이주민공동체들을 바라보는 시각에서도 잘 드러난다. 유럽중심주의는 유럽과 비유럽을 경계

8) Wolfgang Schmale, *Geschichte und Zukunft der Europäischen Identität*, Stuttgart, 2008, p.21.

9) Sebastian Conrad/Andreas Eckert, "Globalgeschichte, Globalisierung, multiple Modernen: Zur Geschichtsschreibung der modernen Welt", Sebastian Conrad/Andreas Eckert/Urlike Freitag ed., *Globalgeschichte. Theorien, Ansätze, Themen*, Frankfrut am Main, 2007, p.10.

짓고, 비유럽의 타자들을 배제하고 차별하는 유럽정체성 정치의 주요한 작동기제가 되고 있다.

4. 유럽정체성 정치의 또 다른 작동기제는 '부와 가난의 경계'였다. 그것은 또한 유럽중심주의를 지탱하는 주요한 근저가 되었고, 여전히 되고 있다. 유럽중심주의와 자본주의적 세계체제의 확립시기가 거의 일치한다는 사실에서도 그 점은 잘 드러난다. 사실 가난은 유럽과 비유럽세계뿐만 아니라 유럽과 유럽국가들 내부를 갈라놓았다. 1950년대 리버풀을 출발하는 아일랜드행 증기선 안에서 뵐이 목격했던 것도 바로 그러한 가난이었다.[10] 가난은 19세기와 20세기 초 수많은 아일랜드인들을 영국으로, 혹은 미국으로 이민가게 만들었던 동인이었다. 새로운 정착지들에서 그들 대부분은 그들이 이민가방 속에 쑤셔놓고 가져갔던-그래서 완전히 떠날 수도 없었던- '고국의 가난'으로 인해 많은 어려움들과 차별을 경험했다. 같은 시기에 미국과 독일 등지로 떠났던 폴란드인들도 마찬가지 운명이었다. 그들은 '지리적 유럽인들'이었지만, '유럽중심주의적 의미의 유럽인들', 즉 '부유하고 선한' 유럽인들로 인정받지 못했다. 새로운 정착지들에서 폴란드 이주민들의 문화는 유럽적 고급문화의 질을 떨어뜨리는 저급문화로 인식되었다. 이

---

10) Böll, *Irisches Tagebuch*, p. 6. 하지만 아일랜드의 가난을 향한 뵐의 시선은 아일랜드의 안과 밖의 '일반적인' 시선들과는 사뭇 다른 것이었다. 그는 부유함과 가난함에 대해서 좋고 나쁨의 가치적 평가를 내리는 것을 거부했다. 심지어 그는 긍정적인 아일랜드인들에 대한 묘사를 통해 가난 한 것이 부유한 것보다도 때때로 더 나을 수도 있음을 보여주고 싶어 했던 것 같다: "그러나 여기 증기선 위에서 잉글랜드는 종말을 고했다: 이미 여기서는 이탄(泥炭)냄새가 났고, 중갑판과 바(Bar)로부터 목젖에서 우러나오는 켈트어가 들렸다. 이미 여기서는 유럽의 사회질서가 전혀 다른 형태를 받아들이고 있었다: 가난이 더 이상 전혀 치욕이 되지 않았을 뿐 아니라 영광이나 치욕 그 어느 것도 아니었다. 가난은-사회적 자의식의 동인으로서- 부유함이나 마찬가지로 아무런 의미가 없었다. 바지 주름이 그 날카로움을 잃었고, 안전핀, 즉 오래된 게르만-켈트 깃꽂이핀이 그것의 오른 쪽에 다시 등장했다."

처럼 잘 살고 못사는 문제는 단순한 경제적 차원을 넘어서 지배와 피지배의 정치적 · 문화적 영역으로 환원되곤 했다. 흔히 '남북문제'로 불리는 이 문제는 이주물결의 가장 큰 동인이 되었고–여기서는 부유한 서유럽국가들과 북미 국가들만을 의미하는– 유럽과 그 나머지를 경계 지었다. 전후 빠른 경제성장을 통해 비유럽세계와의 소득격차를 더욱 벌일 수 있었던 서구사회들의 가장 밑바닥은 '나머지사회들'에서 온 이주민들로 채워졌다. 이주민들과 선주민들의 문화적 · 정치적 갈등과 새로운 정체성의 문제 이면에는 광의적 의미의 빈곤문제, 가장 밑바닥의 문제가 자리하고 있다.

5. 다음은 특수한 국면과 맥락에 관한 것이다. 이것을 위해 자신이 묘사한 아일랜드를 발견할 수 없을 수도 있다는 뵐의 프롤로그를 재차 인용해야 할 듯하다. 이 주장의 의미는 크게 시간에 따른 발전과 변화, 그리고 입장차이라는 관점에서 해석되어 질 수 있을 듯하다. 13년 뒤에 쓴 에필로그에서 뵐은 이전에 책의 재판을 위해 메모해 두었던 많은 자료들이 더 이상 필요 없을 만큼 변모해 버린–"150년을 훌쩍 뛰어넘고, 500년을 더 따라잡은"– 아일랜드의 발전상을 언급했다.[11] 그로부터 44년이 더 지난–기행문을 쓴 시점에서는 반세기를 훌쩍 넘긴– 지금 '뵐의 아일랜드'는 더 더욱 역사적 희귀종이 되었다.[12] 시간적

---

11) *Ibid.* p.125~126.

12) 런던과 리버풀을 경유해 아일랜드로 들어가는 뱃길도 이제 낭만적인 여행을 원하는 사람들이나 택하는 흔치않은 경로가 된지 오래다. 리버풀을 떠난 뵐이 뱃전에서 보고 들었던, 심지어 냄새 맡았던 '전혀 다른 유럽'을 체험하고자 한다면, 베쩨(Weeze) 공항이나 보베(Beauvais)공항으로 가는 것이 현명할지 모른다. 유럽, 아니 전 세계적으로 저가항공을 보급시킨 아일랜드의 라이언에어 더블린 행을 기다리며 늘어선 각양각색의 사람들 틈에서 뵐이 아일랜드를 영국과, 그리고 독일과 구별 지었던 그 '가난'을 먼저 보게 될지도 모른다. 하지만 뵐이 그토록 칭찬했던 가난에 초연한 아일랜드인들을 만나기란 쉽지 않을 것이다. 오늘날 아일랜드에서 만나는 가난은 상대적

발전과 변화와는 상관없이 독일 라인지방의 독실한 가톨릭신자였던 뵐이 서 있던 자리에서 바라보았던 '그 아일랜드'는 어쩌면 애시 당초 존재하지 않았을지도 모른다. 같은 것이 유럽정체성의 논의에도 적용된다. 사실 유럽을 전체 내지 하나의 통일체로 파악하고, 그곳에서 어떠한 공동의 소속감이나 연대감을 찾으려는-만들어내려는- 시도들은 지난 수세기 동안 줄곧 있어왔던 역사적 현상이었다.[13] 하지만 유럽정체성 논의에 전기가 마련된 것은 제2차 세계대전이후였다. 전후 전개되었던 유럽통합운동이 이념으로 또는 상상으로만 존재했던 유럽에 현실적인 힘을 부여했기 때문이었다. 분명 유럽은 유럽연합 또는 유럽통합운동 그 이상을 의미한다. 그럼에도 유럽연합이 없다면 유럽은 이제 더 이상 아무것도 아니라고 주장할 수 있을 만큼, 유럽과 유럽연합을 동일시하는 현상은 돌이킬 수 없는 것이 되었다.[14] 이 글에서 다루는 유럽정체성 정치 역시 전후 전개되었던 유럽통합운동의 궤적 속에 있다. 1957년 로마협약을 통해 출범한 이후 유럽경제공동체, 유럽공동체, 유럽연합으로 이름을 바꾸며 질적, 양적 변화를 거듭한 '유럽'은 국기, 국가, 그리고 '국경일(유럽의 날)', 화폐를 가지고 있다. 비록 실패로 끝나긴 했지만 유럽헌법제정이 시도되기도 했다.

인 것이고, '유럽적인 것', 더 나아가 '세계문제'가 되었다. 경제적으로 면밀하게 결합된 유로존 국가들에게는 물론이고, 전 세계적으로 큰 근심을 안겼던 최근의 아일랜드 금융위기를 일컫는 말이다. 유럽헌법제정을 위한 유럽연합의 두 번째 시도를 완전히 무효화시킨 아일랜드 국민투표의 결과 역시 이러한 경제적 상황과 무관치 않다. 하지만 경제위기 전의 상황으로 돌아간다면, 아일랜드는 전혀 다른 모습으로 다가올 것이다. 1973년에 유럽연합에 가입했던 아일랜드는 1980년대와 90년대 눈부신 경제성장을 이루었고, 그 결과 '아일랜드모델'은 널리 회자되는 경제적, 사회적 모범이 되었던 것이다.

13) Thomas Meyer, *Die Identität Europas,* Frankfurt am Main, 2004, p.11.

14) *Ibid,* p.7.

1993년 마스트리트조약으로 오랜 숙원이던 경제통합을 이룬 유럽통합운동은 이제 정치적, 문화적 공동체, 즉 '하나의 국가로서 유럽'을 꿈꾸고 있다. 2004년 동구권 10개국이 유럽연합에 가입했고, 더 많은 국가들이 가입을 열망하고 준비하고 있다. 내부적으로 문화적 다양성을 통일시키며 그 외연을 더욱 넓히려는 유럽연합은 그들을 하나의 통일체로 결속시키는 문화적 정체성이 그 어느 때보다 더 절실하게 필요할 듯하다. 하지만 이제껏 유럽정체성 정치가 전개되고 발전했던 공간은 개별 민족국가들이었다. 유럽(전후 유럽통합운동)은 개별국가의 이해관계들 위에서만 존재할 수 있었기에, 이해관계들의 차이만큼이나 꿈꾸었던 '유럽', 유럽성, 유럽정체성은 제각기였다. 칼 슈미트는 일찍부터 그 점을 잘 간파하고 있었던 듯하다: "유럽과 유럽적이라는 말을 모두 똑같이 혹은 비슷하게 이해하고 있을 것이라는 믿음은 분명 기만적인 것이다. 각각의 민족은 자신과 자신에 대한 생각에 따라 제각기 유럽을 상상한다."[15] 유럽정체성은 민족정체성의 대체가 아니라 보완과 보충으로 작동했다. 좀 더 극단적으로 말하면, 단지 민족정체성을 가지고 혹은 민족정체성을 통해 유럽연합은 자신의 정체성을 가질 수 있었다.[16]

이 글은 독일이라는 '민족 공간'에서 일어난 유럽정체성 정치를 다룬다. 이 공간은 유럽정체성 정치가 민족, 지역, 로컬과 때론 협력하며, 때론 경쟁하며, 실제로 매일같이 일어나고 있는 곳이다. 이곳은

---

15) Karl Schmid, *Europa zwischen Ideologie und Verwirklichung. Psychologische Aspekte der europäischen Integration*, Schaffhausen, 1990-Erstausgabe 1966, p.18.

16) Otto Depenheuer, "Nationale Identität und europäische Gemeinschaft", Günter Buchstab/Rudolf Uertz ed., *Nationale Identität im vereinigten Europa*, Freiburg, 2006, p.56.

민족 공간이란 명칭이 무색할 만큼, 그 안에 세계가, 그리고 유럽이 큰 위치를 점유하고 들어와 있는 열린 공간이다. 인구의 5분의 1이 '이민배경을 가진 자들'로 이루어진 땅에서 독일성, 유럽성은 무엇을 의미하는가? 터키와 독일 사이의 '혼종정체성'을 가진 많은-독일국적의- 터키이주민들은 자신을 유럽인이라고 느끼고 있을까? 유럽 속의 다양한 타자들을 인정하는 새로운 유럽정체성은 실현 불가능한 것인가? 물론 이 모든 것의 실마리는 과연 전후 독일인들에게 유럽은 무엇이었는가라는 질의가 될 것이다.

Ⅱ. 독일문제의 해답으로서 유럽-헌법애국주의

다양한 영방국가들로 흩어져 살던 '독일어권 사람들'에게 '독일인이 누구인가?'라는 의문을 처음 던져주었던 1806년 나폴레옹에 의한 신성로마제국 해체 이후-독일문제(Deutsche Frage)의 시작 이후- 촉발되었던 단일문화와 순수한 피에 초점이 맞추어진 '민족정체성 정치'는 2차 세계대전 이후 그 방향을 근원적으로 바꾸지 않으면 안 될 만큼의 심각한 위기에 직면했다. 민주적 혁명의 부재와 늦어진 민족형성으로 빚어졌던 "독일의 재앙(Deutsche Katastrophe)"[17], 즉 극단적 · 인종적 민족주의로서의 독일 나치즘이 남긴 폐해가 이러한 '정체성위기'의 직접적 원인을 제공했다. 이러한 위기에 대한 독일연방공화국(서독)의 답은 헌법애국주의(Verfassungspatriotismus)였다. 이것은 민족주의 내지 민족과 결합된 애국주의-종족적 민족주의-를 지양하는, 독일헌법이 정의

17) Friedrich Meinecke, *Die deutsche Katastrophe. Betrachtungen und Erinnerungen*, Wiesbaden, 1946.

한 국민자치, 자유, 평등에 기초한 새로운 '정체성정치'를 위한 대체이념이었다.[18] 그것은 "유럽, 아시아, 아프리카에 뿌리를 둔 사람들로 다채롭게 섞여있는 국민에게" 연대감과 소속감으로 묶어 주는 '탈민족적 정체성'으로 여겨졌다. 헌법애국주의는 독일에서 "탈민족적 민주주의(Postnationale Demokratie)"와 동의어로 사용되었다.[19] 그 기저가 되는 것은 유럽, 더 정확히는 서구의 가치와 문화, 즉 유럽적 보편주의였다.

독일이 주도하는 거대한 유럽제국의 건설을 지향한 소위 '중부유럽(Mitteleuropa)' 프로젝트가 완전히 좌절된 이후, 대안이 되었던 것은 유럽, 더 정확히 '서구'였다.[20] "우리가 원하는 것은 독일적 유럽이 아니라, 유럽적 독일이다."라는 토마스 만(Thomas Mann)의 주장은 전후 독일 엘리트들의 중요한 정치적 모토가 되었다.[21] 물론 서방으로의 접근을 통한 독일문제의 해결은 처음에는 집권 기민연(CDU)만의 중요한 외교정책이었다. 하지만 독일 사민당(SPD) 역시 유럽의 중요성을 일찍부터 간파하고 있었다. 이미 1925년 하이델베르크 전당대회 강령에 "유럽연방국"안이 채택되었을 만큼, 유럽, 더 정확히 자유민주주의적 유럽연방은 독일 사민당의 중요한 정책비전이었다. 하지만 즉각적인 통일을 통해 독일문제의 해결을 원했던 쿠르트 슈마허(Kurt

---

18) Dolf Sternberger, *Verfassungspatriotismus*, 2. Aufl., Frankfurt am Main, 1990, pp.17~31.

19) Karl Diertrich Bracher/Wolfgang Jäger/Werner Link ed., *Republik im Wandel 1969-1974*, Mannheim, 1986, p.406.

20) Peter Katzenstein, "Germany and Mitteleuropa: An Introduction", Peter Katzenstein ed., *Mitteleuropa, Between Europe and Germany*, Oxford/New York, 1997, p.1; James Kurth, "Germany and the Reemergence of Mitteleuropa", *Current History* 94, 595(1995), pp.381~386.

21) Thomas Risse-Kappen, *A Community of Europeans?: transnational Identities and Public Spheres*, New York, 2010, p.66에서 재인용.

표1: 민족정체성과 유럽정체성(국가별 비교, 2010)

	민족정체성	민족정체성과 유럽정체성	유럽정체성과 민족정체성	유럽정체성	잘 모름
영국	70%	24%	2%	2%	0%
리투아니아	60%	32%	3%	2%	1%
체코	59%	36%	3%	1%	0%
아일랜드	58%	34%	4%	2%	2%
슬로베니아	55%	37%	4%	3%	0%
라트비아	52%	33%	8%	3%	1%
불가리아	51%	36%	5%	2%	3%
그리스	50%	41%	5%	2%	0%
루마니아	50%	18%	13%	6%	9%
에스토니아	49%	43%	4%	2%	1%
오스트리아	49%	42%	6%	2%	2%
스웨덴	48%	44%	5%	1%	0%
핀란드	48%	44%	6%	1%	0%
헝가리	47%	47%	5%	1%	0%
이탈리아	45%	41%	8%	2%	3%
폴란드	44%	48%	6%	1%	0%
포르투갈	43%	46%	6%	2%	2%
덴마크	43%	52%	4%	1%	0%
프랑스	42%	44%	9%	3%	2%
슬로바키아	41%	45%	10%	3%	0%
독일	39%	47%	8%	4%	1%
사이프러스	39%	44%	7%	6%	2%
말타	39%	54%	4%	2%	1%
네덜란드	36%	52%	8%	2%	2%
스페인	35%	50%	6%	5%	0%
벨기에	33%	46%	10%	6%	1%
룩셈부르크	22%	46%	12%	16%	2%

출처: Eurobarometer 1992-2010.

Schumacher)가 이끌던 사민당 지도부는 처음에 유럽통합정책에 반대했다. 두 번의 선거패배 이후 사민당은 1959년 고데스베르크 강령(Godesberger Programm)에서 유럽통합 지지로 돌아섰다. 이후 독일에서는 유럽통합에 대한 정치적 합의가 지속되었다.[22)]

독일문제의 완전한 종결로 여겨지는 1990년 독일의 재통일 이후에도 우려했던 "독일적 유럽", 즉 강력한 독일민족국가의 부활은 일어나지 않았고, "유럽적 독일" 원칙이 계속 견지되고 있다. 독일은 '민족적 정체성의 국제화'에 있어서 가장 모범국가로 뽑힌다. 그 대척점에는 영국이 자리한다. 독일은 국가권한의 상당부분을 유럽연합에 기꺼이 이양할 각오가 되어있는, "열렬한 유럽화의 챔피언"으로 불린다.[23)] 앞의 표1은 그 점을 확인시켜준다. 유럽공동체에 늦게 가입했을 뿐 아니라 여전히 한발은 공동체 밖에 빼고 있는–유로화를 쓰고 있지 않는– 영국에서의 설문결과는 전혀 놀라운 것이 아니다. 독일인들의 경우, 자신을 독일인으로만 혹은 유럽인으로만, 독일인이자 유럽인, 혹은 유럽인이자 독일인으로 여기느냐는 응답에 독일정체성만을 가진 것으로 응답한자는 39%로 비교적 낮다. 하지만 독일인에 강조점을 두며 유럽인으로도 느낀다는 응답자는 전체의 47%로 가장 많다. 단지 4%의 독일인 응답자만이 스스로 유럽정체성만을 가지고 있다고 했다. 앞서 언급한 민족정체성과 유럽정체성의 병존과 동시성, 그리고 유럽정체성의 원천으로서 민족정체성의 건재를 확인할 수 있는 대목이다. 그것은 정도의 차이는 있지만, 대부분 회원국들에서 발견되어지는 특징이다. 표 2와 표 3은 그 점을 잘 보여준다.

---

22) *Risse-Kappen, A Community of Europeans?*, pp.66~67.

23) Peter J. Katzenstein, "United Germany in an Integrating Europe", Peter J. Katzenstein ed. *Tamed Power. Germany in Europe*, New York, 1997, p.5

표2: 독일인들의 민족/유럽정체성 (1992-2010)

	민족정체성	민족정체성과 유럽정체성	유럽정체성과 민족정체성	유럽정체성	잘 모름
1992	41%	43%	9%	3%	3%
1993	43%	43%	8%	3%	3%
1994	29%	43%	14%	8%	5%
1995	33%	44%	11%	7%	3%
1995	38%	43%	9%	5%	4%
1996	49%	35%	6%	5%	3%
1997	47%	33%	9%	6%	5%
1998	48%	35%	7%	5%	4%
1998	46%	37%	9%	4%	3%
1999	48%	37%	8%	4%	3%
2000	45%	39%	8%	4%	3%
2001	37%	46%	9%	5%	3%
2002	40%	43%	9%	4%	3%
2003	38%	45%	10%	4%	4%
2004	38%	46%	8%	6%	2%
2004	36%	48%	9%	5%	1%
2005	35%	49%	11%	3%	3%
2010	39%	47%	8%	4%	1%

출처: Eurobarometer 1992-2010.

표 2에서 보여 지듯, 1993년도 마스트리트조약 이후 독일에서 민족정체성과 유럽정체성의 희비가 극명하게 엇갈렸다. 하지만 독일정체성의 현저한 약화와 유럽정체성의 약진은 일시적인 현상임이 드러났다. 유럽차원에서도 비슷한 경향이었다.

표3: 유럽연합 회원국 국민들의 민족정체성과 유럽정체성(1992-2010)

	민족정체성	민족정체성과 유럽정체성	유럽정체성과 민족정체성	유럽정체성	잘 모름
1992	38%	48%	6%	4%	4%
1993	40%	45%	7%	4%	3%
1994	33%	46%	10%	7%	4%
1995	40%	46%	6%	5%	3%
1996	46%	40%	6%	5%	3%
1997	45%	40%	6%	5%	4%
1998	43%	43%	7%	4%	2%
1999	45%	42%	6%	4%	3%
2000	41%	45%	7%	4%	2%
2001	44%	44%	6%	3%	3%
2003	40%	47%	7%	3%	3%
2004	41%	47%	7%	3%	2%
2005	41%	48%	7%	2%	2%
2010	46%	41%	7%	3%	2%

출처: Eurobarometer 1992-2010.

사실 1973년 코펜하겐 선언이후 유럽정체성에 대한 많은 정치적 논의들과 실천들이 유럽차원에서 다각도로 이루어졌다. 하지만 그러한 지난 수십 년간의 노력들은 눈에 띠는 성과를 얻지는 못했다.[24] 그것은 정체성 정치의 주체가 '브뤼셀'에 있는 것이 아니라 런던, 파리, 베를린 등으로 흩어져 있었기 때문이었다. 앞서도 언급했듯이, 만들어진 유럽정체성은 민족성 또는 민족정체성을 대체하는 것이 아니라 보충하는 역할을 했다. 또한 이렇게 제각기인 유럽정체성은 각각의 민족적, 지역적 정체성들 속에 깊이 뿌리 내려져 작동했다.[25] 움베르토

24) Schmale, *Geschichte und Zukunft der Europäischen Identität*, p.25.

25) Neil Fligstein, *Euro-Crash. The EU, European Identity and the Future of*

에코는 상황과 맥락 속에서 경합하고 선택되어지는 다중적 정체성의 유럽인을 다음과 같이 명료하게 정리했다: "이탈리아에서 나는 밀라노인이고, 런던에서는 이탈리아인, 뉴욕에서는 유럽인이다."[26)]

하지만 이러한 비교적 명료한 '정체성놀음'에 자신을 맞추기 어려운 유럽인들은 수 없이 많다. 유럽인구의 적지 않은 부분을 차지하고 있는 무슬림 이주민들이 특별히 그러하다. 그들은 분명 다양한 정체성들을 가진 개인들임에도 불구하고, 하나의 동질집단으로 유럽에서 인식된다. 역사적으로 '이슬람문화'는 유럽 역사와 문화의 일부이자 '유럽문화'와 많은 정신적 문화적 자극을 주고받았던 파트너로 존재했었다. 하지만 대부분의 '유럽 역사서술'은 그러한 상호작용과 상호연결의 역사를 다루지 않았다. 이슬람은 '유럽의 역사서술'에 의해 언제나 기독교적 유럽과 대립하고 갈등하고 투쟁했던 위협적인-19세기 이후부터는 열등한- 타자의 위치에 놓여졌다.[27)] 그러한 '역사'에 의해 구성된 유럽, 유럽성, 유럽정체성은 유럽의 무슬림 이주민들을 배제하는 메커니즘으로 작동하고 있다. 그 유럽은 '우월하고 선한' 유럽이다.

독일연방공화국은 독일의 특별한 길-어두운 과거-에서 벗어나 '우월하면서도 선한' 유럽의 일원으로 인정받기 위해 노력했다. 그들은 스스로가 이룩해 놓은 경제성장과 복지사회는 물론, 독일역사에서 처음 구현되었다는 민주적 시민사회와 자유민주적 법치국가에 자부심을 느끼며 그 속에서 정체성을 찾으려 했다. 헌법애국주의와 유럽은

Europe, Oxford, 2008, p.126.

26) Erik Kroicher, "Auf dem Weg zu einer europäischen Identität", *Veranstaltungsbeitrag im Symposium der Konrad-Adenauer-Stiftung in Prag*, 2005.12, p.3에서 인용.

27) Franco Cardini, *Europa und der Islam*, München, 2001, p.13.

그러한 노력의 산물이었다. 하지만 '포스트민족주의사회'를 표방했던 독일이 꿈꾸었던-구현했던- 유럽은 유럽적 독일이었고, 그 속에는 여전히 민족적 패러다임과 유럽중심주의가 깊이 뿌리내려져 있었다.

Ⅲ. 독일 터키이주민들의 정체성

현재 유럽에 살고 있는 무슬림 이주민들의 수는 대략 1천 5백만 명 정도로 추산된다. 이것은 유럽연합 전체 회원국민들의 3%에 해당하는 높은 수치이다. 출신지역비율은 마그레브 33.6%, 터키 28.3%, 인도대륙 12%로 나타났다.[28] 단일국가로 보자면, 터키는 유럽에 가장 많은 자국민들을 내보낸 이슬람국가임이 분명하다. '터키 프레스 유럽'의 발표에 따르면, 2009년 현재 유럽에 거주하는 터키출신의 이주민들과 그 가족의 수는 모두 4백 21만 명으로 집계되었고, 이중 유럽연합회원국의 국적을 취득한 자들은 1백 80만 명에 달했고, 유럽전체 터키출신 이주민들의 거의 3분 2에 해당하는 2백 70만 명이 독일에 살고 있다. 큰 편차를 가지고 프랑스(38만), 네덜란드(37만), 오스트리아(23만), 나머지 유럽회원국들(15만)이 그 뒤를 따르고 있다.[29]

터키 이주민들의 '독일이민' 원년은 베를린장벽이 건설되었던 1961년이다. 고도경제성장기 '인력대란'을 겪고 있었던 독일은 1955년 이탈리아, 1960년 그리스와 스페인에 이어 1961년 터키와도 송출협약을 맺고 터키노동자들을 독일로 불러들였다. 처음에 미미했던 독일체류

28) Naika Foroutan/Isabel Schäfer, "Hybride Identitäten-muslimische Migrantinnen und Migrantinnen in Deutschland und Europa", *Aus Politik und Zeitgeschichte*, 5/2009, p.11.

29) "Türken in Europa", *Türkische Presse Europa*, 2009.4.10.

터키인들의 수는 경제침체기인 1968년 이후 급속하게 늘어나, 1972년 이탈리아인들을 제치고 외국인들 중 1위가 되었다. 터키 초빙노동자들의 역사를 처음으로 정리했던 카린 훈(Karin Hunn)의 책 제목『내년에는 다시 돌아갈 것이다...(*Nächtes Jahr kehren wir zurück...*』[30]처럼, 대부분의 터키노동자들은 해외취업을 통해 단기간 많은 돈을 번 뒤 금의환향할 꿈을 안고 독일에 들어왔다. 그리고 실제 많은 터키이주노동자들은 고국으로 돌아갔다. 하지만 이들의 귀환은 독일사회에 잘 알려지지 않았다. 크게 이슈가 된 것은 남게 된 자들이었는데, 이들은 고국에 있던 가족들까지 불러들여 독일사회에 정주하려고 했다. 1970년대부터 독일인들이 빠져 나간 허름한 구시가들이나 재건축요망지구들에 터키인 밀집지역들이 우후죽순같이 생겨났다.[31] 이렇게 해서 각 지역사회에 형성된 터키이주민공동체들은 고국과의 다양한 접촉과 네트워크 구축을 통해 터키로부터의 계속적인 연쇄이민을 부추기며 성장했다. 2009년 현재 독일전체 인구의 3% 이상을 차지하는 터키출신 이민배경을 가진 자들은 독일에서 가장 사회통합이 어려운 집단으로 평가받고 있다.

주류사회와의 소통이나 사회통합을 거부한 채 자신들의 전통적 문화가치를 보존하며 패쇄적으로 병존하는–그래서 많은 갈등과 충돌을 일으키는– 이주민공동체를 의미하는 대칭사회(Parallelgesellschaft)[32]의 전형은 독일에서 단연 터키이주민공동체이다. 독일에는 이주민의

---

30) Karin Hunn, *≫Nächtes Jahr kehren wir zurück... ≪. Die Geschichte der türkischen ≫Gastarbeiter≪ in der Bundesrepublik*, Göttingen, 2005.

31) Angelika Schildmeier, *Integration und Wohnen*, Hamburg, 1975, p.33.

32) Werner Schiffauer, *Parallelgesellschaften. Wie viel Wertekonsens braucht unsere Gesellschaft? Für eine kluge Politik der Differenz*, Bielefeld, 2008, p.10.

문제가 아니라 터키인들의 문제만이 있을 따름이라는 주장도 공공연하게 나온다: "이민자들 사이에도 차이가 있다. 그리스, 이탈리아, 스페인 등에서 온 이들을 포함하여 다른 유럽국가로부터 온 이민자들은 전혀 아무런 문제가 없다. 그들은 모두 독일 사회에 잘 적응하면서 살아가고 있다. 그런데 오직 터키인들만이 동화의 의지가 없다. 그들이 진짜 문제인 것이다."[33]

터키이주민들의 문제는 유럽 대 비유럽, 유럽 대 이슬람, 기독교적 가치 대 이슬람적 가치의 대결로 확대되었다. 9.11 테러사건과 이후 유럽에서 일어난 이슬람 테러와 소요사태들은 그러한 경향을 더욱 심화시켰다. 많은 독일인들이 이슬람근본주의, 이슬람테러, 명예살인, 강제결혼, 히잡 등을 터키 혹은 이슬람 문화현상으로 파악하고, 독일문화, 더 나아가 유럽문화와 대립시키고 있다.[34] 그들이 더불어 살아감의 원칙으로 내세우는 것은 서구적 가치, 즉 유럽적 보편주의이다: "인간존엄성의 불가침 원칙, 개성의 자유로운 발현, 남녀평등, 학문, 예술, 문화의 자유, 종교의 자유와 같은 원칙이 중요하다. 이것들은 민주주의와 법치국가의 기초로서 가장 적절하게 서구적 또는 유럽적으로 불리는 것들이다."[35]

민족적 패러다임과 유럽적 보편주의는 독일에 사는 터키출신 이주민들과 그 2,3세들에게 이것 아니면 저것이라는 양자택일의 문화를 강요한다. 개인적 의지와 노력, 개성에 상관없이, 터키인들은 집단으로 독일사회에 인식된다. '무슬림'은 그 집단 앞에 늘 따라붙는 수식어

---

33) 유정희, 「영원한 이방인: 독일의 터키 공동체」, 『독일연구』 18, 한국독일사학회, 2009, 158쪽.

34) 최현덕, 「다문화주의와 여성주의 사이의 갈등에 전제되어 있는 문화개념에 관하여-여성 디아스포라의 관점에서」, 『사회와 철학』 20, 사회와철학연구회, 2010, 269쪽.

35) Schiffauer, *Parallelgesellschaften*, p.10에서 재인용.

이다. 이슬람종교가 터키이주민들에게 중요한 정신적·문화적 역할을 한다는 것에는 이견이 없다. 하지만 주류사회가 상상하듯이 그들은 그렇게 천편일률적이지도, 극단적이지도 않다. 다만 2001년 9.11 사태 이후 터키 이주민들의 이슬람신앙이 더욱 강화되었다는 것이 표4에서 잘 드러나 있다.

표4: 터키 이주민들의 신앙심(이슬람) 정도

	아주 신앙심 깊다	신앙심이 어느 정도 있다.	신앙심이 별로 없다.	신앙심이 전혀 없다.
2000	7.8%	48.9%	32.9%	7.4%
2001	6.8%	51.8%	33.1%	8.3%
2002	11.2%	49.2%	31.4%	8.2%
2003	18.6%	54.2%	21.5%	5.7%
2004	21.8%	50%	24.4%	3.8%
2005	18%	53.4%	23.8%	4.8%
2006	18%	53.4%	23.8%	4.8%
2008	19.7%	56.6%	20.6%	3.1%
2009	19.9%	54.8%	22.2%	3.1%

출처: ZFTI-Mehrthermenbefragung 2009.

터키 이주민들에 대한 독일사회의 편견, 고정관념, 차별은 그들의 정체성에도 큰 영향을 주었다. 정체성 찾기가 스스로 빚어낸 자아상과 관계하는 외부인들에 의한 타자상 사이에 일어나는 부단한 과정이기 때문이다. 독일은 많은 터키인들에게 고향을 느끼게 하는 장소가 아니었다. 다른 이주민들과 비교해서도, 독일을 고향으로 답한 터키 이주민들의 수는 현저하게 적다(그림1).

그림 1: 고향으로서 독일(출신국적별 비율)

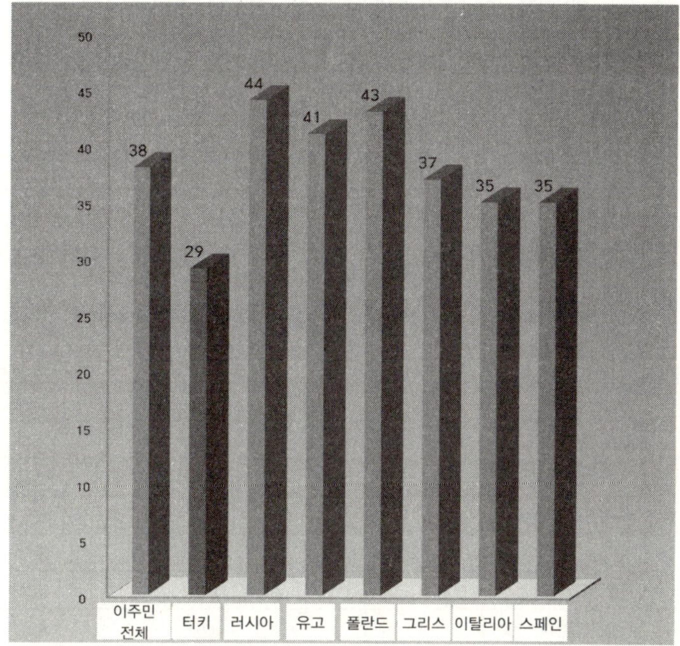

출처: Allenbacher Archiv, IFD-Umfrage 5252.

'독일체류기간'이 오래될수록, 이곳이 자신이 속한 땅임을 느낀다고 대답하는 사람들의 비율이 높았다. 하지만 터키 이주민 2,3세의 독일 귀속감은 이주민 2,3세 평균은 물론이고 남유럽계보다도 낮게 나왔다.

알렌바흐연구소 설문조사에서, 독일정체성을 가지고 있다고 응답한 터키이주민들은 전체 응답자의 13% 밖에 되지 않았다. 그리스인들과는 동일하고, 이탈리아인들만이 더 적게 나왔을 뿐이다. 이탈리아 출신 이주민들의 낮은 독일정체성은 세 가지 중 하나를 택일해야 하는 설문조사방식의 한계를 보여준다. 그곳에는 이중정체성 내지 하이브리드 정체성이 들어갈 자리가 없는 것이다.

표5: 독일귀속감(출신, 태생, 체류기간별 비율)

	전체	터키계	남유럽계
독일태생의 이주민 2,3세	62%	50%	70%
외국태생의 이주민	33%	21%	64%
체류기간 10년 미만의 이주민	19%	4%	9%
체류기간 10-19년 사이의 이주민	38%	22%	10%
체류기간 20년 이상의 이주민	35%	23%	26%

출처: Allenbacher Befragung 2009.

표6: 독일 이주민들의 정체성(출신국적별 비율, 2009년)

	독일정체성	고국정체성	유럽정체성
터키계	13%	50%	32%
러시아계	40%	23%	25%
유고슬라비아계	21%	33%	40%
폴란드계	34%	23%	40%
그리스계	13%	54%	30%
이탈리아계	9%	37%	51%
스페인계	18%	40%	41%
전체 이주민	24%	36%	34%

출처: Allenbacher Archiv, IFD-Umfrage 5252

다음 표에서 보듯, 실제 독일에 사는 많은 이주민들은 이중정체성을 지니며 그 경계에 서 있거나 부단히 양쪽을 오간다. 어쩌면 그들은 파편화된, 여러 개의 모순된 정체성들이 짜깁기되거나 뒤섞인 정체성을 가진 자들로 정의될 수 있다.

표7: 이주민들의 이중적 정체성

독일과 떠나온 고국 두 곳 모두 비슷하게 연결되어있음을 느낀다.	41%
떠나온 출신지에서 이제는 이방인으로 느낀다.	33%
독일에서 점점 고국과의 끈이 옅어지고 있다는 불안감을 가지고 있다.	14%

출처: Allenbacher Befragung 2009.

아래 그림 2도 설문조사의 한계를 보여준다. 하지만 그것이 이주민들의 유럽정체성을 조금이나마 가늠케 하는 지표로는 충분하다.

그림2: 유럽 정체성(출신국가별 비율)

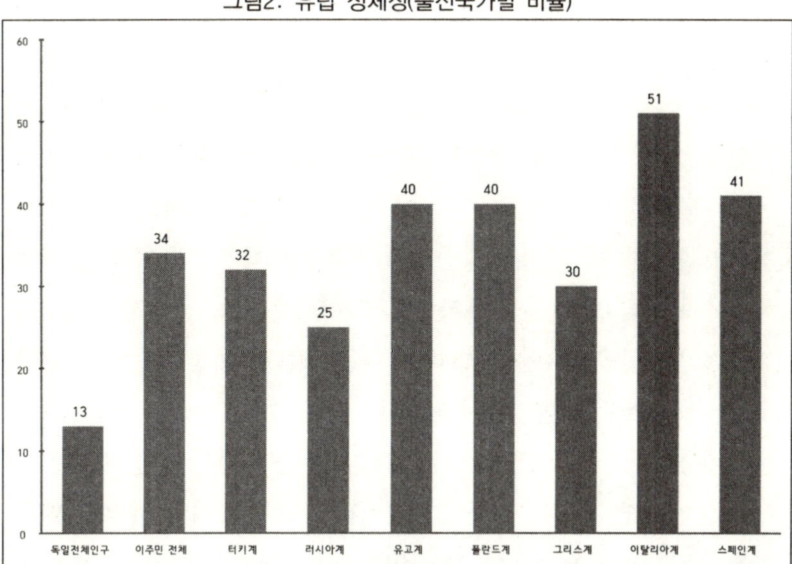

출처: Allenbacher Archiv, IFD-Umfrage 5252.

독일 전체인구의 13%만이 유럽정체성을 가진다는 것은 민족정체성을 통해 유럽정체성을 가지는 유럽인들, 독일인들의 경향으로 이해하면 될 것이다. 만약 독일정체성에 중점을 둔 유럽정체성을 물었다면-앞선 유럽연합의 설문조사처럼- 분명 훨씬 많은 이들이 긍정으로 답했을 것이다. 터키 이주민들의 32%가 유럽에서 정체성을 찾고 있다는 것은, 독일정체성에 대한 강한 반발로 이해될 수 있다. 하지만 유럽정체성은 터키인들에게는 독일정체성을 대체하는 새로운 정체성이 되진 못했다.

그렇다면 독일도, 터키도, 유럽 그 어디에서도 자신들의 정체성을 찾지 못했던 터키출신 이주민들은 어디에서 그들의 고향을 발견했을까? 많은 이들은 그들의 감정, 충성심과 연대감을 일깨우는 끈을 대도시 외국인집단주거지역에서 발견했다. 80%의 베를린 터키인들이 베를린을 고향으로서 생각하고 베를린 시민으로서의 정체성을 가지고 있다.[36] 독일 최대의 외국인밀집지역인 베를린의 크로이츠베르크가 자신의 정체성인 자들의 이야기를 잠시 들어보자: "나는 베를린 여성이다. 내가 여기서 태어났기 때문이 아니고, 내 모든 삶이 여기서 이루어졌기 때문이다. 나의 친구들, 내 가족, 내 학업, 내 커리어, 나의 역경들과 기타 모든 것들. 나는 이 도시의 문제들, 긍정적인 면들과 부정적인 면들을 잘 안다. 그래서 나는 베를린 여성이다."; "누군가 우리에게 베를린의 어디에서 왔느냐고 묻는다면, 우리는 크로이츠베르크 출신임을 이야기할 것이다. 그러나 누군가 같은 것을 베를린 밖에서 묻는다면, 우리는 베를린 출신이라고 답할 것이다. 우리는 베를린에서 왔다고 말할 것이다. 왜냐하면 다른 독일인들이 베를린을 이국적으로 여긴다는 것을 알고 있기 때문이다. 베를린은 크로이츠베르크이다"; "나는 여기서 편안함을 느낀다. 왜냐하면 내가 유일한 외국인이 아니기 때문이다. 나는 독일인들만이 있는 거리에 사는 것을 상상할 수 없다. 터키인들이 없고, 유고인들이 없고, 흑인들이 없는 곳. 그건 아니다. 그러면 정말이지 끔직 할 것이다. 그렇다면 나는 동화되려고 할 것이 틀림없다. 그렇다면 나는 나의 문화를 완전히 포기하고 그들의 문화를 받아들여야만 할 것이다. 왜냐하면 그 외에 다른 대안이 없기 때문이다... 이제 나는 선택할 수 있다. 누구도 나를 어떤 특정

36) Karl-Heinz Meier-Braun, *Deutschland, Einwanderungsland*, Frankfurt am Main, 2002, p.25.

한 방향으로 이끌 수 없다."[37]

하이브리드 정체성을 가진 많은 이들에게 크로이츠베르크는 문화들이 서로 우열 짓지 않고 만나서 상호 영향을 주고 한데 섞여 새로운 문화를 만들어내는 문화적 횡단과 혼종의 공간으로 다가올 수 있다. 정도의 차이가 있을지 모르지만, 사실 유럽 역시 언제나 그러했고, 여전히 그러하다. 그러한 문화들을 우열 짓고, 어떠한 것에 보편성을 부여하여 그것에 다른 것들을 통합시키려는 시도가 문제였다. 모든 문화는 다른 문화적 요소들과 결합된 혼종의 문화이다. 아주 엄밀한 의미의 이문화도, 아주 엄밀한 의미의 고유문화도 존재하지 않는다.[38]

Ⅳ. 유럽적 선도문화와 '통합히스테리'

정체성정치는 자기인정의 이름으로 타자인정을 부정하는 정치의 상징어였다.[39] 독일역사에서 '우리 만들기'의 '통합이념'은 타자에 대한 배제와 무시무시한 폭력을 낳았고, 그것은 후대의 부담으로 남았다. 정체성위기를 극복하는 해결책으로 그들이 찾아내었던 것은 서구적 유럽, 더 정확히는 '유럽중심주의적 유럽'이었다. 독일이 주도가 되어 만들었던 유럽정체성 헌장은 그러한 유럽을 보여준다. "유럽은 특히 가치공동체이다. 유럽통합과업의 목표는 이 가치를 보호하고, 의식하

37) Schiffauer, *Parallelgesellschaften*, pp.100~104에서 재인용.

38) Wolfgang Welsch, "Transkulturalität – Die veränderte Verfassung heutiger Kulturen", Freimut Duve u.a. ed., *Sichtweisen. Die Vielheit der Einheit*, Frankfurt am Main, 1994, p.89.

39) Meyer, *Die Identität Europas*, p.10.

고, 검토하고, 지속하는 것이다. 유럽은 고대와 기독교의 역사적 뿌리 위에 건설된 이 전통적 가치를 르네상스, 휴머니즘, 계몽주의의 역사적 과정 속에서 계속 발전시켰다. 이것은 민주적 질서, 기본법과 인권의 보편적 적용과 법치국가로 이어졌다. 자유, 평화, 인간위엄, 평등, 사회정의는 우리의 최상가치이다. 이 가치를 보장하고 지속하기 위해서 유럽은 유럽연합의 신뢰성을 높이고 우리 유럽인들이 그것에 대해 자부심을 가질 유럽적 공동체의식을 강화하는 도덕적 정치형태와 연대정치가 필요하다. 이것이 이루어지면, 더 강력한 유럽정체성이 존재하게 될 것이다."[40]

많은 '유럽인들'은 오랜 역사적 과정 속에 형성되었다는-실제로는 구성되어진- 유럽적 문화와 가치를 유럽연합의 기저로 보고 있다. 때문에 그들에게 있어서 그 가입의 기준으로 유럽적 가치와 문화가 결정적인 것이 되고 있다. 그러한 유럽에는 터키가 들어갈 자리가 없다. 인권, 자유민주주의, 법치국가 등의 유럽적 가치와 문화적 유산은 터키 유럽가입에 큰 걸림돌이 되었다. 2000년대 초 터키 유럽가입을 놓고 벌였던 치열한 논쟁에서 66%의 유럽인들이 터키의 유럽연합에 반대했고, 그 제일 큰 이유가 문화적 차이였다.[41]

"유럽 곳곳에서 무슬림 소수자들은 동화되기 어려운 자들인 것이 입증되며 자신들의 하위문화 속에 산다. 독일연방공화국도 외국인문제가 아니라 단지 터키인문제를 가지고 있을 뿐이다. 그런데 왜 이런

40) Charta der europäischen Identität. Beschlossen in Lübeck am 28. Oktober 1995 vom 41. Ordentlichen Kongress der Europa-Union Deutschland.

41) Foroutan/Schäfer, "Hybride Identitäten-muslimische Migrantinnen und Migrantinnen in Deutschland und Europa", p.16.

디아스포라를 자의적으로 수백만 배 더 늘여서 상생하고자하는 자발적 의지마저 시험 들게 만들려 하는가?"[42]

위의 주장이 보수주의자의 입에서 나왔더라면 그 사회적 파장은 그다지 크지 않았을 것이다. 하지만 그것은 평생 독일 민족주의의 '파행적 길'을 비판적으로 연구했고, 홀로코스트의 상대화에 맞서 싸웠던- 한때 진보적 역사가로 불렸던- 사회사의 대가 벨러의 입에서 나온말이었다. 9,11테러 직후였다는 상황을 감안해도, 그것은 충격적이었다. 하지만 그가 1945년 이전의 독일사를 특수한 길이라는 틀에서 바라보았던 일군의 역사가였다는 점, 즉 유럽중심주의적 근대화론에 입각한 역사서술에 경도되었던 역사가였다는 점을 감안한다면, 위와 같은 '터키이주민 비하'는 전혀 이상할 것이 없다. 1945년 이전의 독일의 발전이 서구의 그것과 어떻게 달랐는가라는 그의 질문 이면에는 1945년 이후 정상의 길로 복귀한 독일연방공화국의 성공에 대한 자부심이 들어있다. 그것은 경제성장과 민주주의라는 두 마리 토끼를 모두 잡은 서독에 대한 '헌법애국주의자'의 자부심이었다. 그것은 물론 철저히 유럽중심주의적 역사관이었다.

'유럽중심주의적 유럽'는 유럽적 선도문화라는 이름으로 적녹연정의 정책적 전환을 계기로 촉발되었던 독일 다문화주의논쟁의 중심에 있었다. 이(異)문화들을 포섭하며-혹은 배제하며- 사회통합을 이루어내는 선도문화는 핵심문화, 주류문화, 주도문화, 지배문화, 보편문화, 공통문화, 토대문화 등으로도 불릴 수 있다. 선도문화론은 주로 독일 보수주의 정치가들에 의해 다문화주의에 대항하는 통합이념으

---

42) Hans Urlich Wehler, "Türkenproblem", *Die Zeit*, 2002/38.

로서 이용되었다. 그것은 사회통합을 위해 이주민들이 받아들여야 할 기본 되는 독일적 가치와 문화였다. 하지만 실제 이 개념을 처음 만들었던 시리아 출신의 독일 사회학자 바쌈 티비(Bassam Tibi)는 선도문화론을 통해 다문화주의 자체를 정면으로 반박하려했던 것이 아니고, 공통의 가치에 대한 합의가 없는 맹목적인 다문화주의를 비판했을 뿐이었다. 티비가 주창한 선도문화론의 핵심은 공통적인-핵심적인- 가치와 문화에 대한 선주민과 이주민의 합의를 통한 통합이었다. 그는 구속력 있는-보편적인- 선도문화의 5가지 핵심가치로 민주주의, 세속주의(정교분리), 계몽주의, 인권, 시민사회를 제시했다.[43] 그것은 독일적이라기보다 유럽적인 선도문화인 것이다. 그렇다면 이 유럽적 선도문화가 유럽의 무슬림 이민자들의 문화를 포섭할 수 있을까? 티비가 내세웠던 핵심가치는 유럽이 비유럽적 타자로부터 스스로를 구별지었던 유럽적 특수성과 별반 달라 보이지 않는다. 그리고 그것이 프리드리히 메르츠(Friedrich Merz)와 같은 독일 보수주의자들이 주장하는 "자유주의적 독일 선도문화(freiheitliche deutsche Leitkultur)"[44]와 어떻게 다른지도 명확하지 않다. 보수주의자들이나 다문화주의자 모두가 그 내용면에서는 차이가 있지만, 핵심문화 내지 보편문화 없는 다문화주의, 즉 통합 없는 문화적 다양성의 존중을 비판하고 있는 것이다. 사실 이주와 다문화적 현상들이 일상이 된 '전통적 이민 국가들'과 '사실상의 이민 국가들'중 사회통합을 포기한 나라는 없다. 패러다임의 전환으로까지 불렸던 독일 이민법개혁의 키워드 역시 사회통합이었다.

---

43) Bassam Tibi, *Europa ohne Identität. Leitkultur oder Wertebeliebigkeit*, München, 1998, p.154.

44) Friedrich Merz, "Einwanderung und Identität", *Die Welt*, 2000.10.25.

2004년 제정된 새로운 이민법은 새로운 이주민들과 사회통합에 문제 있는 장기체류 외국인들에게 독일의 언어, 역사, 문화강좌를 통해 독일사회에 적응을 돕는 사회통합코스 참가를 의무화시켰다.[45] 2007년 재집권한 보수정권에 의해 새로이 개정된 이민법은 국적취득테스트를 신설하며 선도사회로의 통합에 대한 요구를 더욱 강화했다.[46] 이들에 의해 최근 의욕적으로 실시되고 있는 '다문화주의정책'은 아예 국가통합계획(Der nationale Integrationsplan)으로 불린다. 이 정책이 전하는 메시지는 독일 땅에 살고 있는 한, 이주민들은 독일, 더 정확히는 유럽적 독일의 언어와 역사, 문화를 자신의 것으로 체득하여 독일사회에 통합되어야 한다는 것이다.[47] 이러한 '방어기제'의 이면에는 가장 밑바닥의 문제로서의 이주에 대한 사회적 불안이 자리하고 있다. 물론 그러한 불안은 통합적 이데올로기의 강화로만이 아니라 이주민들과의 소통을 위한 사회적 노력으로 이어지기도 했다. 그 노력의 일환으로 이주민대표자회의와 이슬람대표자회의가 매년 열리고 있다. 하지만 그 실체는–한 독일 이주문제 전문가의 말처럼– 주류사회로의 일방적 통합과 별반 다르지 않다: "나는 이슬람회의를 이슬람을 독일사회에 특별한 방식으로 통합시키려는 정부의 시도라고 생각한다. 이슬람회의에 대화가 전면에 등장하지만, 실제로는 무슬림 공동체를 선도문화로 끌어들이려는 다른 아젠다가 역할을 한다. 이슬람회의에서 선도문화라는 단어는 터부시되었지만, 어떤 분과에서는 증가일로에

45) Bundesministerium des Innern, *Zuwanderungsgesetz*, Pastow, 2004.

46) Jan Schneider, "Die Novellierung des Zuwanderungsgesetzes 2007", *Bundeszentrale für politische Bildung, Neue Migrationspolitik*, http://www.bpb.de/themen/OGZA5T.html.

47) Die Beauftragte der Bundesregierung für Migration, Flüchtlinge und Integration, *Der Nationale Integrationsplan*, Baden-Baden, 2007, pp.12~13.

있는 규범과 가치에 대한 합의가 이야기되고, 나머지 분과들은 무슬림들을 구슬려 안보에 위협받지 않고 함께 살아갈 것에 대해 다룬다."[48]

하지만 이제 독일적인 것, 유럽적인 것의 의미를 재고해야 할 만큼-통합이데올로기의 폐기를 고민해야 할 만큼- 독일이, 유럽이 변모해 가고 있다: "무역과 산업, 책과 서신연락, 공통적인 고급문화, 신속하게 장소와 지역을 옮기는 것, 모든 토지 무소유자들의 노마드적 삶, 이 모든 환경들은 민족들, 즉 유럽민족들의 약화와 소멸을 가져 올 것이다: 지속적인 교차의 결과로 모든 유럽민족들로부터 하나의 혼종, 즉 혼종의 유럽인이 생겨나게 될 것이다."[49]

19세기 니체가 주장했던 말이다. 그를 트랜스내셔널리즘 또는 '문화횡단'의 선구자로 불러도 무방할 듯하다. 어쩌면 유럽은 예나 지금이나-늘- 그러했는지도 모른다: 다양한 문화들이 만나고 섞이면서 새로운 혼종의 것을 만들어내는 창조의 공간 말이다.

---

48) Werner Schaffner/Mauerla Bojazijev(im Gespräch), "Es geht nicht um einen Dialog. Integrationsgipel, Islamkonferenz und Anti-Islamismus", Sabine Hess/Jana Binder/Johannes Moser ed., *No integration? Kulturwissenschaftliche Beiträge zur Integrationsdebatte in Europa*, Bielefeld, 2009, pp.172~173.

49) Friedrich Nietzsche, "Menschliches, Allzumenschliches I", Friedrich Nietzsche, Sämtliche Werke, a.a.O., Bd. 2. Welsch, "Transkulturalität - Die veränderte Verfassung heutiger Kulturen"에서 재인용.

참고문헌

몽테스키외, 이수지 역, 『페르시아인의 편지』, 다른세상, 2002.

볼프강 슈말레, 박용희 역, 『유럽의 재발견. 신화와 정체성으로 보는 유럽의 역사』, 을유문화사, 2006.

이매뉴얼 월러스틴, 김재오 역, 『유럽적 보편주의: 권력의 레토릭』, 창비, 2008.

유정희, 「영원한 이방인: 독일의 터키 공동체」, 『독일연구』 18, 한국독일사학회, 2009.

최현덕,「다문화주의와 여성주의 사이의 갈등에 전제되어 있는 문화개념에 관하여 - 여성 디아스포라의 관점에서」, 『사회와 철학』 20, 사회와철학연구회, 2010.

Angelika Schildmeier, *Integration und Wohnen*, Hamburg, 1975.

Bassam Tibi, *Europa ohne Identität. Leitkultur oder Wertebeliebigkeit*, München, 1998.

Bundesministerium des Innern, *Zuwanderungsgesetz*, Pastow, 2004.

Die Beauftragte der Bundesregierung für Migration, Flüchtlinge und Integration, *Der Nationale Integrationsplan*, Baden-Baden, 2007.

Dolf Sternberger, *Verfassungspatriotismus*, 2. Aufl., Frankfurt am Main, 1990.

Erik Kroicher, "Auf dem Weg zu einer europäischen Identität", *Veranstaltungsbeitrag im Symposium der Konrad-Adenauer-Stiftung in Prag*, 2005.12.

Franco Cardini, *Europa und der Islam*, München, 2001.

Friedrich Meinecke, *Die deutsche Katastrophe. Betrachtungen und Erinnerungen*, Wiesbaden, 1946.

Friedrich Merz, "Einwanderung und Identität", *Die Welt*, 2000.10.25.

Günter Buchstab/Rudolf Uertz ed., *Nationale Identität im vereinigten Europa*, Freiburg, 2006.

Hans Urlich Wehler, "Türkenproblem", *Die Zeit*, 2002/38.

Heinrich Böll, *Irisches Tagebuch*, Köln, 1957.

Jacques Le Goff, *Jacques Le Goff erzählt die Geschichte Europas*, Frankfurt am Main, 1997.

Jan Schneider, "Die Novellierung des Zuwanderungsgesetzes 2007", *Bundeszentrale für politische Bildung, Neue Migrationspolitik*, http://www.bpb.de/themen/OGZA5T.html.

Jürgen Kocka, "Wege zur politischen Identität Europas. Europäische Öffentlichkeit und europäische Zivilgesellschaft", *www.fes-online-akademie.de*, pp.1~2.

Jürgen Osterhammel, *Europa um 1900: Auf der Suche nach einer Sicht von außen*, Bochum, 2008.

Karin Hunn, *>>Nächtes Jahr kehren wir zurück... <<. Die Geschichte der türkischen >>Gastarbeiter<< in der Bundesrepublik*, Göttingen, 2005.

Karl Diertrich Bracher/Wolfgang Jäger/Werner Link ed., *Republik im Wandel 1969-1974*, Mannheim, 1986.

Karl-Heinz Meier-Braun, *Deutschland, Einwanderungsland*, Frankfurt am Main, 2002.

Karl Schmid, *Europa zwischen Ideologie und Verwirklichung. Psychologische Aspekte der europäischen Integration*, Schaffhausen, 1990-Erstausgabe 1966.

Naika Foroutan/Isabel Schäfer, "Hybride Identitäten-muslimische Migrantinnen und Migrantinnen in Deutschland und Europa", *Aus Politik und Zeitgeschichte* 5, 2009.

Neil Fligstein, *Euro-Crash. The EU, European Identity and the Future of Europe*, Oxford, 2008.

Peter Katzenstein ed., *Mitteleuropa. Between Europe and Germany*, Oxford/New York, 1997.

Peter J. Katzenstein ed., *Tamed Power. Germany in Europe*, New York, 1997.

Sebastian Conrad/Andreas Eckert/Urlike Freitag ed., *Globalgeschichte. Theorien, Ansätze, Themen*, Frankfrut am Main, 2007.

Stiftung Haus der Geschichte der Bundesrepublik Deutschland ed., *Europäische Geschichtskultur im 21. Jh.*, Bonn, 1999.

Thomas Meyer, *Die Identität Europas*, Frankfurt am Main, 2004.

Thomas Risse-Kappen, *A Community of Europeans?: transnational Identities and Public Spheres*, New York, 2010.

Werner Schiffauer, *Parallelgesellschaften. Wie viel Wertekonsens braucht unsere Gesellschaft? Für eine kluge Politik der Differenz*, Bielefeld, 2008.

Werner Schaffner/Mauerla Bojazijev(im Gespräch), "Es geht nicht um einen Dialog. Integrationsgipel, Islamkonferenz und Anti-Islamismus", Sabine Hess /Jana Binder/Johannes Moser ed., *No integration? Kulturwissenschaftliche Beiträge zur Integrationsdebatte in Europa*, Bielefeld, 2009.

Wolfgang Schmale, *Geschichte und Zukunft der Europäischen Identität*, Stuttgart, 2008.

Wolfgang Welsch, "Transkulturalität-Die veränderte Verfassung heutiger Kulturen", Freimut Duve u.a. ed., *Sichtweisen. Die Vielheit der Einheit*, Frankfurt am Main, 1994.

아일랜드 탈민족주의 담론과 문학의 포스트
— 수정주의적 개입

이효석

Ⅰ. 들어가며

아일랜드는 2008년부터 시작된 미국발 재정위기의 여진을 견디지 못하고 마침내 2010년 11월 말 EU와 IMF로부터 675억 유로의 금융지원을 받기로 결정했다. 1995년부터 2007년까지 10여 년간 이어진 경제호황기 즉, 소위 '켈트의 호랑이(Celtic Tiger)'[1] 시대는 이제 되돌아가기 쉽지 않은 꿈같은 시절이 되어버렸다. 아일랜드는 2008년의 미국에서 시작된 서브프라임 금융위기로부터 가장 큰 영향을 받은 유로존 최초의 국가로 기록됨으로써 세계화의 경제 무대에서 급속한 성장과 그 속도만큼의 몰락을 극적으로 보여주고 말았다. 아일랜드의 재정은 적자를 기록하기 시작했고 사업체들은 문을 닫았으며 실업률은 증

1) 영국의 경제학자 케빈 가디너(Kevin Gardiner)가 한국을 비롯한 동아시아의 경제발전을 빗대어 1994년 처음으로 아일랜드를 'Celtic Tiger'라고 부른 이후 이 용어는 아일랜드의 경제 호황기 혹은 '아일랜드' 자체를 가리키는 일반적인 말로 쓰이기 시작했다. 가디너는 2007년에 이르러서도 여전히 아일랜드의 경제가 실물경제의 위기에도 불구하고 호황기의 상황을 이어갈 수 있을 것으로 낙관하는 오류를 범했다. 이는 Dara Doyle과 Fergal O'Brien의 기사를 참고할 것.

가했고 일자리를 찾아 들어왔던 외국노동자들은 다시 아일랜드를 떠나기 시작했다. 「경기침체에 물린 켈트의 호랑이, 사망하다」("Celtic Tiger dead as recession bites")[2]라는 신문기사의 제목처럼 아일랜드 경제는 몰락하고 말았다.[3]

아일랜드 경제개발부(Industrial Development Authority)의 대표 신 도건(Sean Dorgan)은 2006년 미국 〈헤리티지 재단〉(Heritage Foundation)의 기관지 『백그라운더』(*Backgrounder*)에 투고한 「아일랜드는 어떻게 켈트의 호랑이가 될 수 있었는가」("How Ireland Became the Celtic Tiger)"에서 아일랜드를 "세계화된 관점을 가진 무역국가"이자 "세계에서 가장 세계화된 국가(the most globalized country in the world)"(13)로 규정했다. 그는 이 글에서 아일랜드가 경제개방정책을 펼치기 시작하던 1950년대 후반 이전과 그 이후를 단절적인 시대로 구분하며 다음과 같이 주장했다. 첫째, "1950년대 중반까지 아일랜드의 '경제적 민족주의'는 철저히 실패했다."(1) 민족주의 이데올로기는 경기침체와 수많은 이민자를 양산했고 전후 유럽의 급속한 경제성장과 분명히 대비되는 결과를 낳았다. 둘째, 1995년 이후 십년간 아일랜드는 EU나 OECD에 비해 두 세 배 이상의 경제성장률을 보였으며,

---

2) http://www.examiner.ie/story/Ireland/qlmhcwqlau/rss2/

3) 아일랜드는 영국으로부터 실질적으로 독립한 1921년 이후 강력한 경제적, 문화적 독립주의 정책을 시행해나갔다. 그러나 아일랜드의 경제성장은 산업과 사회의 현대화를 추구하기 시작한 1960년대부터 서서히 상승곡선을 그리기 시작했다. 1960년과 69년 사이 350여 개가 넘는 외국기업들이 저임금과 정부의 세제혜택이라는 친기업적인 매력에 이끌려 아일랜드를 찾기 시작했다. 1973년에 EEC(유럽경제공동체)에 가입하면서부터 낮은 법인세와 유럽중앙은행(ECB)의 저금리 정책, 농업보조정책 등에 힘입어 아일랜드는 급격한 경제성장을 이룩했다. 그것은 마침내 1995년과 2000년 사이 매년 국내총생산(GDP)은 7.8%에서 11.5% 사이, 그리고 2001년과 2007년 사이에는 매년 4.4%에서 6.5% 씩 증가했다. 그 결과 아일랜드는 유럽의 가난한 주변부에서 서유럽 국가 가운데 가장 대표적인 부국으로 성장하기에 이르렀던 것이다.

이민문제를 해결하였고, 실업률은 4.4%까지 낮췄으며, 재정은 균형을 이루게 되었다. 셋째, 아일랜드는 "세계시장에 대한 경제개방, 낮은 세금, 교육에 대한 투자와 같은 정책"을 통해 이러한 성공을 거둘 수 있었고 앞으로도 계속 이러한 기조를 유지할 것이며 아일랜드의 미래는 밝다.

도건의 발언은 아일랜드의 정체성과 연결되는 문제이기 때문에 대단히 중요한 의미를 지닌다. 그는 과거의 아일랜드를 지배한 이데올로기를 '경제적 민족주의'로, 현재와 미래를 '경제적 세계화'로 각각 규정한다. 그가 제시하는 이 두 개념은 비단 아일랜드의 경제 문제만은 함의하는 것은 아니다. 민족주의와 세계화는 아일랜드의 과거와 현재의 사회적, 문화적 특징을 핵심적으로 정리해주는 개념이기 때문이다. 그는 아일랜드가 1922년의 '독립' 이후 '자급자족 경제'를 추구하면서 '소규모 농업'에 의존하고 '높은 관세'를 부과하면서 "경제적 민족주의"를 실현하려했지만, "민족의 열망을 제대로 충족시켜줄 수 없는 실패작"(3)으로서 "실망"만을 안겨주었다고 비판한다.

도건의 주장은 아일랜드 정부의 경제정책을 입안하고 시행해온 최고책임자의 입에서 나온 것이기 때문에 당시 아일랜드 전체를 대표하는 발언으로 간주해도 무리가 없을 것이다. 그는 아일랜드의 동력이 바로 '경제의 세계화'에 있다고 규정하면서 "경제개방과 교육투자 및 낮은 세금과 실용주의와 야망"(13)이 성공을 보장하는 핵심이라고 말하고 있다. 그는 낮은 세금, 경제개방, 유연한 실용주의적 정책, 기업가적 정신과 성공에 대한 야망, 부유함을 '켈트의 호랑이'의 세계화와 연결시킴으로써 과거와 현재의 차이를 분명히 한다. 요컨대 아일랜드의 과거와 현재는 민족주의와 세계화, 가난과 부유, 실망과 환희, 후진과 선진, 침체와 역동성의 이미지로 차별화되고 있는 것이다.

아일랜드의 일간지 『트리뷴』(Tribune)은 2009년 「누가 우리를 이렇게 엉망으로 만들었는가?」("So Who Got Us Into This Mess?")라는 기사에서, 경제가 붕괴된 원인을 소비자, 은행, 건설업, 경제학자, 정부, 미디어, 정책 비판가들, 노사정 정책협의체 모두에게 돌렸다. 한마디로 아일랜드 국민 모두가 공동으로 책임을 지고 있다는 말이다. 여기서 이 신문이 아일랜드를 구성하는 다수의 아일랜드인을 가리켜 통상적으로 사용하는 정치적 개념인 '시민' 대신 시장경제를 구성하는 '소비자(consumer)'라는 용어를 사용한 것은 아일랜드가 현재 자신의 정체를 얼마나 '경제적'으로 바라보는가를 잘 보여준다. 이 신문은 고건이 굳게 믿은 경제의 세계화가 경제의 몰락이라는 결과를 가져왔다는 사실 외에도 이러한 몰락의 가능성에 대해 시민들을 눈감게 만든 대표적인 원인으로 '미디어'를 들고 있다.

> 물론 [조지 리(George Lee)][4]는 이런 사태가 벌어질 것을 미리 말했었다. 그러나 [리와 그 외 다른 사람들]의 목소리는 대중들이 원하는 생각들과 기득권의 으름장 아래 가려 들리지 않았다. 미디어에 종사하는 우리들은 어려운 경제학에 익숙하지도 않았고 대중들과 같은 소망을 가졌기 때문에 이런 사태를 자초했다.[5]

이 신문이 말하는 대중들과 '같은 소망'이란 신 도건이 제시한 자유시장경제의 장밋빛 전망에 대한 바로 그 소망일 것이다. 경제의 세계

4) 조지 리는 아일랜드의 유명한 언론인, 경제학자, 정치가이다. 경기침체와 정책의 위험에 대해 상당히 비판적인 논평을 방송을 통해 지속적으로 했던 것으로 알려져 있다.

5) Michael Clifford and Justine McCarthy. "So Who Got Us Into This Mess?" 참고.

화를 지향하는 정부의 담론이 자신들의 과거와 현재를 민족주의와 세계화, 가난과 부유, 실망과 환희, 후진과 선진, 침체와 역동성의 이분법적 이미지로 차별화할 때 대다수 아일랜드 언론이 이를 받아썼다면, 아일랜드의 학계, 특히 역사학계는 그 동안 어떤 역할을 담당했던가?

역사학자 로버트 페리(Robert Perry)는 아일랜드 역사에 대한 수정주의 논쟁이 거세진 1970년대는 북아일랜드에서 격화된 무장투쟁의 갈등이 아일랜드로 확대되는 것을 방지하고자한 아일랜드 정부가 민족주의 담론에 대해 일정한 거리를 두며 정책에 활용할 수 있는 특정한 가치를 수정주의 담론에서 찾던 시기라고 말한다. 한마디로 말해, "수정주의란 하나의 동기인 동시에 정책이자 활용할 수 있는 도구였다(a motivation, a policy and a tool to be used)"(330). 디클란 카이버드(Declan Kiberd) 역시 IRA의 문제에 직면하여 더블린의 당국자들은 "EEC의 회원국이 되는 일에 더 무게를 두었기 때문에" 수정주의 비판을 "갑자기 수용하였다"(644)고 주장한다. 나아가 무상 중등교육이 확대되던 시점에 맞추어 교과서에 수정주의 역사관이 본격적으로 등장하기 시작했던 것이다. 피더 커비(Peadar Kirby) 등의 주장처럼, 자유주의 경제학자와 수정주의 역사학자, 나아가 아일랜드의 과거와 현재를 어둠과 광명의 이미지로 극화시킨 일부 예술가들의 작업은 세계화를 위한 아일랜드의 분위기를 조성하는 데 큰 역할을 담당했던 것이다(6-7).

이 글의 일차적인 목표는 아일랜드 민족주의에 대한 비판담론들은 경제개방과 세계화를 추구한 정부의 움직임과 시기적으로 묘하게 연계되어 있으며 민족주의와 수정주의적 비판담론이 가진 이데올로기적 한계를 넘어설 수 있는 문제의식을 아일랜드 문학에서 찾아보려는 데 있다. 이를 위해 우선 아일랜드 민족주의와 수정주의 역사관을 간략하게 살펴보고 그것이 아일랜드 사회에 어떤 문화적 변화를 가져왔는지를 생각해볼 것이며, 나아가 아일랜드 민족의 과거에 대한 기억을 잊지 않으면서도 민족주의의 편협한 역사의식을 경계했던 아일랜드의 분쟁문학의 역사를 간략하게 소개하고 대표적인 예를 프랭크 오코너(Frank O'Conner)의 단편 「민족의 손님들」("Guests of the Nation")과 브렌단 비언(Brendan Behan)의 연극 『인질』(*The Hostage*)에서 찾아보고자 한다.

Ⅱ. '사상투쟁'으로서의 아일랜드 역사논쟁

아일랜드에서 민족주의에 대한 비판은 독립 이후 아일랜드 정부의 폐쇄적 경제정책, 시민적 자유의 억압, 북아일랜드의 강경한 공화주의자들의 끊임없는 무장투쟁에 대한 정신적 피로감에서부터 시작되었다. 비판을 주도한 소위 수정주의 역사가들은 이러한 현실적 난관들을 지적하는 것 이외에도 아일랜드 독립 이후 이루었다고 국가가 자랑하는 업적들의 권위를 부정하기 시작했다.[6] 로버트 페리는 1960년대부터 민족주의 역사가와 수정주의 역사가 사이에 일어난 이러한 논쟁을 북아일랜드를 중심으로 벌어진 무장투쟁에 대응하는 일종의 '사상투쟁'(war of ideas)으로 규정한다. 카이버드 역시 이와 비슷한 맥락에서, 이들 간의 논쟁은 마치 누가 "현재의 권력을 쥐고 있는가"(644)를

---

6) 아일랜드 민족주의 역사에 대해서는 박지향의 『슬픈 아일랜드』가 참고할 만하다. 박지향은 민족주의의 다양한 흐름들과 이를 비판적으로 분석하는 수정주의 역사가들의 주장을 잘 정리하고 있다. 다만 아일랜드 민족주의에 대한 박지향의 설명은 수정주의 역사가들의 견해에 바탕을 두고 있고 민족주의 담론이 정부에 의해 신자유주의적인 현재의 흐름을 유도하는 데 봉사한 측면을 간과하고 있다. 또한 신자유주의적으로 변화된 시대상황에 대한 언급이 없는 아쉬움이 있다. 이 글에서는 박지향의 책을 민족주의와 수정주의를 소개하는 데 활용하고자 한다.

증명하기 위한 권력투쟁이 아니었던가하고 반문한다.

분명한 사실은 민족주의와 탈민족주의, 민족경제론과 경제적 세계화론자들 간의 이데올로기 투쟁이 장차 아일랜드 사회를 인도할 헤게모니 싸움과 불가분의 관계가 있었다는 점이다. 그렇다면, 수정주의 역사가들이 무엇을 비판하고 무엇을 추구하였는지를 살피기에 앞서 아일랜드 민족주의 혹은 민족문화의 특징이 무엇인지를 간단히 정리하는 것이 먼저일 것 같다.

17세기 이래 아일랜드에는 크게 지배자인 제국의 잉글랜드 문화와 아일랜드에 정착하여 아일랜드에 연대감을 가진 신교도 영국계 아일랜드 문화, 그리고 토착적인 게일 문화가 공존하고 있었다. 영국계 아일랜드 문화는 잉글랜드 문화보다는 토착의 게일 문화에 더 친연성을 갖고 있었다. 그러나 전자는 영국의 문화적 전통과 아일랜드와의 단절보다는 영어문화와 게일어문화의 공존을 모색했기 때문에 게일어와 가톨릭을 기초로 문화적 정체성을 삼으려는 '아일랜드인의 아일랜드(Irish Ireland)'를 지향하는 진영과 충돌하였다. 게일 전통과 영국계 아일랜드의 문화를 결합하려는 대표적인 사람들은 '아일랜드 문예부흥운동(Irish Literary Revival)'[7]을 주도한 예이츠(W. B. Yeats)와 레이디 그레고리(Lady Gregory)였다. 이들은 "아일랜드의 민속과 영웅신화들을 개발하고 … 이것들을 '영어로 써진' 아일랜드 문학으로 창조함으로써 아일랜드 내의 게일적 요소와 잉글랜드적 요소가 통합될 수 있을 것"(박지향 100)으로 보았다. 그러나 19세기 말부터 서서히 민족주의와 게일문화와 가톨릭적 전통을 중시하는 '아일랜드인의 아일랜드'라는 정체성이 확립되었고 이것이 아일랜드 문화의 주류를 형성

7) 이를 'Celtic Revival' 혹은 'Celtic Twilight'라고도 부른다.

하였다.

1892년 더글러스 하이드(Douglas Hyde)는 「아일랜드를 탈영국화할 필요성」("The Necessity for De-Anglicising Ireland")이라는 연설에서 "한때 유럽에서 고전에 대한 학식과 교양에 있어 뛰어난 국가 중의 하나"였던 과거를 상실한 아일랜드인들은 "영국을 증오하면서도 영국을 모방"(79)하는 이중적인 태도 때문에 이류 민족으로 전락했다고 비판했다. 그는 물질적인 진보뿐만 아니라 정신적인 자유와 독립 역시 식민지인에게 중요하다고 말하며 영국을 모방하여 살아가는 것은 아일랜드를 "민족의 주도권을 상실하고 이차적인 동화를 통해 살아남는 모방인의 나라, 서유럽의 일본"(83)으로 만들 것이라고 경고했다. 이와 비슷하게 모란(D. P. Moran)은 영국문화와 게일문화를 두 개의 '분리된 문명'으로 규정하고 이들 간의 상호 영향관계를 부정했다.

> 아일랜드인은 예나 지금이나 영국인과 절대적으로 달랐다. 각 나라의 천재들은 분명히 구별되었다. 우리는 영국인의 이상에 공감하지 못했다. 영국문학은 우리의 영혼에 감흥을 주지 못했다. 그것이 사망 직전에 있는 이 문명이 주는 본능이든 혹은 살아있는 잠재의식적 전통이든 간에, 모든 아일랜드인들의 가슴을 향해 이렇게 말하고 있다.-"너희들은 아일랜드인이 되거라, 너희들이 영국인이 될 수는 없다."(146)

따라서 아일랜드 민족주의 운동은 국가의 건설과 함께 영국인과 다른 아일랜드인의 고유한 속성 즉, 게일적인 것을 찾아내는 작업을 병행해야만 했다. 아일랜드인의 공통의 전통과 종교와 언어를 그 어떤 것으로 규정하고 이를 통해 아일랜드성을 창안해내어야만 했던 것이다. 그것이 바로 게일어와 게일문화 및 가톨릭적 전통이었다.[8]

그런데 아일랜드 민족주의 역사관을 비판하는 진영은 위와 같은 시각으로 구성한 아일랜드의 역사는 다양한 역사적 사건과 요소 가운데 게일적인 것들만을 모으고 다른 것들을 배제하여 구성된 것이므로 불완전하며 억압적이라고 비판한다. 로버트 페리는 특히 IRA의 무장투쟁이 벌어지기 시작한 1970년대의 북아일랜드 사태를 계기로 역사 해석의 수정주의 논쟁이 더욱 거세지기 시작했다고 진단한다. 그가 볼 때, 그것은 "북아일랜드에서 일어나고 있는 갈등에 대한 반응으로 (역사해석의) 정설에 대한 이데올로기적 뿌리를 재검토"하는 작업 즉, "이데올로기에 대한 해체와 재검토이자 새로운 역사해석"(Perry 330)이었다. 예컨대 1970년대 초 코너 크루즈 오브라이언(Conor Cruise O'Brian)은 아일랜드의 정체성에 대한 혼란과 자기기만, 그리고 종교와 민족구성체에 대한 혼동 따위가 북아일랜드 폭력투쟁의 원인이 되었다고 주장하면서 가톨릭 민족주의자들에게 더 큰 책임을 돌렸다(박지향 53). 오브라이언과 같은 수정주의 역사가들의 일차적 목표는 역사와 신화를 구별하는 것이라고 요약할 수 있다. '예속으로부터 벗어난 [민족]의 이야기'(176)로만 민족의 역사를 보는 것은 북아일랜드의 폭력적 투쟁방식에 면죄부를 부여하는 역효과를 낳는다는 것이다. 이들은 "아일랜드의 과거에 대한 잘못된 이미지들이 현재를 침식하고 미래를 저당잡고 있다고 믿으며, 이러한 낡은 민족주의적 '이야기'를 전복하는 일은 아일랜드 민족주의가 내포하는 경건함에 대한 가장 '건전한 회의'를 통해 이뤄질 수 있다고 확신"(181)했다.

---

8) 게일어는 독립 이후 아일랜드 헌법에서 '국어'의 지위를 획득했다. 표면적으로 아일랜드 헌법은 종교의 차별을 금지하고 있지만 로마가톨릭교회의 "특별지위"가 폐지된 것은 1973년 헌법의 5차 개정이 이루어진 뒤에야 가능한 일이었다. 이는 아일랜드 건설 초기부터 가톨릭이 지배적 위치를 차지하고 있었다는 것을 반증한다.

수정주의자들의 전략은 한 마디로 "과거를 탈신화화"(de-mythologize the past)(Perry 330)하는 것이었다. "수정주의 초기 단계는 북아일랜드 갈등이 시작되던 때와 맞물려 비판의 초점은 전적으로 아일랜드 민족주의로 모아졌다."[9] 이들은 일차적으로 1916년의 부활절 봉기와 관련된 사건과 인물들을 재해석하는 작업에 치중하였다. 따라서 민족주의에 대한 열띤 비판으로 점철된 아일랜드의 수정주의는 만약 북아일랜드와 같은 사태가 벌어지지 않았더라면 지금까지 벌어진 논쟁의 양상과는 상당히 다르게 전개되었을 지도 모르는 일이다.

아일랜드 민족주의에 대한 학문적인 논쟁은 대략 세 가지 단계 즉, 수정주의 진영의 민족주의에 대한 문제제기, 수정주의에 대한 민족주의 진영의 반박, 그리고 앞 두 진영의 객관성을 비판하면서 제3의 길을 제안하는 포스트-수정주의로 진행되었다.[10] 첫 번째 단계는 아일랜드 역사에 대한 전통적인 민족주의적 해석에 의문을 던지는 반민족주의(anti-nationalism) 입장이다. 이들은 영국이 지난 700년 동안 아일랜드를 '억압'했고 지배했으며 아일랜드는 이에 '영웅적인 저항'을 했다는 기존의 역사에 대해 반기를 든 것이다. 나아가 이들은 "독립과 혁명, 민족성과 역사에 대한 민족주의적 정통사관과 이론을 수정하고자 한다"(Perry 330). 요컨대 이들은 기존의 전통적인 민족주의적 역사관의

---

9) 아일랜드의 수정주의 지식인과 정치가들은 격렬한 전투에 기초한 북부의 "영토회복주의 민족주의(irredentist nationalism)"(Perry 330)의 문제의식과 그 실효성을 상당히 비판적으로 보았다. 결과적으로 볼 때, 북부의 폭력사태는 정치권과 학자, 예술가를 포함한 지식인들 사이에 민족주의에 대한 수정주의적 반발을 불러일으켰던 것이다. 아이러니한 것은 수정주의의 뒤를 이어 "포스트-수정주의(post-revisionism)"가 대두될 수밖에 없었다는 사실이다.

10) 페리는 민족주의 진영의 대표적 학자로 피터 베레스포드 엘리스(Peter Beresford Ellis)를, 수정주의는 코너 크루즈 오브라이언(Conor Cruise O'Brien)을, 그리고 제3의 입장은 데스몬드 페넬(Desmond Fennell)을 든다.

"역사연구와 성인전 연구를 구별(to differentiate between historiography and the hagiography)"해야 한다고 주장한다.

두 번째 접근은 전통적인 민족주의적 연구로서, 앞에 설명한 수정주의적 역사연구를 반아일랜드적 편견에 사로잡혀 있는 새로운 합방주의자(unionism)의 책략과 무엇이 다르냐고 비판한다. 수정주의자들은 "과거의 영국의 제국주의의 존재 자체를 부정하고 아일랜드 역사와 정치에 영국의 역할을 재건하려 시도하고 있다"(Perry 330)는 것이다. 이들은 영국의 아일랜드 지배가 '나쁜' 것이 아니었고 아일랜드의 저항이 꼭 아일랜드 민중에게 '좋은' 것만은 아니었다는 주장을 펼치고 있다는 것이다. 결국 그것은 현재처럼 아일랜드가 분리되어 존재하는 것을 정당화하려는 시도에 다름 아니라는 것이다.

세 번째 입장은 전통적인 민족주의 진영과 이에 반대한 반민족주의 진영 간의 제3의 노선을 지향하는 일종의 '포스트-수정주의(post-revisionist)'(Perry 331) 입장이다. 이들은 반민족주의 진영이 아일랜드 민족주의에 대해서는 해체의 칼질을 가하는 반면 합방주의 정치문화나 영국정부에 대해서는 모르쇠로 일관한다고 비판한다. 한편 전통적인 민족주의 진영 역시 교조적이며 경직되어 있다고 비판한다. 제3의 노선은 스스로를 "사실적이며 경험적이며 유연하고 자기비판적"(realistic, empirical, flexible and self-critical)이라고 규정한다. 무엇보다도 이들은 민족주의건 수정주의건 일정하게 분명한 역사이해에 방해가 되는 과장된 허구 즉, 신화에 의지하고 있다고 비판한다. "낡은 신화건 새로운 신화건, 민족주의 신화건 수정주의 신화건, 모든 종류의 신화를 거부"하는 것이다.

페리는 제3의 입장을 "바람직하고 건설적인 유형의 수정주의(a positive and constructive form of revisionism)"(331)로 규정한다. 반민족

주의 해석에만 주력하는 기존의 "부정적이고 소모적인 수정주의"와 다르다는 것이다. "아일랜드 민족주의 정론을 수정하는 것에 꼭 반대할 필요는 없다. 민족주의 철학과 정치를 비판한다고 곧 이단적 견해로 볼 필요는 없다." 근대 아일랜드 학문에서 "수정주의"는 "아일랜드 정치에 대해 다시 생각하고, 남북 아일랜드 분리의 적법성과 합방주의 정치의 정당성과 정치적 폭력에 대한 거부를 인정하는 태도"로 폭넓게 규정할 수 있다.

페리는 아일랜드 역사에 대한 수정주의적 논쟁들이 본격적으로 시작된 시점을 아일랜드가 유럽경제공동체(EEC)에 가입하려던 순간 터져 나온 북아일랜드의 무장봉기가 격화되기 시작한 1960년대로 잡는다. 1950년대가 자급자족적인 폐쇄적 경제정책과 엄격한 검열정책이 지배한 문화적 부자유의 공간과 시간으로 상징된다면 60년대는 "미래에 대한 낙관, 희망, 엄청난 기대의 시대"(330)였다. "문학과 영화에 대한 엄격한 검열"과 "경기침체와 가난, 심각한 해외이주"가 지배한 1950년대와 달리 60년대는 번영과 국력회복의 물질적, 정신적 토대"로 간주되었던 것이다.

바로 이러한 시점에 북아일랜드 사태가 촉발된 것이었고, 자연히 아일랜드 정부는 "갈등이 국경을 넘어 남부로 넘어오는 것을 방지하려는 시도"(Perry 330)를 하게 되었다. 아일랜드에서는 "민족주의가 북아일랜드 사태를 만들어내어서도 아니 되고, 만들어낼 리도 없다"는 관점이 부각되기 시작했다. "이념이든 역사든 수정되어야만 하다"(ideology and history were to be revised)는 생각에 따라 "수정주의란 하나의 동기인 동시에 정책이자 활용할 수 있는 도구였다."

카이버드는 역사학자 로난 패닝(Ronan Fanning)의 말을 빌려, 더블린의 당국자들은 IRA의 문제에 직면하여 영국의 잘못을 지적하는 일보다는 "EEC의 회원국이 되는 일에 더 무게를 두었기 때문에" 수정주의적 민족주의 비판을 "갑자기 수용하였다"(644)고 주장한다. "수정주의 역사가 교과서에 등장하기 시작하는 시점은 무상 중등교육이 확대되던 시점과도 일치한다"는 점에서 "지배계급이 그 자신의 권위를 지탱하고 합법화하기 위해 과거를 재현하는 작업을 통제"하려고 한다는 비판을 피해가기 힘들 것 같다. 카이버드가 볼 때, 수정주의 역사학자들과 민족주의 역사학자들 간의 논쟁은 누가 "현재의 권력을 쥐고 있는가"를 증명하기 위한 경쟁이 아니었던가하고 질문한다. 민족주의가 하나의 테제라면 수정주의 역사는 안티테제였으며 그 역시 "불완전하고 오류"를 범하고 있었다는 점을 인정해야만 한다는 것이다.

카이버드는 아일랜드의 민족주의를 비판하는 학자들의 동기의 순수성에 대해서는 인정하면서도 그들이 민족주의 역사에 대해 지나치고 혹독하며 영국이라는 외적 요인에 대해서는 언급하지 않는 점을 비판한다. 예를 들어 게일 동맹(Gaelic League)이 "영어로 된 문학은 모두 개신교적이며 반민족적인 것으로 보았다"고 주장하며 "이러한 감정은 근본적으로 분파주의적이며 인종차별적"이라고 주장하는 로이 포스터(Roy Foster)는 너무 지나치다는 것이다. 또한 수정주의자들은 대체로 역사적 사실을 나열할 뿐 사건의 원인을 분석하는 일에 주저하며 과거를 되짚어 읽는 작업은 있어도 "미래를 위한 읽기(read forward)"는 없다는 점이 큰 한계라는 것이다. 나아가 영국이 아일랜드 역사를 읽는 "영국중심적"인 방식에 대해서나 제국주의적 과오에 대한 반성이 모호한 측면에 대해서도 입을 닫고 있다고 비판한다(642-3).

한편 이들 수정주의자들이 아일랜드공화국에 거주하건 북아일랜드에 거주하건 간에 상당수가 개신교도라는 사실은 이채롭다. 박지향의 말대로 이들이 자신들의 '다른' 종교적 정체성 때문에 "아일랜드에 존재해온 다양한 문화들을 모두 아일랜드 민족의 범주에 포함"(206)시키려 했다면, 그 자체로는 아무런 문제가 없을 것이다. 아일랜드의 민족과 역사의 문제를 보다 광범위하게 또 세계사적인 시각에서 또 다양하게 바라볼 수 있게 하고 아일랜드 사회를 구성하는 구성원들이 제각각의 목소리를 낼 수 있는 공간을 마련했다는 점에서 공로는 인정해주어야 하기 때문이다. 그러나 민족주의 비판담론이 아일랜드 정부가 국민들에게 "유럽 내의 아일랜드, 나아가 세계 속의 아일랜드라는 새로운 정체성"(박지향 206)을 심어줄 필요가 있을 때 더욱 세력을 얻었다는 사실에 대해서는 좀 더 생각해볼 필요가 있을 것이다. 아일랜드 과거에 대한 찬양이 아일랜드 독립운동의 필요에 의해 유도되고 활용된 점은 부정할 수 없지만, 역사에 대한 비판 역시 아일랜드의 EEC 가입, 나아가 경제적 세계화를 지향한 '켈트의 호랑이' 시대에 더욱 크게 조장되었다는 사실도 인정해야만 할 것이다.

Ⅲ. 경제의 세계화와 '켈트의 호랑이' 시대의 탈민족주의 문화

20세기 초의 아일랜드는 민족주의 운동을 통해 '게일 가톨릭의 아일랜드'라는 근대적 정체성을 '창안'해 내었다. 이때 아일랜드문예부흥과 같은 문화운동은 큰 힘으로 작용하였다. 그러나 독립 이후 민족주의적 경제정책이 한계에 이르면서 아일랜드 사회는 경제적 세계화를 지향할 때 전통적인 민족주의 이데올로기에 비판적인 자세로 돌아섰다. 이러한 기조는 '켈트의 호랑이' 시대로 계속 이어지게 된다. 다만 1990년대부터 아일랜드는 민족주의 비판으로 훼손된 기존의 게일적 아일랜드의 이미지를 대체하기 위해 "아일랜드를 재창안하게 된다"

(Kirby 1). 아일랜드 정부는 '국민경제사회회의'(National Economic and Social Council)라는 공식기구를 통해 민족주의적인 "과거와 단절하고 관용적이며 자유주의적인 계몽된 아일랜드"(2)로 거듭나야 한다는 점을 적극적으로 홍보하고 교육하였던 것이다.

'켈트의 호랑이' 시대에 영향을 준 아일랜드의 주류 담론은 크게 두 가지로 구별할 수 있을 것 같다.[11] 첫째는 아일랜드 사회의 미래를 결정짓는 담론으로서 "경제성장을 위한 조건"으로 생산성 강화, 비용의 경쟁력, 임금 억제, 공공복지비용의 절감 등을 주장한 신고전주의 경제학과 신성장이론을 들 수 있다. 이 경제학은 경제성장을 그 자체의 목적으로 두면서 "자비로운 개인과 공리주의 사고"(Kirby 4)를 그 토대에 두고 있다. 이러한 경제학이 사회에 주류담론으로 가능할 수 있었던 것은 사회의 운용을 공동체적 고려와 합의가 아니라 개인의 선택과 운명의 차원으로 바꾸려는 신자유주의적 정책적 필요와 맞아떨어졌기 때문일 것이다.

두 번째는 아일랜드의 과거를 비판적으로 분석하는 담론들이다. 이것들은 현재를 분석하고 미래에 대한 사회의 진행방향을 위한 변명이자 조건으로 기능하였기 때문에 대단히 중요하다. 코너 맥카시(Conor McCarthy)와 같은 경제학자는 우선 과거의 아일랜드 경제정책을 "애국주의적 경제적 민족주의"라고 규정하고 "이런 정책들은 이제 이 나라의 욕망을 충족시키기에는 전적으로 부적합하다"(Kirby 6에서 재인용)고 비판했다. 그의 주장은 1960년대부터 시작된 경제개발을 "전적

11) 커비는 경제와 관련된 담론을 크게 세 가지로 구분한다. 첫째는 본문에 소개된 것이고 둘째는 경제성장이 사회성장을 견인할 것이므로 시민의 자발적 참여가 아니라 국가가 주도하는 사회운용의 방식을 우선시해야한다는 정치경제학이며 셋째는 앞 선 두 가지 주류담론에 대한 비판으로서 세계체제론에 의거한 마르크스주의적적인 시각이다. 이는 Kirby, 5~6을 참고할 것.

으로 좋은 것"으로 보이게 만든 핵심이었다. 두 번째 과거비판 담론은 오브라이언, 리온스(Lyons), 포스터 및 맥도나우(McDonagh)와 같은 수정주의 역사가들이 민족주의적 거대서사에 도전한 것들로부터 나왔다. 이들은 역사적 인물들과 중요한 역사적 사건들을 재해석하고 아일랜드인들이 제국에 대해 가졌던 반감의 정도 따위를 재조명하였다. 이들이 아일랜드 역사에 대해 가진 냉정한 태도는 향후 "국제 신자유주의 체제에 적극적으로 들어서려는 정부의 입장"(Kirby 6)을 보충해서 보여준 것이었다. 한마디로 말해 이 시대가 기존의 민족주의적 역사해석에 대해 가진 반감은 북아일랜드의 폭력사태처럼 아일랜드 민족주의의 정치권 밖의 활동을 불법화하려는 영국과 아일랜드 양국의 이해와 일치하였다.

세 번째 과거비판 담론은 예술분야에서 나타났다. 커비에 따르면, 더모트 볼거(Dermot Bolger)와 핀턴 오툴(Fintan O'Toole)은 과거의 아일랜드를 완고하고 민족주의적이며 농촌 중심의 사회로서 어둡고 디스토피아적으로 그린 반면 현재의 아일랜드를 "자유주의적이고 탈민족적이며 탈종교적이고 도회적인"(7) 세계로 대비시켜 그려내었다. 이들 소설이 보여준 상반된 이미지는 70년대와 80년대를 거치면서 계속된 북아일랜드 사태와 경기침체, 그리고 가톨릭의 특권에 대한 반발과 결합하면서 아일랜드 정책이 신자유주의적으로 흐르는 데에 큰 힘을 실어주게 되었다는 것이다.

미국 대통령 J. F. 케네디(Kennedy)는 1963년 선조의 고향인 아일랜드를 찾았는데 이는 아일랜드가 자급자족적인 경제적 민족주의를 넘어서서 지향하려고 했던 국가적 정체성을 간접적으로 읽을 수 있게 해주는 사건이었다. 여전히 아일랜드의 국교와 다름없는 가톨릭을 믿는 아일랜드 출신 정치인이 세계 최강대국의 대통령이 되었다는 사실만으로도 케네디는 아일랜드의 개성을 간직하면서도 세계적인 인물, 즉 "아일랜드적이면서 모던한(Irish and modern)"(Kiberd 565) 인간이었다. 케네디는 아일랜드가 이때부터 추구하기 시작한 개방적 국제주의와 민족적 자긍심의 상징으로 비춰졌던 것이다. 케네디는 30년 뒤에 찾아올 '켈트의 호랑이'로서의 아일랜드의 상징이었다고 해도 과언이 아니다.

여기서 중요한 점은 케네디의 아일랜드 방문을 기점으로 아일랜드는 본격적으로 '서구식 소비주의'를 위한 사회로 재편되기 시작한다는 점이다. 외형적으로 무역의 규모가 증가하고 외국자본의 유입으로 산업이 활성화되면서 유럽의 가난한 주변부 국가를 탈피하게 된 것은 분명하지만, 오히려 아일랜드는 "대외정책은 보다 의존적으로 변하고, 탈식민화를 지향하는 사람들에 대한 관심은 줄어들었으며, 무엇보다도 미국의 영향권 속으로 보다 단단히 들어가게 되었다"(Kiberd 565). 더블린을 중심으로 이루어진 근대화는 아일랜드 서부의 전통 촌락의 황폐화를 가져왔고 북아일랜드에서 계속되고 있는 저항운동에 대해서는 애써 귀를 닫았다. 이를 두고 카이버드는 "민족적 자기기만"이라고 부른다. 외국의 식민지배로부터 독립한 저항의 정신과 물질적 궁핍을 벗어나기 위해 외국의 자본에 투항한 현실 사이의 괴리는 크다.[12)]

아일랜드는 국민의 80%라는 절대적인 지지를 얻어 이전의 폐쇄적인 경제적 자립주의를 포기하고 EEC에 가입하게 되었다. 이 결정은 아일랜드가 영국으로부터 독립을 쟁취하면서 영국을 비롯한 외부의 세력들로부터 경제적 독립을 추구했던 과거의 경제적 민족주의를 포

12) 물론 아일랜드가 1973년 유럽경제공동체에 가입함으로써 농업분야에 가져온 변화는 농민들에게 전적으로 불리한 것만은 아니었다. 정부가 농산물에 대한 가격을 고가로 유지하는 정책으로 농업분야가 유례없이 활성화되었기 때문이다.

기한다는 것을 의미했다. 물론 그것이 전적으로 아일랜드 경제를 무장해제했다는 의미는 아니지만 자본의 세계화의 역학관계 속에 적극적으로 자신을 떠맡겼다는 것은 분명했다. 외형적으로는 확실히 EEC의 재원으로 환경이 열악한 지역에 투자가 이루어지고 도로와 항만과 같은 근대적 기반시설을 갖출 수 있게 되었다. 그러나 국가 내적으로는 외부의 지원으로 생존하는 의존성이 더욱 커지게 됨으로써 아일랜드는 "유럽 책자의 작은 글씨(small-print of European hand-outs)"(Kiberd 567) 즉, 유럽을 모방하고 있지만 정체성이 모호하고 존재감도 미미한 국가가 되었다. 카이버드의 말대로, 아일랜드는 "유럽 기업가들의 테마파크요 실버타운이자 묘지"로 전락하고만 것이다.

아일랜드의 EEC 가입은 외형적으로 경제 분야에서 일어난 탈민족주의적 정책이지만 이것이 사회의 다른 부분에서 일어나고 있던 변화와 분리된 것은 아니었다. 게일어는 아일랜드의 민족주의를 대표하는 하나의 상징이었다. 그것은 아일랜드가 문화적 독립을 목표로 시작한 19세기 말부터 영연방의 자치령으로 등장한 1922년의 아일랜드자유국(Irish Free State) 및 1937년 주권국가를 선언하며 탄생한 아일랜드공화국(Republic of Ireland)의 국가적 정체성의 핵심이었다. 게일어가 처음으로 '국어(national language)'의 지위를 부여받은 것은 아일랜드자유국의 헌법에서였다. 아일랜드자유국 헌법 4조는 "아일랜드자유국의 국어는 아일랜드어이다(The national language of the Irish Free State is the Irish language)"고 선언하면서 영어에도 "공용어"의 지위를 허용했다.[13] 아일랜드어의 지위는 1937년 아일랜드공화국이 탄생하면서 보다 더 강화되었다. 공화국의 헌법은 제8조에서 "아일랜드어는

13) http://www.irishstatutebook.ie/1922/en/act/pub/0001/print.html

국어로서 제1공용어"이며 "영어는 제2공용어"라고 못 박음으로써 전자에게 차별적인 지위를 부여하였다.[14] 아일랜드어는 일선 학교에서 필수교과목으로 지정되었고 아일랜드어 시험을 통과하지 못하면 졸업은 물론 공직에 나서는 것을 차단함으로써 아일랜드어를 능숙하게 사용하는 자에게 특혜와 특권을 부여하고자 했다.

아일랜드 민족주의의 딜레마는 아일랜드어가 국가의 이러한 정책적 배려에도 불구하고 현실에서는 그 세를 확대하지 못했다는 사실에서 찾을 수 있을 것 같다. 1970년대 중반 아일랜드 정부는 국가시험에서 아일랜드어를 강제하던 법규를 폐지했으며 국민의 4분의 3은 아일랜드어가 아일랜드의 정체성에 핵심이라고 생각하면서도 아일랜드어가 다음 세기에도 번성할 것이라고 믿는 국민은 4분의 1이 채 되지 않았다. 아일랜드 국민 대다수가 아일랜드어를 사용하는 지방(Gaeltacht)에 대한 정부의 보조를 적극적으로 지지하면서도 "아일랜드어가 현대적인 생활에는 적합하지 않다(Kiberd 569)"는 모순되고 이중적인 태도를 가지고 있었기 때문이었다.[15] 그런데 카이버드가 볼 때 여기서 '현대적인 생활'이란 심하게 말하자면 미국 TV 드라마인 "『댈러스』(*Dallas*)와 『팰컨 크레스트』(*Palcon Crest*)의 세계"(570)를 따라가는 것에 지나지 않는다. 이것은 EEC 가입 이후, 그리고 유로존 국가가 되면

---

14) http://www.taoiseach.gov.ie/eng/Youth_Zone/About_the_Constitution,_Flag,_Anthem_Harp/Constitution_of_Ireland_March_2010.pdf

15) 아일랜드인 다수가 그들의 전통적인 모국어가 "현대적인 생활에 적합하지 않다"고 생각한 데는 아일랜드어를 배우기 쉽지 않다는 점에도 이유가 있을 것이다. 이와 달리 영어는 이미 오랜 세월 아일랜드인의 일상어로서 기능하고 있었고 또 여전히 "제2공용어"로서 사용되고 있으며 국제적인 매체가 영어로 방송하고 발행하는 TV와 잡지가 아일랜드 전역에 유통되었다. 유럽과 세계에서 아일랜드가 영어권 국가의 지위를 쉽게 이용할 수 있다는 기대감이 EEC 가입에 대한 국민적 열망으로 나타났던 것이라 볼 수도 있다.

서 추구하기 시작한 신자유주의적 세계화가 가져올 윤리적 가치보다 우선하는 '효율성'의 세계, '성장'과 'GNP'라는 경제용어가 만병통치약으로 통용되고 미국식 '카우보이' 윤리가 지배하는 시대를 서둘러 받아들인 결과를 가져온 것이다.

아일랜드의 경제, 역사, 문학에서 일어난 민족주의 비판담론들은 켈트의 호랑이 시절의 아일랜드를 "과거의 반동적이고 민족주의적인 가톨릭 과거를 성공적으로 떨쳐낸 현대적이고 활력이 넘치는 경제와 사회"(Kirby 7)로 보이게 한 선전물이 되었으며 "시장의 자유화를 개인의 인권과 자유에 대한 찬양과 동일시"하게 만들었다. 그런데 이러한 신자유주의적인 경제체제하에서 아일랜드는 유래 없는 GDP의 상승을 가져왔지만 사회 내부의 구성원들에게 그 혜택이 불평등하게 돌아가는 경제적 양국화의 문제를 노정하였다. "저임금 인구비율은 더욱 늘어났으며 사회복지와 빈민구제수단의 비용은 유럽연합 회원국 가운데 최저"(8)를 기록하게 되었다. 공공영역의 많은 부분이 사기업으로 전환됨으로써 미디어와 출판과 같은 매체는 사회의 공적 영역에 대한 비판적 공간을 축소시켰다. 대중의 관심을 쉽게 끌 수 있는 '생활스타일'의 문제나 유명인사의 '신변잡기'나 '스캔들'에 대한 프로그램은 강화된 반면 보다 더 큰 정치적 사안을 다루는 프로그램들은 줄어들었다. 개인의 생활에 초점을 맞춘 프로그램은 사회 속 개인의 문제를 "개인적 차원에서, 문맥이 단절된 채, 감각적으로"(8) 해결할 뿐이었다.

물론 아일랜드 사회가 세계를 향해 문호를 개방함으로써 아일랜드 사회 내부에 일어난 긍정적인 변화는 분명히 존재한다. 가톨릭교회에도 개혁이 일어나고 사회의 성담론과 여성의 해방, 나아가 보다 민주화된 제도가 마련된 것은 커다란 진보임에 틀림없다. 그러나 이는 소위 신자유주의 시대 경제적 세계화로 만든 '켈트의 호랑이'를 위한 조건이라고 볼 수 있다. 왜냐하면 이 시대의 문화적 담론과 문화적 생산물들은 "사회비판적 기능을 상실하고 경제적 상품으로 전락하여, [상품]생산의 요소이자 소비의 대상"(Kirby 2)이 되어버렸기 때문이다. 신자유주의 시대 아일랜드의 문화는 소비사회에 맞춰 속도와 효율의 원리에 따라 재편성되었으며 시민의 정체성도 소비문화와 경제성장의 논리에 따라 '소비자'로 변질되었다. 새로운 일자리를 찾아 아일랜드에 들어온 10%에 육박하는 외국인 이민자들을 위해 강조된 다문화주의는 "아일랜드 자신의 문화 속에 내재한 이질적이고 충돌하는 요소들에 대한 기억상실 혹은 부정"(3)을 강요하였다. 이와 비슷하게 미디어 분야에 나타난 "방송의 신자유주의화"는 상업방송의 등장과 함께 소비자의 선택권을 축소하고 해외에 "판매 가능한 아일랜드성을 위해 자기 탐구"를 포기해버렸다. 커비는 사회의 주류담론이 내세운 '과거와 단절하고 관용적이며 자유주의적인 계몽된 아일랜드'는 신자유주의적으로 세계화된 아일랜드에 지나지 않기 때문에 "보다 급진적이고 평등하며 다문화적인 사회"로 아일랜드를 새로 구성해야 한다고 주장한다.

아일랜드의 경우에서 볼 수 있듯이, 수정주의 역사가의 업적이 정권에 의해 활용된 혐의가 있다고 해서 그런 문제로 그들을 비판할 수는 없다. 그러나 그들의 역사 해석이 이러한 시대적 상황 속에서 다소 과하게 인정받고 수용된 것은 아닌지 질문해야만 한다. 그들의 비판이 대안 없는 비판이라는 비난을 벗어나기 위해서도 역사읽기는 '과거를 읽기(read back)'에 그치지 않고 '미래를 읽기(read forward)'와 연결되어야한다는 카이버드의 주장은 경청해야 할 필요가 있다.

그렇다면 로버트 페리가 진단한 것과 같은 포스트-수정주의의 가능성 즉, 제3의 길은 어디에서 찾을 수 있을까? 탈식민의 문제의식을 가지면서도 독립투쟁 당시의 전투적 민족주의의 적대적 배타주의를 넘어서는 동시에 민족 외부에 대한 관용과 소통을 추구하는 문화적 가능성은 과거에는 없었던 것인가? 필자는 민족주의의 폐쇄성과 경직성을 비판하면서도 민족의 아픈 경험을 기억하며 소중한 공동체에 대한 신념의 일단을 포기하지 않는 문화의 가능성을 문학의 장에서 발견할 수 있다고 본다.

Ⅳ. 아일랜드 분쟁문학 : 민족주의와 수정주의를 넘어서는 가능성의 장

마사오 미요시(Masao Miyoshi)는 최근의 다문화주의, 초국가주의, 탈식민주의 담론이 제국과 식민의 문제를 제대로 다루지도 않은 채 유통되고 있다고 비판하면서 이러한 담론들로부터 가장 많은 이익을 얻는 진영은 바로 다국적기업과 초국적기업이라는 점에 주의해야한다고 주장한다. 그가 볼 때 "다양한 배경을 가진 다른 지역 출신의 서로 다른 주체의 위치를 인식"하는 일에 만족해서는 곤란하며 "이러한 차이들(적어도 정치적, 경제적 측면에서의 차이들)이 발생한 원인과 정치적, 경제적 불평등이라는 이러한 '차이들'을 지우는 작업"(98)을 소홀히 할 수 없다는 것이다.

이와 비슷하게 카이버드는 민족주의와 수정주의적 비판이 진정한 사회적 문제들을 담아내지 못하는 부분이 있다는 사실에 주목하자고 제안한다. "정권과 그들이 임명한 사학자들이 빠뜨린 많은 목소리들"(646)은 "문학과 대중문화"의 생산물 속에서 찾아질 수 있다는 것이다. "[인식]틀을 만드는 사람들이 제외시키고자 한 대상" 혹은 "고통 받은 자들의 상처와 투쟁했던 자들의 환희"는 충분한 고려의 대상이라는 말이다. 그는 역사를 공정하게 이해하기 위한 방법론으로 다양한 지역과 사람들을 비교하는 방식을 제안한다. 학제 간 연구에 기초한 "비교정치학 혹은 비교문학"이 이러한 작업에 도움을 줄 수 있다는 카이버드의 말은 경청할 만한 가치가 있다.

이런 의미에서 볼 때, 아일랜드의 현대 문학은 주류 민족주의 담론에 대해 때로는 일정한 거리를 유지하면서 비판자의 위치를 고수하였고 때로는 폭력행위와 그에 관련된 자들의 심리적 갈등을 포함하는 여러 가지 현실문제에 대해 적극적으로 발언하였다. 예술가들은 사회 속 시민들의 다양한 입장들을 보여줌으로써 특정한 이즘에 구속되지 않고 결과적으로 당대의 주류 담론이 민족주의건 탈민족주의건 그것들을 넘어서고 있다.[16] 특히 분쟁문학은 민족의 이념에 충실한 것이 오히려 민족을 고통에 빠뜨리는 아이러니의 상황을 실감나게 다루었다.

마이클 스토리(Michael L. Storey)는 '분쟁'을 소재로 한 지난 80여년의 문학을 들여다보면 "민족주의 이데올로기, 무장투쟁, 폭동, 종파주의, 테러리즘, 정체성 문제"(11)에 대한 아일랜드인의 태도가 어떻게 변해왔는지를 알 수 있다고 설명한다. "낭만주의와 자연주의부터 희극, 풍자, 리얼리즘, 아이러니에 이르는 "(12) 다양한 문학양식과 기법을 통해 이러한 변화된 태도를 기록해왔다는 것이다. 아일랜드 무장투

16) 이를테면 제임스 조이스(James Joyce)는 『율리시즈』(*Ulysses*)에서 영국군에 구타당하는 청년 디덜러스(Dedalus)와 전투적인 민족주의자 '시민(the citizen)'이나 신페인(Sinn Fein)당원들로부터 수모를 당하는 블룸(Bloom)을 동시에 보여준다. 가장 평범한 더블린 시민을 대표하는 블룸의 의식을 들여다보면 우리는 이미 거기에 '다양한 민족적, 종교적, 정치적, 인종적 입장들'을 나타내는 언어들이 가득하다는 것을 알 수 있다. 조이스는 아일랜드와 영국 및 유럽 각 지역의 신화와 언어, 전통과 삶의 요소들을 작품 속에 끌어들여 인간과 사회가 특정한 한 가지 경향으로 줄 세울 수 없는 복합적인 문화적 지대라는 사실, 자신의 문화 속에 이미 타자의 문화가 들어서 있는 인간 삶의 조건을 보여주려고 했던 것이다.

쟁에 대한 반응이 문학으로 표현된 시기는 크게 둘로 나눌 수 있다. 첫 번째 시기는 1916년부터 1923년 사이로서, 1916년 부활절봉기(Easter Rising)에서 시작하여 1919부터 1921년 사이의 독립전쟁(War of Independence), 그리고 1922년부터 23년까지의 내전(Civil War)까지이다. 두 번째 시기는 식민지의 산물로서 정치적, 종파적 분열의 역사 즉, 주로 북아일랜드에서 발생한 공화파와 합방주의자들 간의 유혈투쟁이 벌어진 시기 즉, 특히 1960년대 말부터 시작하여 1990년대까지이다. 그런데 두 시기는 시간적 차이에도 불구하고 "적대 세력 간의 폭력적 잔혹행위와 무고한 희생자들의 수많은 불행과 비극, 그리고 죽음"(Storey 2)을 가져온 공통점이 있다.

분쟁 이야기를 다루는 작가들의 태도는 다양하게 나뉜다. 첫째, 독립전쟁 와중에 『반바의 개들』(*The Hounds of Banba*)을 쓴 코커리(Corkery)나 20세기 후반의 게리 애덤스(Gerry Adams)와 같은 작가들은 "낭만주의적 민족주의 이데올로기"(romantic nationalist ideology)를 주입시키고자 애썼다. 둘째, 북아일랜드의 폭력사태를 사실적으로 기록한 후대의 작가들은 비폭력의 이데올로기를 보여주었다. 셋째, 프랭크 오코너(Frank O'Conner), 숀 오팔런(Sean O'Faolain), 리엄 오플라허티(Liam O'Flaherty)는 "낭만주의적 이데올로기가 어떻게 아일랜드인의 정신 속에 주입되었으며 또 자신들을 포함한 수많은 아일랜드인이 그러한 이데올로기에 어떻게 환멸을 느끼게 되었는지"를 기록하였다. 넷째, 20세기 후반의 상당수 작가들은 분쟁의 이데올로기의 문제보다는 "분쟁의 원인과 결과"를 충실히 기록하고자 했다. 컬럼 맥칸(Colum McCann)이나 버나드 맥라버티(Bernard MacLaverty)와 같은 작가들은 분쟁이 종식되는 상황을 상상하였다. 요컨대 1920년대부터 2000년까지 지난 80여 년 간 작가들의 작품은 "낭만적, 이상적 민족주의의 수용에서 그것에 대한 환멸과 민족주의적 열정에 대한 풍자적 냉소, 그리고 종파주의와 테러리즘에 대한 혐오, 최종적으로는 종파적 정체성 자체에 대한 근본적인 배격"(Storey 12)으로 변해가는 패턴을 보이고 있다.

사실 민족주의에 대한 반성적 성찰은 역사가들이 공론화하기 훨씬 이전부터독립전쟁에 참전한 IRA 출신 작가들을 통해 먼저 나왔다. 예컨대 아일랜드 독립전쟁 당시 실화에 바탕을 두고 쓴 프랭크 오코너(Frank O'Connor)의 「민족의 손님들」("Guests of the Nation," 1931)이나 IRA 출신으로서 영국과 아일랜드 정부 모두에 저항하며 상당한 시간을 감옥에서 보낸 브렌단 비언(Brendan Behan)의 『인질』(*The Hostage*, 1958)은 아일랜드 민족의 고통을 기억하며 영국의 제국주의 정책에 비판하는 동시에 경직된 민족주의를 넘어서고 있다. 이들은 모두 영국인과 아일랜드인의 공동의 '적'은 민중 위에 군림하는 정부나 엘리트와 같은 지배집단이며 민중은 서로를 '손님'으로 대접해야한다는 입장을 보여주고 있다. 무엇보다도 이들 작품은 민족을 넘어선 '공동의 선'을 추구하려는 평범한 사람들이 맹목적 이데올로기와 권력 앞에 느끼는 절망과 소외를 깊이 있게 다루고 있다. 특히 『인질』은 1960년대 초 비참한 아일랜드의 경제적 상황과 시민에게 억압적인 정권과 맹목적인 민족주의 이데올로기, 나아가 현실문제에 무기력한 가톨릭교회를 비난하면서 민족과 종교를 넘어선 민중의 연대를 주장한다는 점에서 민족주의 역사관과 단순한 수정주의적 비판의 수준을 넘어서고 있다.[17)]

비언의 연극 『인질』은 IRA에 의해 인질로 잡혀온 영국병사 레슬리

17) 훗날 닐 조던(Neil Jordan) 감독은 그의 영화 『크라잉 게임』(*The Crying Game*, 1992)을 통해 「민족의 손님들」과 『인질』을 모태로 해서 민족, 계급, 인종, 성의 한계를 넘어서서 인간의 문제를 사고하는 정체성 정치학의 담론으로까지 나아가게 된다.

윌리엄스(Leslie Williams)를 통해 아일랜드의 탈식민은 민족의 문제와 함께 사회적 제도의 개선이 함께 가야할 시급한 문제라는 의식을 보여준다. 다시 말해 『인질』은 영국이 저지른 죄악과 그에 따른 아일랜드인의 분노를 망각하지 않으면서도 독립 이후의 아일랜드가 지나치게 민족 문제에만 매달림으로써 오히려 식민지의 구조를 타파하는 일에 실패하고 있는 것은 아닌지 질문하는 탈식민의 문제를 다루는 연극으로 볼 수 있는 것이다.

연극의 무대가 되는 아일랜드 더블린의 낡은 하숙집 겸 유곽에는 아일랜드의 지배구조에서 소외된 자들이 머무는 공간이다. 이 집은 아일랜드 독립전쟁과 내전에 참전한 퇴역 용사 주인 몬슈어(Monsewer)와 하숙집 관리인 패트릭(Patrick)과 그의 동거녀 맥 딜런(Meg Dillon)을 중심으로 성, 인종, 국적이 다양한 인물들이 함께 기숙한다. 이들이 연출하는 더블린 시민의 삶은 낡은 하숙집이 상징하는 것처럼 2차 대전 전후의 피폐한 아일랜드의 경제를 반영하듯 어둡고 무기력하다. 이 집 한켠에서 "아일랜드식 킬트복을 입고 긴 망토를 걸친" 하숙집 주인 몬슈어의 "동지들과 적들로 가득한 자신만의 세계에 살며 오래 전에 죽은 적들을 상대로 오래 전에 끝난 전투를 준비하는"("Hostage" 134) 시대착오적인 모습은 다수의 시민들과 괴리된 채 납치와 테러라는 시대착오적인 전략을 고수하는 IRA뿐만 아니라 과거의 민족주의의 향수에 젖어 사는 시민들과 유사하다.

이 연극의 인물들인 하숙집 사람들의 태도를 통해 볼 때, 1950년대 아일랜드 시민들을 지배하는 실질적인 힘은 더 이상 민족주의적 이데올로기가 아닌 것처럼 보인다. 예컨대 하숙집 관리인 패트릭이 몬슈어를 위해 일하고 그에게 동정적이지만 종교나 민족, 혹은 소련식 공산주의와 같은 이데올로기에 더 이상 의지하지 않는다. 패트릭은 독립 이후 아일랜드 정부가 시행하는 정책을 강도 높게 비판하는 '공화주의자'(Republic)이다. 그것은 독립 이후의 아일랜드가 결코 과거의 영국 식민지 정부와 크게 다를 바 없다는 이유 때문이다. "영국에게 6개주를 팔아넘긴" 아일랜드 정부는 북아일랜드와의 통합을 바라는 공화주의자들을 이십년 동안이나 지속적으로 탄압해왔는데, "우리는 코스그레이브(Cosgrave) 정권을 세웠지만, 그들은 경찰을 보내 우리를 사냥했다"(144)는 것이다. 또한 리오 리타의 말 대로, "당신[패트릭]은 데벌레러(de Valera) 정권도 세웠지만, 그 역시 우리를 사냥하기 시작했다." 공화주의자의 입장에서 볼 때, 식민지정권 이후부터 민족주의 정권까지 모두 그들을 무력으로 진압하는 폭력적인 경찰 정치는 변하지 않았던 것이다. 패트릭이 비판하는 현실은 식민지배의 방식이 탈식민 이후의 아일랜드에서도 계속되고 있는 상황에 대한 것이고 그만큼 대단히 급진적인 발언이다. 패트릭은 과거 자신은 민중의 권익을 위해서라면 "IRA건, 자유국군대건, 더러운 영국해군이건 맞서 싸울 수 있었다"(160)고 주장한다. 패트릭은 사회문제의 해결을 전제하지 않는 어떤 이념이나 체제도 저항하는 것이다.

『인질』은 오직 IRA의 극단적 투쟁방식과 사회문제 해결에 무능한 아일랜드 정부를 비판하는 것만은 아니다. 이 연극은 등장인물의 입을 통해 과거 아일랜드에서 저질렀고 또 북아일랜드에서 저지르고 있는 영국의 통치방식에 대해서 비판한다. "영국인은 18세가 되지 않은 아일랜드인들을 처형했다"는 IRA 장교의 주장에 패트릭은 "그들이 키프러스인들과 유대인들과 아프리카인들에 대해서도 그랬다"(163)고 동의한다. 맥은 "영국은 가정집에도 탱크를 끌고 와 포탄을 발사했다"고 비판하며 "노인과 여자, 병자와 불구자, 아기를 안은 엄마들"까지 죽였다는 사실을 폭로한다. 따라서 이 연극은 영국과 아일랜드 모두를 불편하게 하는 문학이다. 비언이 마치 브레히트의 연극처럼 작가 자신을 이야기의 소재로 극 중에 삽입하는 것 역시 이런 맥락에서 이해할 수 있을 것이다.

> **병사.** 브렌단 비언. 그는 너무 반영국적입니다.
>
> **장교.** 자네 말은 너무나 반아일랜드적이라는 말이지? 아일랜드로 돌아오기만 해 봐. 우리의 운동을 희롱한 짓거리에 대가를 치르게 해 줄 테니.
>
> **병사.** [관객들에게] 비언은 여기 영국에 와서 당신들 돈을 갈취하고서도 양심의 가책이 전혀 없어요.
>
> **패트.** 그는 술 한 병 준다면 나라라도 팔아먹을 작자니까. (204)

자신을 '반영국적'인 동시에 '반아일랜드적'이라고 규정하는 비언은 이 연극을 통해 작가 자신마저도 다른 시각에서 보는 한편, 영국인과 아일랜드인에 대한 기존의 편견을 깨드리는 데 집중한다. 죽음을 앞두고서도 가볍고 명랑하며 하녀 테레사(Teresa)를 유혹하는 일에 온 신경을 쓰는 '인질' 레슬리(Leslie)는 '근엄하고 속을 드러내지 않는 둔감한 영국인'의 이미지를 깨드리고 있으며 오히려 IRA 병사와 장교가 감정 없고 꽉 막힌 기계적 인간으로 그려지고 있다. 영국과의 전투에서 전신적, 신체적 위해를 입은 몬슈어와 패트릭은 레슬리를 동정하며 오히려 그를 '손님'으로 대접한다. 이는 레슬리 역시 국경과 전쟁이라는 거대한 제도의 부품으로 전락한 생명이라는 인식이 그들의 동정심을 유발하기 때문이다. 연극의 마지막에 레슬리가 아일랜드 경찰과 IRA 사이에 벌어지는 총격전에서 유탄에 맞아 죽는 장면은 그가 얼마나 부조리한 제도의 희생자인가를 잘 말해주고 있다. 비언에게 인간을 중심에 두지 않는 제도와 이념은 무의미하다. 이 연극은 고정된 가치로 사물을 재단하는 아일랜드와 영국 관객들에게 자신의 모습을 다시 보게 하는 효과를 주고 있다.

IRA의 포로를 따뜻하게 대접해야할 '손님'으로 대하는 패트의 자세는 「민족의 손님들」을 쓴 프랭크 오코너와 닮아있다. 「민족의 손님들」은 일차적으로 전쟁의 냉혹함과 그것이 파괴하는 우정에 관한 이야기이지만 무엇보다도 민족을 넘어선 공동의 가치를 추구하는 민중들이 이념과 제도 앞에서 느끼는 무기력과 소외를 다루고 있다. 아일랜드 독립전쟁 당시 실화에 바탕을 두고 있는 이 소설은 IRA에 의해 납치된 영국군 병사 벨처(Belcher)와 호킨스(Hawkins)를 감시하는 IRA 병사 노블(Noble)과 보나파르트(Bonaparte) 사이에 싹 튼 우정이 그들을 처형하라는 조직의 명령으로 무참히 꺾여버리는 이야기이다. 외견상 「민족의 손님들」은 『인질』과 여러 가지 점에서 닮은꼴이다. 군인으로서 군조직의 명령을 철저히 수행하는 것을 최우선 사항으로 생각하는 제러마이어 도너번(Jeremiah Donovan)은 『인질』에 등장하는 IRA 장교의 거울상이다. 반면 납치된 인질을 적과의 협상을 위한 수단으로 간주하기 보다는 고귀한 생명을 가진 개체로 대하는 노블과 보나파르트는 패트와 닮아있다. 보나파르트는 자신들을 전쟁에 몰아넣은 영국 제국주의를 날카롭게 비판하며 아일랜드와 영국의 노동자 농민은 계급적으로 연대해야한다는 '적군' 병사 벨처와 호킨스의 말에 공감하며 그들에 대해 연대감을 느끼며 '손님'으로 대접한다. 그럼에도 불구하고 보나파르트는 결국에는 도너번의 명령에 따라 그의 '손님'이자 친구와 같은 벨처와 호킨스를 처형해야만하고 이후 전쟁에 대해 깊은 환멸에 빠지게 된다. "그날 이후 나는 어떤 일에 대해서도 전과 같은 느낌을 가질 수 없었다"(And anything that happened to me afterwards, I never felt the same about again.)"(O'Connor 187)는 그의 고백처럼 자신과 동료 노블을 냉혹한 도너번과 마찬가지의 살인 기계로 만드는 이데올로기의 비인간성을 확인하였기 때문이다.

「민족의 손님들」과 『인질』이 모든 종류의 권위와 억압의 이데올로기를 거부하고 민족과 국경을 넘어선 민중의 연대를 지향한다는 점에서 페리가 주장하는 제3의 길의 가능성을 보여주고 있다. 민족주의에 대한 비판이 보다 설득력을 가지기 위해서는 자신의 비판이 놓치고 있는 부분에 대한 예민한 감각, 나아가 자신들의 담론이 사회 속에서 어떤 기능과 봉사를 하고 있는지에 대한 보다 책임 있는 의식이 필요하다. 이때 문학과 영화와 같은 문화적 생산물이 새로운 활력을 불어넣는 일에 도움이 될 수 있는 것은 분명하다.

V. 결론

프란츠 파농(Frantz Fanon)은 "반식민 투쟁의 역사가 오직 민족주의의 관점에서만 기술되는 것은 아니다"(97)고 지적했다. 식민지에 가해진 근대적 억압이 민족적 차원뿐만 아니라 계급적 차원에서도 가해졌기 때문에 이 투쟁은 민족의 독립을 위해서뿐만 아니라 "인간의 억압에 저항하는 민주화투쟁"이기도 했다는 것이다. 따라서 제국의 지배에서 독립한 국가의 구성원들에게 짐 지워진 이중적 과제 혹은 곤경은 소위 민족모순과 계급모순을 해결하고 사회를 민주화하는 일이다. 즉, 제3세계 민중의 역사는 외세로부터의 독립과 내부의 민주화를 향해 싸운 운동의 역사인 것이다.

아일랜드의 민족주의적 역사관을 비판한 수정주의 진영에게 신자유주의 세계화가 가져온 경제의 파국과 그 문화적 폐해의 책임을 물을 수는 없다. 민족주의가 자국 내 구성원들의 사고와 문화에 기형적이고 억압적으로 작용한 측면은 분명히 있기 때문이다. 문제는 최근 탈식민 사회에서 진행되고 있는 민족주의 비판이 경제적 세계화를 이루고자 하는 진영에 의해 서둘러 진행되고 있으며 그 결과 제국에 의해 자행된 과거의 기억이 무화되고 경제적 세계화를 통해 유입된 제국의 문화가 탈식민 국가에 계속 이어지게 만드는 빌미를 제공할 수 있다는 점이다.

카이버드는 민족주의와 그에 대한 수정주의적 반발 모두 진정한 사회적 문제들을 담아내지 못하는 부분을 지적한다. 권력을 쥔 정치세력과 지식인들이 간과한 공동체의 작지만 많은 목소리들이 소외되고 간과되고 있는 것은 분명하다. 그런데 아일랜드의 경우 분쟁문학을 위시한 문화적 생산물은 모든 종류의 권위와 억압의 이데올로기를 거부하고 민족과 성과 계급적 차이를 넘어서서 민중이 민주적으로 연대할 수 있는 가능성을 고민하였다. 이런 점에서 페리가 주장하는 제3의 길 즉, 민족주의와 수정주의의 한계를 넘어설 수 있는 가능성의 길을 보여주고 있다. 문학과 영화와 같은 문화적 생산물은 민족의 역사와 문화를 둘러싼 논쟁에서 자기성찰과 객관성을 담보할 수 있는 소중한 장으로서의 기능을 계속해왔고 앞으로도 그럴 것이다.

참고문헌

박지향. 『슬픈 아일랜드』, 서울: 새물결, 2002.

Clifford, Michael, and Justine McCarthy, "So Who Got Us Into This Mess?" http://www.tribune.ie/article/2009/jan/25/so-who-got-us-into-this-mess/

Behan, Brendan. "The Hostage," *Brendan Behan: The Complete Plays*, London: Methuen, 1995.

Dorgan, Sean. "How Ireland Became the Celtic Tiger," Backgrounder 1945 (2006).

Doyle, Dara, and Fergal O'Brian. "'Celtic Tiger still purring' despite house price," http://www.independent.ie/business/irish/celtic-tiger-still-purring-despite-house-price-slump-1250761.html

Fanon, Frantz. *The Wretched of the Earth*, Trans. Richard Philcox, New York: Grove Press, 2004.

Hyde, Douglas. "The Necessity for De-Anglicising Ireland," *Poetry and Ireland Since 1800: A Source Book*. ed. Mark Storey, London: Routledge, 1988.

Kiberd, Declan. *Inventing Ireland: The Literature of the Modern Nation*, Cambridge, Mass.: Harvard UP, 2002.

Kirby, Peadar. et al. "Introduction," *Reinventing Ireland: Culture, Society and the Global Economy*, Ed. Peadar Kirby, et al. London: Pluto Press, 2002.

Moran, D. P. "The Battle of Two Civilization," *Poetry and Ireland Since 1800: A Source Book*, ed. Mark Storey, London: Routledge, 1988.

Miyoshi, Masao. "Borderless World?: From Colonialism to Transnationalism and the Decline of the Nation-State," *Global/Local: Cultural Production and the Transnational Imaginary*, ed. Wilson, Rob, and Wimal Dissanayake, Durham & London: Duke UP, 1996.

O'Connor, Frank. "Guests of the Nation," *Classic Irish Short Stories*, ed. Frank O'Connor, Oxford: Oxford UP, 1985.

Perry, Robert. "Revising Irish History: The Northern Ireland conflict and the war of ideas," *Journal of European Studies* 40, 2010.

Regan, Mary. et al. "Celtic Tiger Dead as Recession Bites," http://www.examiner.ie/story/Ireland/qlmhcwqlau/rss2/

Republic of Ireland. "Constitution of the Irish Free State," http://www.irishstatutebook.ie/1922/en/act/pub/0001/print.html

__________________. "Constitution of the Republic of Ireland," http://www.taoiseach. gov.ie/eng/Youth_Zone/About_the_Constitution,_ Flag,_ Anthem_Harp/Constitution_of_Ireland_March_2010.pdf

Storey, Michael L. *Representing the Troubles in Irish Short Fiction*, Washington, D.C.: The Catholic University of America Press, 2004.

비서구와 서구의 철학적 소통을 향하여

— 두셀(E. Dussel)과 리쾨르(P. Ricoeur)의 경우에서

김정현

I. 서론

비서구와 서구의 소통, 혹은 대화가 현재와 미래 인류의 삶이 갈등 없이 지속되기 위한 필수적 조건인 것은 분명하지만, 그것이 얼마나 어려운 일인가 하는 것은 서구와 비서구 간 대화 현장의 안팎에서 일어나는 다양한 형태의 갈등과 충돌에서 어렵지 않게 확인할 수 있다.

진정한 대화란 대화가 어려운 상황, 도무지 대화가 시작될 수도, 지속될 수도 없(어 보이)는 상황에서 시작되고, 지속되는 어떤 것이다. 아무런 어려움 없이 개시되고, 진행되어 나간다면, 그것은 굳이 우리가 관심을 기울일만한 '대화'라고 할 수 없을 것이다.

비서구와 서구 간의 대화를 말할 때, 관계의 각 항인 '비서구'와 '서구'가 각각 단일체로 상정될 수 없다-'비서구', '서구' 모두 복합적이다-는 것이 상식이 된 지금, 비서구와 서구의 대화라는 주제 설정은 타당한 것인가? 이에 대한 답은 여러 갈래일 수 있겠으나 필자는 일단 다음의 주장에 담긴 타당성을 인정하면서 작업을 해 보고자 한다. 비서구와 서구라는 구도는 "아직도 휴머니티의 한 계급을 또 다른 것으로부터 강력하게 분리시키고 단절시키는 그러한 차이들을 우리가 어디에 자리매김할 수 있는지에 대해 요약적으로 설명해주는, 여전히 영향력 있는 수사이다(사카이 나오키)."[1)]

비서구와 서구의 대화를 가로막는 장애는 여럿일 것이다. 우선적으로 말할 수 있는 것은, 서구 제국들의 정치, 경제적 침탈과 지배의 역사이다. 정복과 피정복의 후유증은 여전히 계속되고 있다. 이와 더불어, 탈오리엔탈리즘 연구가 보여주듯, 지배 과정에서 형성되어 현실 제국주의의 쇠퇴 이후에도 지속적으로 영향을 미치고 있는 권력 연계적 표상 체계와, 그러한 체계 속에서 형성된 상호 간 인식의 왜곡도 장애로 작용한다. 이처럼 장애가 널려 있는 곳이 바로 대화가 진행되어야 할 곳이다.

필자는 이 글에서 라틴 아메리카의 현실을 자기 철학의 자리로 삼고 있는 해방 철학자들 가운데 한 명인 두셀(Enrique Dussel)과 유럽의 역사와 문화에 발 딛고－부단히 자신의 전통을 비판적으로 성찰하면서－그에 대해 자부심을 표현하고 있는 리쾨르(Paul Ricoeur) 간의 철학적 대화 가능성을 살펴 보려한다. 두 사상가의 대면에서는 여러 가지 큰 주제들이 등장한다. 마르크스 사상에 대한 해석의 문제, 경제적인 것과 정치적인 것과의 관계, 혹은 정치적인 것의 자율성 문제, 그리고 해석학, 혹은 철학과 해방의 관계 등. 이 글에서는 정치적인 것의 자율성 문제를 중심적으로 다루고, 아울러 철학 혹은 해석학과 해방의 문제에 대해서도 일정 부분 언급하고자 한다. 마르크스에 대한 해석의 문제는 그 자체 독립적으로 진행된 장구한 해석의 역사를 지닌 큰 주

---

1) 사카이 나오키, 김은영 옮김, 「서구: 대화의 명령인가 대화의 금지인가?」, 『아세아연구』 제52권 4호, 고려대아세아문제연구소, 2009, 13쪽.

제이기도 하거니와, 두셀과 리쾨르의 대면에서 이 주제가 두 사상가에 의해 동일하게 관심을 받고 있지 않는 까닭에 하나의 논제로서 다루지는 않는다.

글의 전반부는 두셀의 지적 여정을 따라가면서, 그러한 여정에 반영된 관심들을 확인한다. 특히 『해방 철학』(*Philosophy of Liberation*)에 이르기까지의 여정이 핵심이다. 두셀 철학의 성격을 규정하는 주요 요소들 가운데 하나는 리쾨르 철학의 흡수와 전유, 그리고 비판 혹은 벗어남이다. 프랑스 유학 시 리쾨르의 학생으로서, 그의 해석학적 방법론을 수용하여 자신의 철학을 전개하기 시작한 두셀이지만, 해방 철학의 관점에서 그의 철학이 지닌 한계를 비판한다.

두셀의 비판에 대해 리쾨르는 '해방' 개념의 다의성과 역사적 경험의 이질성을 주장함으로써 두셀에 답한다. 이 과정에서 리쾨르의 중심 테제 하나가 드러나는데, 그것은 정치가 경제의 종속 영역이 아니라 하나의 자율적 영역이라는 것이다. 이러한 리쾨르의 반응, 그리고 그에 대한 재반응인 두셀의 자기 해명, 혹은 해방 철학에 대한 해명이 이 글의 후반부를 구성한다.

두 철학자 사이에서 오고가는 문제 제기와 답변, 그리고 재답변의 과정을 "창조적 상호 대화를 위한 차이들과 건설적 가능성들"[2]을 확인하는 과정으로 평가하기는 어렵다.[3] 당연히 우리는 무엇이 대화를

---

2) Enrique Dussel, *The Underside of Modernity*, translated and edited by Eduard Mendieta, Humanity Books, 1996(이하 *UM*으로 표시), p.74.

3) Sebastian Purcell은 아예, 두 철학자 간에 "대화는 결코 발생하지 않았다"라고 평가한다. 그것은 두 사람 사이에 문제가 되는 사항, 곧 "공간의 의미"가 두 사람 모두에게 명료화되지 않은 채 문제 제기와 답변이 오고갔기 때문이다. 이에 대해서는 Sebastian Purcell, "Space and Narrative－Enrique Dussel and Paul Ricoeur: The Missed Encounter", *Philosophy Today*, Fall 2010, DePaul University, p.289 참조.

어긋나게 하는지, 어디에서 차이가 발생하는지를 드러내어야 한다. 그렇게 함으로써 – 비록 두 사람 사이에 현실화되지는 못했지만 – 비서구와 서구의 대화를 위한 어떤 전제나 조건들을 확인할 수 있다면, 그것은 미래의 대화 가능성을 위해 의미를 지닐 것이다.

Ⅱ. 본론

1. 리쾨르와 더불어, 리쾨르를 넘어서

두셀은 『근대성의 이면들』(*The Underside of Modernity*)에서 아펠, 로티, 리쾨르, 테일러를 해방 철학의 관점에서 대면한다. 거기에는 리쾨르와 연관된 세 편의 글이 실려 있는데, 그 중 둘은 두셀의 것이고, 하나가 리쾨르의 것이다. 5장 '해석학과 해방'과 9장 '리쾨르의 답변: 철학과 해방'은 원래 1991년 나폴리에서 열렸던 세미나에서 발표되었던 것이다. 두셀의 발표에 리쾨르는 현장에서 즉석으로 답변하였고, 그것을 기록한 것이 『근대성의 이면들』에 실린 것이다. 10장 '엔리크 두셀의 답변: 세계 체제, 정치학, 그리고 해방 철학의 경제학'은 리쾨르의 답변에 대한 두셀의 재답변이다.

리쾨르를 대면하는 두셀의 전략은 '리쾨르와 더불어, 리쾨르를 넘어서'로 표현될 수 있다. 이 전략에 따라서 리쾨르의 사상을 단계적으로 따라가면서 "창조적 상호 대화를 위한 차이들과 건설적 가능성들"[4)]을 탐색한다. 그는 먼저 리쾨르의 저작과 저작에 담긴 그의 생각을 연대기적으로 간략히 서술한다. 첫 번째로 언급되는 것은 『악의 상징』이

---

4) *UM*, p.74.

다. "상징이 사유를 일으킨다"라는, 리쾨르의 상징 해석학에 대한 모토를 담고 있는 이 저서를 언급하는 과정에서 그에 대한 두셀의 첫 비판이 등장한다. 그것은 그의 해석학이 마땅히 윤리학, 정치학으로 이어져야 함에도 불구하고, 그렇게 되지 않았다는 것이다.

『해석들의 갈등』, 『살아있는 은유』, 『시간과 이야기』에 이어, 마지막으로 『타자로서의 제 자신』(*Soi-même comme un autre, Oneself as another*) 등 리쾨르의 저작에 대한 소개를 마무리하면서, 두셀은 『타자로서의 제 자신』의 한 곳을 인용하여[5], 다시 한 번, 윤리학과 정치학에 대한 연구가 진전되지 않았음을 비판한다.[6]

> "서사의 주체는 결코 변혁적인 정치 행위의 주체로, 윤리적 해방의 주체로 명료화되지 않는다. 오히려 우리에게, 여전히 대중적 수준에서, …… 상호문화적 대화를 위한 문화들의 정체성 기술을 위해 필요한 상당량의 해석학적 자료를 제공할 뿐이다."[7]

리쾨르의 사상을 개략적으로 서술한 뒤, 두셀은 이제 자신의 학문적 여정에 대해 말한다. 그가 남미에서 공부한 후, 유럽으로 건너가 확인한 것은 세계사에서 라틴 아메리카가가 배제되어 있다는 것이었다. 이런 상황에서 그는 "세계사에서 라틴 아메리카의 위치를 찾고, 그것

---

5) 인용된 부분의 핵심은 다음과 같다. "타자성에 대한 두 방면의 개념화가 여기서 이루어져야 한다. 하나는 자기 존중(self-esteem)의 우선성을 정당하게 고려하는 개념화이고, 다른 하나는 타자로부터 오는, 정의에의 소환을 정당하게 고려하는 개념화이다(Paul Ricoeur, *Oneself as another*, translated by Kathleen Blamey, The Univ. of Chicago Press, 1992(이하 *OA*로 표시), p.331)." 이 인용문에서 리쾨르가 주장하는 것은 타자 중심의 윤리학이 윤리학의 한 축이어야 하지, 그것이 윤리학 전체여서는 안 된다는 것이다.

6) 이번에는 경제학이 고려되지 않았다는 것이 덧붙여 언급된다.

7) *UM*, p.77.

의 숨겨진 존재를 발견하는 것이 필요"[8]함을 절감했다.

1962년에 시작된 프랑스 체류[9]에서 접하게 된 리쾨르의 저작에서, 그가 처음으로 심도 있게 연구한 것은 『악의 상징』이었다. 리쾨르가 자신의 방법으로 삼았던 '우회의 길'(circuitous route)을 따라, 두셀은 라틴 아메리카 문화에 대한 해석학적 현상학의 구성을 목표로 『헬레니스틱 휴머니즘』(*Hellenistic Humanism*)을 저술했는데, 그것은 헬레니즘에 대한 철학적-해석학적 비판이었다. 그 뒤 1964년에는 『세미틱 휴머니즘』(*Semitic Humanism*)을 썼는데, 이 책에서 두셀은 로젠츠바이크와 부버의 전통으로 들어갔다. 그 전통은 "통일적인 '육체'(carnal)의 인간학, 창조론적 형이상학, 그리고 정의에 대한 참여 정치 윤리학"[10]에 대한 분석을 담고 있었다.

1964년 두셀은 유럽에 머물고 있는 남미 학생들과 함께 라틴 아메리카에 관한 세미나를 열었고, 그 세미나를 위해 리쾨르에게 「정치 교육가의 과제」("Tâche de l'educateur politique")라는 제목으로 강연해 줄 것을 요청했다. 두셀을 포함한 남미 학생들에게 리쾨르의 제안은 매우 진지하게 수용되었다. 두셀은 그 강연 내용 중, 특히 다음 한 곳을 인용한다.

> "내가 보기에, [정치] 교육가의 주된 과제는 보편적인 기술 문명과 문화적 개별성을, 내가 앞에서 정의했던 것처럼, 각 인간 그룹의 역사적 개별성을 통합하는 것이다."[11]

---

8) *UM*, p.77.

9) 프랑스로 가기 전 그는 스페인(1957~59년)에서 이미 철학 박사 학위를 받았다.

10) *UM*, p.78.

11) Paul Ricoeur, "Tâche de l'educateur politique"(이하 "Tâche"로 표시), *Esprit*, 7-8, 1965, p.91(*UM*, p.78에서 재인용). 영역된 전문은, *Political and Social*

두셀이 1965년 저술한 라틴 아메리카 역사서에 나오는 다음의 서술은 리쾨르의 강연 흔적이 고스란히 나타난다.

> "모든 문명은 하나의 의미를, 비록 그 의미가 발산되어 있고, 일관성이 결여되어 있어서 그것을 알아보기 어렵더라도, 지닌다. 이 전 체계는 한 그룹의 궁극적인 지향적 내용들을 구성하며, 공동체의 기초 신화들에 대한 해석학에 의해 발견되는 윤리적-신화적 핵 주위로 형성된다."[12)]

아래는 위의 서술을 가능하게 한 것으로 보이는 「정치 교육가의 과제」 중 일부이다.

> "최종적으로, 심층 수준에서 우리는 아마 문명 현상의 중핵-즉, 한 인간 그룹이 실재, 다른 그룹, 그리고 역사에 적응했음을 표현해 주는 이미지들과 상징들의 퇴적-을 발견할 것이다. 내가 이미지와 상징이라고 말하는 것은 한 그룹이 그 자신의 고유한 실존과 가치를 표상하는 구체적 표상물들 전체이다. 이런 의미로 혹자는 윤리적-신화적 중핵, 한 그룹의 유한하지만, 궁극적인 능력(the ultimate creaturely power of a group)을 구현하는 도덕적이고 상상적인 중핵에 관해 말할 수 있다. 문명의 다양성이 가장 심오한 한 것은 바로 바로 이러한 심층 수준에서이다."[13)]

Essays, collected and edited by David Stewart and Joseph Bien, Ohio University Press, 1975(이하 *PSE*로 표시), pp.271~293.

12) Enrique Dussel, "la civilización y su núcleo ético-mítico" in *Hipótesis para una historia de la iglesia en América Latina* (Barcelona: Estela, 1967), p.28(*UM*, p.78에서 재인용).

13) *PSE*, pp.280~281.

1968년 두셀은 '기독교의 기원에서 아메리카의 정복 이전까지'라는 부제가 붙은 『기독교 인간학에 나타는 이원론』(*Dualism in the Anthropology of Christendom*)을 집필했다. 이로써 그는 일련의 삼부작, 즉 "그리스, 셈, 그리고 기독교에 대한 인간학적-윤리학적 해석학"을 마무리한다. 이 책은 아메리카 식민지에서 기독교와 식민지의 세계관 사이에 발생하는 충돌의 전조로서 기독교 태동기에 발생했던 헬레니즘 세계와 셈족 세계의 세계관적 충돌에 관심을 기울이고 있다.[14] 두셀이 깊이 관심을 두었던 것은 바로 '유럽인'과 '인디언' 사이의 이러한 충돌이었다.

두셀이 유럽에서 돌아온 1969년 라틴 아메리카의 정치적 상황은 이전 보다 더욱 악화되어 있었다. 당연히 대중들의 저항도 격렬해졌고, 코르도바가 학생들과 노동자들에 의해 접수되는 사건이 일어난 것도 그해였다. '종속이론'이 퍼지기 시작했고, 『해방 사회학』(Fals Borda)이 출간되었다. 그 즈음 두셀은 레비나스의 『전체성과 무한』을 접하게 된다. 이 책은 두셀로 하여금 리쾨르를 비롯한 다른 서구 철학자들에서 레비나스로 향하게 하였다. 무엇이 그를 레비나스에게 이끌었던가?

두셀은 자신의 해방 철학의 기초가 되는 '원초적 경험'(originary experience)을 '지배'에서 찾는다. "지배라는 무거운 '사실', 세계 수준('근대성'의 원초적 구성 사건인 1492년 유럽 팽창의 시작부터)에서 한 주체성이 다른 주체성의 주인인 '사실', 중심-주변의 '사실'".[15] 이 점을 『해방 철학』은 다음과 같이 표현하고 있다.

---

14) *UM*, p.79 참조.

15) *UM*, p.80. 이러한 지배 관계, 중심-주변 관계는 다양한 수준에서 작동한다. 민족 수준(엘리트-대중, 민족 부르주와지-노동 계급과 민중)에서, 성 수준(남성-여성)에서, 교육 수준(제국 문화, 엘리트주의 대 주변부 문화, 대중 문화 등)에서, 종교 수준(모든 상이한 수준들의 물신주의)에서.

> "해방 철학은 주변부, 억압받는 자들, 존재의 빛이 비추어질 수 없는 곳으로부터 떠오르고 있다. 우리의 사유는 비존재, 무, 타자성, 외재성, 비의미의 신비로부터 출발한다. 그것은 '야만인의'(barbarian) 철학이다."[16)]

모든 라틴 아메리카인들의 원초적 경험은 레비나스 철학의 핵심인 "'타인'(Autrui, another person as Other)이라는 범주에 의해 가장 잘 제시된다."[17)] 가난한 자, 지배받는 자, 흑인 노예, 성적 대상으로서의 여성 등은 결코 자기 존중(l'estime de soi)에서 출발할 수 없다. 억압받는 자들은 고통 속에서 정의를 구하며 다음과 같이 외칠 뿐이다. "나는 굶주려 있다! 나를 죽이지 말라! 나에게 동정을!"

라틴 아메리카의 현실, 그리고 그것을 가장 잘 표현해 주는 레비나스 철학과의 만남으로 인해 두셀은 자기 존중, 자기 긍정에 기초한 리쾨르의 윤리학에 대한 비판 의식을 형성한다.

> "근본적 기원(radical origin)은 제 자신의 긍정이 아니다. 그것을 위해서는 사람은 먼저 반성할 수 있어야 하며, 제 자신을 가치 있는 자로 여길 수 있어야, 다시 말해, 제 자신을 하나의 인격으로 발견할 수 있어야 한다. …… 우리는 이전에 노예로 태어나 자신이 인격이라는 것을 모르는 노예였다. 울부짖음, 소음으로서, 외침으로서, 절규로서, 여전히 표현되지 못하는 원 어휘(proto-word)—이것은 들을 귀가 있는 사람에 의해서 그 의미가 해석된다—는 단지 누군가 고통 받고 있으며, 그 고통으로 인해 비탄하고 울부짖고 있다는 것을 가리킨다. 이것

---

16) Enrique Dussel, *Philolophy of Liberation*, translated by Aquilina Martinez and Christine Morkovsky, wipf & Stock Publishers, 2003(이하 *PL*로 표시), p.14.

17) *UM*, p.80.

이 원초적 해명요구(interpellation)이다. 누군가 '타인의 부름에 책임 있는 응답'을 해야만 한다는 것은 분명하다. 그리고 이것은 '윤리적 양심'의 문제이며, 책임 있는 응답을 위해서 그것[윤리적 양심]은 그 자신을 긍정해야만 한다. 그러나 내가 보기에, 책임 있는 청자의 제 자신은, 먼저 타자의 탄원에 의해 영향을 받은 한에서 그 자신을 가치 있는 것으로 긍정하는 것 같다. 이것은 모든 가능한 반성에 앞서는 우선성이며, **'타자를 살필 책임'은 모든 반성 의식에 앞선다**[필자 강조]. 우리는 비참한 자가 이미 우리를 '움직였을' 때 반응한다. '자기'는 대답으로서의 타자를 향한 정의로운 행위 속에서 그리고 타자에 의해 요구되는 정의의 행위를 수행하는 가운데, 그 자신을 가치 있는 존재로 반성적으로 이해한다. 리쾨르는 여전히 기원으로서의 제 자신의 제국 하에서 근대적인 존재로 머문다. [이에 비해] 레비나스는 타인을 자기 자신의 긍정의 근본적 기원으로 두도록 허용한다."[18)]

두셀은 해방 철학을 기획하면서 한 때 리쾨르의 윤리학에 동의하였던 적이 있었다.[19)] 그러나 레비나스를 만나면서, 그의 철학이 리쾨르의 철학보다 훨씬 해방 철학적임을 확인한다.

해명 요구를 하는 타자의 우선성은 반성적으로 가치 있는 제 자신, 타자를 향한 정의로운 행위의 토대가 되는 제 자신의 가능성을 구성한다. 그것은 일종의 순환이다. 그러나 그것은 타자에 의해 시작되는 순

18) *UM*, pp.80~81. 리쾨르 윤리학과 레비나스 윤리학의 가능성, 윤리적 문제에 대한 각각의 이론적 적합성, 실천적 함축의 문제는 그 자체로 하나의 중요한 주제를 구성한다.

19) "해방 철학은 60년대 말 경에는, 리쾨르가 다음과 같이 썼을 때, 그가 요구했던 그것이었다." 바로 이어서 두셀이 인용하는 리쾨르의 주장은 다음과 같다. "타자성에 대한 두 방면의 개념화가 여기서 이루어져야 한다. 하나는 자기 존중(self-esteem)의 우선성을 정당하게 고려하는 개념화이고, 다른 하나는 타자로부터 오는, 정의에의 소환을 정당하게 고려하는 개념화이다"(*OA*, p.331, *UM*, p.81에서 재인용).

환이다. 최소한 이 지점에서 해방 철학은 레비나스와 일치한다."[20]

두셀은 타자 우선적인 레비나스 윤리학이 자기 우선적인 리쾨르의 윤리학을 포섭할 수 있으며, 그런 점에서 레비나스의 윤리학이 더 근원적이라고 보는 것이다.

두셀은, 그러나 곧 레비나스가 그들의 희망에 온전히 부응할 수 없다는 것을 깨닫는다. 그것은 레비나스의 타자 윤리학에서 라틴 아메리카를 위한 정치학을 발전시킬 수는 없을 것으로 보였기 때문이다.

> "레비나스는 우리에게 타자의 침입이라는 문제를 어떻게 구성해야 하는지를 보여주었지만, 우리는 여전히 정치학을 발전시킬 수 없었다. **타자를 지배하고 배제하는 지배적 전체성을 문제시하고 새로운 전체성을 발전시킬 수 있는 정치학 말이다**[필자 강조]. 새로운 전체성에 대한 이러한 비판적-실천적 질문은 정확히 '해방'에 대한 질문이었다. 이 문제에 있어서 레비나스는 우리를 도울 수 없었다."[21]

이 문제를 다룬 것이 『라틴 아메리카 해방 윤리학을 향하여』(*Towards an Ethics of Latin American Liberation*)의 제2권이다. 이 저술의 작업 과정에서 두셀은 "정치 철학사를 위한 '새로운' 범주들"과 "새로운 지식체계(architectonics)"를 계발할 필요성을 절감했다.[22] 이 새로운 범주들 가운데 관심을 기울여야할 첫 번째 범주로서 "억압받는 세계 속에서의 '전체성'(totality)"이 제시되었다. 이것은 서구 존재론이 **"지배하는 전체성**(a *ruling Totality*)"의 근거에 대한 사유라는 두셀의

---

20) *UM*, p.81.

21) *UM*, pp.81~82.

22) *UM*, p.82 참조.

비판, 그리고 그러한 존재론에 대응하는 새로운 존재론의 모색을 위한 작업의 일환이다.[23)]

1975년은 두셀에게 새로운 시기의 시작이었다. 그 해 두셀은 근무하던 대학에서 축출되었고, 자택에서 폭탄 공격을 받았으며, 무장 단체에 의해 사형 선고를 받고, 아르헨티나를 떠나 멕시코로 망명을 떠났다. 거기서 서재도 없이, 두 달 동안 『해방 철학』을 집필했다.[24)] 이러한 일련의 과정 말미에, 두셀은 "한 시기가 끝나고 새로운 시기가 시작되었다"[25)]고 회고한다.

멕시코에 체류하는 동안 두셀은 초기의 남미 해방 철학이 담고 있는 철학적 모호성을 명료화할 필요성을 느꼈다. 해방 철학자들 가운데 일부는 페론주의 우파(the Peronist right)를 지지했고, 어떤 이들은 "순진한 정치적 포퓰리즘"에 빠지기도 했다. 다수는 침묵을 지켰다. 그는 해방 철학의 올바른 정립을 위해 마르크스주의에 대한 연구에 몰두[26)]했는데, 구체적으로 다음과 같은 세 가지 이유가 이 연구를 추동했다. 1. 점증하는 라틴 아메리카의 비참함, 2. 자본주의에 대한 비판, 3. 해방 철학의 토대로서 경제학과 정치학의 구축.

그는 유럽의 주석가들에 의존하지 않고, 직접 마르크스의 저작을 다시 읽었다. 이를 통해 그가 우선적으로 확인하고자 했던 것은 마르

---

23) *UM*, p.82 참조. 이 새로운 존재론은 서구 존재론을 완전히 부정하지는 않는다. 그것은 "옛 존재론 가운데 최상의 것"과 "타자의 외재성"이라는 두 계기를 동시에 포함한다.

24) "부록을 제외하고, 이 저작은 각주와 참고도서 목록을 거의 담고 있지 않다. [멕시코에서] 망명의 슬픔 가운데 이 책을 쓰면서, 나는 [아르헨티나에 있는] 나의 서재를 활용할 수 없었다. 기억이 서재의 역할을 해야만 했다(*PL*, preface)."

25) *UM*, p.83.

26) 이로 인해 두셀은 해석학적 기획에서 일시 손을 떼지만, 후에 다시 이 기획으로 돌아간다. 그러나 그것은 "현존하는 비대칭적 관계들"에 대한 의식과 동행하는 귀환이었다. *UM*, p.83 참조.

크스에 대한 유럽과 북미 철학자들의 탐구들이 "진지하고, 통합적이며, 창조적인 연구"를 간과하거나 포기한 것은 아니었는가 하는 것이었다.[27)]

주석가의 눈을 빌리지 않고 직접 마르크스를 읽음으로써 두셀이 발견한 것은 통상 청년 마르크스에게 돌렸던 성격-"인간학적이고, 윤리적이고, 반유물론적인"-이 "결정적 마르크스"[28)]에 속하는 성격이라는 것이었다. 마르크스의 저작에 대한 직접적 탐구는 "그의 핵심 저작의 전체성을 다시 구성할 필요성"을 자각하게 했다. 이러한 재구성 작업의 목표는 최종적으로 해방 철학의 구성이었다. 마르크스 다시 읽기를 통해 두셀은 마르크스의 저작에 대한 "해석학적 재해석"을 위한 기반을 획득할 수 있었었고, 이것이 "해방 철학의 범주들의 체계론(architectonic)에서 변화를 결정했다."[29)]

『해방 철학』의 본격적 내용이 시작되는 첫 섹션(2.1)을 두셀은 인격 상호간 실천적 관계라는 '원초적인 윤리적 상황'(original ethical situation)의 서술에 할애했다. 이 관계는 오스틴이 발화수반적 계기(illocutionary moment)로 부르는 것, 혹은 하버마스가 의사소통적 행위로 부르는 것이다. 발화수반적인 것은 두 사람, 혹은 다수 사람간의 대면(the fact-to-face)으로서, "그것은 우리가 근접성(proximity)이라고 부르는 것이다."[30)]

27) *UM*, p.83 참조.

28) *UM*, p.84.

29) *UM*, p.84.

30) *UM*, p.84. 두셀은 근접성에 대해 이렇게 말한다. "근접성은 인격들의 본질을 가장 잘 표현하는 어휘이다"(*PL*, p.19). 실천의 의미도 근접성과 관련하여 가장 잘 이해될 수 있다. "거리를 줄이는 것이 실천이다. 그것은 타자로서의 타자를 향한 행위이다. 그것은 근접성을 향하는 행위이다. 실천이란 바로 이것이며, 그 이상 아무 것도 아니다"(*PL*, p.17).

인격 상호 간 실천적 관계로 형성된 윤리 공동체, 혹은 실천 공동체는 두 가지 선험적 계기, 곧 '언어성'과 '도구성'을 전제하고 있다. 다시 말해, "우리는 항상 우리가 **발화하는** 세계(a world where we *speak*)와 **도구들이** 사용되고 있는 세계(where *tools* are used)를 전제하고 있다."[31] 실천적 공동체를 구성하는 것이 두 가지 선험적 계기임에도 불구하고, '화용론'은 그 중 한 계기, 즉 언어성만을 포섭한다. 마찬가지로, 경제학은 단지 도구성만을 포섭한다. 따라서 화용론과 경제학은 "물질적-문화적 대상에 의해 매개되는 인격 상호간 실천적 관계의 두 차원들"[32]을 다루는 이론으로서 평행 관계(parallelism)에 있다고 할 수 있다.

인격 사이의 실천적 관계를 구성하는 두 요소, 즉 의사소통적 관계와 경제적 관계는 각각 "의미화하는 기호(signifying signs)"와 "도구적 생산물"에 의해 매개된다."[33] 두셀은 여기서 이러한 두 관계를 이어주는 매개물인 '텍스트'와 '상품'이 유사성을 지닌다(analogous)고 지적한다. 텍스트와 상품 모두 그것의 생산자와의 대면에서 독립성 혹은 자율성을 유지하며, 독자에 의한 텍스트의 해석은 소비자에 의한 상품의 소비와 유사하다는 것이다.[34]

텍스트와 상품의 유사성은 '소외'와 관련해서도 성립한다. 자율적인 텍스트는 독자를 "'텍스트의 사물'의 매개물로서 구성할 것"이고, 그럼으로써 독자는 "텍스트의 추종자", "텍스트의 도구적 매개물"이 될 것이다. 이 경우, 텍스트 앞에서 발생한다는 독자의 자기 이해(리쾨르)는 독자의 "윤리적 관심에 반(反)하여 소외되고, 낯선 것이 될 것이다."[35]

31) *UM*, p.85.

32) *UM*, p.85.

33) *UM*, p.85.

34) *UM*, pp.85~86 참조.

35) 두셀은 해석의 주체인 독자가 텍스트의 영향권 내에서 수동적 존재인 것으로 묘사

이와 유사하게 "생산품/자본은 생산자/노동자를 그 자신[곧, 생산자/노동자]의 생산품의 매개물로서 구성할 수 있다." 양 경우에서, '물신적 도착'(fetishist inversion)이 발생하는 데, 즉 "인격이 사물(매개물)이 되고 사물(텍스트 혹은 자본)이 마치 인격인양 된다."[36]

해방 철학은 마르크스의 틀을 통해 해석학적 문제를 다시 이해하는데 그치지 않고 "해석학의 새로운 발전"을 요구하는 상황을 제시한다. 그것은 다름 아니라 16세기에 일어났던 유럽의 남미 정복이다. 유럽인들에 의해 정복된 마야인들은 이미 다수의 '텍스트들'의 독자였다. 그 텍스트 가운데 하나는 popol-Vuh라는 거룩한 책이다. 정복자는 그의 텍스트, 곧 성서를, 마야인에게 강요했다. "복음화의 이름으로 진행된 과정은 정확히 마야의 텍스트를, 지배를 통해 성서로 대체한 것이었다."[37] 마야인의 입장에서는 다른 세계에서 온 낯선 텍스트를 해석해야만 하는 상황이었다. 이 경우의 해석학적 과정은 다른 사람이, 독자의 해석이라는 '실천'을 지배함으로써 복잡하게 되고 악화된다. 두셀은 이런 상황을 리쾨르의 해석학은 고려하지 않는다고 비판한다. 해방 철학에 따르면, 이러한 상황이 바로 "라틴 아메리카에서 해석학적 문제의 **출발 지점 자체**[저자 강조]이다."[38] 해방 철학은 이런 문제의식에 기초하여 다음과 같은 질문들을 제기한다. **"피지배자가 지배자의 '세**

하지만, 이것은 리쾨르가 강조하는 '귀속과 거리두기(distanciation)의 변증법'을 고려하지 않는 것이다. 이에 대해서는 폴 리쾨르, 「거리두기의 해석학적 기능」, 「해석학과 이데올로기 비판」, 존 톰슨 편집·번역, 윤철호 옮김, 『해석학과 인문사회과학』, 서광사, 2003 참조.

36) *UM*, p.86.

37) *UM*, p.86.

38) *UM*, p.86. 이와 관련하여 두셀은 다음과 같이 말한다. "**리쾨르식 철학이 작업을 중단하는 것으로 보이는 곳에서, 오직 그곳에서 해방 철학의 작업은 시작된다**(필자 강조, 같은 곳)."

계 내에서' 생산되고 해석된 '텍스트'를 '해석'할 수 있는가? 어떤 주관적, 객관적, 해석학적, 텍스트적 상황에서 그러한 해석이 '적절하게' 시도될 수 있는가?[필자 강조]"39)

두셀은 자신의 글을 왜 해방 철학이 마르크스의 경제 철학을 경유할 수밖에 없는가를 토로하면서 발표문을 마무리한다. "북반구의 철학자들은 [마르크스의] 경제 철학과 스탈린주의를 혼동하고, 현대 인류 대다수의 비참한 운명으로부터 철학적 손을 씻는다."40) 이런 연유로 해방 철학은 경제학의 우회로를 발전시켰으며, 해석학도 이런 우회로를 거치지 않으면, '이데올로기'와 '관념'이 된다. "텍스트 앞에 있는 독자만 존재하는 것이 아니다. 빵 없는 현실 앞에 있는 다수의 굶주린 사람들이 존재한다."41)

2. '해방 철학'(philosophy of liberation)과 '철학 그리고 해방'(philosophy and liberation)

'해석학과 해방'이라는 제목으로 발표된 두셀의 글에 답하면서, 먼저 리쾨르는 자신이 '철학과 해방'을 자기의 발표 제목으로 삼은 이유를 언급한다. 그것은 이 두 용어, 곧 '철학'과 '해방'의 대면이 성공적이라는 주장이 **"선험적** 판단"(*a priori* judgment)으로 상정되는 것42)을 피

39) *UM*, p.86.

40) *UM*, p.92.

41) *UM*, p.92. 이러한 비판은 리쾨르의 해석학적 현상학에 대한 비판과 겹친다. 두셀에 따르면, 해석학적 현상학이 설정한 주체가 텍스트 앞에 있는 독자라면, 해방 철학의 주체는 "'양식이 없는 현실' 앞에 있는 '굶주린 인격'", 혹은 "'텍스트가 없는 현실'(구입할 수 없거나, 그 자신을 표현할 수 없는 문화) 앞에 있는 문맹자(an illiterate)"(*UM*, p.81)이다. 이러한 두셀의 비판은 리쾨르의 해석학이 포착하지 못하는 해석학적 사각지대가 존재하며, 그 지대가 바로 라틴 아메리카적 해석학의 핵심 대상이어야 한다는 것을 함축한다.

하고자 했기 때문이다. 그가 볼 때, 이 두 용어의 결합은 그 자체 하나의 문제꺼리다.

철학과 해방의 결합 자체를 해명해야 할 문제로 보는 데에는 두 가지 이유가 있다. "모든 철학은 해방을 궁극적 목표로 삼는다"[43]는 것이 첫 번째 이유이다. 이와 상관적으로 '해방'이라는 용어의 의미는 철학사에서 하나로 고정되지 않고 다양하게 사용되었다. 스피노자 철학의 경우, 특정 유형의 지식은 정념과 상상으로부터의 해방으로 간주될 수 있는 것이었다. 두 번째 이유는, 문제가 되는 것은 해방이라는 주제뿐 아니라, "해방에 대한 상이한 입장들이 표현되고 전개되는 상황들"[44]이다. 여기서 리쾨르는 두셀(혹은 남미)과 자신(혹은 유럽)의 철학적 반성의 출발점이라 할 수 있는 고유한 경험의 차이를 언급한다. (해방 철학을 생성한) 남미의 경험은 미국이 대표하는 제일 세계에 의해 자행되는 경제적, 정치적 억압의 경험이며, 이것이 해방 철학의 출발 지점을 구성한다. 이에 비해 유럽 철학의 출발 지점으로 그가 드는 것은 나치즘과 스탈린주의가 대표하는 전체주의의 경험이다.[45] 리쾨르가 말하고자 하는 것은 "상이한 문제꺼리", "상이한 고유 경험"을 고려할 필요가 있으며, 그런 점에서 우리는 "해방의 역사들의 다수성"을 말해야 한다는 것이다. 그 위에서 각각이 상대에게 가르칠 수 있는 것은 무엇이며, 배울 수 있는 것은 무엇인지를 말할 수 있을 것이기 때문이다.

---

42) 리쾨르는 '해방 철학'이 '해방'과 '철학'의 결합을 당연시 한다고 생각하고 있다.

43) *UM*, p.205.

44) *UM*, p.205. 이 두 번째 이유가 두셀과 리쾨르의 입장 차이의 실질적 이유로 보인다. 입장 차이의 토대로서 역사적 경험의 차이를 리쾨르는 강조하며, 이 경험의 차이에서 리쾨르가 강조하는 정치의 자율성에 대한 주장이 나오는 까닭이다.

45) *UM*, p.205 참조.

리쾨르가 "해방의 역사들의 이질성"을 강조하는 것은 고유한 경험들이 다양하다는 것, 심지어 공약불가능할지도 모른다는 것을 사람들로 하여금 인정할 준비를 하도록 하기 위해서 이다. 이러한 주의와 함께, 현재의 토론이 "보다 나은 논변의 탐색과 수용"[46]을 전제하고 있다는 것을 환기시키며 몇 가지 예비적인 언급을 마무리한다.[47]

'해석학[혹은 철학]과 해방'이라는 문제[48]로 곧 바로 들어가는 대신, 리쾨르는 서구 근대 철학-헤겔이 실체 철학과 대조하여 주체성의 철학이라고 부른-이 서구의 "역사적 해방 경험"과 어떻게 연결될 수 있는지의 문제를 경유한다. "이 주체성의 철학의 어떤 요소들이 해방 경험의 원인인 동시에 결과로서 후대에 전해졌는가?"[49] 리쾨르에 따르면, 주체성의 철학은, 그것이 "자유에 대한, 분리할 수 없는 윤리적이고 정치적인 개념화"를 이루어내는 만큼, 해방의 경험과 연결된다.

두셀의 글에 직간접적으로 표현된 유럽중심주의에 대한 비판을 염두에 둔 탓인지, 리쾨르는 자유의 개념화를 서구의 중요한 공헌으로 제시하면서[50], 자신은 "유럽을 부끄러워하지 않는다"[51]라고 말한다. 그리고 이러한 자신의 선언을 추동한 "자유에 대한 윤리적-정치적 개

46) *UM*, p.206.

47) *UM*, p.206 참조.

48) 리쾨르는 두셀을 제외하고 이 주제에 초점을 맞추고 작업을 한 철학자로 도미니코 제르볼리노(Domenico Jervolino)를 언급한다.

49) *UM*, p.206.

50) 이와 관련하여서는 다음의 언급 참조. "12세기부터 18세기에 이르기까지 성취한 위대한 성과인 정치적인 자유의 획득"(폴 리쾨르, 박병수·남기영 편역, 『텍스트에서 행동으로』, 아카넷, 2002, 421쪽).

51) 당연히 이 말이 유럽이 비판으로부터 자유롭다는 것을 뜻하지는 않을 것이다. "결국 니체는 19세기 유럽의 거만함을 공격한 것이다. 만일 그렇다면 그[니체]의 책은 **우리에게도**[리쾨르 강조] '반시대적'이지는 않을 것이다"(폴 리쾨르, 김한식 옮김, 『시간과 이야기3』, 문학과지성사, 2004, 460쪽).

념화의 세 요소들"을 제시한다.

첫째로, 초월적인 것으로 간주되던 주권자와 주권(the sovereign and sovereignty)에 대한 비판이 자유의 개념화를 구성하는 한 요소이다. 주권의 초월성에 대한 비판의 결과, 이탈리아나 플레미쉬의 자유 도시들이 등장했고, 영국 의회가 설립되었고, 프랑스 혁명이 일어났다. 이것은 분명 서구의 해방 경험이다. 루소와 칸트의 계약론 사상도 이러한 요소와 연관된 것이다.

자유 개념에 포함된 초월적 주권에 대한 이러한 비판적 요소는 민주주의의 독특성을 구성했다. 리쾨르가 볼 때, 민주주의는 "그 자체의 토대가 취약하다는 것을 인식하고 있는 최초의 정치 체제"[52]이다. 다시 말해 민주주의는 항상 정당성의 위기 가운데 있는, 혹은 부단히 정당화되어야 하는 체제이다. 이런 점에서 서구의 민주주의 사상은 "[정치 체제의] 토대를 제공하는 동시에 [그 토대 위에 있는 정치 체제에 대해] 비판적인(at the same time foundational and critical), 더 적절하게는, 자기 비판적인 유일한 사상"[53]이다.

민주주의에 대한 이러한 긍정은 해방 철학에 대한 경계(警戒)로 이어진다. 그것은 해방 철학이 억압의 정치적 차원보다는 경제적 차원을

---

52) *UM*, p.207에 짧게 요약되어 있는 민주주의의 정치(철)학적 성격 혹은 의의는 별도로 연구될 만한 주제이다. 민주주의에 대한 리쾨르의 이해에 영향을 미친 인물들로는 한나 아렌트(혹은 그녀가 분석한 로마의 정치사상가들), 스피노자, 그리고 클로드 러포(Claude Lefort)를 들 수 있다.

53) *UM*, p.207. 이러한 독특성을 지닌 민주주의가 유럽에서 형성되었다는 것은, 유럽의 정체성에 대한 리쾨르의 자부심과도 연결되어 있는 것으로 보인다. "유럽은 일련의 문화적 정체성들을 생산해 왔는데 그것들은 그 자신의 자기 비판을 동반하였고, 바로 그 점이 특유하다고 생각한다. …… 다른 문화와 대화할 때 우리가 이 자기 비판의 요소를 유지한다는 사실이 중요한데, 이는 내 생각에 유럽만이 지닌 특성이다"(리처드 커니, 김재인 외 옮김, 『현대 사상가들과의 대화』, 한나래, 1998, 61~62쪽). 민주주의에 대한 리쾨르의 상세한 분석은 *OA*, pp.249~273, 『텍스트에서 행동으로』, 424~428쪽 참조.

주로 강조한다는 점을 겨냥한다. 이와 관련하여 리쾨르는 정치적, 사회적 억압에 대한 비판이 정치적 지배에 대한 비판을 경유해야 하며, 그렇지 않을 경우, "역사의 가공할 보복"[54]을 당할 것이라고 주장한다. 유럽의 전체주의 경험에서 보듯, "정치적 해방을 경유하는 경로"가 불가피하다는 것이 리쾨르의 생각이다.

자유의 개념화와 관련하여 두 번째로 살펴볼 필요가 있는 것은 "서유럽의 사유와 역사적 경험에서 구체적 보편(the concrete universal)의 탐색과 위기"[55]가 지닌 의미이다. 구체적 보편의 영역을 잘 보여주는 곳으로 리쾨르는 언어를 든다. 한편으로, (보편적인 것으로서) 언어는 (구체적인 것으로서) 다수의 자연 언어들을 통하지 않고서 존재하지 않는다. 다른 한편으로, 언어들의 근본적 통일성은 "보편적 번역의 가능성이라는 현상"[56]에서 드러난다. 언어의 보편성은 이런 식으로 확증된다.

언어 수준에서 통용되었던 것은 도덕적이고 정치적인 것의 수준에서도 통용된다. 도덕의 수준에서, 의무는 보편적인 것으로 간주될 때, 의무가 된다. 그러나 또한 도덕적 삶은 "우리가 관습들로 부르는 문화적 맥락들의 조건들 아래에서만"[57] 이루어진다. 여기서 "의무의 보편성과 관습들의 역사성" 사이의 간격이 확인된다. 보편성과 역사성, 혹은 보편성과 구체성 간의 문제는 롤즈와 하버마스 간의 토론에서 확인할 수 있는데, 그들은 각각 "정의 실현의 역사적 조건들을 고려하지 않고 순수하게 절차적으로 정의를 개념화"(롤즈)하거나 "'이상적 의사

54) *UM*, p.207.

55) *UM*, p.207. "이것은 첫 번째, 곧 국가의 주권에 관한 문제를 대신하고 포괄하는 문제이다. 이것은 역사적 경험의 합리성과 관련된 것이다(같은 곳)."

56) *UM*, p.208.

57) *UM*, p.208.

소통 공동체'라는 생각"[58](하버마스)을 통해 윤리학의 원칙들을 확립하려 한다.

구체적 보편을 모색하고, 그러한 과정에서 확인되는 구체성과 보편성 간의 간격에 대한 분석이 보여주는 것은 "보편성의 표식은 오직 깨지기 쉬운 타협의 형성에서 발견될 수 있다"는 것이다. 여기에 구체적 보편의 문제에 대한 서유럽의 주요 기여들 가운데 하나가 존재한다. 그것은 보편성에 대한 이러한 인식의 기반 위에서 "갈등의 해결책을 배웠다는 것과 협상과 타협의 절차를 발명했다는 것이다."[59] 물론 모든 문제가 의사소통, 대화를 통해 해결되는 것은 아니며, 의사소통 역시 체계적 왜곡의 위험에 노출되어 있다.[60] 그럼에도 불구하고, 대화, 토론을 통한 매개는 갈등의 해결을 위해 우리가 유일하게 의지할 수 있는 것이다. 북반구와 남반구 사이의 토론도 윤리적, 정치적 질서가 아닌 다른 질서, 곧 경제적 질서 상의 지배 관계 문제에서 시작되었지만, 그것은 언젠가 의사소통을 통해 조정되어야 하는 그런 성격의 갈등이 될 것이다.[61]

자유의 개념화와 관련된 세 번째 요소는 "법과 사법 제도의 측면"과 연관되어 있다. 이 세 번째 요소 역시 구체적 보편의 위기와 연관되어 있지만, 여기서는 "'정의'라는 규제적 이념"에 초점이 맞춰진다. 정의의 이념이나 원칙을 둘러싸고도 "절차적 보편주의"와 "맥락적 공동체주의"간의, 곧 보편성과 구체성 간의 논쟁이 있다. 리쾨르는 이 논쟁의 존재를 부정적인 것으로 여기지 않는다. 오히려 이 논쟁이 자유의

58) *UM*, p.208.

59) *UM*, p.209.

60) 이에 대해서는 하버마스의 『인식과 관심』, 『이론과 실천』을 참고.

61) *UM*, p.209 참조.

정치학의 세 번째 사항과 관련하여 유럽이 제공할 수 있는 최선이다.[62] 롤즈의 정의론이 지닌 한계에도 불구하고, 그것이 지닌 긍정적인 면은 그의 정의론에 담긴 입장, 곧 정의의 첫 번째 원칙(법 앞에서의 시민적 그리고 정치적 평등)을 경제화해서는 안 되며, 어떠한 정치적 수단으로도 사회적 그리고 경제적 정의 문제를 다루어서는 안 된다는 입장이다.[63]

마지막 세 번째 요소에 대한 서술을 마치며, 리쾨르가 내리는 결론은 "법 앞에서의 평등이 경제적, 사회적 해방의 정치적 조건"[64]이라는 것이다. 서구의 해방 경험을 자유의 윤리적, 정치적 개념화와 관련하여 서술했던 리쾨르는 다시 한 번 해방이라는 말의 다의성을 강조한다. "서로 소통하지 않는, 다수의 해방 역사가 존재한다."[65] 해방의 경험과 관련하여, 라틴 아메리카가 북반구-남반구 관계라는 틀에 의해 설정된 문제에 직면하고 있다면, 유럽은 전체주의의 청산과 더불어 정점에 이른 갈등들을 물려받았다. "이러한 [유럽의] 역사가 라틴 아메리카의 해방 기획을 이해하는 데 장애가 되는가?"[66]라는 자문에 답하는 대신, 리쾨르는 경계해야 할 두 가지를 제시하면서 자신의 논평을 일단락 짓는다. 그 두 가지란, 동유럽의 관료 경제의 실패에서 교훈

62) 리쾨르는 이 세 번째 측면에 대해 말하면서, 역사의 권위를 빌어 두 번째 경고를 한다. 그것은 "역사를 단축하려는 어떠한 유혹"(*UM*, p.210)에 대해서도 경계하라는 것이다.

63) 이것은 롤즈에게 정의의 원리들의 내용만큼이나 이 원리들을 배열하는 우선성의 규칙이 중요하기 때문이다. 롤즈는 이 원리들을 가나다순(lexical order)으로 배열함으로써 이 원리들 간의 우선성을 표현하고 있다. 이에 대해서는 *Theory of Justice*, p.61, *Oneself as Another*, p.235 참조.

64) *UM*, p.209.

65) *UM*, p.210.

66) *UM*, p.210.

을 얻어야 한다는 것과 경제적 생산성의 증대를 선호하여 정치적 자유를 제쳐두어서는 안 된다는 것, 오히려 정치적 자유는 "경제적, 사회적 해방의 요소"67)로 이해되어야 한다는 것이다.

두셀의 글에 대한 리쾨르의 응답에서 해석학과 해방의 관계에 대한 언급은 아주 짧고 불투명하기까지 하다.68) 그리고 이 주제는 리쾨르 해석학 전체에 대한 분석 속에서 제대로 다뤄질 수 있다. 따라서 여기서 선택할 수 있는 방식은 한편으로, 이 간략한 언급에서 리쾨르가 주장하고자 하는 것을 파악 가능한 일부나마 드러내고, 다른 한편으로, 리쾨르가 다른 곳에서 언급한 해석학에 대한 서술을 끌어와서 현재의 논의 성격과 구도에 맞게 배치하는 것이다.

필자가 보기에, 이 간략한 응답에서 리쾨르가 말하고자 하는 것은 우선 해방의 문제가 텍스트를 매개로 다루어져야 한다는 것이다. 그렇지 않을 경우, 해방의 문제와 해석학의 문제는 연관될 수 없다. 다른 하나는, 해석학은 비판적 읽기, 혹은 비판적 독자의 존재를 강조한다는 것이다.69)

텍스트를 매개로 해방을 말할 계기가 리쾨르 해석학에 내재되어 있는가? 리쾨르에 따르면, 텍스트, 특히 시적(poetic) 텍스트는 현실 세계와 다른 세계를 우리 앞에 개방한다. 이 새로운 세계는 당연히 기존 세계, 기존 질서의 비판을 포함한다. 텍스트의 이러한 기능에서 우리는 현실

67) *UM*, p.211.

68) 약 8페이지 정도의 글 가운데 1페이지가 해석학과 해방의 관계에 대한 서술에 할애되어 있을 뿐이고, 그나마 다른 서술에 의해 보충되지 않는다면, 그 자체로 분석 대상이 되기 어려울 정도로 간략하게 서술되어 있다.

69) 리쾨르는, 두셀이 저자와 텍스트의 관계를 생산자와 생산품의 관계와 유사한 것으로 보고, 텍스트 해석을 상품 소비와 유사한 것으로 주장하는 데에 대한 반응으로서 이 점을 강조한다.

지배 관계의 비판과 해방의 가능성을 확인할 수 있는 것이다.[70)]

비판적 독자, 혹은 비판적 읽기의 자리를 해석학 내에 마련하면서 강조하는 것은 가다머의 해석학에 비해 상대적으로 리쾨르의 해석학이 지닌 장점이라고 할 수 있다. 텍스트에 은폐된 채 전승되어 온 지배 관계는 이데올로기 비판을 통해 드러나며, 해석학은 이러한 비판적 계기를 품고 있으며 또한 승인할 수 있다.[71)]

3. 해방 철학과 경제(학)

리쾨르의 답변에 두셀은 크게 두 가지 방향으로 반응한다. 하나는 리쾨르에 대한 직접적 반박이다. 다른 하나는 자신이 그간 취한 지적 여정의 동기와 의의를 다시 제시하는 것이다. 후자에는 해방 철학의

---

70) "실재의 차원을 개방하는 텍스트의 힘은 원칙적으로, 주어진 실재에 대한 저항과 그에 의한 현실 비판의 가능성을 내포한다. 이러한 현실 변혁의 힘이 가장 생동하는 곳이 시적 담화이다"(「해석학과 이데올로기 비판」, 폴 리쾨르 지음, 존 톰슨 편집·번역, 윤철호 옮김, 『해석학과 인문사회과학』, 서광사, 2003, 169쪽). 이와 관련하여 또한 Domenico Jervolino, *The cogito and hermeneutics: the question of the subject in Ricoeur*, translated by Gordon Poole, Kluwer Academic Publishers, 1990, pp.114~146 참조.

71) 이 점을 「해석학과 이데올로기 비판」에서 잘 확인할 수 있다. 아울러, 다음과 같은 주장들은 해석학이, 해방적 실천을 지향하는 이데올로기 비판의 정당성을 인정함으로써, 자신의 해방적 지향을 보여 준다. "나는 각자가 서로 상대방의 구조 안에 자신의 자리를 표시하는 방식으로 상대방의 보편성에 대한 주장을 인정할 수 있다는 것을 보여 주고자 한다"(「해석학과 이데올로기 비판」, 122쪽), "우리는 이들 각각이 상대방을 자신의 고유한 방식으로 정당한 주장을 하는 입장으로 인식하도록 요구할 수 있다"(같은 글, 160쪽, 번역 일부 수정), 그리고 "철학적 반성의 과제는 과거로부터 전수된 문화적 유산의 재해석에 대한 관심과 해방된 인류에 대한 미래지향적 기획에 대한 관심을 서로 대립시키는 기만적인 이율배반을 제거하는 것이다. 이 두 관심이 철저히 분리되는 순간, 해석학과 비판은 그 자체가 바로 이데올로기 외에 다름이 아닐 것이다"(같은 글, 180쪽).

형성 과정에 대한, 그리고 해방 철학과 마르크스의 경제 철학의 관계에 대한 재 서술 등이 포함된다. 이 두 방향이 서로 연계되어 있으며, 교차한다는 것은 두 말할 나위가 없다.

두셀은 우선 리쾨르의 '개방성' 결여를 지적한다.[72] 이러한 열린 태도의 결여와 함께 그가 비판하는 것은 비서구를 가르치려는 자세이다. 가르침의 내용은 "유럽의 역사에 의해 이미 폐기된 정치적, 경제적 오류를 '반복하지'"[73] 말라는 것이다. 이에 대해 두셀은 남반구의 경험에 터를 두고 진행되어 온 자신의 철학 작업을 추동한 이유들의 고유성을 말한다. 그 "이유들은 동유럽의 실패로 이어진 사건들의 부분을 형성하지 않[으며]", 지난 오세기 동안 존재해 왔던 것으로서 그 기원을 남반구에 두고 있는 것들이다. 서구의 철학자들은 자신들의 문제 지평을 너머에 있는 이러한 이유들을 경청하는 일에 익숙하지 않다.[74]

구체적 논제라 할 만한 것을 두고 두셀이 리쾨르의 주장에 대해 반응을 보인 첫 번째는, 리쾨르가 말한 바, 역사적 경험의 공약불가능성 주장에 대한 것이다. 그는 리쾨르가 역사적 경험의 차이를 논의의 전면에 내세우는 것에 대해, 먼저 역사들의 공약불가능성을 강조하는 이러한 해석학은 중심의 지배자에게, "근대기 주변부에서 저질러진 모든 잔혹함"[75]에 대한 면죄부를 주는 것과 같은 결과를 낳는다고 말한다. 이와 함께 두셀은, 리쾨르가 공약 불가능한 것이라고 한, 서구와 남미의 "고유한 상황", 혹은 역사적 경험의 차이도 유사성을 지니고 있다고 주장한다.

---

72) 두셀이, 자신과 대화를 나누는 과정에서 아펠이 보여준 "'개방성'과 창조적 능력" (*UM*, p.213)을 말할 때, 그것은 리쾨르에 대한 비판을 담고 있다.

73) *UM*, p.213.

74) *UM*, pp.213~214 참조.

75) *UM*, p.214.

> 중심에서 발생한 독일의 나치즘과 이탈리아의 파시즘과, 주변부의 포퓰리즘은 소위 유럽에 의한 아메리카의 발견(아메리카 인디언에게 그것은 구대륙의 침입이었다)에 의해 수 세기 전에 시작된 세계 체제의 유사한 경제적-정치적 현상이다. 나치즘, 파시즘, 그리고 포퓰리즘은 자본주의 체제 내부에서 '민족' 해방을 시도했다. …… 포퓰리즘이 나치즘과 파시즘과 많은 관련이 있다는 것을 보여주는 것은 오래 걸리는 일이겠지만, 어렵지는 않을 것이다.[76]

두셀의 이러한 주장은, 결국 '나치즘', '파시즘', 그리고 '포퓰리즘'의 현상들을 포괄적으로 이해할 수 있는 "세계적인 해석학적 '열쇠'"를 발견할 수 있으며, 따라서 유럽과 남미가 경험한 상이한 정치 체제들[77]이 서로 무관한, 공약 불가능한 것들이 아니라는 것이다.[78]

리쾨르의 답변, 특히 해방 철학이 경제(학)에 경도되면서 정치적인 것의 자율성, 고유성을 간과하고 있다는 그의 지적에 두셀은 왜 해방 철학이 경제(학)을 주요 계기로 포함할 수밖에 없는지 다시 한 번 답한다. 그것은 라틴 아메리카와 같은 "세계 자본주의 주변부의 실재와 연계성을 지녀야 한다는 철학적 절박성"[79] 때문이었다. 대다수가 비참한 상황에 처해 있는 이 분명한 야만적 사실은 "선험적 화용론, 해석

76) *UM*, p.215. 이러한 주장의 타당성을 검증하는 일은 이 글의 범위를 벗어난다. 다만 이 문제와 관련하여 *UM*, pp.215~216의 아주 간략한 서술에서 확인되는 두셀의 의중은 이것이다. "이 모든 것들은 커다란 공통의 지평에 속하는, 상이한 대본에 따라 연기하는 상이한 배우들이다"(*UM*, p.216).

77) "나치 혹은 파시스트 내셔널리즘(중심부 자본주의 내셔널리즘)과 포퓰리즘(남반구 자본주의 내셔널리즘), 그리고 라틴 아메리카의 국가 안전 체제(the Latin American regimes of national security)(종속적 자본주의의 발전을 가능하게 하는 군사 전체주의)"(*UM*, p.216).

78) 이런 시야가 확보된 것은 세계 체제론에 힘입었기 때문이다.

79) *UM*, p.219.

학뿐만 아니라, 경제학(économie가 아니라 économique로서)을 근본적 계기로서 요구한다"는 것이다. 따라서 해방 철학자가 마르크스를 연구하는 것은 그가 마르크스주의자이기 때문이 아니라, "가난한 자들(삶의 재생산을 위한 제도적, 역사적 수단을 결여하고 있는 이들)이 철학적 경제학을 요구(이론적이고 윤리적인 요구)"하기 때문이며, "그게 전부다!"[80]

두셀은, 리쾨르가 비판하는 (표준) 마르크스주의는 자신 역시 비판해 온 것이며, 그런 점에서 "마르크스주의적 해방 철학이라는 표현"을 거부한다고 말한다.[81] 그렇다면, 마르크스는 해방 철학에 대해 어떤 의미를 지니는가? 마르크스는 '경제 철학'의 고전이며, 그 근본구조상 인간 삶의 재생산을 저해하는 자본주의 비판이다. 다시 말해 해방을 요청하는 인간 삶의 경제적 억압 구조를 분석, 비판하는 철학인 해방 철학의 핵심 계기가 된다. 그가 볼 때, 마르크스에게 본질적인 것은 노동 주체와 객체, 곧 자연 간의 관계가 아니라, 주체 대 주체의 윤리적 관계이다.

두셀은 마르크스에 대한 독자적인 해석을 제시함으로써, 자신이 표준 마르크스주의자가 아님을 역설한다. 마르크스의 경제학은 노동 주체의 소외가 해체되는 이상적 공동체를 지향하며, 그러한 공동체의 관점에서 현실 자본주의 사회를 비판한다. 두셀은 마르크스가 말하는 "완벽한 노동자 공동체"를 하나의 모델로, **경험적 사회를 비판하기 위한 하나의 규제적 이념**, 혹은 이념형으로 해석한다. 표준 마르크스주의는 이 점을 오해하였으며, 스탈린주의 역시 그랬다.[82]

---

80) *UM*, p.220.

81) 두셀에게 "『자본론』은 윤리학"이며, 이 때 그가 말하는 윤리학은 "타자(인격으로서, 가난한 자로서, 가치 창조의 원천으로서 살아 있는 노동)의 외재성의 관점에서 부르주아 도덕(그리고 아담 스미스 이후의 부르주와 정치경제학)을 비판하는 것이다"(*UM*, p.220).

'이상적 공동체'에 대한, 표준 마르크스주의와 다른 방향의 해석은 또한 그것과 연관된 역사 해석의 문제에도 영향을 미친다. 두셀은 역사에 대한 기존의 (정통적, 표준적) 유물론적 해석을 반박하기에 충분하다고 판단되는, 다음과 같은 마르크스의 견해를 제시한다.[83)]

> 그는 서유럽 자본주의의 발생에 대한 나의 역사적 스케치를, 인간의 가장 완전한 발달뿐 아니라 사회적 노동의 생산력 극대화를 보장하는 경제 형태에 궁극적으로 도달하기 위해서는, **모든 민족들-그들의 역사적 상황이 무엇이든-에게 숙명적으로 부과된**[두셀의 강조] 일반적 과정에 대한 **역사적-철학적 이론**[두셀의 강조]으로 변형시켜야 한다고 단호하게 주장했다. …… 이 단계들 각각을 개별적으로 연구해 본다면, 그래서 그것들을 비교해 본다면, 사람들은 쉽사리 이러한 현상에 대한 열쇠를 발견할 수도 있을 것이다. 그러나 성공은 일반적인 역사적-철학적 이론이라는 만능열쇠와 함께 오지는 않을 것이다.[84)]

여기서 마르크스는 서유럽의 자본주의 발생사에 대한 자신의 서술이, 각 민족의 특수성과 무관하게 모든 민족들에게 필연적으로 적용되어야 하는 일반적인 역사적, 철학적 이론이나 법칙으로 이해되는 것을 경계하고 있다. 표준 마르크스주의는 이런 견해를 시야에 포함하지 못했다.

자신이 해방 철학을 전개하는 과정에서, 왜 마르크스의 경제학을

---

82) *UM*, p.222 참조.

83) 이것은 1877년 미하일로프스키(Mikhailovskii)가 자신에 대해 비판했을 때, 마르크스가 내놓은 답변 성격의 언급이다.

84) *Late Marx and the Russian Road: Marx and 'the peripheries of capitalism'* (Teodor Shanin ed., Monthly Review Press, 1984), p.136(*UM*, pp.222~223에서 재인용).

경유할 수밖에 없었는지, 그리고 자신이 수용한 마르크스가 표준 마르크스주의와 어떤 차이가 있는지를 서술한 뒤, 두셀은 리쾨르가 제시한 문제, 곧 정치적인 것의 자율성 문제를 다룬다.

두셀은 우선 왜 중심부 철학자들이 경제(학)을 망각하고 있는지에 대한 자신의 생각을 하버마스를 빌어 표현한다. 그것은 선진 자본주의의 경제적 향상으로 인해, 경제적인 용어로 사회 해방을 말하기 어려워졌기 때문이다. 달리 말해, "'소외'는 이제 명백한 경제적 의미를 상실하다시피 되었다."[85]

중심부 철학계의 이러한 경향을 언급하는 것 외에, 두셀은 리쾨르가 경제(학)을 경유하지 않는, 그의 철학 내부에 존재하는 이유를 드러내고자 한다. 그것은 다름 아니라 리쾨르에서 확인되는, 정치적인 것이 경제적인 것으로 환원되는 것에 대한 강한 부정, 다시 말해 정치적인 것의 자율성에 대한 확신이다.[86]

> 잘 알려진 바와 같이, 정통적인 마르크스주의에 의하면, 정치적 소외는 경제적 소외를 반영할 수 있을 뿐이다. 이윤의 관점에서만 보면, 공동생활의 모든 악은 노동의 착취라고 해석되는 잉여가치에서만 나온다고 할 수 있다. 만일 이러한 착취가 생산수단의 사유화와 연결되어 있음을 증명할 수만 있다면, 생산수단의 사유화, 잉여가치의 강탈에 의한 노동의 착취 때문에 생겨난 경제적 소외를 제거하려는 정치적인 체제는 모두 가치 있는 체제가 될 수 있을 것이다. 이와 같이 정치

85) 『이론과 실천』(홍윤기·이정원 옮김, 종로서적, 1985), 264쪽(*UM*, p.228에서 재인용).

86) 사실, 필자가 보기에, 두셀과 리쾨르 사이의 논쟁에서 가장 핵심적인 것이 바로 이 문제이다. 그것은 이 문제가 두 사람이 긴 시간을 거쳐 형성해온 사상의 줄기를 건드리고 있으며, 그렇기에 이 문제에 대한 언급들도 체계와 근거를 갖추고 있어서 분석을 위한 풍부한 자료를 제공하기 때문이다. 이에 비하면, '철학과 해방', 혹은 '해석학과 해방'의 주제는 양자 모두, 특히 리쾨르에서 빈약하게 다뤄지고 있다.

> 를 경제로 환원시켰기 때문에, 마르크스주의자들은 **권력행사에 의해 제기되는 특수한 문제들**[필자 강조]에 대해서는 관심을 갖지 않았다. 이 현저한 정치적 문제들에 대해서는 뒤에 살펴볼 것이다.[87]

이에 덧붙여, 두셀은 리쾨르에서 경제적인 것은 추상적인 것이며, 정치적인 것의 하위 체계임을 지적한다.[88]

> 어떤 의미에서 보면, 국가의 결정에 따라서 민족의 경제적 생활이 정치와 결합되는 한, 경제적-사회적 차원은 추상적이라고 할 수 있다. …… 경제적-사회적 질서는 실제로 추상적이다. 경제적-사회적 차원의 자율성은 국제시장의 성립과 노동방법의 세계화에 따라서 증진되었고, 자율성이 증진함에 따라서 이러한 추상성은 더욱 보강되었다.[89]

---

87) *Du texte à l'action*, p.396/『텍스트에서 행동으로』(박병수·남기영 편역, 아카넷, 2002), 414~415쪽(번역 일부 수정, UM, p.228에서 일부 재인용). 정치와 경제의 구분, 혹은 정치의 자율성에 대한 강조는 리쾨르에게 절대적으로 중요하다. 정치적인 것은 경제적인 것과는 다른 고유한 특성, 영역을 지니며, 따라서 경제적 악과는 다른 정치적 악을 발생시킨다. "이런 악[정치적 악]은 다른 것들, 특히 경제적 소외로 축소될 수 없다. 따라서 **경제적 착취는 사라질 수 있으나 정치적 악은 지속된다**[필자 강조]"(「정치적 모순」, 『역사와 진리』, 박건택 옮김, 솔로몬, 2002, 318쪽). 이와 관련하여, 정치적 권력에 대한 마르크스주의의 비판의 한계는 "자본보다 더 유해한 권력 형식들이 있을 수 있다"는 것을 간과했다는 것이다. "예를 들어, 정당이나 국가의 중앙 위원회에서 사회의 모든 자원들을 총체화하는 것과 같은 것들 말이다. 이런 식으로 생산 수단의 사적 소유를 국가에 넘겨주는 것은 종종 사회의 소외를 국가의 소외로 대체하는 것을 의미할 수 있다. 전체주의적 정당의 권력은, 그것이 경제적인 생산 수단뿐 아니라 소통이라는 정치적 수단까지 통제하는 한은, 아마도 자본의 탈인간화하는 권력보다 더 극악무도할 것이다. **아마도 계급 투쟁에 대한 경제적 분석은 역사의 복합성을 이루는 많은 플롯들 가운데 단지 하나의 플롯일 것이다. 따라서 우리의 역사 형성을 곤경에 빠트리는 권력 플롯들의 복수성을 풀 수 있는 사회성에 대한 해석학이 필요하게 되는 것이다**[필자 강조](『현대 사상가들과의 대화』, 319~320쪽)."

88) *UM*, p.228 참조.

89) *Du texte à l'action*, p.395/ 『텍스트에서 행동으로』, 413쪽.

리쾨르의 서술에서 경제적 질서가 '추상적'이라는 말은, 경제에 대한 고전적 정의, 특히 헤겔의 정의와 관련하여 이해되어야 한다. 그의 정의에 따르면, 경제란 "필요의 메커니즘"이며, "외형적 국가"이다. 경제의 이러한 외형적 성격이 "풍속과 습관에 따라서 형성된 구체적인 역사적 공동체의 내적인 통합성"[90]과 다른, 추상적 메커니즘으로서의 경제적 질서를 특징짓는다. 경제적인 것이 정치적인 것의 하위체계라는 말은 리쾨르 자신 사용하지 않으나, 이처럼 하나의 메커니즘으로서의 경제가 지닌 추상성, 그리고 이 추상적 경제가 **국가의 결정에 의해** 정치와 결합된다는 리쾨르의 서술에서, 두셀은 리쾨르의 체계에서 경제가 정치[91]의 하위 체계라고 보는 것 같다.

두셀은, 리쾨르가 경계하는 바, 곧 정치적인 것의 자율성을 부정하는 것, 혹은 정치적인 것을 경제적인 것으로 환원하는 것이 비합리적이며, 전체주의적 경제주의임을 인정한다. 이런 의미의 경제(중심)주의, 곧 "정치 없는 경제"(an economics without politics)는 해방 철학을 위해 정당화될 수 없다.[92] 이와 동시에, 그러나 두셀은 리쾨르에서 '정치(중심)주의'(a politicism)를 확인하며, 이를 라틴 아메리카에서 발견되는 정치(중심)주의와 연결시킨다. 라틴 아메리카에서는 국가 안전 독재(national security dictatorships) 국면 동안, 라틴 아메리카 '민주주의'에 대한 특정한 이론이 창안되어, 민주주의에 대한 이론적 성찰의 흐름이 형성되었지만, 그것이 혁신적 경제 프로젝트와 연결되지

90) *Du texte à l'action*, p.394/ 『텍스트에서 행동으로』, 413쪽.

91) 리쾨르는 정치를 "역사적 공동체의 생활에서 국가가 가지고 있는 핵심적인 역할"(『텍스트에서 행동으로』, 417쪽)로 이해한다. 두셀의 표현대로, 리쾨르에서 경제가 정치의 하위 체계라면, 그것은 역사적 공동체와의 유기적 관련성에 따른 위계 규정일 것이다.

92) *UM*, p.229 참조.

못하고, 오히려 신자유주의적 프로젝트를 지원함으로써 다수와 소수 간 빈부 격차를 늘이는데 기여했다.[93]

두셀은 경제적 혁신과 연결되지 않은 민주주의를 형식적 민주주의로 보고, 이것을 정치주의의 일종으로 파악한다.[94] 형식적 민주주의의 예에서 보듯, 정치적인 것이 경제적 불의를 은폐하는 작용을 할 수도 있으며, 이런 점에서 "라틴 아메리카 정치 철학은, 책임 있고, 윤리적이려면 경제 철학을 통해 표현되어야 한다." 결론적으로 "**오늘날 라틴 아메리카에서 민주주의 혹은 정치학에 관해 말하는 것만으로는 충분치 않다. 필요한 것은 사회적 혹은 물질적-경제적 민주주의이며, 경제 철학을 통해 적절하게 표현된 정치 철학이다**[필자 강조]."[95]

Ⅲ. 결론을 대신하여

이 글의 서두에 서술된, 두셀의 말을 빌자면, '창조적 대화'를 위해서는 상호 간의 '차이'를 인식하는 것과 함께, 상대에게서 차이를 넘을 수 있는 '건설적 가능성'[96]을 확인할 수 있어야 한다. 이러한 기준은 충분히 일반성 있는 것으로서 두셀과 리쾨르 간의 대화를 가늠하는 척도로서 적용할 만하다.

리쾨르는 처음부터 역사적 경험의 차이를 내세웠다. 유럽의 고유한 역사적 경험, 곧 전체주의의 경험에서 귀결된 바, 정치적인 것의 자율

---

93) *UM*, pp.229~230 참조.

94) 이런 이유로, 두셀은 다음과 같이 말한다. "경제적인 것에 대한 나의 강조는 두 전선을 형성한다. 유럽적인 것과 라틴 아메리카적인 것"(*UM*, p.229).

95) *UM*, p.230.

96) 이 가능성은 차이의 안과 밖 어디서든 발견될 수 있을 것이다.

성을 강조했다. 두셀 역시 해방 철학이 라틴 아메리카의 경험, 곧 제국의 주변으로서 겪었던 피지배 경험에서 나온 것으로서, 경제 철학을 경유한 정치 철학의 형태를 지닐 수밖에 없음을 주장한다. 그러나 이 두 사람이 상대방을 수용한 정도를 평가해 본다면, 리쾨르가 두셀의 입장을 인정하는 정도는 두셀이 리쾨르의 입장을 수용하는 것에 미치지 못하고 있다. 두셀은 정치적인 것의 자율성에 대한 리쾨르의 주장을 분명 일정 정도 수용하면서 자신의 입장을 견지하는 까닭이다. 그는 경제만을 일방적으로 말하지 않는다. 정치 (철학)과 경제 (철학)의 상호 조건성을 말하며, 그것은 특히 라틴 아메리카의 상황에서 중요하다고 말한다. 다시 말해, 라틴 아메리카 정치 철학이 윤리적이려면, 경제 철학을 통하여, 그것을 경유하여 표현되어야 한다는 것이다.

정치적 자율성, 그리고 정치 고유의 병리를 강조하는 것은 유럽의 전체주의 경험에 대한 철학적 반성의 결과이다. 그리고 정치에 대한 이러한 분석은 일반성을 주장할 수 있다. 다시 말해 정치적 악의 폐해가 만연한 곳이라면, 어느 곳에서나 이러한 분석은 해방의 실천에 기여할 수 있다. 그것은 (표준) 마르크스주의가 제시할 수 없었던 것이고, 인간의 자유로운 삶, 해방적 삶을 위한 중요한 통찰이다. 그러나 만일 그것이 라틴 아메리카의 역사적 경험에서 나온 바, 경제적 문제에 대한 분석과 그 해결에 대한 해방 철학의 관심이 지닌 정당성과 의의를 인정하지 않은 채, 정치적 병리를 간과하지 말라는 충고로 이어진다면, 그것은 리쾨르 자신이 강조하는 바, 역사적 경험의 차이에 대한 진정한 존중이 아니지 않을까?

두셀이 리쾨르를 두고 '정치(중심)주의'에 빠진 것으로 보인다고 비판한 것은 타당한가? 경제와 관련하여 정치의 자율성을 주장하는 것은 분명, 그 자체의 타당성을 지닌다. 다만 이것이 철학이 다루어야 할 인간 삶의 우선 영역이 정치이며, 거기에 비해 경제가 부수적, 혹은 하위적이라는 주장을 포함한다면, 두셀의 지적은 설득력 있을 것이다. 그러나 리쾨르가 경제의 추상성을 이야기할 때, 그것은 경제가 인간 삶에서 부수적이라고 말하는 것이 아니다. 그것은 리쾨르가 상정한 특정한 기준-역사적 공동체와의 결속 정도-에 따른 평가의 결과인 것이다. 아울러 리쾨르는 정치 교육가의 과제를 언급하는 곳에서 그(녀)의 주요 과제 중 하나가 "민주적 경제의 설립을 위해 투쟁"[97]하는 것임을 분명히 말하고 있다.

두셀과 리쾨르는 각자 고유한 역사적 경험, 그로부터 물려받은 문제를 피하지 않고 자신들의 작업을 진행해 왔다. 우리는 이들 각각의 철학에서 유럽과 남미를 넘어 전지구적 차원에 적용할 수 있는 잠재성을 확인할 수 있어야 한다. 그런 잠재성의 공간이 바로 두 철학이 소통할 수 있는 자리가 될 것이기 때문이다.

두셀은 유럽이 자신의 유럽중심주의를 의식하지 못한 채, 유럽중심주의적 이라면, 그것은 유럽이 '허위의식'을 지닌 지역적 문화임을 보여주는 것이라고 말한다. 이에 비해 라틴 아메리카는 자신의 존재의 주변성을 의식한다.[98] 이런 조건 속에서 이제 해방 철학, 혹은 그것이 대변하고자 하는 라틴 아메리카는 자신을 처음으로, 중심부와 주변부가 공히 "하나의 **세계**를 발전시키는 …… 전지구성에 개방하는 상황 속에 놓인다."[99] 전지구성은 유럽중심주의와 주변부 지역주의 모두를 넘어 존재하는 새로운 지평이다. 이제 해방 철학이 말하는 '해방'은 단지 라틴 아메리카에 해당하는 것이 아니라, 세계, 전지구에 해당한

97) 「과제」, 284~285쪽.

98) 이는 곧, 서구를 중심으로 위치시킨다는 것을 함축한다(*UM*, p.218 참조).

99) *UM*, p.218.

다. 억압되고 배제된 모든 주변부(의 존재자)의 해방이라는 과제는 라틴 아메리카에 한정되지 않고, 지구적 차원으로 확대되는 것이다.

서구 철학, 혹은 그것을 어떤 의미로든 계승하고 있는 리쾨르 철학의 경우는 어떤가? 주변의 철학으로서 두셀의 해방 철학이 자신의 지역성을 벗어나서 지니고 있는 의의를 고려할 때, 중심의 철학으로서 리쾨르의 철학은 서구 바깥을 향해 무엇을 말할 수 있을 것인가? 그가 주장하듯, 라틴 아메리카와 상이한 역사에 바탕을 둔 서구의 철학 역시 해방을 뒤따르거나, 견인하며 해방 철학으로서 역할을 해왔으며, 그 자신 이러한 전통을 계승하고 있다. 그런 점에서 두셀과 리쾨르가 대변하는 주변부 철학과 중심부 철학[100]은 인간의 해방을 목표로 상호소통의 공간을 만들어 갈 수 있을 것이다.[101]

두셀의 해방 철학은 자신의 삶의 자리에 터를 두고 거기서 발생하는 절실한 삶의 문제를 대면하면서 형성된 것이며, 이제 자신의 터를 넘어 중심을 향해서도 의미 있는 메시지를 발화하고 있다. 일반적으로 표현한다면, 해방 철학은 **주변(혹은, 지역)에서 출발하여, 주변을 넘되, 주변의 경험을 통해 세계에 기여하려고 한다**. 그렇다면, 중심의 철학으로서 서구 철학이, 앞에서 언급한, 비서구 철학과 함께 인간 해방에 기여하기 위한 조건, 전제는 무엇일까? 서구 철학에 대해서, 해방 철학에 대해서처럼 구체적 내용을 묻지 않고, 이처럼 조건과 전제를 묻는 것은 이미 서구 (철학)의 가치가 보편성을 주장하며 비서구에 그 영향력을 행사해 왔으며, 따라서 현재 비서구와 서구 간의 소통에 필요한 것은 이러한 과거의 오류를 시정하고, 방지하는 것이 중요

100) '주변부 철학', '중심부 철학'이라는 표현은 당연히 잠정적인 것이다.

101) 두셀과 리쾨르가 보여준 차이는 이러한 해방을 위한 전제로서 각각의 역사 속에 존재하는 억압의 실재와 그 근원에 대한 인식 차에 기인한다고 볼 수 있다.

하다는 판단 때문이다.

우선, 서구 철학, 혹은 더 일반적으로 서구는 그 자신의 지역성에 대해 철저히 인식해야 한다.[102] 서구가 곧, 세계, 보편이 아님을 인식해야 하고, 그렇지 않음에도 그렇게 자처하고, 강요했던 역사를 반성해야 한다. 테일러의 말대로, 그 위에서만 상호 간 대화가 가능할 것이기 때문이다. 다음으로, 서구가 내세우는 근대성이 식민성의 짝패임을 인식해야 한다.[103] 달리 말해 서구의 근대성이라는 밝음은 식민성이라는 어둠을 깔고 있는 것이다. 그런 점에서 피식민 경험의 역사를 지닌 지역에서 발화되는 목소리[104]에 귀를 기울이는 것은 근대성을 내세우는 서구 철학이 (서구와 비서구 간 대화의 장에서) 취해야 할 최소한의 자세일 것이다.[105]

---

102) 테일러(C. Taylor)의 다음과 같은 언급은 서구의 지역성에 대한 인정을 표현하고 있다. "…… 디페쉬 차크라바티(Dipesh Chakrabarty)의 함축적 구문인 '유럽을 지방화하기'에 착수하는 일이 아주 중요한 것이다. 이는 우리가 마침내 근대성을 유럽이 패러다임인 단일한 과정으로 바라보는 시각을 극복하고, 유럽적인 모델을 분명히 최초의 것으로서, 자연스러운 창조적 모방의 대상으로서, 하지만 결국에는 여러 가지 가운데 하나의 모델로서, 우리가 질서정연하게 나타나기를 (조금쯤은 희망에 반해서) 바라고 있는 다형적(多形的)인 세상의 한 지방으로서 이해한다는 것을 의미한다. 진정으로 긍정적인 상호 이해의 구축 작업은 그때 비로소 출발할 수 있다"(찰스 테일러 지음, 이상길 옮김, 『근대의 사회적 상상』, 이음, 2010, 296쪽).

103) 이것은 두셀과 미뇰로(Walter D. Mignolo) 같은 이들의 한결같은 주장이다. 다음과 같은 미뇰로의 주장을 참조. "나는 500년 전 '아메리카의 발견'으로 만들어진 근대세계를 근대/식민 세계로 규정하며, 식민성은 근대성을 구성하고 식민성 없이는 근대성도 존재할 수 없었음을 지적하고자 한다"(월터 디 미뇰로 지음, 김은중 옮김, 『라틴 아메리카, 만들어진 대륙』, 그린비, 2010, 22쪽). "아메리카의 발견/발명은 근대성을 구성하는 식민적 요소이고, 근대성의 표면은 유럽의 르네상스이다"(같은 책, 23쪽). 이 같은 주장에 논의의 여지가 있음을 주장할 수 있겠으나, 최소한 비서구, 특히 서구의 지배를 경험한 비서구에서 발화되는 이러한 주장을 경청해야 할 의무가 서구에 있다.

104) 메타적 표현으로, 타자의 목소리.

105) 우리의 맥락에서 이것은, 해방 철학이 라틴 아메리카의 고유한 역사를 주장하는

자신의 해방 철학이 지역성과 주변성을 인정하는 바탕 위에 서 있다고 두셀이 말할 때, 거기에는 서구를 향한 다음과 같은 요구, 곧 서구와 서구 철학이 자신의 중심성을 인정하라는 요구가 함축되어 있다. 이것이 중요한 것은, 서구가 과거 중심으로서 비서구에 대해 그 자신이 행한 과오를 인식, 반성하지 않고 자신의 지역성과 주변성을 주장할 때, 그것이 자칫 과거의 오류를 은폐하고, 현실에서 중심으로서 져야할 책임의 무게를 가볍게 할 수 있기 때문이다. 따라서 현재 서구가 비서구를 향해 취해야 자세는, 어떤 제한 하에서 이긴 하지만, 오히려 자신의 중심성을 인정하고, 그에 걸맞은 책임을 지는 것이다.

리쾨르의 철학이 위에서 언급한 조건, 혹은 전제를 충족시킨다고 말하기는 어렵다. 다만, 그의 철학을 전반적으로 평가해 볼 때, 서구가 곧 보편이며, 따라서 서구의 가치와 기준을 비서구가 그대로 수용해야 한다고 주장하지 않을 것은 분명하다. 리쾨르의 입장은 서구의 가치가 혹 보편성을 지닌다 하더라도, 그 보편성은 강제될 수 있는 것이 아니라, 수용하는 쪽의 자발적인 (집단적) 토론과 숙고의 과정에 의존되어 있는, 일종의 잠재적 보편성이라는 것이기 때문이다.[106]

우리의 삶이 지역적 차원과 지구적 차원을 동시에 지니고 있으며, 이 두 차원의 적절한 조화가 개개인의 삶뿐 아니라, 인류 전체의 삶에 핵심적 과제라 할 때, 서구라는 지역에서 형성된 철학과 비서구 지역에서 생성된 철학이 각자 고유한 문제의식을 형성하고 그에 따른 차이를 주장하는 것은 부정적인 것일 아닐뿐더러 오히려 바람직하다. 자신의 삶의 문제에 직면하지 않은 철학이 다른 삶에 의미 있는 개입을 할 수는 없을 것이기 때문이다. 과제는, 이러한 차이에 담긴 상대 지역

것의 정당함을 인정하는 것을 함축한다.

106) 이에 대해서는 *Oneself as another*, p.289, 『현대 사상가들과의 대화』, 69쪽 참조.

의 역사를 이해하며, 그에 대한 대응의 정당성을 인정하고, 그러한 대응에 담긴 통찰을 수용하면서, 인간 해방에 기여하는 것이다. 이제 철학은 어느 지역적 자리에서 형성되었든, 이러한 과제에 얼마만큼 부응했는가라는 척도로 평가되어야 한다.[107)]

107) 이 글에서는 '해석학과 해방'이라는 주제를 둘러싼 두 철학자 간의 차이와, 대화 가능성에 대해서는 의미 있게 다루지 못한 편이다. 이에 대한 연구는 후일로 넘긴다.

참고문헌

김은중, 「탈식민성과 라틴아메리카 연구」, 『이베로아메리카』 제11권 2호, 부산외국어대학교 중남미지역원, 2009.

______, 「유럽중심적 근대성을 넘어서: 권력의 식민성(Colonialidad del Poder)과 경계 사유(Pensamiento Fronterizo)」, 『이베로아메리카』 제11권 1호, 부산외국어대학교 중남미지역원, 2009.

리처드 커니 지음, 김재인 외 옮김, 『현대 사상가들과의 대화』, 한나래, 1998.

사카이 나오키, 김은영 옮김, 「서구: 대화의 명령인가 대화의 금지인가?」, 『아세아 연구』 제52권 4호, 고려대아세아문제연구소, 2009.

송상기, 「엔리케 두셀의 해방철학과 전지구화 시대의 비판윤리」, 『이베로아메리카』 제10권 1호, 부산외국어대학교 중남미지역원, 2008.

월터 디 미뇰로 지음, 김은중 옮김, 『라틴 아메리카, 만들어진 대륙』, 그린비, 2010.

위르겐 하버마스, 홍윤기·이정원 옮김, 『이론과 실천』, 종로서적, 1985.

찰스 테일러 지음, 이상길 옮김, 『근대의 사회적 상상』, 이음, 2010.

폴 리쾨르, 박병수·남기영 편역, 『텍스트에서 행동으로』, 아카넷, 2002.

________, 존 톰슨 편집·번역, 윤철호 옮김, 『해석학과 인문사회과학』, 서광사, 2003.

________, 김한식·이경래 옮김, 『시간과 이야기1』, 문학과지성사, 1999.

________, 김한식 옮김, 『시간과 이야기3』, 문학과지성사, 2004.

________, 박건택 옮김, 『역사와 진리』, 솔로몬, 2002.

Dussel, Enrique, *The Underside of Modernity*, translated and edited by Eduard Mendieta, Humanity Books, 1996.

______________, *Philolophy of Liberation*, translated by Aquilina Martinez and Christine Morkovsky, wipf & Stock Publishers, 2003.

______________, "Eurocentrism and Modernity", *The Postmodernism Debate in Latin America*, Vol.20-3, Duke University Press, 1993.

Jervolino, Domenico, *The cogito and hermeneutics: the question of the subject in Ricoeur*, translated by Gordon Poole, Kluwer Academic Publishers, 1990.

________________, *Paul Ricoeur: Une herméneutique de la condition*

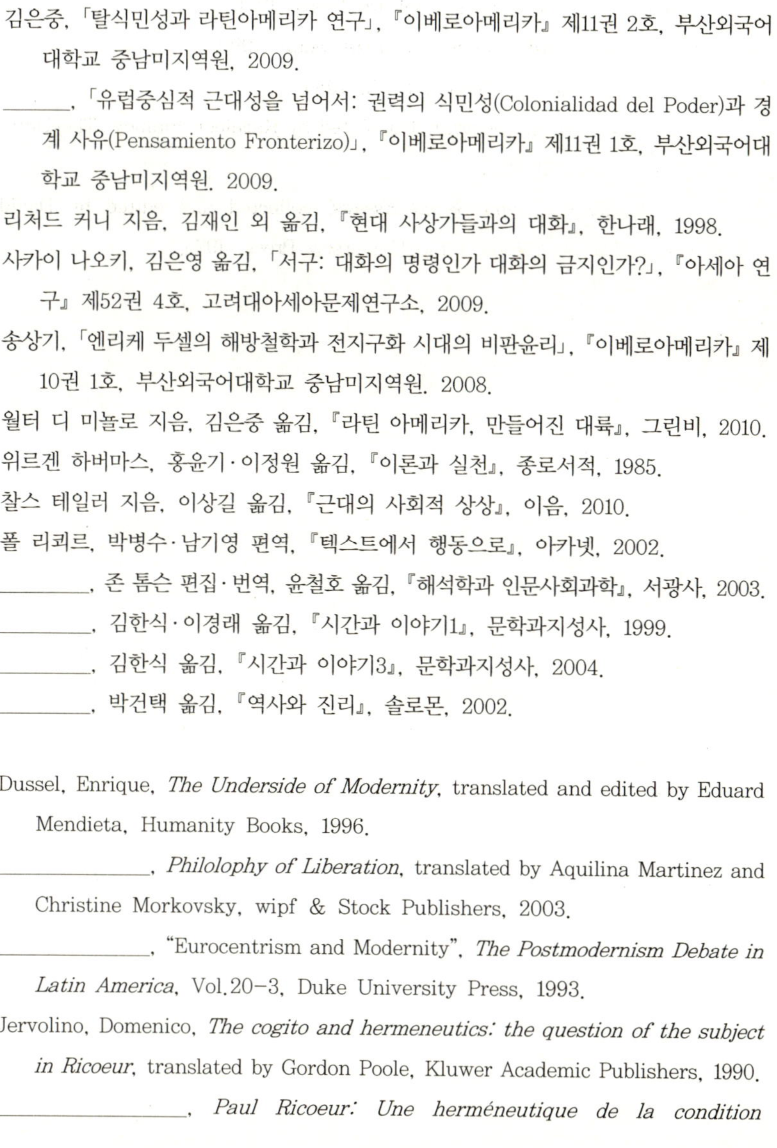

humaine, Ellipses Édition Marketing S.A., 2002.

Purcell, Sebastian, "Space and Narrative-Enrique Dussel and Paul Ricoeur: The Missed Encounter", *Philosophy Today*, Fall 2010, DePaul University.

Rawls, John, *Theory of Justice*, Harvard Press, 1971.

Ricoeur, Paul, *Soi même comme un autre*, Seuil, 1990.

____________, *Du texte à l'action*, Seuil, 1985.

____________, *Oneself as another*, translated by Kathleen Blamey, The Univ. of Chicago Press, 1992.

____________, *Political and Social Essays*, collected and edited by David Stewart and Joseph Bien, Ohio University Press, 1975.

제2부

문화소통의 해석과 미래

문화 횡단으로서의 동아시아

—'정체성'과 '차이'의 관점에서 본 동아시아

허정

Ⅰ. 서론

한국발(發) 동아시아론은 1990년대 이래 지금까지 근 20년간 한국학계를 중심으로 활발하게 논의되고 있다. 이 논의는 처음에 한국내부에서 '혼자만의 외침'처럼 논의되는 실정이었지만, 최근에 이르러 한중일 세 나라의 지식사회에 가장 주목받는 화제로 떠오르게 되었다(이정훈, 2007: 3). 냉전질서의 와해, 동아시아지역의 경제성장, 서구중심주의에 대한 문제제기와 새로운 대안 마련의 필요성, 포스트구조주의의 흐름 등의 영향 하에 부상하게 된 동아시아론은, 그 논의에 하나의 중심이 없을 정도로 복잡 다양한 양상으로 전개되어오고 있다. 그 논의는 주로 인문학과 사회과학 영역에서 논의되어 왔는데, 큰 틀에서 분류하면 동아시아론은 '변혁이론으로서의 동아시아론(한반도의 분단극복을 동아시아와 세계평화를 이끌 거점으로 사유하는 동아시아론)', '유교자본주의론(동아시아의 경제성장 동력을 유교에서 찾는 동아시아론)', '문명적 대안론(서구중심주의 극복 대안을 동아시아에서 찾는 동아시아론)', '동아시아 공동체론'(동아시아 지역통합과 관련된 동아시아론)의 양상으로 전개되고 있다. 동아시아론은 지역(region) 단위의 사고를 통해 지역 외부로는 '서구중심주의에 대한 비판과 대안 모색', 그리고 지역 내부로는 '국민국가의 폐쇄적 동질성 해체', '동아시아의 평화공존' 등과 관련하여 의미 있는 문제제기들을 많이 해왔다. 그러나 그와 동시에 만만찮은 문제점을 노출하기도 했다. 동아시아 내부의 다양한 이질성 억압, 특정국가중심주의, 주변의 특권화, 고유성에 기댄 저항의 문제점, 셀프오리엔탈리즘(self-orientalisation), 자본주의에 예속, 현실 억압적인 측면 등이 바로 여기에 해당한다. 이는 동아시아론이 제기했던 중심의 억압성(지배와 피지배의 권력관계)에 대한 문제가 동아시아론 내에서도 반복 · 재생산되고 있는 점들로, 동아시아론의 논쟁적인 점이자 치명적인 한계로도 거론되는 문제점들이다. 이런 점들 때문에 동아시아론이 과연 현실적 의미가 있는가? 그것은 또 다른 억압에 불과한 것이지 않는가 하는 우려 역시 만만찮게 제기되고 있다.

필자는 일전에 이 문제를 간단히 언급한 바 있는데(허정, 2010: 226-236), 이 글에서는 이 문제를 '정체성'과 '차이'의 관점에서 본격적으로 살펴보고자 한다. 필자는 동아시아론이 드러내고 있는 이상의 문제들이 정체성과 차이를 보는 방식에서 비롯된 문제라고 생각한다. 즉 정체성 문제는 동아시아의 전통과 셀프오리엔탈리즘, 전통과 같은 고유성에 기댄 저항의 문제점, 나아가 주변의 특권화 문제와 깊이 관련되어 있다. 그리고 차이 문제는 동아시아 공통성 설정과 이질성 억압의 문제, 특정국가중심주의나 국민주의의 폐쇄성 문제와 밀접하게 관련되어 있다. 이 문제들을 어떻게 사유하는가에 따라 동아시아론이 드러낸 이상의 문제점들을 더욱 증폭시킬 수도 있고, 이를 피하면서 지역 단위의 사고가 수행할 수 있는 의미 있는 작업들을 더욱 내실 있게 진행해갈 수도 있다. 그래서 필자는 동아시아론을 정체성과 이질성의 측면에서 구체적으로 살펴보고자 한다.

이 과정에서 필자는 사카이 나오키(酒井直樹)와 다케우치 요시미(竹內好)의 견해에 많이 기댈 것이다. 즉 쌍형상화[對形象化] 도식, 보편성과 특수성의 공모, 유동적인 정체성, 단독성(singularity), 공재성(coevalness), 정(情), 쩡짜(掙扎)로 표현되는 이들의 이론체계를 적극적으로 참조할 것이다. 물론 이들의 견해는 '아시아'나 '아시아의 국민주의'와 관련하여 제출된 것이기 때문에, 엄밀히 말하자면 다루는 대상에 있어 동아시아와는 그 외연이 다를 수도 있다. 그러나 그 외연이 조금 크거나 작지만 이들의 이론은 서구를 강하게 의식하면서 아시아나 아시아의 국민국가와 같은 주변부 지역을 사유한 것이며, 정체성과 이질성에 대한 치열한 고민을 바탕으로 비서구 주변부 지역에서 서구중심주의 비판과 일국주의의 극복 문제를 다루고 있기 때문에 동아시아론에 많은 참조점을 준다. 특히 '비서구국가의 상상된 통일성'과 '서양의 상상된 통일성'이 서로 의존하면서 공모하고 있는 점을 지적하고, 국민주의의 해체를 서구중심적인 틀의 해체로 이어가려는 사카이의 견해는, 구체적인 방향의 제시 없이(혹은 특수성에 대한 과도한 신뢰를 통하여) 서구중심주의의 해체에 대한 주장을 동어반복의 수준에서 되풀이하는 일이 많은 현 학풍 속에서 여기에 대한 구체적인 방법을 제시한 것으로 판단된다. 그리고 정(情)을 통해 국민주의라는 폐쇄영역을 내파하려는 사카이의 견해는 동아시아가 어떻게 사유되어야 할 것인지에 대한 많은 시사점을 준다고 생각한다. 그래서 이 글에서는 사카이의 견해를 특히 많이 참조할 것이다.

Ⅱ. 정체성에 대한 사유

1. 누가 아시아인인가?

일단은 사카이 나오키의 「누가 아시아인인가」라는 글에서부터 출발해보자. 이 글은 아시아에 대한 많은 생각거리를 제공해주는 글이다. 사카이는 아시아라는 용어에 대해서 다음과 같이 설명한다. 서양인들은 자기에게 '이질적이고 기묘하게' 느껴지는 것을 서양/비서양이라는 이항대립을 통해 구분하고, 이를 '비서양'과 동일시한다. 그들은 유럽을 남쪽의 타자들과 구별하는 과정에서 아프리카라는 이름을 만들었듯이, 유럽을 동쪽의 타자로부터 구별하여 지리적인 통일체로 구성하는 과정에서 아시아라는 이름을 만들었다. 즉 아시아라는 용어는 유럽인이 자기를 표상하고 유럽을 다른 지역과 구별하기 위해 만든 용어였다. 아시아는 무엇보다 유럽인이 자기를 규정하는 데 필요했던 것이다.1)

이런 맥락에서 사카이는 아시아가 서양의 식민화 덕택에 자기의식에 도달했다고 말하고 있다. 그 이전에는 아시아인이라고 불리는 객체는 존재했지만 스스로를 아시아인이라고 부르면서 자기를 표상하는 주체는 존재하지 않았다. 19세기 후반이 되어서야 비로소 소수의 아시아 지식인들이 나라를 초월한 아시아의 지역적 주체성을 만들 필요가 있다고 외치기 시작했다. 사카이는 이를 두고 '아시아가 유럽의 침략을 받을 때까지 결코 자기를 의식하지 못했다'고 했던 다케우치의 견

1) 동아시아라는 용어 역시 서구에 의해 만들어진 용어다. 동아시아는 미국의 세계화 정책의 이해관계에 따라 제2차 세계대전 이후 등장하는 지역 연구를 통해서 만들어진 것(딜릭, 2000: 94)으로, 그것은 2차 세계대전 이후 영국에서 미국으로 세계체제의 헤게모니가 옮겨간 현실을 반영하고 있다(김경일, 1998: 135).

해를 빌어, 아시아가 애초부터 탈식민주의적인 지시 대상으로 시작되었고,[2] '서양이 대상화하고 종속시킨 지역과 사람들의 집합'이라는 공통성 이외에는 어떠한 내재적 원리를 갖지 않는 것으로 본다. 그래서 사카이는 아시아인으로서 말하는 것은 서양의 부정으로서만 말할 수 있고, 아시아에 대해서 말하는 것은 결국 아시아에 통일성을 부여하고 아시아를 대상화시킨 서양에 대해서 말하는 것이 되고 말 것이라고 본다.

나아가 사카이는 유럽중심주의적 보편주의와 아시아적 특수주의 사이의 공범성에 대해서 말한다. 아시아 국민의 통일성은 서양이라는 '외래성'에 의해 뒷받침되고 있을 뿐 아니라, 서양의 상상된 통일성(지배적이고 보편적인 위치)은 아시아의 상상된 통일성(종속적이고 특수한 위치)에 의해서 뒷받침되고 있다. 그래서 사카이는 아시아인의 고유성이나 본래성을 고집하는 것은 서양의 차별적 독자성을 강화시키게 될 뿐이며, 그것은 서양과 아시아 정체성의 근저에 가로놓인 식민주의적 관계성을 전복할 수 없다고 본다. 단기적으로 볼 때 그것은 유럽중심주의에 대한 탄핵이자 거기에 도전하고 있는 것처럼 보일지 모르지만, 장기적으로 보면 그것은 유럽중심주의를 더욱 견고하게 만든다는 것이다. 그리고 사카이는 아시아인들이 아시아를 언급하고자 할 때, 서구와 아시아를 이항대립적으로 나누는 이원론에서 벗어나자고 말한다(사카이, 2003: 47-71).

사카이의 이러한 견해는 동아시아성을 사유하는 데 있어 중요한 논

---

2) 역으로 서양은 필연적으로 자기확장적이며 비서양에 대한 침략성은 서양의 주체성을 구성하기 위한 필수적인 계기가 된다. 즉 서양은 동양에 침입하여 이질적인 것들과 부딪침으로서 거꾸로 자신이 확인되었다(사카이, 2005: 289~290). 즉 정체성은 자신이 아닌 타자를 매개로 하고, 그것을 거치지 않으면 만들어질 수가 없다(임지현·사카이, 2003: 39).

점들을 제기하고 있다. 그것은 다음에 진술할 내용과 같이 '아시아의 정체성은 어떻게 인식되는가', '보편성과 특수성의 문제를 어떻게 사유할 것인가', '주변부의 고유성에 바탕을 둔 저항을 어떻게 볼 것인가' 등과 같이 아시아의 정체성 문제와 관련하여 많은 성찰거리를 제공해 준다. 이러한 생각은 사카이의 다른 저작들에서도 일관되게 흐르고 있는데, 사카이의 다른 저작들까지 참조하여 이상의 내용들을 상술해 보도록 한다.

2. 쌍형상화 과정과 동서양의 공모성

우선 서양과 아시아의 구별이 자의적이고, 그러한 구분이 서구가 자기를 규정하기 위해 만든 것이라는 점을 주목할 필요가 있다. 사카이는 아시아의 정체성은 유럽에서 기원한 서구중심의 질서 속에서 서구와의 차이를 바탕으로 만들어졌다고 보고 있다. 그렇다면 아시아는 이러한 정체성을 어떻게 자신의 것으로 인지할 수 있었던 것일까? 사카이가 그의 저작들에서 중요하게 언급하고 있는 쌍형상화 도식을 살펴보면 이 과정을 이해할 수 있다. 사카이는 외국어 학습의 과정에서 일어나는 쌍형상화 도식을 다음과 같이 설명한다.

외국어를 학습하는 이에게 있어 그 형상은 추상적이고 모호하다. 그러나 학습에 따라 그 형상은 차차 구체적이 되어가며 동시에 자신의 언어도 그것과 대조를 이루는 형상으로 나타나게 된다. 즉 미지의 것과의 대비를 통해 이미 친숙했던 것이 그려진다(여기서 미지의 것이 친숙한 것에 앞선다). 따라서 우리가 모르는 언어를 배우는 과정은 이러한 배치의 틀 속에서 일어나는 쌍형상화의 과정인 것이다. 그런데 이 과정은 마치 닫힌 체계성의 통일체와 직접적으로 대응하는 것처럼 진행된다. 잘 아는 언어와 알지 못하는 언어들이 균질적이고 비역사적인 평면 위에 병치되며, 어떤 초월적인 관점에서 시선을 받는 대상으로 제시된다.[3] 여기서 그 언어들은 (비교를 위한 공통항이 없는 데도 불구하고) 비교 가능한 대상이 된다.[4] 이러한 과정을 통해서만 나는 내가 체험해온 언어들을 알게 된다(사카이, 2005: 93-94). 사카이는 이러한 생각을 일본의 언어, 일본의 문학, 일본사상과 같은 다양한 제도의 차원으로 확대시켜 사유한다. 아시아가 자신의 정체성을 인지하는 것 역시 이러한 쌍형상화의 과정을 통해서이다. 즉 서구의 형상을 구체화시키는 동시에 그와 대비되는 형상으로 아시아는 자신의 정체성을 인지하게 된다.

다음으로 '유럽중심주의적 보편주의와 아시아적 특수주의의 공범성'에 대한 논의를 살펴보자. 서양은 단순한 지리적 차원을 넘어 전지구적 지배의 모호하면서도 편재(遍在)하는 현전(사카이, 2005: 131)을 자처한다. 실제로 서양은 그 자체로는 특수하다. 그러나 서양은 보편적 참조점(보편의 계기)을 구성한다. 사카이는 로버트 N. 벨라의 보편주의를 설명하는 자리에서 이러한 참조점 구성을 다음과 같이 설명한다. 합리화의 역사적 시간 속에서 서양의 중심이 보편적인 사회편재를 대표한다고 가정되기 위해서는, 서양의 중심은 '덜 보편주의적이고 더 특수주의적인 사회들'보다 앞서가고 있다는 인식(선진적이라는 인식)이

---

3) 이 번역의 체제에 따르면 원칙적으로 한 언어는 다른 언어로부터 분명히 구별되어 있어야 하며 샴쌍둥이처럼 언어와 언어가 겹치거나 섞이면 안 되는 것이다(사카이, 2005: 118~119).

4) 그 결과, 나의 언어와 외국어 사이에 있는, 확정할 수도 한정할 수도 없는 바로 그 차이는 물상화되고 고정되며 탈역사화되는 한편, 이제 차이는 협상할 수 있는 어떤 것, 본질적으로 다른 다양한 분절화에 열려 있는 양의적인 사회성으로 여겨지지 않게 된다(사카이, 2005: 94). 즉, 약분 불가능한 이질적인 언어들의 차이를 공통항이 있는 두 개의 특수한 언어 사이의 차이로서 기입하는 것이다(사카이, 2005: 64).

확실하게 인지되어야 한다. 어떤 사회가 다른 사회들보다 앞서간다고 인식될 때, 그 사회가 다른 사회들을 지배하는 것을 강력하게 정당화하는 보편주의가 힘을 발휘한다.[5] 서양은 단순히 세계 속에서 발견되는 하나의 특수성에 해당하지만, 이러한 보편의 계기를 자신의 것으로 구성하면서 서양은 스스로가 특수성을 성립시키는 편재하는 보편으로 자처하게 된다.

그리고 서양의 타자들은 서양보편주의에 편입되어 그것과의 관계를 통해서 스스로를 특수성으로 인지한다(사카이, 2005: 261-275). 특수성은 '모방이나 반발의 역학' 아래 이러한 보편주의에 대응한다. 즉 근대화론자들처럼 특수성 자체를 보편성으로부터 지체된 차이로 생각하고 모방을 통해 특수성에서 보편성으로의 이행을 시도할 수 있다. 그리고 고유성을 주장하는 이들처럼 가상된 서양과의 차이를 통해 독자적인 정체성 형성으로 나아갈 수도 있다. 전자는 말할 것도 없고, 후자의 경우 역시 보편주의의 틀 안에 갇혀 있다. 왜냐하면 전술한 바처럼, 서구와의 차이를 통해 자신을 인식하는 반발의 역학 역시 서구의 기준에 따른 쌍형상화의 도식에 의존하고 있기 때문이다. 그것은 타자의 관점에서 자기를 보는 것이며, 거기에는 서구의 인정에 대한

---

5) 이것은 역사주의(모든 사상을 역사적 생성 과정으로 보고 그 가치 및 진리를 역사의 발전 과정에서 나타난다고 주장하는 주의)의 일종인 발전사라는 역사의 틀을 만든다. 여기서 뒤처진 자들(이들은 여기서 과거의 사람들로 상정된다. 임지현·사카이, 2003: 412)은 시간이 지남에 따라 진보된 자들과 같아지리라 예상한다. 즉 여기서 지리적인 대비 관계가 어느 순간에 시간적인, 즉 진보됐느냐 뒤처졌느냐 하는 관계 안으로 투사되고, 시간적인 관계로 생각할 수 있는 것이 어느 순간 지리적인 관계로 투사된다. 사카이는 이러한 발전사관을 오리엔탈리즘과 연관시켜 사유한다. 동양에서 오리엔트라고 여긴 사람은 언젠가 자신이 서양이 될 수 있다는 전제 아래서, 그 욕망 속에서 자신의 현실을 바라보거나 서양이라는 목표를 바라본다. 여기서 동양인이 스스로를 바라볼 때 마치 자신이 서양인인 양 자신의 현실을 바라본다(임지현·사카이, 2003: 204~207).

갈구와 서구에 대한 열등의식이 보존되어 있다(사카이, 2003: 222, 276).

이러한 양상의 보편성과 특수성은 단독성[6]을 배제해버린다. 거기서 단독성과 같은 타자성(Otherness)은 항상 대문자 타자(the Other)에게 환원되어버린다. 타자성의 계기는 보편을 전수하는 자로서 상정된 중심성을 유지하기 위해 신중하게 변형된다. 그 과정에서 일어나는 것은 단독성의 자리를 특수성이 차지하는 환원이다. 보편이라는 틀이 유지되기 위해서는 단독성이 특수성으로 환원되어야 한다. 그래서 이때의 보편성은 "타자를 향한 무한한 기투를 촉발하는 것으로서의 보편주의", 즉 "무한성"과는 다른 것이다. 그것은 무한의 보편주의와 구별되는 일반성의 보편주의에 불과하다(사카이, 2005: 253-279).

그리고 여기서 보편성과 특수성은 서로 충돌하기보다는 서로를 지원하면서 공모하게 된다. 왜냐하면 보편성을 균열시킬 수 있는 단독성이 보편성의 틀 안에 갇혀 그 틀을 유지시키는 특수성으로 변형되었기 때문이다. 여기서 "특수주의는 보편주의에 정말로 위협을 가하는 적(敵)이 된 경우가 단 한 번도 없으며 그 반대도 마찬가지"다. 이런 맥락에서 아시아의 독자성을 강조하는 행위는 서구중심주의에 위해를 가하는 행위가 아니라, 서양의 보편성을 찬양하는 것이자, 보편적 참조점으로서의 서양의 중심성을 확립해주는 행위에 지나지 않게 된다(사

6) 사카이가 말하는 단독성은 일반화 할 수 없는 어떤 것, 제도적으로나 보편적으로 통용된다고 생각하는 습관이나 사고와 맞지 않는 계통을 의미한다(사카이, 2003: 232). 그리고 그는 이것을 주체가 되지 않으면서 보편적인 것을 무한히 초월하는 것(사카이, 2005: 267), 표상과 약분이 불가능한 잡종성, 과잉, 타자 일반의 타자성이라는 의미로도 사용한다(사카이, 2005: 143). 즉 단독성은 쌍형상화의 과정을 통해 일어나는 폐쇄적이고 균질적인 정체성 형성의 과정에서 제거되는 차이 혹은 이질성을 뜻한다. 그래서 이 글에서는 단독성, 차이, 이질성을 같은 의미로 사용한다. 한편 후술할 사회성은 과잉, 즉 단독성을 만들어내는 것을 뜻한다(사카이, 2003: 231~233).

카이, 2005: 267－276).[7]

이렇게 아시아는 서구의 자기규정의 과정에서 만들어졌다. 아시아는 이러한 서구중심의 표상체계 속에서 서구와의 차이를 바탕으로 자신의 정체성을 인지하게 되었다. 즉 그 정체성의 원리는 아시아 외부에 있다. 이러한 실정에서 서구와의 차이를 근간으로 하여 아시아의 정체성을 인식하는 것은 위험하다. 그것은 스스로를 보편으로 내세운 서구 중심적인 틀 안에 예속되기 때문에, 서양의 중심성을 확립해주는 행위에 지나지 않는다. 그래서 "서양과 비서양의 구별이 마치 본질적인 구별인 양 각인"(사카이, 2005: 255)하는 태도에서 벗어날 필요가 있다. 그렇다면 이러한 점들(쌍형상화 과정을 통한 정체성 인지, 서양의 보편의 계기 구성, 보편의 틀 속에서 특수성 구성, 그 틀 속에서 단독성이 특수성으로 환원됨)이 동아시아론에 줄 수 있는 시사점은 무엇인가?

우선 그것은 서구와의 차이 아래 동아시아의 정체성을 규정하려는 시도에서 벗어나야 한다는 점이다. 가령, 동아시아론은 동서문명론에서처럼 동양의 정체성을 서구문명의 동(動)·이지(理智)·육(肉)과 대비된 정(靜), 직관(直觀), 영(靈)으로 정의할 수 있다(백영서, 2000b, 19). 그리고 서구에 대한 동양의 우월성을 내세우기 위해 동아시아의 가치를 원초적임, 순수함, 자연과 인간의 합일, 상생의 힘으로서의 상극, 유

---

7) 사카이는 보편성과 특수성이 공모한 한 사례를 패전 이후의 일본사회에서 찾는다. 일본의 국민주의자들은 자신들의 문화적 정체성이 미국의 패권과 공범관계에 있다는 사실을 직시하지 못했지만, 그것은 미국이라는 외래성에 의해 뒷받침되고 있었다. 즉 일본의 문화적 정체성은 일본이라는 특수한 이미지에 사로잡혀 왔지만, 그것은 서양문화라는 이미지와 대비되는 것으로 만들어진 것이고, 외부에 자리 잡은 미국(서양)이라는 관찰자에 의해 구축된 것이다. 미국은 일본의 전통이라는 감각과 국민주의를 위한 기반을 일본에 제공함으로써 일본을 효과적으로 지배할 수 있었고, 일본은 외부 관찰자가 자신의 특징이라고 기술한 것을 내면화하면서 미국의 패권에 종속되었다(사카이, 2003: 63~69).

기체적 우주관 등으로 내세울 수도 있다(김광억, 1999: 169). 하지만 이런 식으로의 동아시아 구상은 비서양을 타자화하고 배제시킨 서구인의 이분법적인 인식에 기댄 것일 뿐만 아니라, 서구라는 타자의 시선에 의해 형성된 것을 동양인 스스로 자신의 정체성으로 규정하고 이를 표현해내는 셀프오리엔탈리즘의 함정에 예속되는 것이다. 쌍형상화의 도식으로 사태를 생각하는 것은 서양의 헤게모니에 종속되는 것이다(임지현·사카이, 2003: 281).

나아가 동아시아 고유성에 바탕을 둔 저항 역시 서구중심의 틀에서 벗어나지 못하며, 오히려 이를 강화하는 것에 불과하다는 점이다. 정체성에 대한 사고가 제국주의 문화의 핵심일 뿐만 아니라 유럽의 침략에 저항하고자 하는 저항문화의 핵심이 되었으며, 정체성이나 전통이 서구인들에 의해 창안된 이분법적 사고에 의지하고 있다는 점을 지적(사이드, 2005: 42, 509)한 사이드의 견해처럼, 고유성에 기반을 둔 저항 역시 서구중심의 틀 속에 예속되어 있다. 그래서 논의는 이러한 정체성 인식이나 여기에 기댄 저항이 아니라 이마저도 자신들의 표상체계 속으로 환원시키고 있는 서구중심의 틀을 어떻게 해체할 것인가, 어떻게 하면 쌍형상화를 통해 자신을 규정하지 않고 서양이라는 통일체를 해체할 것인가(사카이, 2003: 223) 하는 쪽으로 나아가야 한다. 이는 다음과 같이 '정체성을 어떻게 볼 것인가' 하는 논의로 이어진다.

3. 유동적인 정체성

사카이는 「누가 아시아인가」의 마지막 부분에서 아시아인들이 아시아를 언급하고자 할 때, "무슨 일이 있더라도 서양의 거울 형상으로서 아시아를 구성하는 것만은 피해야" 한다며, 서구와 아시아를 이항

대립적으로 나누는 이원론에서 벗어나자고 말한다. 나아가 그는 우리의 문화적·문명적·인종적 정체성이 지닌 배타성을 타파해내기 위해서, "자기를 습관적으로 '서양인'이라고 규정하는 사람들에 대해 '아시아인 여러분'(You Asians)이라고 부를 기회를 찾아내도록 하자"라는 다소 모호한 주장을 내놓는다. 이 말의 진의는 '서양인들도 아시아인들과 다를 바 없음'이 밝혀지는 계기를 포착함으로 인해, 그러한 폭력적인 이항대립의 경계를 해체하자는 데에 있다.

그 방법으로 사카이는 아시아인의 정체성을 유동적인 것, 즉 "끊임없이 변화해가는 사회경제적 조건의 한 결과"(사카이, 2003: 70－71)로 생각하자고 말한다. 이는 정체성을 고정된 것으로 이해하는 것이 아니라, 그때 그때 사회 경제적 조건 속에서 재구성되는 것으로 보자는 제안에 해당한다. 사카이는 이것을 쌍형상화에 의해 만들어진 정체성을 해체할 방법으로 삼는다.[8)]

---

8) 정체성을 자기연속과 불변성, 자아동일성의 관점에서가 아니라, '유동적인 관점에서 보자'는 것은 익숙한 주장에 해당한다. "아이덴티티를 이미 달성되고 또한 새로운 문화적 실천이 표상하는 사실(事實)이라고 생각하는 것이 아니라, 결코 완성된 것이 아닌 항상 과정 중에 있으며, 표상의 외부가 아니라 내부에서 구축되는 '생산물(만들어진 것)'로 생각"하자는 스튜어트 홀이나, "집합적 아이덴티티란 상호 교류하고 있는 각 개인들이 만들어내는 상호 작용적이며 공유된 정의"라고 보며 이를 "행위자가 공통의 인지 프레임워크(framework)를 만들어내는 과정"으로 보는 알베르토 멜루치 등의 견해에서 이러한 점을 쉽게 확인할 수 있다(니시카와, 2006: 358~359). 이는 아시아나 동아시아 논자들도 많이 언급하고 있는 것이다. 가령, 동아시아를 고정된 문화적 통일체가 아니라 역사적 존재로 규정하며, 다양한 역사적 경험을 바탕으로 구미의 근대성에 대한 대안을 모색하자는 맥락에서 '계획으로서의 동아시아'를 주장하는 딜릭(딜릭, 2000: 109~111)이나, 동아시아를 어떤 고정된 실체로 간주하지 않고 항상 자기 성찰 속에서 유동하는 것으로 파악하자고 말하는 백영서(2000a: 57~58), 그리고 아시아의 정체성을 영원한 자기부정을 수반하는 유동적인 쩡짜로 이해하는 다케우치 요시미에게서 이런 점을 확인할 수 있다. 사카이는 「누구 아시아인인가」를 마무리하는 자리에서 "분명한 해답"이 아니라 "간략한 제안"(사카이, 2003: 70)이라고 다소 머뭇거리며 이 견해를 제시했다. 이 견해는 후술할 '어떤 집단의 정

정체성을 유동적으로 보자는 견해는 동아시아론과 같이 주변부를 거점으로 삼는 이론이 빠지기 쉬운 함정인 '주변의 특권화'에 대한 성찰의 자리를 제공해준다. 중심과 주변, 지배와 피지배의 관계는 후술하게 될 '이질성의 억압'과 같이 동아시아 내부의 차원에서도 반복·재생산될 수 있지만, 동아시아와 동아시아 외부의 관계에서도 나타날 위험이 있다. 동아시아중심주의와 같이 서구를 대신하는 새로운 중심으로 동아시아를 내세우는 '주변의 특권화'가 바로 그 위험에 해당한다. 즉 과거 일본의 동양주의 혹은 동양문화의 우위를 내세우는 견해(예컨대 중국의 동서문명론)에서처럼, 동아시아론은 동아시아 지역을 보편으로 내세우며 동아시아 외부 지역을 억압하는 동아시아중심의 지역패권주의로 치달을 위험이 있는 것이다. 이는 아시아가 또 다른 지배적 위치에 서려는 것이기 때문에, 아시아가 다시 저항의 대상이 되어버리는 상황을 만들어내고 만다. 여기에 대해 다케우치 요시미가 '동양의 역사를 어떻게 형성할 것인가(동양의 정체성을 어떻게 형성할 것인가)'와 관련하여 논의하고 있는 쩡짜는 많은 시사점을 준다.

다케우치는 서양에 맞서는 과정에서 '동양은 어떻게 자기 형성의 계기를 움켜쥘 것인가'의 문제를 논의하기 위해 쩡짜라는 용어를 끌어들인다. 쩡짜(掙扎)는 '참다', '용서하다', '발버둥치다' 등의 의미를 지닌 중국어로, 일본어로 억지로 옮기면 저항이라는 말에 가깝다. 그러나 통상적인 의미에서 저항의 방향이 바깥으로 향한 것인 데 반해, 쩡짜는 자기 안을 향하고 있으며, 자기에 대해 일종의 부정성을 고수하고

체성을 통일체로 사유하는 방식을 어떻게 해체할 것인가'를 논하는 자리에 거론할 '정(情)'에 대한 논의로 이어지는 것이다. '정체성을 유동적으로 보자'는 이러한 익숙한 주장이 실질적인 의미를 갖는 지점은 통일되고 고정된 정체성을 '정'을 통해 내파해가며 유동적으로 만들어가는 지점이 될 것이다.

재구축한다는 의미를 지니고 있다. 쩡짜는 영원한 자기부정을 수반하는 것이기에 그 속에서 주체는 부단히 갱신되는 유동성을 얻는다(쑨거, 2007: 132-141). 쩡짜 속에서 주체는 고정된 실체가 아니라 자기동일성을 거부하며 부단히 새롭게 자기를 변모시켜나가는 자기갱신의 과정에 놓이기 때문에, 이는 정체성을 유동적으로 보고 있는 사카이의 견해와 같은 맥락에 있는 것이다. 사카이 역시 다케우치가 루쉰에게서 주목한 "자신인 것을 거부하고 동시에 자기 이외의 것인 점도 거부한다"는 구절에 나타난 저항을 두고, 그것을 자아와 그 이미지의 표상 가능한 관계를 어지럽히는 것, 즉 사람들을 다양한 제도에 종속시키는 정체성 형성에 저항하는 것으로 해석한다(사카이, 2005: 297).

다케우치가 쩡짜를 거론하는 목적은 「근대란 무엇인가?」에 잘 나타나듯이, 일본의 근대화 과정을 비판하는 데에 있었다. 그는 후발 국가의 근대화 모델을 일본형과 중국형으로 나누고 전자를 전향형(轉向型), 후자를 회심형(回心型)으로 분류했다. 전자는 끊임없이 변화를 추구하는 동안 자신을 방기하고, 후자는 부단한 저항 속에서 자신을 혁신한다. 그리고 전자의 근대화는 외부에서 빌려온 것이지만, 후자의 근대화는 내부에서 생겨난 것이다. 다케우치는 일본의 근대화가 우등생문화처럼 보일지 몰라도 그것은 이러한 쩡짜를 결여하고 있었기에, 이를 타락이라고 불렀다. 즉 그는 중국의 근대화 과정에 나타난 이러한 부단한 저항과 자기혁신이 일본의 근대화 과정에 없었음을 비판하기 위해 쩡짜에 대한 논의를 개진하고 있다(다케우치, 2004: 52-55).

그런데 쩡짜는 "자기 내부에서 타자를 부정하고 자기를 부정한 뒤 다시 만들어지는 타자와 모순대립을 품는 자기에 다름 아니다."(쑨꺼, 2007: 135) 그것은 타자와의 상호관련성 아래 '타자를 부정'하고 '자기를 부정'하는 과정을 동시에 진행하며, 부단히 자기를 형성해나간다.

이는 다음과 같이 '깨어난 노예의 숙명'에 대한 논의로 이어진다.

> 노예가 노예임을 거부하고 동시에 해방의 환상을 거부하는 것, 자신이 노예라는 자각을 포함해서 노예인 것, 그것이 '인생에서 가장 고통스러운', 꿈에서 깨어났을 때의 상태다. 갈 길이 없지만 가지 않으면 안 되는, 오히려 갈 길이 없기 때문에 더 가지 않으면 안 되는 상태다. 그는 자신인 것을 거부하고 동시에 자기 이외의 것인 점도 거부한다. 그것이 루쉰에게 있는 그리고 루쉰 그 자체를 성립케 하는 절망의 의미다. 절망은 길이 없는 길을 가는 저항에서 나타나고 저항은 절망의 행동화로서 드러난다. 이것은 상태로서 본다면 절망이고, 운동으로서 본다면 저항이다. (다케우치, 2004: 47)[9]

꿈에서 깨어난 노예는 자신이 노예라는 사실을 자각한다. 그리고 갈 길이 없다는 '구원 없는 절망의 경지'에 이르게 된다. 이것은 "인생에서 가장 고통스러운" 순간에 해당한다. 쑨거가 지적하듯이, 여기서 문제가 되는 것은 '노예가 구원될 수 있느냐 없느냐가 아니라' '그 고통스러운 순간을 견딜 수 있느냐 없느냐'이다. 만약 견딜 수 없다면 노예는 자신이 노예라는 자각을 잃고 환상에 빠진 채 노예로 남게 될 것이다.[10] 만약 견딜 수 있다면 그는 노예임도 거부하겠지만 동시에 해방이라는 환상도 거부하게 된다(쑨거, 2007: 139). 그러한 견딤을 통해 노예가 걸어가는 길은 해방의 순간에 대한 기대가 차단된 절망적인

9) 인용문의 의미를 명확하게 살리기 위해 쉼표 위치를 몇 군데 삽입했다.

10) 이는 노예가 노예라는 자각을 잃고 자신이 주인이라는 환상에 빠진다는 것, 즉 주인을 모방한다는 의미로 읽힌다. 동서양의 관계에 대입하여 환언한다면, 동양이 자신의 처지를 망각하고 서양을 모방하는 것으로 읽을 수 있다. 물론 이러한 태도는 다케우치가 타락이라고 비판했던 일본의 근대화와 관련된 것이다. 그리고 다음에 나오는 태도(노예임도 거부하겠지만 동시에 해방이라는 환상도 거부하는 태도)는 중국의 근대화와 관련된 것이다.

길이다. 그러나 그것은 상태로 본다면 절망이지만, 운동으로서 본다면 저항이다. 저항은 절망의 행동화로서 드러난다. 여기서 노예는 "자기인 것을 거부"하는 동시에 "자기 이외의 것"이 되고자 함도 거부한다. 즉 그것은 노예인 '자신의 처지'를 거부하는 동시에 '해방의 환상'이나 해방의 결과로 인해 얻어지는 '주인이 되는 것'마저 거부한다. 쑨거는 이를 두고 노예가 "주어지는 해방을 거부하고 마주한 절망적 상황을 직시함으로써 절망에 절망하며, 그러한 극한상태의 쩡짜 속에서 저항을 만들어"(쑨거, 2007: 140)가는 태도라고 말한다.[11)]

서양 모델을 도입하든 반(反)서양 모델을 추구하든 출로가 없기는 마찬가지인 이원대립의 상황에서 새로운 출로를 모색하려는 시도(쑨거, 2007: 62)로 다케우치는 쩡짜에 주목했다. 서구에 대한 추종도 아니면서(자기 이외의 것을 거부), 그렇다고 토착적인 전통에 기대는 것도 아니면서(자기 거부) 서구 근대와의 관련 속에서 부단한 갱신을 통해 자기를 형성해갈 제3의 방향을 제시한 것이라는 점에서 필자는 쩡짜의 의의는 크다고 생각한다.[12)]

---

11) 여기서 깨어난 노예는 루쉰을 가리킨다. 루쉰은 꿈에서 깨어난 후에 가야 할 길이 없는 인생에서 가장 고통스런 상황을 참고 견뎌낸 노예이다(쑨거, 2007: 139). 루쉰은 노예가 주인이 된다고 노예상태를 벗어나는 것은 아니라고 늘 이야기했다. 다케우치는 현실에서 부자유스러운 노예상태와, 자신의 노예상태를 직시하지 않는 노예근성을 구분하여, 루쉰을 깨어난 노예라고 철학적으로 지적했다(쑨거, 2007: 20).

12) 여기서 다음 두 가지를 부연하고 갈 필요가 있다. 먼저, 다케우치가 중국을 이상화하고 있다는 점이다. 그러나 여기에는 다음의 점들이 고려되어야 한다. 다케우치가 주목한 중국은 실제의 중국이라기보다는 루쉰을 매개로 한 중국이었고, '동양의 근대가 어떻게 가능할 것인지'를 치열하게 고민하면서 중국의 근대화를 이해한 것이었다. 그것은 일본이라는 일국주의의 시각으로 볼 수 없는 부분을 보기 위한 하나의 참조점이었고, 모방과 반발이라는 손쉬운 선택을 거부하고 부단한 자기부정이라는 곡예를 벌이면서까지 저항이라는 사상의 가능성을 길어 올리고자 하는 시도였다. 다음으로 유동적인 정체성에 주목하는 다케우치의 시각이 일국단위에서 적용되는 것이고, 일국 내부의 이질성에까지는 파고들지 못했다는 점이다. 여기에 대해 사카이는 다음과

이 쩡짜를 주변의 특권화 문제와 관련하여 좀 더 생각해보자. 다케우치는 이러한 쩡짜의 의의를 "서구를 대신하거나 열위에서 우위로 전환하는 데에 있지 않으며, 서양 근대와의 관련성을 생산하는 계기를 품는 데에 있다"고 여겼다(쑨거, 2007: 135). 여기에 잘 나타나듯이 다케우치가 동양의 자기형성과 관련하여 논의한 쩡짜는 서양 근대와의 관련성을 계속 생산해내면서 자신도 서구도 아닌 제3의 근대를 형성해나가는 데에 있는 것이지, 아시아의 열세를 서구에 대한 우위로 바꾸거나, 아시아가 서구를 대신하는 또 다른 중심으로 도약하고자 하는 태도가 아니다. 전술한 '깨어난 노예의 각성'을 통해 환언한다면, 그것은 타자의 노예상태로부터 벗어나면서도(자신인 것을 거부하면서도) 타자를 지배하는 주인을 열망하지 않는 태도(자기 이외의 것인 점도 거부하는 태도)에 해당한다. 이러한 쩡짜를 결여하게 될 때, 서양에 대한 저항은 유럽을 확장했던 노예적 구조를 추방하는 것이 아니라, 단순히 주인을 바꾸려는 욕망으로 귀결되게 될 것이다.[13)]

같이 비판한다. 다케우치는 일본에서 서양에 이질적인 것들을 서양에 대한 저항으로 조직화할 수 있었지만, 일본 국민 내부에서는 균질성이 지배적이어야 하는 것, 즉 국민형성을 위해 헤겔이 '보편적 균질성의 영역'이라고 부른 것이 구축되어야 한다고 생각했다. 그러나 이 과정에서 단독성이라고 불릴 수 있는 차이들이 사상될 수밖에 없었다. 즉 다케우치는 일본 국민 형성의 과정에서 내부의 이질적인 것의 제거를 수반할 수밖에 없었다(사카이, 2005: 293~294).

13) 「근대란 무엇인가?」는 1948년에 집필된 것으로, 이는 다케우치가 일본에서 발흥한 동양주의를 지켜보면서 쓴 글이다. 다케우치는 쩡짜를 결여하고 있었던 일본에서 유행한 사상들(일본주의, 국수주의, 근대주의)이 모두 유럽을 확장했던 노예적 구조를 추방하는 것이 아니었고, 주인을 바꾸고자 한 것이었다고 비판하고 있다(다케우치, 2004: 60; 쑨거, 2007: 136). 필자는 '유동하는 정체성'이라는 의미를 지닌 쩡짜야말로 바로 다케우치가 「방법으로서의 아시아」에서 '문화적인 되감기를 통해 편파적이고 서구중심적인 보편가치를 전인류적인 것으로 교정시키기 위해 주목'했던 "주체형성의 과정"에 있는 "독자적인 것" 혹은 "방법으로서의 아시아"(다케우치, 2004: 169)의 정체에 해당한다고 생각한다. 그것은 전술한 쩡짜의 문제의식(유동적인 정체성, 자신도 타자도 아닌 제3의 정체성 형성)에 상응하는 것이다. 다케우치는 '주체형성의

그래서 쩡짜는 동아시아론이 동아시아를 대안으로 내세우며 주변부의 특권화로 빠지기 쉬운 점에 대한 성찰의 계기를 제공해준다는 점에서 주목해야 할 태도에 해당한다. 쩡짜가 드러내는 부단한 자기부정의 태도는 그동안 보편으로 자처해왔던 서구와 거기에 특수로 종속되었던 자신을 거부하는 동시에, 서구를 닮아 보편으로 초월하려는 욕망에 휘말리기 쉬운 자신을 표적으로 삼고 그 자신을 부단히 상대화시켜내는(주변의 특권화라는 위험을 스스로 경계하는) 시도를 내포하고 있기 때문이다.

Ⅲ. 차이에 대한 사유

1. 동아시아 공통성이란?

> 그 다양한 지역에서 공통된 종교적 · 언어적 · 문화적 요소를 찾기란 거의 불가능하다. 동양이란 문화적 · 종교적 · 언어적 통일체도 아니며 통일된 세계도 아니다. 그 정체성/동일성의 원리는 동양 외부에 있다.
> (사카이, 2005: 291)

「누가 아시아인인가」에서 주목할 또 다른 점은 아시아에 공통점이 없다고 한 점이다. 사카이는 다케우치의 말을 빌려 아시아에는 '서양

과정에 있는 독자적인 것(방법으로서의 아시아)'을 두고 "그것을 명확히 규정하는 것은 저로서는 불가능한 일입니다"라고 말했다. 이는 일본인들을 대상으로 루쉰의 쩡짜를 설명하기 어려운 점을 반영하고 있는 문장으로 보인다. 그리고 다케우치는 저항을 설명할 때도 "저항이란 무엇인가라는 질문을 받는다면 루쉰에게 있는 그러한 것이라고 대답할 수밖에 없다."(다케우치, 2004: 34)라며, 비슷한 화법을 구사한 적이 있다. 그래서 필자는 여기에 나타난 저항, 주체형성의 과정에 있는 독자적인 것, 방법으로서의 아시아가 모두 쩡짜와 관련된 다른 표현이라고 생각한다.

이 대상화하고 종속시킨 지역과 사람들의 집합'이라는 공통성 이외에는 어떠한 내재적 원리가 없다고 말한다. 즉 서구인들에 의해 대상화되고, 서세동점의 현실에서 침략 당했다는 점 외에는 다른 공통성을 찾기가 어렵다는 것이다. 그래서 사카이는 다케우치의 말을 이어받아 인용문과 같이 동양은 '통일체'나 '통일된 세계'가 아니고, 종교적이든 언어적이든 문화적이든 공통성을 상정할 수 없다고 본다. 동양을 어떤 공통성으로 채워진 통일체로 보는 시각은 인용문에 나타난 '그 정체성의 원리가 동양 외부에 있음'을 간과하는 것 외에도, 동양 내부의 차원에서 차이를 배제해버리는 심각한 문제점을 발생시킨다.

이를 전술한 쌍형상화 도식을 통해 다시 살펴보자. 쌍형상화의 과정에서 차이는 "물상화되고 고정되며 탈역사화되는 한편, 이제 차이는 협상할 수 있는 어떤 것, 본질적으로 다른 다양한 분절화에 열려 있는 양의적인 사회성으로 여겨지지 않게 된다."(사카이, 2005: 94쪽) 이 말은 쌍형상화의 과정에서 그 틀에 포함되지 않는 차이(단독성)가 쌍형상화의 틀 내의 것으로 환원되어 버리면서 차이가 갖는 원래의 맥락들이 제거된다는 말이다. 여기에는 앞서 제시한 보편과 특수의 공모관계 아래 단독성이 제거된다는 것 외에도, 특수성으로 상정된 것 내부의 다양한 차이가 사상된다는 의미 역시 포함되어 있다. 이 절에서는 동아시아 내부에서 일어날 수 있는 차이의 제거가 논점이기 때문에, 논의의 초점을 후자 쪽에 맞추도록 한다.

사카이는 '특수성 내부의 차원에서 일어나는 다양한 차이의 제거'를 다음과 같이 '순수 일본어'와 '일본사상사'가 만들어지는 과정을 통해 설명한다. 먼저 순수 일본어가 만들어지는 과정을 간략히 살피면 이렇다. 번역의 실천계란 하나의 언어로부터 다른 언어로의 대칭적인 변환을 유지시키는 이데올로기이다. 가령 영어에서 일본어로 번역한다고 할 때 영어는 하나의 체계적인 전체로 여겨지는 동시에 일본어 역시 같은 체계적인 전체로 여겨진다. 번역은 이러한 두 개의 독립된 전체 사이에 등가교환을 위해 다리를 놓는 것이며 등가성의 원칙이 잘 지켜지면 지켜질수록 올바른 번역이 된다. 이 번역의 체제에 따르면 원칙적으로 한 언어는 다른 언어로부터 분명히 구별되어 있어야 하며 언어와 언어가 겹치거나 섞이면 안 된다. 이 번역의 실천계를 통해서, 18세기에 사용되던 놀라울 정도로 이종혼성적인 언어를 사용하는 일본열도의 다언어적인 사회환경에서 순수 일본어라는 이념이 만들어졌던 것이다(사카이, 2005: 118~119). 즉 다언어적인 상황이 부정적으로 간주됨과 동시에 개인 안에 있는 다언어성이 본래성의 결여로 생각되며, 동일언어를 공유하는 공동체로서의 민족이 상상되기 시작하는 것이다(임지현·사카이, 2003: 225).

사카이는 일본 사상사 역시 이러한 이질성의 제거 위에 형성되었다고 본다. 일본의 사상사는 '쌍형상화 도식에 의해 지배된 일본 대 외국이라는 대칭적 이항대립'으로 안과 밖을 가르는 '국민' 또는 '민족'이라는 제도 자체를 초역사적인 실체로 간주하는데, 그는 이 쌍형상화 도식이 작동하기 위해서는 이질성이 제거되어야 한다고 말한다(사카이, 2005: 130).

차이를 제거하는 이러한 과정을 통해서 일본어, 일본사상, 일본국민이라는 제도는 통일체이자 초역사적인 실체로 간주될 수 있었다. 그러나 차이를 제거한 보편과 특수의 공모관계가 충만한 것으로 제시되기 어렵듯이(사카이, 2005: 254), 특수성 내부의 차이 제거 역시 충만한 것이 될 수 없다. 그리고 이질성의 배제에 기반하고 있는 이러한 정체성에 대한 신뢰의 표명은 "정체성의 불안정성에 대한 부인을 수반하며" "배타주의적 폭력으로 귀결될 수 있다."(사카이, 2005: 133). 즉 여기에는 내부의 순수화를 위한 타자화의 폭력이 뒤따른다(임지현·사카이, 2003: 50).

물론 이것은 일본의 국민국가 형성에 대한 분석이지만, 동아시아 논의에도 적용할 수 있다. 동아시아론 역시 단독성을 제거하고 균질성을 추구하는 쪽으로 기획되고 있으며, 동아시아를 국가주의의 확장으로 이해하려는 기획들이 끊이지 않고 있기 때문이다.

동아시아를 구상하려는 이들은 지리적인 차원이건 문화적인 차원이건 공통성을 상정하려고 한다. 그러나 거기서 동아시아 전체를 관통하는 공통성을 찾기는 어려울 뿐만 아니라, 그 시도는 동아시아 내부에 존재하면서 갈등하고 있는 다양한 차이(동아시아 내부의 젠더, 계급, 나아가 이주민·장애인·비정규직 등과 같은 소수자의 문제)를 간과하는 공허하고 추상적인 보편주의로 빠질 위험이 있다.

동아시아라는 용어가 지리적인 차원에서 넓은 지역을 지칭[14]하는 명칭임에도 불구하고 그 범위는 동북아시아 3국인 한중일 중심으로 국한된다. 뿐만 아니라 한중일 3국 역시 자국 중심으로 동아시아에 대한 논의를 전개해나간다. 동아시아론을 통해 기존 국민국가의 폐쇄적인 동질성에 대한 내적 성찰을 이끌어내기보다는 자국의 욕망과 이해관계를 투사시켜 그 내용을 채우고자 하기에 동아시아를 자국 국가주의의 확대판으로 사유하려는 위험성을 내보이고 있는 것이다.[15] 그

---

14) 파미르 고원을 중심으로 아시아 대륙을 양분했을 때 인도 대륙 이동(以東)의 모든 지역이 동아시아에 속하게 된다. 결국 북으로는 몽골, 러시아 동부에 이르는 동북아시아와 남으로는 미얀마, 필리핀에 이르는 동남아시아가 지역적으로 포괄되는 것이다(정재서, 1999: 178~179).

15) 동아시아 각국은 동아시아의 연대와 동아시아 공동체가 필요하다는 점을 인정하는 경우에도 자국의 욕망과 이해관계를 투사시켜 그 내용을 채우고자 한다. 즉 국민국가의 경계를 횡단하지 못하고 국민국가의 폐쇄적인 동질성에 갇혀 있다. 동아시아와 같은 공동체를 구상하는 것은 자국과는 상이한 국가들을 대면하는 과정을 통해 이를

리고 문화적인 차원에서의 공통성 역시도 동아시아 전체를 포괄하지 못하고 있으며, 내부의 차이를 배제할 뿐만 아니라 심지어 그것에 대해 적대적인 경우마저 있다. 가령 동아시아의 공통성으로 흔히 거론되는 유교[16]의 경우만 하더라도 각 나라마다 다른 모습을 하고 있다(권희영, 2001: 20). 그리고 "'여성'이란 동아시아 담론에서 가장 격렬한 논쟁이 될 수 있는 주제"(이숙인, 2006, 100)라는 표현처럼, 그것은 특정 구성원들에게 억압적이고 적대적이기조차 했다.

공통성 논의는 발신 주체가 처한 위치에 따라 달라지는 경향이 있다(백영서, 2009: 55). 그리고 그것은 주로 과거의 것을 발굴하자는 쪽으로 많이 논의된다. 그래서 공통성은 프로이트의 사후성의 원리[17]에서

자기변모의 동력으로 삼을 수 있는 소중한 계기가 될 수 있다(동아시아를 자기개조의 방법으로 삼는 입장은 쑨거에게서 잘 나타난다. 여기에 대해서는 「사상이 살아가는 법」(윤여일, 2010 여름: 141~187)에 잘 소개되어 있다). 그러나 동아시아를 자기개조를 통해 국가가 가진 폐쇄적인 균질성(이질성을 불허하고 균질성의 공간으로 만듦)을 타파해나가는 자기개조의 계기로 삼지 못하고 자신의 재확인이나 자기확대의 차원에서 수용하고 만다. 즉 모든 것을 그 척도에 맞게끔 균질화시키고 이에 부합하지 않는 타자를 배제해버리는 자기동일성의 재확인 차원에서 차이를 환원시켜버리고 만다.

16) 유교는 '유교자본주의론'과 '변혁이론으로서의 동아시아론'에서 주목하고 있는 동아시아의 사상적 자원에 해당한다. '변혁이론으로서의 동아시아'의 입장에 있는 최원식은 유학을 새로운 사상을 모색하는 하나의 문명적 자산으로 삼을 수 있는 가능성에 대해 언급하고 있다(최원식, 1997: 412~413). '유교자본주의론'의 입장에 있는 함재봉 역시 유교사상을 새로운 사회를 만들어갈 동력으로 보고 있으며(함재봉, 2000: 144), 유교자본주의와 유교민주주의 가능성을 타진해보는 것이 인류 보편사의 새로운 방향모색에 능동적으로 동참하는 길이라고 본다(함재봉, 2000: 39). 물론 유교자본주의론이 자본주의 체제에 예속되어 있는 것과는 달리, '변혁이론으로서의 동아시아'는 현 체제의 대안을 계발하기 위해 유교와 같은 전통을 재맥락화하려고 한다는 점에서 이 두 입장은 차이가 있다.

17) 프로이트는 늑대인간의 사례분석에서 신경증 환자의 병인으로 작용하는 유년시절의 원초적 장면이 사후에 상상적으로 재구성된 허구의 산물일 수 있다는 점을 지적한다(프로이트, 1996: 178~196). 이런 사례를 통해 짐작할 수 있듯이 개인의 기억 속에 남아 있는 과거의 사건은 현재의 관점 아래 재구성된다. 물론 이러한 재구성에는 발화 주체의 입장성이 강하게 작동하기 마련이다. 이런 맥락에서 공통성은 얀 아스만

처럼 발화주체들이 자신들의 입장성과 현재의 필요성을 과거로 투사하여 상상하고 재구성한 것은 아닐지 의심해볼 필요가 있다.

이렇게 공통성에 대한 논의는 내부의 이질성 배제와 같은 심각한 문제점을 남긴다. 이는 곧 지배와 피지배와 같은 권력관계가 동아시아 내부에서도 반복·재생산된다는 점, 중심의 억압성 문제를 동아시아 내부의 차원에서도 적용해야 한다는 점을 환기시킨다. 이러한 위험 때문에 아예 공통성을 기존의 조건들 속에서 발굴할 것이 아니라, 그것을 공통된 것을 만들어가는 의지로 사유하자는 경청할 만한 주장들이 제기되고 있다.[18)]

그래서 동아시아론은 그 내부에 갈등하면서 존재하고 있는 차이와 균열을 있는 그대로 직시하고 인정할 수 있어야 한다. 지배와 피지배의 권력관계가 동아시아 내부에서도 다양한 차원에서 반복、재생산

의 표현을 빌어 말한다면, 지금 여기에서 다양한 집단들과 권력의 이해 아래 만들어진 문화적 기억이라고 할 수도 있다.

18) 윤여일은 「사상이 살아가는 법」에서 동아시아의 연대를 가능케 하는 것은 공동의 적、공동의 목표、입장의 공유가 아니라고 말한다. 공동성을 갖지 않는다는 공동성, 적대와 경쟁의식이 낳는 연대성, 오해와 균열에서 출발하는 이해야말로 동아시아 사유에서 공유할 메시지라고 본다. 그리고 「방법으로서의 동아시아」에서 윤여일은 동아시아가 어떤 공통성으로 엮인 곳이 아니라 대립하면서도 대립하기에 도리어 하나를 이루는 곳이라고 보면서, 여기서의 연대는 공통성에서 출발하는 조건의 연대가 아니라, 고민의 연대가 되어야 한다고 말한다. 동질성이나 공통성이 아니라 전달의 어려움(차이) 속에서 전달하고자 하는 의지로 연대를 사유하려는 고봉준(2008: 13~32), 보편을 어떤 지고한 진리가 아니라 '타자와 만날 수 있는 방법이 무엇일지를 고민하는 것'(보편적 방법의 추구)으로 보는 오향미(2003: 169), 동아시아의 정체성을 구성·해체·재구성의 과정에 놓이는 것으로 보고 '만들어가야 할 무엇'으로 사유하는 박상진(2006: 291~331), 동질성을 전제로 하는 것이라면 동북아시아에서는 공동의 집을 만드는 일이 불가능하다고 보는 와다 하루키(2004: 105) 역시 같은 입장에 서있다. 사카이 역시 같은 맥락에서 "우리를 모이게 하는 것은 우리 사이의 공통성이 아니라 전달의 어려움을 잘 알면서도 전달하고자 하는 의지"(사카이, 2005: 53)라고 말하고 있다.

될 수 있다는 인식 아래, 동아시아를 공통성이라는 잣대 아래 하나로 묶어 사유하기보다는, 흔히 쓰는 표현처럼 '하나가 아닌 여럿인 동아시아'를 인정할 수 있어야 한다. 동아시아론은 '타자를 무화시키는 공동체에 대한 귀속 욕망'(사카이, 2008: 262)을 벗어나는 것이어야지 하지, 기존 공동체가 가진 폐쇄성을 동아시아적 차원에서 확대시키는 것이어서는 곤란하다. 그리고 이를 위해서 공통성을 이질적인 것들이 만나서 만들어가는 것으로 사유할 필요가 있다.

2. 이중적 주변의 시각

이러한 차이의 인정과 관련하여 한국의 동아시아 논의 중 '이중적 주변의 시각'을 눈여겨 볼 필요가 있다. 이 시각은 크고 작은 중심주의에 대한 성찰을 바탕으로 이 지역 내에 갈등하면서 존재하고 있는 다양한 이질성을 껴안으려는 입장을 내보이고 있기 때문이다. 이러한 점을 뚜렷하게 내세우는 이가 바로 '변혁이론으로서의 동아시아'를 내세우는 백영서이다.

백영서는 세계적 차원에서 주변적 위치에 있으면서 동시에 그 내부에도 다양한 주변/중심의 관계를 내포하고 있는 동아시아의 복합적 현실을 분석하기 위해 '이중적 주변의 눈'이 필요하다고 본다. 백영서는 주변/중심을 지리적 결정론으로 보는 대신 이를 가치론적 개념으로 파악하는데, 여기서 그는 중앙과 주변은 무한한 연쇄 관계 또는 억압이양(抑壓移讓)의 관계에 있다고 본다. 이렇게 보면 중앙의 중앙에 있는 측은 극히 소수이고, 대부분은 주변에 있으면서도 한층 더 주변적인 부분에 대해서는 중앙의 위치에 있게 되는 식으로 주변/중심의 관계는 무한한 연쇄고리를 만들어간다. 여기서 중요한 것은 중앙의 시각을 의심 없이 받아들여 자신보다 한층 더 주변적인 부분을 억압하는가, 아니면 이러한 구조를 문제시 삼는 자세를 취하는가 하는 선택이다. 주변/중심의 관계 속에서 주변의 시각을 갖는다는 것은 그 연쇄가 무한인 이상 무한의 노력을 필요로 한다. 그런 의미에서 백영서는 주변의 시각을 갖는다는 것을 지배 관계에 대한 영원한 도전이요 투쟁이라고 본다(백영서, 2004: 16-18). 동아시아라는 주변적 지역을 다시 주변화하며 내부의 다양한 이질성을 껴안기 위해 '주변적 시각을 다시 주변화'하는 최원식의 시각(최원식, 2009: 224-226) 역시 같은 맥락에 있다.

정재서나 박상수도 이와 유사한 견해를 제시하고 있으며,[19] 다음과 같이 대만의 천꽝싱(陳光狂) 역시 이와 유사한 견해를 제시한다. 천꽝싱이 이야기하는 '타자되기(becoming others)'는 피식민자의 자아·주체를 내면화하여 (강자가 아니라 약자인) 타자가 되는 것을 의미한다. 즉 그것은 여성·원주민·동성애자·양성애자·동물·가난한 사람·흑인·아프리카인 등을 내면화하고, 다양한 문화요소들을 주체성 속에 함께 혼융하여 체제가 구획지어놓은 정체성의 위치와 경계를 넘어서며 계급·가부장제·이성애·인종 쇼비니즘에 의해 강요된 '식민'의 핵심관계들을 제거하는 것이다. 따라서 타자되기란 더 이상 '위'를 향한 동일시나 스스로 강자가 되려는 것이 아니라 약자와의 동일시, 혹은 약자 상호간의 동일시라고 할 수 있다. 천꽝싱은 이것을 패권에 저항하는 탈식민적 대안의 일환으로 삼고자 한다(천꽝싱, 2003: 152-158).

---

19) 동양권 내부에 또 하나의 오리엔탈리즘적 사고가 존재한다고 보며, 프랙탈 구조와도 같은 이러한 억압의 중층구조를 극복 과제로 삼는 정재서의 작업(정재서, 1996: 85~86), 소수자들이나 억눌린 다양한 인자들을 시야에 포괄할 수 있는 초국가적 접근법을 제안하는 박상수의 시도(박상수, 2010: 96) 역시 다양한 이질성을 끌어안으려는 시도로, 이와 같은 문제의식을 공유하고 있다.

즉 '타자되기'는 중심을 지향하는 것이 아니라 다양한 타자들을 끌어안을 수 있는 주변의 위치에 서고자 하는 것이며, 다양한 지배관계를 철폐하려는 것이라는 측면에서 '이중적 주변의 시각'과 같은 문제의식을 가지고 있다. 여기서의 초점은 지배와 피지배의 관계가 억압이양의 관계에 있다는 사유를 바탕으로, 자신의 입장을 주변의 주변부에 위치시키고, 이를 지배관계에 대한 영원한 도전으로 사유한다는 점이다.

필자는 일전에 창비 논객들이 주장하는 이중적 주변의 시각을 두고, 이 시각이 크게는 동아시아 내의 특정국가중심주의를 비판적으로 보고 이를 견제하는 것이며, 작게는 동아시아 내에 존재하는 다양한 이질성을 끌어안으려는 시도라고 평가한 적이 있다(허정, 2010: 226). 국민국가보다 하위단위에 있으며 인간생활의 가장 기초적인 단위인 지역(local)에서도 이중삼중의 억압 상태에 놓인 주체들이 존재한다고 하면,[20] 국민국가보다 상위단위인 지역을 사유하는 동아시아론에서 이러한 시각이 매우 절실하다고 생각했기 때문이다.

이중적 주변의 시각은 말 그대로만 놓고 본다면 내부의 이질성까지 끌어안고 성찰하기에 좋은 용어에 해당한다. 그러나 이러한 견해들이 이질성을 포용하는 것이 되기 위해서는 여기에 '공재성(共在性)' 같은 것이 더해져야 할 것이라고 생각한다. 사카이는 아이누인의 역사를 다루고 있는 테사 모리스-스즈키의 『변경에서 조망한다』를 거론하는 자리에서 "중심을 향해 동일화해가는 것과는 정반대로, 인종·민족·

---

20) 지역(local)에 있는 존재들 역시 일반적인 의미의 소외로는 접근하기 어려운, 몇 겹의 억압상태에 놓여 있다. 가령, 부산여성사회교육원에서는 지역 여성들의 삶이 보편적인 여성 억압으로만 설명되어질 수 없는 것이기에, 지역적 차원에서 여성주의의 문제설정을 할 수 있어야 한다고 말한다(부산여성사회교육원, 2007: 304~310). 비슷한 맥락에서 김석준은 부산지역의 장애인 실태를 다루고 있다(김석준, 2005: 127~154).

국민 같은 폐쇄된 영역을 통해 분리되어버린 사람들과 공재화하려는, 중심 밖으로 나아가려는 탈자적인 노력"(사카이, 2003: 135; 사카이, 2008: 299), "폐쇄구역을 해체함으로써 소수자에 대한 탈자적인 공재화를 꾀하는 전략"(사카이, 2008: 299)의 필요성에 대해 언급한다. 이는 이중적 주변의 시각과 동일한 내용을 주장하면서, 거기에 다다를 구체적인 방법으로 공재성을 제시하고 있다.

공재성은 요하네스 파비안이 『시간과 타자』에서 민족지와 인류학을 비판하기 위해 사용한 용어로, 그것은 '같은 시간을 사는 일', '격리되어 인종적으로 변별된 시간 속에 살지 않는 것'이라는 의미를 지니고 있다. 서양의 인류학자는 처음에는 미개지의 원주민들과 같은 시간을 보낸다. 공재성이 없다면, 현지 습관을 배우는 일도, 함께 일하는 것도 불가능하기 때문이다. 그런 면에서 인류학의 민족지에 있어서 공재성은 절대적 기원에 해당한다. 그러나 인류학적인 지식이 종합되고 편집되면 원주민과의 상호교섭은 부인되고, 그들과의 공재성은 흔적도 없이 사라진다. 민족지를 지탱해주는 원주민은 인류학자 본인이 화자로 등장하는 '나'의 세계에서 사라져버린다. 즉 민족지에서 원주민을 향한 말 걸기가 사라지고, 한결같이 서양인을 향한 말 걸기만 남게 된다.

그러나 공재성에서 이탈해 인식론적인 지식의 배치로 이전하는 것은 타자를 향해 열린 존재에서 부끄러움을 당하지도, 상처를 입지도 않는 닫혀진 존재로 전환하는 것이다. 거기서 나를 향해서 대답하고, 나의 책임을 따지고, 나를 응시하는 시선을 가진 원주민은 나의 응답의무를 환기하지 않고 나에게 창피를 주지도 않는 인식대상으로 환원되어버린다. 이때 타자는 그 단독성을 잃고 스테레오타입화하고, 내가 좋을 때에 불러 나오고, 싫어지면 없어질 수 있는 것으로 지각되며,

내 의지의 상관물로 전락해버린다(사카이, 2008: 267－284). 주변부에서 자신이 차지할 수 있는 중심성을 성찰하고, 주변의 주변으로 탈자화하기 위해서는 주변부와 공재화하려는 이러한 노력이 필요하다. 이런 점이 뒷받침되어야지만 차이가 인식대상으로 환원되지 않고 그것이 가진 단독성이 드러날 수 있을 것이다.

'이중적 주변의 시각'은 주로 백영서와 최원식 같은 창작과비평 논객들이 주장한 것이다. 그리고 이들의 입장에 대해서는 한반도중심주의라는 비판이 가해지고 있는 실정이다.[21] 그래서 이 시각은 그 중심성을 해체하는 것이 아니라, '중심성을 은폐하는 위장된 포오즈나 수사'가 아닌가 하고 의심할 수도 있다. 필자는 이 시각이 과거 민족문학운동에서 간과했던 민족 내부의 다양한 모순을 파고들려는 시도이고, 민족환원론을 의식하면서 이를 서서히 상대화하는 과정 중에 나온 고투의 산물이라고 생각한다. 그래서 이를 중심성을 은폐하려는 위장된 포오즈로 파악하기보다는, 이것이 결국에는 그들이 아직까지 견지하고 있는 한반도중심주의를 거세게 내파해 나갈 균열지점이라고 생각하고 싶다. 그러나 그렇게 되기 위해서는 그것이 단순히 시각을 제시하는 차원에서 머물 것이 아니라, 그 속에 주변의 주변부와 공재화하려는 노력을 더해나가야 할 것이라고 생각한다. 그들의 이론체계에 아직까지 남아있는 민족환원론이 그 하위지역이나 주체들에게 드러내고 있을지 모르는 중심성을 해체하고, 그들과의 관계 속에서 공재성을 살리려는 노력들(격리되어 변별된 시간 속에 살지 않고 함께 하려는 노력)이 더해질 때, 이중적 주변의 시각은 '지배관계에 대한 영원 도전'으로서 의의를 획득하게 될 것이다.

---

21) 한반도 중심주의가 동아시아의 다양한 쟁점과 복합적인 상황을 무시하고 있다는 점에 대해서는 이동연, 2007: 109), 윤여일(2010 가을: 174~183) 참조.

3. 공감의 공동체에서 정(情)으로

그렇다면 동아시아란 어떻게 사유되어야 하는 것일까? 공동체를 통일체로 생각하고 이질성을 제거해버리는 사유방식을 '정(情)'을 통해 해체하려는 사카이의 입장을 통해 이 문제를 살펴보기로 하자.

> '일본국민'(혹은 일본 민족)이란 서로의 부끄러움을 서로 용서하며, 공감으로 성립된 자기연민의 공동체이므로, 나라를 위해 우리 부모나 형제 및 천황 폐하가 범한 죄를, 부끄러움의 대상으로 새삼 제시하려는 태도는 공동으로 부인되지 않으면 안 된다. 그러한 사태가 있었다고 하더라도, 모두 하나가 되어 보고도 못 본 척하지 않으면 안 된다. 이러한 공동의 부인에 적극적으로 가담하는 일이야말로 국민주의의 핵심을 이루고, 애국주의의 정수가 되는 게 아닐까.
>
> (사카이, 2008: 259)

사카이는 종군위안부 문제를 은폐해왔던 일본 국민주의의 행태를 인용문과 같이 "공동의 부인에 적극적으로 가담하는 일"로 설명한다. 일본국민은 과거의 잘못을 부끄러움으로 제기하는 태도를 공동으로 부인한다. 같은 공상에 취해 있는 사람들 사이에서 공상에 취해 있는 일은 부끄러운 일이 아니다. 동포란 부끄러움을 느끼지 않아도 괜찮은 가까운 사람들이다. 이러한 공동체에서는 부끄러움을 제기하는 자를 "일본인으로서의 공감의 유대를 침범하는 자" 혹은 비국민으로 탄핵해버린다. 공동체에 귀속되고자 하는 욕망은 귀찮은 부외자를 없는 셈 치고(타자를 무화하고) 동포의 친밀함을 보증하고자 하기 때문이다. 이러한 구조 속에서 부끄러움은 설 자리가 사라지고, 일본은 무치(無恥)를 통해서 유지되는 공감의 공동체가 된다. 여기서 국민들은 자기

연민[22]의 수사에 편승해서 자신을 희생자로 표상하는 일은 있어도 가해자로서 인지하는 일은 일어나기 어렵다. 그래서 전쟁책임의 부인과 국민적 자기연민의 감상주의는 실은 공감의 국민공동체의 두 측면에 지나지 않는다. 하지만 이 태도는 타자에게 열려 존재한다는 중요한 윤리적 계기를 잃어버린다.

여기에 대해 사카이는 부끄러움을 피하기 위해서 공동체의 공상을 구할 것이 아니라, 부끄러움 속에서 국민·민족·인종을 횡단하자고 말한다. 사카이는 부끄러움을 두고 그것은 "공동체의 공감을 보증하는 감상(感傷)이 아니라, 공동성의 바깥에 있는 타자를 향해서 열려 존재함을 계시하는 정(情)"이라는 의미심장한 발언을 한다. 공감이라는 감상은 일본인 이외의 사람을 배제하는 인종주의에 의해서 간신히 성립될 수 있었지만, 부끄러움은 일본인 이외의 사람을 향해 열려 있다. 즉 '정'은 사람이 타자에게 노출되어 있음에서 유래하는 정동(타자에 의해 내가 움직여지는 것)임에 반해, '감상'은 폐쇄구역을 구성하며 작용하기 때문에 그 속에는 타자와의 접촉이 결핍되어 있다(사카이, 2008: 258~329). 그런 면에서 정(情)은 공동체의 폐쇄구역에서 억압되었던 단독성을 살려내는 정동이라고 할 수 있다. 즉 사카이는 이 정(情)을

---

22) 마이너리티는 다른 마이너리티의 인지를 추구하는 대신에, 메이저리티로부터의 승인을 추구하려는 경향이 있다. 사카이는 일본인들이 마이너리티와 유사한 정신상태에 놓여 있었으며 미국인에 대해 자기인지를 요구(미국의 점령으로 자신들이 얼마나 상처를 입었는지를 미국이 인지할 것을 요구)했다고 본다. 그는 이를 핑커튼이라는 남성의 나르시시즘을 부추기는 나비부인의 구애("이렇게 불쌍한 저를 져버리고 당신은 떠나버릴 것인가")에 빗대어 말한다. 그리고 자기연민의 정신상태로는 대결해야 할 상대가 보이지 않게 되고, 사건을 제대로 볼 수 없기에 여기서 탈출해야 한다고 말한다(사카이, 2003, 249~253). 여기서 일본의 자기연민이란 전후 미국을 향한 일본인들의 구애다. 예컨대 미국을 돌며 미국의 점령이 일본인 자신의 역사를 일본인으로부터 어떻게 빼앗았는가를 강연하며 나비부인을 연출한 에또오 쥰의 행위(사카이, 2003: 252~253) 같은 것을 일컫는다.

불러일으키는 방법을 통해 단독성을 살려내고 이 시대에 가로놓인 다양한 경계를 횡단할 것을 주장하고 있다.

사카이는 그 방법으로 '일본인의 분할'을 주장한다. 그것은 자신의 유죄 가능성을 인정(전쟁범죄자를 일본 국민 안으로 떠미는 일)함으로 인해, 이를 부인하는 일본인의 내실을 변화시키는 것이다. 그것은 일본인을 통합하기는커녕, 일본인의 즉자적인 공동성에 분열을 일으키는 일이다. 그러한 분할은 대단한 고통과 불유쾌함을 동반한다.[23] 그러나 사카이는 이것이 국민적 책임의 문제에 응답하는 태도이며, 국민적 동일성과는 다른 주체적인 입장으로 이행하는 횡단이며, 국민공동체 바깥에서 희생된 자들의 상처나 고뇌에 대한 감수성을 배양하는 일이며, 나아가 국제적 자본에 의한 지구화가 야기한 '상품화를 통한 균질화'와는 전혀 다른 국제적 연대를 만들어내는 태도라고 말한다(사카이, 2008: 326~330).

사카이는 국민에게 부끄러움을 구성하는지의 여부를 결정짓는 것은 국민으로서의 '우리' 이외의 사람들의 시선(타자의 시선)이라고 말했다(사카이, 2008: 257). 그리고 공동체라는 폐쇄구역을 해체할 수 있는 전략을 비교라고 불렀다(사카이, 2008: 299). 그렇다면 동아시아는 어떠한가? 동아시아라는 지평이야말로 바로 그러한 장소가 아닌가? 동아시아 지역은 서세동점의 근대화과정에서 그동안 형성된 심각한 갈등과 대립[24]으로 인해 폐쇄영역으로 고립되었던 각 국가들이 냉전질

23) 이러한 고통과 불유쾌함은 문화적 차이와 대면하고, 이를 공동체 내부에 수용할 때 발생하는 것이다. 문화적 차이는 지각될 수 없다. 그것은 유학에서 말하는 '정(情)', '움직이는 것' 또는 라깡이 말하는 '실재적인 것/실재계'로서 우리를 만난다. 그것은 의미 작용의 공시성인 '이(理)'에서는 포착될 수 없다. 바꿔 말해 불안 혹은 섬뜩한 것이라는, 대상화할 수 없는 '정'으로서의 문화적 차이와 마주치게 된다(사카이, 2005, 214). 그래서 이 과정에서는 고통과 불유쾌함이 동반될 수밖에 없다.

서의 와해 이후 국경을 넘어 서로를 맞대면하고 있는 곳이다. 거기서 각 국가들은 공감에 의해 유지되는 공동체가 은폐하고 있는 '정(情)'을 불러일으키는 타자의 시선과 맞대면할 수 있으며, 각 국가들은 서로가 서로에게 그러한 타자의 시선을 제공하는 역할을 할 수도 있다.[25] 동아시아는 그러한 맞대면을 통해 국민주의라는 폐쇄영역을 해체할 수 있는 탈자화의 지평이 될 수 있으며, 이 과정에서 이루어지는 만남을 통해 새로운 사회관계를 만들어갈 만남의 단위가 될 수도 있다.[26] 앞서 공통성을 이질적인 것들이 만나서 만들어가는 것으로 사유하자고

---

24) 와다 하루키는 전 세계에서 동북아시아만큼 심각한 갈등을 겪은 지역이 없고, 동북아시아만큼 공통 요소가 적은 동시에 이질적이며 대립적인 지역이 없다고 보고 있다(와다 하루키, 2004: 105).

25) 여기서 '일본인이 느끼는 부끄러움을 피식민국가인 한국에 적용할 수 있는가' 하는 문제를 제기할 수 있다. 그러나 여기서 정(情)은 부끄러움만이 아니라, 타자에게 열린 감정 일반을 포함하는 것이다. 그리고 공감에 의해 유지되는 공동체의 폐쇄성은 비단 일본뿐만 아니라 한국에도 적용되는 것이다. 부끄러움을 피하기 위해 공동의 부인에 적극적으로 가담하는 일본인과는 대조적으로, 세습적 피해의식에 사로잡혀 반일민족주의감정을 과잉되게 드러내는 것 역시 공동체의 폐쇄영역에 사로잡힌 한 양상에 해당할 것이다. 한국의 순혈주의에 대한 공감이 국외이주민들에게 드러내는 태도(이주민들을 연민의 대상으로 볼지언정 나의 문제로 동일시하지 못 하는 태도) 역시 그러한 폐쇄영역을 잘 드러낸다.

26) 라깡에게 있어 실재(real)란 상징질서가 제대로 굴러가기 위해서 환상대상을 통해 은폐해야 하는 것, 사회가 조화로운 전체라는 환상을 유지하기 위해 막아야 하는 것. 그럼에도 불구하고 증상의 양상으로 출현하여, 사회가 고장이 났다, 사회의 메커니즘이 삐걱거리고 있다는 메시지를 전달하는 것이다. 정을 실재적인 것으로 상정하는 사카이의 견해는 대타자의 결여를 상정하는 라깡의 이론에 많이 기대고 있는 듯하다. 다만 라깡이 욕망을 충동으로 밀고나가는 과정을 통해 환상에 의해 위장된 대타자 속의 결여를 분명히 하고 자기 고유의 욕망에 이르려고 한 반면에, 사카이는 대타자를 일국수준에서 상정하고, 이를 해체해나갈 실재적인 것의 출현을 일국 바깥에서 찾고자 하는 점은 차이가 있다. 와다 하루끼의 말처럼 세계에서 가장 심각하게 갈등을 겪은 이 지역만큼 '일국주의라는 상징체계에 닫힌 국가들'은 드물고, 여기서 갈등하고 있는 이웃 국가야 말로 당사국의 폐쇄영역을 해체하는 실재적인 것으로 작용할 가능성이 크다.

했는데, 이러한 과정을 통해 사회관계를 새롭게 만들어가는 것이야말로 동아시아가 만들어가야 할 공통성이 될 수 있다. 그리고 이것은 일국 넘어서기를 국가의 외연 넓히기 정도로 안일하게 생각하는 사유방식과는 확연히 구분되는 것이기도 하다.

사카이는 "서양중심주의의 비판을 수행하기 위해서는" "쌍형상적으로 자기를 규정하지 않는 것"과 "서양이라는 통일체를 해체하는 것이 필요"(사카이, 2003: 223)하다고 했다. 동아시아를 국민주의를 해체하는 방법으로 삼는 것은 이상과 같은 일국주의를 해체하는 방법이 될 뿐만 아니라, 거기에 의존하면서 공모하고 있는 서양이라는 통일체를 해체하는 방법으로 나아갈 수 있다. 즉 그것은 서구와의 차이를 통해 자신의 통일성을 형성해온 비서구국가의 상상된 통일성(종속적이고 특수한 위치)과 거기에 의존하면서 공모하고 있었던 서양의 상상된 통일성(지배적이고 보편적인 위치)을 해체하는 방법이 될 수 있다. 그런 면에서 정(情)을 통한 '국민의 분할'이나 '책임에 대한 응답'은 전술한 사카이의 '정체성을 유동적으로 보자'는 견해가 서구중심주의 해체와 관련해서 보다 구체화되고 전진된 모습을 보여주는 대목으로 판단된다. 동아시아라는 지역 단위의 사유방식이 필요한 이유는, 동아시아가 국민주의와 같은 폐쇄영역의 경계를 횡단하는 문화횡단의 지평으로 사유되어야 하는 이유는 바로 여기에 있다.

Ⅳ. 결론

동아시아론은 지역 단위의 사고를 통해 지역 외부로는 '서구중심주의에 대한 비판과 대안 모색', 그리고 지역 내부로는 '국민국가의 폐쇄적 동질성 해체', '동아시아의 평화공존' 등과 관련하여 의미 있는 문제 제기들을 진행해왔다. 그러나 그와 동시에 만만찮은 문제점을 노출하기도 했다. 필자는 동아시아론이 드러내고 있는 이 문제점들이 정체성과 이질성의 문제와 깊이 연관되어 있다고 생각하였다. 그래서 이 글에서 사카이 나오키와 다케우치 요시미의 이론을 방법론 삼아 이 문제들을 정체성과 차이의 관점에서 살펴보았다. 그 결과는 다음과 같다.

1. 아시아는 서구의 자기규정 과정에서 만들어졌다. 아시아는 이러한 서구중심의 표상체계 속에서 서구와의 차이를 바탕으로 자신의 정체성을 인지하게 되었다. 즉 그 정체성의 원리는 아시아 외부에 있다. 이러한 실정에서 서구와의 차이를 근간으로 하여 아시아의 정체성을 인식하는 것은 위험하다. 그것은 스스로를 보편으로 내세운 서구 중심적인 틀 안에 예속되기 때문에, 서양의 중심성을 확립해주는 행위에 지나지 않는다. 그래서 서양과 비서양의 구별이 마치 본질적인 구별인 양 각인하는 태도에서 벗어나야 한다. 이러한 점들은 먼저 동아시아론이 서구와의 차이 아래 동아시아의 정체성을 규정하려는 시도에서 벗어나야 한다는 점, 다음으로 동아시아론이 서구와의 차이에 의해 규정된 정체성에 기대어 저항할 것이 아니라 이마저도 자신들의 표상체계 속에 환원시키고 있는 서구중심의 틀을 어떻게 해체할 것인가 하는 쪽으로 논의가 이루어져야 한다는 시사점을 준다.

2. 다케우치 요시미는 동양의 자기형성을 논하는 자리에서 쩡짜라는 용어를 통해 부단히 갱신되는 유동성의 상태에 있는 정체성을 제시했다. 쩡짜는 자신인 것을 부정하는 동시에 자기 이외의 것도 부정한다. 이는 노예상태로부터 벗어나고자 하면서도 타자를 지배하는 주인

을 열망하지 않는 태도에 해당한다. 그래서 쩡짜는 동아시아론이 동아시아를 대안으로 내세우면서 주변부의 특권화로 빠지기 쉬운 점에 대한 성찰의 계기를 제공해준다. 그것은 서구에 종속되었던 자신을 거부하는 동시에, 서구를 닮아 보편으로 초월하려는 욕망을 상대화시켜내는 시도를 내포하고 있기 때문이다.

3. 사카이는 일본어·일본사상·일본국민을 형성해온 과정이 그 내부를 균질성으로 이루어진 통일체로 상정하는 과정이었으며, 거기에는 이질성의 제거가 수반될 수밖에 없었다고 보았다. 동아시아의 구상 역시 지리적인 차원이건 문화적인 차원이건 공통성을 상정하고 있다. 그러나 거기서 동아시아 전체를 관통하는 공통성을 찾기는 어려울 뿐만 아니라, 그 시도는 동아시아 내부에 존재하면서 갈등하고 있는 다양한 차이를 간과할 위험이 있다. 그래서 동아시아를 공통성이라는 잣대 아래 하나로 묶어 사유하기보다는 내부의 차이들을 인정할 수 있어야 한다. 이를 위해서 공통성을 이질적인 것들이 만나서 만들어가는 것으로 사유할 필요가 있다. 그리고 3장 2절에서는 이질성 문제와 관련된 구체적인 예로 이중적 주변의 시각을 검토해보았다. 그 결과 주변의 주변부와 공재화하려는 노력들이 더해질 때, 이중적 주변의 시각은 '지배관계에 대한 영원한 도전'으로서의 의의를 획득하게 될 것이라는 점을 살필 수 있었다.

4. 사카이는 공동체를 통일체로 생각하고 이질성을 제거해버리는 국민주의의 사유방식을 정(情)을 통해 해체하려고 했다. 동아시아라는 지역 단위에서 각 국가들은 각각의 공동체가 은폐하고 있는 정(情)을 불러일으키는 타자의 시선을 제공하는 위치에 설 수 있다. 국경을 초

월한 그러한 대면의 과정에서 동아시아는 국민주의라는 폐쇄영역을 해체하고 새로운 사회관계를 만들어가는 만남의 단위가 될 수 있다. 그리고 이러한 일국주의의 해체작업은 거기에 의존하면서 공모하고 있는 서양이라는 상상된 통일체를 해체하는 방법으로 이어질 수 있다.

5. 정체성을 서구와의 차이를 바탕으로 규정하지 않고, 부단히 갱신되는 유동적인 상태에 있는 것으로 파악하는 것. 공통성을 이질적인 것들이 만나서 만들어가는 것으로 사유하고, 이질성을 살려낼 수 있도록 정(情)을 통해 국민주의라는 폐쇄영역을 내파해나가는 것. 동아시아를 이러한 방향으로 사유하게 될 때, 동아시아론은 서론에서 제기한 문제점들을 피하면서 서구중심주의나 일국주의 비판과 관련하여 의미 있는 작업들을 수행해나갈 수 있을 것이다. 국경을 횡단하는 문화횡단의 지평으로서 동아시아라는 지역 단위의 사유가 필요한 이유는 바로 여기에 있다.

참고문헌

고봉준, 『다른 목소리들』, 소명출판, 2008.

권희영, 「한국 근대화와 가족주의 담론」, 『동아시아 문화전통과 한국사회』(문옥표 외), 백산서당, 2001.

김경일, 「동아시아와 세계체제 이론」, 『지역연구의 역사와 이론』(김경일 편), 문화과학사, 1998.

김광억, 「동아시아 담론의 실체—그 분석과 해석」, 『동아시아 연구』(정재서 편), 살림, 1999.

니시카와 나가오, 한경구·이목 역, 『국경을 넘는 방법』, 2006, 일조각.

김석준, 『전환기 부산 사회와 부산학』, 부산대학교 출판부, 2005.

다케우치 요시미, 서광덕·백지운 역, 『일본과 아시아』, 소명출판, 2004.

박상수, 「한국발 '동아시아론'의 인식론 검토」, 『아세아연구』 139, 고려대학교 아세아문제연구소, 2010.

박상진, 「새로운 동아시아의 상상」, 『한국언어문화』 29, 한국언어문화학회, 2006.

백영서, 「중국에 '아시아'가 있는가?」, 『발견으로서의 동아시아』(정문길 외 엮음), 문학과지성사, 2000a.

_____, 『동아시아의 귀환』, 창작과비평사, 2000b.

_____, 「주변에서 동아시아를 본다는 것」, 『주변에서 본 동아시아』(정문길 외 엮음), 문학과지성사, 2004.

_____, 「동아시아 '공동대학 설립'」, 『동아시아의 오늘과 내일』(최원식 외 엮음), 논형, 2009.

부산여성사회교육원, 『함께하는 여성지역문화』, 신정, 2007.

사카이 나오키, 이규수 역, 『국민주의의 포이에시스』, 창비, 2003.

__________, 후지이 다케시 역, 『번역과 주체』, 이산, 2005.

__________, 최정옥 역, 『일본, 영상, 미국』, 그린비, 2008.

쑨거, 윤여일 역, 『다케우치 요시미라는 물음』, 그린비, 2007.

아리프 딜릭, 「역사와 대립되는 문화인가?」, 『발견으로서의 동아시아』(정문길 외 엮음), 문학과지성사, 2000.

에드워드 사이드, 박홍규 역, 『문화와 제국주의』, 문예출판사, 2005.

오향미, 「세계화와 동아시아정체성의 위기」, 『한국정치외교사논총』 24집 2호, 한국정치외교사학회, 2003.

와다 하루끼, 이운덕 역, 『동북아시아 공동의 집』, 일조각, 2003.

윤여일, 「사상이 살아가는 법」, 『오늘의문예비평』 77, 해성, 2010 여름.

_____, 「방법으로서의 동아시아」, 『오늘의문예비평』 78, 해성, 2010 가을.

이동연, 「동아시아 담론형성의 갈래들—비판적 검토」, 『문화과학』 52, 문화과학사, 2007 겨울.

이숙인, 「부재(不在)의 역사를 생동의 현실로」, 『오늘의동양사상』 14, 예문동양사상연구원, 2006.

이정훈, 「비판적 지식담론의 자기비판과 동아시아론」, 『중국현대문학』 41, 한국중국현대문학회, 2007.

임지현·사카이 나오키, 『오만과 편견』, 휴머니스트, 2003.

정재서, 『동양적인 것의 슬픔』, 살림, 1996.

_____, 「동아시아 문화, 그 보편가치화의 문제」, 『동아시아 연구, 글쓰기에서 담론까지』(정재서 편), 살림, 1999.

천꽝싱, 백지운 외 역, 『제국의 눈』, 창비, 2003.

최원식, 『생산적 대화를 위하여』, 창작과비평사, 1997.

_____, 『제국 이후의 동아시아』, 창비, 2009.

프로이트, 김명희 역, 『늑대인간』, 열린책들, 1996.

함재봉, 『유교 자본주의 민주주의』, 전통과현대, 2000.

허정, 「동아시아론의 재검토와 정전연구」, 『동북아문화연구』 23, 동북아시아문화학회, 2010.

다문화주의와 여성주의 사이의 갈등에 전제되어 있는 문화개념에 관하여
– 여성 디아스포라의 관점에서

최현덕

Ⅰ. 들어가며

이 글은, 특히 전지구화(Globalisation) 과정에서 점점 더 심각성을 더해가고 있는 하나의 특정한 종류의 갈등, 즉 다문화주의와 여성주의의 갈등에 대해 검토해보고자 하는 시도이다. 이 시도는 또한 문화를 어떻게 이해할 것인가의 근본적인 개념의 문제로 이어진다.

교통과 통신 기술의 발전으로 교류와 이동이 빈번해지고, 인터넷을 통한 실시간적 소통이 이루어지고 있는 오늘날, 상이한 문화권 출신의 사람들의 만남과 교통이 점점 더 많아지고, 이들이 한 공간에서 어울려서 사는 것이 일상화되고 있다. 단일민족으로 구성된 국가라고 생각해 왔던 이 나라에서도 최근 몇 년 전부터 다문화 사회에 대한 논의가 점점 더 활성화되어 가고 있다. 그러나 강제 추방되는 이주 노동자에 관한 뉴스, 남편의 폭력에 목숨을 잃은 베트남 결혼 이주 여성에 관한 이야기 등등은, 한국에서 타문화권 출신의 이주민들에 관한 차별이 얼마나 심한가를 극단적으로 보여주고 있다. 이런 상황에서, 인정의 정치를 바탕으로 하여 타문화권 출신의 소수자들의 정치적, 사회경제적, 문화적 권리를 존중하고자 하는 다문화주의의 이념은, 문화 간 권력 관계 불균형의 극복을 지향하는 방향에서 큰 의미를 지니고 있다고 할 수 있을 것이다.

그러나 다문화주의 이념이 확산되면서 또 다른 종류의 권력관계에 관한 문제가 제기되었다. 이에 관하여 여러 가지 측면이 존재하나, 이 글에서는 성적 위계질서의 문제에 초점을 맞추고자 한다. 즉, 소수문화의 인정이라는 것이, 그 소수 문화에 존재하는 여성의 억압에 관한 관행들, 예를 들어, 일부다처제, 명예살인, 여성할례 등과 같은 관행들을 묵인하는 것이 된다면, 다문화주의는 여성주의와 갈등관계에 놓이게 되고, 여성주의를 택하고 다문화주의를 포기할 것인지, 다문화주의를 택하고 여성주의를 포기할 것인지, 양자택일의 상황에 놓이게 된다.

그러나 다문화주의가 내포하고 있는, 문화 간의 위계적 권력관계를 극복하고자 하는 의도와, 여성주의가 표방하는, 수 천 년 간 내려오는 성적 불평등을 극복하고자하는 지향은, 둘 다 오늘날 세계에서 포기할 수 없는 가치들을 담지하고 있다. 상황에 따라서 이 두 가지 지향은 정말 모순관계에 처할 수밖에 없는 것인가? 이 두 가지 가치를 동시에 실현시키는 것은 불가능한 것일까

국내에서도, 한국 사회가 다문화로 진입하고 있다는 진단과 더불어, 특히 지난 수 년 간 다문화 사회, 다문화주의에 대한 논의가 폭증하고 있고, 철학계 역시 이러한 상황을 외면하지 않고 있다. 결혼 이주민의 증가와 더불어, 다문화 사회의 문제를 젠더적 관점에서 고찰하려는 시도 역시 여러 분야에서 이루어지고 있다. 그러나 한국의 현실을 돌아 볼 때, 사회가 다문화 사회로 진입해가는 과정에 있기는 하나,[1)]

다문화주의가 실천되고 있다고 보기는 어렵다. 다문화주의적 정책의 이름하에 동화주의적 정책이 수립, 시행되고 있는 경우가 많은 현실은, 아직 다문화주의의 개념이 일반적으로 확산되지 못하고 있음을 단적으로 보여주는 예라 할 수 있을 것이다.

이 논문에서 다루는 문제는, 다문화주의적 정책을 구현하고 있는 사회에서 그러한 실천이 여성주의와 빚는 갈등에 관한 것으로서, 한국 사회의 현실을 중심으로 볼 때 이러한 논의는, 한국 사회가 다문화주의를 수용하고자 하는 단계에서 검토해야 할 여러 중요한 문제 중 하나라 할 수 있다. 국내에서 이 문제는 이미 몇몇 연구자에 의해 논의되기 시작했으며, 이러한 연구는 모두 다문화주의와 여성주의의 갈등의 문제에 대한 해소 및 두 가지 가치의 동시적 실현의 방안을 모색하는 방향에서 이루어지고 있는데, 그 방안을 찾는 장 내지는 방안을 찾는 전략은 연구자에 따라 차이를 보이고 있다.

정미라는 2008년에 발표된 「여성주의와 다문화주의」라는 논문에서 다문화주의와 여성주의가 공유하고 있는 공통의 지반으로서 '차이'의 인정에 대한 규범적 요구를 강조하면서, 이 "'차이'에 대한 강조가 또 다른 억압이 되지 않기 위한" 방안으로 최소한의 보편성을 인정하는 차이와 동일성의 통일 방안을 제시하고 있다.[2] 그러나 이 논지는, 그 최소한의 보편성이라는 것 역시 문화적 맥락을 가지는 것이 아니냐는

1) 윤인진에 따르면, 한 사회를 '다문화사회'라 규정하게 해주는 양적 기준, 즉 이주민이 그 사회 인구의 몇 퍼센트를 차지할 때 '다문화사회'라 불릴 수 있는지에 대한 명확한 기준이 아직 있는 것은 아니지만, OECD국가들의 관행으로 볼 때, 이주민 비율이 10% 내외인 경우에 그 사회를 다문화 사회라 간주할 수 있다고 한다(Yoon, The Development of Multiculturalism Discourse and Multicultural Policy in South Korea, p.65 주2).

2) 정미라, 「여성주의와 다문화주의」, 51~68쪽.

반론에 대해 충분한 대답을 못하는 난점을 안고 있다. 현남숙은 2009년 발표된 「다문화주의와 여성주의의 갈등에 관한 심의 민주주의적 접근－S. 벤하비브의 심의민주주의 다문화 정치학을 중심으로」라는 논문에서 다문화주의와 여성주의의 갈등이 심의민주주의적 입장에서 볼 때, 갈등일 필요가 없다는 벤하비브의 주장을 소개 검토한 후, 벤하비브의 접근이 실천적 힘을 발휘하기 위해서는 "공론장의 실절적인 탈 중심화화 더불어 약자들에게도 공평한 방식으로 소통구조가 보완되어야" 할 것을 지적한다.[3] 김혜숙은 2007년에 발표된 「여성주의 관점에서 본 다문화주의: 열린 주체의 형성 문제」에서 문화가 순수한 통합체가 아니라 "복합적인 재해석과 재의미화의 과정으로서 다층적, 심지어는 상호 갈등적 가치들이 서로 다투는 담론의 과정"이라는 점을 제시하면서 "모든 종류의 집단적 정체성을 닫힌 정체성이 아니라 열린 정체성으로 받아들"이는 것을 전제하는 열린 주체와 열린 유대를 통한 갈등의 해소를 제안한다. 이 과정에서 김혜숙은 다문화주의의 문제를 극복할 수 있는 개념으로 상호문화주의를 소개한다.[4] 2009년에 발표된 오은경의 논문 「이슬람 여성과 다문화주의－테일러, 오킨, 지젝의 통찰을 중심으로」는 정신분석이론을 원용해 테일러와 오킨 모두에게 들어 있는 이분법적 틀을 비판하고 있다.[5]

이 글에서 필자는, 다문화주의와 여성주의가 표방하는 두 가지 가치

3) 현남숙, 「다문화주의와 여성주의와 여성주의의 갈등에 관한 심의 민주주의적 접근 － S. 벤하비브의 심의민주주의 다문화 정치학을 중심으로」, 439~471쪽.

4) 김혜숙, 「여성주의 관점에서 본 다문화주의: 열린 주체의 형성 문제」, 203~218쪽.

5) 오은경, 「이슬람 여성과 다문화주의 － 테일러, 오킨, 지젝의 통찰을 중심으로」, 1~29쪽. 이외에 문경희의 논문 국제 결혼 이주여성을 계기로 살펴보는 다문화주의와 한국의 다문화현상 도 다문화주의와 여성주의의 갈등을 이론적으로 소개하고 있다.

가 갈등으로 파악되는 것은, 본질주의적 문화 개념을 전제로 하고 있기 때문임을 밝히고자 하며 나아가 이 두 가지의 가치를 함께 실현하는 것을 가능하게 해주는 개념적 틀을 모색해보고자 한다. 본질주의적 문화개념에 대한 비판이라는 점에서 필자는, 벤하비브, 김혜숙, 오은경과 같은 선상에 있으나, 이 글은, 문화 개념에 초점을 맞추고, 구체적인 실례를 통해 문화개념에 관한 문제에 대한 토론을 전개하고 있다는 점에서, 또한 이 과정에서 "트랜스 문화성" 구상을 검토하고 있다는 점에서 그 특징을 갖고 있다.

Ⅱ. 다문화주의와 여성주의의 갈등?

세계화라 불리기도 하는, 전지구화 과정의 급속한 확산과 이주현상의 폭발적인 증가로 인해 사회는 크게 변하고 있다. 여러 종족/인종집단 혹은 상이한 문화 출신의 소수자 집단들이 한 사회에 함께 사는 것은 점점 더 흔한 일이 되어 가고 있다. 사회는 실제로 다문화적으로 되어가고 있는 것이다.

캐나다의 정치철학자인 윌 킴리카는, "이민자, 소수 민족, 토착민, 인종집단 및 인종 종교집단"과 같은 "인종문화집단"이 제기하는 '인정의 정치'의 요구에 입각하여 다문화주의 개념을 발전시킨다. 즉, "인종문화집단"에 속하는 각각의 집단이 제기하는 요구는 상이함에도 불구하고 중요한 공통점을 갖고 있는데, 이는, 시민적, 정치적 권리의 범위를 넘어서, 그들의 독특한 정체성과 그들에게 독특하게 필요한 것들(the distinctive identities and needs)을 인정하라는 요구이다. 킴리카는 '다문화주의'라는 용어를 "이러한 인종문화집단의 제요구를 우산처럼 모두 포괄하는 개념으로 사용"하며 이는 또한 '소수자 권리(minority rights)'라는 용어로도 사용되고 있다.[6)]

서구의 자유민주주의 사회에서 출발하여 다문화주의 개념을 발전시킨 킴리카는, 다문화주의란, 자유민주주의 사회가 사회 구성원의 개인적 권리를 보장해주기는 하나 그 속에서 소수자의 문화 내지는 삶의 양태가 충분히 보호되고 있지 못하다는 점을 고려하여 특수한 집단의 권리 내지는 집단에 부여되는 특권을 인정해주는 것이라 설명한다.[7)] 그러한 권리란, 예를 들자면, 고유한 언어에 관한 권리, 정치적 대표권, 집단의 매체 운영을 위한 재정권, 과거 불의한 역사에 대한 보상권, 권력의 지역적 분배로부터 특정 부분에 대한 소수민 자치권에 까지 이르고 있다.[8)] 다문화주의와 이에 입각한 정치는 분명, 다문화적으로 변화하는 사회에 대응하는 가치 있는 시도임에 틀림이 없다. 그러나 소수 종족 집단(ethnic minority group)이 자기 집단 내의 여성을 억압한다면 어떻게 할 것인가?

소수자 집단의 권리는, 이 권리의 보장이 이 집단 내의 여성에 대한 억압을 의미하는 것이 된다 하더라도 보장되어야 하는가? 명예살인, 여성의 성기를 훼손하는 여성 할례, 사티(남편이 죽은 후 의식적으로 치루어지는 여성의 자기분신), 다우리(인도 여성의 결혼 지참금) 제도와 관련하여 여성에 가해지는 폭력과 살인, 일부다처제, 강제 결혼 등과 같은 특정 문화권에서 주로 나타나는, 여성에 대한 폭력 내지는 억압을, 다문화주의라는 이름하에 묵인해야 할 것인가? 오킨은, 1990년대 말 프랑스 파리에 사는 약 20만 가구가 일부다처제 가정이었다는 사실을

6) 윌 킴리카, 『현대정치철학의 이해』, 465~466쪽.
7) Okin, "Is Multiculturalism bad for Women?", p.10 이하.
8) Kymlicka, "Liberal Complacencies", p.32.

지적하면서, 이 가정에 사는 많은 아랍계 혹은 아프리카계 여성에게 중요한 문제였을 일부다처제 가정의 문제가 거의 여론의 주목을 받지 못했다는 점에 주의를 환기시킨다.[9] 이주 현상의 증가와 더불어, 한편으로는 가부장적 억압으로부터 여성을 해방하고자 하는 여성주의, 다른 한편으로는 문화적 다양성을 보호하기 위한 다문화주의적 노력 사이에 긴장이 고조되고 있는 양상이다.

1990년대 말 미국의 여성주의 철학자 수잔 몰러 오킨(Susan Moller Okin)은 "다문화주의는 여성에게 나쁜 것인가"라는 도발적인 제목 하에 다문화주의와의 논쟁을 전개한다. 오킨이 제기하는 다문화주의에 대한 비판은 다음 두 가지 점으로 요약될 수 있다. 첫째는, 다문화주의자들이 인종문화적 집단을 하나의 독립적이고 폐쇄된 단위(monolith)로 간주하고 있으며, 다문화주의자들이 주목하는 것은 집단들 간의 차이에 관한 문제일 뿐, 집단 내부에 존재하는 차이를 제대로 고려하지 않는다는 것이다. 이로 인해 성차 문제, 성별에 따라 권력과 이익이 불평등하게 분배되는 사항은 보지 못하게 된다는 것이다.

또한 오킨에 따르면, 소수 집단의 권리를 옹호하는 자들은, 개인이 자존감과 자기의식을 발전시키기 위해 "자기 고유한 문화"를 필요로 한다고 하면서, 삶의 '사적 영역'에 거의 관심을 기울이지 않는다는 것이다. 이들이 간과하는 것은, 인간이 자기 자신을 감지하고, 자기를 형성하기 시작하면서, 문화를 전수받고 실행하는 바로 그 공간, 즉 가정이야말로 성적 차별이 일어나는 1차적 공간이라는 점이다. 바로 가정에서, 성에 따라 역할과 과제가 다르게 분배되고, 딸과 아들은 각기 다르게 사회화된다.[10]

9) Okin, "Is Multiculturalism bad for Women?", p.9.
10) Okin, "Is Multiculturalism bad for Women?", p.12.

더 나아가 오킨은, 대부분의 문화가 사적이고 성적이고 재생산과 관련된 삶의 기능에 초점을 맞추고 있음을 지적한다. 문화가 규정되고 실행되는 데 있어서 지배적인 주제들이 바로 이 영역에 속한다는 것이다. 종교 혹은 문화에 있어서 결혼, 이혼, 아이의 양육권, 가족의 재산 혹은 상속을 다루는 법은 중요한 위치를 차지하고 있다. 문화적 관습이라고 하는 것들은 보통, 여성들의 삶에 훨씬 더 큰 영향을 미치고 있으며, 여성에 대한 남성의 통제를 실현하는 기능을 하고 있다.[11] 오킨에 따르자면, 우리가 이러한 사정을 고려해 볼 때, 이러한 문화적 관행을 보호한다는 것은 지극히 많은 문제를 안고 있는 것이다.

킴리카는 오킨의 비판, 특히 첫 번째 비판을 수용하여 자신의 입장을 약간 수정한다. 그는 인종문화집단의 권리를 두 가지, 즉 대내적, 대외적 권리로 구분한다. 특정 권리가 "내적인 제한"을 가하는 경우, 즉, 구성원, 특히 여성이, 전통적인 문화적 관행 혹은 역할 부여에 문제를 제기하거나, 고치거나, 폐지할 수 있는 가능성을, 자기 집단의 문화적 통합이라는 이름으로 제한한다면, 이러한 권리는 인정하지 말고, 대신, 자기 집단의 권리를 대외적으로 보호하고자 하는 경우, 즉 주류사회에 대하여 자기 집단의 경제적 혹은 정치적 이해를 고수하고자 한다면, 이는 인정하자는 것이다. 후자의 경우는 종족문화적 집단들 간의 공평성을 실현하는데 도움이 될 것이며, 소수자들 역시 자신의 이해관계를 관철시킬 수 있는 같은 권리를 갖고 있음을 주류사회의 구성원들에게도 확실히 보여줄 수 있기 때문이다.[12]

그러나 이러한 소수집단 권리의 구분은 충분한 해결이 되지 못한다. 첫째, 킴리카의 논변은 계속 공적인 영역의 문제를 대상으로 하고 있

---

11) Okin, "Is Multiculturalism bad for Women?", p.12 이하.

12) Kymlicka, "Liberal Complacencies", p.31 이하.

다. 그의 관심은 서구적 자유민주주의 국가의 “국민 만들기(Nation building)", 즉 소수자들, 혹은 소수그룹들을 주류사회에 통합시키는 데에 집중되어 있다. 그 자신도 인정하듯이, 여성의 시민권이 공적 영역에서 형식적으로 보호를 받는다 하더라도, 여성이 전통적 역할에 문제를 제기하고 이에 변화를 가져오고자 할 경우 심각한 제약을 받을 수 있기 때문이다.

둘째, 소수 집단 권리의 부분적 불인정은, 집단 내부의 권력관계의 문제에 주의를 환기시키기 보다는, 그 문제가 마치 소수집단과 주류사회의 갈등인 것처럼 호도할 가능성이 있다. 예를 들어 명예살인의 경우, 명예살인을 야기하고 묵인하는 폭력의 문제가 그 집단 내에 존재하는 가부장적 권력관계의 문제로 부각되기보다, 명예살인이 일어나는 소수 문화집단과 이를 금지하는 주류사회간의 갈등으로 부각됨으로써 갈등의 근본적 성격이 잘 보이지 않게 되는 문제가 등장한다.

이렇게 될 때, 주류사회는 자신의 기준에 따라 소수집단을 부분적으로 인정하고 불인정하는 것이 되며, 이는 사실상 타문화의 인정이라는 다문화주의의 근본적 취지와 모순을 일으키게 된다.

아무튼 오킨과 킴리카로 대변되는 여성주의와 다문화주의 간의 논쟁은 문화적 소수자의 권리와 양성평등의 가치가 갈등을 일으키고 있음을 명백하게 보여주었다. 그러나 정말 이 두 가치는 양자택일의 상황에서 벗어날 수 없는 것인가?

필자는 우선, 왜 이 두 가치가 모순으로 파악되는지, 구체적 사례를 통해 분석해보고자 한다.

Ⅲ. 명예살인13)

2005년 2월 7일 밤, 23세의 쿠르드계 터키 이주민 여성이 베를린의 한 버스 정류장에서 살해되었다. 경찰은 이 죽음이 일종의 "사형 집행"이었다고 발표했다. 살해된 여성의 이름은 하툰 쉬뤼취였다. 그녀가 15살 때, 아버지는 그녀를 터키로 보내 사촌 오빠와 결혼시켰다. 원하지 않은 결혼을 당해버린 하툰은, 얼마 후 임신한 채 집을 나와 베를린으로 돌아왔다. 17세에 아들을 낳은 후 하툰은 가족과 절연하고, 자신의 길을 가고자 노력한다. 히잡을 벗어버렸고, 독일인 남성과 사귀기도 하였으며, 모자원에 들어가 도움을 받으면서 학교를 다시 다니기 시작하여 졸업을 했고, 직업교육을 받아 전기기사 자격증을 땄다. 터키인인 그녀의 가족에게, "독일여자처럼 살고 있는" 그녀는 커다란 수치였다. 그녀의 오빠와 남동생은 그녀를 죽임으로써 가족의 명예를 회복시키고자 했다.14)

이 사건은 이주민의 통합 문제와 관련하여, 독일 사회에 열띤 논쟁을 불러 일으켰다. 터키 이주민 사회의 반응도 엇갈렸다. 하툰이 "독일여자처럼 살았다"는 이유에서 살인을 옹호하는 남자들이 없지 않았던 것이다. 많은 독일의 페미니스트들은 다문화주의가 문화상대주의적 태도를 취하기 때문이라고 다문화주의에 화살을 돌렸다. 그리고 독일 정부를 향해, 독일에 지배적인 자유주의적 규범을 받아들이기를 거부하는 이주민들에 대해 단호한 태도를 취할 것을 요구했다. 보수적인 독일의 정치가들은 다문화주의가 간접적으로 폭력적이라고 비난

13) 오은경은 "명예살인"을 다루고 있는 터키의 소설 『독사를 죽였어야 했는데』의 분석을 통해 명예살인의 메카니즘을 본격적으로 분석하고 있다 (참고문헌 참조). 이 논문은 국내에서 "명예살인" 문제를 다룬 얼마 안 되는 논문 중 하나이다.

14) Anonym, "Ehrenmord-Prozess. Die Frage der Ehre".

하면서, 이주민들을 강제적으로라도 독일의 지배적인 주류문화에 동화시키는 것이 해결책이라고 주장했다. 독일의 동성애자들 역시, 이주민은 다문화주의와 여성주의(Feminism) 중에서 하나를 선택하라고 종용했다.

이 사건에는 여러 종류의 갈등이 여러 가지의 차원에 걸쳐 뒤섞여 있다. 우선, 갈등의 종류를 구분하여, 각각의 콘텍스트에서 드러나는 문제점들을 분석해보고자 한다.

1. 다문화주의 대 여성주의

논란의 표면에는, 두 가지의 입장이 갈등을 일으키고 있다. 한편에는, 타문화의 인정, 즉 터키 소수집단의 삶의 방식 내지는 문화를 인정함으로써 결국 명예살인과 같은 폭력행위까지도 묵인하는 결과를 초래했다고 비난을 받게 된 다문화주의적 입장이 있다. 이러한 입장은 법다원주의적 판례, 즉 피고의 문화적 배경을 참작해 그의 범죄에 대해 비교적 가벼운 형을 선고하는 판결을 가능하게 하는 바탕으로 작용하기도 한다.[15)]

다른 한편에는 여성에 대한 폭력을 고발하며, 여성의 인권을 보호하고자 노력하는 여성주의가 있다. 이 과정에서 많은 여성주의자들은, 여성의 권리를 보호하기 위한, 독일에서 유효한 규범이 독일에 거주하

15) 캘리포니아에서 일어난 일로서, 라오스 출신의 한 미국여성이 그녀의 직장인 프레스노 국립대학에서 납치되어 그녀가 원치 않는 성교를 강요당했다. 범인은 Hmong 이주민(베트남 전쟁 말기에 캄보디아와 라오스에서 탈출한 보우트 피플 중 하나)으로서, 그는, 그가 속한 부족사회에서 이러한 행위는 신부를 선택하기 위해 흔히 있는 일로 받아들여진다고 진술했다. 그는 120일 징역형을 선고 받았으며, 그의 희생자는 900불의 배상금을 받았다. (Benhabib, *The Claims of Culture. Equality and Diversity in the Global Era*, p.87.)

는 소수자들에게도 당연히 관철되어야 할 것을 주장한다. 보수적인 정치가들은, 하툰의 살인사건과 같은 사례를, 이주민들이 독일의 지배적인 주류문화에 적응할 것을 요구하는 근거로 삼고 있다. 이로써, 독일 여성주의자들과 보수적 정치인들 간에 묘한 연합이 성립된다.

그런데 이상하게도 이 두 입장 사이에는 공통점이 있다. 다문화주의자나 여성주의자나 모두가, "명예살인"이라는 행위를 터키 혹은 이슬람의 문화현상으로 파악하면서 독일의 문화와 대립시키고 있는 점이다. 이로써 이 갈등은 또 다른 한 편, 독일의 주류 사회 대 터키-이슬람 이주민 사회 간의문화 갈등으로 나타난다.

2. 독일 문화와 터키-이슬람 문화 간의 갈등

사건 발생 후 독일 사회에서의 반응을 보면, 하툰 쉬뤼치 사건을 둘러싸고, 여성을 잔인하게 억압하는 이슬람 문화 대 여성의 인권 및 시민권을 보장해주는 "문명화된" 독일의 문화의 갈등, 즉 문화 간 갈등으로 비춰지는 것이 지배적 경향이다. 단순화해서 말하자면, 두 개의 진영이 대립하고 있는데, 한 편에는, 터키 이주민에게 자신의 문화적 전통에 입각한 정체성을 고수할 것을 요구하는 터키 근본주의자들이 있다. 이에 따라, 하툰을 살해한 오빠와 남동생은 자신의 문화가 독일 문화에 의해 "더렵혀지는" 것을 막고 고유한 정체성을 고수함으로써 자신의 명예를 지키고자 한 것이 된다. 다른 한편에서는, 독일의 보수적 정치가들이 이주민들에게 "문명화되고 현대적인" 독일의 지배적인 문화(Leitkultur)에 동화될 것을 요구하고 있다. 터키 출신 이주민 중에 후자에 동조하는 개혁적 성향을 가진 사람들 역시 적지 않다.

만약, 하툰의 살해사건이 독일 주류사회 대 터키 이주민 사회의 문화 간 갈등의 표출이라면, 이 갈등의 기본적 틀은 독일적인 것과 터키적인 것 사이의 위계적 권력관계가 될 것이다. 이러한 구조를 전제하고, 터키 문화의 관점에서 보자면, 지배적인 독일 주류문화에 저항하여 자신의 고유한 문화권을 행사하고 방어한 것이 된다. 하툰의 죽음이나, 하툰을 살해한 남동생의 감옥행은 자신의 문화를 방어하는 과정에서 치루는 희생인 것이다.

이러한 독일 문화 대 터키 문화의 대립 구도 속에서 독일 문화와 터키 문화는 각기 하나의 고유한 독립적 단위로 상정된다. 말하자면 본질주의적 문화 개념이라고 할 수 있다. 그런데 정말, 하나의 독립적 통일체로서의 독일 문화와 또 하나의 독립적 통일체로서의 터키 문화가 대립하고 있는 것일까? 독일에는 하나의 독일 문화가, 터키에는 하나의 터키 문화가 존재하는 것일까? 명예살인을 하게 하는 것은 그러한 터키의 문화인가?

3. 가부장적 사회 내부의 갈등

하툰의 살해 사건을 계기로 시작된 논란이 문화 간 갈등의 문제에 집중되어 있는 동안 사실상 이 문제의 가장 본질적 측면이 등한시되고 있다. 이 사건에 있어서 가장 기본적인 갈등은 터키 이주민 가족 내부의 갈등이다. 가부장적 질서를 체화하고 있는 남성 가족구성원과, 가부장적 질서에 기초하여 부여된 가족 공동체 내에서의 역할과 규칙들을 거부하고 공동체를 떠나 자신의 길을 가고자 하는 젊은 여성 사이의 갈등이다. 여기에 명확한 권력관계가 존재한다. 가부장적 권력은, 한 여성의 살해를 통해, 자기 집단 내부에 주어진 규범에 복종하지 않고 다르게 생각하고 다르게 행동하는 한 인간을 없애버림으로써 갈등을 해소하고자 했다. 그녀의 오빠와 남동생은, 가부장적 사회의 지배적 규범의 수호자로서 자신의 누나 혹은 여동생에게 사형을 집행한 것이다.

명예살인은 "가족의 명예를 다시 회복하기 위해 가족의 명예를 더럽혔다고 여겨지는 가족 구성원(특히 여성)을 살해하는 행위"로서,[16] 가족 구성원에 대한 폭력이라는 점에서는 일종의 가정폭력으로 볼 수 있으며, 가부장적 권력이 여성에 대한 통제권을 시위하고 관철하는 한 양상이라 할 수 있다. 따라서 명예살인과 같은 관행에 대한 비판의 초점은 가부장제에 맞추어져야 할 것이다.[17]

가부장제는 세계 도처에서 사회를 지배하고 있으며, 지역에 따라 나타나는 형태와 강도에 있어서 차이가 있을 뿐, 어느 한 특정 문화의 문제가 아니다. 독일 사회 역시 여러 가지 형태의 가부장적 억압의 관행을 갖고 있으며 페미니스트들은 이에 저항하는 운동을 전개하고 있다. 종교와 관련하여 보자면, 세계적으로 큰 종교에 속하는 기독교, 유대교, 불교, 유교, 힌두교 역시 모두 가부장제와 깊이 연관되어 있다. 여성에 대한 가정 폭력의 문제만 보더라도, 독일, 미국 등 많은 나라들이 이 문제를 안고 있다. 하튼 쉬뤼취의 살해사건은 특정 문화권의 문제로 보기에 앞서, 세계 도처에 존재하는 가부장제의 문제임을 강조할 필요가 있다.

---

16) Zehet, "Der Ehrenmord in Osterreich, Deutschland und der Türkei, Strafrechtliche Fragen eines gesellschaftlichen Phänomens", p.2.

17) 오은경은 "명예살인"의 습속이 "이슬람 교리와는 무관하며 부족주의가 구성원의 경속을 중요시하는 특성 때문에 생겨난 관습"임을 환기하고 있으며 또한, 명예살인은 중동에만 존속하는 것이 아니라는 점을 지적한다. 즉, 중국와 한국에도 "명예살인"에 준하는 관습이 근대 이전까지 존재했다는 것이다 (오은경, 「야사르 케말의 『독사를 죽였어야 했는데』를 통해 본 명예살인의 메커니즘 연구」, 196쪽).

물론, 터키 이주민 자신이 터키 문화 자체를 가부장적으로 보고, "터키 문화"에 여성주의적 비판을 가하는 경우가 종종 있는 것이 사실이다. 그러나 조금 더 시야를 넓혀 보자면, 즉 예로 독일에 사는 여러 문화권 출신의 이주민들의 이야기를 들어보면, 젠더 문제에 관한 한 비슷한 유형의 토론이 거의 모든 이주민 집단에서 진행되는 것을 쉽게 알 수 있다. 한국 여성 이주민은, 한국의 유교적-가부장적 문화를 독일의 문화와 곧잘 비교하여 비판하며, 인도의 여성 이주민은 인도의 힌두교적-가부장적 문화를, 인도네시아 여성 이주민은 인도네시아의 이슬람적-가부장적 문화를 비슷한 방식으로 비판하곤 한다. 이러한 토론은 대개, 정주국의 주류사회에서 여성이 어떤 상황에 있는지에 대한 피상적인 관찰에 근거하고 있다. 이러한 견해는, 독일 여성이 독일 사회에서 현재 누리는 권리가, 오랜 기간에 걸친 투쟁을 통해 역사적으로 쟁취된 것일 뿐, 결코 그 자체로서 본질적 의미에서 "독일적"인 것이 아님을 간과하고 있다. 또한, 이주민들의 눈에 얼른 띠지 않더라도, 독일 사회역시 가부장적 지배의 문제를 극복한 사회가 결코 아니며, 여성운동가들이 씨름하고 있는 과제들이 산적해 있음을 가리고 있다.

독일의 페미니스트들 역시, 터키 혹은 이슬람 문화를 여성억압적 가부장제 문화와 동일시하는 하는 경향이 있다. 따라서 여성주의적 비판이 터키 혹은 이슬람 문화 자체에 대한 비판으로 이어지는 것이다. 이러한 태도는 다음 두 가지 측면에서 큰 문제점을 안고 있다.

첫째, 그러한 태도의 바탕에는 흔히 유럽 문명에 대한 우월감이 자리 잡고 있는데, 이러한 우월감은 제국주의적, 식민주의적 혹은 인종차별주의적 태도와 분명히 구분되기 어렵다. 여성주의자들 내에도 서구적 백인 여성이 보다 우위를 점하는 권력의 위계질서가 존재한다. 이는 다음 문제로 연결된다. 즉, 이러한 상황에서 주류사회의 여성들과 이주민 여성들간의 연대를조직하는 것이 어렵게 된다. 이주민 여성이 어떻게 자신의 뿌리를 부정하고 자신을 열등하게 볼 것을 요구하는 사람들과 연대할 수 있을 것인가?

명예살인의 관행을 없애기 위해서는 이 세계 여러 지역의 여성들의 연대가 도움이 될 것이다. 그러나 연대는, 연대하고자 하는 모든 주체들이 스스로의 상황에 대해 비판적일 때 가능하다. 서구 문화에 대한 우월감이 아니라, 자기 상황에서의 가부장적 지배질서에 대한 철저한 비판이 서로를 여성주의적 관점에서 만나게 할 수 있는 기반이 될 수 있을 것이며, 특수한 상황에서 일어나는 특수한 형태의 억압에 대해 서로의 이해를 심화시킬 수 있는 기반을 제공할 것이다.

서구 문화의 우월성에 자신 만만한 사람들의 경우, 인권과 평등과 같은 서구의 기본 가치들이 오랫동안 노예제나 식민주의와 함께 공존했으며, 이러한 가치들이 오랫동안 여성, 식민지의 피지배자들, 종족적 혹은 종교적 소수자에게는 적용되지 않았다는 것, 서구 및 비서구 지역에서 전개된, 이렇게 배제된 자들의 정치적 투쟁에 의해서야 비로소, 인권이나 평등과 같은 가치들이 이들에게도 적용되어야 함을 알게 되었다는 역사적 현실을 생각지 못하는 경우가 왕왕 있다.

Ⅳ. 문화 간 갈등?

명예살인과 같은 관행이, 도처에 존재하는 가부장적 지배의 한 지역적 형태임에도 불구하고, 일차적으로 특정 문화의 문제로 여겨지는 것은 어떤 이유에서인가?

한 사회에서 지배적인 규범에서 엇나가는 행태는 흔히 이질적인 것으로 배척되곤 한다. 비서구 세계에서 하튠과 같은 여성의 경우는, 자기 문화와 자기 문화를 오염시키는 서구문화 간의 갈등으로 감지되기 일쑤이다. 비서구의 가부장적 사회에서 여성의 자기 주장은, 자기 사회 내부에서 일어나는 문제 제기라기보다는, 서구의 문화 제국주의 현상으로 해석되곤 한다. 독일에 이주민으로 살고 있었던 하튠의 경우에 있어서도 하튠의 사고방식과 행태는 “독일식”으로 치부되었다. 그럼으로써 하튠의 투쟁은 터키 사회 내부의 가부장제에 대한 터키 여성의 문제제기가 아니라, 터키 대 독일의 문화 간 갈등의 양상으로 해석되었다. 즉 하튠은, 독일식으로 오염된 자, 터키가 아닌 독일에 속하는 자로 규정되었으며, 하튠은 죽기 전에 이미 자신이 태어나서 자란 세계에서의 시민권을 박탈당했던 것이다.

비슷한 류의 배제의 메커니즘은 독일 주류 사회에도 존재한다. 명예살인을 저지르는 자처럼 이질적인 존재는 타문화, “덜 문명화된” 문화의 문제로서 독일 사회 문제의 테두리 밖으로 밀려 난다. 명예살인이 독일 땅에서 일어났고, 범인이 독일 국적을 소유한 자일지라도 그렇다. 명예살인을 독일 사회에도 존재하는 가부장제 억압과 연결시켜 보려는 시도는 존재하지 않는다.

필자는, 명예살인이 본질적으로 터키 혹은 이슬람 문화의 문제라고 생각지 않는다. 물론, 명예살인이 터키 혹은 이슬람 사회에서 일어나는 일이며 그 사회가 이 문제를 일반적인 살인보다 상대적으로 가볍게 취급하고 있다는 사실을 간과하기 때문은 결코 아니다. 또한, 이곳에서 왜 하필 이런 형태로 여성에 대한 폭력이 존재하는지 연구할 필요성이 있다는 것도 충분히 알고 있다.

필자가 동의할 수 없는 것은, 명예살인을 터키 혹은 이슬람 문화의 문제로 봄으로써, 터키 혹은 이슬람 국가들에 존재하는 다른 종류의 문화들이 무시되기 때문이며, 또한 무엇이 어떤 문화에 속하는 것으로 되며 무엇이 그 문화로부터 배제되는가의 문제에 권력관계가 개입되고 있기 때문이다. 터키에는 명예살인을 금지하는 법이 있으며 이 법은 2004년 강화되었다. 명예살인의 문제를 연극을 통해 사회적으로 이슈화하는 예술가가 있으며, 명예살인에 관한 실태조사를 벌여 이슬람 여성운동의 자료로 활용하는 카메르(Ka-Mer)같은 여성단체가 존재한다.[18] 즉, 터키에는 명예살인과 같은 가부장적 지배 문화가 존재하는가 하면, 이에 저항하는 저항 문화가 있다. 또한 여성들 나름대로의 문화가 있다. 저항 문화는 터키 문화가 아닌가? 왜 명예살인은 터키 문화라고 규정하면서, 이에 저항하는 저항문화 혹은 여성들의 문화는 터키 문화에서 배제되고 있는가? 왜 이러한 문화는 터키 문화를 생각할 때 떠오르지 않는가?

바로 여기서 우리는, 지배 권력이 본질주의적 문화개념과 공모하는 지점을 발견한다. 본질주의적 문화 개념이 문화를 분화해서 보지 않고 하나의 동질적인 단위로 상정할 때, 지배 권력은 자신의 문화를 그 사회 전체의 문화로 제시하는 것이다. 지배권력은 단지 부분에 불과할 뿐인 자신의 문화가 전체 문화인 양 나타나게 하는 권리를 독점한다. 자신의 문화를 사회 전체의 문화로 제시하면서 지배 권력은, 자신에게 도전하는 모든 다른 형태의 문화들을 무시하고, 배제하고, 추방해 버린다. 가부장적 권력의 문화를 그 사회 전체의 문화로 나타나게 하는 것은 또한 반여성주의적, 가부장적 이데올로기에 속한다.

비서구 지역의 여성 운동가가 자기 나라의 문화와 정체성을 배반하

18) 명예살인의 문제를 다룬 〈작은 아픔〉이라는 연극은 터키에서 2003년 상연되어 큰 반향을 일으켰다. 이 여파로 친족 살인의 경우 형량이 비교적 가벼웠던 법이 2004년 개정되었다. (Thumann, "Allaks grosser Schmerz")

고 서구적이 되었다는 비난을 듣는 일은 결코 드문 일이 아니다. 이런 비난 속에는, 여성주의적 활동과 운동을 자신의 문화와 사회로부터 배제시키고 자 하는 가부장적 권력의 의도가 은폐되어 있다. 이러한 이데올로기에 대해 투쟁하는 것, 그리고 여성주의적 문화 역시 자신의 사회에 생존할 권리, 자리를 차지할 권리가 있음을 관철시키는 것 역시 여성주의자들의 중요한 과제이다.

V. 여성 디아스포라의 관점

다문화주의와 여성주의 중에서 하나를 택하라는 요구, 내지는 출신국의 문화와 정주국의 문화 중에서 무엇을 택할지 결정하라는 요구는, 이민자가 처한 갈등 상황에서 전혀 해결책을 제시해주지 못한다. 이주민 여성들의 경우, 최소한 두 가지 중요한 권력관계가 그들의 삶에 중첩되어 있다. 하나는, 정주국의 주류사회와 이민자 집단 간에 존재하는 문화적 위계질서이며 다른 하나는 젠더적 위계질서이다. 이주민 여성은 이 두 가지 축에서 모두 약한 위치에 놓여 있으며 둘 중 어느 한 가지도 그녀의 삶의 조건 상 무시되어서는 안 된다.

정주국 문화의 명시적 혹은 묵시적 우월성 주장 및 이에 입각한 동화주의적 요구는 이주민 집단들이 진정으로 통합되는 사회를 이루는데 도움이 되지 않는다. 진정한 의미에서의 통합은 이주민들이 동등한 권리로 전체 사회의 삶에 참여할 수 있을 때 가능할 것이다. 이주민들에게 자기 출신 배경과 이별하고 주류사회의 규범과 가치들을 일방적으로 수용하라고 요구하는 것은, 그들의 주체성을 기본적으로 무시하는 것일 뿐이며 통합과정에 자율적으로 참여하기 위한 첫 번째 조건,

즉 사회적 삶을 영위하는 자율적 주체성의 인정이 유보되는 것이다.

양자택일의 결정을 요구하는 사고방식의 배후에는, 문화에 대한 본질주의적 개념이 자리하고 있다. 이러한 개념은 대개 다음 세 가지 특성을 갖는 다. 즉, 문화는 (1) 사회적 동질성에 기초한, 하나의 동질적이고 폐쇄적인 단위로 상정되며, (2) 하나의 민족 혹은 종족에 속한 것으로서, (3) 다른 민족 혹은 종족과 구별되는 단위라는 것이다.[19] 문화를 이렇게 이해할 때, 한 이주민 여성에게서 일어나는 재의미화 및 재해석(resignification and reinterpretation) 과정은 문화적 과정에서 제외되고 만다.[20]

다문화주의와 여성주의 간의 유사 갈등(pseudo-conflict)에 빠지지 않기 위해 문화에 관한 새로운 이해를 모색하는 것이 필요하다. 그러나 이 새로운 문화관은 그것 자체가 목적이 아니라, 현실을 새롭게 이해하고 새로운 실천을 하기 위한 인식론적 근거로 작용할 수 있어야 할 것이다. 즉, 이산(Diaspora)의 상황에서 재의미화 및 재해석을 통해 새로이 형성되어가는 경계 횡단의 문화적 상황을 포착하여, 양자택일이 아닌 횡단적 정체성을 인정하는 것을 가능하게 해주는 인식론적 틀을 찾는 노력의 일환이다.

1. 트랜스문화성(Transculturality)

본질주의적 문화 개념에 대한 대안으로서 생각해 볼 수 있는 것은,

---

19) Welsch, "Transkulturalität. Die veränderte Verfassung heutiger Kulturen", p.329 이하.

20) Benhabib, The Claims of Culture. Equality and Diversity in the Global Era, p.86.

최근 세계화 과정의 확산과 더불어 날로 인기를 더해가고 있는 트랜스 문화성 개념에 내포되어 있는 문화 이해이다.

트랜스문화성이란, "오늘날 세계화 시대의 특성들, 말하자면, 교통과 통신 기술의 발달, 온갖 종류의 상품의 경계를 초월한 이동, 폭발적으로 증가하는 이주현상이 우리 삶에 미치는 영향, 즉 국가, 민족, 종족 등을 중심으로 설정된 문화적 경계가 가지는 의미가 극히 축소된 점에 초점을 맞춘다. [트랜스문화성]이란, 한 사회 내에도 여러 가지 문화가 공존하며, 기존의 경계를 넘어서 상이한 요소들이 서로 결합을 하거나, 엉켜서 새로운 것이 되기도 하고, 네트워크를 형성하기도 하는 현상을 가리킨다. 이러한 현상은 거시적 차원, 즉 사회적 차원에서 일어날 뿐 아니라, 미시적 차원, 즉 한 개인의 차원에서도 발견된다. 개인은 자신의 정체성을 자신이 속해 있는 집단과의 동일시를 통해 형성하는 것이 아니라, 여러 종류의 문화적 콘텍스트 속에서 이런 저런 요소들을 취사선택하고 결합해 가면서 발전시킨다는 것이다."[21]

트랜스문화성은, 한 민족 혹은 종족 집단의 문화가 갖고 있는 내적 동력과 다양성을 이해할 수 있게 해주며, 한 개인의 정체성 역시 민족적 혹은 종족적 소속의 규정을 벗어나서 역동적으로 이해할 수 있는 인식적 틀을 제공한다. 그런 점에서 디아스포라적 문화 상황을 이해하는 데, 보다 적합한 개념이라고 할 수 있다.

그런데, 벨쉬(Wolfgang Welsch)가 제시하는 트랜스 문화성 개념에 따르면, 한 집단이든 개인이든, 다양하고 때로는 서로 이질적이기도 하는 수많은 요소가 조합되어 형성되는 것으로서 문화가 이해되다 보니, 이러한 개념을 일관성 있게 적용하게 될 경우, 모든 문화가 원자화

---

21) 최현덕, 「경계와 상호문화성. 상호문화철학의 기본과제」, 306쪽 이하.

되어 버리고, 문화적 경계란 존재할 수 없는 것이 되어 버린다는 문제점이 발생한다.[22)]

또한 사회적 성격을 띠는 문화적 갈등 역시 설명할 수 없게 된다. 사회적 삶에는 다양한 종류의 경계가 교차하고 있다. 빈부, 성별, 연령, 젊음과 늙음, 교육정도, 출신 지역, 출신 학교, 성적 지향성 등에 따라 경계가 존재한다. 이러한 경계는, 이것이 불평등, 차별, 그리고 배제의 선으로 작용할 때, 즉 권력관계를 표현하는 것일 때 문제가 된다. 어떤 사회적 갈등을 해결하기 위해서는, 그 갈등에 개입되어 있는 여러 종류의 경계 및 여기에 각기 결부되어 있는 권력관계를 정확히 분석하는 것이 필요하다. 문화란, 여러 종류의 권력관계가 함께 작용하며 인간의 삶의 양식에 영향을 미치는 삶의 공간이라 할 수 있을 것이다. 따라서 실체적으로 존재하는, 지리적, 민족적 혹은 종족적 경계에 입각해 규정된 문화의 개념을 해체하고 여러 다양한 종류의 권력관계와 결부되어 있는 경계가 반영되는 문화 개념을 발전시킬 필요가 있다.[23)]

요약하자면, 우리에게 필요한 문화개념은 다음과 같은 성격을 가져야 할 것이다.

(a) 실체적으로 존재하는, 지리적, 민족적 혹은 종족적 경계에 입각해 규정된 본질주의적 문화의 개념의 해체

(b) 실체적으로 고정된 것이 아니라, 문제의 맥락에 기초하여 그때그때 작용하는 권력 관계에 따라 새로이 설정되는, 유동적 경계 개념

---

22) 트랜스 문화성 개념이 경계를 포착할 수 없음으로서 가지게 되는 문제에 대해서는, 최현덕, 「경계와 상호문화성. 상호문화철학의 기본과제」, 311쪽 이하.

23) 실체적 경계에 고착된 본질주의적 문화 개념에서 벗어난다 할지라도, 사안에 따라서는 혹은 특정 콘텍스트 속에서 지리적, 민족적, 종족적 경계가 권력의 요소로 작용할 수 있음을 배제해서는 안 될 것이다.

을 내포할 것

이를 위해서는, 벨쉬적인 트랜스 문화성 개념의 변형이 필요하다. 즉, 여러 문화 간의 만남 내지는 부딪침의 과정, 특정 문화적 요소들이 수용되고 조합되는 과정이 그저 평화롭고 조화롭게 일어나는 과정이 아니며, 문화적 요소들을 임의로 선택할 수 있는 처지에 있는 개인은 극히 특혜 받은 지위에 있는 극소수의 사람들뿐임을 고려하여 트랜스가 일어나는 과정을 비판적 시각에서 조명한다면, 트랜스문화의 개념에 경계의 개념을 포함시키는 것이 가능할 수도 있으리라 생각된다.[24)]

2. 문화적 다양성 인정과 여성주의의 갈등 해소

지리적 내지는 민족의 경계에 따라 문화를 규정하는 본질주의적 문화 개념에서 벗어난다면, 문화적 다양성을 존중하는 것과 가부장적 지배질서를 극복하는 문제는 더 이상 갈등 관계에 있는 사안이 아니다. 한편으로는, 이주민을 문화적으로 존중한다는 것이, 이주민 집단의 가부장적 문화를 포함하여 지배적 주류문화의 관행을 묵인한다는 것으로 귀결될 필요가 없다. 중요한 것은 서로 다른 문화들을 번역해가며 이해하고 소통하려는 노력이 될 것이며, 이 과정에서 권력관계에

24) 여기서 필자는 트랜스문화성 개념에서 출발하여 경계의 개념을 포함시키는 방식을 설명하고 있으나, 경계의 개념에서 출발하여, 경계를 실체적, 본질주의 적 의미에서 해방시키고 문제의 맥락에 따라 새로이 설정되는 유동적 경계로 전환시키는 전략도 생각해볼 수 있을 것이다. 후자는 상호문화성 개념의 진화라 부를 수 있을 것이나 상호문화성에 대한 설명은 이 글에서는 생략한다. Choe, “Migration, Gender, Transkulturalität-Philosophieren zwischen den Kulturen” 참조.

따르는 위계질서는, 이주민 집단의 문제이든, 주류사회의 문제이든 같은 차원에서 비판적 대화의 대상이 될 것이기 때문이다.

다른 한편으로, 가부장적 질서의 극복의 문제는 어느 특정 문화의 문제로서가 아니라 대부분의 문화가 다 안고 있는 문제이므로, 어느 특정 문화를 비난할 근거로 작용할 수 없다. 이는 특정 지역에서 실행되는 특정한 문화적 관행을 비판하지 않는다는 말이 아니다. 비판을 하되, 그 비판의 태도가 자기 사회에도 존재하는 가부장제 권력의 문제에 초점을 맞추고 있는지, 아니면 여성을 "야만적으로" 억압하는 "야만적" 문화에 대한 비판인지는 큰 차이를 갖고 있음을 지적하고자 하는 것이다. 또한, 자기 사회에서 일어나는 문제를 다른 문화의 문제로 떠넘기는 일도 근거를 상실하게 될 것이다. 명예살인이라는 사건이 독일에서 일어났다면 이는 독일 사회의 문제이다. 이주민 역시 독일 사회의 구성원이기 때문이다. 비서구 사회에서 전개되는 여성 운동은 서구문화에 오염된 반민족적 행태가 아니라, 그 사회 구성원이 자기 사회 속에 존재하는 가부장적 권력 구조에 대해 도전하는 것이며 그 사회 자체의 변혁 운동이다.

Ⅵ. 나가며

이 글은 오늘날 세계에서 모두 포기할 수 없는 두 가지 가치 즉 문화적 다양성의 존중과 젠더 평등이 서로 갈등을 빚는 것처럼 보이는 현실에서 출발하여, 그 이유를 분석하고, 두 가지 가치가 공존할 수 있는 이해의 틀을 문화개념의 재구성을 통해 시도해 본 것이다. 이 과정에서 필자는 여성 디아스포라의 관점을 중점에 두었는데, 그 이유는 여

성 디아스포라의

실존적 상황이 두 가치의 동시적 실현을 요구하기 때문이었다.

혹자는, 다문화주의가 어느 정도 실현되고 있는 서구 사회에서 일어나는 문제가, 아직 다문화주의가 정착되기는커녕, 다문화주의의 의미조차 제대로 이해되지 않고 있는 한국 사회에 어떤 의미를 가질 수 있느냐는 의문을 제기할 수도 있을 것이다. 다문화주의와 여성주의가 갈등을 일으키는 것은 고사하고, 인종차별적 편견과 가부장적 폭력이 서로 상승작용을 일으키며 이 땅의 여성 이주민을 억압하는 상황 속에서 이 글에서 다루는 문제가 우리 현실과 많이 떨어져 있어 보일 수도 있을 것이다.

그러나 이 글의 초점은 일차적으로, 폭발적으로 증가하는 이주 현상의 현실을 바탕으로 다양하게 중첩되는 권력관계의 맥락 속에서 문화를 어떻게 이해할 것인가에 놓여 있다. 이 질문과의 씨름은 한국의 상황에서도 빠르면 빠를수록 좋을 것이다.

참고문헌

김혜숙, 「여성주의 관점에서 본 다문화주의: 열린 주체의 형성 문제」, 『철학연구』 76, 2007.

문경희, 「국제 결혼 이주여성을 계기로 살펴보는 다문화주의와 한국의 다문화현상」, 『21세기 정치학회보』 16집 3호, 2006.

오은경, 「이슬람 여성과 다문화주의 – 테일러, 오킨, 지젝의 통찰을 중심으로」, 『페미니즘연구』 9권 1호, 2009.

오은경, 「야사르 케말의 『독사를 죽였어야 했는데』를 통해서 본 명예살인의 메커니즘 연구」, 『한국 중동학회 연구』 28-2호, 2008.

윌 킴리카 (장동진 외 옮김), 『현대정치철학의 이해』, 서울, 한길사, 2006.

정미라, 「여성주의와 다문화주의」, "대한철학회 논문집 철학연구』 107, 2008.

최현덕, 「경계와 상호문화성. 상호문화철학의 기본과제」, 『코기토』 66, 부산대인문학연구소, 2009.

현남숙, 「다문화주의와 여성주의와 여성주의의 갈등에 관한 심의 민주주의적 접근 – S. 벤하비브의 심의민주주의 다문화 정치학을 중심으로」, 『시대와 철학』 20권 3호, 2009.

Anonym, "Ehrenmord-Prozess. Die Frage der Ehre", in: *Zeit-online* 2007-08-28, http://www.zeit.de/online/2007/35/ revisionsverfahren-ehrenmord, 2007(2008년 10월 참조).

Benhabib, Seyla, *The Claims of Culture. Equality and Diversity in the Global Era*, Princeton and Oxford: Princeton University Press, 2002.

Choe, Hyondok, "Migration, Gender, Transkulturalität-Philosophieren zwischen den Kulturen", Hans Jörg Sandkühler (Hg.), *Philosophie, wozu?*, Frankfurt/M: Suhrkamp, 2008, S.

Kymlicka, Will, "Liberal Complacencies", Cohen, Joshua / Howard, Matthew / Nussbaum, Martha C. (eds.), *Is Multiculturalism Bad for Women?*, Princeton: Princeton Univ. Press, 1999, S.

Kymlicka, Will, *Contemporary Political Philosophy. An Introduction*, New York: Oxford University Press, 2002.

Narayan, Uma, Dislocating Cultures: *Identities, Traditions and Third World Feminism*, New York: Routledge, 1997.

Okin, Susan Moller, "Is Multiculturalism bad for Women?", Cohen, Joshua / Howard, Matthew / Nussbaum, Martha C. (eds.), *Is Multiculturalism Bad for Women?*, Princeton: Princeton Univ. Press, 1999, S.

Thumann, Michael, "Allaks grosser Schmerz", *Zeit-online*, 2006년 4월 20일, Nr.

Welsch, Wolfgang, "Transkulturalität. Die veranderte Verfassung heutiger Kulturen", *Jahrbuch Deutsch als Fremdsprache* 26, 2000, S.

Yoon, In-Jin, "The Development of Multiculturalism Discourse and Multicultural Policy in South Korea", *Trans-Humanities*, Vol. 1, 2009.

Zehet, Gruber, "Der Ehrenmord in Osterreich, Deutschland und der Türkei, Strafrechtliche Fragen eines gesellschaftlichen Phänomens", *Berliner Online-Beiträge zum Völkerund Verfassungsrecht*, Nr. 6, 2007.

『한어문전』의 문법기술과 품사구분
― 문화소통의 관점에서 다시 보기

이은령

Ⅰ. 들어가기

프랑스어로 된 최초의 한국어 학습서로 알려진 『한어문전』(韓語文典, *Grammaire Coréenne*, 1881)[1]은 프랑스 천주교 사제가 한국어를 학습하기 위한 실용서로 집필되었다. 학습서이면서도 서양의 문법체계를 원용하여 한국어 문법을 체계적으로 재구성하고 있다는 점에서 최초의 한국어 문법서라고 할 수 있으며 이후 근대국어학자들이 서구 언어지식을 받아들이는 직, 간접적 통로가 되기도 했다. 그러나 『한어문전』의 문법 모델은 그 자체가 상호 이질적인 언어문화 간 교류의 결과로서 서구 내의 그리스어, 라틴 문법의 전통과 프랑스어의 특성이 혼재된 곳에서 찾을 수 있을 것이다. 이렇게 여러 언어와 문화가 교차한 『한어문전』의 문법 모델은 한국어를 기술하는 언어로 이용되면서 그 한계를 드러내었다. 특히, 형태분석에 중점을 두었던 『한어문전』

1) 원전의 제목은 *Grammaire Coréenne*이다. 원제를 그대로 번역하자면 '한국어 문법'이지만 흔히 '한어문전'으로 불린다. '한어문전'은 원저자가 달아 둔 제목이 아니라 이후 학계에서 불리는 별칭이다.

저자의 학문적 한계와 더불어, 지리적, 태생적 거리가 큰 한국어를 부지불식간에 왜곡했던 면이 있었기 때문이라고 하겠다. 그럼에도, 『한어문전』의 언어지식이 한국어 문법에서 답습되거나, 변형, 수용된 예가 있지는 않았는지 문헌학 및 언어, 문화학적 관점에서 검토해야 할 필요가 있을 것이다. 이를 위해서 우리는 『한어문전』 자료에 대한 조망과 더불어 특히 근대국어학자들에게 큰 영향을 주었던 품사분류에 대한 보다 정밀한 고찰이 필요하다고 본다.

주지하는 바와 같이 『한어문전』은 19세기 말 20세기 초, 한국어 문법의 형성 과정에서 중요한 역할을 했던 것으로 보이지만, 자료 접근성이 제한적이고 문법연구서가 아니라 외국어 학습서로 분류되어 국어학 및 언어 연구에서 큰 관심을 받지 못했다. 그러나 『한어문전』은 당시의 한국어 연구에서 볼 수 없었던 전문성에 입각하여 형태, 의미적 관점에서 한국어의 품사분류를 시도했고, 이는 리델 이후의 다른 서양인들에 의해서도 참고가 되었다. 특히 1900년 전후로 김규식과 같은 국어학자들에게 직접적인 영향을 주었던 언더우드(Underwood)와 게일(Gale)이 프랑스선교사들의 업적인 『한불ᄌᆞ뎐』(1880)과 『한어문전』을 그들의 한국어 학습, 문법서에 적극적으로 이용하였던 사실은 영한, 한영자전의 서문에도 잘 나타나있다. 또한, '국어품사의 원형이 서구 문법에서 비롯되었고, 20세기 초 국어학자들에 의한 품사체계 및 문법체계와 유사한 점이 많이 발견된다'는 이광정(2003:64)의 지적을 받아들인다면, 『한어문전』은 분명 문법사적, 국어어휘사적 관점에서도 정밀한 검토와 비판적인 평가가 이루어져야 할 자료이다. 더구나 현대에 와서 말뭉치의 축적으로 발견되는 언어 현상들이 기존의 품사분류 체계를 벗어나는 것들이 있고, 또한 품사분류에서 논란의 대상이 되는 어휘들이 있는 현실에서, 품사분류를 중심으로 문법을 설명하는 『한어문전』은 국어학사와 프랑스어의 문법 발달 연구에도 참조할만한 대상이 될 것이다.

본 연구에서는 상위문화와 하위문화, 혹은 문명과 야만이라는 이분법적인 문화적 관점이[2] 전제된 서양 언어지식의 틀 속에서 기획되었으며, 또한 언어 과학적 방법론이 현재의 그것과는 현저히 차이가 있지만, 최초의 체계적인 한국어 문법서인[3] 『한어문전』(1881)의 문헌학적 사실 확인과 가치를 재평가할 필요성이 있음을 인식하여, 이 글에서는 (1)그동안 상세하게 알려지지 않았던 『한어문전』의 집필 배경과 구성 및 특징, 그리고 품사분류를 중심으로 한국어를 기술한 방법을 재검토하고, (2)프랑스와 한국이 언어를 통해 접촉, 소통하는 과정에서 그리스-라틴 문법체계의 전통을 받은 프랑스 문법을 원용한 한국어 기술의 문제점과 한계를 지적해 보고자 한다.

---

2) 달레(Charles Dallet)는 『한국 교회사』(1874)의 서문에서 한국어가 '서양의 동양학자에게는 전혀 알려지지 않은 언어'이며, 한국을 '죽음을 무릅쓰지 않고는 갈 수 없는 야만적인 법이 통치하는 금단의 나라'로 소개하면서, '장구한 세월이 흐르는 동안 한국의 지식인들이 그들의 소통 매개체인 한국어라는 지식에 대해 알려고 하지 않았다는 점은 이해하기 어렵다.'라고 서술하고 있다. 이것은 한국을 야만적 공간으로 지칭하면서도 서양에 알리고, 한국인조차도 관심이 없다고 생각했던 한국어를 간략하게나마 소개해야 했던 당시 천주교 사제의 엄숙한 문명화 사명과 그의 이분법적 문화론을 단적으로 드러내고 있다.

3) 외국인이 쓴 최초의 한국어 문법서라는 점에는 이견이 있을 수 있다. 이미 지볼트(1832), 로니(1864), 달레(1874), 로스(1877), 매킨타이어(1879) 등이 한국어에 대한 소개와 문법체계를 개괄한 예가 있으나 문법연구서나 한국어 학습서로서 상세하게 기술한 것이라고 하기에는 미흡하다.

Ⅱ. 『한어문전』의 특징

1. 선행연구 및 『한어문전』의 문헌적 가치

『한어문전』만을 대상으로 한 기존의 연구는 찾아보기 어렵다. 우선 19세기 말 한국 및 일본 연구의 전문가였던 모리스 꾸랑(Maurice Courant)은 *Notes sur les Etudes Coréennes et Japonaises*(한국학과 일본학에 대한 소고) 에서 한국어는 15세기 이전(한글 창제 이전)에는 문자화되지 않았으나 어족은 분명한 언어라고 소개하면서, 파리외방교회 선교사들의 『한불ᄌᆞ뎐』과 『한어문전』을 중요한 연구 성과로 들고 있다. 특히 『한어문전』의 동사 활용 목록의 체계성을 예로 들면서 '열악한 집필 환경' 속에서 완성된 '『한어문전』은 매우 높이 평가받아 마땅하다'고 주장했다.[4] 한편, 1874년에 출판된 『한국교회사』(*Histoire de l'Eglise Coréenne*)의 서문에서 샤를르 달레(Charles Dallet)는 23쪽에 걸쳐 한국어를 개괄하고 있는데 이는 주로 리델의 원고를 바탕으로 하고 있다.

세월과 함께 묻혀버린 문법책은 출판된 지 약 180년이 지나서야 비로소 교회사 연구에서 『한불ᄌᆞ뎐』과 함께 리델 신부의 저작으로서 체계적인 최초의 한국어 문법책으로 평가되었다. 국어학사에서는 이보다 이른 김민수(1955)에서, 그리고 고영근(1976), 심재기(1985)에 의해 서양인에 의한 한국어 연구 중 하나로 다루어졌으며, 김민수(1955)와 고영근(1976)은 『한어문전』에 나온 문법개념의 상당 부분이 현대 국어 문법기술에 수용되었다고 하였다. 이광정(1987)은 품사론을 중심으로, 최호철 외(2005)의 집단연구에서는 외국인의 한국어 연구 중 일부로서 『한어문전』의 언어관과 한국어 기술 방법이 다각적으로 검토

---

4) Maurice Courant(1899:16)

되었고, 특히 시제, 태, 서법, 존경 등을 나타내는 어미분석의 역사적 변천 과정 및 『한어문전』과 언더우드의 『선영문법』(1914(1889))과의 연계점을 구체적으로 확인하고 있다는 점에서 의의가 있다. 『한어문전』이 한국어사 연구에서 심도 있게 활용된 예는 이광정(1987)의 한국어 품사연구에서 찾아볼 수 있는데, 『한어문전』과 다른 서양인들의 품사분류를 비교, 고찰함으로써 한국어 문법형성의 태동기에 국내 문법학자들의 연구에 미친 직, 간접적인 영향과 그 연계점을 구체적으로 밝혔다는 점에서 큰 의의가 있다고 하겠다.

국어학계와는 달리 프랑스어학계에서는 비교적 최근에 들어서야 『한어문전』에 대한 관심이 나타나기 시작했는데, 외국어 교육을 위한 학습서로서 전체 자료를 조망한 강이연(2008)은 한국어 교육을 위한 교수법과 부록에 실려 있는 한국어-프랑스어 사이의 번역 문제를 분석함으로써 처음으로 『한어문전』을 독립적인 연구의 대상으로 삼았다. 이러한 일련의 연구에서 한국어 문법의 형성 과정을 보여주는 『한어문전』의 교량적 역할이나, 이에 대한 체계적 연구가 필요함이 제기되기는 했으나 원전에 대한 언어학적 검토가 이루어진 것은 아니다. 또한, 『한어문전』의 번역서가 없는 현시점에서 『한어문전』에 나타나는 문법용어에 대한 오해, 오역의 문제는 향후의 국어사연구를 위해서도 수정될 필요가 있다.[5)]

5) 타동사, 자동사를 모두 의미하는 능동사의 개념인 'actifs'의 의미를 '타동'으로 파악했던 점이나, 수동태와 시제에 대한 원전의 설명을 잘못 해석하는 오류, 혹은 '의심을 나타내는 접속법'을 의심접속사로, '동사에서 파생된 명사'를 '동명사'로 번역하는 예를 선행연구에서 발견할 수 있다.

2. 『한어문전』의 저자와 교육 배경

『한어문전』은 파리외방교회의 한국어 선교사들을 저자로 1881년 일본 요코하마의 레비 출판사에서 출판되었으며, 첫 장에 『한불ᄌ뎐』의 저자로 알려진 리델(Félix-Clair Ridel) 주교의 서명이 있어 일반적으로는 리델의 저작으로 알려졌다. 그러나 달레(1874:LXXIX)에 따르면 순교 이전 중국어-한국어-프랑스어 사전을 집필했던 다블뤼(Daveluy) 주교, 뿌르띠에(Pourthié)와 프티니콜라(Petinicolas) 등의 한국어 연구에 힘입은 바 큼을 지적하고 있다. 또한, 한국인들이 『한어문전』 집필 과정에서 큰 역할을 하였음을 짐작하고도 남음이 있으나, 리델의 조력자인 최지혁과 달레의 문헌에서 세례명을 장(Jean)으로 썼던 남씨 성을 가진 이들만이 알려졌다.

『한어문전』은 사도서와 성경의 번역, 그리고 한국인 신자와의 소통 및 전교를 위한 기반으로 집필되었고, 이 글의 들머리에서도 밝힌 바와 같이 전교를 목적으로 한국에 입국하는 프랑스인 신부들을 주요 독자로 하고 있다. 독자들은 이미 본국과 만주에서 외국어 교육과 전문분야의 교육을 받았던 지식인들이었고, 그들의 종교 언어였던 라틴어는 외국어 문법을 학습할 때 출발점으로 삼을 수 있는 일종의 모델이었다. 따라서 『한어문전』의 곳곳에서 라틴어 또는 영어의 등가 표현이 나타나 있는 것은 우연이 아니다.

이들은 라틴어와 영어뿐만 아니라 한국에 파견되기 이전에 성 쉴피스 신학교와 파리외방선교회 본부에서 다양한 동양어를 교육받았다. 그들이 받은 교육이 구체적으로 무엇이었는지에 대해 남아 있는 직접적인 자료가 없다고 하나, 당시 형성되고 있었던 현대 언어학에 대한 지식이 있었음을 『한어문전』의 머리말에 나타난 표현을 통해 짐작할 수 있다. 즉, '『한어문전』은 오랫동안의 세심한 관찰에 의한 것이므로 한국어 문법을 공부하는데 길잡이가 됨과 동시에 새로운 분야인 언어학 분야에서도 독자들을 이끌어 갈 수 있을 것이다.'[6]가 암시하는 바와 같이 『한어문전』의 저자가 언어학이라는 학문을 알고, 교리문답의 기반이 된 라틴 문법과 번역 훈련을 통해 얻었던 것으로 보이는 외국어 기술에 필요한 전문 지식이 있었음을 보여준다.

라고 델꾸르에[7] 따르면 선교사들로서의 직업 훈련에는 필수 과목으로 영어가 있었으며, 번역을 위해 동양문화, 동양 문학, 종교, 철학, 그리고 중국 및 일본의 역사 교육이 포함되어[8] 있었다고 한다. 또한, 1840년대부터 당시의 외국어 교육기관이었던 파리동양어학교의 바젱(Bazin)교수의 중국어 강의에 참여했다는 기록이 있어서[9] 선교사들의 학문적 배경을 짐작할 수 있다.

한편, 한국에 대한 사전 교육의 가능성을 뒷받침할 수 있는 직접적인 자료는 없으나, 바젱의 스승인 아벨 레뮈자(Abel-Rémusat)가 한글과 티베트어의 유사성을 처음으로 밝혔다는 로니(Rosny)(1864)의 주장을 받아들인다면, 한국에 파견된 선교사들을 교육했던 파리동양어학교의 교수들은 19세기 초에 이미, 한국을 소개했던 지볼트(Siebold)와 같은 서양인들의 문헌을 접했을 가능성은[10] 있을 것이다. 특히, 이들

6) 『한어문전』 머리말(avant-propos)의 vj면.

7) Ragot-Delcourt(2006:157)

8) 이러한 문학, 철학, 종교 및 언어 교육 이외에도 선교지에서 성서의 출판을 위한 기술도 익혔던 것으로 보인다. 『교회사 연구』를 쓴 달레 신부가 활판 인쇄술까지 익혔다는 기록이 남아 있다.

9) 1840년에는 바젱의 중국어 수업이 있었으며, 1842년에는 저명한 오리엔탈리스트인 푸코(Philippe-Edouard Foucaux)의 티벳어 강의에 선교사들이 참여했다는 기록이 남아 있다. 특히 바젱은 1826년 *Mélanges Asiatiques*(『아시아론』)의 저자인 아벨 레뮈자의 제자이기도 하다. Ragot-Delcourt(2008:41) 참조.

이 참석했던 동양어 강의에는 중국의 상류층 언어뿐만 아니라 중국어 구어, 티베트어, 인도어[11] 등이 포함되어 있었다는 사실과 당시의 전문교육기관에서 교육을 받은 『한어문전』의 저자가 특히 중국어를 한국어 어휘의 어원정보로 끊임없이 참조하고 있어, 『한어문전』의 기반지식은 이미 매우 다양한 언어 문화적 관점을 함유한다고 하겠다.

3. 『한어문전』의 한국어 기반지식

『한어문전』의 서론에서는 1)한국어와 중국어와의 관계 및 차이점, 2)한국어의 어족문제, 3)쓰기 체계, 음운 체계 및 조어 방법을 개괄하고, 『한불ᄌᆞ뎐』과 동일한 반절(또는 엉이줄)을 제시하고 있어서 저자가 가진 기반지식과 한국어를 보는 관점 등이 잘 드러나 있다. 우선 중국어와의 관계 규명 및 언어 간 비교를 한국어를 이해하는 데 활용했으며 한국어는 일반 국민이 쓰는 입말로 정의하고 이와 대립하는 개념인 한문으로 된 언어인 글말(文語)의 성격을 규정했다. 당시의 한국어는 순수 한국어와 한자어로 이루어져 있고 쓰기 체계는 한문과 한글이라는 이중적인 체계를 사용하나, 지식과 행정의 언어인 한문을 통한 쓰기 체계는 입말을 반영하는 것이 아님을 강조하고 있다.

리델은 우선 중국어에 대한 지식을 갖춘 선교사들에게는 입말과 글말, 한국어 토박이말과 한자어 어휘의 다층적 구조 및 동일한 한자의

---

10) 1832년에 출판되었던 지볼트의 *Nippon*(일본)은 *Voyage Au Japon Executé Pendant Les Années 1823 a 1830*(1823~1830년 사이에 다녀온 일본 여행)라는 제목으로 1838년도에 프랑스어로 번역, 출판되었다.

11) 달레(1874 2권:542)는 한국에 왔던 프티니콜라 신부도 한국에 입국하기 전에 인도어를 배웠다고 언급하면서 바로 이점 때문에 그가 한국어를 매우 쉽게 익혔다고 기술하고 있다.

어음(語音)의 차이에 대한 이해가 필수적이었음을 강조하고 있다. 한자를 공통으로 쓰기는 하지만 두 언어가 매우 달라서 한자를 통한 의미의 이해는 가능하나, 중국어를 소위 '중간언어(langue pivot)'로 삼은 프랑스인들에게는 실제 발음상의 차이나 한자어 어휘와 조사의 결합에 따른 음운변화는 규칙화하지 않으면 습득하기 어려운 것이었다. 따라서 서론의 6쪽 정도가 이러한 부분에 관한 기술로 채워져 있는 점과 중국어를 끊임없이 참조하는 서술 방식이 『한어문전』을 외국어 학습서와 국어 문법서의 사이의 중간적 존재로 만든 이유이기도 하다.

리델이 한국어를 규정하는 방식은 더욱 정치적이다. 즉, 구어와 한글이 민중의 언어, 나아가 '국어(Langue Nationale)'이며, 한문은 식자층, 즉 민중과 대립하는 지배층의 언어로 규정했음이 드러나기 때문이다. 또한, 여성과 하층민의 쓰기 체계로서 한글이 일부 문인들과 일반 민중에게도 쓰였다는 점에서 대중적인 쓰기 체계로 규정하고 있으며 이러한 한글과 입말이 진정한 국어라고 주장했다. 따라서 당시 조선에서 국어에 대한 연구의 전례가 없었다는 사실을 강조하면서 포교 목적을 가진 선교사들의 한국어 기술이 당연하며, 한국인을 위한 한국어 정립을 위해서도 필요한 작업으로서 정당화하였다.

한국어를 인식하는 과정에서 리델 자신이 중요하게 생각했던 부분은 현재에도 여전히 논의의 대상이 되는 한국어의 어족에 관한 문제이다. 우선 어족은 어휘의 유사성보다는 문법적 구조의 유사성에 의해 결정된다고 보고 한국어를 일반적으로 몽골어, 혹은 우랄 알타이어 어족에 속한다고 했으나, 지리학적으로 동북아시아 유목민의 언어를 지칭하는 스키타이어(타타르어)의 일종으로 보았다. 이러한 견해는 인도어와 당시 비교언어학에 조예가 깊었던 달레가 『한어문전』 어휘부의 일부 원고를 검토하고서 리델에게 준 답신을 통해 기술된 것으로 달레의 의견을 여과 없이 받아들인 것으로 보인다. 한국어와 타타르어의 유사성에 대한 달레의 논거는 로니의[12] 주장과 크게 다름이 없으나, 달레가 타타르어와 몽골어를 모두 동질한 하나의 어족으로 취급하였던 것과는 달리, 로니는 윤리, 과학, 예술 분야의 단어 조어 방식은 한국어가 만주어나 몽골어와 유사하다고 했으며 문법체계나 문장 구성방식에는 타타르 어족의 일반적 특징을 공유한다고 보았다. 구체적으로 언급한 내용으로는 한국어가 첨가어의 특성을 보이는 타타르어로서 인도 유럽어의 곡용, 인칭대명사와 관계대명사, 전치사 등의 형태적 특성이 없으며, 통사적으로는 지배받는 요소가 지배하는 요소에 후치되는 인도유럽어와는 달리 모든 타타르어는 지배하는 요소가 후치됨을 지적하고 있다. 이와 함께 단어의 조어 방법에 관계한 것으로서는 주로 음절 구성을 중심으로 형태와 의미적 측면보다는 음절과 음절의 결합에서 발생하는 음운변화에 더 치중해서 기술하고 있다.

Ⅲ. 『한어문전』의 구성과 내용

『한어문전』은 크게 한국어를 개괄적으로 소개하는 1)머리말과 서론, 2)문법을 기술하는 본문, 3)부록, 4)점진적 연습문제로 구성되어 있다. 저자의 표현인 '전 세계적으로 쓰이는 논리적 순서에 따라' 본문은 2부로 나누어져 있는데 1부의 어휘부(또는 품사론)에서 형태에 기반을 둔 품사론의 각 장을 다루고, 2부에서는 통사적 특징을 설명하고 있다. 본 장에서는 전체의 내용을 개괄하면서 선교사들이 한국어를 다루는 방법을 중심으로 소개하겠다.

---

12) Rosny(1864:308)

1. 어휘부

어휘부는 총 160페이지로 품사별로 어휘의 문법적 특성을 기술했다. 특히 프랑스어에서와 마찬가지로 한국어 어휘를 10개의 품사로 분류했는데, 관사, 명사, 형용사, 대명사, 동사, 분사, 부사, 전치사, 접속사와 감탄사(간투사)이다. 그러나 어휘부에서 모두 다루지 않고, 그중에서 관사, 명사, 형용사, 대명사, 동사와 부사를 중심으로 기술하였다. 이러한 체계는 한국어를 7품사, 즉 명사, 대명사, 동사, 부사, 후치사,[13] 접속사 및 감탄사로 보았던 달레와 사뭇 다르며 리델은 여기에 분사를 추가한 10품사 체계를 적용했다. 이것은 당시의 대중화된 프랑스어 문법서에서 주장하는 품사체계와는 다소 다르며, 리델이 분사를 품사목록에 넣은 것은 오히려 16세기까지 지속하였던 라틴문법 전통을 따르는 것으로 보인다. 이러한 품사체계는 실제 리델의 문법에서 한국어의 통사를 인식하고 기술하는 틀이 되었다. 그러나 동시에 리델이 설정한 품사체계는 예컨대, 전치사나 관사, 분사 범주의 설정 등으로 한국어 동사 어미의 특성을 왜곡하는 요인으로 작용하였다.

2. 통사부

리델은 논항의 지배관계에 근거하여, '지배하는 단어가 지배받는 단어의 뒤에 놓인다.'라는 한국어의 통사 원칙을 세우고 통사부를 전개하는데 가장 중심된 논리로 두었다. 이는 단순히 동사를 중심으로 하는 문장 내 구 단위 간의 논항관계뿐만 아니라 구 단위 내에서 논항

---

13) 달레는 흔히 후치사로 번역되는 'postposition'의 범주에 '－끼리', '－보다', '－중에' 등을 분류했으나 리델은 이들을 전치사로 이름 붙인 장에서 다루었다.

지배관계를 모두 포함한 원칙으로서, 예컨대 '영희의 가방이 있다'라는 표현에서 '가방'은 '영희'를 지배하는 요소로, '있다'는 '가방'을 지배하는 요소로 본다는 것이다.

통사부는 앞선 어휘부와는 달리 26쪽에 걸쳐 간결하게 기술하고 있다. 6개의 하위 부분으로 구성되는데 통사적 단위로 나누지 않고 어휘부의 분류를 재사용하여 기술한다. 명사, 형용사, 대명사, 동사, 관계분사와 동사성 형용사, 그리고 작문법과 담화의 순이다. 특히 명사에서 형용사에 이르는 부분은 어휘부에서 다룬 장을 다시 다루었다는 점에서, 어휘부에서 기술한 내용과 크게 다를 바가 없다. 명사는 두 개 이상의 명사가 결합한 복합명사, 접속사로 연결된 병렬 혹은 의존관계가 성립하는 명사구에서 동사와의 수(數) 일치의 문제를 언급하고, 예문을 통해 9개의 격을 표시하는 어미의 용법을 설명했다. 이렇게 명사에 관련한 항목에서 명사와 명사 간의 결합관계를 매우 상세하게 다루었는데 그 유형은 다음과 같다.

(1) 이질적 품사 간의 결합 규칙과 한자어와 토박이어휘의 결합 규칙
(2) 명사의 의미적 자질과 어미결합의 규칙
(3) 어미의 탈락 환경 기술 (예컨대, 여격의 표지를 생략하는 경우)

또한, 형용사와 한정하는 명사와의 위치관계, 지배관계 등을 간략하게 설명하고 동사에서는 능동사의 직접목적어가 대격을, 간접목적어가 의미에 따라 여격, 장소격, 도구격 및 탈격 표지를 갖게 됨을 기술하였다. 여기서 부분적으로 목적격이 겹치는 현상을 설명하기도 했는데, 그 예로 '쏠을실과를주다'를 들고 있다(한 174).[14] 이때 '주다' 동사의 간접목적어(쏠)에 대격을 부여하여 '쏠'과 '실과'가 모두 대격일

때, 간접목적어에는 '여격'을 부여하는 것이 적절하다고 리델은 주장했다. 그러나 이러한 주장은 서양문법의 입장에서 한국어 고유의 현상에 대한 문법성 판단으로서, 단순한 문법교본으로서의 틀을 벗어나 서양의 문법 규칙에 맞추어 한국어를 규범화하려는 시도가 리델에게 있었음이 드러난다.[15)]

통사부의 마지막 부분에서 리델은 프랑스어의 구두법 기호의 번역 문제와 작문과 담화의 일반 규칙을 정립하고자 했던 것으로 보인다. 당시 한국어에는 글쓰기에 매우 효율적인 기호의 체계이자 불필요한 단어의 반복이나 비효율적인 표현을 경제적으로 간략하게 만들어 주는 힘을 가진 구두법(句讀法)이 없었으나, 그렇다고 리델 그 자신이 직접 일반 규칙을 정립하는 것은 어려운 것이었다. 그런데 한국어에 구두법이 없다는 것이 복음서 번역에 상당한 저해 요소였다는 사실은 구두점이 포함된 프랑스어 문장을 한국어로 번역하기 위해서, 구두점이 가진 의미적 기능을 대신할 수 있는 형태소로 대체하는 과정에서 잘 드러난다. 예를 들어 프랑스어 텍스트에서 반점의 사용은 연결형 어미 '고', 쌍반점은 '-며' 등과 대등하다고 기술했으며, 쌍점을 특정 어미, 'ᄀᆞᆯᄋᆞᄃᆡ'의 'ᄃᆡ'와 대등하게, 마침표는 종결형 어미 '다' 또는 '라', 물음표는 'ᄒᆞᄂᆞ냐' 등으로 병치시켰다. 이러한 시도가 이후 한국어 맞춤법 형성에 직, 간접적으로 영향을 미쳤으리라고 짐작할 수 있으나, 리델은 프랑스어의 구두법을 한국어 번역텍스트에 그대로 적용하지는 않았다. 따라서 이후 부록편의 점진적 연습에서 제시되는 한국어

---

14) 괄호 안의 '한'과 숫자는 『한어문전』에서 해당 항목이 나오는 면수를 나타낸다.

15) 이러한 규범화 의도는 체계적으로 나타나지 않지만 리델이 늘 염두에 두고 있었던 문제인 것으로 보인다. 예를 들어, 'ᄒᆞᆷ'과 같이 'ᄒᆞ다'의 명사형을 쓸 때, 'ᄒᆞᆷ이'로 써야 하며 'ᄒᆞ미'나 'ᄒᆞ믜' 등으로 쓰는 것은 바람직하지 않다고 주장했다.

번역 문장은 문장단위로 나누기는 하되 구두법을 사용하지는 않았으며 번호를 통해 형식적인 구분을 했다.

통사부는 전체적으로 그 기술 방법이 프랑스어 문장을 출발점으로 삼고 문장 내에서 통사적 단위가 한국어에서 실현되는 방법에 중점을 두고 있다. 즉 번역의 과정에서, 프랑스어의 문장의 특정 성분이 한국어에서 격표지 어미로 대응될 수 있는지, 혹은 구두점으로 대응될 수 있는지, 아니면 프랑스어 관계대명사와 같은 'qui', 'que' 등이 관계형 현재분사(현대의 관형형 어미)로 실현되는 등의 번역방법을 제시했다고 볼 수 있다. 따라서 리델은 통사부에서 한국어 문장구조를 체계적으로 분석했다기보다는 프랑스어 문법의 틀을 놓고 한국어의 어휘요소로 채워 나갔고, 프랑스어 문장 분석에서 유도된 문법 개념 위에 한국어 용례를 적용하고 이를 바탕으로 한국어의 문법현상을 규칙화하고자 하였던 것이다.

3. 부록(Appendice)

시간 분할, 무게 단위, 한국 가계도 용어와 가계도를 소개하는 형식으로 구성된 부록은 사실상 프랑스어와 한국어를 바탕으로 하는 두 문화 간 차이를 부분적으로 드러내고 있어서 프랑스어 저자가 한국문화를 다루는 양상을 관찰할 수 있는 부분이기도 하다. 한국어에 나타난 시간의 관념은 우선 중국의 시간 분할 체계를 따르고 있다고 설명하는데, 하루가 12시, 각 시는 다시 8'긱'으로 구성되고 '긱'은 서양의 시간 체계의 15분에 해당한다. 한국어에서는 시간 구분의 체계를 갖추고 있으나 일상에서는 (문명의 혜택인) 시계가 없으므로 대략적인 구분의 '초-중-말'을 쓴다고 하였다. 이와 함께 리델은 기독교인과 일반 한국인의 날짜 개념의 차이도 구분하고 있다. 여기서 기독교인은 선교사들의 시간 구분을 따르는 한국인 교인을 말하며 이들과 일반인(이교도)을 반드시 구분하여 이들이 생활에 적용하는 시간 구분의 차이도 상술하였다.

4. 점진적 연습문제

19세기 말 한국어의 말뭉치로도 활용될 수 있는 점진적 연습문제는 총 33개의 소제목으로 이루어져 있으며 문장 연습을 쉬운 것에서부터 어려운 것으로 난도를 높이고 있다. 연습 (16)편까지의 모든 한국어 문장에 대해 단어 대 단어 번역어휘와 문장단위의 번역문을 일관적으로 제시하고 있으며 한글 원문은 세로쓰기, 프랑스어 번역문은 가로쓰기로 제시했다. 연습문제의 구성은 이글의 끝에 부록으로 덧붙여 둔다.

Ⅳ. 『한어문전』의 품사체계

『한어문전』의 본론에 해당하는 1부 어휘부의 제목은 '단어 또는 품사'이다. 담화의 기본 단위로서 단어를 인식한 것으로, 품사를 중심으로 문법을 설명했다. 리델은 자신이 가진 문법관을 명시하지는 않았으나 언어를 사용하는 데 있어서 기본 원칙과 반드시 지켜야 하는 규범으로 인식한 것은 틀림없는듯하다. 그 예로 한국인이 격조사를 붙일 때 '읽고 쓰는 형태의 통일성이 없어 마치 그들이 변덕스럽고 각자가 자신의 고유한 방법대로' 언어를 사용하는 것으로 인식하고, 이를 불평하였다(한 169). 기본적으로 리델은 한국어 문법을 통해 우선 읽고

쓰기가 가능한 규칙을 찾고자 했고, 나아가 번역의 용이함을 위해 문장 내에서의 구조적 규칙을 발견하고자 했던 것으로 이해할 수 있겠다.

1. 품사분류

어휘의 형태와 분류는 『한어문전』의 핵심을 이루는 부분으로서 한국어 어휘를 10개의 품사로[16] 나누어 그 쓰임과 특성을 설명하고 있다. 리델의 품사는 고영근(1983), 강이연(2008)에서는 아홉 개의 품사로, 이광정(2003)에서는 10품사로 소개되었고, 최호철(2005:21)에서는 전자에 따라 10품사로 소개하면서 이전의 저자들과는 달리 실사를 '명사'로 바꾸어 썼다. 본 연구에서도 리델이 'nom(명사)' 또는 'substantif(실사)'로 혼용하여 쓰는 품사를 명사로 부른다.

이광정(2003:67)은 리델의 문법체계를 여타 서양 선교사의 문법서와 비교하면서 리델의 품사분류는 프랑스어 품사체계에 맞춘 것으로서 학습상 목적을 위해 프랑스어 품사범주에 한국어를 대응시킨 모습을 띠고 있다고 지적했다. 사실상 『한어문전』은 한국어에는 맞지 않은 관사, 소유대명사, 전치사, 분사의 설정이나, 서양 품사체계를 기준으로 각 장을 설정하고 프랑스인 학습자에게 익숙한 품사체계로 한국어를 기술하는 등, 한국어의 형태적 특성을 분석하는데 한계를 드러내고 있다. 수사를 독립적으로 다루거나 명사의 하위에 두지 않고 오히려 형용사의 하위에서 다룬다거나, 수량부사를 형용사의 하위에서 언급하는 등의 방식이 그러하다. 특히 우리말에서 독립적인 단어의 위상을 가진 수사가 의미적으로는 프랑스어에서 명사의 한정사에 해

---

16) 리델의 10품사 목록과 하위분류는 최호철(2005:21)을 참조.

당하는 형용사 범주에서 설명되었는데, 학습자의 편의를 위해서라고는 생각할 수 있으나 한국어 문법기술의 측면에서는 일관성이 떨어진다. 또한, 수사는 단위명사와 같은 분류사의 한정사로, 수사이면서도 관형사이기도 한 '첫째', '둘째', '셋째' 등을 수량 부사로 규정하면서도 프랑스어에 맞추어 형용사의 하위범주로 분류했다.

리델의 『한어문전』이 한국어 어휘의 특성에 맞는 품사범주를 부분적으로 설정해 두었음에도, 프랑스어 학습자에 맞춘 이러한 품사분류와 배열 때문에 그 자료의 가치가 제대로 드러나지 않았던 것도 주지해야 할 사실이다. 특히, 리델은 프랑스어와 한국어의 품사분류가 대칭적이지 않다는 인식을 하고 있었는데 예컨대, 기본적으로 프랑스어 학습자를 위해 관사를 품사로 인정했으나, 한국어에 관사 범주를 제시한 것이 아니라 의미상으로 대응될 수 있는 단어를 제시했고, 프랑스어의 부정관사가 이후 관형사로 불리게 된 수사로 대응된다고 했다는 점 등으로 미루어 볼 수 있다. 따라서 본 연구에서는 『한어문전』 본문에서 산발적으로 정의되었던 품사명과 그 정의에 따라 리델의 품사분류에 대한 전체 조망을 위해서 『한어문전』을 전자 입력한 자료를 바탕으로 다음의 준거를 통해 리델의 한국어 품사분류를 재구성한다.

(1) 리델이 품사의 각 장에서 언급했던 '한국어에 없는, 혹은 한국어의 현실에 적합하지 않은 개념'으로 기술된 범주는 한국어를 위한 품사분류에서 제외한다.
(2) 명확하게 한국어에서의 범주를 제시하지 않고 범주가 다른 대역 어휘 혹은 번역 표현만 제시한 것은 제외한다.
(3) 상위 품사개념에 맞도록 하위의 품사분류를 재배치한다.
(4) 품사분류 외에 본문에서 정의된 품사범주는 복구한다.

우선 한국어에 존재하지 않는다고 명백히 밝힌 품사범주는 부분관사, 소유대명사가 있으며, 명확하게 범주를 제시하지 않고 의미적으로 대역될 수 있는 어휘를 제시한 부분은 관사, 지시형용사, 질량형용사, 소유대명사(소유형용사), 관계대명사 등이다. 상위품사의 개념에 맞도록 수량부사는 부사의 하위로 이동했고, 형용사의 장에서 다루어졌던 수사는 독립적으로 배치했다. 본문에서 언급된 지시동사와 존재동사를 동사의 하위에 추가했으며, 중동사에 대한 대용어인 성상동사, 형동사 등의 용어도 함께 나타냈다. 리델은 또한 기능에 따라 수식부사로 나누고, 하위에는 동사에서 파생된 부사인지의 여부, 즉, 그 형태에 따라 나누고, 다시 의미적으로 수량 혹은 양태를 나타내는 부사로 나누었다.

리델은 프랑스어를 기준으로 만든 품사체계를 기반으로 어휘의미와 기능, 그리고 형태에 따른 품사분류를 했으나 하위분류까지 일관적인 기준이 있는 것은 아니었고, 한국어 고유의 종합적인 품사체계를 제시한 것은 더더욱 아니다. 그럼에도, 어휘를 분류하는 용어를 통해 한국어의 특성을 이해하고자 하는 시도를 발견하기란 어렵지 않다. '존재동사(verbes substantif)'와 '지시동사(verbes démonstratifs)'는 각각 '잇다(있다)'와 '일다(이다)'를 분류한 용어이다(한 127). 존재동사는 존재론적 의미에서 '존재함'을 말하고 있으며, '잇다(있다)', '잇다'의 부정형인 '업다', 존칭형 '계시다'도 함께 언급하고 있다. 지시동사는 사물의 성질을 나타내는 동사로 보았는데, '일다(이다)', 부정형 '아닐다'와 존칭형 '실다'를 함께 분류하고 있다. 한국어의 형용사를 '용언'이라는 개념으로 동사에 포함시키지는 않았지만, 문법적 성질이나 형태적으로 동사와 유사하게 간주했음이 품사분류에서도 드러난다. 예컨대, 형용사의 하위에 있는 '동사성 형용사(adjectif verbal)'와 동사의 하위에 있는 '중동사(verbe neutre)', '성상동사(verbe qualificatif)', '형동사(verbe adjectif)'는 동일한 어휘 부류를 지칭하는 용어이다. 여기서 형용사적 성질을 지니는 동사로서 언급된 '형동사'는 이후 김규식(1908)의 문법체계에서 나타나는 '형동사(서술형용사)'와 동일한 개념이라고 하겠다. 김규식은 '형동사' 외에도 현재 학교문법에서 보조동사로 분류되는 것들에 대해 '조동사'로 불렀는데, 이 또한 『한어문전』에서 의미와 일치한다. 또한 『한어문전』에서는 동사와 일부 형용사와 결합되어 복합동사를 이루는 '오다', '가다', '주다', '지다' 등이 조동사로 명명되었는데, 이것은 이후 언더우드와 같은 미국 선교사들이 영어의 조동사 개념을 한국어에 그대로 적용했던 예와는 매우 다른 면을 보이고 있다.

어휘부의 각론에서 일관적으로 나타나는 것은 각 문법 용어에 대한 의미와 프랑스어에 적용된 문법개념의 설명이다. 즉, 관사의 장(章)에서는 관사의 정의를 주고, 프랑스어나 라틴어에서의 특별한 쓰임이나 개념적 전제를 지적하고 나서, 이에 맞는 한국어 어휘범주를 대조하는 방식을 썼다. 해당 범주에 속하는 어휘의 목록과 가능한 형태를 제시한 다음 형태소의 출현 환경(분포, 위치)을 기술했으며, 또한 특정 맥락에서의 의미를 기술하고, 프랑스어 대역 표현을 제시하는 방식을 취했다. 어휘 형태변화의 목록은 주로 표로 제시되었는데 문법정보의 구성과 관계하여 어휘부의 특징으로 들 수 있는 점이다. 이는 16세기 초반부터 표의 사용이 체계적으로 발전되어 왔던 프랑스어 문법서의[17] 형태를 그대로 따랐던 것으로 보이며, 계열체의 목록을 제시하는 방법으로 가장 효율적인 표는 동사 어미활용과 격조사 등의 특정 어휘군의 형태변화의 유형을 보여 주는데 적극적으로 활용되었다.

17) Chevalier(1994:18) 참고.

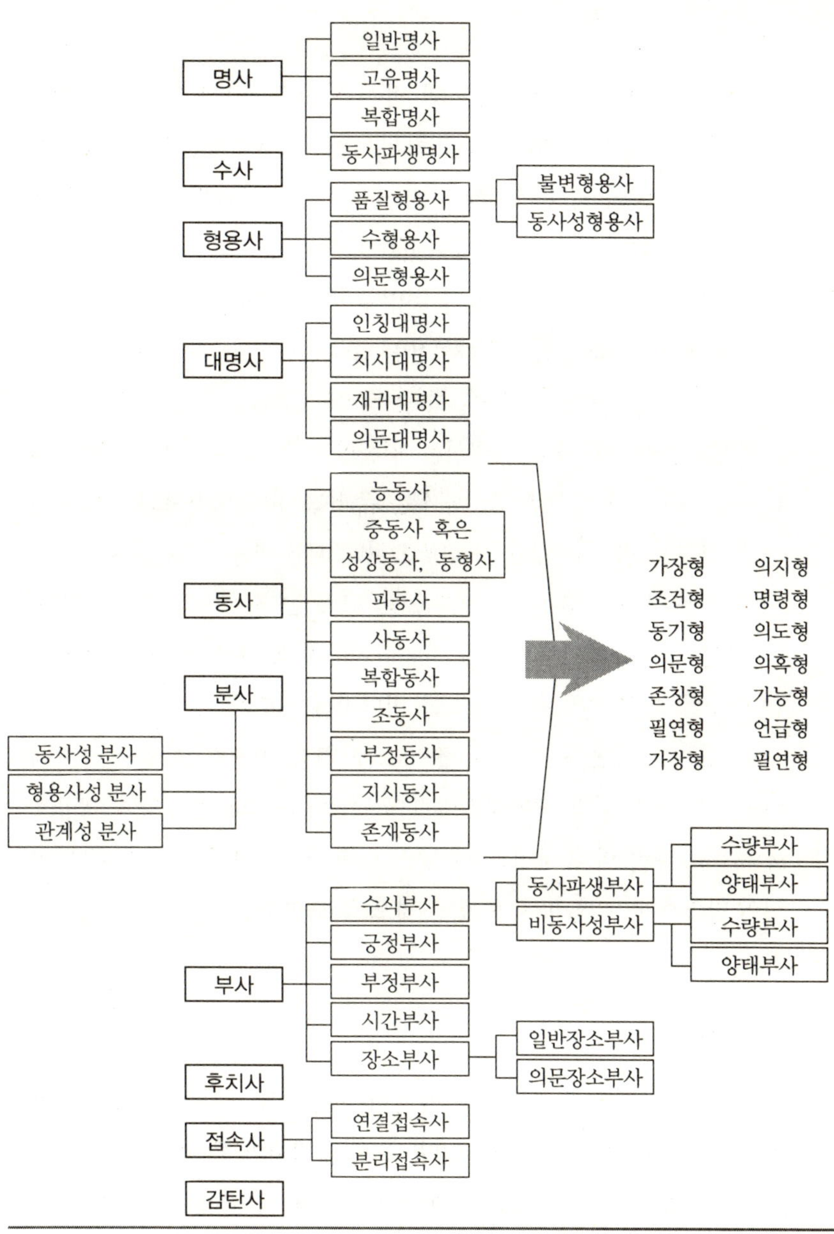

[그림1] 『한어문전』 품사 분류의 재구성

2. 관사

리델은 『한어문전』에서 관사의 범주를 설정했으나 한국어의 언어적 현실을 반영하기 위해서라기보다는 프랑스어 학습자가 모국어를 기준으로 한국어를 학습할 때 프랑스어의 관사 범주에 있는 어휘들이 한국어로 어떻게 대역될 수 있는지를 설명하는데 그쳤다. 프랑스어의 부정관사인 'un', 'une', 등이 한국어에서는 수명사인 'ᄒᆞᆫ' 또는 'ᄒᆞ나'로 대응되며, 부분관사는 '점(좀)'이나 '조곰(조금)'과 같은 부사와 번역으로서의 등가 표현이 가능함을 언급하고 있다.

프랑스어의 정관사에 대해서는 대등한 역할을 하는 한국어의 문법 범주를 제시하는 대신 한국어에서는 주격 표지 어미가 프랑스어의 정관사 역할을 하고 있음을 지적했으나, 정관사라는 범주를 한국어의 문법 틀에 강요하거나 등가 어휘를 찾고자 한 것은 아니었다. 그럼에도, 리델은 프랑스어의 정관사 기능을 한국어의 주격 조사와 대조시키는 한계를 보이고 있는데, 이 또한 번역어를 선택할 수 있도록 의미상으로 대등한 표현을 찾아 둔 것으로 보인다. 이러한 점은 한국어에 대한 잘못된 인식의 표현이라기보다는 오히려 격표지가 없는 프랑스어에서 늘 논란의 대상이 되어 왔던 정관사의 통사적 가치에 대해 리델이 명확하게 기술하지 못했던 것으로 보인다.

3. 명사

『한어문전』에서 명사는 라틴어 문법 전통에서 명사를 기술하던 방법과 문법 개념에 따라 설명되었다. 우선 굴절어의 특징인 곡용현상에 입각한 문법 모델을 바탕으로 한국어 명사와 격의 용법, 성의 구분, 복합명사의 형태적 특성, 명사의 파생적 특성, 그리고 고유명사를 기술하였다. 리델이 명사로 명명한 것은 독립적으로 쓰이는 단어로서 접미사가 교착되는 것으로서, 문장 내에서의 역할, 혹은 다른 구성요소와의 관계 표지를 위해 '굴절 어미를 취해 곡용한다(한 2)'고 함으로써 접미사를 교착적 성격의 기능적 형태소로 이해했음을 보여 준다. 또한, 명사, 수 명사 및 대명사, 그리고 명사처럼 쓰인 형용사와 분사가 이러한 곡용 어미를 취할 수 있으며 한국어에서 명사의 곡용은 모두 9개의 격 범주로 실현된다고 보았다.

『한어문전』에서의 명사는 격이 부여된 대상으로서, 격표지에 대한 기술로 이루어졌다. 특히, 명사와 동사 간의 통사적 지배관계를 격표지 어미기술에 도입하고 용례로 제시했다는 점에서 의의가 있다. 격범주는 주격, 대조격, 대격, 속격, 여격, 장소격, 탈격, 도구격, 호격으로 전체 37개(결합형 포함)의 격표지 어미를 구분해 두었다. 격범주의 설정에는 일반적으로 형태, 관계, 의미 등이 관여하나 『한어문전』이 제시한 격표지 어미는 독립적으로는 어떠한 의미도 없으며 이러한 분류는 오로지 단어 간 관계를 나타내는 규범적인 기호임을 강조하고 있다. 한국어 학습의 측면에서 프랑스인 학습자가 한국어를 구사하는데 필요한 것은 음운현상에 따라 격표지 어미를 어떻게 쓸 것인가의 문제였다. 이에 따라 『한어문전』은 곡용현상을 5개의 모델로 나누어 제시하고 있는데(한 3-6), 프랑스인 학습자를 위해 실제 격표지 어미가 명사에 교착되었을 때 일어날 수 있는 발음의 변화를 숙지시키려는 것이라 하겠다.

[표1]과 [표2]의 곡용 모델 3과 곡용 모델 5는(한 56) 명사 어간의 종성에 'ㅅ'과 'ㅎ'이 나타난 때 모음으로 된 격조사와 결합하여 나타나는 음운조화(euphonie)의 양상을 모델로 제시한 것이다. 따라서 아래의 표1에서 [시, 슨, 슬, 싀, 싀게 싀, 싀셔, 스로]와 [히, 흔, 흘, 희, 희게,

헤, 헤셔, ᄒᆞ로]는 이러한 발음상의 변이형을 격 표지 어미로 제시한 것이라 하겠다. 그러나 『한어문전』의 집필 당시 철자법이 확립되지 않아 대표형과 실제 발음에 따른 표기가 혼용되었음을 확인할 수 있다.

[표 1] 곡용모델 3

어간	갓	kat	chapeau.
주격	갓 시	kat-si	le chapeau.
도구격	갓 ᄉᆞ 로	kat-să-ro	avec le chapeau.
속격	갓 ᄉᆡ	kat-săi	du chapeau.
여격	갓 ᄉᆡ 게	kat-săi-kei	au chapeau.
대격	갓 ᄉᆞᆯ	kat-săl	le chapeau.
호격	갓 아	kat-a	ô chapeau !
장소격	갓 ᄉᆡ	kat-săi	au, sur, dans le chapeau.
탈격	갓 ᄉᆡ 셔	kat-săi-sye	du chapeau.
대조격	갓 ᄉᆞᆫ	kat-săn	quant au chapeau.

[표 2] 곡용모델 5

어간	나라	na-ra	royaume.
주격	나라히 / 가	na-ra-hi ou ka	le royaume.
도구격	나라로 / ᄒᆞ로	na-ra-ro / heu-ro	par le royaume.
속격	나라희	na-ra-heui	du royaume.
여격	나라희게	na-ra-heui-kei	au royaume.
대격	나라흘	na-ra-heul	le royaume.
호격	나라야	na-ra-ya .	ô royaume !
장소격	나라헤	na-ra-hei	dans le royaume.
탈격	나라헤셔	na-ra-hei-sye	du royaume.
대조격	나랴흔 / ᄂᆞᆫ	na-ra-heun / năn	quant au royaume.

[표 3] 『한어문전』 격 범주와 근대 및 근대 계몽기 격조사 목록 비교표

한어문전 (1836-1881)	격조사 분류		근대국어 (17-19세기)	근대 계몽기 (1894-1910)
	한어문전	표준문법[18]		
1. 이, 가, ᄭᅴ셔, 히	주격 nominatif	주격	이ㅣ가, ᄭᅴ셔/겨셔/계셔, 겨오셔/ᄭᅦ옵셔,	ㅣ/이/가/ᄀᆞ, ᄭᅴ셔/ᄭᅦ셔/게셔/계셔, 계셔, ᄭᅴ옵셔, ᄭᅴ

					에셔/이셔	옵셔/ 씌오셔/ 게옵셔/ 게옵셔, 에셔/의셔/예셔
은, ᄂᆞᆫ, ᄉᆞᆫ, ᄒᆞᆫ,	대조격[19] oppositif	-			-	-
을, ᄅᆞᆯ, ᄉᆞᆯ, ᄒᆞᆯ,	대격 accusatif	목적격			을/ᄋᆞᆯ/를/ᄅᆞᆯ, ㄹ	을/ᄋᆞᆯ/를/ᄅᆞᆯ
-	-	보격			ㅣ/이/가	ㅣ/이/가/ㄱ
의, ᄉᆡ, ᄒᆡ	속격 génitif	관형격			의/ᄋᆡ, 에, ㅅ, ㄷ	의/에, ㅅ
의게, 게, 쎄, 씌, ᄉᆡ게, ᄒᆡ게, 더러/ᄃᆞ려/안테(한142)	여격 datif	부사격	처소격	낙착	ᄋᆡ게/의게, 게/쎄,씌, 에/예, 에셔, ᄃᆞ려, 손ᄃᆡ	에게/에계/에긔/의게/의계, 씌/쎄/게 에/애/얘/예/의/ᄋᆡ, 에서/에셔/애셔/의셔/서/셔, (으)로, 다려/더러, ᄒᆞᆫ테
에, ᄉᆡ, ᄒᆡ,	장소격 locatif			출발	에/예/의, 에셔/의셔, 로셔, 로브터	의게서/의게셔, 에셔/에셔/의셔/셔, (으)로, (으)로브터/(으)로부터/(으)로붓터, 노브터
에셔/의셔(한14), 게로셔, ᄉᆡ셔, ᄒᆡ셔	탈격 ablatif			지향	에/의, 로	에게/의게, 씌, 에/애, (으)로, 노, 의게로
-	-					
으로, 로, 노, 게로, ᄉᆞ로, ᄒᆞ로	도구격 instrumental		도구		로/노 으로/ᄋᆞ로, 오로/우로	(으)로, 노, (으)로써/(으)로써/(으)로셔/(으)로셰/(으)로뻐/(으)로서, 너(써)
-	-		자격		-	(으)로, 노, (으)로셔/ 으로써, (으)로뻐
-	-		비교		이, 에, 의게, 와, ᄒᆞ고, 씌, 에셔, 의게셔, 두곤, 보다/ 보다가, 씌와	와/과, ᄀᆞᆺ치/갓치/ᄀᆞᆺ티/ᄀᆞᆺ치, 쳐럼/쳐름, 보다/보담
-	-		동반		와/과, 로더브러 로ᄃᆞ려, ᄒᆞ고	와/과, (으)로, (으)로써, ᄒᆞ고
-	-		변성		로/으로/ᄋᆞ로	(으)로
-	-		인용		고	고/거
아, 야, 여, 하,	호격	호격			하, 아/야, (이)야/(이)여	아/야/ᄋᆞ, (이)여

18) 이지연 외(2008)에서는 격조사의 분류를 『표준국어문법』(고영근, 남기심)에 따랐다.

위의 [표 3]은 『한어문전』에서 정리된 9개의 격범주 및 격표지 어미의 목록과 이지연 외(2008)가 제시한 근대 계몽기의 격조사연구에서 도출된 표를 함께 묶어 비교한 것이다.[20] 여기서 근대국어(17~19세기 한국어)와 근대 계몽기 격조사의 사용 양상을 함께 비교한 이유는 비록 『한어문전』의 출판연도가 1881년이기는 하나 『한어문전』에 나타난 한국어는 1836년 프랑스인 모방(Maubant) 신부가 처음 조선에 입국한 이후부터 집성된 자료와 그 사이 여러 신부가 집필했었던 미출판 저작을 바탕으로 하고 있기 때문이다.

[표 3]에서 볼 수 있듯이 『한어문전』에서 제시된 격표지 어미는 근대 계몽기의 말뭉치에서 입증된 격조사의 목록에는 미치지 못하며, 대표형만 제시하는 것이 아니라 음운현상에 의한 이형태를 모두 제시하고 있다. 그러나 『한어문전』에서 나타난 격표지 어미는 표에서 제시된 근대국어와 근대 계몽기 사이의 형태를 보여주고 있다는 점에서 주목할 만하다. 예를 들어 『한어문전』에서 여격에 분류된 'ᄉᆡ게'는 근대국어의 처소격(낙착)의 'ᄋᆡ게'의 이형태소로 간주할 수 있겠는데, 이는 표에서 제시된 근대 계몽기에서는 나타나지 않기 때문이다. 마찬가지로 『한어문전』에서 도구격으로 제시된 'ᄉᆞ로'를 'ᄋᆞ로'의 이형태로 간주한다면 이 또한 근대 계몽기에서는 출현하지 않는 형태로 보인다. 그 외 『한어문전』에서는 격표지 어미로 분류되지 않고 전치사로 구분되었던 '더러/ᄃᆞ려/안테'(한142) 중, '더러'와 '안테'는 근대국어의 조사 목록에는 나타나지 않는다. '더러'는 근대국어와 근대 계몽기 사이의

19) 대조격에 대해서 리델과 달레의 용어가 다르다. 리델은 'oppositif'로 달레는 'déterminatif'로 용어를 쓰고 있다.

20) 이지연 외(2008)이 제시하는 격조사 목록은 『한어문전』에서 대상으로 한 한국어와 가까운 언어사용을 보여줄 수 있는 1906~1909년 사이의 신문, 잡지, 문학 서적을 기반으로 한 6만 어절규모의 말뭉치에서 추출된 것이다.

형태를 보여주고 있고, '안테'는[21] 근대 계몽기의 'ᄒᆞㄴ테'(처소-낙착)와 유사한 형태지만 [표 3]의 근대국어 조사 목록에는 없다. 물론 표기상의 오류의 가능성이 있으나, 그보다는 언더우드의 『선영문법』에서도 여격으로 제시되었고, 스캇의 *A Corean Manual*(1893)에서는 후치사로서 제시되었다는 점에서 근대국어의 격조사의 형태 연구에 『한어문전』을 자료로 활용해야 할 필요성을 제시해 볼 수 있다.

현대 국어학에서는 특수조사, 또는 보조사 등 그 분류에 논란의 여지가 있는 '은', '는' 등은 『한어문전』에서 대조격으로 분류되었으며[22] 그 적용의 한계가 있음에도 모든 격에 덧붙여 사용될 수 있다고 했다. 또한, 장소격 조사는 장소뿐만 아니라 때를 나타내는 명사에도 부여될 수 있음을 명시하고 있으며 그 외 탈격은 장소격의 의미와 탈격(라틴 문법에서)의 의미도 가질 수 있음을 지적하고 그 의미적 차이를 구분하고자 했다. 마지막으로 한국어에서 여격 표지 어미는 라틴어 문법의 여격보다 훨씬 더 엄격한 용법을 갖는데, 행위를 받을 수 있는 사람, 혹은 동물 명사에만 적용되는 격으로 간주하고 있다.

4. 대명사

대명사는 인칭대명사, 소유대명사, 지시대명사, 재귀대명사 및 관계대명사, 의문대명사 그리고 부정대명사 등으로 총 7개의 하위범주로 나누어 기술하고 있는데 [그림1]의 『한어문전』 품사분류의 재구성에서 제시하는 대명사의 분류는 이중 한국어와 맞지 않다고 언급된 소유대명사와 관계대명사, 그리고 부정대명사를 제외한 것이다. 그러

21) 예문) 륙월에포교안테잡히엿다.(한 142)

22) 이 또한 언더우드와 스캇이 모두 대조격으로 분류하고 있는데

나 이렇게 걸러진 하위범주체계 또한 인칭대명사와 지시대명사만을 인정하는 국문법이나 한국어의 현실과는 다르다.

우선, 인칭대명사는 서양의 문법체계에서와 마찬가지로 1, 2, 3인칭의 3개 범주로 나누어 제시했고 주어로 사용되는 인칭대명사는 문장 내에서 잘 표현되지 않으며, 높임법에 따라 형태와 사용법이 복잡하다고 지적했다. 대명사에 주격 조사가 붙은 '내가', '네가'와 '뎨가'를 인칭대명사의 형태로 제시한 것은 프랑스어의 인칭대명사 중 강세형인 'moi'와 'toi', 그리고 'lui' 또는 'elle'에 대한 대역어를 제시한 것으로 보이며 이를 입증하듯이 주격 조사가 붙은 형태는 『한불ᄌᆞ뎐』에 표제어로 제시되지 않았다. 인칭대명사의 복수형은 각각 [우리, 우리들, 우리무리, 우리등], [너희, 너희들, 네들, 너희등이, 너히무리], [뎌들, 뎌무리, 뎌등이, 저희, 저희들이]로 복합형까지 제시했다. '너희'와 '저희'에 나타나는 복수형 접미사 '희'를 형태소로 인식하지는 않았으나 '들'은 복수형 접미사로 분석했다. 3인칭 대명사의 기술에서 주목할 부분은 '그'의 쓰임에 대해서인데, "'그'는 3인칭 대명사이긴 하나 삽입절에서만 주어로 쓰일 수 있으며, 삽입절 주어인 '그'에 대한 복수형은 주절의 명사에 표시한다'는 부분이다(한50). 예를 들면 '그들이 앓는 병이 중하다'라는 의미의 문장은 '그 알ᄂᆞᆫ 병들 즁ᄒᆞ다' 로 써야 한다는 것이다. 이러한 문법현상에 대해 리델은 프랑스어와는 달리 복수형의 표지가 해당 항목에 첨가되지 않는 것은 매우 이상하며 이러한 현상이 복수형에만 나타나는 것이 아니라고 지적했다.[23)]

한국어에서는 설정하기 어려운 소유대명사에 대해서는 인칭대명사의 속격, 즉, 〈인칭대명사+의〉의 결합으로 실현된다고 설명하고 있으

23) 이러한 복수형 표지의 전위(transposition) 현상이 근대국어의 일반적 현상이었는지에 대해서는 더 세심한 자료조사와 논의가 필요하다.

며, 재귀대명사는 프랑스어의 [soi, soi-même, il, lui, lui-même]와 등가로서 [져, 졔가, ᄌᆞ긔, ᄌᆞ귀, ᄌᆞ겨] 등을 제시하고 있다. 지시대명사에 분류된 어휘들은 프랑스어의 지시대명사와 지시형용사 모두에 대응되는 형태로서 [이, 뎌, 그, 쟈, 바]를 이 범주에 분류하였으나 대명사적 용법과 형용사의 구분이 분명하지 않다.

5. 동사

한국어 동사는 프랑스 선교사들이 학습하기 가장 어렵게 여긴 부분이며, 이는 다름 아닌 어미변화 규칙의 이해와 적용의 어려움을 말한다. 『한어문전』에서 동사 부분은 총 13개의 세부 항목으로 나누어 다루고 있으나 실제로는 크게 1) 동사의 태, 2) 어미변화의 제반 형태 및 문법적 제약, 3) 가정, 의문, 존칭, 부정 등으로 의미적 분류를 했으며, 4) 특정 동사의 상세한 어미변화, 5) 동사의 용법에 대한 일반적 고찰로 구성되어 있다.

우선 프랑스어와의 비교를 전제로 도출한 한국어 동사의 형태적 특징으로서, (1)'태'의 변화와는 무관한 어미변화, (2)시제에 따른 어미변화의 규칙성, (3)단일 인칭적 특성을 들고 있다. 특히 동사가 능동, 수동, 혹은 중간 구조(대명동사)인가에 따라 동사의 어미와 문장의 구조가 달라지는 프랑스어와는 달리 한국어 동사는 '태'의 영향을 받지 않는 어미변화라는 점이 특징으로 지적되었다. 또한, 프랑스어가 인칭에 따라 활용되지만, 한국어는 인칭에 따른 변화가 없다는 사실을 대조적으로 보여 주었다. 그럼에도, 동사의 어미는 존대법의 단계와 접속사 및 감탄의 표현이 동사의 어미에 결합되어 실현되기 때문에 매우 다양한 형태가 있음을 지적하고, 동사와 형용사 장에서 어미변화

표를 통해 제시했다.

1) 동사의 태(한 60)

리델은 한국어 동사에는 능동사(verbes actifs), 중동사(verbes neutres), 그리고 피동사(verbes passifs)가 있으나, 프랑스어에서 쓰이는 개념과는[24] 다르다고 지적하였다. 그러나 이러한 분류는 능동태와 수동태의 구조를 전제하지 않은 의미적 분류로서 예컨대, 능동적인 동작을 의미하는 것이면 그것이 문법적으로 어떠한 특징을 지니건 모두 능동사로 분류한 것이다. 중동사의 개념은 오히려 성상 형용사나 동사성 형용사로 분류하는 어휘군과 동일한 것으로서, 능동도 아니며 수동도 아닌 동사를 지칭하는 것이다. 프랑스어 동사의 하위범주인 중동사는 한국어 동사에 대해서 통사적인 특징보다는 성상을 나타내는 동사와 일부 형용사를 분류하기 위한 의미적 분류로 적용되었고, 결과적으로는 형용사와 동사범주에 걸쳐 중복적으로 분류된 셈이다. 또한, 리델은 중동사의 하위에 '형용사적 중동사'의 개념을 설정함으로써 동사 분류의 기준을 모호하게 했으며, 이는 어미의 활용 여부로만 동사와 형용사를 나누고자 했던 리델의 기준에 한계가 있음을 드러낸다.

반면, 피동사는 형태적 기준으로 구분하여, 능동사에 '-히'가 삽입되어 피동형을 만들어 내는 것으로 기술했다. 그러나 한국어에서 피동사는 자주 사용되지 않음을 지적하면서 그 예로, '적시다(젹시다)'의 피동형이 '적시히다'가 될 것이나, 중동사로 규명한 '젓다(졎다)'를 더 많이 사용하는 것으로 명시했다. 이러한 점은 결국 리델이 한국어의 '태'

24) 1753년에 출판된 백과사전(Encyclop.t. 3, s.v. conjugaison)에서 '태(voix)'는 주어가 사행을 하는지, 혹은 받는지에 따라 동사가 취하는 형태를 말하며 능동태, 수동태, 중동태가 있다. 출처 *TLFi* (http://atilf.atilf.fr/)

를 통사적 구조로 이해하기보다는 형태적으로 이해한 것이라고 할 수 있으며 이를 통해 우리는 그의 한국어에 대한 통찰력을 엿볼 수 있다. 특히, '태'에 대한 이러한 리델의 관점은 한국어에는 적어도 7개의 태가 있다고 주장하는 달레(1874)와 확연히 구별되는데[25] 리델이 출판 이전에 이러한 관점을 수정한 것인지 아니면 『한어문전』과는 다른 달레만의 독자적인 의견인지 확인하기는 어렵다.

2) 어미변화(한 62)

앞서 어미변화를 한국어 동사를 익히는데 가장 어려운 부분으로 지적했던 사실과는 달리 리델은 동사에 수와 인칭의 표지가 나타나지 않는다는 특징을 들면서 한국어의 동사 어미변화 그 자체는 매우 단순하다고 평가하고 있다. 따라서 한국어 동사에서는 하나의 어미변화 형태가 다양한 의미를 지시할 수 있는 중의성이 발생하는데 이 경우 '인칭대명사를 동사 앞에 두어서' 문장의 의미(혹은 주어가 무엇인지)를 이해할 수 있도록 한다고 밝혔다.

리델은 동사의 어미변화 규칙을 설명하려고 서양 언어에서 동사를 기술하는 데 사용한 문법개념 중, '어간', '종결형'이라는 형태적 개념과 함께 법과 시제 체계를 도입한다. 우선 『한어문전』에서는 동사가 활용할 때 변화하지 않는 부분을 가리키는 어간과 어근, 그리고 어미를 구분하여 동사의 어미변화를 우선 형태적으로 접근한다. 그런 다음, 동사의 어간을 다시 음운적 기준에 의해 두 종류로 나눈다. 여기서

---

25) 능동태 혹은 긍정동사, 가정 동사, 의문 동사, 부정 동사, 경어 동사, 사역 동사, 동기 동사 등이다. 달레 또한 'voix'라는 용어와 'verbe'라는 용어를 지속적으로 혼용하고 있으며 한국어에서 동사가 표현하는 사행의 태를 '태'의 개념으로 볼 것인지, 아니면 단순히 '동사'로 구분할 것인지 확신하지 못한 듯하다.

음운적 기준은 어간을 뒤따르는 종결형 어미의 자음을 기음(aspirate)화 하는가의 문제이다. 즉 기본형의 종결형 어미 '-다'가 'ᄒᆞ다'에서는 '-다'로, '노타(놓다)'에서는 '-타'로 기음화 되는 것을 구분하는 것이다. 프랑스인들에게는 이러한 기음화 현상이 어미변화의 경우의 수를 증가시키는 원인이 되었고, 이후 기음화를[26] 동반하는 동사와 그렇지 않은 것에 대한 구분도 음운의 분포를 통해 규칙화하려고 애썼다(한 63).

어간에 대한 구분과 함께 기본형을 무엇으로 삼을 것인가에 대해서는 『한어문전』의 프랑스인 저자와 당시 집필에 참여한 한국인과 의견 차이가 있었던 것으로 보인다. 리델은 한국어의 기본형을 프랑스어의 부정법(infinitif)과[27] 대등하게 보고, 현재시제의 어간인 'ᄒᆞ'와 종결형 어미가 결합한 형태를 기본형으로 설정했으나, 집필에 참여했던 한국인들은 리델과는 달리 'ᄒᆞ다' 동사의 경우, 미래 시제의 표지가 결합된 'ᄒᆞᆯ'을 동사 어근으로 보았던 것으로 기록되어 있다.[28]

리델은 한국어의 동사 어미변화의 규칙을 도출하고자 서법을 기준으로 시제를 반영한 어미를 계열화했다. 프랑스어에 존재하는 서법 중 접속법을 제외하고 부정법, 직설법, 조건법, 명령법을 두었는데, 프랑스어의 접속법은 한국어에서 대등한 문법 현상이 없음을 인정하고 이를 한국어에 적용하지 않았다.[29] 법과 함께 리델은 종결형 어미

---

26) 한국어를 일상어로 써야 했던 이들에게는 매우 중요한 음운현상이었다. 『한어문전』 전반에 걸쳐 한국어의 형태적 특징을 기술하는 부분에서는 반드시 음운현상도 함께 다루었다는 점을 주목할 필요가 있다.

27) 프랑스어에서 부정법은 당시의 의미로 '수, 인칭이 결정되지 않은 형태로서 상태나 행위를 표현하는 법(mode))'을 말한다. (출처: *Dictionnaire de L'Académie française*, 6th Edition(1832-5))

28) 이 부분에서 리델은 '한국인들이 (어간이) 무엇이라고 생각하던지 그들의 생각은 여기서 배제한다.'라는 표현이 있다.

29) 서법으로 한국어에 적용하지는 않았지만 프랑스어의 접속법 현재와 접속법 과거와

'다'로 끝나지 않는 동사의 어미변화 현상을 규정하려고 분사의 개념을 적용했는데, 분사는 프랑스어 문법에서도 직설법의 하위범주로서의 서법으로 인식되기도 하고 독립된 품사로 규정되기도 했던 것이다.

분사는 동사이면서 형용사적 성격을 지닌 것으로 다루어졌는데 이러한 복합적 성질 때문에 품사로 인정받지 못한 것이 일반적이다. 그런데 리델은 당시 프랑스어 품사체계보다는[30] 라틴어 품사체계를 원용하여 분사를 품사로 간주하고 한국어 동사의 활용형태 중, 위에서 나열된 네 개의 서법체계로 환원되기 어려운 형태를 모두 분사로 분류하였다. 현대에서 연결형 어미로 분류되는 '-아/-어', '게' 등이 동사의 어미로 활용된 경우를 분사로 취급하고, '-ᄂᆞᆫ', '-ㄴ', 현대의 관형형 어미가 결합한 형태를 각각 관계형 현재분사, 관계형 과거분사, 그리고 관계형 미래분사로 보았다.[31]

한국어 동사(활용하는 형용사를 포함)의 시제는 프랑스어의 시제 체계를 원용(援用)하였다고 볼 수 있는데 현재, 과거, 과거완료, 반과거, 대과거, 미래, 전미래 등 모두 8개의 시제로 구분하고 있다. 따라서 서법과 분사의 계열체, 시제 체계가 결합된 동사 어미변화표와 리델의 표를 종합하면 서법과 시제의 결합 형태는 모두 16개의 어미변화형으로 제시될 수 있겠다. 이를 통해 당시 한국어 동사 어미변화의 양상을 음운 및 형태적으로 이해할 수 있을 뿐만 아니라 한국어 동사의 어미

의미적으로 대응하는 형태를 'ᄒᆞ다' 동사를 기준으로 다양한 어미변화 형태를 제시하고 있다. 접속법 현재는 [ᄒᆞ여도, ᄒᆞ거나, ᄒᆞ되…]가 있으며, 접속법 과거에 대응하는 형태로는 [ᄒᆞ엿셔도, ᄒᆞ나, ᄒᆞ엿시나, ᄒᆞ거나…]를 제시하고 있다. 리델은 단순 접속법 외에도 의혹의 접속법(subjonctif dubitatif)에서 현재와 반과거, 대과거, 미래의 시제를 제시하였다(한 67).

30) 프랑스어에서도 19세기 말에 이르러서야 품사의 체계가 정비되는 것으로 본다 (Colombat (1988) 참조).

31) 프랑스어에서 분사법은 시제의 범주에 속하지 않는다.

변화체계를 그들의 문법에 근거해서 학습하고자 했음이 드러난다.

6. 형용사

형용사는 크게 품질 형용사, 수(량) 형용사, 의문형용사 등 세 가지 분류로 나누고,[32] 수 형용사와 수사(수 명사)를 함께 독립시켜 따로 다루고 있다. 품질 형용사는 다시 형태적인 변화의 여부에 따라 불변 형용사와 동사성 형용사로 나누었고 그 하위에 의미적 분류로 빈도 형용사, 성질 형용사로 나눈다.[33]

현대 국어에서 접두사로 분류되는 '대(大)', '쇼(小)', '빅(白)', '샹(常)', '양(洋)', '당(唐)', '왜(倭)' 등이 명사와의 결합 양상을 통해 보여주는 형태적 특징 때문에 불변 형용사로 분류되었다. 동사성 형용사로 분류된 것은 동사와 같이 어미가 서법, 시제 등의 다양한 문법적 기능에 따라 변화한다는 의미에서 동사성 형용사로 명명한 것으로서 한국어 형용사를 용언으로 보는 관점과도 유사하다. 예를 들어 프랑스어로 번역했을 때 '-able'의 의미가 있는 것으로 명사에 '스럽다'를 붙여서 만드는 '원슈스럽다'나 'ᄉᆞ랑스럽다'와 같은 단어군, 혹은 어미 '-답다'가 결합된 형태, '-만ᄒᆞ다' 또는 '-ㅁ죽ᄒᆞ다', '-스럼ᄒᆞ다'와 같은 어미가 붙어 특정 의미를 표현하는 형용사류로 설명했다. 모양을 나타내는 부사에 '-ᄒᆞ다'가 결합하는 경우, 또는 명사와 '-업다(없다)'가 결합하는 형태

32) 형용사의 세부 장에서 '지시형용사'에 대한 언급이 있으나, 한국어를 대상으로 적용한 것은 아니고, 프랑스어 지시형용사에 대한 한국어 대역어만 나열했을 뿐이다. 따라서 본 연구의 논의에서는 제외했다.

33) 프랑스어와는 달리 한국어의 형용사는 성과 수에 따른 곡용이 없음을 지적하고 있다. 형용사를 불변 형용사와 동사성 형용사로 분리함으로써 이미 프랑스어의 형용사가 갖는 곡용의 특성을 한국어에 적용시키지는 않았다.

도 모두 따로 구분하여 의미를 설명하는 방식을 취했다. 예컨대 프랑스에서도 형용사를 생성하는 특정 어미 즉, '-able', '-sant'과 대치시켜 설명하거나, 'tenir de' 또는 'nature de(~의 성질이 있는)'와 같이 의미상으로 대등한 표현을 써서 한국어 형용사의 의미를 기술하고 있다. 이렇게 품질 형용사를 다시 불변 형용사와 동사성 형용사로 대립하여 구분한 것은 우선 형태와 의미를 모두 고려한 형용사분류의 기재를 한국어에서는 단순히 형태적인 특성만을 고려한 구분으로 축소해 적용한 결과이며 동시에 프랑스 문법기술의 틀에 의해 분류될 수 있는 프랑스어 형용사를 기준으로 한국어의 의미적 등가어를 제시하면서 분류했기 때문이다.

19세기의 대표적인 프랑스어 문법학자인 베쉐렐(Bescherelle)은 *Grammaire Nationale*(1852)에서 프랑스어의 형용사를 크게 품질 형용사와 지시형용사로 나누고 품질 형용사는 다시 단순 품질 형용사와 동사성 형용사로 나누었다. 수식하는 명사의 내재적, 본질적 성격을 드러낸다는 의미에서의 단순 품질 형용사는 한정하는 명사의 우발적 특성을 드러내는 동사성 형용사와 대립시킬 수 있다는 태도를 보이고 있다(Bescherelle, 1852:188). 이러한 의미적 특징은 프랑스어에서 단순 품질 형용사는 명사 앞에서 명사를 수식하면서 형태적으로 변하지 않고 동사성 형용사는 수식하는 명사의 성과 수에 따라 어미가 변화한다는 형태적 특성으로 뒷받침되었다. 따라서 한국어 형용사의 분류 중 특히 품질 형용사에 대한 기술은 이미 프랑스어 문법지식 체계에 경도된 분류 체계에 의해 재편되었다고 할 수 있겠다.

7. 부사

'동사가 표현하는 행위를 수행하는 방법이나 행위를 동반하는 상황, 즉 시간과 장소를 표현하는 데 쓰이는 단어'(한 135)로 정의된 부사는 (1)수식부사, (2)긍정부사, (3)부정의 부사, (4)시간 부사, (5)장소 부사의 다섯 가지 범주로 구분되었다. 양태부사라고 하기도 하는 수식 부사는 다시 파생 방법에 의해 동사 파생 부사와 동사에서 파생되지 않은 부사로 나누었는데 동사 어간에 '-게/케'가 붙거나 혹은 '이/히'가 붙은 단어군을 동사 파생 부사로 불렀다. 이러한 부사의 분류는 형태적 분류와 의미적 분류가 혼재하는 형태로 문법적인 특성을 분석하기보다는 수량부사, 양태부사 등으로 나눈 목록을 제시하는데 그쳤다.

V. 결론을 대신하여 – 언어지식 전이와 그 한계

『한어문전』 이후 개항과 더불어 한국어 연구는 다양한 경로로 지속, 발전되었으며 분석과 연구의 깊이도 요구되었다. 모리스 꾸랑은 『한어문전』과 게일의 *Korean Grammatical Forms*(『사과지남』) 등의 문법서가 출판된 이후 서구의 관점에서 진행된 한국어에 대한 연구, 특히 문법연구에서 "한국어에 맞지 않는 유럽의 문법적 틀을 거부하고 일본의 문법학자들의 일본 문법연구 방식과 유사한 계획이 필요함"을 역설했다.[34] 꾸랑의 이러한 지적은 19세기 말엽에 출판되었던 한국어 문법서들의 한계를 단적으로 드러내고 있다.[35] 특히 문법서 집필에

---

34) Courant(1899:16)

35) 그의 이러한 지적은 한국어 문법의 체계를 세우고자 하는 순수한 언어학적 동기라기보다는 좀 더 큰 틀에서 문명의 전환기를 맞이하고 있었던 한국에 대한 연구의 범

필요한 정보의 확보의 어려움과 같은 물리적 한계를 고려하고서도 『한어문전』은 서양의 문법체계와 언어지식을 한국어에 이식(移植)하는 과정에서 인식적 오류를 피해 갈 수 없었다.

『한어문전』은 이미 16세기부터 세계의 다양한 언어를 기술하고자 했던 전교라는 원동력을 바탕으로 하고, 문법이라는 매개를 통해, 한국어와 프랑스어, 나아가 조선의 문화와 프랑스의 문화가 만나는 전기(轉機)를 마련하게 되었다. 언어를 체계적으로 설명하는 인식적 틀을 통해 서구의 지식은 한국어를 그 분석의 대상으로 삼았으나 한국어의 특성을 정확하게 파악하는 데에는 한계가 있었다. 그럼에도, 본 연구에서 고찰한 한어문전의 긍정적 측면은 19세기 한국어에서 입말의 체계를 반영한 한글과 민중의 언어를 국어로 규정했다는 점과 교착어로서의 한국어의 특징을 어휘적 측면에서 구체적인 분석을 시도했다는 점, 그리고 서구의 문법 용어로 기술하기에 적합하지 않은 한국어의 문법적 특징을 언급하고 새로운 문법 용어의 필요성을 보여 주었다는 점이다. 또한, 본 연구에서는 그동안 한국어의 특성을 반영하지 못한 품사분류로 외면당했던 『한어문전』을 재고하면서, 리델의 문법에는 부분적이지만 한국어의 특성을 적확하게 기술할 수 있었던 개념이 있었고, 용어상의 차이는 있지만, 격조사에 대한 상세한 자료 조사와 분류, 어휘의 문법 기능과 형태에 따른 품사분류를 통해 서양문법의 체계를 이식하되 한국어를 인식하는 태도에는 유연함이 있었음을 확인할 수 있었다. 이러한 유연함과 더불어 문법기술에서 발견되는 한계

위를 확장하고자 한 의도가 있었던 것으로 보인다. 특히 언어학, 고고학, 역사 및 자연과학, 지리학 등에서 한국은 새로운 연구의 대상이며 4세기 이후 종교, 사회형태, 예술 및 산업 등, 문명을 수용, 동화, 전파하는 과정에서 한국이 어떠한 역할을 했는지를 밝히려고 한국어를 도구화하고자 했다.

는 사실상, 한국어를 문법연구의 대상으로서보다는 성서의 번역을 위한 목표 언어(langue d'arrivée)로서 시급하게 이해할 필요성에서 찾아볼 수 있을 것이다.

프랑스와 한국, 더 크게는 서양과 동양 문화의 교차라는 문화 소통적 관점에서의 『한어문전』은 태생적으로 다른 언어와 문화 간의 접촉에서 발행할 수 있는 문제점을 고스란히 안고 있다고 하겠다. 이미 그리스어, 라틴어를 기반으로 형성된 서양어의 문법체계는 그들의 언어에서 도출된 그들의 언어를 기술하기에 적합한 것이었다. 이러한 지식의 패러다임이 태생적 차이가 큰 한국어에 적용되었을 때 서양언어의 문법체계는 한국어의 언어 현실을 일부 왜곡하는 장치로 작동하였다. 그러나 한편으로는 『한어문전』에 적용된 문법체계와 메타 용어도 이미 라틴어로 번역된 그리스어 문법, 다시 프랑스화 된 혼종적 언어지식 체계였다는 사실은 언어지식의 전이가 메타용어의 번역과정과 그 인식론적 체계의 적용과정에서 수많은 시행착오를 거쳐 이루어졌음을, 그리고 『한어문전』 이후의 한국어 연구에서도 이러한 서양 메타개념들의 수용에서 같은 과정을 밟았을 가능성을 시사하고 있다. 이후의 연구는 또 다른 연구의 몫으로 남기고자 한다.

〈부록〉 점진적 연습문제 목록

1) 일상용어의 한-프 병렬 어휘목록 164개의 어휘 쌍.
2) 일상적으로 가장 많이 쓰이는 문장 18개와 단어별 프랑스어 번역어휘와 번역문.[36)]
3) 가정생활의 상세한 모습을 기록한 구절 26개와 프랑스어 번역문.
4) 격조사 연습에 해당하는 구문 106개와 번역문.[37)]
5) 문장론[38)]
6) 격언(sentences) 6개.
7) 하우씨 또는 임금의 덕에 대한 예.
8) 상전과 하인의 첫 번째 대화(상전은 선교사로서 그가 묻고 하인이 대답하는 형식).
9) 상전과 하인의 두 번째 대화(하인이 묻고 상전이 답하는 형식).
10) 동등한 사이에서의 대화(친구 두 명이 세상 구경을 다니며 돈을 구하는 이야기).
11) 처음 만나는 사이의 대화(우리 인사나 합시다. 그럽시다. 등등)
12) 따뜻한 담배
13) 부지런하고 유쾌한 호반 이야기
14) 속은 구두쇠
15) 소도둑
16) 꾀 많은 젊은이
17) 코 이야기
18) 왕의 베풂(정종의 덕과 지혜. 효에 대한 이야기)
19) 다른 왕의 나눔 이야기 (정종)
20) 도깨비의 내기
21) 강신술의 잘못된 고정관념

---

36) 일과를 짧게 기술한 구절. 문장단위로 완결되지 않았으며 연결사 '-고'의 용법을 강조하고 있다.

37) '-로' 21개, '-를' 23, '-으로(ᄉ로, 노)' 등 총 106개 구절.

38) 일상의 일과 농사일을 대상으로 하고 있으며 줄거리가 있는 이야기로 구성되어 있다. 기독교인의 일상도 넣고, 유교적 풍습도 기술하고 있으며 총 79개의 구절이 있다. 특히 이 부분에서는 [N-을 V] 구조로 연습하는 문제를 집중적으로 다루고 있다. 이때 N과 V의 다양한 어휘결합의 예를 보여줌으로써 연어(collocation)를 연습시키는 효과를 가진다. 예를 들자면, '풀을 쑤고', '풀을 먹이고', '베를 짜고 고치를 말고 짚신을 삼고…. (중략) 닭을 불러 모이를 주어라'와 같은 예제이다.

22) 족보를 빼앗긴 양반

23) 아들의 꾀로 죽음에서 벗어난 종 이야기

24) 닭은 누구의 것인가?

25) 필목 한 필은 누구의 것인가?

26) 급제하여 돌아온 사람 이야기

27) 개의 아들

28) 당나귀의 알 또는 나귀 새끼가 된 토끼

29) 거울의 놀라운 효과

30) 세 가지 소원

31) 걸맞지 않은 결혼

32) 운 좋은 피부병 환자

33) 산골 사는 사람 이야기

참고문헌

1. 1차 문헌

Les Missionnaires de Corée de la Société des Missions Etrangères de Paris(1880), 『한불ᄌᆞ뎐(韓佛子典, *Dictionnaire Coréen-Français*』, C. Lévy, 1880.

Les Missionnaires de Corée de la Société des Missions Etrangères de Paris, *Grammaire Coréenne et Exercices Gradués*, C. Lévy, 1881.

2. 2차 문헌

강이연, 「최초의 한국어 문법서 GRAMMAIRE CORÉENNE 연구」, 『프랑스어문교육』 29, 2008.

고영근, 「19세기 중엽의 불란서 선교사(宣敎師)들의 한국어연구(韓國語硏究)에 대하여」, 『국어국문학』72·73, 국어국문학회, 1976.

_____, 「개화기와 한국어학」, 『어문연구』37, 어문연구학회, 2001.

김규식, 『대한문법』(1908), 영인본 『역대한국문법대계』, 제1(5)권, 탑출판사, 1977.

김태훈, 「외국인의 한국어 활용 연구」, 『외국인의 한국어 연구』, (최호철 외), 경진문화사, 2005.

남기심, 고영근, 『표준국어문법론』(개정판), 탑출판사, 2009.

송 민, 「프랑스 선교사의 한국어 연구과정」, 『교회사연구』 5, 한국교회사연구소, 1987.

_____, 「개화기의 신생한자어 연구(2)」, 『어문학논총 』21, 국민대학교어문학연구소, 2002.

이광정, 『국어문법연구I-품사』, 역락, 2003.

_____, 『국어문법연구III-한국어 품사 연구』, 역락, 2008.

이은령, 「근대 프랑스 사전 만들기와 〈한불ᄌᆞ뎐〉 다시 보기」, 『프랑스학연구』 48, 프랑스학회, 2009.

이지연 외, 「근대 계몽기 격조사 목록과 기능 연구」, 『국제어문』44, 국제어문학회, 2008.

이지은, 『왜곡된 한국 외로운 한국』, 책세상, 2006.

조현범, 『문명과 야만: 타자의 시선으로 본 19세기 조선』, 책세상, 2002.

최호철, 「외국인의 한국어 품사 분류」, 『외국인의 한국어 연구』, 최호철 외, 경진문화사, 2005.

홍윤표, 『근대국어연구』 1, 태학사, 1994.

Abbé Piacenti, Arthur, *Mgr RIDEL Evêque de Philippopolis Vicaire apostolique de COREE d'après sa correspondance*, Librairie Générale Catholique et Classique Emmanuel Vitte:Lyon, 1886.

Abel-Rémusat, *Mélange Asiatiques ou Choix de Morceaux de Critique et de Mémoires*, tome 2, Librairie Orientale de Dondey-Dupré Père et Fils:Paris, 1826.

Auroux, Sylvain et Hordé, Tristan(dir.), *Histoire des idées linguistiques*, tome 2. *Le développement de la grammaire occidentale*. Mardaga:Paris, 1992.

Bergounioux Gabriel, "L'orientalisme et la linguistique. Entre géographie, littérature et histoire, dans Histoire, Épistémologie", *Langage* 23(2), 2001.

Bescherelle, L.-N., *Grammaire Nationale*, Simon:Paris 1852.

Chevalier, Jean-Claude, *Histoire de la grammaire française*, PUF:Paris, 1998(1994).

Dallet, Charles, *Histoire de l'église de Corée*, Tome I, Librairie Victor Palmé:Paris, 1874.

Colombat, Bernard et al., *Histoire des idées sur le langage et les langues*, Klincksieck:Paris, 2010.

Courant, Maurice, *Bibliographie Coréenne*, Tome I, *L'Ecole des Langues Orientales Vivantes*,:Paris, 1894.

Courant, Maurice, *Notes sur les Etudes Coréennes et Japonaises, Extrait des Actes du Congrès des Orientalistes*, Imprimerie Nationale:Paris 1899, p.36.

Lhomond, Charles Fraçois, *Éléments de la grammaire française*, Montbéliard: Paris, 1847.

Ragot-Delcourt, Veronique, *L'Imprimerie au Service de la Mission : les Missions Etrangères et l'Apostolat par le Livre* (Années 1770-1880), Thèse de Doctorat d'Histoire, Université Strasbourg II-Marc Bloch, 2008.

Rosny, Léon de, *Aperçu de la langue coréenne*, dans *Journal Asisatique*, mars-avril, 1864.

Scott, James, *A Corean Manual or Phrase Book*, English Church Mission Press: Seoul, 1893.

Underwood, Horace Grant, *An Introduction to the Korean Spoken Language*, second edition, The MacMillan Company:New York, 1914(1889).

텍스트 읽기의 열린 가능성과 그 한계
—드 만의 해체 독서와 리쾨르의 미메시스 독서

김애령

Ⅰ. 들어가는 말

텍스트의 "글쓰기와 읽기의 관계는 말하기-듣기의 특수한 경우가 아니다."[1] 말하기와 듣기가 벌어지는 담화(discours) 상황에서는 대화 내용에 대한 의미 확인이 가능하다. 구체적 담화 상황에서 대화의 당사자들은 대화가 벌어지고 있는 "지금, 여기"의 시공간을 공유하기 때문에 직접 "이것, 저것"을 함께 지목하면서 확인할 수 있고, 불투명한 표현을 묻고 답하면서 명료하게 만들 수 있다. 이렇듯 담화 상황에서는 화자와 청자가 현존하며 언어 표현이 지시적인 세계 연관을 찾을 수 있다.[2] 리쾨르에 따르면 담화는 언어체계(langue)를 활성화하여 "의미를 발생시키는 사건"이다. 화자가 담화를 통해 언어체계를 활성

---

1) 폴 리쾨르, 『해석이론』, 김윤성·조현범 역, 서광사, 1994, 64쪽.

2) 발화 상황에서 세계와의 지시 연관은 인칭대명사("나", "너", "그/들" 등), 지시 대명사("지금", "여기", "이/그/저것" 등)에 의해 직접적으로 특정된다. "지금 밖에는 비가 내린다"라는 문장의 의미는, 담화 상황에서는 ("지금 밖에 내리는 비"라는) 지시적인 세계 연관을 통해 확인 가능하다.

화하는 순간, 언어기호는 세계와 관련을 맺게 된다. 담화를 통해 "세계가 언어로 오는 것"이다.[3]

담화는 직접적인 반면, 텍스트는 매개된 것이다. 텍스트는 "글쓰기에 의해 고정된 담화(discours)"이다.[4] "고정된 담화"인 텍스트는 담화의 구체적 상황에서 분리된 기록이다. 이것이 담화와 텍스트가 지닌 시공간적 특성의 차이를 표시한다. 담화는 순간적으로 벌어지는 사건인 반면 글쓰기는 고정화되어 시공간의 직접적 연관으로부터 해방된다.

담화의 직접성과 텍스트의 매개적 특성은 의미를 확인하는 과정에서 차이를 만든다. 담화에서는 청자가 화자에게 의도를 묻고 확인할 수 있지만, 문자로 고정된 텍스트에서 독자는 저자의 의도를 직접 물을 수 없다. 텍스트에는 현존하는 화자와 청자가 없으며 직접적인 지시 연관도 없다. 리쾨르는 텍스트의 이러한 특징을 "의미론적 자율성(semantic autonomy)"이라고 부른다. 텍스트가 지닌 의미론적 자율성으로 인해, 텍스트의 의미는 저자를 통해 확인될 수 있는 것이 아니라는 텍스트 고유의 중요한 특성이 드러나게 된다.[5] 텍스트 읽기는 저자

---

3) 리쾨르는 벤베니스트의 "담화의 언어학"을 받아들여, 담화를 "의미를 발생시키는 사건"이라고 본다. 벤베니스트는 다른 구조주의 언어학자들과 달리 랑그(langue)/빠롤(parole)이라는 개념쌍을 거부한다. 구조주의 언어학은 랑그를 연구대상으로 삼으면서, 빠롤을 경계 개념으로 만들었다. 벤베니스트는 빠롤을 대신하여 담화(discours) 개념을 선택한다. 벤베니스트의 "담화의 언어학"에 따르면, 담화를 통해 잠재적 체계로서의 랑그가 실현되고 주체성과 타자, 시간, 의미의 지시적 세계 연관을 발생시킨다. Paul Ricœur, "The Hermeneutical Function of Distanciation", *Paul Ricœur. Hermeneutics and Human Sciences. Essays on Language, Action, and Interpretaton*, ed. by John B. Thompson, Cambridge, 1981.

4) Paul Ricœur, "What is a text? Explanation and Understanding", *Hermeneutics and Human Sciences. Essays on Language, Action and Interpretation*, ed. by John B. Tompson, Cambridge 1981, p.145.

5) 리쾨르는 그 특성을 다음과 같이 설명한다. "글로 써진 담화에서는 저자의 의도와 텍스트의 의미가 더 이상 일치하지 않는다. 텍스트의 언어적 의미와 저자가 생각한

로부터 해방된 의미를 찾아가는 과정이다. 자율성을 획득하게 된 텍스트는 독자에게 보내진다. 독자는 읽기를 통해 텍스트의 의미를 찾아가는 일에 참여한다.

텍스트가 저자의 의도와 지시적 세계 연관으로부터 해방되어 의미론적 자율성을 획득한 것이라면, 텍스트 읽기는 무엇을 향해야 하는가? 저자의 의도나 지시적 의미로부터 자유로워지면서, 텍스트는 다양한 읽기 방식과 다양한 해석 가능성을 허용한다. 다양한 해석의 가능성이 열려 있다면, 우리는 어떻게 하나의 읽기 방식이 다른 것보다 더 타당하다고, 혹은 하나의 해석이 다른 해석보다 더 유효하다고 판단할 수 있는가? 그런 판단이 (불)가능하다면, 그 근거는 무엇인가?

드 만(Paul de Man)과 리쾨르(Paul Ricœur)는 모두 텍스트의 의미론적 자율성과 다양한 읽기 및 해석 가능성을 긍정한다. 그러나 이들의 독서이론은 각기 다른 방향으로 발전한다. 드 만은 텍스트의 의미론적 자율성을 언어기호의 고유한 특성으로 이해하면서 해체론적 독서 이론을 구축하는 반면, 리쾨르는 텍스트의 의미론적 자율성을 미메시스적 독서의 열린 조건으로 받아들인다. 드 만에 의하면, 다양한 독서와 서로 대립하는 해석들 사이에서 어떤 독서나 해석이 더 타당한지를 가늠할 척도는 없다. 이를 드 만은 텍스트의 "독서불가능성(unreadability)"[6]이라고 개념화한다. 드 만과 달리 리쾨르는 텍스트 읽기의 다양한 가

의도 사이의 이러한 불일치 덕분에, 기록이라는 개념은 단지 이미 존재하는 구술 담화를 고정하는 것 이상의 결정적인 중요성을 부여받게 된다." 리쾨르, 『해석이론』, 65쪽.

6) 드 만의 "독서불가능성(unreadability)"은 텍스트가 읽히지 않는다거나 읽을 수 없다는 뜻이 아니라, 텍스트의 의미를 확정할 수 없다는 뜻이다. 이 "독서불가능성"에서 말하는 "독서"는 이념으로서의 독서, 이상적인 독서, 즉 텍스트가 담고 있는 단 하나의 참된 의미를 발견하는 독서를 말한다. 드 만은 그런 의미의 독서가 불가능하다는 뜻으로 이 용어를 사용한다.

능성이 오히려 독서를 활성화한다고 본다. 리쾨르에게 읽기는 단순한 텍스트의 석의(釋義)를 향한 것이 아니라, 자아와 세계의 변형을 야기하는 미메시스적 과정이다. 단일한 의미를 찾는 텍스트 읽기는 원초적으로 불가능하지만, 텍스트 읽기에서 발생하는 거리두기(distanciation)와 전유(appropriation)의 변증법이 의미 발견을 가능하게 한다는 것이다.

이 글은 드 만의 해체 독서이론을 정리하고 그것을 리쾨르의 미메시스 독서이론과 비교하면서, 드 만의 주장이 지닌 한계를 극복하는 것을 목적으로 한다. 드 만과 리쾨르의 독서이론은 그 출발점이 다르다. 드 만은 문학이론가이자 "문헌학자"[7]로서 텍스트 내적 읽기에 주목하는 반면, 리쾨르의 해석학적 독서이론은 언어 기호와 세계 경험 사이의 관계에서 출발한다. 그럼에도 이 두 독서이론을 비교하는 이유는, 이 두 이론이 모두 텍스트의 의미론적 자율성에서 출발하여 텍스트 읽기의 개방성을 지지한다는 공통성을 가지고 있기 때문이기도 하지만, 그보다 더 근본적으로 텍스트의 텍스트성에 머무는 문헌학적 문학이론이 텍스트가 세계와 관계 맺는 방식에 충분한 주의를 기울이지 못할 경우 "독서불가능성"과 같은 독단적인 결론에 이를 수 있음을 보여줄 수 있기 때문이다.

---

7) 드 만은 자신의 작업은 문헌학적인 것이라고 주장한다. 폴 드 만, 「문헌학으로의 회귀」, 『이론에 대한 저항』, 황성필 역, 동문선, 2008, 49~60쪽. 스테파노 로소와의 대담에서도 드 만은 이 점을 강조한다. 자신의 출발점은 "철학적인(philosophical) 게 아니라 기본적으로 문헌학적인 것(philological)"이며, 따라서 "교수적(didactic)이고 텍스트 정향적인 것"이라고 한정 짓는다. 스테파노 로소, 「폴 드 만과의 대담」, 『이론에 대한 저항』, 222쪽.

Ⅱ. 드 만 해체론의 근거: 니체 언어철학의 재해석

"예일 비평가 그룹(Yale Critics)"의 대표적 이론가인 드 만은 해체(deconstruction)를 문학 비평과 연결한다. 드 만은 기존 문예학의 전통적인 범주들인, "저자의 의도, 작품의 뜻, 해석의 정당성, 주체와 객체 사이의 관계, 역사성" 등을 부정한다. 이와 같은 범주들을 의심 없이 수용하여 텍스트를 해석하는 것은 "이데올로기적"인 것이라고 비판한다. 드 만은 텍스트 바깥에서 텍스트 해석의 근거를 찾는 것에 반대하면서 텍스트 안에 머물기를 주장하지만, 텍스트의 의미에 대한 의미론적 믿음 못지않게, 구조에 대한 기호학적 믿음도 거절한다. 즉 의미론적으로 텍스트의 의미를 해석하는 것도, 기호학적으로 텍스트의 구조를 분석하는 것도 가능하지 않다고 본다. 텍스트와 관련하여 드 만에게는 수사학만이 남는다. "그것[드 만 작업]의 독창성과 일면성은 형이상학적 잔재 없이, 주체 개념 없이, 텍스트의 연관들을 수사학적인 형식들로 축소하는 방법에서 생겨난다."[8)]

수사학적 방법을 통해 텍스트를 해체하는 드 만의 작업에서 그 대상이자 방법이 되는 것은 바로 "독서"이다. 드 만은 독서를 분석하고, 독서를 통해 의미를 해체한다. 드 만에게 독서는 의미의 모색이라기보다는, 텍스트의 다의성이 드러나는 장소이다. 드 만은 다양한 텍스트의 읽기를 통해 텍스트의 의미나 뜻을 발견하는 일이 근본적으로 불가능하다는 것을 보여주고자 한다. 텍스트가 다양한 의미의 해석 가능성을 가지고 있지만, 그 가능성 중 어느 것이 더 타당한지를 판단할 준거는 없다고 보기 때문이다.

---

8) Karl Heinz Bohrer, "Vorwort", *Ästhetik und Rhetorik. Lektüren zu Paul de Man*, hg. von ders., F/M 1993, S. 8.

드 만에 따르면 하나의 텍스트에서 하나의 타당한 독서를 찾아내지 못하는 것은 독자의 무능력 때문이 아니다. 여러 개의 타당한 독서는 언어 기호의 본질적 속성에서 기인한다. 언어 기호 자체가 일의성에 안착할 수 없는 비유적 속성을 가지고 있기 때문에 하나의 의미를 읽어낼 수 없다는 것이다. 드 만은 『독서의 알레고리(Allegories of Reading)』[9)]의 여러 장(章)에서 니체철학을 재해석하면서, 수사학을 언어의 일반적 특성으로 규정한 니체의 초기 언어이론을 해체론적 독서의 근거로 삼는다.

드 만은 해체 독서의 근거를 "언어의 비유적 특성"에서 찾는데, 이 주장은 니체로부터 받아들인 것이다. 니체는 초기 저작에서 언어의 문제를 다루면서,[10)] 언어의 본래적 의미와 수사적 문채(文彩) 사이에, 그리고 문법적 규칙에 따른 언어 사용과 수사학적 언어 사용 사이에 근본적 차이가 없다고 주장했다.[11)]

---

9) 폴 드 만,『독서의 알레고리』, 이창남 역, 문학과지성사, 2010.

10) 니체의 언어 이론은, 1869년에서 1873년 사이 저술한 니체의 초기 미간행 유고들에서 발견할 수 있다. 드 만이 니체 철학 읽기의 출발점으로 삼고 있는 "니체와 수사학의 문제"에 대한 논의는, 70년대 초 프랑스에서 시작되었다. "수사학에 대한 니체의 이론을 숙고하는 일은 그것이 아무리 주변적이라 할지라도 적어도 몇 가지 가능성을 제시한다는 사실이 최근 프랑스의 여러 해석자, 특히 필립 라쿠-라바르트, 베르나르 포트라, 사라 코프만 그리고 다른 사람들을 통해서 명백해지고 있다. 프랑스에서 언어 이론에 대한 새로워진 관심의 영향을 받은 이들의 저작은 니체의 문체에 명백히 현존하는 웅변과 설득의 기술보다는 수사학에 대한 니체의 연계성에 내장되어 있는 철학적 함의를 지향하고 있다." 드 만, 위의 책, 147쪽. 앨런 슈리프트, 『니체와 해석의 문제』, 박규현 역, 푸른숲, 1997 참조. 수사학을 다룬 니체의 초기 텍스트들은 다음과 같다. Friedrich Nietzsche, "Über Wahrheit und Lüge im aussermoralischen Sinne(1873)", *Friedrich Nietzsche. Sämtliche Werke. Kritische Studienausgabe*(KSA), Bd. 1, S. 875~890; "Nachgelassene Fragmente. Frühjahr 1871", KSA Bd. 7, S. 359~360; "Nachgelassene Fragmente. Sommer 1872-Anfang 1873", KSA Bd. 7, S. 417~531, 그리고 바젤대학에서의 수사학 강의 노트 등이 여기에 포함된다.

니체가 수사학을 언어의 기원으로 보는 이유는, 언어의 개념들이 "동일하지 않은 것을 동일화하는 작용(Gleichsetzen des Nicht-Gleichen)"을 통해 생겨난다는 데 있다. 즉, 개념은 개별자들의 인상을 보편화하고, 사물의 부분적 특징을 전체로 대체한다는 것이다. 이러한 작용들을 니체는 은유(Metapher), 제유(Synedoche), 환유(Metonymie)와 같은 수사학적 장치들로 표시한다.[12] 드 만은 니체의 언어이론을 이어 받아, "비유[수사적 문채]는 파생된 주변적이거나 착란적인 언어 형식이 아니고, 언어의 범례 자체"라고 주장한다.[13] 비유는 드 만에게는 많은 언어 사용 양식 중 하나가 아니라, 언어의 본래적 특성 그 자체를 의미한다. 이러한 드 만의 주장은 니체를 일면적으로 극단화한 것이다. 언어의 비유적 성격이 니체에게는 "해석으로서의 철학"을 여는 출발점인 반면, 드 만에게 이것은 해석을 포기해야하는 이유로 받아들여지기 때문이다. 또한 드 만은 니체의 언어이론을 니체의 전(全) 철학에 일관되는 가장 근본적인 주장으로 고정시킨다.

니체는 『인간적인 너무나 인간적인(Menschliches, Allzumenschliches)』 이후의 저작에서는 수사학과 언어의 문제에 대해 더 이상 직접적으로 언급하지 않았다. 니체에게 수사학의 문제나 언어이론에 대한 관심은 중단된 것처럼 보인다. "이는 마치 니체가 언어 문제에서 자아 문제로,

---

11) 니체에 따르면, "**언어는 수사학이다.** 언어는 인식(episteme)이 아니라 단지 억견(doxa)을 원하기 때문이다.[원저자의 강조]" 니체는, 언어가 매개할 수 있는 것은 진리에 근거한 지식(episteme)이 아니라 견해로 가득 찬 확실성(doxa)일 뿐이라고 주장한다. 따라서 "사람들이 요청할 수 있을 언어의 비수사적 '자연스러움'이란 전혀 없다. 언어 자체는 순전히 수사학적 기술의 결과물이다." Friedrich Nietzsche, "Rhetorik-Vorlesung", *Friedrich Nietzsche, Gesammelte Werke*, Bd. V, Musarionausgabe(MusA), München 1922, S. 298.

12) 김애령, 「니체의 은유이론과 문체의 문제」, 『철학연구』 제65집, 2004.

13) 드 만, 『독서의 알레고리』, 149쪽.

그리고 그의 저작을 해석할 때 주를 이루어온 실존적 파토스의 무매개적 의미에 근거한 철학에 대한 주장으로 이동한 것처럼 보인다."14) 그러나 드 만은 이는 단지 외관상의 단절일 뿐, 니체의 언어이론과 수사학적 성찰은 니체 철학의 처음부터 끝까지 일관되게 유지된다고 주장한다. 이러한 주장을 근거지우기 위해, 드 만은 초기 저작인 『비극의 탄생(Die Geburt der Tragödie)』과 유작인 『권력에의 의지(Wille zur Macht)』를 모두 수사학으로 읽는다.

드 만은 니체의 『권력에의 의지』에 포함된 「내적 세계의 현상주의(Phänomenalismus der "inneren Welt")」라는 단편을 읽으면서, 니체의 형이상학 비판은 언어이론에 다름 아니라고 주장한다.

이 단편에서 니체는 내적 의식과 외적 사태 사이의 관계에 대한 일반적인 믿음은 전도된 것이라고 주장한다.

> "원인이 결과보다 뒤에 의식 안으로 들러오는, **연대기적** 전도-(중략) 우리는 사람들이 순진하게도 외부세계를 통해 조건 지어지는 것으로 알고 있는 감각지각(Sinnesempfindung)이 사실은 내적 세계를 통해 조건 지어진다는 것을 보았다. 외부 세계의 본래적 작용은 언제나 **무의식적으로** 진행된다. (중략) 우리에게 의식되는 외부 세계의 조각은 작용(Wirkung) 후에 뒤늦게 생겨난다. 그것은 외부로부터 우리에게 도달한 것이고, 뒤늦게 '원인'으로 투사된 것이다.[원저자의 강조]"

드 만은 니체가 이 구절에서 "주체와 객체", 그리고 "내적 세계와 외부 세계"에 대한 전통 형이상학의 대립항을 해체하고 있다고 본다. 여기서 원인과 결과라는 논리적 관계는 본질적으로는 우연적인 시간

14) 위의 책, 150쪽.

적 선행성에서 연역된 것이다. 드 만의 독해에 따르면, 니체가 말하고자 한 바는, "우리는 외부/내부의 양극을 이전/이후(혹은 일찍/늦게)라는 별다른 숙고가 이루어지지 않은 시간적 선행성에 기초하여 원인/결과와 짝을 짓는다"는 사실이다.[15] 그리고 그것을 통해서 형이상학적 대립은 인과론이라는 그릇된 허구에서 기인한다는 사실이 드러난다는 것이다. 드 만은 언어의 수사학적 특질 때문에 인과론이라는 허구가 가능했다고 주장한다. 즉 언어의 수사학적 특질로 인해 시간적 전후 또는 선후가 자리를 바꾸고, 안과 밖, 원인과 결과를 뒤바꾸는 일을 가능했으며, 결국 언어 관습이 허구적 인과론의 근거가 되었다는 것이다. 드 만은 "[니체의] 수사학 강의에서 메토니미[환유]는 수사학자들이 메타렙시스(metalepsis)[16]라고 부르는 "원인과 결과의 교환이나 대체"로 특징지어진다"는 점을 지적하면서,[17] 결국 니체의 형이상학 비판의 토대는 그의 일관된 언어관, 언어의 수사학적 기원에 대한 성찰에 있다고 결론짓는다.

드 만은 니체의 전 저작을 해체의 놀이로 읽는다.[18] 니체로부터 받아들인 언어이론을 근거로, 니체의 텍스트를 수사학적인 비유로 읽는다. 니체의 텍스트는 어떤 고정된 일의성을 지향할 수 없는 비유라는

15) 위의 책, 152쪽.

16) 메타렙시스(metalepsis)는 이미 그 자체에 있어서 비유적·상징적으로 쓰인 말을 환유적으로 바꿔놓는 대체 용법을 말한다.

17) 위의 책, 153쪽.

18) 드 만은 니체의 저작은 어떠한 특정한 의미 내용을 가질 수 없는 해체의 놀이라고 주장하면서, 니체의 『비극의 탄생』를 해체적으로 읽는다. 니체의 이 책이 예술의 아폴론적 요소와 디오니소스적 요소라는 형식적인 대칭과 기원론적이고 발생론적인 관점에서 출발하는 듯하지만, 그 "동시적이고 점진적인 구조는 실제로는 속임수"라는 것이다. 드 만은 이 책이 시간의 흐름에 따라 하나의 도식을 묘사한 것이 아니라는 점에 주목하면서, 이 책에 담겨 있는 기원론적 구조는 인식론적 패러독스를 내포하고 있다고 읽는다. 위의 책, 116~145쪽.

것이다. 그와 같은 관점에서 드 만은 「비도덕적 의미에서의 진리와 거짓에 관하여(Über Wahrheit und Lüge im aussermoralischen Sinne)」를 니체의 해체 기획의 표명으로 본다. "가령 그것[니체의 해체 기획]은 특권화된 관점으로 개인화와 인간 주체를 생각하는 것이 단지 세계에 대한 인간 자신의 해석을 전 우주에 강요함으로써 무의미로부터 자신을 방어하기 위한 메타포[은유]에 불과하다는 사실을 보여준다."[19] 이 은유적 작용은 오류이지만, 니체에 따르면, 어떤 자아도 오류 없이는 등장할 수 없다. 이 오류는 인류의 생존을 위한 필수 조건이기도 하지만,[20] 다른 한편 근원적인 예술적 힘과 연결되어 있는 것이기도 하다.[21] 드 만은 이 점을 강조하면서, 니체에게 자아는 부정되지만 동시에 그 부정된 자아가 언어 안에서 하나의 텍스트로 전위되어 존속한다고 본다. 드 만에 따르면 니체에게 자아는 하나의 텍스트가 된다. "처음에 언어의 경험적 지시 대상으로서 언어의 중심이었던 자아는 이제 허구로서, 자아의 메타포로서 중심의 언어가 된다. 원래 단순히 지시하는 텍스트였던 것은 이제 어떤 텍스트의 텍스트, 어떤 형상의 형상이 된다."[22]

---

19) 위의 책, 156쪽. 「비도덕적 의미에서의 진리와 거짓에 관하여」에서 니체는 자신의 언어 이론을 진리에 대한 인식론적 물음과 연결 짓는다. "진리란 무엇인가? 움직이는 한 무리의 은유들, 환유들, 의인화, 간단히 말해 인간적인 관계들의 합이다. 이 인간적인 관계들은 시적이고 수사적으로 고양되고, 전용되고, 장식된 것이다. (중략) 진리는 환상이다. 사람들이 그것에 대해 그것이 무엇인지를 망각한 그러한 환상이다." KSA, Bd. 1, S. 880f.

20) "개별자가 다른 개별자들과 대립하여 자신을 보존하고자 하는 한, 그 개별자는 사물의 자연적인 상태 안에서 대부분의 경우 위장을 위해 지성을 사용한다." KSA, Bd. 1, S. 877.

21) "주체와 객체 사이에서와 같이 두 개의 전적으로 다른 영역 사이에는 어떤 인과성, 어떤 올바름, 어떠한 표현도 없으며, 있다면 **하나의 미적 태도**가 있을 뿐이다.[원저자의 강조]" KSA, Bd. 1, S. 884.

드 만은 모든 언어, 모든 텍스트를 수사적 작용과 비유적 언어라고 본다. 그리고 수사학과 언어에 대한 초기 이론을 니체의 전(全) 철학을 관통하는 가장 일관된 주장으로 만들면서, 그 토대 위에 자신의 독서 이론을 구축한다.

Ⅲ. 드 만의 독서이론: 알레고리로서의 읽기

드 만의 독서이론은 텍스트의 텍스트성에 주목한다. 드 만은 "엄밀한 독서(close reading)"를 주장하는데, 그것은 텍스트 내적인 읽기 방법이다. 엄밀한 읽기는 텍스트에 밀착하여 기호로서의 텍스트를 문헌학자처럼 읽는 것을 의미한다. 드 만은 "엄밀한 독서"를 하게 되면 모든 읽기가 "오독(misreading)"이며 이데올로기적 읽기라는 사실이 밝혀진다고 주장한다. 수사적 본성 때문에 어느 하나의 의미로 읽어낼 수 없음에도 불구하고 텍스트에서 하나의 의미를 찾는 일을 지향하기 때문에 모든 독서는 오독이 된다. 드 만에 따르면 하나의 텍스트는 불가결하게 두 가지 이상의 상호배타적인 독서를 발생시킨다. 그는 이 상호배타적 독서가 "주제의 층위뿐만 아니라 형상화의 층위에서도 참된 이해의 불가능성을 주장하고 있는 것"이라고 본다.[23] 텍스트의 이해 불가능성은 그러나 독자의 무능에서 기인하는 것이 아니라 텍스트의 본성에 근거한다. 언어의 수사적 기원과 비유적 본성이 텍스트의 일의적 해석을 불가능하게 만든다.

드 만에 따르면 수사학적 문채들은 "문자 그대로의 의미"로 독해될

---

22) 드 만, 『독서의 알레고리』, 157쪽.

23) 위의 책, 106쪽.

수 없다. 문자 그대로의 의미라는 것이 없기 때문에, 문자 그대로의 의미와 비유적 의미는 구분할 수 없다. 드 만에게 문법과 수사학은 구분되지 않는다. 수사학적 비유를 풀어줄 문법적 규칙 같은 것은 없다.

문법이 수사학과 구분될 수 없다는 것을 보여주기 위해 드 만은 하나의 텍스트를 예로 든다. 볼링 구두의 끈을 아래로 묶기를 원하는지, 위로 묶기를 원하는지 묻는 아내에게 아치 벙커(Archie Bunker)는 "차이가 뭐냐(What's the difference?)"라는 물음으로 답한다.[24] "숭고한 단순성의 독법을 견지하는 그의 부인은 끈을 위로 묶는 것과 아래로 묶는 것의 차이를 인내심 있게 설명하면서 대답하지만 남편을 화나게 만들 뿐이다." "차이가 뭐냐?"라는 물음은 "차이"를 묻는 것이 아니라, 차이를 날려버리는 물음, 즉 "상관없다/아무런 차이도 없다"를 의미하는 물음이다. "그와 같은 문법 유형은 상호배타적인 두 가지 의미를 생산한다. 즉 문자 그대로의 의미는 개념(차이)을 묻는 것이지만, 형상적 의미는 차이의 존재를 부인하는 것이다."[25] 따라서, 드 만에 따르면, 문법이나 다른 언어적 지시의 도움으로 배타적이지만 병존할 수 있는 두 개 이상의 의미 해석 중 어느 것이 우위를 차지하는지를 결정할 수 없다. 문법이 이 의문문을 일의적인 의미로 확인해주고 안착시켜 줄 수 없다. 드 만에게 수사학은 문법으로 밝혀질 수 있는 것이 아니다. 오히려 문법 자체가 수사학적으로 이해되어야만 하는 것이다.

수사학적 물음의 문제를 더 깊이 다루기 위해 드 만은 다른 예를 보여준다. 예이츠(William Butler Yeats)의 시 「학교 아이들 사이에서(Among the School Children)」의 마지막 행은 "우리는 어떻게 춤에서

---

24) 드 만은 이 예를 매스 미디어에서 가져온다. 아치 벙커는 TV 코미디 쇼("All in the Family")의 등장인물 이름이다.

25) 위의 책, 23쪽.

춤꾼을 알 수 있는가?(How can we know the dancer from the dance?)"이다.[26] 이 시행은 일반적으로 "수사학의 장치를 점점 더 강조하면서 형식과 경험, 창조자와 창조 사이의 잠재적 일치를 진술하는 것으로 해석된다."[27] 나아가 이 물음은 기호와 지시대상 사이의 연관성, 그리고 부분과 전체 사이의 연속성을 강조하는 것으로 받아 들여져왔다. 이 해석들에 따르면, 이 문장이 의미하는 바는 "춤과 춤꾼은 구별되지 않는다"는 것이다. 그러나 드 만은 이러한 해석과는 반대의 해석, 즉 이 마지막 시행을 비유적 의미가 아닌 문자 그대로의 의미로 읽을 수 있음을 보여준다. 만일 우리가 부분과 전체 사이의 불연속성, 혹은 기호와 의미 사이의 차이에 집중한다면, 문자 그대로의 의미대로 이 물음을 그저 하나의 물음, 즉 춤과 춤꾼 사이의 차이와 간극을 묻는 하나의 물음으로 읽는 것이 더 일관적일 수 있다는 것이다. 이렇게 본다면, 문자 그대로의 의미로 읽는 독서가 비유적 의미로 읽는 독서보다 더 일차적이거나 단순한 것도 아니다. "마지막 행의 질문이 수사학적이라고 가정하는 형상적 [비유적] 독서는 아마도 단순할 것이다. 반면 문자 그대로의 독서는 한층 더 복잡한 주제와 진술로 나아가게 된다."[28]

위의 예들은 드 만이 주장하는 "알레고리(allegory)로서의 읽기"를 지지하는 근거가 된다. 드 만에 따르면, 독서를 통해 텍스트의 고유한 알레고리가 드러난다. 드 만은 텍스트에 동시적으로 현존하는 다의성을 드러내기 위해 "알레고리"라는 문채에 주의를 기울인다. 알레고리

---

26) 이 시의 마지막 연은 다음과 같다. "오 밤나무여, 큰 뿌리를 드리우고 꽃을 피우는 / 너는 잎인가 꽃인가 줄기인가? / 오 음악에 따라 흔들리는 육체, 오 빛나는 눈짓 / 우리는 어떻게 춤에서 춤꾼을 알 수 있는가?"

27) 위의 책, 25쪽.

28) 위의 책, 26쪽.

는 두 개의 서로 다른, 병행하는 의미를 함축한다. 드 만에 따르면, "알레고리는 일차적으로 그것의 본래적인 근원과의 거리를 표시한다."[29] 알레고리는 언어 표현이 하나의 의미와 동일하게 되는 읽기가 불가능하다는 것을 보여준다.[30] 즉 동일하게 되는 것에 대한 희망과 동경을 단념하게 한다. 드 만은 알레고리를 언어 그 자체의 피할 수 없는 본래적 특성으로 받아들인다. 따라서 드 만에게 독서는 하나의 고정된 의미를 발견하는 일을 불가능하게 하는, 그러나 또한 많은 서로 다른 의미들의 공존을 유지하는 알레고리이다. 드 만에 따르면, 하나의 텍스트에는 전적으로 정합적면서도 어느 하나가 다른 하나를 무화하지 못하기 때문에 병존하는 독서들이 있고, "우리는 어떤 방식으로도 어느 독서에 우위를 둘 수 있을지에 대해 유효한 결정을 내릴 수도 없다."[31]

드 만에게 독서의 알레고리는 곧 독서불가능성(unreadability)을 말한다. 텍스트 자체가 수사학적이기 때문에, 텍스트에서 하나의 의미를 발견할 가능성은 없다. 이러한 상황을 드 만은 "독서불가능성"으로 표시한다. "독서불가능성이라는 은유는 드 만에게 있어 독서 과정 자체의 패러다임이다. 드 만에 의하면 텍스트가 '비유적'으로 또는 '문자 그대로' 이해되어야만 하는지 **여부**를 더 이상 확정할 수 없다면, 그 텍스트는 읽을 수 없는 것이다.[원저자의 강조]"[32] 텍스트의 독서불가

29) Paul de Man, "Die Rhetorik der Zeitlichkeit", *Die Ideologie des Ästhetischen*, hg. von Christoph Menke, F/M, 1993, S. 104.

30) "메타포의 경우 문자 그대로 지시된 것을 대체하는 형상은 종합을 통해 어떤 고유의 의미를 산출하는데, 이 의미는 형상 자체에 의해 구성되는 한 내재적인 것으로 남을 수 있다. 그러나 알레고리의 경우, (중략) 저자는 유사성에 의해 생성된 대체의 효과에 대한 확신을 상실한 것처럼 보인다." 드 만, 『독서의 알레고리』, 108쪽.

31) 위의 책, 27쪽.

32) David Martyn, "Die Autorität des Unlesbaren. Zum Stellenswert des Kanons

능성은 텍스트의 의미를 결정할 수 없다는 것이며 "모든 독서는 오류 안에 있다"는 것이다. 텍스트가 해석들 사이의 결정 불가능성을 지니고 있는 한, 모든 독서는 오류 안에 있다. 왜냐하면 결정 불가능성에도 불구하고, 독서는 늘 하나의 해석을 선택하고자 하기 때문이다.

드 만에 따르면 독서불가능성은 텍스트가 제공한다. "우리의 독서는 텍스트 자체에 의해 제공되는 언어 요소들을 사용하므로, 엄밀히 '우리의' 독서가 아니다."[33] 따라서 드 만에게 해체는 독자의 의도된 활동이 아니라 텍스트에 내재하는 것이다. "해체는 우리가 그 텍스트에 부가한 어떤 것이 아니라, 처음에 텍스트를 구성한 것이다. 문학 텍스트는 그 자체의 수사적 양태의 권위를 주장하면서 동시에 부인한다."[34] 드 만은 텍스트가 외부로부터의 철학적 개입에 의해 해체되는 것이 아니라, 스스로 해체한다는 입장을 견지한다. "텍스트는 자기 자신을 해체하며, 자기 해체적이다." 따라서 하나의 텍스트를 문헌학적으로 엄밀히 읽게 되면, 그 텍스트는 해체된다는 것이다.[35]

독서불가능성에 대한 드 만의 주장은, 언어의 비유적 특성에 대한

---

in der Philologie Paul de Mans", *Ästhetik und Rhetorik. Lektüren zu Paul de Man*, hg. von Karl Heinz Bohrer, F/M, 1993, S. 16.

33) 드 만, 『독서의 알레고리』, 34쪽.

34) 같은 곳.

35) "저는, 텍스트가 텍스트 외부로부터의 철학적 개념에 의해 해체되기보다는, "텍스트는 자기 자신을 해체하며, 자기 해체적이다"라는 진술을 고수할 것입니다." 드 만은 데리다(Jacques Derrida)와 자신의 "해체" 사이의 차이를 묻는 로소(Stefano Rosso)의 물음에 답하면서, 데리다의 작업은 철학적인 반면 자신의 작업은 문헌학적이라고 말한다. "데리다의 텍스트는 그토록 뛰어나고, 그토록 예리하고, 그토록 강해서, 데리다에서 무엇이 발생하든, 그것은 그와 그의 텍스트 사이에서 발생한다는 점입니다. (중략) 저는 제 자신의 생각을 가져 본 적이 없고, 생각이 항상 텍스트를 통해서, 텍스트에 대한 비판적 검토를 통해 왔기 때문인데요…. 저는 문헌학자이지 철학자가 아닙니다." 로소, 「폴 드 만과의 대담」, 223쪽.

주장과 문헌학적 "엄밀한 읽기"에 의해 근거 지워지는 것처럼 보인다. 그러나 그의 해체적 독서는 종종 이 방법론이 근본적으로 증명될 수 있는가라는 물음을 남긴다. 그의 엄밀한 읽기라는 외양에 감추어진 추상성 때문이다. "그의 글들은 종종 독자들에게 주제의 증명이 어려운 것이 아니라 부담스럽다는 것을 확인시킨다. 그리고 그 글들이 비록 상세하게 기술된 논증과 해석을 포함하고 있지만, 이 논증들 사이의 틈새 또한 제법 눈에 들어온다."[36] 드 만의 글에서는 때때로 기술된 논증과 결론 사이에 비약이 발견되는데, 그 비약은 그의 "수사학, 오류, 오독, 독서불가능성, 맹목성"과 같은 개념들에 의해 지지된다. "주체, 자아, 의미, 역사" 등과 같은 전통적인 문예학의 범주들을 대체하기 위해 도입하는 이 개념들은 그러나 명확히 규명되거나 증명되지 않은 채 사용된다.

이 점을 지적하면서 렌트리키아(Frank Lentricchia)는 드 만이 수사학에 대해 수사학적으로 설명하고 있다고 비판한다. 그는 드 만의 이론을 "권위의 수사학(the rhetoric of authority)"이라고 부른다.[37] "권위의 수사학" 위에서, 드 만의 "엄밀한 독서"는 텍스트에 대한 독서 **불가능성**, 해석들 사이의 결정 **불가능성**, 독서에 있어서의 **오류**를 보편적으로 확립한다. 이 과정에서 텍스트의 복합성은 사라지고 각각의 독서 경험은 독서불가능성 안에서 소멸한다. "모든 흥미로운 개별적 결과들에도 불구하고 [드 만의 읽기는] 궁극적으로는 늘 텍스트들이 읽히고 분류되는 하나의 이분법적 대립, 즉 텍스트들의 '독서불가능성(unreadability)'을 아는가, 알지 못하는가의 문제가 된다."[38] 드 만의

36) Jonathan Culler, *Dekonstruktion. Derrida und die poststrukturalistische Literaturtheorie*, Hamburg, 1988, S. 258.

37) Frank Lentricchia, *After the New Criticism*, London, 1980, p.305.

독서이론은 주장을 동어 반복한다. 언어는 언제나 비유적이고, 독서는 늘 오독이고, 텍스트는 항상 읽을 수 없다고 전제하면서 출발하고 그것을 주장하면서 끝맺는다.

드 만은 알레고리로서의 읽기를 통해 다양한 의미들 사이의 결정불가능성을 드러낸다. 그러나 알레고리의 의미론적 애매성은 해석의 결과이지 텍스트 자체가 생성할 수 있는 것이 아니다. 하나의 텍스트가 알레고리로 읽히는 것, 즉 두 가지 이상의 양립가능하며 정합적인 읽기의 대상이 되는 것은 그것이 그렇게 해석되었기 때문이다. "알레고리의 구조는 의미론적인 **애매성**(*Ambiguität*)을 수단으로 구성된다. (중략) 문자적이든, 은유적이든 **애매성**은 언어 그 자체의 본래적 특성이 아니라 오히려 해석학적 기대에 의존하는 것이다.[원저자의 강조]"[39] 따라서 "독서의 알레고리"로부터 "독서불가능성"을 끌어내는 드 만의 주장은, 그것이 수사학적 독서와 해석학적인 독서 사이의 보완적 관계를 도외시하는 한 독단론에 머물 수밖에 없다.

Ⅳ. 리쾨르의 독서이론: 미메시스로서의 읽기

드 만의 해체적 독서가 독서불가능성으로 귀결하는 이유는 독서가 행위이며 경험의 층위를 함축한다는 사실을 도외시하기 때문이다. 드 만과 달리 리쾨르는 텍스트의 의미론적 자율성을 인정하면서도 텍스트의 의미를 추적하는 독서가 "불가능성"으로 귀결 될 수 없음을 보여

38) Jürgen Fohrmann, "Misreading revisited. Eine Kritik des Konzepts von Paul de Man", *Ästhetik und Rhetorik. Lektüren zu Paul de Man*, hg. von Karl Heinz Bohrer, F/M, 1993, S. 92.

39) Gerhard Kurz, *Metapher, Allegorie, Symbol*, Göttingen, 1993, S. 32-33.

준다. 리쾨르는 텍스트 읽기가 텍스트 안에만 머물 수 없는, 텍스트 밖 독자의 경험 세계와 연결된 활동이라는 점에서 출발한다.

리쾨르는 텍스트 읽기를 미메시스(mimesis)의 세 층위 안에 위치 지운다. 리쾨르는 줄거리를 구성하여 텍스트를 형상화하는 활동(configuration)을 "미메시스"로 정의한다.[40] 텍스트 구성 활동은 텍스트 구성 "이전"과 "이후"를 함께 고려해야 파악할 수 있다. 리쾨르는 텍스트를 둘러싼 미메시스 활동을 텍스트 형상화의 단계와 더불어 텍스트 형상화 이전의 전형상화(prefiguration) 단계와 텍스트 이후의 재형상화(refiguration) 단계를 포괄하는 세 층위로 분석한다.

해석학의 관점에서 텍스트의 줄거리 구성[41]은 전형상화 단계("미메시스 I")에 뿌리 내리고 있다. 인간의 행위는 언어적으로 구성되기 이전, 즉 텍스트로 형상화되기 이전에도 이미 고유한 질서화를 통해 일정한 틀에 따라 구성된 것이다. 인간의 행위는 이미 상징적으로 매개되어 있고, 따라서 텍스트가 되기 이전에 이미 조직되어 있다.[42] 따라서 리쾨르에 따르면, 행위는 유사 텍스트로 볼 수 있으며, 이미 일차적 가독성을 가지고 있다.[43] 행위를 하나의 줄거리로 구성하고 형상화하여 언어 텍스트로 만드는 텍스트 형상화 단계를 리쾨르는 "미메시스 II"라고 부른다. 이것은 개별 사건들을 하나의 스토리로 엮고, (행위자,

40) 아리스토텔레스(Aristoteles)의 미메시스 개념을 가져와, "묘사하는 활동적 과정"으로 그것을 재정의한다.

41) 리쾨르는 아리스토텔레스의 뮈토스(mythos) 개념을 영어 번역어 "plot"에 착안하여, "줄거리 구성(mise en intrigue)"이라고 번역한다. 뮈토스는 "행위들의 구성"이다. 그것은 미메시스적 능력을 통해서 가능한 것이다. 미메시스는 모방하거나 묘사하는 활동으로, 행위들을 하나의 줄거리로 형상화한다.

42) 폴 리쾨르, 『시간과 이야기 1. 줄거리와 역사 이야기』, 김한식·이경래 역, 문학과지성사, 1999, 128~129쪽.

43) 폴 리쾨르, 『시간과 이야기 3. 이야기된 시간』, 김한식 역, 문학과지성사, 2004, 307쪽.

목적, 수단, 상호작용, 배경, 의외의 결과 등과 같은) 다양하고 이질적인 요소들을 하나의 전체 안에 배치하는 활동이다.[44] 이렇게 형상화된 텍스트는 그러나 읽히지 않는 한 하나의 가능적이고 잠재적인 기호로만 남을 뿐, 의미를 발생시키지 않는다. 텍스트는 읽혀야 살아난다. 텍스트를 읽고 재형상화하는 활동인 "미메시스 Ⅲ"은 바로 텍스트의 폐쇄적 세계가 독자의 경험 세계와 만나는 교차점을 표시한다.[45] 텍스트는 독서를 통해 비로소 새로운 의미를 획득할 수 있다. 각각의 독서는 나름의 방식으로 새로운 작품을 만들어낸다. "텍스트는 텍스트와 수용자 간의 상호작용을 통해서만 작품이 된다."[46]

리쾨르에 따르면 독서는 미메시스적 활동이다. 텍스트가 가진 의미론적 자율성조차도 읽기를 함께 고려하지 않으면 의미를 상실한다. "텍스트를 따라가는 독자가 없다면 텍스트 속에서 실현되는 형상화 행위도 있을 수 없으며, 텍스트를 자기 것으로 삼는 독자가 없다면 텍스트 앞에서 펼쳐지는 세계도 없다."[47] 미메시스로서의 독서는 텍스트의 "내부/외부"라는 대립을 극복한다. 리쾨르에 따르면 텍스트의 내부와 외부 사이의 대립은 "재현의 환영"으로부터 발생한다. 언어를 경험의 반영 도구로, 텍스트를 세계에 대한 재현물로, 언어와 세계 경험을 서로 분리된 실체로 보는 것은 환상이다. "우리의 삶에서 시작된 구조화하는 조작은 텍스트에 바쳐지고, 삶으로 되돌아온다는 사실을 기억해야만 한다."[48] 따라서 기호로서의 텍스트성을 내부로, 세계

44) 리쾨르, 『시간과 이야기 1. 줄거리와 역사 이야기』, 149쪽.

45) 위의 책, 169쪽.

46) 위의 책, 179쪽.

47) 리쾨르, 『시간과 이야기 3. 이야기된 시간』, 2004, 137~138쪽.

48) Paul Ricœur, "Mimesis and Representation", *A Ricœur Reader. Reflection and Imagination*, ed. by Mario J. Valdés, New York, 1991, p.150.

경험이나 삶의 활동을 외부로 보는 관점은 거부되어야 한다.

리쾨르에게 미메시스로서의 읽기는 "거기두기(distanciation)"와 "전유(appropriation)"의 변증법적 과정을 의미한다. 담화가 글로 쓰여 텍스트화되면, 그것은 사건으로서의 성격을 잃어버리고 고정화된다. 글로 쓰인 텍스트는 저자의 의도로부터 자율성을 갖게 되고, 텍스트의 의미는 저자가 말하려 했던 것과 더 이상 일치하지 않는다. 뿐 아니라 하나의 텍스트는 그것이 만들어졌던 애초의 사회 심리적 조건에서 벗어나 전혀 다른 문맥에 노출된다. 텍스트는 저자의 것이 아니며, 그것이 산출되던 맥락에 속하는 것도 아니다. 이것이 텍스트의 "거리두기"의 성격이다. "거리두기는 방법론적 산물이 아니다. 그러므로 여분의 어떤 것, 기생하는 어떤 것이 아니다. 그것은 오히려 글쓰기라는 텍스트 현상의 구성적인 것이다."49) 리쾨르에 따르면 문맥으로부터 자유롭게 되어, 재맥락화와 탈맥락화를 되풀이하게 하는 텍스트의 거리두기가 바로 해석의 조건이다. "거리두기는 이해가 넘어야 할 관문일 뿐 아니라, 이해가 결정하는 것, 이해의 조건이기도 하다."50)

리쾨르에 따르면 텍스트가 제공하는 거리두기는 독자의 "전유"를 통해 지양될 수 있다. "전유한다는 것은 '낯설었던' 것을 '자기 것'으로 만드는 것을 말한다. (중략) 그것은 모든 시공간적 거리를 문화적인 낯설음으로 바꾸어 버리는 타자성(the otherness)과 모든 이해를 자기 이해로 확장시키는 자신성(the ownness) 사이에 벌어지는 투쟁의 원리이다."51)

만일 전유를 객관적 진리나 혹은 주관적 역할로 규정한다면, 그것은

49) Paul Ricœur, "The Hermeneutical Function of Distanciation", p.131.

50) 같은 곳.

51) 리쾨르, 『해석이론』, 83쪽.

오류다.[52] 전유가 객관적 진리로 규정될 수 없는 이유는, 전유가 거리두기를 파괴하지는 못하기 때문이다. 전유는 오히려 텍스트가 제공하는 거리에 의한 이해이자, 거리를 둔 이해이다. 다른 한편, 전유는 텍스트의 구조적 객관화, 기호화된 텍스트성을 경유하기 때문에, 완전히 주관적일 수도 없다.

리쾨르는 텍스트의 전유는 텍스트의 구조적 전체와 접속한다고 주장한다. 이 구조적 전체를 리쾨르는 "텍스트의 세계"라고 부른다.[53] 텍스트의 세계는 일상 언어의 세계가 아니다. 리쾨르는, 일상 언어에서 하나의 언어 표현이 확인하고 기술하는 지시적 차원과는 다른, 텍스트가 참조하는 더 근원적인 지시의 차원이 있다고 본다. 글로 쓰인 텍스트에서 해석되어야 하는 것은 매번 특수한 텍스트에 속해 있는 기획된 세계, "텍스트의 세계"이다.[54] 그것은 텍스트의 내적 구조를 초월한다. 리쾨르에 따르면 "텍스트의 세계는 내재성 속의 초월성으로 남아 있다."[55] 텍스트는 기획된 세계를 펼치기 위해서, 구조의 내

52) "전유에서의 주체의 역할을 말할 때, 그것은 전유가 주체 안에서 그리고 주체에 의해 수행되는 객관성의 구성의 한 형태라고 내포하는 듯하다. 이러한 추론은 전유의 의미에 관한 일련의 오류를 결과한다. 이 오류들 중 첫 번째는 조화로운 일치에 의해 저자의 천재성을 회복한다는 낭만주의의 허식적 주장으로 비밀스럽게 귀환하는 것이다. [⋯] 다른 오류는 전유를 본래적인 최초 청자의 우선성이라는 관점에서 인식하고 그 청자와 자신을 일치시키고자 하는 것이다." Paul Ricœur, "Appropriation", *Paul Ricœur. Hermeneutics and Human Sciences. Essays on Language, Action, and Interpretation*, ed. by John B. Thompson, Cambridge, 1981, p.190.

53) Paul Ricœur, "The Hermeneutical Function of Distanciation", p.142.

54) 텍스트가 참조하는 세계는 기획된 세계이다. 텍스트의 거리두기는 대상 세계에 대한 직접적인 지시(참조)를 불가능하게 하지만, 텍스트는 다른 차원의 참조물(reference)을 가지고 있다는 것이다. 이것을 리쾨르는 후설의 "생활세계(Lebenswelt)", 하이데거의 "세계 내 존재(In-der-Welt-Sein)"의 차원에 있는 세계에 도달하는 것으로 이해한다. 위의 책.

재성을 넘어서기 위해서, 읽기를 기다린다. 미메시스로서의 읽기는 텍스트의 기획된 세계를 하나의 참조물로 갖는다. 리쾨르에게 텍스트의 세계는 텍스트 읽기의 참조물(reference)이기는 하지만, 그것이 독자를 위한 심급(instance)은 아니다.

독자는 텍스트의 세계를 참조하면서 읽기라는 "놀이(play)"를 통해 능동적으로 자신의 세계를 기획한다. 미메시스로서의 독서를 통해 텍스트의 세계와 독자의 세계가 만난다. "독자는 텍스트 그 자체로부터 존재의 새로운 양식을 받아들이면서, 스스로 기획하는 자신의 능력 안에서 확장된다."[56] 리쾨르에게 전유는 읽으면서 놀고 놀아지는 텍스트의 치환으로 본다.

리쾨르가 "전유"를 "놀이(play, Spiel)" 개념을 도입하여 설명하는 이유는, 해석을 다시금 전통적인 주체중심 철학에 편입되지 않도록 하기 위해서이다.[57] 놀이는 놀이하는 "의식"에 의해 정의되지 않는다. 놀이는 고유한 존재 방식을 갖는다. "놀이는 그것에 참여하는 사람을 변화시키는 경험이다."[58] 놀이에서 주체는 전적으로 주체적일 수 없다. 놀이하는 자(player)는 놀이에 의해 놀아진다. 규칙에 대한 의견을 주고받고, 때로는 그것을 수정하거나 폐기하면서, 규칙을 정해 놀이가

55) 리쾨르, 『시간과 이야기 3. 이야기된 시간』, 2004, 306쪽. "텍스트의 세계가 텍스트의 "내적" 구조와 관련하여 완전히 독창적인 지향적 목표를 이루고 있다는 점에서, 텍스트의 **세계**는 그 "바깥"을 향한 텍스트의 **열림**을 나타낸다고 말할 수 있다.[원저자의 강조]" 같은 곳.

56) Paul Ricœur, "Appropriation", p.192.

57) 리쾨르는 이 개념을 가다머(Hans-Georg Gadamer)로부터 넘겨받는다. 가다머는 예술 작품에서의 매개(Vermittlung) 과정을 설명하기 위해 이 개념을 사용한다. Hans-Georg Gadamer, "1. Spiel als Leitfaden der ontologischen Explikation", *Wahrheit und Methode, Bd. 1,* Tübingen, 1986, S. 107-118.

58) Paul Ricœur, "Appropriation", p.186.

이루어지는 장(場)의 윤곽을 그리면서, 놀이는 놀이하는 사람에게 강요된다. "놀이 안에서, 주체는 자신을 잊는다. [그러나 또한 놀이의] 진지함 안에서 주체는 회복된다."[59] 리쾨르는 독서에서 발생하는 전유를 놀이로 비유한다. 독서에서 독자는 텍스트와의 놀이에 참여하고 기획을 실천하며 텍스트의 가능 세계를 활성화한다. 그러나 그것은 전적인 독자의 자의가 아니다. 텍스트는 놀이가 벌어지는 장의 범위를 한정짓는다. 독자는 텍스트에 의해 놀아진다. 그러면서 다른 존재 양식을 경험한다.

세계를 기획하는 놀이 과정으로 정의되는 미메시스로서의 읽기는 독자의 개별적이고 현재적 상황에 따라 다양한 해석 가능성을 열어둔다. 텍스트는 다양한 측면에서 접근될 수 있다. 하나의 문장을 다른 문장과 연결할 수 있는 수많은 가능성이 열려 있다. 그렇기 때문에 리쾨르는 모든 독서는 "가설적"일 수밖에 없다고 본다. 텍스트가 갖는 의미의 잠재적 차원은 다양한 방식으로 활성화될 수 있다. 텍스트는 다성성(多聲性)을 함축한다. 리쾨르에 따르면 "이 실증적인 다성성은 전체로 간주되는 텍스트에 전형적인 것이다. 그리고 그것은 다양한 방식의 읽기와 다양한 의미 구성에 열려 있다."[60] 그러나 텍스트의 의미 구성 가능성은 무한한 것은 아니다.

텍스트를 해석할 수 있는 다양한 가능성이 있고, 하나의 가능성이 다른 가능성을 완전히 무화할 수 없다 할지라도, 하나의 텍스트를 해석할 수 있는 자유가 무한정 열려있는 것은 아니다. 구체적인 읽기의

---

59) 같은 곳.

60) Paul Ricœur, "Text als Modell: Hermeneutisches Verstehen", *Seminar: Hermeneutik und Wissenschaften*, hg. von H.-G. Gadamer / G. Böhm, F/M, 1978, S. 104.

상황에서 하나의 읽기가 다른 읽기보다 더 유효할 수 있다. 리쾨르는 다양한 독서들 사이에서 선택을 가능하게 하는 "유효화(validation)"[61]의 기준이 있다고 본다. 리쾨르에 따르면, 유효화는 경험적 입증(verification)의 논리보다는 "개연성"의 논리에 가깝다. 유효화의 절차는 논증적이다. 입증 과정에서 반증(falsification)이 하는 역할을, 유효화 과정에서는 무효화(invalidation)의 절차가 수행한다. 즉 유효한 읽기가 다른 계기에서 무효화될 수 있다. 그러나 한 시점에 유효화라는 개연적이지만 논증적인 절차를 따라 더 개연적이고 더 타당한 읽기를 선택할 수 있다고, 리쾨르는 주장한다. "하나의 해석은 개연적이어야 할 뿐 아니라 다른 해석에 비해서 더 개연적이어야만 한다."[62] 물론 리쾨르에게 유효화의 논리는 해석의 선택을 정당화하는 절대적인 규준은 아니며, 단지 해석들 사이의 갈등에서 상대적 우위를 보증해 주는 것일 뿐이다. 그러나 유효한 읽기라는 기준이 텍스트 읽기에 개입하는 독단주의와 회의주의 사이에 있는 해석 공간을 열어 줄 수 있다.

독서가 미메시스 활동인한 독서의 가능성은 무한한 것은 아니다. 우리의 읽기는 우리의 경험세계와 관계 맺고 있기 때문이다. 텍스트는 경험이나 삶과 무관한 기호가 아니다. 그것은 미메시스 활동에 의해 매개된 언어와 세계 사이의 관계의 산물이다. 다양한 해석이 가능하다고 해서 어떤 하나의 해석을 선택할 가능성이 완전히 박탈되는 것도 아니다. 최종적인 것은 아니지만, 보다 타당한 해석을 가설적으로 선택할 수 있다. 읽기가 텍스트의 기획된 세계와의 만남을 통해 독자의 세계를 확장하고 변화시킨다면, 그 확장 변화한 경험세계가 다시금

61) 리쾨르는 허쉬(Eric D. Hirsch)의 "타당성(validity)"로부터 이 개념을 착안했다고 밝힌다. Eric D. Hirsch, *Validity in Interpretation*, New Haven, 1967 참조.

62) Paul Ricœur, "Text als Modell: Hermeneutisches Verstehen" S. 105.

새로운 읽기의 가능 조건이 된다. 미메시스로서의 읽기는 탈맥락화와 재맥락화의 과정에서 변화 수정되고 유효화되었다가 무효화될 것이다. 그러나 독서는 포기되지 않고 지속된다. 독서는 시간 안에서 펼쳐지는 세계 경험의 일부이며, 살아있는 활동이다. 리쾨르는 텍스트의 의미가 독서 행위의 결과로서만 생성될 수 있다는 사실, 그리고 텍스트 읽기가 세계 안에서 살고 느끼고 활동하고 기획하는 독자에 의해 행해지는 미메시스적 활동이라는 사실을 확인함으로써, 열린 독서의 유연한 한계를 설정한다.

Ⅴ. 맺음말

드 만의 알레고리로서의 독서와 리쾨르의 미메시스로서의 독서는 모두 텍스트의 의미론적 자율성에서 출발한다. 이 두 독서이론은 모두 텍스트 뒤에 감추어진 단 하나의 "본래적 의미"가 있다는 믿음을 의심한다. 또한 두 이론 모두 텍스트가 하나 이상의 해석 가능성을 지니고 있음을 인정한다. 그러나 알레고리로서의 독서가 문자적 의미와 비유적 의미 사이의 구분 불가능성, 텍스트의 독서불가능성, 해석의 결정 불가능성을 주장하는 반면, 미메시스로서의 독서는 이 다양한 해석 가능성을 해석을 자극하는 조건으로 수용한다.

이 두 독서이론의 근본적 차이는 텍스트의 외부를 어떻게 보는가에 있다.[63] 드 만의 해체적 독서이론은 텍스트의 바깥을 고려하지 않는

63) 또 다른 차이는 두 이론이 각기 어떤 문채를 더 근원적으로 보는가에 있다. 드 만에게는 알레고리가, 리쾨르에게는 은유가 가장 근원적이고 핵심적인 문채이다. 이 차이가 두 이론의 중요한 뼈대로 작용한다. 은유는 새로운 관념들의 종합을 통한 새로운 의미의 산출로 이해되는 반면, 알레고리는 종합되지 않고 병존하는 의미들로 이

다. 반면 리쾨르의 미메시스 독서이론은 텍스트를 닫힌 내부로 볼 수 없다는 사실에서 출발한다. 미메시스로서의 독서는 텍스트의 "내부/외부"라는 이분법을 거부한다. 드 만의 해체적 독서가 텍스트에 대한 문헌학적 집중에 머물러 텍스트를 알레고리로 해석하고 독서불가능성을 주장하는 것은, 미메시스 독서이론의 관점에서 보자면, 여전히 텍스트 내부/외부의 이분법이라는 그릇된 "재현의 환상"에 매어 있는 것이다. 언어나 텍스트는 경험과 세계의 단순한 반영이나 재현물이 아니다. 리쾨르의 미메시스 개념에 따르면, 언어와 경험 사이에 분명하게 규정할 수 있는 경계는 없다. 세 층위의 미메시스는 경험에 의해 각인된 언어, 그리고 언어에 의해 매개된 경험 사이의 순환적 관계를 보여준다.

글로 쓰인 텍스트는 경쟁하는 해석들을 허용한다. 경쟁하는 해석들 사이의 갈등은 불가결하다. 그러나 이 갈등이 읽기를 불가능하게 하지는 않는다. 독서를 통해 독자는 텍스트와 만나는 각 상황에서 다층화된 진리를 추구한다. 텍스트의 뜻은 고정될 수 없고 언제나 경합하는 해석들에 열려있지만, "독서불가능성"이라는 주장은 독단이다. 미메시스로서의 독서는 텍스트의 뜻을 발견하고자 하는 추구의 길 위에 머문다. 이러한 추구를 지지해주는 것은, 하나의 읽기가 – 비록 가설적이라 해도 – 다른 읽기에 비해 개연적일 수 있다는 사실이다. 텍스트는 언제나 특정한 읽기의 맥락에서, 잠정적인 해석에 닻을 내린다. 해석이 확정적이지 않고 다양한 해석이 가능하며, 시간의 흐름에 따라 되풀이되는 재독(再讀) 과정에 열려있다 하더라도, 읽기를 통해 자신

해된다. 리쾨르는 알레고리 역시 은유화 작용에서 출발한다고 본다. 반면 드 만에게 언어의 수사학적 특징은 곧 알레고리와 동일시된다. 이 차이가 어떻게 독서이론의 차이로 귀결하는지를 살피는 작업은 독립적인 하나의 연구 주제가 될 것이다.

의 세계를 확장하고 기획하는 독자들이 무한한 진공 상태에서 읽고 있는 것은 아니다. 유효한 해석의 선택은 텍스트가 세 층위의 미메시스의 순환 안에 있기에 가능하다. 이 순환이 완고한 객관성과 자의적 주관성 사이, 회의주의와 독단주의 사이에 해석 공간을 마련해준다.

참고문헌

김애령, 「니체의 은유이론과 문체의 문제」, 『철학연구』 제65집, 2004.

아리스토텔레스, 『시학』, 천병희 역, 문예출판사, 1996.

앨런 D. 슈리프트, 『니체와 해석의 문제』, 박규현 역, 푸른숲, 1997.

폴 드 만, 『이론에 대한 저항』, 황성필 역, 동문선, 2008.

______, 『독서의 알레고리』, 이창남 역, 문학과지성사, 2010.

______, 『텍스트에서 행동으로』, 박병수·남기영 역, 아카넷, 2002.

폴 리쾨르, 『해석이론』, 김윤성·조현범 역, 서광사, 1994.

______, 『시간과 이야기 1. 줄거리와 역사 이야기』, 김한식·이경래 역, 문학과지성사, 1999.

______, 『시간과 이야기 3. 이야기된 시간』, 김한식 역, 문학과지성사, 2004.

Bohrer, Karl Heinz, "Vorwort", *Ästhetik und Rhetorik. Lektüren zu Paul de Man*, hg. von Karl Heinz Bohrer, F/M 1993.

Culler, Jonathan, *Dekonstruktion. Derrida und die poststrukturalistische Literaturtheorie*, Hamburg, 1988.

de Man, Paul, "Die Rhetorik der Zeitlichkeit", *Die Ideologie des Ästhetischen*, hg. von Christoph Menke, F/M, 1993.

Fohrmann, Jürgen, "Misreading revisited. Eine Kritik des Konzepts von Paul de Man", *Ästhetik und Rhetorik. Lektüren zu Paul de Man*, hg. von Karl Heinz Bohrer, F/M, 1993.

Gadamer, Hans-Georg, *Wahrheit und Methode, Bd. 1*, Tübingen, 1986.

Kurz, Gerhard, *Metapher, Allegorie, Symbol*, Göttingen, 1993.

Lentricchia, Frank, *After the New Criticism*, London, 1980.

Martyn, David, "Die Autorität des Unlesbaren. Zum Stellenswert des Kanons in der Philologie Paul de Mans", *Ästhetik und Rhetorik. Lektüren zu Paul de Man*, hg. von Karl Heinz Bohrer, F/M, 1993.

Nietzsche, Friedrich, *Friedrich Nietzsche. Sämtliche Werke. Kritische Studienausgabe*(KSA), hg. von Giorgio Colli, Mazzino nontiari, Berlin, 1980.

Nietzsche, "Rhetorik-Vorlesung", *Friedrich Nietzsche. Gesammelte Werke*, Musarionausgabe(MusA), Bd. V, München 1922.

Ricœur, Paul, "Text als Modell: Hermeneutisches Verstehen", *Seminar. Hermeneutik und Wissenschaften*, hg. von H.-G. Gadamer, G. Böhm, F/M, 1978.

____________, *Hermeneutics and Human Sciences. Essays on Language, Action, and Interpretation*, ed. by John B. Thompson, Cambridge, 1981.

____________, "Mimesis and Representation", *A Ricœur Reader. Reflection and Imagination*, ed. by Mario J. Valdés, New York, 1991.

제3부

문화소통과 고전의 개입

『훈민정음』 '서문'의 두 가지 번역
—15세기와 20세기

서민정

Ⅰ. 머리말

우리 역사에서 세종(1397~1450)과 세종이 창제한 것으로 알려진 '훈민정음'[1)]만큼 절대적인 가치를 지니면서 그것의 권위에 조금의 의심도 가지지 않는 유산은 별로 없을 것이다. 다음은 국어학계에서 주로 전제하고 있는 '훈민정음'에 대한 인식이다.

(1) 이것은 「訓民正音」이라는 이름 그 自體가 바로 訓民正音을 制定하게 된 窮極의 目的을 表象해 놓은 것이라고 하겠다. 이 이름이 表象하는 槪念에서 미루어 볼 때 訓民正音은 어디까지나 「國語의 表記」와 「國民의 敎化」를 爲한 手段으로서 制定되었음을 알 수 있는 것이

1) '훈민정음'은 알려져 있다시피, 글자로서의 '훈민정음'과 그것을 설명해 놓은 책으로서의 『훈민정음』을 동시에 가리킨다. 책으로서의 『훈민정음』은 원래 한문으로 기록되어 있다. 1940년 안동에서 훈민정음을 설명한 해례본 원본이 발견된 이후 『훈민정음 해례본』이라고도 하고 『훈민정음 원본』, 『훈민정음 한문본』이라고도 한다. 이 『훈민정음 해례본』 가운데서 '어제 서문'과 '예의부'를 훈민정음으로 언해한 것이 『훈민정음 언해본』이다. 훈민정음의 여러 판본에 대한 자세한 설명은 안병희(1976), 임용기(1991) 등 참조.

다. (유창균, 1969/1982: 46)

'훈민정음'에 대하여 (1)과 같이 '국어의 표기'와 '국민의 교화'를 위해 세종이 창제한 것이라고 인식하는 것은 세종이 직접 지은 '나랏말쏘미'로 시작하는 '御製 序文'을 바탕으로 하고 있다.[2] '御製 序文'은 한문으로 먼저 작성하였고 그 당시에 문자 '훈민정음'으로 언해 곧 번역되었다. 그리고 이 『언해본 훈민정음』은 20세기에 와서 현대어로 번역되었다. 따라서 '언해본 훈민정음'과 '현대역 훈민정음'은 500년이라는 시대적 차이가 있다.

여기서 간과해서는 안 되는 것은 15세기와 20세기에 사용되던 어휘나 그것의 개념 혹은 지시대상이 과연 같은가 하는 문제이다. 언어는 시대의 흐름에 따라 변화하는 역사성을 가지고 있다. 따라서 어떤 어휘의 정확한 의미를 이해하기 위해서는 사용 당시로 돌아가서 해석할 필요가 있다. 어휘의 형태가 같다고 해서 지시대상이나 지시범위, 개념이 같은 것은 아니기 때문이다. 예를 들어 훈민정음 서문에 있는 '國'의 경우, 훈민정음이 창제된 15세기와 새롭게 각광받기 시작한 20세기에 그것이 가리키는 지시대상과 의미가 같은가 하는 문제이다. '國'이라는 같은 형태를 쓰고 있으나 이것의 의미가 달라졌다면, 지시

2) 훈민정음 창제 목적이나 동기에 대해서는 많은 논의들이 있었다. 이러한 연구들에서 제시하는 창제 목적은 주로 다음과 같이 정리할 수 있다.

첫째, 세종의 자주정신이다. '우리나라 말이 중국과 달라서 문자로는 서로 통하지 않으므로'라는 서문의 일부의 해석을 근거로 나온 창제 목적이다. 둘째, 세종의 애민정신이다. '어리석은 백성이 이르고자 하는 것이 있어도 그것을 실어 펴지 못하는 사람이 많다. 내가 이것을 불쌍히 여겨…'라는 서문의 일부의 해석을 근거로 나온 창제 목적이다. 셋째, 세종의 창조정신이다. '새로 스물여덟글자로 만드니'라는 서문의 일부의 해석을 근거로 나온 창제 목적이다.

그 외 창제목적에 대한 자세한 논의는 남풍현(1980), 정달영(2007) 등 참조.

대상은 다른데 같은 것으로 번역하는 치명적인 오류를 포함하게 된다. 따라서 주지하고 있는 바와 같이 어떤 텍스트가 제작된 그 시대의 상황을 배제한 상태에서의 번역이란 오류가 많을 가능성이 크며, 특히 시대나 문화를 달리하는 경우라면 그러한 가능성은 더 클 수밖에 없다. 훈민정음의 경우도 다르지 않다. 즉, 훈민정음 서문의 번역에서 등장하는 '나라', '중국', '문자', '글자', '백성', '사람' 등의 어휘가 가리키는 지시대상이나 개념이 15C와 20C가 같은지 아닌지에 대해서 먼저 검토되어야 한다. 만약 어떤 어휘가 가리키는 개념이 15세기에도 통용되던 개념이었다면 상관없겠지만, 20세기의 의미로 15세기의 문헌을 해석했다는 것은 오역의 가능성이 있을 수 있다. 이 연구는 이러한 문제의식을 가지고 훈민정음 서문에 주목한다.

한편, 19세기와 20세기는 중세와는 다른 '근대'라는 새로운 가치와 기준으로 세계를 보기 시작한 시기이다. 그러한 '근대'적 시각에 따라 '훈민정음'이 새롭게 조명되기 시작했다는 점 또한 이 연구에서 주목하는 부분이다. '훈민정음'이 창제된 당시인 15세기와 훈민정음이 새롭게 조명되기 시작한 19세기말~20세기 초는 여러 가지 면에서 비슷하기도 하고 또 다르기도 하다. 문명전환의 시점이라는 점에서, 그리고 새로운 제도나 가치관의 정립이 필요한 시기였다는 점에서는 비슷했고, 그것의 대응방식에서는 달랐다. 20세기를 전후한 시기는 근대의 서구중심적 이데올로기와 제국주의와 민족주의와 같은 이데올로기들이 같이, 혹은 맞서면서 형성 심화되어 가던 시기이다. 그리고 새로운 가치와 문물의 도입과 함께 '국가', '사회', '국민', '자주' 등과 같은 근대적 가치관을 담은 어휘들이 도입되고 유통되었던 시기이다. 이러한 시기에 새롭게 조명된 훈민정음의 가치와 그 가치를 뒷받침해준 『훈민정음』 특히 서문의 번역에서 근대적 가치가 담겨 있는 것은 아니었는지에 의문을 가지면서 이 문제에 주목하고자 한다.

앞의 (1)과 같은 해석의 출발이 훈민정음 '서문'의 해석이라는 점에서 서문의 '번역'은 중요한 의미를 가지는 것이며 그에 따라 서문에 대한 20세기 번역과 15세기 번역의 차이는 없는가, 만약 차이가 있다면 무엇 때문인지, 그리고 그러한 차이를 만들어 낸 것은 무엇인가를 살펴보는 것은 훈민정음에 대한 가치와 평가를 이해하는 데 반드시 거쳐야 할 과정이다. 이 연구는 이러한 관점에서 15세기와 20세에 두 번 번역된 훈민정음 서문을 고찰하고자 한다.

훈민정음 창제 의의와 그것의 국어학적인 가치에 대해서는 이숭녕(1957), 강길운(1992), 김완진(1972, 1984), 이기문(1974, 1980), 남풍현(1980), 강신항(1987/1996), 이현희(1990), 강창석(1996) 등 많은 앞선 연구에서 논의되었다. 이러한 연구는 앞의 (1)과 같은 관점에서 훈민정음에 대해 고찰하였다.

최근에는 역사학적 혹은 문화학적 관점에서 기존의 훈민정음에 대한 평가에 대해 비판적으로 검토하고 새로운 평가가 필요함을 제안한 논의들이 있는데, 이상혁(1999, 2008), 백두현(2009), 정다함(2009) 등이 대표적이다. 그리고 여찬영(2010)은 '훈민정음'에 대해 번역학적 관점에서 고찰하였고, 이영월(2005, 2009, 2010)에서는 중국운학과 관련시켜 훈민정음을 고찰함으로써 '훈민정음'의 창제 배경에 대해 이전과는 다른 관점에서 설명하게 되었다. 한편 훈민정음의 새로운 평가를 위한 고찰에서 자료와 예를 바탕으로 좀더 직접적인 접근을 시도한 정요일(2008)에서는 고전의 재검토의 필요성에서 훈민정음 서문의 '者'에 대한 새로운 해석을 내놓았다. 이러한 앞선 연구는 훈민정음의 고정된 이미지를 벗어나서 다양한 시도를 했다는 의의가 있다.

그러나 지금까지 훈민정음에 대한 고정된 이미지가 '서문'의 해석에 있다는 것을 고려해 본다면, '서문'의 번역과 해석에 관련된 문제가 먼저 검토되어야 한다. 그래서 앞선 논의들을 바탕으로 이 연구에서는 『훈민정음』의 15세기 번역과 20세기 번역의 차이를 포착하고 궁극적으로는 20세기 번역의 문제점을 지적하고 그 원인을 찾아보고자 한다.

Ⅱ. 중세의 시대적 가치와 훈민정음

훈민정음은 어떠한 시대적 가치 속에서 창제되었는가. 그리고 그 시대에 훈민정음은 어떤 의미를 가지고 있는가. 이 장은 이러한 질문에서 출발한다.

훈민정음의 창제 배경이나 창제 목적 등에 대한 논의[3]는 이 논문의 직접적인 연구 범위는 아니지만, 이 연구에서 살펴보고자 하는 훈민정음 서문의 15세기 번역을 이해하기 위해서는 훈민정음 서문에 제시되어 있는 '國', '中國' 등과 같은 어휘가 지시하는 것은 무엇이며, 조선에서 훈민정음은 어떻게 인식되고 있었는가에 대한 검토가 필요하다. 따라서 먼저 조선시대 훈민정음과 관련된 몇 개의 기록을 살펴보고자 한다. 다음은 세종실록 113권, 28년(1446) 9월 29일의 기사 가운데 '정인지 서문'의 일부이다.[4]

---

3) 훈민정음 창제(1443년) 당시의 역사적 배경과 언어, 문자 표준에 대해서는 정다함(2009)의 논의가 시사하는 바가 있다. 그리고 훈민정음의 창제 목적에 대해서는 백두현(2009)에서 '인민통치'를 위한 수단이었음을 논의한 바 있다. 그 외에도 훈민정음의 창제자에 대해 세종의 친제설에 대해 반론을 제기한 정달영(2007)의 논의가 있다. 이와 같이 최근에 기존의 훈민정음에 대한 연구에 대해 여러 가지 측면에서 새로운 제안이 나오고 있다.

4) 이하 번역과 원문은 한국고전번역원 한국고전종합DB(http://db.itkc.or.kr)와 조선왕조실록(http://sillok.history.go.kr)에서 가져왔다. 여기서 인용한 번역은 부분

(2) ㄱ. **외국(外國)의 말은 그 소리는 있어도 그 글자는 없으므로, 중국의 글자를 빌려서 그 일용(日用)에 통하게 하니,**[5] 이것이 둥근 장부가 네모진 구멍에 들어가 서로 어긋남과 같은데, **어찌 능히 통하여 막힘이 없겠는가.**

ㄴ. 사방의 풍토(風土)가 구별되매 성기(聲氣)도 또한 따라 다르게 된다. 요는 모두 각기 처지(處地)에 따라 편안하게 해야만 되고, 억지로 같게 할 수는 없는 것이다. **우리 동방의 예악 문물(禮樂文物)이 중국에 견주되었으나 다만 방언(方言)과 이어(俚語)만이 같지 않으므로,**[6]

ㄷ. **이로써 글을 해석하면 그 뜻을 알 수가 있으며,**[7] 이로써 송사(訟事)를 청단(聽斷)하면 그 실정을 알아낼 수가 있게 된다.

ㄹ. **바람소리와 학의 울음이든지, 닭울음소리나 개짖는 소리까지도 모두 표현해 쓸 수가 있게 되었다.**

(2ㄱ)에서 '外國'과 '中國'의 대응은 훈민정음 어제 서문의 '國之語音異乎中國'에서 '國'과 '中國'의 대응과 관련된다. 이것은 지금 우리의 관점에서 사용하는 '외국'의 의미와는 분명히 다른 개념이다. 지금의 '외국'은 우리를 중심으로 '대한민국'이 아닌 다른 나라가 '외국'이다. 그래서 '중국'도 '외국'이다. 그러나 (2ㄱ)에서는 '中國'이 아닌 '國'이 '外國'이며 그래서 조선도 '外國'의 하나이다. 그리고 각주에 있는 원문과 번역된 (2ㄱ, 2ㄴ)을 비교하면 번역에서는 모두 '중국'으로 번역하고 있으나, 원문은 '中國'과 '華夏'로 구분된다. 그리고 '中國'은 '外國'

적으로는 이 연구의 관점과 맞지 않는 부분도 있으나, 당시의 전체적인 상황을 이해하기 위해 여기에 인용하였다. 강조는 이 글의 논의를 위해 글쓴이가 표시한 것이다.

5) 원문: 蓋外國之語, 有其聲而無其字, 假中國之字, 以通其用

6) 원문: 吾東方禮樂文物, 侔擬華夏, 但方言俚語, 不與之同

7) 원문: 以是解書, 可以知其義

과, '華夏'는 '吾東方'과 각각 대응된다. 따라서 (2ㄱ)과 (2ㄴ)을 바탕으로 보면, '外國(외국), 中國(중국), 國(국)'의 쓰임이 지금 우리가 사용하고 있는 것과는 다르다. 그래서 훈민정음 창제 당시인 15세기의 '國', '中國'과 20세기의 '국가'로서의 '國', 'China'라는 의미의 '中國'과는 다름을 알 수 있다.

다음으로 (2ㄷ)에서 '훈민정음으로 글[書]을 해석하면 그 뜻을 알 수 있다'는 것은, 훈민정음과 글[書]을 구분하고 있음을 의미한다. 그리고 훈민정음의 역할이 한문으로 되어 있는 글[書]의 해석과 (2ㄹ)에서 나타난 것과 같이 소리의 표현이다.[8)]

한편 15세기의 시대적 가치와 훈민정음에 대한 것은 훈민정음 창제에 참여한 것으로 알려진 성삼문과 신숙주의 글을 통해서도 알 수 있다. (3)은 성삼문(成三問, 1418년~1456년)이 지은 동자습 서문[童子習序]의 일부이고, (4)는 신숙주(申叔舟, 1417년~1475년)가 지은 홍무정운 서문[洪武正韻序]이다.

(3) ㄱ. **우리나라가 바다 건너에 있어 중국과는 말이 달라 역관이 있어야 서로 통하므로, 우리 선대 임금께서 지성으로 중국을 섬겨 승문원(承文院)을 두어 이문(吏文)을 맡게 하고, 사역원(司譯院)에서는 통역을 맡아 그 일만 전념하게 하여 그 자리를 오래 두었으니, 생각이 주밀하지 않음이 없었다. 그러나 한음(漢音)을 배우는 사람이 몇**

8) 이것은 궁극적으로는 훈민정음이 표음문자로서 자질의 가지고 있음을 당시도 인식하고 있었다는 것인데, 그 시대가 요구하는 '글자'의 요건이 지금과 다르기 때문에 훈민정음이 '글'로서는 인정받지 못했던 듯하다. 다시 말해 '훈민정음' 그 자체는 글이 안된다고 하더라도 '훈민정음'으로 글을 이룰 수는 있는데 거기까지는 나갈 수는 없었다는 것이다. 즉 당시에는 '글자'의 덕목으로 어떤 의미를 가지고 있는 것인가가 중요한 것이었다면, 근대 이후 '글자'는 소리를 어떻게 표현해 내는가가 중요해진 것으로 시대적 가치가 다르다는 것이다.

다리를 건너서 전수한 것을 그대로 받아들인 지가 이미 오래이기에 잘못된 것이 퍽 많아, 종(從)으로는 사성(四聲)의 빠르고 느림을 어지럽게 하고, 횡으로는 칠음(七音)의 맑고 흐림을 상실하였다.

ㄴ. 게다가 중국의 학자가 옆에 있어 정정해 주는 일도 없기 때문에, 노숙한 선비나 역관으로 평생을 몸바쳐도 고루한 데 빠지고 말았다. **세종과 문종께서 이를 염려하시어 이 훈민정음(訓民正音)을 지어내셨으니, 세상의 어떠한 소리라도 옮겨 쓰지 못할 것이 없다.** 곧 ≪홍무정운(洪武正韻)≫을 번역하여 중국의 원음으로 바로잡아 놓고 또 옳게 추리한 ≪동자습(童子習)≫으로 역어(譯語)를 가르치게 하였으니, 실로 중국말을 배우는 문호가 되었다. 그래서 우부승지 신(臣) 신숙주·겸 승문원 교리(兼承文院校理) 신 조변안(曹變安), 예조 좌랑 김증(金曾), 사정(司正) 손수산(孫壽山)에게 명하여, **정음(正音)으로서 한어(漢語)를 번역하여 글자 밑에 작은 글씨로 쓰고 또 우리말로 그 뜻을 풀이하라 하시고,**

ㄷ. **배우는 자가 먼저 정음(正音) 몇 자만 배우고서 다음으로 이 책을 보면, 열흘 쯤으로 중국말도 통할 수 있고 운학(韻學)도 밝힐 수 있어, 중국을 섬기는 일이 이로써 다 될 것이니, 두 임금의 정묘하신 제작이 백 대에 뛰어났음을 볼 수 있다.**

(4) ㄱ. 성운학(聲韻學)은 가장 정밀하기 어려운 것으로 알려져 있다. 이는 사방의 풍토가 동일하지 않음에 따라 기(氣)도 역시 다르며 소리는 기(氣)에서 나기 때문에 이른바 사성(四聲)·칠운(七韻)이란 당연히 **지방에 따라 다르다.** (중략) **이에 우리나라가 대대로 중국을 섬겼으나 언어가 통하지 아니하여 반드시 통역을 의뢰하기 때문에**

ㄴ. **훈민정음을 이용하여 반절(反切)을 대신하고, 그 속음(俗音)과 두 가지로 사용하는 음을 몰라서는 아니되므로 나눠서 본 글자 아래 주를 달고, 그래도 통하기 어려운 것이 있으면 대강 주석을 가해서 그 예를 보여주고, 또 세종께서 정해 놓으신 사성통고(四聲通攷)를**

따로 머리에 붙이고, 다시 범례(凡例)를 나눠서 표준을 만들었다.

위의 (3), (4)에서도 '중국'과의 관계라든가, 한음(漢音)의 문제와 관련된 중국과의 소통의 문제, 훈민정음이 소리의 구현에서 아주 우수하다는 점 등을 밝히고 있는데, 이 또한 앞의 정인지 서문을 통해 알 수 있는 내용과 크게 다르지 않다. (4)에서 제시한 것 외에도 홍무정운 서문에서 신숙주는 연경에 가서 중국의 선생이나 학사에게 음을 바로 잡았음을 밝히고 있는데, 이것은 역시 '한자음'의 정확한 실현이 이 당시에는 아주 중요한 가치였음을 보여준다고 할 수 있다. 이긍익(영조 12년(1736년)~순조 6년(1806년)) 연려실기술에서도 이와 관련된 기록이 있다. 다음은 연려실기술 제3권 세종조 고사본말(世宗祖故事本末)의 찬술(纂述)과 제작(制作)의 일부이다.

(5) 중국 한림학사 황찬(黃瓚)이 때마침 요동에 귀양와 있었으므로 성삼문(成三問) 등에게 명하여 황찬을 찾아가 보고 음운(音韻)에 관한 것을 질문하게 하였고, 요동에 왕복하기를 무릇 열세 차례나 하였다.

이외에도 〈정조 실록〉16권 1783년의 홍양호 상소문[9]에도 훈민정음과 관련된 내용이 있는데, 다음과 같다.

(6) 여섯째는, **화어(華語)를 익혀야 하는 일을 말하겠습니다.** 대저 **한인(漢人)들의 말은 곧 중화(中華)의 정음(正音)입니다.** 한번 진(晉)나라 시대에 오호(五胡)들이 서로 어지럽힌 이후부터는 방언(方言)이 자주 변하게 되고 자음(字音)도 또한 위작(僞作)이게 되었지만

9) 정조 16권, 7년(1783 계묘 / 청 건륭(乾隆) 48년) 7월 18일(정미) 2번째 기사, 수레 · 벽돌의 사용, 당나귀 · 양의 목축 등 중국의 문물에 대한 홍양호의 상소문

그래도 그 유사한 것에 따라 진짜 음(音)을 찾아낼 수 있습니다. **우리 나라의 어음(語音)은 가장 중국의 것에 가까웠었는데, 신라와 고려 이래에 이미 번해(翻解)하는 방법이 없었기에 매양 통습(通習)하는 어려움이 걱정거리였습니다. 오직 우리 세종 대왕께서 하늘이 낸 예지(睿智)로 혼자서 신기(神機)를 운용(運用)하여 창조(創造)하신 훈민정음(訓民正音)은 화인(華人)들에게 물어 보더라도 곡진하고 미묘하게 된 것이었습니다.**

무릇 사방의 언어(言語)와 갖가지 구멍에 나오는 소리들을 모두 붓끝으로 그려 낼 수 있게 되는데, 비록 길거리의 아이들이나 항간의 아낙네들이라 하더라도 또한 능히 통하여 알게 될 수 있는 것이니, 개물 성무(開物成務)한 공로는 전대(前代)의 성인들도 밝혀 내지 못한 것을 밝혀 낸 것으로써 천지의 조화(造化)와 서로 가지런하게 된 것이라 할 수 있습니다. 이를 가지고 한음(漢音)을 번해(翻解)해 나가면 칼을 만난 올이 풀이듯 하여, 이로써 자음(字音)을 맞추게 되고 이로써 성률(聲律)도 맞추게 되었기 때문에 **당시의 사대부(四大夫)들은 대부분 화어(華語)를 통달하게 되어, 봉사(奉使)하러 나가거나 영조(迎詔)하게 될 적에 역관(譯官)의 혀를 빌리지 않고도 메아리치듯 주고받게 되었던 것입니다.** 따라서 임진년과 계사년 무렵에 이르러서는 걸령(乞靈)하기도 하고 변무(辨誣)하기도 하는 국가의 큰 일들에 있어서 그 힘을 입게 되는 수가 많았으니, 화어를 읽히지 않을 수 없음이 이러합니다.

(6)에서 강조한 '**한인(漢人)들의 말은 곧 중화(中華)의 정음(正音)입니다.**'와 '**우리 나라의 어음(語音)은 가장 중국의 것에 가까웠었는데,**' '**우리 세종 대왕께서 창조(創造)하신 훈민정음(訓民正音)은 화인(華人)들에게 물어 보더라도 곡진하고 미묘하게 된 것이었습니다.**'의 서술과정에서 '훈민정음'의 위치는 역시 한자음의 표기와 관련이 깊다.

그리고 (6)에서도 확인할 수 있는 것은 중세라는 시대에서 인식하고 가치는 분명 근대적 관점에 있는 지금 우리가 가치로 여기는 것과는 다르다는 것이다.

그래서 (2)~(6)을 통해서 보면 15세기~18세기까지 훈민정음의 시대적 가치는 지금과는 분명히 다르며, 그 시대적 가치 속에서 훈민정음의 위치는 한자음을 나타내기 위한 것이었다는 것이다.[10] 그러한 사실 속에서 훈민정음의 의의나 가치는 새롭게 조명되어야 한다.

Ⅲ. 번역으로서 『훈민정음 언해본』: 15세기 어제 서문 번역

1443년 훈민정음이 창제되고 창제된 문자인 '훈민정음'으로 최초로 번역한 것이 『훈민정음 해례본』의 어제 서문과 예의부를 번역한 『훈민정음 언해본』이다.[11] 여기서는 어제 서문을 중심으로 살핀다. (7)은 한문으로 된 서문이고, (8)은 '훈민정음'으로 언해된 서문이다.

(7) 『훈민정음』 해례본 어제 서

國之語音 異乎中國 여문자不相流通 故愚民有所欲言 而終不得伸其情者 多矣

予爲此憫然 新制二十八字 欲使人人易習 便於日用耳.

(8) 『훈민정음』 언해본 어제 서[12]

10) 이 점에 대해서는 중국 성운학과 훈민정음의 음성학적 설명이 일치함을 논증한 이영월(2010)의 논의가 시사하는 바가 있다.

11) 여찬영(2010)에서 『훈민정음 언해본』의 번역학적 의미에 대해 현대 번역학 이론에 따라 설명하고 있다.

12) 원문에서는 한자 오른편 아래에 작은 글씨로 적은 것을 여기서는 괄호로 표시하였다.

나랏말ᄊᆞ미中(듕)國(귁)에달아
文(문)字(ᄍᆞᆼ)와로서르ᄉᆞᄆᆞᆺ디아니ᄒᆞᆯᄊᆡ
이런젼ᄎᆞ로어린百(ᄇᆡᆨ)姓(셩)이니르고져ᄒᆞᇙ배이셔도
ᄆᆞᄎᆞᆷ내제ᄠᅳ들시러펴디몯ᄒᆞᇙ노미하니라
내이ᄅᆞᆯ爲(윙)ᄒᆞ야어엿비너겨
새로스믈여듧字(ᄍᆞᆼ)ᄅᆞᆯᄆᆡᆼᄀᆞ노니
사ᄅᆞᆷ마다ᄒᆡ여수ᄫᅵ니겨날로ᄡᅮ메 便(뼌)安(한)킈ᄒᆞ고져ᄒᆞᇙᄯᆞᄅᆞ미니라

(7)에서 '國'과 '中國'은 (8)에서 각각 '나라'와 '中(듕)國(귁)'으로 언해된다. 이것은 '國'에 대해서는 고유어로 '나라'가 있었으나, '中國'에 대한 고유어가 없었기 때문인 것으로 이해되는데, 2장에서 살핀 바와 같이, 15세기의 '國'과 '中國'은 최소한 지금 각각이 '국가'와 'China'를 가리키는 것과는 다르다.[13] 이러한 설명은 앞의 (2)의 정인지 서문과 (6)에서 살핀 홍양호 상소문의 원문을 참고로 할 수 있다.

(9) 吾東方禮樂文物, 侔擬華夏, 但方言俚語, 不與之同
(10) 六日肄**華語**。夫漢人之語, 卽中華之正音也。一自晋代以後, 五胡交亂, 方言屢變, 字音亦僞, 而猶可因其似而求其眞矣。**我國**之音, 最近於**中國**。

華語와 方言, 中國 혹은 中華와 我國이 대응되는 (9), (10)에서 보면 '國'은 오히려 '方'의 개념에 닿아 있다.

한편, 어제 서문의 語音, 文字, 言은, '語音'은 '말ᄊᆞᆷ', '文字'는 '文(문)字(ᄍᆞᆼ)', '言'은 '니ᄅᆞ다'로 각각 언해된다. 해례본의 한자에서도 그러하고, (9), (10)의 다른 문헌에서도 '語音'은 '음성' 혹은 '말소리'를 가리킨

13) 중세 '國'의 의미와 근대 '국가'의 의미 획득과정에 대해서는 이병근(2003), 이연숙(1996) 참조.

다. 따라서 (8)의 언해본의 '말쌈'은 '말소리'로 현대어로 나타낼 수 있다. 그리고 (7), (8)을 보면, 글자로서의 '훈민정음'은 해례본이든 언해본이든 '文字'라고 하지 않고 '字'라고 했는데, 이것을 통해 당시에 '文字'와 '字'는 구분되는 개념이었고, '훈민정음'은 '文字'는 아니었음을 알 수 있다. 이러한 내용을 뒷받침하기 위해 훈민정음이 최초로 발견되는 비문으로 알려진 李允濯 · 安人申氏墓碣의 비문[14]을 보자.

(11) 權知承文院副正字李公允濯 安人申氏籍高靈 合葬之墓
[東側面]不忍碣
爲父母 立此 誰無父母 何忍毁之 石不忍犯 則墓不忍凌
明矣 萬世之下 可知免夫
[西側面]靈碑 녕ᄒᆞᆫ비라 거운 사ᄅᆞᄆᆞᆫ 직화ᄅᆞᆯ 니브리라 이ᄂᆞᆫ **글 모ᄅᆞᄂᆞᆫ** 사ᄅᆞᆷᄃᆞ려 알위노라

(11)에서 훈민정음으로 표기된 글은 '비를 해치는 사람은 재화를 입을 것'임을 경고하는 것인데 '이것은 글을 모르는 사람에게 알리는 것이다'라고 밝히고 있어서 당시에 '글'은 '한문'을 가리키는 것임을 짐작할 수 있다. 그래서 당시에 '훈민정음'은 세종대왕 스스로도 한자와 대응되는 어떤 문자체계로 인식한 것이라고 보기에는 무리가 따른다. 그래서 '말쌈'으로 언해되는 '語音'은 말소리로, '文字'는 한자로, '니ᄅᆞ다'로 언해되는 '言'은 말하다로 해석할 수 있다.

다음으로 해례본에 나타나는 '民'과 '人'의 의미에 대해 살펴보자. '民'과 '人'은 언해본에서도 '百(ᄇᆡᆨ)姓(셩)'과 '사ᄅᆞᆷ'으로 구분해서 언해하

14) 서울시 노원구 하계동 산 12-2(노원구청, 보물 제1524호). 비 뒷면의 내용으로 중종31년(1536년)에 건립된 것으로 알려져 있다 (http://www.cha.go.kr/korea/heritage/).

고 있다.

장현근(2009)에 따르면 중국정치사상사에서 '民'은 어원적으로는 노동에 종사하는 노예들로부터 출발하였으나 뒤에는 피통치자를 지칭하는 말로 의미신장을 하였으며, 나중에는 국왕 한 사람을 제외하고 정치사회의 모든 구성원을 지칭하게 되었다고 한다. 이러한 장현근(2009)의 논의를 받아들인다면 훈민정음 해례본의 '民'은 결국 왕을 제외한 신하와 일반 백성을 가리키는 개념으로 이해된다. 그리고 '人'은, 박종연(2006: 30)에 의하면 논어에서 '人'은 광의로는 무리, 군중을 가리키고 협의로는 '民'에 대립되는 개념이라고 한다. 언해본에서는 '民'은 '百(빅)姓(셩)'으로 '人'은 '사ᄅᆞᆷ'으로 구분하여 언해하고 있는데, 당시에 이 둘의 정확한 사용에 대해서는 앞으로 더 고찰되어야 하므로, 여기서는 다음의 자료를 바탕으로 이 둘을 구분해서 해석할 수 있을 가능성만 열어두고자 한다.

(12) 세종 28년 병인(1446, 정통 11)　12월26일 (기미)
이과와 이전의 취재에 훈민정음을 시험하게 하였다
이조에 전지(傳旨)하기를,
"금후로는 이과(吏科)와 이전(吏典)의 취재(取才) 때에는 훈민정음(訓民正音)도 아울러 시험해 뽑게 하되, 비록 의리(義理)는 통하지 못하더라도 능히 합자(合字)하는 사람을 뽑게 하라."하였다.
【원전】 4집 716쪽

위의 조선실록에 따르면 훈민정음은 시험의 한 과목이었는데 훈민정음이 시험의 과목으로 사용되는 것은 고위관리직의 경우는 아니었다. 그리고 일반백성들을 어떻게 가르치거나 시험하라는 내용도 포함되어 있지 않다. 만약 기존의 훈민정음의 번역대로 '사람마다 익혀 사용함에 편안하게 하고자 한다'라고 할 때 그 '사람'이 백성 전체를 가리키는 것이라면 백성들의 교육을 위한 제도나 방침이 뒤따라야 한다. 그러나 위의 경우처럼 중앙과 지방관청에서 행정실무나 잡무, 관료의 보조업무에 종사하던 서리를 뽑는 시험 등에서 사용되었다는 기록 정도만 있지, 일반 백성을 위한 교육에 대한 것은 아직은 보이지 않는다. 이것이 틀리지 않다면 『훈민정음 언해본』의 '사ᄅᆞᆷ'은 일반백성들 전체를 가리킨다고 하기에는 무리가 있다. (12)와 같은 자료를 통해서 보면, 중앙관서와 일반 백성을 연결하는 서리들이 훈민정음을 알아야 한다는 것인데, 그렇다면 '人'을 언해한 『훈민정음 언해본』의 '사ᄅᆞᆷ'은 '民'을 언해한 'ᄇᆡᆨ셩'과는 구분된다.[15)]

이러한 내용을 바탕으로 훈민정음 언해본의 어제 서문을 재구성하면 대략 다음과 같은 내용이 포함되어 있다.

> (13) 조선의 말소리와 중화의 말소리가 달라서 한자로 서로 통하지 않아서 이를 잘 모르는 대부분의 백성들이 말하고자 하는 것이 있어도 결국 제대로 자기의 생각을 담아 표현하지 못하는 것이 많다.
>
> 내가 이것을 불쌍하게 생각해서 새로 스물여덟 글자를 만드니 서리들로 하여금 쉽게 익혀서 날마다 사용하는데 편안하게 하고자 한다.

(13)의 내용을 받아들인다면 새로운 문자를 정하여 '訓民正音' 즉, 'ᄇᆡᆨ셩을 ᄀᆞᄅᆞ치는 바른 소리'라고 이름지은 것도 이해된다.[16)]

15) 『훈민정음』어제 서문에서 사람을 지칭하는 것으로 해석한 것 가운데 위의 '人'이나 '民' 이외에도 '者'(언해본에서는 '놈')가 있다. 지금까지는 '者'는 '사람'으로 해석되어 왔는데, 정요일(2008)에서는 사람이 아니라 '것'으로 해석하는 것이 옳다고 논의한 바 있다. 이 연구에서도 여기서는 정요일(2008)의 논의를 받아들이면서 앞으로 더 고찰해야 할 문제로 남겨둔다.

16) 훈민정음이 조선시대 인민 통치를 위해 활용된 것에 대해서는 백두현(2009) 참조.

한편 1800년대 이전까지 훈민정음이 나타나는 문헌은 주로 언해서이다. 『능엄경』, 『두시』, 『박통사』, 『노걸대』, 『구급방』과 같은 책을 언해한 『능엄경언해』, 『두시언해』, 『박통사언해』, 『노걸대언해』, 『구급방언해』 등이 그것이다. 그런데 이러한 언해서들이 대상으로 하는 원본텍스트가 주로 외국어교육과 관련되거나 경전, 어린이교육서, 의학서 등이거나 『삼강행실도』와 같은 백성 교화와 관련되어 있다는 점 또한 『훈민정음』서문을 이해하는 데 바탕이 될 것이다.

Ⅳ. 『훈민정음』 어제 서문의 20세기 번역

20세기에 들어오면서 현대역 혹은 번역한 훈민정음 서문은 부분적으로는 조금씩 차이가 있다고 하더라도 대략 다음과 크게 다르지 않다. 여기서는 김슬옹(2009: 22)에서 제안한 번역을 제시한다.

(14) 우리나라 말이 중국과 달라 한자와는 서로 통하지 않으므로 어리석은 백성이 말하고자 하는 바가 있어도 끝내 제 뜻을 펴지 못하는 사람이 많다.

내가 이것을 가엾게 여겨 새로 스물여덟 글자를 만드니 모든 사람들로 하여금 쉽게 익혀서 날마다 쓰는데 편하게 하고자 할 따름이니라.

이러한 번역을 바탕으로 보면 훈민정음의 창제목적은 '자주정신, 애민사상, 창조정신'으로 귀결될 수박에 없다. 이와 비슷한 관점의 글은

그리고 김슬옹(2005)에서 조선왕조실록에 나타나는 언해기사의 용도가 교화가 80%이고, 실용이 16%임을 지적한 것도 훈민정음의 창제의도나 실제 사용 용도를 확인할 수 있는 대목이다.

20세기 초부터 볼 수 있다. 다음은 조선일보에 실린 1930년의 글이다.

(15) 世宗이 正音을 지었는지 改正하얏든지간에 世宗은 正音을 全國民에게 頒布하야 國民萬代에 福利를 준 글에 대한 큰 覺者이다.(조선일보 1930.9.5.~15, 正音頒布 以後의 變貌-外國語에서 받은 衝動, 權悳奎)

훈민정음을 보는 (15)와 같은 시각은 1876년 유희의 『언문지』를 시작으로 '훈민정음' 그 자체에 대한 연구들이 나오기 시작하면서 형성되는데, 이것이 '훈민정음'에 대한 '연구'적 입장만이 아닌 것은 19세기 말과 20세기 초의 여러 가지 시대적 상황이 설명해 준다.

근대 이전의 훈민정음에 대한 인식은 그것의 실제적인 활용에서는 편지나 소설 등 다양하게 사용되었다고는 하더라도 그것과는 상관없이 2장에서 살핀 바와 같이, 한자음을 잘 표기하는 것이었고, 훈민정음이 담아내지 못할 소리가 없을 정도로 소리를 잘 나타낼 수 있는 도구이며 쉽게 배울 수 있는 것이었다.[17] 그러나 19세기 후반에 들어오면서 글자로서의 훈민정음에 대한 인식은 그 양상이 달라진다. 한자를 능가하는 문자로서의 가치를 인정받기 시작했고 그것은 '민족'적 자부심을 주기에 충분한 것이었다. 이러한 새로운 인식은 궁극적으로는 서구에서 온 지식인들 특히 선교사들에 의한 자극이 뒷받침되었다. 다음은 프랑스 선교사 Ridel[18]이 쓴 『한불ᄌᆞ뎐』(韓佛字典, 1880) 서문

17) 물론 1750년(영조 26)에 신경준(1712(숙종 38)~1781(정조 5))이 지은 『운해훈민정음』과 같이 훈민정음에 대한 연구나 관심이 내재적으로 발생된 부분도 없지 않으나, 실제적으로 1880년에서 약 50여 년만에 훈민정음에 대한 관심이 폭발적으로 되는 것에는 근대적 가치관의 영향을 부정하기는 힘들어 보인다.

18) Félix-Clair Ridel(1830~1884)은 프랑스 파리 외방전교회 소속의 선교사이자 천주교 조선교구의 대리 주교였다.

의 일부분이다.

> (16) 처음으로 한국어를 접할 때 그 느낌은 어쩌면 이집트의 상형문자나 중국 한자 혹은 표의문자를 연구하는 것처럼 느껴질지 모르지만, 사실은 그렇지가 않다. 한국어의 문자에 해당하는 한글은 서양어의 알파벳과 비슷하게도 총 25개의 글자로 이루어져 있으며, 히브리어, 그리스어, 아랍어, 러시아어 등의 문자보다 배우기도 쉽고 빨리 습득할 수 있다. 아래의 익숙한 설명방법은 한국어의 체계가 얼마나 간단한가를 잘 보여준다.

그리고 그 이전까지는 '번역'이라고 하면 대상 텍스트가 한문으로 되어 있던 것에서 영어, 프랑스어 등으로 되어 있는 텍스트를 주로 번역하기 시작하면서[19], '한문'의 권위가 상실되어 갔고, 그에 따라 '서구중심적' 시각이 형성되면서 로마자와 비슷한 방식으로 되어 있는 문자 '훈민정음'이 조명받기 시작하는 것은 당연한 것이었다.

---

19) 초기의 번역은 주로 성경 번역이었다. 선교사에 의해 근대적 개념의 사전(1880년 『한불즈뎐』 등)이 출판되었는데, 이 이후 누가복음이나 요한복음 등 성경 번역과 출판이 폭발적으로 늘어났다. 이 시기에 출판된 성경에는, 『예수셩교누가복음젼셔』(1882), 『예수셩교누가복음뎨』(1883), 『예수셩교셩셔말코복음』(1884), 『예수셩교젼셔』(1887), 『新約聖書馬太傳』(1884), 『新約聖書馬可傳』(1884), 『新約聖書路加傳』(1884), 『新約聖書約翰傳』(1884), 『新約聖書使徒行傳』(1884), 『누가복음젼』(1890), 『보라달로마인셔 保羅達羅馬人書』(1890), 펜윅의 『요한복음젼』(1891), 『마태복음 馬太福音』(1892), 『마태복음』(1895), 『요한복음』(1896), 『야곱의공번된편지』(1897), 『베드로젼셔』(1897), 『베드로후셔』(1897), 『마태복음』(1898), 『마가복음』(1898), 『누가복음』(1898), 『로마인셔』(1898), 『고린도젼셔, 고린도후셔』(1898), 『필닙보인셔』(1898), 『데살노니가인젼후셔』(1898), 『듸이모데젼셔, 듸이모데후셔, 듸도셔, 빌네몬』(1898), 『요한일이삼유다셔』(1898), 『에베소인셔』(1899), 『신약젼셔』(1900) 등이 있다. 그런데 성경을 번역한 번역서에는 이전과 달리 그 책 제목에 '번역', '언해'를 포함하고 있지 않다는 점에서 성경 번역의 전략이 포함된 것으로 보인다. 이것은 새로운 세계관 혹은 가치관의 전파를 위해 문자가 이용되었다는 점에서 훈민정음 창제 이후 '용비어천가'와 '월인천강지곡'이 지어졌다는 것과 관련 있다.

이 외에도 이상혁(1999, 2008)에서도 밝히고 있는 바와 같이, 제국주의에 맞서는 민족주의라는 이데올로기도 20세기에 와서 『훈민정음』 서문이 15세기와는 다르게 이해되는데 영향을 미쳤다. 특히 1886년 한성순보를 시작으로 1896년 독립신문, 1907년 대한매일신보, 1920년 동아일보 등 신문들이 지속적으로 창간되고, 별건곤, 동광, 가정잡지 등의 잡지가 간행되었는데, 그에 따라 글자로서의 훈민정음은 '정음, 언문[20], 한글' 등의 이름으로 진화되어 가면서 근대적 가치에 맞게 더 미화되고 미화된 채로 다양한 매체를 통해 홍보되었다.

국사편찬위원회 한국사데이터베이스(http://db.history.go.kr)에서 검색한 자료에 한정하더라도 1907년에서 1945년까지 대한자강회월보, 태극학보, 개벽, 동광, 별건곤, 신민, 삼천리 등 잡지에서 70여 건, 동아일보, 조선중앙일보, 신한민보, 중외일보 등 신문에서 100여 건이 검색된다는 것은 이 시기에 '훈민정음'의 폭발적인 반응을 이해할 수 있다. 동아일보에 실린 글의 제목만 보이면 다음과 같다.

---

20) 이 시기를 포함하여 이전 시기에 '언문'이라는 말이 꽤 일반적이었는데 다음의 예를 보인다.

(1) 『梅泉野錄』 제2권 高宗 31년 甲午(1894년) ⑦

20. 국한문의 혼용

이때 서울의 관보 및 각도의 移文을 국한문으로 섞어 문장을 만들었다. 그것은 일본의 문법을 본받은 것이다.

우리나라의 방언에 옛날부터 漢文을 眞書라고 하고, 訓民正音을 彦文이라고 하였으므로 이를 통칭 眞諺이라고 하였는데, 갑오경장 이후로 신시대의 업무에 종사한 사람들은 언문을 국문으로 칭하고, 진서는 한문으로 칭하였다. 이에 국한문 3자가 방언으로 되면서 진언이란 명칭은 사라지고 말았다. 이때 경솔한 사람들은 한문을 폐지하여야 한다는 여론을 일으켰으나 그들의 세력이 저지되어 그 여론은 중지되었다.

(17) 동아일보 1926-01-02 05 01
朝鮮史上 世界的 事實, 久遠性을 帶한 過去三丙寅(其二)
동아일보 1926-11-05 01 01
「國之語音」訓民正音八回甲
동아일보 1927-10-24 03 01
世宗과 訓民正音,한글 出現의 經路와의 沿革[上, 全3回](李允宰…
동아일보 1927-10-24 03 07
訓民正音原本에 對하여, 現在發見된 三本과 그로서 還元한 한글社의…
동아일보 1927-10-24 03 08
訓民正音原本 朴勝彬氏藏本中의 抄寫한 第一葉兩面
동아일보 1927-10-24 03 10
訓民正音原本 問題되는 光文會藏本의 第一葉初頭四行
동아일보 1927-10-25 03 03
世宗과 訓民正音,한글 出現의 經路와의 沿革[中, 全3回](李允宰…
동아일보 1927-10-25 03 07
訓民正音原本 第一葉
동아일보 1927-10-26 03 01
世宗과 訓民正音,한글 出現의 經路와의 沿革[下, 全3回](李允宰…
동아일보 1928-08-05 04 09
訓民正音의 最古寫本發見, 五臺山 巡探中의 崔南善氏
동아일보 1930-11-17 02 05
訓民正音發表된지 四百八十四年 陰曆으로 九月卄九日 盛大한祝賀式擧…
동아일보 1930-11-19 04 01
訓民正音發布 第四百八十週年 記念日을 當하야 그 過去를 回顧함
동아일보 1930-11-21 04 02
訓民正音發布 第四百八十週年 記念日을 當하야 그 過去를 回顧함
동아일보 1930-11-22 04 01
訓民正音發布 第四百八十四週年記念日을 當하야 그 過去를 回顧함
동아일보 1930-11-25 04 02
訓民正音發布 第四百八十四週年記念日을 當하야 그 過去를 回顧함

앞의 (15)도 위와 같이 신문에 실린 여러 글 가운데 하나이다. (15)와 같은 훈민정음과 세종에 대한 성격의 글이 이 시기에 신문, 잡지 등에만 200여 편, 그리고 단독 출판 20여 편이었다는 것을 생각해 보면, 그 시대를 살았던 대부분의 사람들이 (15)와 비슷한 방식으로 훈민정음을 인식하는 것은 당연한 결과일 것이다.

그리고 여기서 한 가지 더 주목해야 하는 것은 1930년 조선총독부에서 '언문철자법'을 발표하는 전후시기에 훈민정음에 관련된 기사가 집중되어 있다는 점이다.

이러한 점들은 결국 서구적 근대 어문규범의 적용과정에서 그것이 제국의 의도에서든지 제국에 대항하는 식민의 의도에서든지, '훈민정음'과 '세종'이라는 고전의 권위에 기대고 있다는 점에서 근대기에 형성된 '훈민정음'에 대한 인식의 검토가 필요하다.

Ⅴ. 맺음말

이 연구에서는 기존의 '훈민정음'에 대한 평가가 훈민정음의 창제 목적을 담고 있는 서문의 번역에서 왔음에 주목하고, 15세기 창제당시의 언해본 훈민정음의 서문과 20세기 현대역 훈민정음을 비교 분석하였다. 그러한 분석을 통해 20세기에 번역한 훈민정음 서문에 오류가 있음을 확인하였다.

'훈민정음'이 창제된 15세기와 훈민정음이 새롭게 조명되기 시작한 19세기말~20세기 초는 비슷하기도 하고 또 다르기도 하다. 문명전환의 시점이라는 점에서, 그리고 새로운 제도나 가치관의 정립이 필요한 시기였다는 점에서는 비슷했고, 그것의 대응방식이나 세계관이나 가치관에서는 달랐다. 그런데 20세기에 와서 '훈민정음'은 '국민의 교화', '국어의 표기'로서 인정받으며, '자주, 애민, 창조 정신'의 결정체로 평가받았다. 특히 근대적 가치를 함의하고 있는 '국가', '국민', '자주' 등의 개념으로 15세기의 훈민정음을 평가하는 것은 근대적 이데올로기의 시각이 개입될 가능성이 많을 수밖에 없다. 따라서 이 연구에서는 15세기 창제 당시의 훈민정음 서문의 이해를 바탕으로 20세기 번역의 오류를 확인하고 그러한 오류가 생긴 원인에 대해 살펴보았다.

『훈민정음』은 중국 성운학을 포함한 중국의 고전을 창의적으로 발전시킨 책이며, 문자로서 훈민정음은 언어학적으로 음성언어를 문자화하는 이상적인 문자임에는 틀림이 없는 듯하다. 그리고 『훈민정음 언해본』은 글자 훈민정음을 이용한 번역의 새로운 모습을 보여주는 하나의 모델이 된다. 그러나 지금까지 '훈민정음'과 '세종'의 성역화 작업으로 이들의 이러한 모습은 강조되지 못했다. 어떤 측면에서는 '훈민정음'과 '훈민정음 언해본'은 새로운 문명전환기를 맞는 지금의 우리에게 새롭게 시사하는 바가 많을 수 있다. 이러한 부분의 연구는 남은 문제로 미룬다.

참고문헌

1. 1차 문헌

한국고전번역원 고전번역DB.

국사편찬위원회 한국사데이터베이스(http://db.history.go.kr)

『세종실록』

『훈민정음』 해례본, 간송미술관소장본 〈세종학연구〉 영인본, 1996.

『홍무정운역훈』(영인본), 고려대학교 출판부, 1974.

『홍무정운』(영인본), 아세아문화사, 1973.

김윤경, 『조선어문자급어학사』, 역대문법대계 ①47, 1938.

총독부, 『간이학교 조선어독본 2』, 1936.

홍기문, 조선정음문전요령, 현대비평 1~5, 1927.

______, 『정음발달사』(상 · 하), 서울신문사, 1946.

2. 2차 문헌

강길운, 『訓民正音과 音韻體系』, 형설출판사, 1992.

강신항, 「훈민정음해례의 설명에 나타난 몇 가지 문제」, 『국어사 연구 어디까지왔나』, 태학사, 2006.

______, 『훈민정음 연구』, 성균관대학교 출판부, 1987/1996.

강창석, 「훈민정음 연구 성과와 과제」, 광복 50주년 국학의 성과, 한국정신문화연구원, 1996.

김완진, 「세종의 어문정책에 대한 연구 : 훈민정음을 위요한 수삼의 문제」, 『성곡논총』 3, 성곡학술문화재단, 1972.

______, 「훈민정음 창제에 관한 연구」, 『한국문화』 5, 서울대학교 한국문화연구소, 1984.

김슬옹, 『조선시대 언문의 제도적 사용 연구』, 한국문화사, 2005.

______, 「訓民正音 세종 '서문'의 현대 번역 비교와 공역시안」, 『한국어 의미학』25, 한국어의미학회, 2009.

남풍현, 「훈민정음의 창제목적과 그 의의」, 『동양학』, 1980.

박병채, 「홍무정운역훈해제」, 『홍무정운역훈(영인본)』, 고려대학교 출판부, 1994.

박종연, 『논어』, 을유문화사, 2006.
백두현, 「훈민정음을 활용한 조선시대의 인민 통치」, 『진단학보』108, 진단학회, 2009.
안병희, 「훈민정음의 이본」, 『진단학보』 42, 진단학회, 1976.
_____, 「훈민정음 사용에 관한 역사적 연구」, 『동방학지』46, 47, 48 합집, 동방학회, 1985.
여찬영, 「<훈민정음 언해본>의 번역학적 연구」, 『언어과학연구』54, 2010.
유창균, 『동국정운 연구』(연구편), 형설출판사, 1966/69.
_____, 『동국정운』, 형설출판사, 1979.
이기문, 「훈민정음 창제에 관련된 몇 문제」, 『국어학2』, 국어학회, 1974.
_____, 『국어 음운사 연구』, 한국문화연구소, 1972.
_____, 『국어 표기법의 역사적 연구』, 한국연구원, 1963/93.
_____, 「훈민정음 창제의 기반」, 『동양학』10, 1980.
이병근, 「근대국어학의 형성에 관련된 국어관」, 『한국문화』32, 서울대 한국문화연구소, 2003.
이상혁, 「조선후기 훈민정음 연구의 역사적 변천」, 고려대학교 박사학위논문, 1999.
_____, 「훈민정음과 한글의 언어문화사적 접근-문자, 문자 기능의 이데올로기적 속성을 중심으로-」, 『한국어학』41, 한국어학회, 2008.
이숭녕, 「세종의 언어정책에 관한 연구: 특히 운서편찬과 훈민정음 제정과의 관계를 중심으로」, 『아세아연구 1.2』, 고대 아세아문제연구소, 1958.
이연숙, 고영진/임경화 옮김, 『국어라는 사상』, 소명출판사, 2006.
이영월, 「試論『四聲通解』音系特徵」, 『中國言語硏究』 21輯, 2005.
_____, 「훈민정음의 중국음운학적 조명」, 『중국어문학논집』 35집, 2005.
_____, 「훈민정음 제자원리 재고」, 『중국언어연구』 제27집, 2008.
_____, 「훈민정음에 대한 중국운서의 영향-삼대어문사업을 중심으로-」, 『중국학연구』 50집, 2009.
_____, 「등운이론과 훈민정음 28자모의 음운성격- 창제동기와 목적을 중심으로 하여」, 中國語文論譯叢 第27輯, 2010, 123~150쪽.
이현희, 「훈민정음」, 『국어연구어디까지 왔나』, 동아출판사, 1990.
임용기, 「삼분법의 형성 배경과 훈민정음의 성격」, 『한글』 233, 한글학회, 1996.
_____, 「훈민정음의 이본과 언해본의 간행 시기에 관하여」, 『국어의 이해와 인식』, 한국 문화사, 1991.

정다함, 「麗末鮮初의 동아시아 질서와 朝鮮에서의 漢語, 漢吏文, 訓民正音」, 『한국사학보』36호, 고려사학회, 2009.

정달영, 「세종시대의 어문정책과 훈민정음 창제 목적」, 한민족문화연구 22, 한민족문화학회, 2007.

정요일, 「『訓民正音』「序文」의 '者'·'놈' 意味와 관련한 古典 再檢討의 必要性 論議 : '者'와 '놈', '것' 또는 '경우'를 뜻한다」, 『어문연구』36권 3호 통권139호, 한국어문교육연구회, 2008년 가을.

한·중 서사의 교류와 구비전승의 역할

신상필

Ⅰ. 동아시아 서사문학의 전파

흔히 한·중·일을 아울러 일컫는 동아시아는 한문(漢文)이라는 표기수단을 공분모로 삼음으로써 오랜 역사시기 동안 문화공동체를 영위한 것으로 인식되고 있다. 이때 중국을 중심으로 전파된 다양한 신호들이 주변국에 수신되는 현상은 자연스러운 과정의 하나였다. 그럼에도 중국과 함께 한국, 일본은 각자의 경제, 문화적 수준에 따른 독자성을 유지, 추구하기도 하였다. 특히 문학 방면에서 이러한 장면은 종종 연출되었으며, 서사문학의 경우에도 전파와 수용의 면모가 상당하였다.

한국의 경우 이러한 사례는 쉽게 확인된다. 「한림별곡(翰林別曲)」에서는 『태평광기(太平廣記)』가 이른 시기에 전래되어 고려조 문인들의 독서물로 정착했음을 자랑스럽게 노래하거나, 『박통사(朴通事)』에서는 『서유기(西遊記)』의 초기적 면모를 말해주는 한 장면이 소일거리를 찾던 역관들이 중국의 서점을 통해 구매하는 모습으로 구현되고 있음이 그러하다. 보다 광범위한 영향을 끼친 경우로는 『전등신화(剪燈新

話)』가 있다. 중국 본토에서 그 후속작이 속출하였고, 한국, 일본, 베트남으로 유전되어 『금오신화(金鰲新話)』 『가비자(伽婢子)』 『전기만록(傳奇漫錄)』으로 호응하였음은 이미 널리 알려진 사실이다. 이밖에도 조선후기 세책본 소설에 포함된 중국 고전의 번역과 열독현상은 상업적 성격이 개입하고 있다는 점에서 보다 특수한 사례이다.

이와 같은 중국 서사문학의 전래와 수용, 그리고 전파는 이야기성이라는 인간 보편의 흥미소가 대중의 취미를 자극함으로써 다양한 계층에 보다 복잡다단한 과정으로 흡수될 수 있었다. 한국의 경우 수많은 중국 서사문학이 수입되어 읽히는 과정에서 번역의 문제로도 제기되어 한문이 언문으로 전환된 낙선재본 고소설의 성립을 보기도 하였고, 한문이 다시 한문으로 전파되면서도 번안·개작과 같이 일정한 자체 변용의 특수성을 연출하기도 하였다. 이는 특정 대목이나 전반적인 서사구조를 변화시킨다는 점에서 그 자체로 수용의 전환을 이루어낸 경우이다. 번역의 경우에도 신분이나 친족 관계 내의 호칭과 용어 등에서 사소하지만 서사문학의 전파와 수용에 일종의 자기 체질화를 이루었다고 할 수 있다.

지금까지 그 과정에 대한 이해는 일반적으로 문헌 전승의 과정을 염두에 두는 연구 경향이 다분하였다. 전승 과정의 정황과 실제를 분명하게 확인하고 입증할 수 있는 방식이었기 때문이었다. 『동야휘집(東野彙集)』의 14편 작품이 중국의 문언소설인 『해탁(諧鐸)』을 수용하고, 풍몽룡(馮夢龍)의 『유세명언(喩世明言)』에 실린 「장흥가중회진주삼(蔣興哥重會珍珠衫)」이 『동야휘집』은 물론 『청구야담』에도 번안되고 있음이 확인된 바 있다.[1] 특히 『동야휘집』의 경우 문헌전승임이 확인되

1) 이병찬, 「동야휘집연구」, 성균관대 박사학위논문, 1994; 이강옥, 「『동야휘집』의 『해탁』 수용 양상」, 『구비문학연구』 2집, 한국구비문학회, 1995; 金東旭, 「「蔣興哥重會

기에 그 수용의 과정과 양상에 대한 세밀한 고찰이 진행될 수 있었다. 하지만 중국 서사양식의 조선조로의 전승 과정은 그리 단순하지만은 않다. 보다 복잡한 요소들이 개입되며 변모의 양상도 보다 세심하게 확인할 필요가 있다.

문헌전승이든 구비전승이든 앞서 언급한 번역·번안·개작에 해당하는 현상은 동일하게 발생하기 마련이다. 하지만 그 함의는 상당한 차이를 보일 수밖에 없다. 문헌과 구비의 전승 방식에서, 비록 기록자의 문식의 차이는 있을지라도, 전승에 대한 조선조의 기록자는 정보의 제공 방식에 영향을 받기 마련이다. 문헌 전승은 문헌을 통해, 구비전승은 전언자의 구전을 통하는 방식이다. 이때 문헌과 구전 자체에 상당한 격차가 존재하게 된다. 예컨대『동야휘집』의 경우에서 확인할 수 있듯이 문헌전승에서는 원작의 영향에서 자유롭기가 힘들다. 서사를 진행하는 원작의 기술 방식이 기록자에게 상당한 영향을 미치기 때문이다.

원작의 영향을 받기는 구전의 경우에도 마찬가지이다. 구전의 기록자는 이야기 전달자의 전언에 기댈 수밖에 없는 것이다. 그러나 문헌전승과 구비전승의 차이는 여기서 발생한다. 문헌전승은 원작에 기반하기에 기록자의 성향에 따라 번역·번안·개작의 과정에서 정도 차이가 발생한다. 이에 반해 구전을 통한 수용에는 원작으로부터의 거리가 구전의 개입 순간부터 현격한 차이를 발생시킬 가능성이 농후하다. 무엇보다 구전의 경우 문헌 전승에 비해 전파의 속도가 빠르고 다양한 전파자를 거치는 과정에서 서사 내용이 변모하게 된다. 뿐만 아니라 그 과정에는 원작의 다양한 기호가 제거되어 서사의 국적을 인식하기

珍珠衫」의 野談으로의 飜案樣相」,『中國文學硏究』32집, 한국중문학회, 2006.

어려워지는 독특한 현상이 개입하기도 한다. 기억을 통한 전승을 거치며 수용자의 문화에 기반한 서사구도와 기호가 재적용되는 과정이 자연스럽게 진행되는 때문이다. 이와 같은 구전의 가능성에 대해서도 타진된 바 있으나 그 현장에의 접근과 확인이 그리 쉽지만은 않다.[2)]

서사문학의 구전 현장은 실증적인 자료를 확보하여 제시하기 어려우며, 가능성만을 확인하는데 그치는 경우가 많다. 나아가 이들 현상에 걸친 의미망을 방법론으로 제시하는 과정도 수월치 않음이 사실이다. 그럼에도 중국 서사의 구전을 통한 전파와 그 과정의 성격에 대해서는 지속적인 논의가 필요함도 분명하다. 문헌전승의 가능성과 영향만큼이나 구비전승을 통한 서사문학의 교류와 그에 따른 다양한 양상과 의미를 확인함으로써 한국 서사문학의 특성과 면모가 구체적인 실체로 드러날 것이라 믿기 때문이다.[3)] 이를 위해서는 가능한 많은 증거자료와 현장의 모습을 확보하여 제시하는 일이 급선무로 제기된다. 이제 서사문학의 구전과 수용의 다양한 현장과 가능성을 두 가지 사례를 통해 살펴보기로 한다.

Ⅱ. 역관을 통한 전파의 한 사례

우선 조선후기 야담 작가의 한 사람인 임매(任邁; 1711~1779)의 『잡

2) 신상필, 「중국 서사의 전파와 조선적 수용의 가능성」, 『민족문학사연구』 46, 민족문학사학회, 2011.

3) 지금 논의할 자료가 구전만 거쳤다고 확신할 수는 없다. 심지어 문헌 전파의 가능성도 존재하며, 구전과 문헌의 복잡한 반복 과정도 가능하다. 다만 논의 자료에 구전의 영향이 확인되고, 그 양상에 대한 관심과 인식의 요청이 핵심임을 먼저 밝혀 두기로 한다.

기고담(雜記古談)』(일명 『난실만필(蘭室漫筆)』)에 실린 「추수(推數)」라는 작품에 주목해 보기로 한다.[4] 이 제목은 '운수를 헤아리다' 정도로 풀이되며 허암(虛菴) 정희량(鄭希良; 1469~?)이 뱃사공의 운명을 점쳐준 이야기이다. 작품의 줄거리는 다음과 같다.

(1) 용산 강촌에 사는 한 사공이 허암에게 "바람 만나도 배를 멈추지 말며, 기름 맞아도 머리 빗지 말라. 한 말 석 되의 쌀, 쇠파리는 붓 끝에 달려드네.[遇風莫停舟, 逢油莫梳頭. 一斗三升米, 靑蠅抱筆頭.]"라는 자신의 운명을 점 친 5언 절구를 얻음.
(2) 바다에 나가 큰바람을 만난 사공은 시를 기억해 배를 멈추지 않아 화를 면함.
(3) 장사를 나갔다 해가 져서 돌아오던 사공은 방에 들어가다 기름병을 부딪쳐 머리에 쏟았지만 역시 시를 기억하며 머리를 빗지 않고 잠을 청함.
(4) 아침에 일어나 보니 옆자리의 부인이 칼에 찔려 죽어 있음.
(5) 살인 누명을 쓰고 형조에서 오랜 옥고 끝에 거짓 자백을 하여 당상관(堂上官)이 판결문을 적는데 붓 끝에 계속 파리가 몰려들자, 사공이 허암의 시문을 믿어 풍랑에서 살아났던 일을 아룀.
(6) 한 낭관이 남은 싯구를 가지고 벼를 도정하면 석 되 쌀과 겨 일곱 되가 나오니 이는 '강칠승(糠七升)'이란 말로 '강칠승(康七升)'이 범인이라 추측함.
(7) 동명인을 잡아오니 사공의 아내와 사통한 자로 머릿기름 냄새가 났던 사공을 여자로 오인해 그 옆에서 잠자던 사공의 아내를 죽였다고 자백함.

4) 『잡기고담』에 관해서는 진재교, 「『잡기고담』 저작연대와 작자에 대하여」(『서지학보』 12집, 한국서지학회, 1994.) 참조.

임매가 누군가의 전언을 듣고 기록한 정허암의 신통한 술수와 관련된 한 편의 일화이다. 이는 옥당(玉堂)의 선비를 부러워하는 유생의 넋두리에 허암이 저들은 곧 죽을 사람이니 부러워 말라고 하였는데 실제 그들이 갑자사화(甲子士禍)의 옥사에 희생되었고, 그 유생은 과거에 급제해 재상에 올랐다는 다른 한 편의 짧은 일화와 함께 '추수'라는 제목 아래 엮어져 있다. 서사분절로 인용한 내용이 다른 일화에 비해 분량도 많고, 그 구성도 보다 극적으로 진행되어 서사적 면모와 완성도가 강하게 느껴진다.

임매의 『잡기고담』에는 「여협(女俠)」「환처(宦妻)」와 같이 한문단편(漢文短篇)에 속하거나 서사성이 강하게 느껴지는 26편의 야담(野談) 작품들이 실려 있다. 「추수」도 그 하나에 해당한다. 이처럼 어떤 인물이 사람의 운명을 예언한 것이 증험되면서 그 신이한 능력에 탄복하는 형식의 일화들은 필기집과 야담집에서 종종 만날 수 있는 서사 구도이다.

인용한 일화의 경우 정허암의 운수를 풀이한 시문이 척척 맞아가면서도 수수께끼처럼 남은 한 구절의 사연을 풀어가는 재판 현장의 묘미가 마치 공안소설(公案小說)의 면모를 연상케 한다. 정희량의 신이함을 부각시켜 준다는 점에서 매우 절묘한 서사구도라 할 수 있다. 하지만 이 점에서 한 가지 의문을 제기할 수 있다. 과연 공안소설의 형식이 물씬 풍기는 서사구도의 일화가 조선조 야담문학의 현장에서 어떻게 구현될 수 있었던가 하는 점이다. 기본적으로는 정희량에 얽힌 여러 신이한 풍문과 연계되어 있기에 조선조 구전의 한 성과가 임매라는 한문단편 작가의 손에서 온전한 모습을 갖춘 것으로 이해할 수 있다. 그럼에도 추리적 면모를 앞세운 공안류 서사양식이 조선조 문학에 친근한 형식으로 정착하는 시기는 임매 보다 약간 후대에서 가능하다. 이와 같은 조선조 서사문단의 환경에서 기록보다 앞선 시대의 인물인

정희량과 연결된 공안소설적 서사구도에 일단의 어색함이 느껴지는 것이다.

이러한 의문에 답할 재미난 자료가 확인된다. 임매에 2세기 앞서 활동한 문인인 이제신(李濟臣; 1536~1584)의 『청강선생후청쇄어(清江先生鯸鯖瑣語)』에 같은 내용의 일화가 소개되고 있는 것이다. 『청강선생후청쇄어』의 경우 서사가 비교적 간단하여 『잡기고담』의 「추수」에 비해 ⅓ 정도의 분량이며, 함께 자던 부인이 죽은 대목에서 서사가 시작되어 공초를 받던 중 시문을 설명하고 있어 서술의 차이는 존재하나 대체적인 전개는 동일하다. 구체적인 점에서는 상인과 점쟁이로 설정된 인물이 사공과 정희량으로 바뀌었고, 아내가 기름잔을 실수로 엎어 아내만 목욕을 하는 정황은 사공이 방문에 걸린 기름 호리병을 잘못 건드려 머리에 쏟는 상황으로 변개되어 있다. 그밖에 재판관이 순안어사(巡按御史)에서 형조의 당상관으로 설정이 바뀌었다. 이러한 변화는 기본적으로 2세기의 시간차에 따른 현상으로 이해할 수도 있다. 하지만 이제신에 따르면 이야기의 전문(傳聞) 배경에는 다음과 같은 사정이 있었다고 한다.

> "중국의 이때 제도는 각 지방의 사형(死刑)을 순안어사가 처단하였다. **내가 일찍이 중국에 갔을 때 역관에게 들은 얘기다.**(이하 강조는 인용자) 근고에 한 옥사의 처리가 대단히 이상하였다."[5)]

중국 각 지방의 사형을 순안어사가 판결하였고 매우 특이한 옥사와

---

5) 이제신, 『청강선생후청쇄어』, "中朝時制各路死刑, 巡按御史斷之. 余嘗赴京時, 因譯官聞. 近古卞一獄事甚異." 이후 출전이 없는 번역과 원문의 인용은 〈한국고전번역원〉의 "한국고전종합DB"를 따른다.

관련된 이야기가 이제신의 당대에 전승되고 있었다는 말이다. 그는 1568년 사은사행(謝恩使行)의 종사관으로 중국에 다녀온 적이 있어 이때 전문한 내용을 특별히 기록해 두었을 것이다. 그렇다면 이 특이한 옥사에 얽힌 내용은 중국의 사례가 된다. 앞서 지적했듯 작품에서 간취되는 공안소설의 성격 역시 중국을 배경으로 삼았던 데서 파생된 현상으로 이해할 수 있다. 결국 임매가 남긴 전문의 기록은 이제신의 기록과 관계되고 있음이 분명하다.

언급하였듯 양자의 내용을 대비해 변모의 양상을 살펴보면 임매의 경우 추수의 주체가 정희량이며, 사공은 조선 한양 땅 용산의 백성으로 전환되어 원작의 복자(卜者)와 일남자(一男子)가 온전하게 조선적 체취를 담아내었고, 송사의 판결 과정도 그에 맞게 전환된 것이다. 이제신에서 임매로의 시간차에 중국 서사의 조선화가 진행되었다고 하겠다. 이제신의 전언은 판관인 어사와 남자의 문답 외에는 서술 위주로 제시되고 있음에 반해 「추수」가 인물간의 대화를 적극 활용해 생동감이 살아나고 있음도 조선측의 서사화 과정으로 인정할 수 있다. 특히 조선후기 전(傳)과 야담의 서사적 역량의 성장이 반영된 셈이다.

그렇다면 임매의 기록은 원적이 중국측의 서사이며, 저작의 번안이라 하겠다. 하지만 여기서 임매의 다음과 같은 언급에 각별히 유의할 필요가 있다.

> 허암 정희량의 죽음에 대해서는 의심하는 말들이 야사(野史)로 전하는데 이야기가 자세하다. 유독 그가 사람의 운명을 예측하는 신통한 재주는 사람들이 지금까지도 칭송하고 있다. 그러면서도 그의 행적을 살펴볼만한 기록이 없으니 우리나라에 남의 일에 흥미를 갖고 이야기하기 좋아하는 호사가가 없음도 알 수 있다.[6)]

학문적으로 뛰어난 인재로서 그 재능을 펼칠 수 없었던 정희량의 삶은 부모님의 상(喪)을 치르다 물가에 신발만 남긴 채 사라져 그 죽음마저도 명확치 않았고, 이후 한국 도가(道家)의 계보에서 언급되기 시작하였다. 세간에서는 그의 행적과 학적 능력 때문에 이인(異人)으로 인식되었고, 그의 예지력에 대한 일화가 유전되었다. 그럼에도 임매는 그의 행적에 대한 믿을만한 기록이 없음을 아쉬워하고 있다. 그래서 그는 인용문을 통해 정희량에 대한 기록이 필요함을 역설하고 자신이 견문한 두 가지 일화를 기록해 스스로 호사가의 역할을 자임한 것이다. 그렇다면 임매는 인용한 일화를 허암의 사적으로 인정하고 있음이 분명하다. 하지만 살펴보았듯 그 기록의 원천은 정희량의 사적이 아니며, 2세기 동안 조선적 변용의 과정이 진행된 서사로 확인된다.

임매가 이 서사를 허암의 행적으로 확신하고 있음은 물론 "그의 행적을 살펴볼만한 기록"으로 다루고 있다는 측면에서 「추수」는 이제신의 기록을 번안한, 즉 이제신의 기록을 비롯해 여타 문헌의 전승을 통한 결과가 아님이 분명하다. 더구나 『잡기고담』의 곳곳에서 확인되는 임매의 저술태도는 자신의 주변 인척을 비롯해 출처의 사실성을 추구하고 있기에 더욱 그러하다. 다음과 같은 언급은 대표적이다.

> 내가 이미 이 기록을 완성하였는데, 또한 다른 이가 연양공(延陽公)[이시백(李時白; 1581~1660)-인용자] 집안의 하인인 아무개의 일을 말해준 것이 있었다. 이것과 대동소이하지만 그 처음과 끝이 전혀 달랐다. 생각건대 두 이야기가 각기 서로 전해져 얘기되다가, 오래되자 점차로 변하거나 합하여져서 하나로 된 듯하다. 말해준 이는 실로 연양공의

---

6) 任邁, 『雜記古談』, "鄭虛菴之死, 野史傳疑, 其說詳矣. 獨其推命之神異, 人稱之至今. 而並無記述之可稽者, 我國之無好事者, 亦可見矣."(박용식·소재영 편, 『한국야담사화집성』 3, 태동, 668쪽. 이하 면수만 밝힘)

> 방손(傍孫)인 여러 이씨(李氏)들이었고, 나에게 전해 주었으니 더욱 진실하고 확실하며 믿을 만하다. 그래서 다음과 같이 적어 둔다.[7)]

임매는 이처럼 자신의 견문과 그 기록에 대해 객관적이며 실증적인 자세를 견지하고 있다. 인용문과 같이 이미 견문한 사실의 기록을 마친 상태에서 상이한 내용의 후문(後聞)에 대해 그 전언자가 보다 신빙성 있음을 근거로 이전 기록과 병기하는 자세를 보여준다. 심지어 「추수」의 경우 결말의 논찬부에서는 "정공(鄭公)의 술수는 신묘하다 할만하다. 그러나 적이 의심스럽기도 하다.[鄭公之術可謂神矣. 然竊疑]"고 하여 견문의 내용을 정희량의 행적으로 믿고 기록하면서도, 술사인 정희량이 자신의 기구한 운명에 대처하지 못하였던 점에 근거해 그의 술수를 의심하는 객관적 태도마저 보여준다.

그만큼 『잡기고담』의 저자인 임매가 견문의 객관적 사실성에 유의하고 있으며, 그의 기록들이 전언에 의거하고 있음을 말해준다. 정희량을 다룬 「추수」의 경우에도 "세상에 전하기를[世傳]"이라고 하여 그 역시 전문에 따르고 있음을 알 수 있다. 그렇다면 이제신의 기록이 전문의 과정에서 '복점(卜占)'이라는 특징적 흥미소가 '정희량'의 신이성과 결합됨과 동시에 조선적 성격을 얻었으리라 예상된다.

이때 보다 주목해야 할 대목이 있다. 원 기록자인 이제신이 전언자

---

7) 임매, 『잡기고담』, 「奇奴」, "余旣成此記, 而又有人傳延陽家奴某乙事. 與此大同小異, 而其首尾全別. 意者二事, 各相傳說, 久而漸訛, 合而爲一歟. 其說人, 實得於延陽傍孫諸李, 而傳之於余, 尤爲眞的可信. 故記如左."(638쪽) 인용문 이외에 「의무(醫巫)」에서 "이 일은 내가 목사공(牧使公)에게서 들었다.[此事, 余奉聞於牧使公矣.]"(631쪽)거나, 「보은작(報恩鵲)」의 "나의 서족형(庶族兄)인 언(遠)이 장천(長湍)에 살아서 나를 위해 이것을 말해주었다.[余庶族兄遠, 居在長湍, 爲余道此.]"(679쪽) 등도 그 예이다. 이와 관련해서는 진재교, 앞의 논문; 임완혁, 「필기에서 사실의 의미」(『동방한문학』 39집, 동방한문학회, 2009.) 참조.

로 지목한 역관의 존재가 중요하다. 이제신에 의하면 역관은 "근고"의 이야기라며 전문 당시로부터 그리 멀지 않은 중국 당대에 회자되던 사건으로 전하고 있다. 그 역관 역시 당시 중국에 전하던 흥미로운 이야기를 아마도 중국인이었을 누군가로부터 전문하였을 것이다. 그렇다면 그 역관은 이제신에게 구술하였듯 조선에서도 자신의 주변인에게 같은 이야기를 전파하였을 가능성이 농후하다. 또한 그러한 전파는 다시 조선의 민간에서 허다한 구전의 과정을 거치다 어느 순간 허암의 사적으로 전환되는 계기가 진행되었으리라 추정할 수 있다. 바로 2세기가 지난 임매의 시대에는 중국이라는 국적이 전혀 인지되지 않는 상황으로 조선적 정착의 단계가 되어 허암의 사적으로 인정되기에 이른 것이다.

이는 중국 측 서사문학이 문헌과는 별도로 구전의 전파와 조선적 전승 과정을 거치며 정착되는 현장을 말해준다. 실제 이제신은 전문을 기록하면서 "중국 사람들이 반자(半字) 쓰기를 좋아하여 '糠'을 '康'으로 쓰니, 즉 '康七'인 것이다. 대개 중국 사람들이 취침하게 되면 남자나 여자가 모두 머리를 분별할 수 없기 때문이다."[8]라는 조선과는 다른 중국의 사회문화적 특징을 들어 이해를 돕고 있다. 이 대목이 임매의 경우 살인자가 '강칠승'이라는 한국적 이름으로 바뀌거나, "그 당시에 만일 머리에 빗질을 해서 기름 냄새가 없었더라면 칼을 받아 죽음을 면하지 못 했을 것입니다."[9]라는 사공의 언급에서 상투로 남녀의 분별이 가능한 조선적 정황에 맞춰 기름 냄새를 서사 전개에서 강조하였다. 이처럼 구전을 통한 전파와 수용, 그리고 조선적 변용의 과정에서

---

8) 이제신, 같은 글, "中國人喜作半字, 以糠爲康字, 卽康七也. 大抵中國人就寢, 則男女皆上頭無辨故爾."

9) 임매, 같은 글, "當其時若使梳頭, 或不免於被刃."(669쪽)

중국의 서사가 한국 서사로 습합되어 정착되는 현장에 주목할 필요가 제기된다.

Ⅲ. 사행 일원을 통한 전파의 한 사례

이제 정희량의 사례와는 다른 경우를 보기로 하자. 여기서 제시하려는 자료는 유몽인(柳夢寅; 1559~1623)이 전하는 전우치(田禹治)에 관한 짧은 이야기이다. 그 이야기의 경개는 다음과 같다.

(1) 친구 집에서 술자리를 갖던 전우치는 천도(天桃)를 구할 수 있느냐는 부탁을 받음.
(2) 전우치는 밧줄을 빌려 하늘에 던져 올려 동자(童子)를 시켜 천도를 따오도록 한다.
(3) 동자가 밧줄을 타고 하늘로 올라간 얼마 후 복숭아가 마구 떨어져 맛나게 먹는다.
(4) 얼마 후 핏방울과 함께 동자의 사지가 흩어져 떨어졌다.
(5) 전우치는 천도를 훔치다 들켜 그리된 것이라며 사정을 말해준다.
(6) 전우치가 동자의 사지를 주워 붙이니 원래대로 살아났다.[10)]

이는 전우치라는 술사의 다양한 환술(幻術)을 소개하는 대목 가운데 하나이다. 『어우야담』은 이와 함께 전우치가 자결한 두 해 뒤에 차식(車軾; 1517~1575)의 집에서 자신의 책을 찾아갔다는 일화와 신광한(申光漢; 1484~1555)의 집에서 밥알을 뿜어 흰나방으로 변화시킨 일화로

10) 유몽인 저, 신익철·이형대·조융희·노영미 옮김, 『어우야담』, 돌베개, 2006, 92화. 이하 화수(話數)만 표시함.

술사(術士)로서의 면모를 그려내었다. 전우치는 실존 인물로 본관이 남양(南陽)이며, 그의 집안은 고려조 개성에 세거했지만 조선의 건국에 협조치 않아 공주로 이거하였고, 전우치 역시 공주가 출신지이자 근거지였다고 한다.[11] 방외인(方外人)에 해당하는 인간 유형으로 이해되며, 도맥(道脈)을 잇는 인물로 평가되기도 한다.

필기류 기록으로 보자면 민간에서는 정희량이 미래를 보는 점술에 능한 반면, 전우치는 환술을 부리는 재능으로 널리 알려졌던 듯하다. 이때 전우치가 시연하고 있는 술수, 즉 하늘로 밧줄을 던져 사람이 타고 올라가는 장면은 마치 마술 공연의 한 대목을 보는 듯하다. 본고가 관심을 갖는 대목이기도 하다. 이런 면모가 다른 저술에서도 확인되기 때문이다.

> 아침에 광피사표패루(光被四表牌樓)를 지나는데 패루 아래 만인이 거리에 둘러서서 웃음소리가 땅을 흔들었다. 웬 사람이 싸우다가 졸지에 죽어서 길에 가로 넘어진 것을 보고 부채로 얼굴을 가리고 걸음을 재촉해서 지나노라니, 종자(從者)가 뒤에서 갑자기 쫓아오면서 부르기를, 괴이한 구경거리가 있다고 한다. 나는 멀리서 무엇이냐고 물었더니 종자는 말하기를, "**어떤 사람이 하늘 위에 가서 복숭아를 훔치려다가 지키는 자에게 얻어맞고서 땅에 툭 떨어졌답니다**"한다. 나는 해괴스럽다고 꾸짖고 돌아다보지도 않고 왔다.[12]

연암 박지원(朴趾源; 1737~1805)의 저술로 유명한 『열하일기·환희

11) 정환국, 「田禹治 전승의 굴절과 반향」, 『민족문학사연구』 41집, 민족문학사학회, 2009.

12) 朴趾源, 『熱河日記·幻戲記序』, "朝日過光被四表牌樓, 樓下萬人簇圍, 市笑動地. 驀然見鬪死橫道者, 蔽扇促步而過, 從者後, 俄而追呼有怪事可觀, 余遙問謂何, 從者曰: '有人偷桃天上, 爲守者所擊, 塌然落地.' 余叱爲怪駭, 不顧而去."

기(熱河日記·幻戲記)』의 서문으로 붙인 첫머리이다. 「환희기」는 중국에서 관람한 마술 공연의 장면을 붓끝으로 그려내듯 세심하게 서술한 기록이다. 인용한 대목은 연암이 중국의 마술 공연을 처음 접하는 순간이다. 연암이 해괴스럽다며 거들떠보지도 않은 장면이지만 종자가 전하는 극히 짧은 언급이 흥미롭다. 앞서 전우치가 펼쳐보였다는 환술의 핵심 내용과 부합하는 것이다.

『어우야담』의 경우 하늘에서 핏덩이 육신이 떨어지는 것을 보며 "복숭아 하나 먹으려다 아깝게도 동자의 목숨을 잃었구나."고 탄식하면서 그 사정에 대해 "이는 복숭아를 지키던 간수가 상제(上帝)께 알려 이 아이를 죽인 걸세."[13]라고 언급하는 대목이 연암에게 상황을 전한 종자의 전언과도 일치한다. 연암은 이 장면을 얼핏 보고는 싸우다 죽어 넘어진 사람으로 오인했지만 종자로서는 신기한 구경거리였기에 볼만하다고 권유한 것이다. 「환희기」에는 이 공연과 관련된 내용이 더 이상 구체적으로 소개되지 않았다. 종자의 전언이 없었더라면 자칫 『어우야담』이 기록한 전우치 환술과의 연계성을 인지하기 힘들었을 것이다.

한편은 마술 연희로, 한편은 전우치 사적을 견문한 기록으로 남아 층위는 다르지만 서로의 연관성은 분명히 확인된다. 그렇다면 중국 연희의 한 장면이었을 마술 공연과 『어우야담』의 기록은 어떤 연관을 갖는 것인가. 유몽인이 전우치의 기행을 전한 시점은 연암의 전언에 2세기 정도 앞섰으니 그의 술수가 중국으로 전래되어 연희의 성격을 갖추었다고 인정할 수 있을까? 중국 측 연희의 연원을 확인할 필요가 있겠는데, 이와 관련하여 흥미로운 자료가 하나 있다. 포송령(蒲松齡;

13) 유몽인, 같은 글, "'爲食一桃, 枉送了一介童子命.' 座客問之, 治曰: '此乃守桃者, 奔告上帝, 殛此兒也.'"

1640~1715)의 『요재지이(聊齋志異)』에서 전하는 「투도(偸桃)」가 그것이다. 『요재지이』는 중국 청(淸) 시기 지괴소설(志怪小說)의 대표작으로 꼽히는 작품이다. 지금 주목한 「투도」에는 저자 자신이 "동자시(童子試)에 참가하려고 제남부(濟南府)에"[14] 갔다가 목격하였다며 연암이 전하지 못했던 연희의 과정이 구체적으로 소개되어 있다. 포송령이 전하는 공연은 입춘(立春) 무렵에 벌어진 연희마당에서 한 부자(父子)가 제철이 아닌 식물도 자라게 하는 능력을 관원들에게 자랑하자 아직 익지도 않은 복숭아를 구해오라는 명령을 받는데서 시작한다. 이들 부자는 난색을 표하다 바로 전우치가 행했던 그 마술을 펼치는데 하늘에 올랐다 봉변을 당한 아들의 시신을 궤짝에 챙겨 담은 부친의 마무리가 독특하다.

> "한낱 복숭아 때문에 제 아들놈을 죽이고 말았습니다. 만약 소인놈을 가엾게 여기신다면 장례비용이나 좀 보태주십쇼. 그 은혜는 죽어서도 결코 잊지 않겠습니다요." 자리에 앉은 관리들은 놀라고 또 기괴하게 여기다가 각자 돈을 추렴해 건네주었다. 마술사는 돈을 허리춤에 단단히 동여매더니 곧바로 궤짝을 두드리며 소리질렀다. "팔팔아, 얼른 나와 여러 나으리님께 감사하지 않고 무얼 꾸물대느냐?" 그러자 더벅머리 사내아이의 머리통이 궤짝의 뚜껑을 밀치며 홀연 바깥으로 나오더니 북쪽을 향해 머리를 조아렸다. 바로 죽은 줄로만 알았던 마술사의 아들이었다.[15]

「투도」는 공중에 밧줄을 수직으로 올려 복숭아를 따러 올라간 아이가 조각나 떨어졌다 다시 살아난다는 기본구조를 그대로 보여준다.

---

14) 포송령 지음, 김혜경 옮김, 『요재지이 5』(민음사, 2002, 118쪽)

15) 포송령, 같은 책, 122쪽.

다만 「투도」의 경우 마술사는 관리들 앞에서 자신들의 재주를 극적으로 구성함으로써 보다 효과적인 공연을 펼쳐내고 있다. 심지어 복숭아를 가져오라는 관원의 분부에 “꽁꽁 얼어붙은 얼음이 채 녹지도 않았는데 어디서 복숭아를 대령한단 말입니까?”라고 모른 척 엄살을 피우거나, 천상의 복숭아를 훔쳐오자는 부친의 말에 “하늘이 사다리 타고 올라갈 수 있는 그런 동네랍니까?”라는 아들의 호응을 통해 사실감 넘치는 한 편의 연극으로 모든 구경꾼을 완벽하게 속인다. 이는 관리의 위엄 앞에 아들을 잃은 아버지에 대한 연민을 자아냄과 동시에 주변 관중의 금전 출연을 효과적으로 이끌어 내기 위한 포석이었다. 포송령은 동자시에 응시한 19세(1659년)의 일로 “그 마술이 얼마나 신기했던지 나는 아직까지도 그 일을 또렷이 기억”[16]한다고 술회하고 있으며, 중국 연희 문화의 수준과 전통을 단적으로 보여주는 장면이라 하겠다. 이 마술이 완벽한 연희로 성장해 자리 잡기까지는 상당한 역사가 필요했으리라 짐작된다.

이처럼 중국 연희의 전통을 염두에 두거나 실존 인물인 전우치의 존재로 볼 때, 앞서 지적한 양국 자료의 관계는 중국 연희의 조선 전래로 이해하는 것이 자연스러워 보인다. 전우치가 16세기 전반 인물이고 『어우야담』이 1622년 대체적인 완성을 보았으니 중국의 마술과 관련된 내용은 아마도 16세기의 어름에 전래되었으리라 여겨진다. 그리고 전우치에 대한 세인의 관심과 습합되면서 조선의 여항간에 전우치의 행적으로 전승되었으리라 생각할 수 있다. 그렇다면 중국 연희 내용의 조선 전래는 보다 앞서 진행되었을 것이다. 포송령의 견문이 조선 전래에 비해 늦다고 할지 모르지만 실재 중국 측 기록은 상당히 이른

16) 포송령, 같은 책, 122쪽.

시기에 발견된다.

『태평광기(太平廣記)』에 실린 「가흥승기(嘉興繩技)」가 그것이며, 현전하진 않지만 당(唐) 황보씨(皇甫氏)의 『원화기(原化記)』를 원 출전으로 하고 있다. 그 대략은 당(唐) 개원(開元) 연간인 8세기 전반에 있었던 일로 가흥현(嘉興縣)에서 기예를 다투는 대회에 쓸 만한 재주꾼이 없어 애를 먹자 마침 그런 사정을 들은 죄수가 자신에게 '승기(繩技)'의 재주가 있다며 시연의 기회를 얻는다는 내용이다. 보다 구체적인 장면은 다음과 같다.

> 다음날 관리가 그를 연희장으로 가도록 하였고 온갖 연희가 펼쳐졌다. 차례가 되어 그 사람을 불러 '승기'를 보이도록 하였다. 그는 곧 백여 척 정도 되는 꾸러미 하나를 땅에 놓더니 한쪽 끝을 공중에 던지는데 곧기가 붓대와도 같았다. 처음에는 두세 길, 다음에는 네댓 길로 올라가는데 마치 누군가 당기는 듯하여 사람들이 너무도 놀랍고 기이하게 여겼다. 마지막으로 스무 길 남짓의 밧줄을 던지자 하늘을 올려다보아도 밧줄의 끝이 보이지 않았다. 그 사람이 밧줄을 잡고 올라 땅에서 발을 떼고는 남은 밧줄을 허공에 던지니 마치 나는 새와 같이 훨훨 날아 공중을 향해 가는 것이었다. 바로 그 날이 감옥에서 탈출하는 때였던 것이다.[17]

죄수는 자신의 재능을 펼칠 기회를 감옥에서 탈출하는 방편으로 삼았던 것이다. 우리의 전통놀이 가운데 줄타기가 있듯이 중국에서도

---

17) 李昉 등편, 『太平廣記』 권193·豪俠1, 「嘉興繩技」, 中華書局, 1961, "明日, 吏領至戲場. 諸戲既作, 次喚此人, 令效繩技. 遂捧一團繩, 計百餘尺, 置諸地, 將一頭, 手擲于空中, 勁如筆. 初拋三二丈, 次四五丈, 仰直如人牽之, 衆大驚異. 后乃拋高二十余丈, 仰空不見端緖. 此人隨繩手尋, 身足離地, 拋繩虛空, 其勢如鳥, 旁飛遠揚, 望空而去. 脫身行狴, 在此日焉."

일반적으로는 양쪽 기둥에 줄을 매고 재주를 부리던 외줄타기가 시연되었던 모양이다. 그런데 중국의 당 개원 연간에 '승기'라는 밧줄 기예가 새롭게 주목받았던 듯하다. 「가흥승기」에서 죄수가 '승기'를 자랑하자 줄타기는 일반적이라는 관원의 타박에 자신은 기둥이 아닌 공중에 외줄을 올리는 기예라며 그 독자성을 선전하기 때문이다.[18]

「가흥승기」는 이후 왕세정(王世貞; 1526~1590)의 『검협전(劍俠傳)』에 재수록이 되기도 한다. 왕세정은 『태평광기』의 기록이 아닌 집안에 소장한 서적에서 검협에 관한 내용을 가려 편찬하고 있다.[19] 이들 자료로 보건대 아마도 절강성(浙江省) 가흥 지역에서 기둥이 아닌 공중에 줄을 올려 타고 오르는 마술적 성격의 '줄타기'가 하나의 기예로 성립되었던 모양이다. 이는 다시 사지가 절단되었다 붙는 마술과 하늘로 오르는 줄타기가 접목되면서 천도를 얻어 온다는 서사적 구도까지 가미되는 보다 독특한 연희로 발전하여 하나의 전통을 이룬 듯하다. 포송령과 연암이 전하는 실제 공연의 현장에는 두 기예가 공존하기 때문이다.

여기서 유몽인이 전문한 전우치와의 관련성으로 돌아가자면, 당의 『원화기』, 송(宋)의 『태평광기』, 명(明)의 『검협전』으로 이어지는 기록보다는, 『어우야담』이 전하는 전우치의 행적은 16세기 이전 공연되던 중국 연희로부터의 전파와 보다 친연성이 느껴진다. 포송령의 「투도」와 박지원의 「환희기」가 전하는 중국 연희의 견문을 통한 전파에 가깝다는 말이다. 다만 여기서 주의를 요할 대목이 있다. 『어우야담』이 전하는 기록은 술수의 면모는 동일하나 그 주체가 전우치로 조선화되

18) 『태평광기』, 같은 글, "囚日: '衆人繩技, 各系兩頭, 然后于其上行立周旋. 某只須一條繩, 粗細如指, 五十尺, 不用系著, 抛向空中, 騰擲翻復, 則無所不爲.'"

19) 劉葉秋 외 3인 주편, 『中國古典小說大辭典』, 河北人民出版社, 1998, 411~412쪽.

어 있다는 점이다. 마찬가지로 『열하일기』에서 기예를 구경하고 연암에게 전한 종자의 존재도 중요하다. 이로부터 훨씬 이른 시기에 중국 사행의 일원이었던 누군가의 전언이 조선에 전파되고 구전되면서 술사, 특히 전우치의 행적에 습합된 사례로 추정할 가능성이 열리는 것이다.

Ⅳ. 중국 서사의 전래와 조선적 수용의 의미

지금 소개한 정희량과 전우치에 관련된 두 일화의 성립 과정에서 그 근원이 중국 서사의 전래에서 연원하고 있음을 확인할 수 있었다. 이러한 확인 과정은 한중 비교문학의 측면에서 지속적으로 확인될 필요성을 제기한다. 하지만 이것이 동아시아 한자문화권의 교류라는 자장 안에서 발생한 영향관계의 사실만을 단순하게 확인하는 과정에 그쳐서는 안 된다. 그럴 경우 한국 서사문학의 존재는 단순 전래에 의한 외소성을 극복하기 힘들 가능성이 농후하기 때문이다. 오히려 서사의 원적을 보다 적극적으로 확인하되 수용과정의 정확한 경로와 실상, 그리고 개별 서사 구도의 변용과 연계된 양국 서사 의식의 성격과 특징까지 밝히는 작업이 필요하다.

이와 관련하여 지금 언급한 두 자료의 경우 몇 가지 주목할 대목이 발견된다. 앞서 잠시 언급한바 있듯이, 하나는 전래와 수용의 과정에 '구전(口傳)'이 상당한 역할을 하고 있다는 점이다. 이제신이 사행 과정에서 역관으로부터의 전언 내용을 기록하였고, 이는 다시 조선으로 건너와 이제신 기록의 재전(再傳) 혹은 해당 역관의 국내 재구전을 통해 전파되며 임매에게 새로운 양상으로 기록되고 있다. 중국의 경우에도 '근고'의 재판 과정이 서사 형성에 발단이 되었겠으나, 그 신이한 예언인 한시 구절의 내용이 해당 서사의 핵심이자 서사 전파의 동력이 되고 있다. 이 역시 중국내 구전과 서사의 상호작용 과정에서 형성되었으리라 여겨진다.

조선으로 전래된 점복 옥사의 기록은 현재 이제신과 임매의 두 자료만 확인되었다. 중국 서사로 소개한 이제신의 기록은 임매에 이르러 조선 정희량 서사로의 전환과 동시에 정희량의 행적으로 신뢰받기에 이르렀다. 이는 임매가 『청강선생후청쇄어』를 비롯한 여타 문헌을 통한 전승의 연장선에 놓여있지 않음을 말해준다. 『잡기고담』이 견문을 매우 중시하고 있다는 저술 자세에서도 구전을 통한 전승 상황을 확인할 수 있다.

이러한 정황은 유몽인의 『어우야담』을 통해서도 일정한 전승 상황이 확인된다. 유몽인은 조선 도가의 한 인물로 지목되는 정희량에 관한 세간의 이야기를 5가지나 집적하고 있다. 정희량 제자들의 후일담도 겸하고 있기에 아마도 당시 유몽인이 접했을 정희량에 관한 견문의 최대치가 아닌가 싶다.[20] 그 가운데 임매가 전한 다른 하나의 정희량 관련 일화가 『어우야담』의 조원기(趙元紀) 일화와는 약간 변개되어 소개된 반면, 유몽인은 점복 옥사에 관한 내용을 전하지 않고 있다. 이제신 보다 한 세대 뒤의 기록인 『어우야담』의 정희량 기록에 부재한 점복 옥사는 아직 정희량과 연결된 중국 서사의 조선적 정착이 진행되지 않고 있음을 말해준다.[21] 지금까지 살펴본 바 중국 점복 옥사는 16세

20) 유몽인, 『어우야담』, 88화.

21) 물론 유몽인의 견문의 한계에 기인한 현상일 수도 있다. 하지만 『어우야담』이 인물 일화의 경우 최대한의 집적을 보여주고자 노력한 점을 감안할 때, 중국으로부터의 전파가 조선조 인물 일화로 전환되기에 두 작품의 시간적 격차가 짧았던 것이 아닌가 한다. 그렇다면 유몽인의 견문에 정희량 일화로 포착되기엔 아직 조선화가 진전되지

기 후반 조선으로 전래되어 17세기 전반 이후 구전되던 중 정희량에 대한 세간의 인식과 결합되었고, 정희량의 추수(推數) 서사로 조선화되어 전파되다가 임매의 손에서 문헌기록으로 정착된 정황으로 파악된다.

다른 하나는 서사문학이 아닌 마술 연희 등의 문화적 현상도 전승의 대상이 되어 조선적 수용이 진행되고 있다는 점이다. 『어우야담』에 전하는 전우치 일화가 그 예이다. 사실 이는 황보씨의 『원화기』가 『태평광기』의 「가홍승기」와 왕세정의 『검협전』으로 연결되는 당→송→명으로의 전승을 보여주어 『원화기』를 원전으로 삼은 조선으로의 문헌전승으로 지목할 수도 있겠다.[22] 그러나 유몽인이 전문한 내용은 이들 문헌과 서사 자체에 차이가 존재하며, 오히려 명대 마술이 결합된 줄타기 연희가 보다 직접적인 연관을 갖는다. 포송령과 박지원의 전언에 비춰볼 때, 중국 연희의 서사 내용이 조선으로의 전래와 함께 구전을 거치며 전우치와 만나 조선적 서사화가 이뤄지는 새로운 경로의 존재를 확인하게 된다. 억측이 가능하다면, 이러한 현상은 중국 사행의 다채로운 경험이 한국 서사로 습합될 가능성을 제공한다는 것이다. 조금은 다른 상황이지만 「호질(虎叱)」의 경우 중국 상점에 걸린 글을 전사(傳寫)한 것인데 그 과정에서의 오류를 연암이 조정하거나 윤색하고 있음도 유사한 사례라 하겠다. 여기에 구전을 통한 전파의 현장을 보여주는 자료 소개로 이상의 논의를 정리해 보기로 한다.

못한 셈이다.

22) 앞서도 언급하였듯 새로운 자료에 따른 문헌전승의 가능성은 언제나 존재한다. 오히려 그러한 자료의 확인은 보다 풍성한 전승의 정황을 구성할 수 있음을 인정할 필요가 있다. 본고는 다양한 자료의 확인을 기대하며 구전의 양상과 가능성을 보다 주목한 것이다.

(1) 내 조카인 승지 유혁(柳淡)이 상중에 딸을 잃어 춘천에 장사 지내고, 밤낮으로 슬픔을 이기지 못했다. **중국에서 도망쳐 온 병사 유대경(劉大慶)이 그 이웃에 살고 있었는데,** 찾아와 다음과 같이 말했다. "**중국에 전해 오는 이야기 하나**를 당신께 말씀드려 위로해 드리고 싶습니다. (하략)"[23]

(2) **역관 표헌(表憲)이 중국에 조회하러 가다가 두령(斗嶺)을 지나 고삼(高三)의 집에서 묵게 되었다.** 고삼은 밤새도록 아미타불을 염불하는데, 찻물 담은 병을 벽 위에 매달아 두고 목이 마르면 그 찻물을 마셔가며 염송하기를 그치지 않았다. 고삼이 표헌에게 말했다. "동국 사람들은 불서에 대해 아는 것이 많다고 하니, 당신도 반드시 깨우쳐 아는 것이 있을 것입니다. 내가 아미타불을 염송하는 것이 전생과 후생에 이로움이 되겠습니까?" 표헌이 대답하였다. "그렇지 않습니다. **우리나라에 다음과 같은 이야기가 있습니다.** (하략)"[24]

두 자료는 모두 『어우야담』의 기록으로 중국과 조선 간에 벌어진 쌍방향 문화 전파의 현장을 보여주는 자료이다. (1)은 유몽인의 조카가 중국인으로부터 운명에 관한 이야기를 듣게 된 경위를 소개하는 부분이다. 그가 전한 이야기는 전쟁터의 시체더미에 몸을 숨겨 목숨을 구한 사람이 귀신을 점고하던 신장(神將)을 만나 자신이 절강(浙江) 관왕묘(關王廟)에서 복통으로 죽을 운명임을 전해 듣고 훗날 장사차 머문 곳에서 복통을 얻자 그곳이 절강임을 알고 집안일을 얼른 처리하여 죽음을 맞았다는 내용이다. 전쟁 중 사지에서 목숨을 구한 이가 신장

23) 유몽인, 『어우야담』, 169화, "吾姪柳承旨淡, 喪中喪女, 葬之春川, 日夜悲慼, 不自堪. 天朝逃兵劉大慶, 寓居其隣, 來語曰: '中國有一說, 請爲子慰之.'(하략)"

24) 유몽인, 『어우야담』, 401화, "譯官表憲朝天過斗嶺, 宿高三家. 高三終夜念阿彌陀佛, 懸茶瓶壁上, 喉渴則飮其茶, 念誦不輟. 謂憲曰: '東國之人, 多識佛書, 子必聞知之. 我誦阿彌陀佛, 有利於前生後生乎?' 憲曰: '不然. 東國有一說.'(하략)"

을 만나 운명을 알게 되고, 예언에 따라 차분하게 죽음을 맞는다는 짧지만 아기자기한 중국의 서사 한 편이 조선에 전파되는 현장이다. 서사를 전하는 인물이 동아시아 전란의 와중에 조선에 남아 살아가는 중국인 병사였음이 특이하다. 유대경과 같은 인물은 특수하지만 드문 존재도 아니었을 것이다. 예컨대 「최척전(崔陟傳)」의 최척이 고향으로 향하는 길에서 만난 침의(針醫)가 사돈이자 낙오한 병사였음을 기억해 보자. 여기서 중요한 점은 이처럼 중국 서사를 전파하고 기록하는 현장이 단지 유몽인의 조카에서 유몽인으로 전해져 『어우야담』에 수록되는 한 번의 사례에 그치지는 않으리라는 것이다. 그 다양한 경우의 수 가운데 확인되는 구전을 통한 한중 서사 전파의 한 증거 자료이다.

⑵는 조선의 역관이 중국인에게 조선의 이야기를 전하던 정황이 드러난 대목이다. 역관 표헌의 전언은 염불만 일삼던 거사(居士)의 꿈에 나타난 아미타불이 다음날 관찰사가 지나는 다리에서 길생(吉生)이라 외치면 복을 얻으리라 하여 그대로 따라했던 거사가 곤장만 맞게 되는데, 그날 꿈에서 아미타불은 관찰사의 이름 몇 번 부르고 곤장을 맞았으니 아미타불을 천만 번 부른 경우는 어떻겠느냐고 하며 사라졌다는 내용이다. 고삼이라는 인물의 지극한 염불에 조선의 소화(笑話)로 은근히 비꼰 재미난 사례이다. 이 역시 구전을 통한 서사의 전승 현장을 알려주며, 조선으로부터 중국으로의 서사전파라는 흥미로운 대목이기도 하다. 고삼에게 전해진 조선의 소화가 중국에서 어떤 전파의 경로와 영향을 미쳤을지는 미지수이다. 이와 같은 동아시아 서사의 전파 현장을 확인해 준다는 점이 대단히 중요하다.

무엇보다 놓치지 말아야 할 대목은 한·중 서사의 전래와 수용 과정에 문헌 전승이 아닌 구비전승의 가능성을 확인할 필요성을 제기한다는 점에 있다. 본고는 중국 서사와 연희가 구전을 통해 정희량과 전우치 전승에 결합된 서사화 현장에 주목해 보았다. 한중 서사 전파의 구비 전승 가능성을 확인한 것이다. 그럼에도 이는 한중 서사 전파와 비교문학 연구의 기초 단계일 뿐이다. 앞으로 남은 과제는 구전의 과정에서 벌어지는 '조선적' 변용에 보다 주목하여 그 전후에 드러나는 서사적 특질을 통해 한국 서사문학의 성격에 다가가는 고통스런 작업이 뒤따라야 할 것이다. 요컨대 정희량 일화의 경우 재판의 과정과 현장, 남녀 생활의 특수성, 주인공 신분의 조정 등에 미묘하게 개입되는 조선조 서사 의식을 밝혀내고, 이를 보다 세밀한 서사 방법론으로 적용한 연구 과제가 남았다는 의미이다.

참고문헌

김동욱, 「「蔣興哥重會珍珠衫」의 野談으로의 飜案樣相」, 『中國文學研究』 32집, 한국중문학회, 2006.

신상필, 「중국 서사의 전파와 조선적 수용의 가능성」, 『민족문학사연구』 46, 민족문학사학회, 2011.

柳夢寅 저, 신익철·이형대·조융희·노영미 옮김, 『於于野談』, 돌베개, 2006.

이강옥, 「『동야휘집』의 『해탁』 수용 양상」, 『구비문학연구』 2집, 한국구비문학회, 1995.

이병찬, 「동야휘집연구」, 성균관대 박사학위논문, 1994.

任邁, 『雜記古談』, 박용식 · 소재영 편, 『한국야담사화집성』 3, 태동.

임완혁, 「筆記에서 事實의 의미」, 『동방한문학』 39집, 동방한문학회, 2009.

정환국, 「田禹治 전승의 굴절과 반향」, 『민족문학사연구』 41집, 민족문학사학회, 2009.

진재교, 「『雜記古談』 저작연대와 작자에 대하여」, 『서지학보』 12집, 한국서지학회, 1994.

劉葉秋 외 3인 주편, 『中國古典小說大辭典』, 河北人民出版社, 1998.

李昉 등편, 『太平廣記』, 中華書局, 1961.

蒲松齡 지음, 김혜경 옮김, 『聊齋志異』, 민음사, 2002.

한국신화와 성경, 선교사들의 한국신화 해석
— 게일의 성취론과 단군신화 인식의 전환

이상현

I. 논의의 초점— 왜 게일이 보여준 단군신화 인식의 전변을 주목하는가?

[1] 게일(James Scarth Gale, 1863~1937)의 *Korea in transition* (1909) 4장 말미를 보면, 과거 "한국 사회의 이상"과 성령의 열매, 예수의 큰 계명과 같은 개신교의 교리들을 비교, 검토하는 질문들이 제시되어 있다.[1](p.121) 여기서 한국사회의 이상은 "五倫"과 "仁義禮智信"을 지칭하며 다섯 개의 법과 덕(five laws and virtues)으로 번역된다. 게일이 보기에, 이 시기 옛 한국의 이상들은 이미 붕괴되고 있었고, 이 이상에 토대를 둔 사회제도는 지극히 혼란한 상태였다.(96쪽) 그가 대안으로 제시한 것은 '복음'이며 '개신교의 진리'였다.(97쪽) 즉, 국가와 시민권을 상실한 한국을 위해 그가 제시한 전망은 '예수가 주는 하나님 나라의 시민권'이었다.(43쪽) 의당 게일의 눈에 한국은 복음을 예비하는 신

1) J. S. Gale, *Korea in transition*, New York: Eaton & Mains, 1909(신복룡 역, 『전환기의 조선』, 집문당, 1999(이하 게일의 원문과 신복룡의 번역문을 각각 "p.~"와 "~면"으로 표기)

의 섭리를 발견할 수 있는 장소로 비춰졌다. 과거 한국의 이상들은 게일에게 복음을 예비해 주는 예언의 목소리였기 때문이다.(96-97쪽)

> 인(仁)이라고 하는 글자는 인(人)이라는 글자와 이(二)라는 글자로 이루어져 있는데, 이는 사랑이 항상 다른 사람을 늘 염두에 두는 것이란 점을 보여주는 것이다. 그러나 모든 박애(博愛)의 가르침 중에 가장 주된 것은 '하나님의 말씀'이다. 하나님의 말씀으로 인(仁)이라는 잃어버린 덕을 대신하게 되는 것이다. 의(義)는 속죄양과 1인칭 대명사 '나'로 이루어져 있다. 속죄양이라는 의미로서의 '나'는 정의를 나타내고 있다. 예수와 나와의 '하나 됨'은 이 글자를 대체시켜 줄 뿐만 아니라, 이러한 사상을 채워 줄 것이며 지나간 과거에 대한 공부를 위대한 신의 계시를 가리키는 예언의 목소리로 만들어 줄 것이다.(p.120; 96~97쪽)

게일은 유교적 사상을 담지한 "仁"과 "義"라는 한자를 성경과의 유비를 통해 설명한다. 이 짧은 발화는 한자·한문에 대한 축자적인 번역이란 관점만으로 한정할 수 없는 역사·문화적 맥락을 보여준다. 물론 여기서 게일의 논리를 기독교 중심적인 문헌·해석학적 오류나 오리엔탈리즘이란 편향적 관점으로 설명할 수도 있을 것이다. 어디까지나 여기서 관찰대상은 한자·한문으로 상정된 동양(한국)의 전통이며, 관찰자는 유대 기독교적 해석과 전유를 보여주는 서구인(게일)이기 때문이다. 그렇지만 이러한 일방향적인 관점만으로는 '관찰대상' 자체의 변모와 '관찰자'의 관점이 변모되는 지점들, 그 속에 놓인 양자 사이의 다양하고 역동적인 접점과 교차점에 대한 분석은 불가능하다. 이러한 문제를 해결할 단초를 제시하기 위해서 이 글에서는 상대적으로 '관찰자' 게일이 보여준 시선의 변화에 초점을 맞춰볼 것이다.[2)]

2) 그렇지만 이 시선의 변모 속에 서구와 한국의 관계망이 당시 한국의 언어질서와

게일의 이 짧은 진술 속에는 관찰자의 시선의 변모를 예견해주는 모습이 담겨져 있었다. 그것은 유교란 타종교(혹은 사상, 도덕, 철학) 속에도 이미 진리가 계시되어 있으며 선교를 통해 이 종교를 기독교의 진리로 성취시킬 수 있다는 전제이다. 이 전제는 기독교 이외의 종교(타종교)를 개신교 선교사가 이해했던 과거의 역사적 사례이자 비교종교학적인 이론, 성취론(fulfillment theory)에 그 토대를 둔 것이었다. 이는 1910년 에딘버러 세계선교사대회(World Missionary Conference in Edinburgh)에서 개신교선교사들이 공식적으로 채택하고 한국의 선교사들이 수용했던 입장과 관점이다. 성취론은 비기독교적 종교전통, 타종교가 가진 진리, 윤리, 계시의 흔적들을 복음에의 준비이자 기독교와 대화할 수 있는 접촉점들로 주목하며, 기독교가 유대교의 율법과 예언을 완성, 성취했듯이 타종교의 근본적인 영적 갈망과 예언을 완성시킨다는 입장이다.[3)]

물론 상기인용문이 수록된 저술, *Korea in transition*의 출판 시기(1909)가 반증하듯, 성취론적 입장은 에딘버러 세계선교사 대회에서

역사적 전변 속에 결코 동일하지 않았다는 점을 감안한다면, 이 연구는 그 접점과 교차점에 대한 탐색의 기초와 기반을 제공할 수 있을 것이다. 유비, 등가, 분기란 세 관점으로 이 관계망을 살핀 연구들은 황호덕·이상현, 『개념과 역사, 근대한국의 이중어사전』1, 박문사, 2012 1부 3장과 2부 3장을 참조.(이상현, 「근대 조선어·조선문학의 혼종적 기원」, 『사이間SAI』8, 국제한국문학문화학회, 2010 ; 황호덕·이상현, 「번역과 정통성, 제국의 언어들과 근대 한국어―유비·등가·분기, 영한사전의 계보학」, 『아세아연구』145, 고려대 아세아문제연구소, 2011)

3) 북미 복음주의 신학 속에서 성취론이 지닌 그 의미와 형성과정, 한국주재 개신교 선교사의 한국종교연구와 성취론의 관계에 대해서는 류대영, 「선교사들의 한국종교 이해, 1890~1931」, 『한국 근현대사와 기독교』, 푸른역사, 2009 150~156쪽과 옥성득, 「초기 한국교회의 단군신화 이해」 이만열, 『한국기독교와 민족통일운동』, 한국기독교역사연구소, 2001, 209~315쪽 ; 안성호, 「1910년 에딘버러 세계선교사대회의 성취이론에 대한 재고」, 『한국기독교사연구소소식』91, 2010에서 충분히 상론된 바 있다. 이하 본고의 논의 전개를 위해, 그 중요한 입론들만을 간략히 제시하도록 한다.

의 공식채택 이전에도 개신교 선교사들의 저술 속에서 그 모습을 드러냈다. 하지만 1910년대 이후 게일의 두 가지 다른 변모와 조응되고 있었다. 첫째, 게일이 중국의 유교적 서적이 아니라 한국인의 문집과 같은 한문문헌을 기반으로 유일신 관념을 탐구했다는 점이다. 이는 성취론을 기반으로 한 서구인들의 중국 및 한국 종교이해와 긴밀히 연관된 실천이었다. 둘째, 단군을 게일이 수용한 시점에서, 그는 결코 잃어버린 한국의 국권과 한국인의 시민권을 대신할 것으로, *Korea in transition*에서 말한 하나님 나라의 시민권 이외의 것을 이야기했다는 점이다. 그것은 단군으로 표상되는 것으로, 물질이 아닌 정신(문화)적 측면에서 중국/일본과 변별된 한국민족, 한국의 민족성이었다. 이 두 번째의 변별성이 이 글에서 중점적으로 고찰할 연구의 지점이다.

2 성취론적 입장에 의거한 개신교 선교사의 한국종교연구는 비기독교적 전통을 긍정적으로 보며, 열린 접근을 지향한 진보적인 타종교에 대한 이해를 일정량 함의하고 있었다. 1850년대 인도와 중국의 '진보적 보수주의자'내지 '자유적 복음주의자' 선교사들, 영국, 스코틀랜드의 신학자들이 주장한 성취론은 과거 "아시아 종교에 대한 기독교의 우월성"에 입각해 타종교를 저급한 종교로 보는 17세기 종교학자들로 비롯된 과거의 시각과는 다른 점이 있었다. 동양의 종교가 지니고 있었던 "원시계시와 원시 유일신론이 시간이 갈수록 하강하여 다신론, 범신론, 우상숭배로 변모되었다"는 이론. 즉, '종교 하강설 내지 타락설' 그리고 이와는 다소 상반된 종교이론 즉, "다신론, 범신론, 토테미즘, 애니미즘에서 유일신론으로 진화했다"는 종교 진화론과는 그 입장이 변별된다.

물론 성취론적 종교이해는 종교하강설, 종교진화론과 공유되는 측면이 존재한다. 즉, 진화론, 문명과 야만이라는 구분, 기독교 문명중심주의적 시각이 이곳에 전제되어 있는 사실을 부정할 수 없기 때문이다.[4] 하지만 그 속에는 개신교와 타종교 사이 분명한 문화소통의 지점이 내재되어 있었다. '성취론'에 의거한 입장은, 타종교에 내재한 '원시적 유일신 관념'의 흔적을 찾으려 시도했으며, 이를 보존하며 기독교로 성취한다는 변별성이 존재했기 때문이다. 나아가 이는 개신교의 『성서』를 그들의 입장, 즉 선교의 대상이기도 했던 해당국가의 언어로 번역·재현해야하는 처지와도 부합한 것이기도 했다. 한국 개신교 선교사들이 단군이란 인물과 나아가 『성서』의 하나님을 재현할 적절한 개념을 찾는 과정 속에는 성취론이란 입장이 명백히 반영되어 있었다. 런던선교회 제임스 레게(James Legge) 등이, 중국이라는 한자·한문 세계 속에서 원시유교의 "上帝"를 유일신으로 이해한 모습이 그것이다. 한국 역시도 진보적 중국선교사들의 원시유교의 상제관을 수용했다. 이는 이 글의 논제인 한국고유의 단군신화와 관련해서도 그 속에 남아있는 샤머니즘의 유일신 흔적, '하ᄂᆞ님' 신앙을 찾는 작업과 밀접하게 관련되며, 동일한 논리적 기반을 지니고 있었다.[5]

개신교 선교사들이 한국의 역사서 속에 만나게 된 단군은 가장 연원이 깊은 한국인의 원시적 유일신 관념을 의미했다. 게일이 보여준 단군신화 인식의 전변에 있어서 그 핵심적이며 중심적인 논리와 그 연원을 살펴보면, 이는 이미 한국개신교 선교사 존스(G. H. Jones, 1867~1919), 헐버트(Homer Bezalee Hulbert, 1863~1949)의 한국종교연구

4) 류대영, 같은 글, 152~156쪽 ; 옥성득, 같은 글, 295~298쪽. ; 개신교 선교사를 비롯한 서구인의 한국종교연구는 김종서, 『서양인의 한국종교연구』, 서울대 출판부, 2006을 참조.

5) 옥성득, 같은 글, 296~300쪽; 안성호, 「19세기 중반 중국어 대표자 번역에서 발생한 '용어논쟁'이 초기 한국성서번역에 미친 영향」, 『한국기독교와 역사』, 2001 239~241쪽.

(나아가 중국선교사들의 연구)속에 이미 마련되어 있었던 셈이다. 더불어 성취론이 등장한 계기 그 자체가 '19세기 말~20세기 초 아시아에서 대두된 민족주의'가 깊숙이 연루되어 있었던 사실을 주목해야 한다. 고등교육을 받은 새로운 세대들이 고유문화와 전통종교를 재발견하려는 시도에 대한 대응으로, 타종교를 무시하고 파괴하는 정복주의적 태도가 아니라 지적이며 포용적인 해석이 요구되었던 것이다.6) 이와 관련하여 단군은 원시적 유일신 관념뿐만 아니라 동시에 한국민족의 고유성을 표상하는 것이기도 했던 점을 염두에 둘 필요가 있다. 즉, 단군은 한국 고유성의 표지이며 '민족·국가, 一國史'를 기본 전제로 하는 근대 한국역사의 내러티브를 구성함에 있어 한국 민족의 기원, 한국민족 그 자체였던 것이다.

③ 게일은 한국 한문문헌 속 天, 神이란 한자어를 통해 원시적 유일신 관념의 계보, 비유대 기독교 전통 속 계시와 진리를 추적한 인물이었다. "하ᄂ님"이란 술어의 정립, 한국 한문고전 속 한국의 유일신 관념을 성취론에 입각하여 가장 면밀히 검증하며 이를 정립한 인물이 바로 게일이었던 것이다. 게일의 한국학이란 제한된 지평에서 살펴본다고 해도, 성취론적 입장(그 이면에 함께 놓인 한국 근대지식인의 민족주의적 반향)이 한층 더 깊이 투영된 시기는 1910년대 이후이다. 그의 한국학이 보여준 변모양상은 크게 두 측면이 주목된다.7)

첫째, 한국인이 종교가 없는 민족에서 종교를 지닌 민족으로 변모된

6) 류대영, 같은 글, 152~156쪽 ; 옥성득, 같은 글, 295~298쪽.

7) 이에 대해서 황호덕·이상현 공저, 『개념과 역사, 근대 한국의 이중어사전』1, 박문사, 2012 2부 3장을 참조(이 책에 수록된 글은 이상현, 「제국들의 조선학, 정전의 통국가적 구성과 유통-『天倪錄』, 『靑坡劇談』 소재 이야기의 재배치와 번역·재현된 '조선'」, 『한국근대문학연구』18, 한국근대문학회, 2008에 대한 수정 보완본이다.)

다. 이 기저에는 물론 한국인의 종교적 감정과 인식을 방문객 혹은 여행객이 아니라 한국사회를 오래 체험한 한국전문가라는 그들의 입장이 놓여 있었다. 하지만 그 종교를 '내지인의 입장'에서 읽을 기반은 '성취론'이란 입장에 근간하고 있었다. 나아가 이 변모를 통해 서구와 대등하며－동시에 차이를 지닌－종교(적 심성)를 지닌 한국민족이란 형상이 전제된다.[8] 이러한 한국의 종교에 대한 탐구는 그 역사와 연원을 살피기 위해서, 어쩔 수 없이 한국의 문헌에 대한 연구로 이어질 수밖에 없었다. 따라서 둘째, 게일 한국학에서 한국은 더불어 역사·문학을 지닌 민족으로 재구성되게 된다. 이 두 번째 사항과 관련하여 이 글에서 이러한 게일의 탐구가 기독교 문명론, 성취론으로 한정할 수 없는 지점을 함께 함의했던 사정에 관하여, 추가적으로 언급해 보려고 한다.

1920년대 3.1 운동 초기 총독부 관리들과 선교사들 사이에 열린 (비밀)회담 문서 속에서, 과거와 달리 게일은 일종의 반일적인 속내를 보여준 것으로 보고되었다. 사실 게일의 말은 1920년대 이후 그의 문학론이나 저술 속에서 쉽게 발견할 수 있는 것이기도 했다. 게일은 일본의 한국에 대한 통치가 한국에 물질적으로 이득을 주었지만, 그것만으로는 채워질 수 없는 대상, 일본이 간과한 한국인의 세계가 있음을 다음과 같이 지적했다.[9]

---

8) 그 속에는 결코 등한시 여길 수 없는 사전과 문법서 등의 발간과 같은 한국어학적 성과와 개신교의 예언, 교리, 역사를 한국어로 재현하는 성서의 번역과정이 놓여 있었다. 개신교 선교사들의 성서번역과 관련해서는 이만열, 류대영, 옥성득, 『대한성서공회사』1~2, 대한성서공회, 1994를, 서구인들의 문법연구와 관련된 한국어학적 성과에 관한 검토는 고영근, 『민족어학의 건설과 발전』, 제이앤씨, 2010 4부를, 서구인들이 발간한 이중어사전과 관련된 검토는 황호덕, 이상현의 같은 책을 참조.

9) 「3.1 운동 초기 총독부 관리들과 선교사들 사이에 열린 (비밀) 회담 문서」(김승태, 『한말·일제 강점기 선교사 연구』, 한국기독교역사연구소, 2006 267~270쪽) 상기 인용문은 조선호텔에서 1919년 3월 22일 이루어진 회담 중 게일의 말을 기록한 것이

> [인용자: 한국인은] 물질 세계와는 완전히 동 떨어진 그들의 정신세계가 있고, 그들은 나와는 분리된 이 세계에서 살고 있다. 30년 동안 나는 그 안으로 들어가려고 노력해 왔지만, 지금까지도 단지 구경꾼일 뿐이다. 그들의 세계는 내가 그것을 알수록 더 많이 존경하도록 배워 왔던 오랜 깨달음의 세계였다. …그것은 우리 서양인들의 것과는 아주 다르고 내 생각으로 일본인들의 것과도 아주 다르다.

게일은 일본의 정치가 한국인들의 이러한 "문명에 공감"할 수 있는 것이 되어야 하며, 한국인들이 성장해 온 것과 "다른 것을 강요하기보다는 그 위에 건설해야 한다"고 주장했다. 이렇듯 정신(마음), 문명이란 측면에서 표상되는 서구, 일본과 분리된 독자적인 한국민족이란 형상이 분명히 존재했다. 게일이 보여준 이 성찰의 지점은 단군을 한국의 유일신, 종교·역사·문화적 시원으로 정립하는 과정과 맞닿아 있다. 게일에게 한국 고유의 유일신인 "하ᄂᆞ님"의 수용은 한국인 본래의 신관을 회복하고 성취하는 것이었다면, 단군신화의 수용은 그 연속선에서 "桓因-桓雄-檀君"의 삼일신론을 기독교의 삼위일체론과 상징적, 유비적 대응관계를 인정하는 것이었다. 게일의 단군신화 수용은 그의 필생의 과제였던 한국학 연구에 대한 완성, 성취를 의미하는 것이었다.[10)]

다. 일본 측의 종합보고에서 이 게일의 말은 "다년간 한결 같이 친일적인 노력을 해왔던 게일 박사가 이제 군사정부(총독부의 무단통치)의 실패를 규탄"한 "솔직"한 술회로 기술되었다.(267쪽)

10) 옥성득, 같은 글, 305~308쪽. 이 논의는 초기 한국교회, 개신교 선교사들의 단군신화 이해, 즉 해방이전 한국교회의 단군신화 해석사에 대한 교회사적 연구라고 그 범주를 한정했지만, 그 가치는 교회사로 환원될 수 없는 성과물이다. 이 논문은 단군신화와 관련한 한국개신교 선교사의 논의를 집성했다. 이뿐 아니라, 한말 역사서의 단군신화와 북미 복음주의 신학이란 두 전통의 만남 속에 드러난 '하ᄂᆞ님'이란 신명의 정착 과정과 한국인의 유일신 관념과 같은 쟁점들을 밝혀주었고, 그 기반이라고 할

이 단군으로 말미암아 게일은 한국 민족을 구성하는 작업, 한국민족의 역사상을 그리는 작업이 가능할 수 있었다. 성취론에 기반 한 게일이 발견한 한국의 유일신 관념, 그 최초의 연원이자 기원 단군(신화)에 대한 번역·해석은 오늘날 기독교 성서의 하나님이란 어휘가 정립되는 과정과 깊이 연루되어 있다. 하지만 동시에 교회사나 종교학적인 차원에서 한정할 수 없는 중요한 일면을 지니고 있다. 그의 단군신화 수용은 한국사 서술로 마무리되는 그의 한국학 연구의 완성이었으며, 종교의 문제를 포괄한 한국민족(한국학이란 언어구성물)그 자체의 표상이 변화됨을 의미하는 것이었다. 본고의 Ⅱ~Ⅲ장에서는 먼저 개신교 선교사들의 단군신화 담론이란 지평에서 게일의 초기 단군신화에 대한 인식을 살펴볼 것이다. Ⅲ~Ⅳ장에서는 성취론에 기반한 단군신화 인식의 변모양상과 그 논리적 기반을, Ⅴ장에서는 그 전환이 의미하는 함의를 각각 고찰해보도록 한다.

Ⅱ. 「단군죠션」(『그리스도신문』 1901. 9.12)에 나타난 게일의 초기 단군인식

『그리스도신문』에는 「단군죠션」(1901. 9. 12)이란 글이 「긔ᄌ죠션」과 함께 수록되어 있다. 『그리스도신문』은 1897년 4월 1일 장로교 선교사 언더우드(H. G. Underwood) 개인이 편집자로서 큰 역량을 발휘하며 창간한 잡지이다. 1897~1906년 사이 이 신문의 발행은 교과서 발간, 성경관계도서 및 성경공과, 성경번역과 함께 그들의 중요한 문서

수 있는 개신교 선교사의 성취론이라는 논리를 명확히 제시해 주었기 때문이다.

사업 중 하나였다. 물론 『그리스도신문』의 창간목적은 그들의 선교 혹은 기관지란 맥락을 배제할 수 없었지만, 그 수록 기사내용은 그렇지 않았다. 멀리 있는 지방 관리에게 "관보"를 전하고, 관심거리로서 도움이 되는 주제에 대한 기사와 외국소식을 전해 주었다. 즉, 편집자이자 창간자인 언더우드의 "통전적(通全的) 복음"에 부응하도록, "농민을 위한 농사법 정보, 공인을 위한 공장법과 과학, 상인을 위한 시장 보고서, 기독교 가정을 위한 가정생활 기사"를 게재하려고 했다. 이 신문은 실제로 조선 왕실의 지원을 받았으며, 언더우드는 광고를 통해 지원받기 위해 적절한 주의를 기울였으며 세속적인 내용을 결코 배제하지 않았다.[11]

오히려 『그리스도신문』은 한국인을 위하여 지식을 널리 펴는 것, 한국에 대한 문명개화라는 지향점을 지니고 있었다.[12] 농업, 공업, 상업과 격물치지의 실용학문의 진작(振作)과 관련하여, 「단군죠선」과 같은 역사, 문물에 대한 기사 역시 결코 동떨어진 성격이 아니었다. 이 역시도 舊學, 고래의 법률과 풍속, 중국 역사만 공부하는 과거 한학적 지신인의 학문과는 변별되는 개신교 선교사의 문명론에 걸 맞는 근대

---

11) 이만열, 옥성득 편역, 『언더우드 자료집』Ⅱ, 국학자료원, 2006. 126쪽(1900.12.10) ; L. H. Underwood, 이만열 역,『언더우드 한국에 온 첫 선교사』, 기독교문사, 1990 176~180쪽(*Underwood of Korea*, Fleming H. Revell Co. 1918) ; 김경일, 「편집자로서의 초기 선교사 언더우드」, 『출판학연구』35, 한국출판학회, 1993 125~129쪽.

12) 이에 따라 한국정부는 전국의 관료를 위해 450부를 구입하는 지원을 하게 되며, 국왕의 감사의 인사를 보내게 된다. 이에 따라 신문은 상당한 발전을 보며, 1901년 장로교공의회는 이 신문을 전체 교회용으로 채택하게 된다.(백낙준, 『한국개신교사』, 연세대 출판부, 1973 257~258쪽, 355~356쪽. H. A. Rhodes, 최재건 옮김, 『미국 북장로교 한국선교회사』, 연세대 출판부, 2009 272쪽. ; 김영민, 「근대 계몽기 기독교 신문과 한국 근대 서사문학-『죠션크리스도인회보』와 『그리스도신문』을 중심으로」, 『동방학지』127, 연세대 국학연구원, 2004 ; 류대영, 「한말 기독교 신문의 문명개화론」, 『한국 근현대사와 기독교』, 푸른역사, 2009)

지식(신학문)이었으며, 그 속에는 그들의 시각이 분명히 투영되어 있기 때문이다. 이 점을 상세히 살피기에 앞서 「단군죠선」이 『그리스도신문』에 수록된 사적 혹은 역사라고 부를 만한 일련의 연재물 중 하나였다는 점을 주목해 볼 필요가 있다. 「단군죠선」은 1901년 9월 12일에서 이듬해 4월 17일까지, 통일신라시기까지 한국의 역사를 다룬 연재물 속의 기사였다. 이 연재물은 미국, 일본, 러시아, 터키 등 외국, 러시아의 피터 대제, 나폴레옹, 비스마르크 등의 역사적 인물에 대한 전기가 소개된 기사들과도 대응되는 것이었다.

서구(타자)에 대응되는 자국의 역사라는 구도가 『그리스도신문』에 내재된 번역적 관계를 보여준다. 두 연재물이 지닌 서구와 한국이라는 대응관계는 동시기 단군을 논하고 있었던 그 특수한 발화의 위치와 맥락을 잘 보여주는 셈이다. 즉, 발화의 구조 자체가 서구문화와 한국 전통문화의 대면, 서구인과 한국의 과거문헌이라는 구도, 영어와 한국어(한문/국문)라는 번역적 관계 등이 전제될 수밖에 없는 조건이었기 때문이다. 1901년 5월 1일부터 『그리스도신문』은 언더우드가 아니라 게일의 이름으로 간행되게 된다. 나아가 이 기사내용을 보면, 1900년 왕립아시아학회 한국지부 학술지에서 수록된 게일의 단군에 대한 논평과 동일하다. 즉, 게일의 글로 보아도 큰 무리는 없으며, 1901년까지도 지속되었던 게일의 단군에 관한 관점과 시각이 잘 반영된 글이다.[13] 여기서 '단군신화' 관련 부분을 발췌해보면 다음과 같다.

> 동국 통감에 ᄀᆞᆯᄋᆞᄃᆡ 동방에 처음에 군장이 업더니 신인이 태ᄇᆡᆨ산 단목 아래로 ᄂᆞ려 오거ᄂᆞᆯ 나라 사ᄅᆞᆷ이 세워 님군을 삼으니 이ᄂᆞᆫ 곳

13) 옥성득, 같은 글, 304~305쪽. ; J. S. Gale, "Discussion", *The Transaction of the Korea Branch of the Royal Asiatic Society* 1, 1900, pp.42~45.

> 단군이라 나라 일홈을 죠션이라 ᄒᆞ니 이ᄂᆞᆫ 요님군 무진년이라 처음에 평양에 도읍을 ᄒᆞ엿다가 후에 ᄇᆡᆨ악으로 옴겨 도읍 ᄒᆞ엿더니 샹나라 무뎡 팔년 을미에 나ᄅᆞ러 아ᄉᆞᆯ산으로 드러가 신이 되엿다 ᄒᆞ니라

개신교 선교사들이 단군신화를 접촉한 문헌이 『동국통감』의 단군조선 기사였음을 알 수 있다. 「단군죠선」은 이에 대한 일종의 한글번역이었다. 이 외에도 「단군죠선」에는 『동국통감』 사론(史論) 부분에서 「古記」에 기록된 단군이란 인물의 나이와 수명의 신빙성을 의심하는 내용 그리고 『동국통감』에서 일부분을 인용했던 권근(權近, 1352~1409)의 한시 1수(「應製詩 始古開闢東夷主」, 『陽村集』 券一) 전체를 수록했다. 「단군죠선」은 『동국통감』을 신뢰할 수 있는 역사서로 수용한 셈이며, 기사와 사론을 함께 제시한 셈이다.

다만 『동국통감』에 없던 그들의 개입이 엿보이는 것은 두 가지였다. 먼저 『그리스도신문』은 "예수 강ᄉᆡᆼ"을 기점으로 즉, 西曆에 의거하여 단군과 관련된 구체적 연도를 말했다는 점이다. 하지만 무엇보다 더욱 주목해야 될 지점은 두 번째이다. 『논어』 「자공(子罕)」 편의 "구이(九夷)"를 근거로 하여 단군신화에 대하여 새로운 의미를 부여했다. 이러한 양상은 『그리스도신문』에 함께 수록되어 있는 「긔ᄌᆞ죠션」과는 지극히 대조되는 것이었다. 「긔ᄌᆞ죠션」은 『동국통감』의 사론부분을 모두 번역하지 않았지만, 『동국통감』 사론에서 인용한 함허자(涵虛子)의 말을 옮겼을 뿐 새로운 해석을 부여하지 않았기 때문이다. 「단군죠선」의 해당부분을 발췌해보면 다음과 같다.

> "우리의 ᄉᆡᆼ각에ᄂᆞᆫ 샹고브터 즁고ᄭᆞ지 아홉 죵류가 퍼져살며 님군도 업고 어룬도 업슬 ᄯᆡ에 타국에셔 엇더ᄒᆞᆫ 사ᄅᆞᆷ이 온 거슬 보고 신인이

라 ᄒᆞ야 님군을 삼앗ᄂᆞᆫ가 ᄒᆞ노라"

「단군죠션」에서 단군은 태백산 단목 아래로 강림했으며 아달산에서 승천한 신성한 존재가 아니라 타국에서 온 인물로 규정된다. "단군=신인(神人)"이라는 내용을 종교 혹은 문화적 존재가 아닌 정치적인 통치자로 해석했던 것이다. 즉, 「단군죠션」은 단군신화가 지닌 기록의 신빙성을 그대로 수용하지 않았다. 오히려 신빙성이 있는 한국 고대에 관한 기록의 근거를 『논어』로 삼는 모습은 당시 게일의 단군인식을 잘 드러내주는 것이다. 이는 "종교적이라거나 신적 존재로서의 단군이 아니라, 개국시조이고 실존인물로서의 단군 인식"이라는『동국통감』의 단군인식에 부응하는 것이기도 했다.[14)]

『그리스도신문』 소재 단군신화는 "신인이 태ᄇᆡᆨ산 단목 아래로 ᄂᆞ려오거ᄂᆞᆯ"를 포함하고 있어, '인간의 탄생'으로 단군의 출현을 기술하는 계몽기 교과서들과는 변별된다. 그렇지만 원본 텍스트에 변개를 할 수 없었던 번역자 혹은 외국인이라는 그들의 입장을 감안할 필요가 있다. 새롭게 추가된 「단군죠션」의 史評은, "단군에 대한 탈신화화" 즉, 神人이 아니라 역사적 인물로 재규정했던 근대 계몽기 교과서의 흐름과도 공통된 지향이었기 때문이다.[15)] 다만 결코 탈중화란 지향점을 지니고 있지 않은 큰 간극이 존재했을 뿐이다. 하지만 전술했듯이 『그리스도신문』에 내재된 번역적 구도가 잘 말해주듯, 이는 분명히 근대에 새롭게 소환된 『동국통감』 소재 단군의 표상이었다.

게일이 경신학교 교과서로 편찬했던 한문독본 『유몽속편(牖蒙續編)』

---

14) 박광용,「단군인식의 역사적 변천 - 조선시대」, 윤이흠 외, 『단군 그 이해와 자료』, 서울대 출판부, 2001 161쪽.

15) 조현설,「근대 계몽기 단군 신화의 탈신화화와 재신화화」, 『민족문학사연구』32, 민족문학사학회, 2006 13~18쪽 참조.

(1904)의 첫머리에 배치된 문장전범은 단군이 아니었다.[16) 『유몽속편』은 게일의 영문서문을 감안해보면, 한국의 역대 문장가들의 명문장을 엄선한 성격을 지닌 것이었다. 또한 한문으로 된 서문 속에 중국의 문장이 아닌 한국인의 문장을 엄선하려고 한 민족주의적 지향점이 분명히 투영되어 있었다. 즉, 한국의 저술이 아님에도 불구하고 『홍범(洪範)』의 「기자동래(箕子東來)」를 첫 번째 교과로 배치한 것은 게일이 '단군신화의 부정'이란 견지를 1904년까지 유지했다는 점을 잘 말해준다. 이는 1900년 영문잡지에서 표명한 게일의 견해 및 입장에도 동일한 것이었다. 즉, 『그리스도신문』에 보인 게일의 논리적 근거와 학술적 연원은 영문잡지에 수록된 그의 글들 그리고 서구인들의 초기 단군인식의 모습에서 찾아볼 수 있다.

Ⅲ. 게일의 초기 단군인식의 연원과 그 저변 —개신교 선교사들의 단군담론

□1 개신교 선교사들이 번역한 단군신화는 1895년 *The Korean Repository*에 수록되어 있다. 시라토리 쿠라키치(白鳥庫吉)가 단군관련 일련의 논저를 발표한 1894~1895년 사이와 그 시기가 겹쳐져 있다.[17)

---

16) 필자가 참조한 저본은 성균관대학교에 소장된 것으로 大韓聖敎書會가 간행한 것이다. 영어로 작성된 속면 표지에는 후꾸잉 인쇄소에서 인쇄된 시기가 1904년으로 표기되어 있다. 『유몽속편』(4권)을 포함한 『유몽천자』전집에 관해서는 남궁원,「선교사 기일(James Scarth Gale)의 한문 교과서 집필배경과 교과서의 특징」, 『동양한문학연구』25, 동양한문학회, 2007를 참조.

17) 조현설, 「동아시아 신화학의 여명과 근대적 심상지리의 형성」, 『민족문학사연구』16, 민족문학사연구소, 2000, 104~110쪽 ; 김영남, 『시조신화연구』, 제이앤씨, 2008, 23~32쪽.

개신교 선교사들과 시라토리의 가장 큰 변별점은, 단군신화를 접촉한 한국문헌이 『삼국유사』가 아니라, 『東國通鑑』과 『童蒙先習』에 수록된 단군기사란 측면이다. 하지만 단군의 실체와 역사성을 부정하는 방식, 단군신화를 '날조된 전설'로 규정하는 시각 그 자체는, 분명히 공유되는 일면을 지니고 있었다. 객관적 사실에 근거한 역사란 관점에 의거하여 단군관련 자료를 검증하는 방식은 동일한 것이었기 때문이다. 이 접근방식은 헐버트와 같은 예외적인 논자 역시 동일했다.

당시 한국역사에 관한 지식이 유통되는 양상을 엿볼 수 있는 대표적인 자료는, 뒤 알드(Du Halde, 1674~1743)의 중국사 속에 수록된 한국에 대한 약사(1741), 달레(Claude Charles Dallet, 1829~1887)의 『한국천주교회사』(1874) 서설 속 역사 항목, 존 로스(John Ross, 1842~1915)의 한국사 기술(1891), 러시아 대장성의 『한국지』(1900) 속 한국 고대사 기술 등을 말할 수 있을 것이다. 그 저술들을 감안해 본다면, 개신교 선교사들이 단군관련 사료를 번역하여 제시한다는 차원 그 자체가 큰 의미를 지니고 있었다.[18] 저자들 역시 그 기록의 객관성 여부를 완전히 신빙하지는 않았지만, 이 대표적인 저술들 속에서 한국고대사를 알려주는 사료는 중국과 일본 측의 자료들이 중심을 이루고 있었기 때문이다. 또한 단군이 한국민족의 고유성을 표상하며 그 시원으로 부각되지 않는 공통점을 지니고 있었다.

다만 한국 측의 사료, 한국의 문헌들 전반을 검토했으며, 단군이란

---

18) D. Halde(신복룡 역), 『조선전』, 집문당, 2005(*Kingdom of Corea in The General History of China*, 1741), C. C. Dallet, 안응렬·최석우 공역, 『한국천주교회사』(上), 서울: 분도출판사, 1980(*Historie de l'Eglise de Corée*, Paris, 1874) ; J. Ross, 홍경숙 역, 『존 로스의 한국사』, 살림, 2010 서론과 1장을 참조.(*History of Corea*, London: Elliot Stock, 62, Paternoster Row, 1891) ; 러시아 대장성, 한국정신문화연구원 역, 『국역 한국지』, 전광사업사, 1984 9~11쪽.(*КОРЕИ*, 1900)

존재를 분명히 알고 있었던 모리스 쿠랑(Maurice Courant, 1865~1935)의 『한국서지』서설(1894)은 단군이 근대 학술의 중요한 표지로 부각되는 이유와 논리를 잘 말해주고 있었다. 즉, 쿠랑은 이 책에서 단군을 결코 비중 있게 다루지는 않았지만, 한글(언문)의 기원과 관련하여 단군을 다음과 같이 짧게 거론했기 때문이다.

> "한국의 통용글자의 발명이 檀君(2333~1286 B.C.) 때로 거슬러 올라가고 세종에 의해 개조되었다고 말하는 전설은 논란의 여지조차 없는 얘기이다. 하늘로부터 내려와 천여 년을 군림한 단군이라는 인물은 완전히 신화일 뿐이며 더욱이 한국에서 그렇게 오래 전에 문자를 가지고 있었다면 어떻게 한국, 중국 또는 일본의 어떤 저술에서도 그 내용을 찾아볼 수 없단 말인가?"[19]

물론 쿠랑의 요지는 어디까지나 한문, 이두와 다른 한글(언문)의 역사에 초점이 맞춰진 것이었다. 또한 중국과 일본의 저술들이 그 객관성과 정확성을 보여줄 중요한 표지로 역할을 담당하고 있었다. 무엇보다도 단군이 역사적 인물이 아니라 신화적 인물로 규정되고 있다. 여기서 신화라는 함의는 건국신화가 지닌 신성성을 의미하는 차원이 아니다. 즉, 텍스트 그 자체의 진술을 신성시하며 이를 숭고한 기록으로 수용하는 것이 아니라, 오히려 비역사적인 기록으로 역사 속에서 부정하는 관점(부정적인 의미에서 탈신화화의 맥락)이 전제된 셈이었다. 그렇지만 한국민족이 지닌 고유성의 표지라고 할 수 있는 한글(언문)과 단군이 함께 소환된다는 점은, 향후 단군이 부각되게 되는 가장 중요한 맥락을 함축적으로 암시해 주는 것이었다.

---

19) M. Courant, 이희재 역, 『한국서지』, 일조각, 1994 35쪽.(*Bibliographie Coréenne*, 1894~1896, *Supplément*, 1901.)

러시아 대장성의 『한국지』(1900)는 1900년까지 서구인 저술들을 집성 및 검토한 연구사적인 성격을 지닌 저술이다. 즉 서구인 한국학 논저들의 '유통'을 가늠할 수 있는 중요한 책인 것이다. 『한국지』는 *The Korean Repository*에 수록된 한국학 논저들, 특히 한국고대사와 관련해서도 헐버트의 논고를 분명히 참조했다. 그럼에도 불구하고 한국 민족의 시원은 단군이 아니라 어디까지나 기자로 묘사된다. 왜 그랬던 것일까? 그 이유는 첫째, 1895년에 개신교 선교사들의 논저들에 있어 단군신화 그 자체가 논의의 초점은 아니었기 때문이다. 아펜젤러(Henry Gerhard Appenzeller, 1858~1902)의 글은 기자를 말하기 위한 것이었으며, 존스의 글 역시도 한국 아동을 위한 교육용 도서인 『童蒙先習』을 읽을 길잡이 역할로 작성된 것이었다. 게일의 글 역시 주석을 제외한 『동국통감』의 외기 부분 전반을 번역해주는 곳에 목적이 있었다.[20] 즉, 세 사람의 단군신화의 번역이 곧 단군을 역사적 인물로 규정하며 한국 고대사의 기원으로 인정함을 뜻하는 것은 아니었다.

다만 헐버트는 세 사람과는 다른 분명한 지향점과 한국 역사를 구성할 밑그림을 제시했다. 그의 글은 중국과 구별되는 한국의 민족성을 규명하기 위해, 한국 북방족의 유래를 탐구하는 방향성을 지니고 있었기 때문이다. 나아가 헐버트는 인종이나 민족의 기원과 관련하여 구전설화를 포함한 민속(Folklore)을 더욱 주목해 보아야 할 중요한 자료로 인식했다.[21] 즉, 단군관련 사료를 숭고한 건국신화로 읽을 것인가?

---

20) H. G. Appenzeller, "Ki Tza", *The Korean Repository* Ⅱ, 1895. 3. ; G. H. Jones, "Historical Résumé of the Youth' Primer.", *The Korean Repository* Ⅱ, 1895. 4. ; J. S. Gale, "Korean History", *The Korean Repository* Ⅱ, 1895. 9.

21) H. B. Hulbert, "The Origin of the Korean People"", *The Korean Repository* Ⅱ, 1895. 6. ; 더불어 헐버트의 이 글은 『三國遺事』가 「古記」로 출처로 인용한 대목을 참조했다. 이 점은 "A bear was transformed into a woman who, being

신뢰할 수 없는 역사적 기록으로 읽을 것인가? 여기서 헐버트의 선택은 전자였던 것이다. 단군에 대한 헐버트의 이러한 인식이 보다 첨예하게 나타난 것은 왕립아시아학회 한국지부 학술지 1호(1900) 게일의 논문에 대한 그의 반론이었다.22)

게일과 헐버트의 글은 각각 "한국에 영향을 끼친 중국"(게일)과 "중국과 분리된 고유한 한국"(헐버트)을 역사 속에서 규명해보는 서로 상반된 관점이 전제되어 있었다. 게일은 그의 논문에서 단군을 거론하지 않았으며, 그는 한국 민족의 중요한 기원이자 근원을 기자로 제시했다. 이에 비해 헐버트는 단군이 한국인들에게 군신관계를 가르치고, 결혼 예식을 도입하고, 요리하는 법과 집 짓는 기술을 알려주고, 상투를 가르쳐 준 인물이라고 지적했다. 헐버트의 반론에서 단군은 한국의 순수한 토착적 인물이며 한국에 남겨진 문화적 유산을 가르쳐 준 인물로 '소환'된다. 비록 전설 같은 이야기 속에서 역사적 가치를 확인할 수는 없지만 헐버트는 한국인이 믿고 있다는 사실을 강조했으며, 이를 반영하는 유물과 유적의 존재들을 그 근거로써 제시했다. 더불어 게일이 시원으로 제시한 기자 역시도 중국의 역사서 속에서 평양이 아닌

---

pregnant by a divine being, brought forth a child who in later years was found seated under a tree on Tă Pák San…"라는 진술에서 엿볼 수 있다.(p.220) 선교사들이 접촉할 수 있었던 문헌이 무엇인지를 보여준다. 헐버트는 『東國通鑑』과 이외에도 『爲例叅錄』, 『東史綱要』, 『東史會綱』, 『東史纂要』, 『東史補遺』를 기반으로 그의 글을 구성했다고 밝혔다.(p.222) 『爲例叅錄』, 『東史綱要』에 대하 그 자료적 실상을 살펴보지 못한 필자의 한계점이 이 글에 있음을 밝힌다. 옥성득은 후자, 장동의 『東史綱要』(1884)가 헐버트가 주로 활용한 사료로 지적했다.(옥성득, 같은 글, 300쪽) 모리스 쿠랑은 『한국서지』에서 필사본 『東史綱要』의 두 가지 판본(1884)을 확인했음을 밝히고, 그 개요가 檀君에서 恭讓王까지의 역사를 다루고 있다고 언급했다.(460쪽)

22) J. S. Gale, "The Influence of China upon Korea", H. B. Hulbert, "Korean Survivals", *The Transaction of the Korea Branch of the Royal Asiatic Society* 1, 1900.

요동의 인물로 기술되고 있다는 점에서, 게일이 기자를 단군과 변별된 신뢰할만한 역사적 인물로 규정하는 것에는 무리가 있다고 비판했다. (pp.25~26)[23)]

물론 헐버트의 반론(나아가 이를 비롯한 그의 저술들)은 당시 외국인으로서는 보기 힘들 정도로 한국의 입장에 초점을 맞춘 깊이 있는 논의 수준을 보여준 탁월한 업적들이었다. 향후 영문으로 된 한국의 역사서를 서술하게 될 주인공은 헐버트였다. 일본 제국주의에 대항하여 한국을 옹호하고자 한 당시 서구인으로서는 보긴 힘든 명백한 그의 정치적 입장과 신념이 중요한 원동력으로 작동한 것이다.[24)] 그렇지만 게일에 대한 헐버트의 반론은 리처드 러트가 잘 말했듯이, 중요한 쟁점을 지적하는 데에는 실패했다.[25)] 이와 관련하여 동일한 학술지에 헐버트의 글에 대한 게일의 답변(이자 반박문)과 존스의 두 논의에 대한 종합평이 함께 수록된 점을 주목해야 한다.[26)]

---

23) 게일에 논문에 대한 헐버트의 반론은 이용민의 논문(「게일과 헐버트의 한국사 이해」, 『교회사학』, 한국기독교회사학회, 2007)에서 상세히 거론하고 있기에, 약술하도록 한다.

24) 한국과 관련하여 일본제국주의 등장이라는 역사적 사건은 서구인들의 이목을 한국이라는 장소에 주목한 중요한 계기였다. 그 속에서 헐버트는 멕켄지(Frederic Arthur McKenzie, 1869~1931)와 함께 일본제국주의의 등장에 공개적이고 투쟁적으로 반발한 당시로서는 보기 힘든 드문 존재였다. 또한 헐버트의 시도는 일본의 선전과 친일적 성향을 지닌 글을 대항적 역할을 분명히 담당했고 충분한 역사적 함의를 지니고 있는 실천이었음에는 분명하다. 하지만 헐버트가 결코 식민주의를 벗어날 수 없었던 그의 논리가 지닌 시대적인 한계점, "반제국주주의가 아닌 일본적 식민주의에 대한 대항담론"으로서의 한계점을 지니고 있었음을 간과할 수 없다. 이에 대해서는 A. Schmid, 「오리엔탈 식민주의의 도전: Anglo-American 비판의 한계」, 『역사문제연구』12, 역사문제연구소, 2004를 참조.

25) R. Rutt, *James Scarth Gale and his History of Korean People*, Seoul : the Royal Asiatic Society, 1972 pp.40~41.

26) "Discussion", *The Transaction of the Korea Branch of the Royal Asiatic Society* 1, 1900.

[2] 게일에게 단군은 어디까지나 신화시대(mythical age)의 인물이었다. 게일은 단군관련 자료를 역사적으로 신뢰할 자료로는 판단하지 않았다.[27] 기자가 『서경(書經)』의 『홍범(洪範)』, 전술했던 「단군죠션」에서 인용한 『논어(論語)』의 구절 등에서 그 사적을 발견할 수 있는 인물인 것에 비해, 단군은 그렇지 않았기 때문이다. 즉, 게일이 보기에 단군은 유사 이전의 인물이었던 것이다. 게일이 이러한 견해를 제기한 까닭은 서구인 중국학자들의 저술(사서삼경에 대한 번역물과 그들의 비평문)을 통해 접할 수 있었던 중국 문헌 측에 단군관련 사료가 없다는 측면도 물론 큰 이유였다.(pp.43~45) 하지만 게일의 반론은 주의깊게 살펴야 할 지점이 존재한다. 그가 발표했던 논문과 달리, 반박문에서 게일은 『동국통감』에 대한 직접적인 번역을 통해 반론을 제기하고 있었다.

그의 반론은 어디까지나 『동국통감』이 지닌 권위에 의거한 것이었다. 게일은 이 역사서의 권위를 입증하기위해 『동국통감』 서(序)에 대한 번역을 통해 이 역사서의 편찬과정과 경위를 직접 보여주었다. 또한 『동국통감』의 기사 내용만이 아니라, 편찬자의 사평(史評), 즉 사론 부분을 함께 신뢰했다. 즉, 두 사람의 차이는 과거 정통성을 부여받은 한국의 역사서술에 관한 인식태도의 차이였다. 헐버트는 서구의 역사서술과 대비되는 동양의 역사서술을 높이 평가하지 않았다.[28] 왜냐하

---

27) 이와 관련하여 게일은 한국에서 한문의 역사적 유래를 검토한 글, 전술했듯이 단군을 짧게 거론했던 쿠랑의 『한국서지』 서설 Ⅲ장을 번역한 바 있었다. J. S. Gale, "The Introduction of Chinese into Korea", *The Korea Review* Ⅰ, 1901, pp.155~163.

28) 이하 헐버트의 한문과 역사서에 대한 관점은 H. B. Hulbert, 신복룡 옮김, 『대한제국멸망사』, 집문당, 2006, 365~366쪽.(*The Passing of Korea*, London: William Heinemann Co., 1906)에 의거한 것이다.

면 그는 "서양의 역사가들"이 "역사적 기록에서 얻은 자료를 분석하고 그 사건의 원인을 구명하며 전시대의 특징을 단 몇 줄의 문장으로 요약하는" 모습을 중국·한국의 역사서 속에서는 발견할 수 없었기 때문이다. 헐버트가 보기에, 한국의 과거 역사서는 "역사적 사실의 단순한 기록에서 어떤 원칙"을 "연역(演繹)하는 과학적 능력이 결핍되는 것"이었다.

이는 헐버트의 한자·한문관과도 긴밀히 관련된 것이다. 그가 보기에, 한자·한문은 비효율적이며 비과학적인 문자, 일반 민중을 대상으로 한 보통교육의 과정을 가로막는 장애물이었다. 헐버트는 한자·한문 학습의 첩경이 여전히 과거 중국과 한국이 2천년 동안 사용되어 온 학습방법 즉, "한자의 음이나 모양에 관계없이" 암기하는 방법임을 지적했다. 그는 이렇듯 기억력에 의존하는 학습방법으로 말미암아, 한국인은 추리적 능력이 결핍되었다고 지적했다. 게일 역시 한자, 한문에 관한 헐버트와 동일한 인식을 공유했다. 하지만 당시의 어문질서 속 한자·한문의 위상은 국문과 비견할 수 없는 것이 그 실상이었다. 게일은 한자·한문이 표상해 주는 중국문화가 지닌 영향력에 대한 배제를 통해서는 한국의 민족성을 결코 설명할 수 없다고 판단했던 것이다.[29)]

게일이 과거 정통성을 지녔던 한국 역사가의 저술에 대한 번역에 초점이 맞춰져 있었다면, 헐버트는 과거 사료를 통한 한국사의 새로운 재구성을 지향하고 있었던 것이다. 두 사람의 논의를 중재하는 역할을 담당한 존스에게도 단군은 물론 한국의 고유성을 말함에 있어 배제할 수 없는 인물이었다. 존스도 기자 이전 한국 선주민의 존재를 인정했

29) 향후 한국 한문고전의 세계를 통해 한국의 민족성을 규명하려고 했던 게일의 시도와 헐버트의 관점은 그 전제 자체가 완연히 변별되는 것이었다. 한국문학연구에 있어 한문고전과 민간전승의 세계란 다른 대상을 탐구한 게일, 헐버트의 지향점은 김승우의 논문(「구한말 선교사 호머 헐버트의 한국시가인식」, 『한국시가연구』31, 2011 ; 「한국시가에 대한 구한말 서양인들의 고찰과 인식」, 『어문논집』, 64, 2011)을 참조.

으며, 이와 관련하여 단군은 한국의 고유성을 말함에 있어 가장 중요한 인물이란 사실을 강조했다. 단군은 한국인들의 영혼 혹은 샤먼숭배이란 고유성과 관련하여 가장 오래된 연원을 지닌 존재이며, 과거 역사서 속에서 “무교의 주신(主神)”인 “제석의 후손”으로 기술되는 인물이었기 때문이다.[30] 하지만 존스는 헐버트가 중국으로부터 연원을 추적할 수 없는 한국의 고유성을 찾는 시도, 어떻게 본다면 상반된 입장이라고 할 수 있는 수세기 동안 증진된 중국 문화의 영향력을 찾는 게일의 시도 속에 각자 타당한 이유를 함께 읽어주는 모습을 보여준다.

결코 겹쳐질 수 없을 것 같은 두 사람의 대화를 존스가 모두 수용할 수 있었던 까닭은 사실 그리 복잡한 것이 아니었다. 존스는 중국문화에 영향을 받지 않았던 과거 한국 선주민의 존재를 인정할 수 있다는 점에서 헐버트의 견해를 동의했다. 동시에 중국문화가 한국에 영향을 끼친 오래된 역사 때문에 게일의 견해 역시 부정하지 않았다. 그 이유는 존스 본인이 잘 말해주었듯이 게일, 헐버트 두 사람의 논의는 결국 “한국 민족의 기원을 묻는” 공통된 탐구였었기 때문이다.(47~48쪽) 이는 당시 한국을 보는 두 사람의 관점이 모두 유효했었던 정황을 잘 보여준다. 게일이 제시해 준 중국으로부터 유래된 한자·한문이 표상하는 고전세계의 연원도 일종의 한국화라고 말할 수 있을 만큼 긴 연원을 지닌 것이었기 때문이다. 다만 게일은 이를 중국과 분리된 고유성의 영역으로는 기술하지 못했을 뿐이다.

---

30) “Discussion”, p.48. 또한 존스가 전개한 논의는 중국에서 볼 수 없는 한국민족의 고유한 특질들을 나열한다. 그 대표적인 사례로 존스는 샤머니즘(페티시즘)과 같은 민간신앙, 양반이라는 관념, 한국어의 경어법, 건축양식 등을 지적했다. 하지만 샤머니즘, 민간신앙과 관련된 한국고대사 부분을 제외한다면, 헐버트와 달리 그의 초점은 과거 역사서를 통해 재구성한 것이 아니라 현재 발견할 수 있는 중국과 분리된 한국의 고유성이었다.

나아가 한국민족의 기원으로부터 현재를 서술해야 될 역사 그 자체가 그들에게 백지상태와 같은 미개척지였기 때문이다. 즉, 헐버트가 이야기했던 서양의 역사서술에 근접한 한국의 역사서술은, 그들이 만들어가야 할 새로운 좌표였다. 게일, 헐버트 두 사람 모두 '단군=한국 고유성의 기원'과 '기자=중국문명 유입의 기원'이라는 구별 자체를 함께 공유하고 있었다. 또한 이 구별에는 과거 두 개의 국적으로 여겨지지 않았던, 한문과 국문, 중국과 한국을 구분하는 근대 국민국가적인 분할의 시각이 내재되어 있었다. 나아가 문제는 이렇듯 고유성과 외래성이란 한 측면을 강조하는 것이 아니라, 두 측면이 지닌 관계를 어떻게 구성하느냐에 달려 있었다. 존스는 게일, 헐버트 두 사람이 보여주었던 단방향성, 양극단의 관점이 아니라 '한국적인 것'과 '중국적인 것'의 역사적 실재성 양자를 살피는 문제를 제시해 주었던 셈이다.[31] 그렇지만 헐버트, 존스가 보여준 단군신화, 민간신앙(혹은 샤머니즘, 물신숭배)에서 발견되는 한국인의 고유성을, 게일이 수용할 수 없었던 이유를 보다 면밀히 살펴볼 필요가 있다. 단군으로 규정되는 한국의 고유성은—비록 기독교와 동일한 참된 종교는 아니지만—훌륭한 철학적이며 도덕적인 가르침을 지닌 것으로 인식되던 불교와 유교보다 폄하되는 대상이었다. 유교, 불교, 도교와 같은 세계종교, 동양의 종교들에 미달된 야만적인 존재, '음사(淫祀)'에서 '미신'으로 인식되며 지속

31) 이러한 존스의 지향점이 잘 드러난 글이, "Ch'oe Ch'I-Wun : His life and Times", *Transactions of Korea Branch Of Royal Asiatic Society* III, 1903이다. 이 글의 초점은 그가 거론한 게일의 논문처럼 한국에 영향을 준 중국문화, 유교이다. 하지만 게일과 달리, 한국의 성현들에 초점을 맞춰 한국의 고유한 유교사상을 살피려는 지향점을 분명히 지니고 있었다. 즉, 한국의 사료들과 서구인의 중국학 연구를 기반으로 한국의 성현, 최치원의 삶과 저작을 검토하며, 그 속에서 한국의 유교사상을 고찰하려고 시도한 논문이다.

적인 배제의 대상인 민간신앙을 그 근간으로 하고 있었기 때문이다.

Ⅳ. 게일 단군인식 전변의 논리 –한국인의 원시적 유일신 관념과 성취론

[1] 게일은 그의 마지막 저술인 *A History of the Korean People* (1924~1927)에서도 『三國遺事』 소재 단군신화를 번역하지 않았다. 『三國遺事』가 출처로 제시한 「古記」의 기록을 인용할 때도 게일에게 초점은 어디까지나 단군의 교화에 맞춰져 있었다. 그는 환웅과 웅녀의 신화적 결연이란 화소를 결코 수용하지 않았으며, 단군을 역사적이며 실제 인물로 판단하는 데에는 유보적이며 조심스러운 태도를 보였다. 하지만 게일 역시 단군의 신격을 인정하게 되며, 그를 한국민족, 한국역사의 시원으로 수용하게 된다. 이것이 게일이 보여준 단군 인식의 전환이라고 말할 수 있다. 그렇지만 그 전환의 논리들이 성취론에 기반하여 한국종교를 연구했던 존스, 헐버트의 논의 속에 내재되어 있었다.

존스는 한국인의 종교관을 서구의 종교개념과 등가관계로 맺어줄 논리적 기반을 제시해 주었다. 존스는 한국인들이 지닌 종교적 관념을 세 가지로 정리했다. 첫째, 초월자 즉, 자신들보다 상위에 있고 월등한 존재에 대한 의존심, 둘째, 인간과 신적인 존재가 상호교통하고 관계를 맺을 수 있는 장에 대한 믿음, 셋째, 고통으로부터 해방되기를 원하는 영혼의 간구와 같은 종교적 감각과 제도를 지니고 있다는 점이다.[32] 하지만 한국인의 종교를 발견한다고 할지라도, 그것이 곧 서구

32) 류대영, 같은 글, 152쪽. G. H. Jones, "The Spirit Worship of the Koreans", *The Transaction of the Korea Branch of the Royal Asiatic Society* 2, 1901

의 개신교와 대비할 만한 '대등함'을 지닌 대상을 의미하는 것은 아니란 사실을 염두에 둘 필요가 있다. 이와 관련하여 존스, 헐버트 등이 발견한 "天", "하느님", "하ᄂᆞ님"이란 어의에 담긴 한국인의 유일신 관념은 그 대등함을 모색할 중요한 단초를 제공해주는 것이었다.

존스는 단군신화의 "환인"을 불교가 아닌 "샤머니즘의 천신"으로 규정함으로, 무교의 "하ᄂᆞ님"과 단군신화를 연결시킬 수 있는 해석학적 지평을 열어 주었다. 또한 헐버트는 "환인"을 "창조주"로, "환웅"을 "신"으로, "단군"을 "성령의 숨에 의해 처녀 웅녀에게 수태되어 태어난 주"로 번역해 주었다. 헐버트의 번역양상은 단군신화의 三神論과 기독교 삼위일체론 간의 유비적, 상징적 해석을 부여할 가능성을 제시해 준 셈이었다.[33] *Korea in transition*(1909)과 그 이후의 게일의 저술을

---

pp.37~38 ; "The Native Religion", *The Korea Mission Field*, 1908. 11. ; 헐버트 역시 새로운 종교개념의 층위를 통해 한국의 종교를 이야기했다. "한국의 종교에 관한 논의를 시작하기 전에 우리는 종교라는 어휘의 정의를 먼저 내려야 한다.……나는 종교를 넓은 의미로 해석하여 인간이 가지는 초인적·인간 이하적·인간외적 현상과의 모든 관계나 환상을 포함하는 것이 좋으리라고 생각한다. 그리고 인간 이하적 현상이라는 범주 속에는 이미 죽은 인간의 영혼에 관한 문제를 포함하는 것이라고 보충설명하지 않을 수가 없다."(신복룡 역, 468쪽)

33) 이에 대해서는 옥성득, 같은 글, 303~305쪽 참조. 헐버트의 번역문을 제시해보면 다음과 같다. H. B. Hulbert, "Ancient Korea, Chapter Ⅰ", *The Korea Review* Ⅰ, 1901. 1. "In the primeval ages, so the story runs, there was **a divine being** named ***Whan-in***, or ***Che-Sok***, **"Creator."** His son, ***Whan-ung***, being affected by celestial ennui, obtained permission to descend to earth and found a mundane kingdom.……He[인용자: 桓雄] governed through his three vice-gerents, the "Wind General," the "Rain Governor," and the "Cloud Teacher," but as **he had not yet taken human shape, he found it difficult to assume control of a purely human kingdom.** Searching for means of incarnation he found it in the following manner.…… ***Whan-ung***, **the Spirit King**, passing on the wind, beheld her[인용자: 熊女] sitting there beside the stream. He circled round her, breathed upon her, and her cry was answered. She cradled her babe in moss beneath that same pak-tal tree and it was there that in after

중심으로, 이 논리들을 게일이 수용하는 과정을 고찰해볼 필요가 있다.

[2] *Korea in transition*(1909)에서 게일은 한국에서 개신교라는 종교, 즉 국가가 공인한 공식적인 종교제도와 체계화된 내적 교리를 갖춘 신념체계를 지녔으며 민족 / 국민의 생활에 깊은 영향을 주는 서구와 대등한 종교를 발견할 수 없다고 말했다. 이에 게일은 한국인의 종교적 관념을 발견하기 위해, 종교개념을 다음과 같이 정의한다.

> ① 인간 안의 '영성'(the spiritual in man)의 문제를 떠나서 ②인간을 초월한(인용자 : 인간 외부의) 다른 '영적인 것들'(other spirits over and above him)의 문제를 다루는 종교의 층위에서 본다면 한국인은 충분히 종교적이다(60쪽, yet if religion be the reaching out of the spiritual in man to other spirits over and above him, the Korean too is religious.(p.67))

②라는 층위에서 발견되는 종교로 *Korea in transition* 전반에 거론되는 것은 조상숭배와 "精靈說, 샤머니즘, 拜物敎的 미신 및 자연숭배 사상을 일반적으로 포함하는" 원시적인 영혼숭배 사상이었다. 그것은 존스, 헐버트가 예비해놓은 한국 고유성의 표지이기도 했다. 하지만 게일의 진술 이후 제시되는 것은 '天', '神'이란 한자어를 포함한 『명심보감』의 격언들과 영혼불멸의 사유가 엿보이는 「단심가(丹心歌)」란 시조 속 '님'이었다. 게일은 비판적으로 이야기했던 조상숭배와 달리 이들 문헌에 대한 한국인의 숭배에 관해 별도의 사견을 내비치지 않았다. 그러나 게일이 보기에, 이들은 결코 서구의 종교와 대등한 인간 안의 영성

years the wild people of the country found him sitting and made him their king. This was the ***Tan-gun***, "The Lord of the Pak-tal Tree."

(①)이란 개념층위에 배치되는 한국인의 종교적 신앙은 아니었다.[34)]

왕립아시아학회 게일의 논문(1900)에서 단군을 규정하는 '神人'과 '神'이란 한자는 각각 'spirit-man'과 'spirit'으로 번역된다.[35)] 즉, '神=spirit'이란 등가관계를 구성하는 'spirit' 자체에는 *Korea in transition* 과 동일한 화용과 그 문맥-서구와 대등하지 못한 종교란 층위(②인간을 초월한 다른 '영적인 것들')-가 놓여 있었다. '天' 그리고 "하ᄂᆞ님"이란 어휘를 통해 유대기독교적 해석을 투영할 온전한 등가관계를 게일은 *Korea in transition* (1909)에서 규정하지 않았다. 그는 분명히 "하ᄂᆞ님"이란 한국어가 개신교의 신을 재현할 등가적 개념, 즉 "유일하고 위대하신 분"과 "畵像이 존재하지 않은 지고의 통치자"라는 개념을 지닌 어휘란 사실을 잘 알고 있었다. 하지만 이 어휘 속에 담긴 유일신 관념은 "사랑, 빛, 생명, 기쁨"과 연관되지 않으며, 무엇보다 성삼위일체의 성자 예수의 고난과 사랑을 재현할 수 없는 개념이었다.(70쪽)

그것은 유비의 관계일 뿐, 서구와 한국 사이의 온전한 등가관계를 지칭하는 것은 아니었다. 게일이 한국인의 유일신 관념을 알게 된 시기를 유추할 수 있는 글이 한 편 존재한다. 이 글은 "周時經과 美人 奇一(인용자-게일) 法人 安神父 日人 高橋亨(인용자-다카하시 도루)이

34) 황호덕·이상현 공저, 『개념과 역사, 근대 한국의 이중어사전』1, 박문사, 2012, 345~360쪽.

35) "Discussion", *The Transaction of the Korea Branch of the Royal Asiatic Society* Ⅰ, 1900.

"The last State was without a king when a **spirit-man** alighted beneath the Sandalwood tree. The people of the country made him king. King Sandalwood (Tan-gun). The name of the state was Cho-sŭn. This took place in Mu-jin year of Tang-jo (2333 B.C.). At first P'yŭng-yang was the site of the capital, but afterwards it was removed to Păk-ak. He continued till the year Eul-mi, the eighth year of the Song monarch Mu-jong (1317 B.C.?). Then he entered A-sa-tal Mountain and became a **spirit**."

韓語硏究會를 組織하다"라는 『매일신보』(1909.12.29)의 기사의 모습을 보여주듯, 게일이 주시경과의 만남을 언급한 것으로 추론되는 글이기도 하다.36)

게일은 기독교 이전 시기에도 한국인이 기독교의 신(God)을 알고 있는 지를 물었고, 주 씨는 게일에게 한국인에게 신이 "크신 한 님"(the Great one)이며 "하ᄂᆞ님"(Hananim)이라고 답변했다. 그는 '하나'(one)를 뜻하는 "하ᄂᆞ"와 "주, 주인, 임금"(lord, master, king)을 지칭하는 "님"으로 구성된 "하ᄂᆞ님"을 한국인은 천지를 만드는 일과 관련시키며 "고대의 창조자 造化翁"이라고도 부른다고 가르쳐 주었다. 게일은 순수한 유학자들의 말과는 다른 이 한국인의 말을 주목한다. 게일은 그의 경험 속에서 '아들을 살려달라'고 하나님을 부르는 노파, 천둥이 칠 때 담뱃대를 치워두는 한국인의 모습을 이야기 한다. 주 씨는 그 속에 담긴 한국인들의 생각들을 설명해주며, 기독교가 이 "至公無邪"하고 "거룩한" 존재가 '사랑'이라는 새로운 사실을 가르쳐 주었다고 말한다. 그리고 게일은 주씨의 마음속에 존재하는 예수의 형상을 이야기하며 글을 마무리한다.(pp.697~698)

하지만 주씨란 한국인은 개신교란 종교를 분명히 알고 있는 인물이었다. "하ᄂᆞ님"이란 어휘를 보완해주는 개신교의 개입이 주씨의 대답에는 이미 내재되어 있기 때문이다. 즉, 게일은 '하늘+님'으로 인식했던 과거 선교사의 담론에 의거하여 한국의 유일신 관념을 수용한 것이 아니었다. 오히려 개신교가 개입함으로, 한국인의 유일신 관념의 결핍이 해결된 새로운 유일신 개념("至公無邪"하고 "거룩"하면서도 '사랑'이

---

36) J. S. Gale, "Korean Ideas of God", *Missionary Review of the world* 1900. 9. ; 이만열, 류대영, 옥성득의 연구(『대한성서공회사』Ⅱ, 대한성서공회, 1994 115~116쪽)에서 이 글에서 거론한 한국인을 주시경으로 유추한 바 있다.

라는 존재)를 선택한 셈이다. 그것은 적어도 주씨와의 일화를 통해서만 본다면, 개신교에 의해 새롭게 한국인의 사유 속에 내재된 '하ᄂᆞ님'이란 새로운 술어를 지칭하는 것이었다.[37] 하지만 그 술어는 분명히 한국인의 언어와 사유 속에 내재된 것이기도 했다.

이와 관련하여 성서를 한국어로 번역해야 했던 게일의 처지와 입장을 염두에 둘 필요가 있다. 그에게 성경전서의 출판은 *Korea in transition* (1909)에서 그가 언급한 '하ᄂᆞ님'이란 어휘가 지니지 못했던 개념적 결핍이 해결된 중요한 사건이었다. 첫 한글 성경전서 출판 기념식에서 게일의 연설이 1914년 *Korea Mission Field*에 게재된다. 그 글 속에서 '하ᄂᆞ님'은 많은 신들에게 적용할 수 있는 일본어 "kami", 여러 신들 중에 최고신에 지나지 않는 중국의 "上帝"와 달리, 유일신 개념을 체현할 히브리어 여호와를 재현할 가장 온당한 어휘로 기술된다.[38] 이는 게일의 단군신화에 대한 인식이 변모되는 전제조건이자 중심개념인 '하ᄂᆞ님=God'이 정립됨을 의미한다. 기독교의 교리가 한국어로 체현됨으로 말미암아 사실 '하ᄂᆞ님'은 일종의 새로운 술어로써 재탄생하게 된 것이다.

3 이 인식의 전환과 함께 *Korea in transition*(1909)과는 다른 종교 개념이 "The Korean's view of God"(1916)에서 나타난다.[39] 게일은 한국에는 비록 영적 세계를 규정하는 확고한 교리가 없지만, 이 교리 자체가 항상 지고의 가치를 지닌 순수한 신앙심을 대표하는 것은 아니

37) 개신교 선교사들의 신명논쟁에 관해서는 이만열, 류대영, 옥성득의 같은 책 104~118쪽.

38) J. S. Gale, "Korea's Preparation for the Bible", *The Korea Mission Field* 1914. 1.

39) J. S. Gale, "The Korean's view of God", *The Korea Mission Field* 1916.1.

라고 말했다. 즉, 명백히 선명한 종교가 없다고 해서 한국인에게 신이 존재하며 항상 곁에 있다는 확신이 없는 것은 아니라고 지적했다.(p.66) 인간의 내부 / 외부의 구별을 통해 제시했던 과거 종교개념과는 다른 형태로 종교를 재정의하고 있었다. 비록 한국의 종교개념과 신관념을 별도로 규정하지는 않았지만, 이곳에서 한국인의 신관념은 인간과 분리된 외부에 놓인 존재가 결코 아니었다. 과거 그가 전달하기 어려웠던 인간과 친밀한 교류 · 소통을 하는 존재로서의 유일신이 제시되는 것이다. 게일은 별도의 설명 없이 한국의 문헌을 그 자체로 제시한다. 여기서 인간의 외부란 문맥에서 제시되던 유교적 격언들의 자리에, '天' '神'이란 문자를 내포한 한국인의 발화를 담은 문헌들이 대치되게 된다.

게일은 동일한 신이 히브리인들에게 "El, Elohim, El-Shadday, Jehovah" 등의 다양한 이름으로 불리던 시기를 이야기한다. 그리고 한국에 동일한 유비를 적용한다. 그는 인간의 시야 밖에 존재하며 지상의 만물들을 주관하는 동일한 초월적이며, 영원불변의 영적인 존재를 한국인들은 '하ᄂᆞ님(天, the One Great One), 上帝(the Supreme Ruler), 神明(the All Seeing God), 天君(Divine King), 天公(Celestial Artificer), 玉皇(the Prince of Perfection), 造化翁(the Creator), 神(the Spirit)' 등의 다양한 표현으로 지칭한다고 말했다. 여기서 그가 찾고자 했던 것은 한국인이 지니고 있는 과거 유일신에 관한 관념이었다.(pp.66~67)

즉, 한국인들에게 이 神의 다양한 이름은 성경에서 히브리인이 기독교의 신을 다양한 이름으로 호명했던 구약의 시대와 등치되는 것이다. 또한 그가 한국의 문헌 속에서 기독교의 신 그리고 신의 권위를 표상하는 언어를 찾아내는 행위는 성 아우구스티누스가 비록 기독교

(Christianity)가 드러나지 않았지만 진정으로 신을 추구했던 세네카의 문구를 인용하는 행위에 대비된다.(p.66) 그의 이러한 지적은 그가 신·구약 성서를 국문으로 번역한 행위가 성서의 신성함을 재현할 한국의 문헌을 창출한다는 작업이란 측면에서는 타당한 것이기도 했다. 그가 제시한 연대기적 나열은 단계적이며 발전적인 진보보다는 영원불멸한 유일신이란 초역사적 실체를 한국인이 역사적으로 늘 추구해 왔음을 증빙해 준다. 그리고 그 유일신은 한국인의 외부에 놓인 초자연적인 영적 존재와는 변별되는 존재, 즉 한국인의 생활 속에 내재하는 '살아있는' 존재란 관념으로 형상화되며(p.66) 역으로 이 존재를 숭배하는 한국민족이란 실체를 생성시킨다.

이는 성취론의 입장에서 유대기독교적으로 해석된 천신(天神)개념이었다. 게일에게 한문고전의 기록들이 기독교를 예비하는 목소리로 비춰진 것이다. 하지만 "전통적인 한국인들의 다양한 신명을 신학적으로 모두 긍정적으로 포용"하는 이러한 게일의 시도, 이 지나친 포용적 태도는 교회가 결코 받아들일 수 없는 주장이었다.[40] 한국에서 한국인들과의 체험, 개신교의 신을 번역하기 위한 술어(term)를 모색하는 범주를 이미 넘어섰던 것이다. 오히려 여기서 그의 초점은 한문고전 속에 남겨져 있는 과거 한국인의 사유 그 자체를 지향하고 있었다. 이를 반영하듯, 향후 게일의 초점이 한국인의 유일신 관념을 포괄한 한국문학에 대한 연구로 확대된다는 측면을 주목할 필요가 있다. 그것은 한국인의 내면을 성서와 "활동사진"처럼 재현해 주는 한국의 한문고전세계였다.

---

40) 이만열·류대영·옥성득, 같은 책, 180쪽.

東洋으로 볼지라도 古代史記는 一種 無形한 活動寫眞이라 그 寫眞이 吾人의 눈압흐로 지날 째 亦是 偉大한 人物도 잇고 陋劣한 人物도 잇스며 模範할 일도 잇고 唾罵할 일도 잇지마는 그 結局은 有益이 적지 아니하니 엇지 아름다운 寫眞이 아니랴[41]

역사상 어떤 민족(people)도 한국인들이 그랬던 것만큼 활동사진에 깊이 축복받은 이들은 없었다. 그들은 역사를 공부했고, 마음으로 암기했으며, 숙고하고, 이야기하고, 그리고 꿈꿨다. B.C. 3000년부터 A.D. 1000년까지 줄곧 뻗어있는 이 역사는 영화가 총이 아니라 책으로 존재해온 통치의 상징들, 이를테면 위대한 왕들과 성자들, 그리고 위대한 학자들을 필름으로 담아냈던 4000년의 시간이었다.[42]

하지만 "The Korean's view of God"(1916)에서 게일은 단군을 추가적인 연구가 필요하다는 이유를 들며, 유일신에 대한 관념을 보여준 사례로 포함하지 않았다. 그 시초에 놓인 인물이며 史料로 그 정당성을 보장받은 인물은 기자였다.(p.66) *The Korea Magazine*에서 한국문학에 대한 연구목적과 방법을 논한 두 편의 글[43] 이후, 바로 다음 호(1917.9)에서 단군자료에 대한 게일의 번역물이 게재된다. 즉, 게일의 한국문학 연구란 새로운 탐구지점과 한국인이 지닌 유일신 관념의 계보가 겹쳐지는 지점이 단군신화 인식의 전변과 긴밀히 관련되어 있었던 것이다.

---

41) 奇一, 「聖經을 閱覽하라」, 『眞生』 5, 1926. 1. 14쪽

42) J. S. Gale, "What Korea Has Lost", *The Christian movement in Japan Korea and Formosa*, Kobe, 1926(번역문은 황호덕·이상현, 『개념과 역사, 근대 한국의 이중어사전』2, 박문사, 2012 170쪽)

43) "Korean Literature(1)－How to approach it" *The Korea Magazine* 1917. 7. ; "Korean Literature(2)－Why Read Korean Literature?" *The Korea Magazine* 1917 8.

Ⅴ. 한국민족의 종교적 시원, 단군과 게일의 한국문학 연구

1 게일은 한국의 원시적인 유일신 관념의 계보를 통해, 서구와 대등하게 배치시킬 수 있는 한국인의 종교를 상상할 수 있었다. 그렇지만 단군은 이 유일신 관념의 계보, 역사, 전통 속에 포함시킬 수 있는 존재가 아니었다. 그는 단군에 관한 연구를 지속했으며 그 궤적을 보여주는 글들을 정리해보면 다음과 같다.

① "Tan goon", *The Korea Magazine* Ⅰ, 1917. 9.(이하 「단군」으로 약칭)
② "The Korean Literature", *The Korea Magazine* Ⅱ, 1918. 7.(이하 「한국문학」으로 약칭)
③ "A History of the Korean People", *The Korea Mission Field*, 1924. 7.(이하 『한국민족사』로 약칭)

1917년 9월 「단군」(①)에서 단군관련 자료를 번역하여 소개한 후, 그 이듬 해 7월에 단군신화를 한국유일신 관념의 계보 안에 포괄하는 「한국문학」(②)을 제출했다. 이 두 논저 속 단군은, 1924년 7월 단군을 시원으로 삼은 게일의 한국사 서술(③)에 잘 반영되어 있었다. ①은 게일이 단군을 신빙성 있는 사료로 인정하지 않았던, 1916년 이후 수행한 본격적인 단군신화에 대한 탐구이며 그 연구결과이다. 게일은 그가 접촉했던 단군관련 자료들을 번역했다. 게일이 보기에, 단군은 한국에 있어 종교적 영향력을 준 가장 신비롭고 흥미로운 인물이었다. 또한 단군에 대한 "진실(fact)"은 현재와 미래에도 여전히 남겨질 것이었다. 따라서 게일은 어떠한 결론이나 견해를 성급히 드러내지 않고, 단군의 이적을 말해주는 중국, 한국의 문헌자료를 인용(번역)하는 방

식을 채택했다.[44]

물론 그것은 헐버트의 글에 대한 반론(1900) 속에서 보인 '번역가'라는 게일 본연의 모습이 충실히 반영된 것이었다. 하지만 서구와 대등하게 배치시킬 수 있는 한국인의 종교적 관념과 그 연원을 찾는 탐구와 겹쳐져 있는 실천이 단군을 대상으로 시행된 것이다. 그는 이 글에서 단군에 관하여 직접적인 논평과 비평적 언급을 보여주지는 않았다. 하지만 三神 신앙과 관련된 자료(『古今記』)의 선택, 환인, 환웅, 단군 세 명을 단수 남성으로 번역한 단군신화는 일종의 복선이었다.[45] 이 일련의 과정이 반영된 글이 「한국문학」(②)이다. 이 글에서 단군은 한국인의 유일신 관념의 계보에서 시원의 위치에 놓이며, 과거와 다른 새로운 형상으로 변모된다.

단군 즉, 신인(神人)은 하늘에서 태백산 위에 내려와 한국민족에게 종교적 가르침을 준 인물이다. 그는 기원전 2,333년으로 중국의 堯, 노아의 홍수란 사건과 동시대의 인물이었다. 게일이 보기에 단군은 한국인의 사상에 큰 공헌을 한 존재였다. 왜냐하면 "한국 사람들 모두 각자가 맡은 바 자신의 책임을 다하기를 원하며, 세계를 통치하는 위대한 신(a great God)"의 존재를 한국인에게 상기시켜 주었기 때문이다. 게일은 단군을 보여주는 증거물로 마이산, 제물포에 소재하는 오래된 연원을 지닌 재단, 1429년 건립된 평양의 단군릉, 안동, 서울 등의 단군교(The Church of Dan-goon) 그리고 단군을 경배한 과거 중국, 한국 문인들의 시문을 들었다.[46]

---

44) J. S. Gale, "Tan goon", *The Korea Magazine* Ⅰ, 1917. 9.

45) 옥성득, 같은 글, 312~313쪽.

46) J. S. Gale, "The Korean Literature", *The Korea Magazine* Ⅱ, 1918. 7., pp.293~294.

여기서 단군은 『그리스도신문』이 말해 주었던 '외국에서 온 임금(군주)'이란 형상과는 완연히 구별된다. 그 오래된 연원, 시원적인 위상뿐만 아니라, 민족·국가 단위의 범주를 주목해야 한다. 즉, 한국 "민족" 전체가 상상하는 유일신, 종교적 인물이자 시원적 존재로 재규정된 것이다. 동시에 「한국문학」에서 한국의 종교적 관념은 서구의 'religion'이라는 동일한 어휘와 개념 속에서 비로소 재규정된다. 단군을 시원으로 하는 한국인의 유일신 관념은 그들의 사전(*Century Dictionary*) 속 정의, "충성과 봉사를 마땅히 드려야할 초인간적 힘에 대한 인식"과 동일하며 대등한 것이었다.

이와 관련하여 그가 귀국에 앞서 조선호텔 만찬회에서 발표한 연설문에서 한국인·한국민족의 형상을 주목할 필요가 있다.

> "한국인은 아브라함이 태어나기 수 세기 전부터 국가, 조직(교단), 시간의 문제가 아니라 진실한 종교는 하나님(인용자-天)의 마음과 일치되는 것 외에 아무것도 아니라는 것을 알고 있었습니다 …… 제가 유교나 불교 도교를 공부하면 할수록 이들 종교의 신실성, 자기부정적 사랑, 겸손, 슬기, 그리고 이 종교들을 처음 일으킨 위대한 영혼들의 헌신을 존경하게 되었습니다. 이들은 그들의 한 가지 소망이 악을 극복하고 한 걸음 씩 위로 올라가 하나님(인용자-天)께 가까이 가는 데 있다는 것을 알았습니다. 이 점에 있어서 유가, 불교도, 기독교인 모든 형제들은 동일합니다. 예수는 우리 각자 모두를 완전하게 하기 위해 오셨습니다. 우리의 종교가 무엇이든지 간에, 그 안에서 우리 영혼의 이상을 발견할 수 있을 것입니다. 주 안에서 우리 모두 하나가 되기를."47)

---

47) J. S. Gale, "Address to the Friendly Association June 1927", *Gale, James Scarth Papers*[Box12], p.3.(캐나다 토론토대 토마스피셔희귀본 장서실 소장))

아브라함의 시대, BC 2,000년대 초반, 그것이 가리키는 시대에 부응하는 시원. 단군이라는 존재부터 진실한 종교를 알고 있었던 한국민족이 형상화된다. 나아가 이 종교적 심성은 한국인의 유일신 관념이 아니라 '한국문학'이라는 제명－"The Korean Literature", *The Korea Magazine* Ⅱ, 1918. 7－으로 기술되고 있었다. 그가 계시와 진리를 발견하려고 했던 자료이자 대상, 한국의 서적, 한국문학 그 자체에 초점이 맞춰지며 문학 속에 반영된 유일신 관념의 탐구로 그의 탐구는 이동하고 있었다. 그것은 종교에서 문학이라는 분과학문으로의 이동을 의미하는 것이었다. 여기서 한국문학은 한국의 구어와 한자·한문 문어를 구분하는, '말=외면=순간', '글=내면=영원'이라는 게일의 이분법적 도식에서 후자(한문문어, 글=내면=영원)를 지칭하는 것이었다. 이와 관련하여 우리는 이 글에서 게일이 의거했던 문헌들, 즉 단군을 새롭게 수용하게 한 「단군」(①) 속에 제시된 자료들이 구체적으로 무엇이었는지를 고찰해 볼 필요가 있다.

[2] 게일이 단군신화의 역사성과 신성을 수용하게 해 준 과거 한국의 원시적 계시와 진리들, 그 과거의 목소리들은 「단군」(①)에서 잘 제시되어 있다. 「단군」(①)의 자료와 「한국문학」(②)의 인식을 기반으로, 게일은 『한국민족사』(③) 서두에서 단군을 배치하며 보다 상세히 기술했다.[48] ①에서 게일이 유형화한 주제항목, 그에 해당되는 번역저본에서 명시한 출처를 순서대로 정리해보면 다음과 같다.

---

48) J. S. Gale, "A History of the Korean People", *The Korea Mission Field*, 1924. 6.

"Tan goon", *the Korea Magazine* Ⅰ, 1917. 9.		
주제항목		게일이 제시한 영문서명(『神壇實記』가 제시한 출처)
1	The Triune Spirit-God (三一神-하느님)	*Ko-Keum Keui*(『古今記』)
		Han-su written by Pan-go(50 A.D(『漢書』)
2	The Teaching of Tan-Goon (단군의 교화)	*Hai-dong Ak-boo*; T'ai Baik Tan-ga(「太白檀歌」, 『海東樂府』)
		Ko-keui(『古記』)
		San hai Kyung, said to have been written by Paik Ik 2000 B. C.(『山海經』)
		Sin-i Kyung written by Tong Pang-sak 120 B.C.(『神異經』)
		Tong-gook Kwol-li-ji(『東國闕里誌』)
		Sok-wun Wi-yo Pyun(『續宛委餘編』)
		Man-joo Chi(『滿洲志』)
3	Miraculous Proofs of Tan-Goon's Power (단군의 권능에 대한 이적들)	*Tong-sa Yoo-go*(『東事類考』)
		Yi Sang-kook Chip 1200 A.D.(『李相國集』)
4	Places of Worship (예배의 장소들)	*Sung-jong Sil-lok*『成宗實錄』
		Tong-sa, Soo-san-chip(『東史』, 『修山誌』)
		Yoo-soo Ch'oi Suk-hang Ch'an(「留水崔錫恒撰」)
		Moon-hun Pi-go(『文獻備考』)
		Ch'oon-kwan Tong-go, 『春官通考』
5	The Tan Song of T'ai-Baik (인용자 :Etc.) (「太白檀哥」 외 3수)	The Tan Song of T'ai-Baik by Sim Kwang-se(graduated 1601 A.D.)(沈光世, 「太白檀哥」, 『海東樂府』)
		Tan-Goon By Kwun Geun(1352-1409 A.D.)(權近, 「檀君」)
		Tan-Goon's Temple By Kim Yook(Graduated 1605 A.D.)(金堉, 「檀君殿」)
		Tan-Goon's Temple By Sa Do(A Chinaman of the Mings)(明史道, 「檀君殿」)

게일이 저본으로 삼은 자료는 단군교 곧, 대종교 2대 교주인 김교헌(金敎獻, 1868~1923)이 편찬한 『神壇實記』(1914)이다. 게일은 전체를 번역하지 않았으며 해당부분을 발췌하여 번역했다. 하지만 상기도표

에서 정리한 바대로, 게일의 인용항목과 대비해보면 그 수록양상의 배치순서는 동일하다.[49] 선행연구에서 잘 지적된 바대로, 『신단실기』의 "단군신화기술"은 근대 계몽기 교과서에서 표상된 '人'계열로 유형화된 단군신화와 그 계몽의 흐름을 역행시킨 것이다. 그것은 탈신화화와 다른 '재신화화', 단군을 역사적인 인물이 아닌 신성한 신격으로 새롭게 자리매김하는 방향이라고 정리할 수 있다. 즉, "대종교는 단군을 신으로 선포하고 숭배를 의례화함으로써 이 신화를 재생산하는 거점의 기능을 수행했던 것이다."[50]

이와 관련하여 게일이 보여준 단군인식의 전환점은 과거 문명·독립·민족국가의 표상의 형식으로 재신화화 방식과도 변별되는 것이었다. 이것이야말로 헐버트가 보여준 단군인식의 기조와 가장 큰 변별점이었다. *Korea in transition*(1909) 2장에서 게일은 한국의 외교업무에 대한 통제권을 일본에 이양한 을사늑약(1905.11.17)을 "모든 오욕된 시대의 서막이 되는 첫 번째 조치"로 묘사한다. "구멍 뚫린 배를 타고 아주 오랫동안 행해 왔고, 그 틈을 막으려고 노력해 온 사람을 계속 채찍질해왔던 대한제국이 침몰하고 있었다." "헤이그 밀사사건, 헐버트, 하와이 교민의 청원서, 베델(E. T. Bethell)과 대한매일신문사" 등

49) 주제항목 1은 "檀君世紀", "三神上帝"를 2는 "敎化原流", 3은 "神異徵驗", 4는 "壇君殿廟", 5는 "歷代祭天", 6은 "詩詞樂章"이 출처임이 확실하다.

50) 조현설, 「근대계몽기 단군신화의 탈신화화와 재신화화」, 『민족문학사연구』32, 민족문학사학회, 2006 24~28쪽. ; 이와 관련하여 게일의 한국문학연구는 류준필이 짚어 주었던 바대로, 국문학이라는 이념의 출현이 문학개념을 넘어 '문명'에 '문화'관념으로의 전환이란 맥락을 지니고 있었던 상관관계, 혹은 보편성 속에 독자성의 구현이란 자국학 출현의 맥락과도 조응되는 것이다.(「'문명', '문화' 관념의 형성과 '국문학'의 발생-'국문학'이라는 이데올로기 서설」, 『민족문학사연구』18, 민족문학사연구소, 2001 ; 「1910~20년대 초 한국에서 자국학 이념의 형성 과정-최남선과 안확을 중심으로」, 『대동문화연구』 52, 성균관대 대동문화연구소, 2005)

의 시도들, "지푸라기라도 잡으려 했"던 모든 시도들은 "수포로 돌아갔다." 1907년 7월 24일 정미7조약이 체결되고 고종(高宗)은 폐위되었다.[51)]

하지만 편집부의 언급(35쪽)이 잘 말해주듯, 일본의 병합은 이미 기정사실화되었고, 게일은 이에 대한 그의 입장을 특별히 제시하지 않았다.

> "한국의 이러한 위기를 어떠한 방법으로 헤쳐 나가야 하는지, 그것의 옳고 그름은 어떤지 그리고 무엇이 행해져야 하고 또한 행해져서는 안 되는지에 관한 문제는 우리가 다룰 문제가 아니다.[52)]

그는 침묵했다. 아니 더 엄밀히 말한다면, 그는 이 역사적이며 정치적인 사건들이 선교사들이 해결할 수 없는 주제란 사실을 잘 알고 있었던 것이다. 그가 할 수 있는 일은 이 역사적 순간을 잘 묘사하는 방법뿐이었다. 이 책의 편집자 역시 게일의 이러한 입장에 동의했다. 그것은 여전히 논쟁거리였지만, 1909년이란 입장에서는 해결될 수 없는 난제였기 때문이다.[53)] 즉, "민족의 정신적 상징을 지킴으로써 '절대독립'을 도모할 수 있다는" "國粹로서의 단군"이 아니라 "외래적인 것으로부터 조선적인 것을 고수해야 가능한 자기인식의 한 방편"으로

51) J. S. Gale, 신복룡 역, 『전환기의 조선』, 집문당, 1999, 40~41쪽.

52) J. S. Gale, 신복룡 역, 위의 책, 41쪽. 이러한 게일의 입장을 민족주의적 시각에서, 친일의 경향으로 읽어 내는 오독의 문제는 유영식의 글(「제임스 게일의 삶과 선교」, 『부산의 첫 선교사들』, 한국장로교출판사, 2007, 116~127쪽)에서 비판적으로 잘 검토되었다. 이를 상론하지 않고, 유영식의 진술을 참조하여 기술하도록 한다.

53) J. S. Gale, 신복룡 역, 위의 책, 35쪽. "게일 박사가 그랬던 것처럼, 어째서 한국이 일본에 병합되었는가 하는 원인에 대한 논쟁은 피하는 것이 좋을 것 같다. 이 주제에 대해서는 신랄한 비난과 반박이 오고 갔으며, 어느 면이 완전한 진실을 밝힌다는 것은 쉽지 않다."

단군을 수용했던 안확, 최남선으로 대표되는 1920년대 국학파가 보여준 단군론에 게일의 단군인식은 더욱 더 부응되는 것이었다.[54] 이와 관련하여 주목해야 될 지점은 게일에게 있어서 『신단실기』가 제공해주는 단군의 표상, 즉 三神信仰과 관련하여 "化身", "降臨"한 단군이란 형상의 의미이다.

③ 게일이 「단군」에서 자료를 유형화한 양상이 『한국민족사』에는 잘 반영되어 있다. 『한국민족사』의 단군관련 기술의 주제어들을 정리해보면, "단군(Tangoon)~기원전 2,333년(2333 B.C.)", "쿠푸(Khufu, Cheops) 왕의 시대(Times of Cheops)", "김생(金生)(Kim Saing)", "솔거(率去)(Solgo)", "평양의 단군릉(Temple in Pyengyang)", "강화의 재단(Altar on Kangwha)", "조선과 코리아라는 국명들(The names Chosen and Korea)"이다. 여기서 주목해야 될 지점은 단군~기원전 2,333년에 해당되는 부분이다. "한국의 첫 위대한 조상" 단군이 "신화"인지든 "실재"인지는 중요한 문제가 아니었다. 그는 "희미한 선사시대로부터 솟아나 한국과 만주 사이 태백산 위에 서 있었"던 인물이며, 백성을 교화했던 인물이었기 때문이다.(『한국민족사』, p.134) 「단군」에서 그가 번역한 "지상에서의 단군을 신비로운 족적들을 언급한 다양한 한국과 중국의 서적들"(「단군」, p.404)과 재단, 단군릉과 같은 유물들이 보장해주는 것이었기 때문이다. 이러한 그의 시각은 단군신화의 번역에 있어서도 동일했다.

「단군」과 『한국민족사』 모두 '단군=神人'을 'spirit-man'으로 번역했던 과거와 달리, "divine man, angel, spirit, god"이라고 번역하고

54) 정출헌, 「국학파의 '조선학' 논리구성과 그 변모양상」, 『열상고전연구』27, 2008, 20~21쪽.

있다. 즉, 단군은 선교사들이 성서의 신을 재현하는 어휘로 수용했던 “하ᄂᆞ님”을 투사시킬 대상이었다. 1920년대 그의 인식을 살필 수 있는 『한국민족사』에서 축약하여 제시한 단군신화는 어디까지나 『신단실기』를 기반으로 하고 있었다.[55] 또한 게일에게 기독교와 동일한 유일신 관념을 발견하게 해 준 가장 핵심적인 단서는 여전히 유효한 것이었다. 그것은 여전히 그가 “깜짝 놀랄만한 풍설(startling rumour)”(『한국민족사』, p.134)이라고 말한 『古今記』의 다음과 같은 기록이었기 때문이다.

> 桓因은 天也오 桓雄은 神也오 檀君은 神人也니 是謂三神이라.
> (『古今記』)

이 짧은 구절은 번역자로서 게일이 단군을 통해 발견하고 싶어 했던 그토록 갈망했던 비기독교 세계의 파편화된 진리요 계시였을 지도 모른다. 『古今記』는 桓因, 桓雄, 檀君을 天, 神, 神人으로 규정하며 三神이라고 말해주고 있었다. 물론 게일이 삼위일체의 개념을 단군신화에

---

55) 해당 번역문과 원문을 제시해보면 다음과 같다. Whan-in, Whan-oong, and Whan-gum are the Triune Spirit. Sometimes he is called Tan-in, Tan-oong and Tan-goon. In the year *kap-ja* of *Sang-wun*(2333 B.C.) and the 10th moon and 3rd day Whan-gum changed from a Spirit into a man and came with his heavenly sceptre and his three seals. He descended to the T'ai-baik Mountains and stood beneath the sandalwood trees. There he made known the truth and taught the people. The multitudes were greatly moved by his presence, and crowded about him, as men gather on market days, so 솜 he was called the Divine Market Keepter(「단군」, p.404) 桓因桓雄桓儉이(一云 檀因檀雄檀君) 是爲三神이시니 上元甲子十月三日에 檀儉이 以身化人하샤 持天符三印하시고 降于太白山(今白頭山)檀木下하샤 及設神教而教民하시니 時에 人民이 被化하야 歸者ㅣ 如市함으로 有神市氏之稱이라(『신단실기』)

처음 투영한 서구인은 아니었다. 하지만『古今記』는 서구인의 목소리가 아니었으며 게일이 추구했던 한국 한문고전 속의 언어였다. 한국인의 목소리, 과거로부터 전래되던 문헌 속의 발화로, 삼위일체 성부(God), 성령(spirit), 성자(god-man)를 재현해 주는 소중한 기록이었다. 즉, 게일의 기술 속에는 성육신의 제 삼위, 창조주 하ᄂᆞ님(桓因)을 예배한 한국 원시 유일신교의 제사장이란 단군의 형상이 놓여 있었다. 이를 기반으로 게일은 단군을 한문 고전 속에서 "天, 神=God"이라는 대응관계로 표상되는 과거 한국인의 원시적인 유일신 관념이 반영된 존재와 동등한 대상으로 인식한 것이다.

게일이 단군을 주목했으며『신단실기』에 대한 번역소개를 한 시점은 주지하다시피 김교헌이 敎主로 있었던 1916~1923년으로 대종교의 교세가 극성했던 시기이다.[56] 실제로「단군」(1917.9)에서 게일은 대종교에 관해 언급했다. 그는 최근 단군의 종교를 부활시키려는 몇몇 시도들을 인간의 정신적이며 정감적 차원이 아닌 단순한 "기계적(mechanical)인 노력에 불과한 것"이라고 비판했다. 하지만「한국문학」(1918.7.)에서 김교헌의『신단실기』를 "믿을 만한 한국의 역사가들의 기록"이라고 게일은 언급했다. 즉, 단군에 관한 역대의 문헌을 수집하여 가능한 한 史實的인 체계를 세우려 한『신단실기』.[57] 이 저술이 제시한 사료의 가치를 인정했다.

게일이『신단실기』란 사료를 수용함으로,『한국민족사』에서 단군은 "공자, 부처, 노자와는 별개로 이 위대하며 불가시한 하ᄂᆞ님과의 관계"에서 "모든 시대에 걸쳐 한국인에게 영감을 주는 천재적인 인도

56) 박영석,「대종교의 독립운동에 관한 연구」,『사총』21·22, 1977.

57) 한영우,「1910년대의 민족주의적 역사서술-이상용·박은식·김교헌·단기고사를 중심으로」,『한국문화』, 1980, 116~118쪽.

자"(『한국민족사』, p.134)로 재규정된다. 이를 보증해주는 것은 김생, 솔거에 관한 일화였으며, 게일이 번역한 필기·야담과 같은 역사서술의 일종이었다. 그곳에 「단군」의 "단군의 권능에 대한 이적들"로 유형화된 자료들, 『신단실기』에서 그 출처가 『東事類考』와 『李相國集』으로 제시된 대목이 모두 반영되었다. 이 중 제명뿐만이 아니라 실전하는 문헌자료를 직접 확인할 수 있는 것은 후자이다. 이와 관련하여 게일은 『삼국유사』 소재 단군신화를 번역하지는 않았지만, "환인이 帝釋을 지칭한다"고 말한 『삼국유사』의 주석을, 일본인들과 달리 불교적 윤색의 근거로 적용하지 않았다. 즉, 원본의 "帝釋經"과 "帝釋使"를 각각 "The Sutra of God(Che-suk)", "Angel of God(Tan goon)"으로 번역한 모습을 통해 이 점을 알 수 있다.[58] 그에게 한국이 남긴 한문고전은 결코 역사적 사료분석의 대상이 아니라, 번역해야 될 문학작품이었던 셈이다. 그것은 원문을 보존해야 될 성스러운 문건이었던 것이다.

이와 같은 게일의 단군론은 성서를 번역해야할 한국어, 한국인의 관념 속 유일신 관념을 찾는 선교사로서의 선교 사업에 한정되는 것이 아니었다. 그것은 기독교문명론에 의한 복음의 성취만을 의미하는 것이 아니었기 때문이다. 게일이 체험한 한국의 근대, 그곳은 결코 기독교의 복음이 성취된 시공간이 아니었다.

> 천의(天意)를 무시하는 온갖 현상을 살펴보십시오. 심하게는 귀신에게 아첨하려는 무격(巫覡)의 유행이나, 천위(天威)를 빙자한 사기로 벌이를 삼으려 드는 잡다한 종교의 창궐, 얼마나 조선인이 하늘과 배치된 채 나아가고 있는지를 알 수 있습니다. 저는 기독교도라는 고루

58) "請寫帝釋經。寫畢。問所從來。其人曰。我帝釋使者也。命我請書故來耳。"(이규보, 「東國諸賢書訣評論序」, 『東國李相國後集』券 11.)

> 한 견해에서 말하는 것이 아닙니다. 조선에도 일찍부터 기독교 이상으로 신을 발견하고, 이해했던 사람이 많았었지 않습니까. 신을 믿는다고 하는 기독교도도 근래는 신을 팔아 하늘에 거역하고 있습니다.[59]

한문고전으로 대변되는 세계에서 일탈하여 오히려 쇄락하고 타락한 시공간으로 묘사되고 있는 장소에서 게일은 한국의 고전을 탐구했다. 게일은 "宗教事業보다 育英事業에 힘쓰려하고" 학교를 설립했고, "朝鮮의 文學을 不充實하게 나마 研究"[60]했음을 가장 핵심적인 자신의 이력으로 술회한 바 있다. 여기서 종교와 분리된 한국문학 연구 그 자체는 오히려 한국민족을 위한 한국문학, 한국사 속에서 새겨지며 기념·기억해야 할 역사적 존재들로 구성된 세속종교의 경전을 창출하는 행위를 내포하고 있었다. 즉, 게일의 단군 담론은 한국종교연구에서 비롯되었지만, 종국적으로 문헌에 대한 탐구로 귀결되었다. 그것은 광의의 맥락에서 한국문학연구(혹은 역사서술)라고 정리할 수 있을 것이다.

Ⅵ. 남겨진 문제 – 게일 단군인식의 전환과 근대 한국이란 시공간 속의 단군

게일이 구성한 한국의 역사상은 근대 한국지식인의 것과 완연히 일치하는 것은 아니었다. 게일의 글에서 한국의 문학, 종교적 사상의

59) 奇一, 「歐美人の見たる朝鮮の將來－余は前途を樂觀する」 2, 『朝鮮思想通信』 788, 1928.(번역문은 황호덕 · 이상현, 『개념과 역사, 근대한국의 이중어사전』2, 박문사, 2012, 182쪽에 의거한 것이다.)

60) 奇一, 「回顧四十年」, 『新民』 26, 1927. 6.

정수는 단군이 등장한 여명기부터 과거제도가 폐지된 1894년까지를 지칭하는 것이었다. 1920년대 게일은 오히려 한문고전으로 표상되는 위대한 한국문학의 죽음을 말하고 있었다. 그의 마지막 저술『한국민족사』를 보면, 그 전체 윤곽 속에서 중국의 고대신화와 한국은 결코 분리되는 것이 아니었다. 단군을 민족의 '육적인 시원'으로 중국의 고대신화를 한국 민족의 '영적인 시원'으로 규정한 모습은, 그가『동국통감』을 기반으로 헐버트와 논쟁하던 당시와의 묘한 일관성을 보여준다. 때로는 근대 한국지식인과 공유하기도 하며 이렇듯 변별되는 게일의 연구, 그의 단군론을 우리는 어떻게 자리매김해야 할까?

이 문제는 게일의 단군론을 객관화시키며 엄정하게 대비시킬 수 있는 문맥, 게일의 단군인식의 전환에 개입했을 '근대초기 한국'이란 혼종적 시공간에 있어 단군이 지닌 총체적인 함의를 규명할 때, 비로소 답변이 가능해질 것이다. 즉, 한국 고전을 둘러싼 한국인, 서구인, 일본인들의 논의들을 엮어 읽나가면서 풀어가야 할 문제이다. 이는 본고에서 해결하지 못한 문제점이자 한계이다. 이에 대한 사례, 그리고 짧은 소견을 거론하는 것으로 이를 대신하고자 한다. 게일이 단군을 새롭게 인식한 시기, 단군은 일본인에게도 결코 간과할 수 없는 중요한 연구대상이었던 것으로 보인다. 그 일례가 한국에 오랜 기간 거류한 외국인(일본인)이자 근대 한국학과 관련하여 중요한 인물이라고 할 수 있는 다카하시 도루(高橋亨, 1878~1967)이다. 1920년과 1927년에 나온 그의 글 속에서 한국에서 단군이란 문제는 다음과 같이 언급된다.

> ① 朝鮮에 檀君의 傳說이 有ᄒᆞ도다 檀君으로써 朝鮮人 全部의 祖王이오 朝鮮民族의 始原이라 云ᄒᆞᄂᆞᆫ도다 當今 無敎育ᄒᆞᆫ 朝鮮人으로 三韓을 不知ᄒᆞ며 三國을 不知ᄒᆞᄂᆞᆫ 者ᄂᆞᆫ 其數一眞實如林如雲타ᄒᆞᆯ지나

檀君의 傳說을 不聞不知흔 者는 庶乎爲有흐리로다 朝鮮人이 此知識과 信念을 根據로 建創흔 宗敎에 檀君敎가 有흔 딕 一時相當히 敎徒를 聚集흐얏더라.[61](1920)

② 병합 이후 해마다 조선인의 민족정신이 발흥함에 따라 여러 국민역사의 체재를 본뜬 조선역사 저술이 나타났다. 대체로 엄밀한 학적 연구의 결과를 이루었고 동시에 불순한 목적을 가지며 또한 연구법 및 자료가 과학적으로 불완전하기 때문에 史的 정확성이 결여되어 있다. 그렇지만 그러하기에 시대의 추이를 점칠 수 있다. 특히 기이한 것은, 종래 기자를 조선 개국의 성군이라고 하여 조선에 문화의 씨를 뿌린 성인으로서 숭배해온 것이, 돌연 기자 숭배를 그만두고 대신 종래 釋氏를 위해 사용된 전설의 神人인 단군에게 아마테라스스메오미카미(天昭皇大神)와 같은 지위를 부여하여 민족의 기원적 우상으로 삼고자 하는 것이다. 지금의 조선인은 지나에 대항하여 천오백년의 문화적 종속에서 일거에 독립하고자 하는 것이다.[62](1927)

①은 순전히 "단군전설"에 초점이 맞춰진 글이었다. 이 글의 집필동기는 건국신화로 단군신화가 일반 한국인에게 널리 유포되어 있었으며, 이를 기반으로 대종교가 창건된 사정에 있었다. 이에 다카하시는 단군신화에 대하여 "學術的 歷史的으로" 그 진위여부를 논하고자 했다. 문헌자료에 대한 사료적 성격을 중심으로 단군신화를 면밀히 검토한 그의 연구는 한국의 사상, 신앙을 탐구하기 위한 목적에 의거하여 일종의 광의의 맥락에 해당되는 한국문학을 연구한 것이었다. 이는 게일과 공통된 측면이기도 했다. 또한 본고에서 고찰한 바대로, 게일이 보여준 단군인식의 전환에는 대종교의 『신단실기』 소재 단군관련

61) 高橋亨, 「檀君傳說에 對흐야(一)」, 『매일신보』 1920.3.6.

62) 高橋亨, 「朝鮮文學硏究－朝鮮の小說」, 『日本文學講座』 15, 東京: 新潮社, 1927, 15쪽.

자료가 큰 역할을 담당했다.

요컨대, 게일이 보여준 단군인식의 전환점에는 관찰자의 시선 변화뿐만 아니라 관찰대상 그 자체의 변모가 깊숙이 개입되어 있었던 셈이다. 이 점을 잘 보여주는 사실이 있다. ① 즉, 다카하시의 논문이 1920년 2-3월 사이 세 가지의 다른 형태의 글쓰기—일본어, 한문, 한글로 작성되었으며 모두 "조선학자"와의 대화를 열어 놓고 있었다는 사실이다.[63] 그렇지만 그 대화는 결코 생산적일 수 없었던 것처럼 보인다. 한국문학을 주제로 한 ②가 보여주듯, 일본과 대등한 존재, 한국에서 등장하는 단군을 기원으로 한 민족단위의 一國史를 다카하시는 결코 수용할 수 없었기 때문이다. 다카하시가 보여준 문화의 고착성과 종속성, 즉 중국문화로부터 결코 분리되지 않는 "조선의 민족성"이란 관점에서, 단군은 타협이 불가능한 대화의 지점이었던 것이다.[64]

다카하시의 입장에서 본다면 게일의 단군 인식의 전환은 그가 거론하는 한국 근대지식인의 단군 담론과 일정량 궤를 같이하는 것이었다. 그렇다면 과연 한국인과 게일의 접점은 무엇이었을까? 이는 쉽게 이야기할 수 없다. 다만, 게일은 결코 한국인의 말에 귀를 기울이지 않은 인물이 아니란 사실 만큼은 분명했다는 점만은 첨언하도록 한다. 게일은 『한국민족사』에서 당시 회자되던 단군을 증언해 주고 있기 때문이다. 게일의 증언에 따르자면, 당시 한국인들은 단군이 누구이며 어디

63) 高橋亨, 「檀君傳說に就きて」, 「檀君傳說考(煎論文漢譯)」, 『同源』 1920. 2. ; 「檀君傳說에 대하여」, 『매일신보』 1920.3.6~3.10. 이 중 한글로 작성된 논문의 부분만을 인용해보면 다음과 같다. "然而若江湖博識ᄒᆞᆫ 朝鮮學者 更 一層 他의 卓越ᄒᆞᆫ 高見을 示ᄒᆞ면 隨而籍命ᄒᆞ야 更히 此를 補綴修正ᄒᆞ야써 眞實ᄒᆞᆫ 丕闡을 期ᄒᆞᆷ이 秋毫도 吝치 아니ᄒᆞᄂᆞᆫ 바이로다"

64) 다카하시의 이 논문에 대한 분석은 이상현·류충희, 「다카하시 조선문학론의 근대 학술사적 함의」, 『일본문화연구』42, 동아시아일본학회, 2012를 참조.

서 온 것인지를 서로서로에게 질문하고 있었다. 또한 단군을 직·간접적으로 말해주는 많은 양의 자료들이 모여졌지만 여전히 단군은 불가사의한 존재였다. 다만 지상에서 이루어진 단군의 선교가 보여준 메아리는 세상을 구원하며 밝히러 온 메시아와 같다고 게일은 말했다. 단군이 누구인지, 그의 신성함, 정체성, 인격은 더 깊이 탐구되어야 할 대상으로 남겨져 있다는 말. 그것은 단군에 관한 게일의 마지막 언변(『한국민족사』, p.135)이자, 향후 우리가 탐구해야 될 새로운 목표이다.[65]

---

65) 최남선, 신문관과 게일의 접점을 찾아보라고 조언해 준 권두연, 해당 자료를 찾도록 도움을 준 임상석 두 분 선생님들께 주석으로나마 감사를 표한다. 실제로 최남선이 쓴 자신의 日記 「一日一件」(『청춘』3호, 1914. 12. 6)를 통해 다음과 같은 그와 게일의 교류를 발견할 수 있다. "…쩨, 에쓰, 쎄일 博士가 來訪하야 圓覺寺와 및 敬天등 塔에 關하야 問議가 잇거늘 金茂園先生으로 더부러 答說하다. / 그가 갈오대 碑文에도 잇거니와 朝鮮初期에 朝鮮匠色의 손에 製作된 것인대 精巧하기敬歎할밧게 업스니 갸륵하다하며 거긔 對한 몃가지 疑難을 提出하더라" ; 최남선과 당대 인사들의 인적 교류에 관해서는 임상석, 「고전의 근대적 재생산과 최남선의 국한문체 글쓰기: 「조선광문회고백(朝鮮光文會告白)」 검토」, 『민족문학사연구』44, 민족문학사연구소, 2010, 528쪽을 참조.

참고문헌

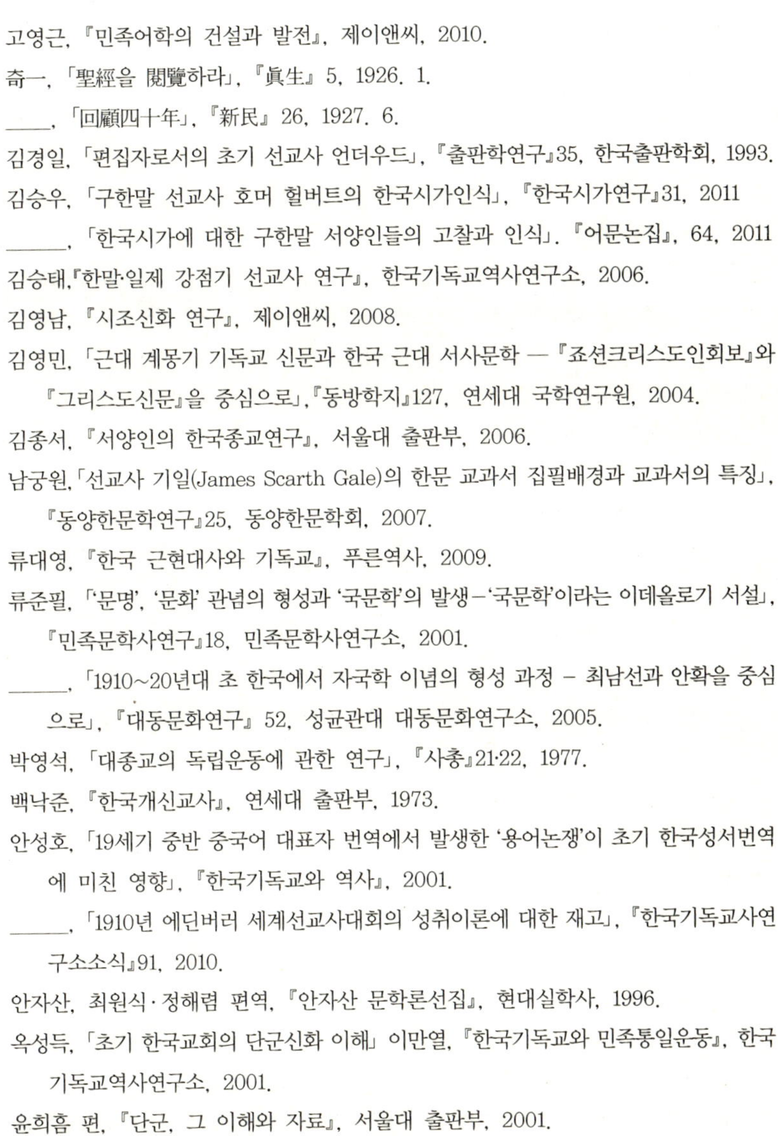

고영근, 『민족어학의 건설과 발전』, 제이앤씨, 2010.

奇一, 「聖經을 閱覽하라」, 『眞生』 5, 1926. 1.

____, 「回顧四十年」, 『新民』 26, 1927. 6.

김경일, 「편집자로서의 초기 선교사 언더우드」, 『출판학연구』35, 한국출판학회, 1993.

김승우, 「구한말 선교사 호머 헐버트의 한국시가인식」, 『한국시가연구』31, 2011

_____, 「한국시가에 대한 구한말 서양인들의 고찰과 인식」. 『어문논집』, 64, 2011

김승태,『한말·일제 강점기 선교사 연구』, 한국기독교역사연구소, 2006.

김영남, 『시조신화 연구』, 제이앤씨, 2008.

김영민, 「근대 계몽기 기독교 신문과 한국 근대 서사문학 — 『죠션크리스도인회보』와 『그리스도신문』을 중심으로」,『동방학지』127, 연세대 국학연구원, 2004.

김종서, 『서양인의 한국종교연구』, 서울대 출판부, 2006.

남궁원,「선교사 기일(James Scarth Gale)의 한문 교과서 집필배경과 교과서의 특징」, 『동양한문학연구』25, 동양한문학회, 2007.

류대영, 『한국 근현대사와 기독교』, 푸른역사, 2009.

류준필, 「'문명', '문화' 관념의 형성과 '국문학'의 발생–'국문학'이라는 이데올로기 서설」, 『민족문학사연구』18, 민족문학사연구소, 2001.

_____, 「1910~20년대 초 한국에서 자국학 이념의 형성 과정 – 최남선과 안확을 중심으로」, 『대동문화연구』 52, 성균관대 대동문화연구소, 2005.

박영석, 「대종교의 독립운동에 관한 연구」, 『사총』21·22, 1977.

백낙준, 『한국개신교사』, 연세대 출판부, 1973.

안성호, 「19세기 중반 중국어 대표자 번역에서 발생한 '용어논쟁'이 초기 한국성서번역에 미친 영향」, 『한국기독교와 역사』, 2001.

_____, 「1910년 에딘버러 세계선교사대회의 성취이론에 대한 재고」, 『한국기독교사연구소소식』91, 2010.

안자산, 최원식·정해렴 편역, 『안자산 문학론선집』, 현대실학사, 1996.

옥성득, 「초기 한국교회의 단군신화 이해」 이만열, 『한국기독교와 민족통일운동』, 한국기독교역사연구소, 2001.

윤희흠 편, 『단군, 그 이해와 자료』, 서울대 출판부, 2001.

이만열, 류대영, 옥성득, 『대한성서공회사』1~2, 대한성서공회, 1994.

이만열, 옥성득 편역, 『언더우드 자료집』Ⅱ, 국학자료원, 2006.

이상현, 「제국들의 조선학, 정전의 통국가적 구성과 유통－『天倪錄』, 『靑坡劇談』 소재 이야기의 재배치와 번역·재현된 '조선'」, 『한국근대문학연구』18, 한국근대문학회, 2008.

_____, 「근대 조선어·조선문학의 혼종적 기원」, 『사이間SAI』8, 국제한국문학문화학회, 2010.

이상현 · 류충희, 「다카하시 조선문학론의 근대 학술사적 함의」, 『일본문화연구』42, 동아시아일본학회, 2012.

이용민, 「게일과 헐버트의 한국사 이해」, 『교회사학』, 한국기독교회사학회, 2007.

임상석, 「고전의 근대적 재생산과 최남선의 국한문체 글쓰기: 「조선광문회고백(朝鮮光文會告白)」 검토」, 『민족문학사연구』44, 민족문학사연구소, 2010.

정출헌, 「국학파의 '조선학' 논리구성과 그 변모양상」, 『열상고전연구』27, 2008.

조현설, 「한중일 신화학의 여명과 근대적 심상지리의 형성」, 『민족문학사연구』16, 민족문학사연구소, 2000

_____, 『근대 계몽기 단군 신화의 탈신화화와 재신화화」, 『민족문학사연구』32, 민족문학사학회, 2006.

황호덕·이상현, 『개념과 역사, 근대 한국의 이중어사전』1~2, 박문사, 2012.

__________, 「번역과 정통성, 제국의 언어들과 근대 한국어－유비·등가·분기, 영한사전의 계보학」, 『아세아연구』145, 고려대 아세아문제연구소, 2011.

러시아 대장성, 한국정신문화연구원 역, 『국역 한국지』, 전광사업사, 1984.(*КОРЕИ*, 1900)

Halde, D., (신복룡 역), 『조선전』, 집문당, 2005(Kingdom of Corea in The General History of China, 1741)

Schmid, A., 「오리엔탈 식민주의의 도전: Anglo-American 비판의 한계」, 『역사문제연구』12, 역사문제연구소, 2004.

Courant,, M. 이희재 역, 『한국서지』, 일조각, 1994.(*Bibliographie Coréenne*, 3omes, 1894-1896, Supplément, 1901.)

Dallet, C. C., 안응렬·최석우 공역, 『한국천주교회사』(上), 서울: 분도출판사, 1980(Historie de l'Eglise de Corée, Paris, 1874)

Gale, J. S. 신복룡 역, 『전환기의 조선』, 집문당, 1999.(*Korea in transition*, New

York: Eaton & Mains, 1909)
Hulbert, H. B., 신복룡 역, 『대한제국멸망사』, 집문당, 2006.(*The Passing of Korea*, London: William Heinemann Co., 1906)
Jacobson, R., 권재일 옮김, 『일반언어학이론』, 민음사, 1989.
Rhodes, H. A., 최재건 역, 『미국 북장로교 한국선교회사』, 연세대 출판부, 2009
Ross, J., 홍경숙 역, 『존 로스의 한국사』, 살림, 2010.(*History of Corea*, London: Elliot Stock, 62, Paternoster Row, 1891)
Underwood, L. H., 이만열 역,『언더우드 한국에 온 첫 선교사』, 기독교문사, 1990.(*Underwood of Korea*, Fleming H. Revell Co. 1918)
奇一, 「 歐美人の見たる朝鮮の將來－余は前途を樂觀する」 2, 『朝鮮思想通信』 788, 1928
高橋亨, 「檀君傳說に就きて」, 「檀君傳說考(煎論文漢譯)」, 『同源』 1920. 2.(「檀君傳說에 대하여」, 『매일신보』1920.3.6~3.10.)
高橋亨, 「朝鮮文學研究-朝鮮の小說」, 『日本文學講座』 15, 東京: 新潮社, 1927
Appenzeller, H. G., "Ki Tza", *The Korean Repository* Ⅱ, 1895. 3.
Gale, J. S., "Korea's Preparation for the Bible", *The Korea Mission Field* 1914. 1.
__________, "Korean History", *The Korean Repository* Ⅱ, 1895. 9.
__________, "Tan goon", *The Korea Magazine* Ⅰ, 1917. 9.
__________, "The Influence of China upon Korea" *The Transaction of the Korea Branch of the Royal Asiatic Society* 1, 1901.
__________, "The Introduction of Chinese into Korea", *The Korea Review* Ⅰ, 1901.
__________, "The Korean Literature", *The Korea Magazine* Ⅱ, 1918. 7.
__________, "The Korean's view of God", *The Korea Mission Field* 1916.1.
__________, “Korean Literature(1) – How to approach it” *The Korea Magazine* 1917. 7.
__________, “Korean Literature(2) – Why Read Korean Literature?” *The Korea Magazine* 1917 8.
__________, “What Korea Has Lost”, *The Christian movement in Japan Korea and Formosa*, Kobe, 1926.
Hulbert, H. B., "Korean Survivals", *The Transaction of the Korea Branch of the Royal Asiatic Society* 1, 1900

Hulbert, H. B., "The Origin of the Korean People", *The Korean Repository* Ⅱ, 1895. 6.

Jones, G. H., "Ch'oe Ch'I-Wun : His life and Times", *Transactions of Korea Branch Of Royal Asiatic Society* III, 1903.

____________, "Historical Résumé of the Youth' Primer.", *The Korean Repository* Ⅱ, 1895. 4.

____________, "The Native Religion", *The Korea Mission Field*, 1908. 11.

____________, "The Spirit Worship of the Koreans", *The Transaction of the Korea Branch of the Royal Asiatic Society* 2, 1901.

Rutt, R., *James Scarth Gale and his History of Korean People*, Seoul : the Royal Asiatic Society, 1972.

내선일체의 멜로드라마와 식민주의의 균열
—이광수의 내선 연애/결혼 소설을 중심으로

김경연

Ⅰ. 일제말기 한 식민지 지식인의 내면 풍경

한 식민지 지식인의 고백을 인용하는 것으로부터 이 글을 시작하고자 한다. “문제는 늘 간단명료하였다. — 너는 일본인이 될 자신이 과연 있는가. 이런 질문은 다시 다음과 같은 의문을 일으켰다. 일본인이란 무엇인가? 일본인이 되기 위해서는 어찌해야 하는가? 일본인이기 위해서는, 조선인이라는 것을 어떻게 처리해야 하는가?”[1] 결코 간단명료하지 않을 이 질문 앞에서 해답 없이 번민했던 그는 마침내 이러한 정체성의 간극에 종지부를 찍었다고 선언한다. “지성적인 이해나 이론적인 조작”만으로 해결 불가능한 의심의 “마지막 장벽”을 통과할 수 있었던 계기는 무엇인가. 1944년 새해 첫날 이 식민지 지식인은 흔들리는 자신을 수습하기로 마음먹고 창씨(創氏)를 하고 조선신궁에 참배한다. 그러자 상황은 순식간에 돌변한다. 신의 위패 앞에 깊이

1) 최재서, 「받들어 모시는 문학」, 『친일문학작품선집 1』, 김병걸 · 김규동 편, 실천문학사, 1986, 389쪽. 이하 최재서의 같은 글 인용에는 면수를 표시하지 않음.

머리를 숙이는 순간 그는 마치 "맑은 대기 속에 빨려들어 모든 의문에서 해방된 느낌"을 경험한다. 지성도 이론도 넘지 못하는 견고한 벽을 통과 가능하도록 했던 것, 그것은 지성이나 이론이 아닌 '신/천황'에 대한, 혹은 어떤 절대적인 '환상'에 대한 신앙이자 완전한 귀의였다. 신/환상에 자신을 기투한 그는 이제 의심을 망각하고, 마침내 정의할 수 없는 것을 정의내릴 수 있는 자가 된다. 그는 마침내 "일본인이란 천황에 봉사하는 국민"이며, "받들어 모시는 문학은 천황에게 봉사하는 문학"이라 의미를 지정하기에 이른다. 그의 이름은 식민지 조선 문단에서 가장 지성적인 비평가로 등재되었던 '최재서이자 이시다 쿄조(石田耕造)'이다.

최재서이며 이시다 쿄조(石田耕造), 달리 말해 최재서를 지운 이시다 쿄조는 그렇다면 과연 일본인인가. 우리는 어쩌면 최재서의 의문이 끝난 지점, 질문이 마침내 해답을 구한 그 투명한 지점에 다시 질문을 던지는 것으로부터 출발해야 하지 않을까. "향해 가지 않으면 안 되는 목표"와 "지성적 이해", "감성적 습관"과의 "불일치" 혹은 "간격"을 어느 날 아침 한순간에 지우고 '신앙'을 빌어 일본인이 되는 것과, "그 어떤 이론적 조작을 거치지 않고도" 일본인(국민)인 것은 과연 동일할 수 있는가.[2)] 만약 그렇지 않다면 그는 이시다 쿄조로 이름만 바꾼 여전히 조선인인 것인가. '최재서－이시다 쿄조(石田耕造)', 명쾌하게 조선인도 일본인도 아닌, 혹은 조선인이자 일본인이며, 일본인이자 조선인인 그는 누구인가. 이 식민지의 혼종적 주체에게 가장 합당한 명

2) 최재서는 「받들어 모시는 문학」에서 일본인이라면 그 어떤 이론적 조작을 거치지 않고도 체현할 수 있는 국체(國體)가 조선인은 결핍되어 있으므로 일본의 『고사기』나 『일본서기』, 『만엽집』을 읽어도 동조동근론, 팔굉일우(八紘一宇)나 내선일체 등의 주장에 지성적 · 감정적으로 이해될 수 없는 부분이 있었다고 고백한다.

명은 어쩌면 '내선인(內鮮人)'이 아닐까. 조선인과 일본인의 '사이'를 왕복하며, 국민(일본인)이 되기를 수락했음에도 불구하고 신앙의 힘을 뚫고 유령처럼 민족(조선인)이 불쑥불쑥 귀환하는, 국민과 민족이 이접된(disjunction) 존재. 그리하여 제국의 언어(國語, 일본어)로 식민지(민족)를 쓰며, 해방의 감격 위에 번민(균열)을 겹쳐 쓰는 이 불투명한 임계적(liminal) 존재들의 이중적 글쓰기를 협력/저항, 친일/반일의 이분법적 틀로 투명하게 읽어내는 것은 과연 가능한 것인가. 어쩌면 식민주의가 생산한 그들의 불투명함, 혹은 불투명한 그들의 존재가 오히려 식민주의를 균열하는(내파하는) 첨예한 지점인 것이 아닐까.

이 글은 일제말기 식민지 조선인과 제국 일본인의 연애와 결혼을 다룬 내선 연애·결혼 소설을 이들 '내선인(內鮮人)'들의 텍스트로 재독하고자 출발하였다.[3] 이는 내선 연애·결혼 소설에 대한 기왕의 연구들이 견지해온 저항/협력의 이분법적 빗금을 풀고, 그 불확실한 '사이' 지대를 탐사하고자 함이다. 또한 그것은 '조선인'과 '일본인'의 사랑이나 이별에 관한 서사가 아니라, '내선인'과 '일본인'의 결연과 결렬을 다룬 멜로드라마로 내선 연애·결혼 소설을 다시 읽고자 하는 것이다.[4] 본고는 이러한 논의의 출발이며, 따라서 이 글에서는 먼저 내선

3) 일제말기 내선 연애·결혼 소설의 대부분은 일본어(국어)로 쓰이거나 조선어-일본어를 혼용하는 방식을 취하고 있다. 참고로 1938년 3차 교육령 개정 당시 조선인 중 '고쿠고(일어)를 대체로 해득하는 자'와 '보통회화에 차질이 없는 자'를 모두 합하여 12.38% 정도였으며, 1940년에 15.57%, 1943년에는 22.15% 정도였다. 近藤釼一 편, 『太平洋戰下終末期朝鮮の治政』, 朝鮮史料編纂會, 1961, 199~200쪽, 황호덕, 「國語와 朝鮮語 사이, 內鮮語의 존재론」, 『대동문화연구』 제58집, 2007, 169쪽 재인용. '내선인'이라는 문제의식은 황호덕의 내선어 논의에 자극받은 바 크다.

4) 일제말기의 내선연애나 내선결혼 소설을 본격적으로 조명한 연구에는 이상경의 「일제말기 소설에 나타난 '내선결혼'의 층위」가 있다. 이 논문은 이광수와 한설야의 소설을 중심으로 하되 일제 말 내선 연애·결혼 소설의 대부분을 분석 대상으로 삼고 있으며, 이 소설들을 크게 내선결혼 긍정론과 부정론으로 분류하고 이를 내선일체론에

연애·결혼 소설이 등장하게 된 계기인 내선일체론의 진상을 살피고, 아울러 이에 연동했던 내선인(內鮮人)들의 의식적 심층을 추적해 볼 것이다. 이는 내선일체의 멜로드라마와 식민주의의 관계를 재독하는 데 중요한 참조점이 되기 때문이다. 이러한 경로를 밟아 본고에서는 우선 일제말기 이광수의 내선결연 소설을 통해 식민주의의 균열을 읽어보고자 한다.

대한 작가의 정치적 입장과 태도가 결부된 것이라고 해석한다. 다시 말하면 내선결혼 긍정론을 식민주의에 대한 '협력'으로 부정론을 '저항'으로 읽어내는 것이다. (이상경, 「일제말기 소설에 나타난 '내선결혼의 층위」, 『친일문학의 내적논리』, 역락, 2003, 121~152쪽) 이후 내선 연애·결혼 소설을 다룬 대부분의 연구들은 이상경의 저항/협력의 분석틀을 유지해 왔으며 여기에 보다 세부적인 독법을 첨가하는 방식이었다. 조진기의 「내선일체의 실천과 내선결혼 소설」(『한민족어문학』 50, 한민족어문학회, 2007, 462~463쪽)이나 곽은희의 「낭만적 사랑과 프로파간다」(『인문과학연구』 36집, 2011, 167~188쪽) 역시 이 구도에서 크게 벗어나지 않는다. 다만 조진기는 내선의 결연이 실패하는 한설야와 이효석의 소설을 당시의 시국적인 소재만 취했을 뿐 내선일체와 무관한 단순한 연애소설로 평가하고 있다. 이러한 협력/저항의 틀을 벗어나 새로운 시각을 보여준 연구로는 심진경의 「식민/탈식민의 상상력과 연애소설의 성정치」(『민족문학사연구』, 2005, 163~189쪽)와 조윤정의 「내선결혼 소설에 나타난 사상과 욕망의 간극」(『한국현대문학연구』 27, 2009, 241~276쪽)이 있다. 심진경은 이광수와 한설야의 소설을 통해 제국의 남성과 식민지의 여성이 결연에 성공하는 반면, 제국의 여성과 식민지의 남성이 조우할 경우 결연에 실패하는 점에 주목하고 이를 식민/탈식민의 상상력과 결부해 내선일체의 균열로 읽어낸다. 조윤정은 연애와 결혼이라는 개인적 문제를 신체제(식민주의)의 사건으로 변모시킬 때 틈입하게 되는 '집단적 사상(파시즘)'과 '개인의 욕망' 사이의 간극을 읽어내고 있다. 심진경이나 조윤정의 연구는 내선 연애·결혼 소설을 저항/협력의 소박한 이분법적 틀에서 벗어나 텍스트에 기입된 식민지의 균열을 읽어내고자 했다는 점에서 의의가 있다. 그러나 이들의 연구 역시 소설 속의 내선 간 연애·결혼을 조선인(피식민자)과 일본인(식민자)의 만남으로 전제하고 있다는 점에서 앞서의 연구들과 인식을 공유하는 지점이 있다. 그러나 소설 속에 등장하는 조선인은 이미 조선인이라는 투명한 정체성으로 귀납되지 않는, 즉 이 글에서 내선인(內鮮人)이라고 명명한 균열을 담지한 혼종적 주체인 것이다.

Ⅱ. 내선일체와 마음의 협화(協和) －모양과 마음과 피와 살의 일체는 가능한가

최재서가 지성과 이론 너머의 문제라고 토로한 '내선일체'는 주지하다시피 일제 말기 새로운 식민주의의 전략이었다. 미나미(미나미 지로, 南次郎) 정치, 미나미 이데올로기라고도 불린 내선일체론은 식민지 조선과 제국 일본의 화합이나 융화의 차원을 넘어서는 것이었다.[5] '융화'와 '일체'는 어떻게 다른가. '융화'가 조선인(민족)의 존재를 여전히 승인한 것이라면, '일체'란 조선인의 존재를 종국에는 부인하는 것, 조선인이 일본인과 "모양도 마음도 피도 살도 모두가 일체"[6]가 되는 것이며, 그리하여 조선인을 황국신민(일본국민)으로 완전하게 회수하는 것이었다. 이 낯선 식민통치의 기획은 추상적 구호를 넘어 통치 시스템의 현실적 변화를 불러오면서 식민지의 일상을 촘촘히 규율하는 물질성을 획득해 간다.[7]

---

5) 미나미 지로는 1940년 잡지 『모던 일본』 〈조선판〉에 수록된 대담에서 조선 병합 당시는 융화가 방침이었지만 지금은 내선일체라고 언급해 내선융화와 내선일체가 전혀 다른 차원이라고 설명한다. 미나미 지로, 「미나미 총독은 말한다－본지 기자와의 대담록」, 『일본잡지 모던 일본과 조선 1940』, 홍선영 · 박미경 · 채영님 · 윤소영 역, 어문학사, 2009, 68쪽. 미나미 지로는 식민지 조선의 제7대 총독이며, 1940년 『모던 일본』의 〈조선판〉에실린 글 「역대 조선총독을 말하다」에는 그를 "내선일체의 구현자"로 소개하고 있다. 또한 '국체명징(國體明徵), 선만일여(鮮滿一如), 농공병진(農工竝進), 교학진작(敎學振作), 서정쇄신(庶政刷新)'이라 정리하기도 했다.

6) 시오바라 도키사부로(鹽原時三郎), 「조선의 황국신민운동」, 『일본잡지 모던 일본과 조선 1940』, 81쪽. 당시 일본잡지 중 〈조선판〉을 낸 것은 『모던 일본』이 유일하다.

7) 1937년 일본 각의에서는 미나미 지로 조선 총독의 제안을 받아들여 '조선통치에 관한 방침'을 결정하는데, 조선의 학교교육 쇄신을 통한 황국신민의 자각과 자질 강화, 조선인 지원병 제도 채용, 일본의 국체관념을 명징하고 국어(일본어)를 보급 등을 통한 황국신민의 의식배양, 일본인의 조선 정착 확대 도모 등이었다. 조선총독부는 이를 더욱 구체화하여 '조선교육령 개정, 육군지원병 제도 창설, 국민정신총동원 조선연맹 결성, 일본어 상용강제, 창씨개명 실시' 등을 추진한다. 김승태, 「일본의 식민

그러나 조선인을 식민지 토인이 아닌 '동포'로 호명하고 내선의 차별 없는 새로운 황국의 국민으로 호출하는 이 통치 전략은 그 매혹적인 수사에도 불구하고 여전히 "어려운 이론"이나 "주판을 튕겨야 하는 조건"으로는 이해가 요원한 "정(情)"과 "눈물"[8]의 영역이기도 했다. 말하자면 과학과 이성과 합리를 넘어서는 내선일체의 부름에 응답하기 위해서, 다시 말해 의심과 번민의 심적인 간극을 메우기 위해서는 육체의 한 몸이 되는 것보다 더욱 절박한 것이 "정신"[9]의 내선일체였으며, "마음과 마음이 만나" "사랑하고 동정하는"[10] 마음의 협화였던 것이다. 조선과 일본을 공감의 공동체로 묶어내는 이 심적(心的) 신체제의 구현이야말로 내선일체의 논리 속에 숨어 있는 강제성(폭력성)의 흔적을 자발성의 외피로 합법화하기 위해 필요불가결한 형식이었을 것이다. 때문에 일제말기 내선일체의 국책(國策)에 연동하는 각종 담론 매체들 속에는 내선(內鮮) 양자의 이해와 포용을 촉구하는 언설들이 흔히 배치되었으며, 조선과 일본의 관계는 사랑과 정(情)의 레토릭으로 치장되곤 했다. 마음의 신체제를 실현하려는 이러한 욕망이 식민지 조선의 매체뿐만 아니라, 제국 일본의 미디어를 점령했음은 물론이다. 일본에서 발행된 잡지 『모던 일본』은 이를 살필 수 있는 좋은 자료가 된다.

『모던 일본』은 1939년과 1940년 두 번에 걸쳐 〈조선판〉을 발행하는

지배와 식민통치 이데올로기」, 『근대열강의 식민통치와 국민통합』, 동북아역사재단, 2010, 231~233쪽 참조.

8) 이광수, 「행자(行者)」(『문학계』, 1941. 3), 『춘원 이광수 친일문학전집 II』(이경훈 편역), 평민사, 1995, 203쪽.

9) 현영섭, 「내선결혼론」, 『新生朝鮮の出發』, 大阪屋號書店, 1939, 94쪽. 장용경, 「일제말기 내선결혼론과 조선인 육체」, 『역사문제연구』 제18호, 역사비평사, 2007, 202쪽 재인용.

10) 이광수, 「동포에게 부침」, 『춘원 이광수 친일문학전집 II』, 125쪽.

소개나 조선 문학의 배치 등을 통해 식민지와 제국 사이에 놓인 마음과 정신의 거리를 메우고자 시도했던 것이다.

『모던 일본』의 경우를 길게 언급했는데, 이는 내선간의 마음·정신의 동화를 성취하는 것, 달리 말해 조선인(피식민자)의 마음과 정신을 동원하는 것이야말로 내선일체의 종국적 실현을 담보할 것이라는 제국의 구상을 보여주는 긴요한 자료가 되기 때문이다. 현영섭의 주장을 빌어 말하자면, "내선일체는 서로가 함께 사랑하는 경지에까지 나아가지 않는다면 완성된 것이라고 할 수 없"[14]는 것이었으며, 따라서 '동정(同情)'을 통한 내선의 결합이야말로 내선일체론이 함축하고 있는 위계와 강제를 비위계적인 제휴나 자발적인 동의의 형식으로 오독하게 함으로써 그 윤리적 정당성을 주장할 수 있는 길이기도 했다. 일제 말기 내선통혼(内鮮通婚)의 요구는 이와 같이 "감정훈련을 통한 내선일체"[15]를 구상했던 식민권력이 창안한 전략적 고안물이었다. 내선결혼이야말로 "칠천만 대 이천만이라는 양대 민족이 혼연일체의 한 국민"[16]이 되는 몸과 마음의 결합을 재현하는 형식이자, "내선일체가 된 아름다운 모습"[17]을 효과적으로 전시할 수 있는 스펙터클일 수 있었던 것이다. 때문에 조선총독부는 1938년 내선일체 강화를 위한 내선통혼 장려책을 시행하고, 1940년에는 국민총력조선연맹(국민정신총동원조선연맹) 주도로 당해에 이루어진 내선결혼 부부 건수를 조사하는가 하면, 1941년에는 미나미 지로 총독이 이들에게 직접 표창장과 기념품을 전달하는 이벤트를 진행하기도 한다.[18]

14) 현영섭, 「내선일체 완성에의 길」, 『친일논설선집』(임종국 편), 실천문학사, 1987, 120쪽.
15) 인정식, 「내선일체의 문화적 이념」, 『인문평론』, 1940. 1, 4쪽.
16) 이광수, 「내선일체와 국민문학」, 『춘원 이광수 친일문학전집 II』, 68쪽.
17) 「미나미 총독은 말한다」, 『일본잡지 모던 일본과 조선 1940』, 69쪽.
18) 장용경, 앞의 글, 196~197쪽 참조.

일제 말기 식민지의 내선 연애 · 결혼 소설은 이러한 분위기 속에서 다소 돌출적으로 등장한다. 이인직의 「貧鮮郎의 日美人」(1912)이나 염상섭의 「남충서」(1927) 등이 조선인과 일본인 남녀의 연애나 내선 결혼이 잉태한 혼혈인의 문제를 다룬 바 있었으나, 식민지의 문학이 내선 간 연애·결혼의 문제를 본격적으로 다룬 것은 내선일체론이 발동하기 시작한 1930년대 말부터 1940년대 전반기까지의 특정 시기였다. 내선 남녀의 사랑을 그린 멜로드라마적 서사물을 조선/일본, 식민지/제국의 관계를 재현하는 알레고리적 텍스트로 주목하는 이유는 이 때문이다. 멜로드라마란 가장 개인적인 곳에서 가장 국가적인 것을 표상하는 장치라는 이영재의 지적이나,[19] 국가나 민족 간의 연애 시나리오란 항상 민족 · 인종 · 국가 간의 다양한 갈등을 상상적으로 해결하려는 식민주의/국가주의의 욕망을 재현하는 서사물이라는 사카이 나오키의 언급을 환기해 보면,[20] 일제말기 내선 연애·결혼 소설이 지닌 정치적 함의는 더욱 간단치 않은 문제로 떠오른다.

일제말기 母語(조선어)가 아닌 國語(일본어)로, 또는 조선어-일본어의 이중 언어로 창작을 수행했던 식민지 작가들에게 식민권력이 추동한 이와 같은 동화의 국책은 글쓰기를 포기하지 않는 이상 완전히 자유로울 수 없는 지점이었을 것이다. 그것은 비단 "예술의 신체제"를 주장하고 문학이 "신체제 각 방면의 병사에게 보내는 위안과 격려와 희망의 격서"[21]가 되어야 한다고 강조한 이광수나, "문예는 정치의 도구가 아니라 높은 뜻에서 정치 그 자체"[22]임을 선언했던 최재서와 같

19) 이영재, 「황군의 사랑, 왜 병사가 아니라 그녀가 죽는가」, 『근대 한국, '제국'과 '민족'의 교차로』, 비교역사문화연구소 기획, 책과함께, 2011, 123쪽.

20) 사카이 나오키 지음, 최정옥 옮김, 『일본, 영상, 미국』, 그린비, 2008, 41~44쪽 참조.

21) 이광수, 「심적 신체제와 조선문화의 진로」, 『친일문학작품선집 1』, 82쪽, 83쪽.

이 식민권력의 욕망을 선언적으로 내면화한 작가들에게만 국한되는 문제는 아닐 것이다. 현영섭의 말대로 "예술의 세계에서의 내선일체야말로 정치 · 도덕보다도 더욱 필요"하며 "정치적 · 도덕적 내선일체의 참된 건설은 예술적 내선일체의 수립이 완성되지 않"고는 불가능한 일이었을지 모른다. 따라서 실제로 "내선간의 연애 다수가 비극으로 끝났다고 할지라도" 중요한 것은 그 파탄의 현실을 상상적으로 봉합하는 "우정에서, 연애에서, 결혼에서, 우리의 마음을 밝게 하는 아름다운 이야기들"[23]의 창조였으며, 일제말기 내선 연애 · 결혼 소설들은 바로 이러한 창조의 국책(國策)에 식민지 작가들이 일정하게 '반응한' 서사물이라 할 수 있는 것이다.

그런데 식민지의 내선인 작가들이 식민권력의 국책에 '반응'한다는 것은 과연 어떤 의미인가. 반응한다는 것이 언제나 협력/저항의 이분법적 틀 안에서 매끄럽게 왕복운동 할 수 있는 것인가. 현실을 초월한 허공의(진공의) 글쓰기가 아닌, 현실과 반응하는 글쓰기란 이미-항상 협력/저항의 단선적 틀을 초과하고 있는 것은 아닌가. 때문에 반응한다는 것은 식민주의를 완전히 내면화하거나 절대적으로 거부하는 투명한 몸짓이 아니라, 실은 부단히 착종과 굴절, 미끄러짐과 균열이 발생하는, 또한 발생할 수밖에 없는 지점인 것이 아닐까. 이는 어쩌면 내선인(內鮮人)이라는 작가의 위치, 즉 동화와 이화의 틈새에서 갈등하고 분열하는 식민지적 주체의 위치가 필연적으로 생산하는 잉여의 지점일 지도 모른다.

다음 장에서는 이 잉여가 발생하는 지점, 다시 말해 내선일체론에 연동했던 내선인들의 의식적 저변과 그 심적 구조를 좀 더 면밀히 들

22) 최재서, 「문학자와 세계관의 문제」, 『친일문학작품선집 1』, 373쪽.

23) 현영섭, 앞의 글, 119~120쪽.

여다보고자 한다.

Ⅲ. 내선인(內鮮人)의 이중구속, 환상과 사실의 착종

해방 직후 김동인은 근대 문단 30년을 회고하는 자리에서 식민지 작가가 경험한 글쓰기의 어려움을 다음과 같이 술회한 바 있다.

> 純 口語體로 過去詞로—이것은 기정방침이라 「자기 방으로 돌아온다」가 아니고 「왔다」로 할 것은 예정의 방침이지만 거기 계속될 말이 「カノ女」인데 **머리 속 소설일 적에는 「カノ女」로 되었지만 조선말로 쓰자면 무엇이라 쓰나?** 그 매번을 고유명사(김 모면 김 모, 엘리자벳이면 엘리자벳)로 쓰기는 여간 군잡스런 일이 아니고 **조선말에 적당한 어휘는 없고…….** (중략) **이때에 있어서 '일본'과 '일본글' '일본말'의 존재는 꽤 큰 편리를 주었다.** 그 어법이며 문장 변화며 문법 변화가 조선어와 공통되는 데가 많은 일본어는 따라서 선진의 역할을 하게 되었다. (중략) 소설을 쓰는 데 가장 먼저 봉착하여—따라서 가장 먼저 고심하는 것이 '용어'였다. **구상은 일본말로 하니 문제 안 되지만, 쓰기를 조선글로 쓰자니, 소설에 가장 많이 쓰는 「ナシカシク」「~ラ感ッタ」「~ニ違ヒナカシタ」「~ラ覺エタ」 같은 말을 「정답게」「을 느꼈다」「틀림(혹은 다름) 없었다」「느끼(혹 깨달)었다」 등으로—한 귀의 말에, 거기에 맞는 조선말을 얻기 위하여서 많은 시간을 소비**하고 하였다.24)

구상과 쓰기의 불일치, 말과 글의 불일치에 대해 언급한 김동인의 발언은 어찌 보면 식민지 조선 작가가 풀어야 했던 가장 심각한 난제

24) 김동인, 「문단삼십년사」(1948. 3~1949. 8), 『김동인전집 6』, 삼중당, 1976, 19~20쪽.

가 과거(조선/전근대) 문학의 극복이라기보다, 차라리 제국과 식민지 '사이'를 살았던 식민지적 주체의 분열이었음을 고백하는 듯하다. 조선인이었으나 일본에서 근대문학을 배웠고, 일본어로 구상하고 일본어를 다시 조선어로 번역하는 방식으로 문학을 했던 김동인의 혼란은 식민지-제국-식민지의 경로를 부단히 유동했던, 즉 조선과 일본의 이중구속 하에 있었던 대부분의 식민지적 주체들이 봉착했던 딜레마가 아니었을까.

그렇다면 이와 같은 딜레마를 극복하는 방법은 무엇인가. 내선일체를 부르짖던 식민권력이 제시한 길은 바로 조선-일본을 동시에 살지 않는 것, 곧 조선을 삭제하고 철저히 일본을 사는 것이며, 조선/민족을 망각하고 일본/국민으로 수렴되는 것이었다. 일본 국민이 되는 구체적 방법이란 무엇인가. 이는 무엇보다 '일본정신'을 담고 있는 '일본어'를 사용하는 것이며, 따라서 이 같은 결론에 이른 식민권력은 1938년 제3차 조선교육령을 공포하면서 조선어를 수의교과(선택과목)로 전환하고 일본어의 상용 및 전용을 강제해 갔다. 이러한 상황 변화에 대해 식민지의 내선일체론자들은 어떤 반응을 보였는가. 이광수와 현영섭은 다음과 같이 주장하고 있다.

(가) **조선인으로서 조선어에 대해 일종의 애착을 느끼는 것은 당연하지만, 우리는 천황께서 쓰시는 말을 우리의 국어로 하지 않으면 안 된다.** (중략) 일본어는 우수한 일본정신을 담고 있으며, 일본문은 이제 바야흐로 세계 문화를 전부 포섭하고 있다. 그러므로 일본어를 공부하는 것은 일본정신을 배우는 동시에 세계문화의 창고 열쇠를 잡는 것이다. 더욱이 **일본어는 바야흐로 일약 아시아 제민족의 공통된 국어가 되고 있다. 따라서 조선인은 마땅히 국어에 정통해야 할 것이다. 더구나 문학에 야심이 있는 사람은 줄줄 일본문으로 써야**

한다.[25)]

(나) **생활적으로, 예술적으로, 조선인이 일본화하기 위해서 가장 필요한 방법은 고쿠코(國語 : 일본어, 인용자)'의 상용일 것이다.** 미인이 된다고 하는 고추—그러나 위장병에 걸릴 정도로까지 고추를 지나치게 먹는 것은 어떨까 하지만—를 먹어도 좋지만 조선인이 '고쿠고'를 예의상 사무상으로만 사용하고, 가정생활 · 사회생활에서 상용하지 않는다면 조선인은 도저히 일본인이 되지는 못할 것이다. (중략) 일체(一體)가 되어서 살겠다고 맹세했다면 우선 국민 사상통일에서— 근본적 사상을 통일해야 하는 것이며 양복을 전부 일본 옷으로 통일하는 식의 통일은 압제이다— 반드시 언어의 통일을 촉진해야만 하는 것이다. 가**정에서 조선어를 사용하는 한 조선인의 '고쿠고'는 '외국어'의 일종이 되고, 국민사상은 외형적 장식으로 그칠 우려가 있다. 조선인이 진정한 일본인이 되고자 생각한다면 우선 조선어를 망각해버리는 일이 필요하다.**[26)]

이광수와 현영섭은 내선일체가 반드시 언어통일을 전제하는 것이며, 따라서 조선어를 망각하고 고쿠코(국어, 일본어)를 쓰는 것만이 진정한 일본인이 되는 길이라 역설한다. 그런데 이러한 이광수와 현영섭의 발언을 통해 우리는 다시 몇 가지 질문들에 봉착하게 된다. 그렇다면 고쿠고로 창작하고 내선일체론을 철저히 내면화했던 이광수와 현영섭은 과연 김동인이 고백했던 딜레마, 곧 식민지적 주체의 균열을 극복할 수 있었는가. 인용문 (가)에서 보듯 조선인을 '우리'로 호명하고 그러한 조선인/우리가 조선어에 대한 애착을 느끼는 것은 당연한 일이라 전제하면서도 조선인은 마땅히 고쿠고에 정통해야 하며 조선 작

25) 이광수, 「반도의 형제자매에게 보냄」, 『춘원 이광수 친일문학전집 II』, 306쪽.
26) 현영섭, 「내선일체 완성에의 길」, 앞의 글, 121~122쪽.

가는 일본문으로 써야 한다고 선언하는 이광수의 발화에서 야기되는 이 새로운 균열은 무엇이며, 또한 이는 궁극에는 초극될 수 있는 문제인가. 이러한 질문들보다 앞서 과연 조선어/모어를 망각하고 일본어/국어를 승인함으로써 일본국민이 되고자 했던 이들의 궁극적 욕망은 무엇이었는가. 또한 그것은 제국의 욕망을 동일하게 번역하거나 혹은 그 욕망에 매끄럽게 습합될 수 있는 것이었나. 아마도 이 마지막 질문은 이전의 질문들을 풀어낼 수 있는 입구와 같은 것일지도 모르겠다. "아시아 제 민족"으로 구성된 새로운 일본, 그 대동아 제국에 투영된 내선인들의 욕망, 그리고 그 속에서 일어나는 환상과 현실(사실)의 착종을 읽어보려 하는 것은 이런 까닭이다.

이광수는 중일전쟁을 전후한 1930년대 후반을 "진정한 전향시대요 보편적 전향 시대"[27]라 천명한다. 흥미로운 것은 이러한 전향에 사상과 이념이 상이한 다양한 세력들이 함께 연루되었다는 사실이다. 무엇이 이광수와 인정식, 민족주의자와 사회주의자를 동일한 전향의 흐름 속에 몸담게 한 것일까. 주지하다시피 그것은 새로운 동양제국의 건설이었다. 이들이 상상한 대동아 제국의 정체란 무엇인가. 전향자들의 발화를 인용해서 말하자면 그것은 "자유주의 개인주의 이윤주의의 구습"[28]을 극복하고, "자본주의적 식욕을 견제하며 공산주의의 공상을 수정"[29]한, 즉 서구가 발명한 근대를 초극하고 동양이 구상한 새로운 보편의 창조이며, 이리하여 도래할 동아 제국이란 모든 민족 간의 완전한 평등과 공존공영이 실현되는 '도의(道義)의 제국'이자 '다문화 제국'이었다.

27) 이광수, 「반도민중의 애국운동」, 『친일문학작품선집』, 64쪽.
28) 이광수, 위의 글, 64쪽.
29) 김명식, 「동아협동체와 조선」, 『삼천리』, 1939. 1, 51쪽.

따라서 나는 신세기를 태동하는 현대의 에포크 메이킹적인 완전한 역사적 신 계기를 만드는 것으로 보인지만 여기에는 이미 **세계 신사태의 근본원리가 명백하게 인정**되고 있는 것이다. 이것은 즉 **침략에 대신하는 도의(道義)이며 독점 대신하는 공존공영적 협화**이다. (중략) 세계 최대의 침략범인 앵글로 색슨 민족의 문화는 이미 이 정신에 의해서 최종적 심판을 받고 있으며, 일체의 인류문화의 요람지였던 아시아에는 흥아의식(興亞意識)이 충만해 오고 있다. 따라서 **이것은 분명 아시아 의식의 재생을 의미하며, 학대 받던 아시아에서 자유 발전을 할 수 있는 아시아로, 또 편국화(偏國化)된 세계에서 협화적 공존공영의 세계로 전화 발전해 가야 할 세계 문화의 새로운 출발을 상징**하는 것이어야 하는 것이다.30)

그런데 이제 나는 遠方에서 시급한 주문을 바다 내의 생각한 바 **新建設意識을 兩論할 시간의 여유가 없으나 그 대략을 말하면 理想主義新形態인데 정치적으로 데모구라시와 경제적으로 고렉띄브와 사회적으로 휴매니즘을 集結調和하야 단일관념으로 조직한 것이니 理想主義는 新東亞 건설함에 완전무결한 의식**이 되리라고 생각한다. 첫재 정치적으로 레오구라시를 실현하야 **박그로 독재의식을 배척함과 함께 앞으로 孫文의 民族主義와 民權主義를 揚棄하고 또 경제적으로 크래티브를 실현하야 민주주의의 조잡한 견해를 지탄하는 동시에 자본주의의 식욕을 견제하고 공산주의의 공상을 수정할 것이다. 그리하여 사회적으로 휴매니즘을 실현함으로써 人文의 발전을 기도하야 萬邦이 協和하는 단서를 지을 것이다.**31)

東亞의 新秩序는 정복 질서가 아니며 지배질서가 아니라 제 민족 공존공영에 인한 협동질서이며 지도질서이다. 따라서 그 정치형태 경

30) 신갑범, 「황도아시아 건설론」, 1987, 94~95쪽.

31) 김명식, 위의 글, 50~51쪽.

> 제형태 문화형태도 자본적, 제국주의적, 정복적이 안일 것은 물론이다. 즉 **동아신질서 내에 포괄되는 제 민족 사회는 그 자주적 이익이 존중되고 개성 전통, 문화가 한 가지 존중**되어야 할 것이다. **그러나 이것들이 어느 것이나 새로히 형성되는 東亞思想 東亞傳統 東亞文化에 발전적으로 통일된다는 한계 안에서만 자주성이 인정**되어야 할 줄로 생각한다.[32]

> 지방경제와 지방문화에 대한 관심이 높아졌던 것은 사변(중일전쟁, 인용자) 이후의 일이지만, **전체주의적 사회기구에서는 동경도 하나의 지방으로 생각하는 것이 옳다. 아니 그것보다 지방이라든가 중앙이라든가 하는 말로서 정치적 친소(親疎)를 붙인다면 재미없다. 동경도 경성도 같은 전체 안에서의 하나의 공간적 단위에 불과할 것이다.** (중략) 이와 같은 자부와 자각을 가질 적에 비로소 우리는 지방에서 봉공(奉公)하는 자기의 직역(職域)에 안심입명할 수 있는 것이다.[33]

인용문에서 확인할 수 있는 바와 같이, 이들 전향자들이 상상한 서구적 세계와 대비되는 새로운 동양적 세계인 신동아(新東亞)는 침략과 정복이 사라진 국가이며, 모든 서구적 근대의 악을 일소한 '도의', '협화', '공존공영'의 휴머니즘적인 협동과 연대의 제국이다. 다민족·다문화가 위계 없이 공생하는 이 윤리적 국가는 김명식이 언급하고 있는 것처럼 "이상주의"가 실현된 일종의 "유토피아적 광역권"[34]인 셈이다. 시인 김종한의 주장처럼 이 새로운 "전체" 안에서는 중심과 주변의 차별이 사라지며 따라서 동경도 경성도 모두 동일한 하나의 공간적

32) 차재정, 「동아 신질서와 혁신」, 『삼천리』, 1939. 1, 67~68쪽.

33) 김종한, 「일지(一枝)의 윤리」, 『국민문학』, 1942. 3.

34) 요네타니 마사후미 지음, 조은미 옮김, 『사이間에서 근대의 폭력을 생각한다』, 그린비, 2010, 161쪽.

단위인 지방(지역)이 된다. 식민권력에 의해서 입안되고 추동된 대동아공영권 논의, 혹은 대아시아주의는 이와 같이 제국/식민지 간의 차별을 경험하고 있던 식민지 주체들에게는 일종의 탈식민적 계기로 상상되었으며, 이와 같은 유토피아적 제국의 실현을 위해 내선일체는 반드시 승인해야 할 필요불가결한 조건이 되었던 것이다.

그런데 이 상상과 승인의 과정은 일종의 전도(顚倒)를 통해서만 가능한 일이기도 하다. 다시 말해 대동아 제국이라는 아직 도래하지 않은 판타지가 하나의 '사실' 또는 역사적 '진실' 로 수리될 때,[35] 조선 · 조선인 · 조선어와 같은 엄연히 존재하는 사실/현실은 삭제되어야 하는 비사실/비현실로 뒤바뀌는 것이다. 이와 같은 기이한 자리바꿈은 이미 다문화제국의 논리 속에 함축되어 있는 것이기도 했다. 인용문의 차재정의 글에서 간파할 수 있듯이, 제 민족의 이익이나 개성, 전통, 문화가 한 가지로 존중되는 것은 새로 "형성되는 東亞思想 東亞傳統 東亞文化에 발전적으로 통일된다는 한계 안에서만" 인정될 수 있는 것이었다. 다문화주의는 "지배하는 사람들의 기득권을 위협하지 않을 정도의 다양성을 인정해주는 것이거나 차별에 맞서고 있다는 포즈를 취하기 위한 알리바이"로 제공되며 "'다수자'가 아닌 사람들에게 정체성 가지기를 강요함과 동시에 '공인하기'라는 방법으로 반차별투쟁을 거세하는 장치"[36]라는 정영혜의 비판처럼, 일제말기 식민권력의 대동

35) 1938년 백철은 『조선일보』에 발표한 「시대적 우연의 수리－사실에 대한 정신의 태도」를 통해 북경, 상해, 남경, 서주, 한구 등이 일본에 차례로 함락되는 "동양현실은 우연으로 일러진 커다란 사실"이거니와, "다만 사실 그것에 멎어서 해석"하는 것은 "비참적인 세계관을 설정하는 데 멎는 것"에 불과하며, 따라서 이를 "사실로서 수리"하는 것만이 이 우연한 현실을 통해 "운명적인 관념과 소극적인 도피 이상의 의미"를 얻어내는 길이라고 주장한다. (백철, 「시대적 우연의 수리－사실에 대한 정신의 태도」 『조선일보』, 1938. 12. 2, (조간)4쪽)

36) 정영혜 지음, 후지이 다케시 옮김, 『다미가요 제창』, 삼인, 2011, 48쪽, 50쪽.

아공영권 논의는 실은 '봉공(奉公)'을 위해서 기꺼이 '멸사(滅私)'를 수락하는 확장된 국가주의이며, 이에 공명한 식민지 주체들의 다문화제국 논의는 "식민지 없는 제국주의"37)의 알리바이로 언제든 전유될 수 있는 위험을 안고 있었던 것이다.

더욱 문제적인 것은 전도를 통해 현실/사실을 점령해 버린 판타지가 다시 식민지 주체들에게 또 다른 판타지(허상)를 조장한다는 사실이다. 이광수의 언급을 빌려 말하자면, 그것은 "호적을 떠들추어보기 전에는 내지인인지 조선인인지 구별할 수 없게 되는 그 최후의 이상"38), 곧 동아 제 민족이 모두 완전히 평등한 제국을 실현하는 "백년 후의 일"(83쪽)을 위해서 지금 당장의 평등을 스스로 유보하고 內鮮의 불평등을 불가피한 것으로 감수하게 하는 것이다. 그러나 조선인이 "국체관념과 습성과 지력"(72쪽)이 내지인과 동등하지 않다는 식민권력의 위계적/차별적 시선을 내면화하게 될 때, 기실 평등한 제국이 현실화되는 "백 년 후"는 영원히 도래하지 않을 유예된 시간이 된다. 더욱이 최재서의 언급에서 읽히듯, 식민지 주체들에게 '국체'의 명징이 일본인이라면 피로서 체현되는 것이라 인식되는 한, 조선인의 일본인 되기라는 내선일체의 기획은 실현 불가능할 판타지로 남을 수밖에 없다. 상황이 이러하다면 조선인이 행하는 내선일체의 종국은 결국 '일본인'이 되는 것이 아니라 '일본인화'되는 것이며, 따라서 조선인이 대동아 제국의 평등한 국민이 되는 것 역시 결국에는 요원한 일이 되는 셈이다. 어쩌면 내선일체에 내재된 이러한 전도와 모순이, 일제말기 유토피아적 보편의 욕망 속에 연루되었던 식민지적 주체들이 김동인이 체감한 것과는 또 다른 균열을 필연적으로 경험할 수밖에 없었던

---

37) 요네타니 마사후미, 앞의 책, 155쪽.

38) 이광수, 「심적 신체제와 조선문화의 진로」, 앞의 글, 69쪽.

이유였는지도 모른다. 가령 이광수의 다음과 같은 발화에서 우리는 이 신종의 균열을 목도할 수 있는 것이 아닐까.

(가) 문학은 어찌할까. 지금 조선에서 가장 조선적 특색을 가진 문화 부문은 문학이다. 미술이나 음악에도 조선적인 향토적인 색채, 향기 등 특색을 가질 수 있지만 그래도 언어적이 아니오 특색 음향 형상을 주로 한 것이기에 조선적이라는 경계선이 명확하지는 않다. 그러나 문학은 조선 특유의 어문으로 조선인의 생활 사상 감정을 표현한 것이기 때문에 이것은 오직 조선어문을 아는 사람만이 해독할 것이다. 그러므로 모든 문화 부문 중에서 가장 조선적인 것은 조선문학이다. **조선인의 생활이 당분간은 조선어로라야 완전히 표현될 것은 말할 것도 없다. '밥을 먹는다'와 '御飯そ頂く'와는 문학적으로 보아서 결코 등가가 아니다.** '御飯そ頂く'이라는 표현에는 일본적인 경신존황의 사상이 함축되어 있어서 종교적 애국적 정서를 수반하지마는 '밥을 먹는다'하는 것은 진실로 유물적인 외에 아무것도 없다. 불교에서 '공양을 잡숫는다'하는 말에는 종교적 함축이 있는 것이다. **'여보 마누라'와 'わい君子', '山本が'와 '사랑양반이'와 이 모양으로 내외간의 이인칭 삼인칭에도 통역할 수 없는 뉘앙스가 있는 것이니 이것은 생활자체의 차이다.**

(나) **조선인은 쉽게 말하면 제가 조선인인 것을 잊어야 한다. 기억할 필요가 없는 것이다.** 나는 일찍 조선인의 동화는 일본신민이 되기에 넉넉한 정도면 그만이라는 생각을 가진 일이 있었다. 그러나 나는 지금에 와서는 이러한 신념을 가진다. 즉 **조선인은 전혀 조선인인 것을 잊어야 한다고, 아주 피와 살과 뼈가 일본인이 되어버려야 한다고, 이것이 진정으로 조선인의 영생의 유일로가 있다고.**

인용문 (가)와 (나)는 모두 이광수가 1940년 『매일신보』에 연재한

논설 「심적 신체제와 조선문화의 진로」에서 발췌한 부분이다. (가)와 (나)의 간극을 어떻게 설명할 수 있을까. 인용문 (가)에서 보는 바와 같이 조선인의 생활이 당분간 조선어로 표현되어야 하며, '밥을 먹는다'와 '御飯を頂く', 조선어와 일본어가 결코 등가가 될 수 없다고 토로했던 이광수는 같은 글의 마지막 부분인 인용문 (나)에서는 마치 앞서의 균열을 덮어버리듯, 조선인은 조선인임을 아주 망각해야 하며, 피와 살과 뼈가 속속들이 일본인이 되는 것만이 영생의 길이라고 역설하고 있다. 조선어를 쓰는 일본인이란 과연 가능한 것인가. 또한 조선어와 일본어가 완전히 등가가 될 수 없는 것이라면 내선의 일체는 어떻게 가능한 것인가. 조선어를 기억하는 한 일본인이 된다는 것은 불가능한 일이 아닌가. 이광수가 신일본 제국의 지방어·지방문학으로, 또한 언젠가 일본어(국어)·일본문학(국민문학)으로 완전히 흡수될 과정 중인 문학과 언어로 조선어·조선문학을 잠정적으로 인정한 것이라 할지라도, 만약 새로운 東亞의 도래가 "백 년 후"라면 그가 제시한 "당분간"(인용문 (가))이란 시간은 제국의 도래와 더불어 영원히 연기될 시간이 아닌가. 따라서 이광수가 언급한 "생활 자체의 차이"에서 비롯되는 '번역불가능성', 곧 조선과 일본, 식민지와 제국 사이의 간극은 메워질 수 없는 절대적인 거리인 것이 아니겠는가. 이광수의 발언은 이 삭제될 수 없는 간극에 대한, 달리 말하면 식민지와 제국 사이의 모방(동화) 불가능성에 대한 무의식적인 고백이었는지도 모른다. 더욱이 대동아 제국에 대한 식민권력의 구상이 "일단 일본이 맨 위에 있고, 그 나머지의 '여기와 여기는 같다'"[39]는 식이라면, 또한 "조선행정을

39) 미야타 세쓰코 해설·감수, 정재정 옮김, 『식민통치의 허상과 실상』, 혜안, 2002, 88쪽. 이 책에 실린 자료는 1958년 5월 일본에서 발족한 '조선근대사료연구회'가 연구활동의 일환으로 취록한 내용을 일부 번역해 싣고 있다. '조선근대사료연구회'에는

수행해 나가는 데 가장 어려운 일은 무턱대고 우리가 말하는 것에 영합하는 사람이었”(76쪽)다고 고백하는, 내선인(內鮮人)에 대한 불안과 공포가 식민자의 의식과 무의식을 떠나지 않는 상황이었다면 내선일체란 애초부터 불가능한 꿈이며, 이광수와 같은 식민지의 혼종적 주체가 경험하는 균열은 결코 봉합될 수 없는 지점이었을 지도 모른다.

다음 장에서는 일제말기 내선일체라는 봉공의 이데올로기에 헌납된 이광수의 내선결연 소설을 통해서 바로 이 제기되는 의문의 지점들을 확인해 보고자 한다.

Ⅳ. ‘일체’의 판타지와 ‘균열’의 아이러니－이광수의 『진정 마음이 만나서야 말로(心相觸れてこそ)』와 「그들의 사랑」

이광수에게 동정(同情)은 문학/소설의 실효이며, 사랑/연애는 동정의 형식이다. 동정이 사람과 사람의 마음을 묶어내는 ‘장치’이자 현실을 재구성하는 ‘정치’인 이상, 이광수에게 사랑/연애는 결코 사적인 영역일 수 없으며, 남녀 “양인이 훌륭한 직역봉공의 용사가 되고 그 주위의 사람에게 도덕적 숭엄을 느끼게 하는”(「심적 신체제와 조선문화의 진로」, 84쪽) 공(公)적 사업이 된다. ‘민족’을 상상하는 소설인 『무정』(1917)과 “조국”[40]을 욕망하는 내선결연 소설인 『진정 마음이 만나서

조선총독부 고위 관료를 지낸 일본인들과 당시 와세다 대학원생이었던 강덕상, 권영욱, 그리고 일본인 학생들이 함께 참여하고 있었다. 인용한 부분은 대동아공영권 논의에서 선만일여(鮮滿一如)의 의미를 놓고 한 언급이다.

40) 이광수, 「진정 마음이 만나서야 말로」(『녹기』, 1940. 3~7), 『이광수 친일소설 발굴집』(이경훈 편역), 평민사, 1995, 61쪽. 이 소설에서 충식은 불령선인(당시 식민권력이 민족주의적이거나 일제의 국책에 따르지 않는 조선인들을 일컫던 말)인 아버지

야말로(心相觸れてこそ)』(1940), 「그들의 사랑」(1941)이 유사하게 겹치는 것은 이런 까닭일 것이다. "동정의 범주를 이천만으로부터 구천만으로 확대하"[41]는 것이 내선일체임을 웅변했던 이광수는 소설 『진정』에서도 이성을 압도하고 이해를 넘어서 인간을 움직이게 하는 실천적 동력이 '정'이며, 내선일체의 성공 역시 조선인과 내지인 간의 동정 내지 인정의 성패에 달려있다고 설파한다.

> "아니, 어려워진 건 아무 것도 없어. 나는 원래 정(情)이라는 것을 대수롭지 않게 여기고 있었단다. 이성주의(理性主義)였다. 세상은 무엇이든지 이론대로 굴러가는 것이라고만 생각했었단다. 그런데 왠지 그렇지 않은 것 같다. **역시 정말 인간을 움직이는 것은 정이라고 생각하게 되었단다. 심리학에서 말하는 그런 감정이 아니라, 에, 보통의 인정(人情)이라는 것이다. 이 인정이라는 놈이야말로 인생의 지배자처럼 생각된다. 이를테면 애국심도 그렇지 않느냐. 그건 결국 정이란 말이다.** 우리가 일본을 사랑한다, 폐하를 위해 생명을 버린다, 그건 모두 이성(理性)이 아니라 정이란 말이다. (중략) 아직 정(情)이 되지 않은 이론은 요컨대 공론(空論)이지. 과학적 이론은 별도로 하고 말이야. **내선일체(內鮮一體)도 그렇다고 생각한다. 내지인과 조선인이 정으로 맺어지지 않으면 진짜가 아니라고 생각한다. 오빠는 법률도 인정을 기조(基調)로 해석해 보고 싶단다. 인간만사가 인정을 떠나면 실재하지 않는다고 생각한다.** 혹시 짬이 있으면 논문을 써보고 싶다."
>
> ─『진정 마음이 만나서야말로』, 46~47쪽

김영준에게 "싸울 수 있는 조국"을 달라고 호소한다. 『녹기』는 조선에 거주하는 일본인들이 종교(일연교) 수양단체를 표방하면서 결성한 녹기연맹이 발간한 기관지였다. 녹기연맹은 내선일체운동의 사상적 · 이론적 뒷받침을 한 단체로 알려져 있다. 「진정 마음이 만나서야 말로」(이하 「진정」, 이하 인용 시 페이지 수만 표시함)는 이광수가 이 잡지에 연재한 첫 일본어 장편소설이다.

41) 이광수, 「내선일체와 국민문학」, 『춘원 이광수 친일문학전집 II』, 71쪽.

그렇다면 이성주의가 아닌 동정주의를 통해 획득되는 내선일체란 무엇인가. 이광수는 그것이 조선인이 "영혼 밑바닥에서부터 완전한 일본인"[42]이 되는 것, 곧 "조선인의 황민화"[43]라고 주장한다. 황민화 혹은 진짜 일본인이 되는 길은 무엇인가. 그것은 외형(몸)의 닮음을 넘어 바로 '(일본)정신'의 모방(동화)을 수행하는 일이다. "영국인과 인도인은 수만 년이 흘러도 같은 얼굴이 되지 않을 것"이지만 "모습만으로는 내지인과 반도인을 구별할 수 없"[44]다고 생각한 이광수에게 일본인의 얼굴/몸은 궁극적인 욕망의 대상이 아니었다. "조선적인 마음을 뿌리뽑"고 "정신만 일본정신"(「행자」, 198쪽)이 되면 내선일체는 완료되는 것이며, 조선인은 진정한 일본인으로 거듭나 동아 제국의 평등한 국민이 되는 것이다.

이광수가 말한 "조선적인 마음"과 "일본 정신"의 정체란 무엇인가. 사카이 나오키의 주장을 참조하자면 이광수가 언급한 조선성(조선적인 마음)과 일본성(일본정신)이란 서로를 쌍형상적으로 구성하고 있는 상상적 동일성이며, 서로를 대조항으로 떠받치고 있는 실체 없는 가상이다.[45] 도의(道義)를 포함한 모든 윤리적이고 흠도 티도 없는 이상적인 것이 '일본정신'으로 상상될 때, '조선적인 마음'은 그 반대편에서 속속들이 열등한 것으로 채워지게 되는 것이다. 이는 "내선일체의 대업"(『진정』, 9쪽)[46]에 바쳐진 소설 『진정』과 「그들의 사랑」에서 일본인 청년

42) 이광수, 「행자」, 『춘원 이광수 친일문학전집 II』, 197쪽.

43) 이광수, 「내선일체수상록」, 앞의 책, 244쪽.

44) 이광수, 「얼굴이 변한다」, 앞의 책, 140쪽, 142쪽.

45) 사카이 나오키, 앞의 책, 83~84쪽 참조.

46) 이광수는 「진정 마음이 만나서야말로」의 연재 첫 회에 실은 〈작가의 말〉을 통해 이 소설이 "내선일체의 대업에 티끌만한 공헌"이라도 될 수 있기를 바라는 마음으로 쓴 것이라 밝히고 있다.

'히가시 타케오'(『진정』)와 '니시모도 다다시'가 가장 이상적인 인간/교사로 표상되며 감화의 정점에 배치되는 이유이기도 하다. 소수의 선인(善人, 選人)을 중심으로 위계적인 감화/공감의 구도를 만들어가는 이광수 서사의 계몽/개조 문법은 『진정』과 「그들의 사랑」에도 동일하게 관철되고 있다. 다시 말해 이 소설들에서 재현되는 내선일체란 일본정신의 체현자인 이상적 인간 히가시 타케오나 니시모도 다다시를 나머지 인물들—조선인과 일본인 여성 인물들—이 모방하고 그에 동화되는 형식인 것이다. 이러한 모방이 과연 "조선인도 일본인도 결국 다를 바 없는"(35쪽) 구극의 평등을 실현할 수 있을 것인가.

「그들의 사랑」도 유사하지만 계몽문법을 고스란히 따르고 있는 『진정』의 스토리는 매우 작위적이고 도식적이다. 일본인 남매 타케오와 후미에는 인수봉 등반을 하던 중 조난을 당하게 되고 역시 등산 중이던 충식과 석란 남매에 의해 구조되어 정성스러운 간호를 받는다. 이를 계기로 접촉하게 된 타케오와 후미에, 충식과 석란은 조선인과 내지인(일본인)에 대해 지녔던 서로에 대한 오해와 편견을 청산하고 우정과 사랑을 키워가며, 또한 편견에 사로잡힌 구세대들, 즉 충식 · 석란의 아버지인 불령조선인 김영준과 타케오 · 후미에의 아버지인 일본군대좌 히가시가 조우할 수 있는 계기를 마련한다. 그런데 이 골 깊은 갈등을 하나씩 풀어내는 데 언제나 주도적이며 결정적 역할을 담당하는 인물은 타케오이다. '있는' 일본인이 아니라 '있어야 할' 일본인인 타케오의 서사라고 읽힐 만큼 『진정』에서 타케오의 비중은 소설 전체를 압도한다.

그럼에도 불구하고 "순수"하고 "좋은 사람"(21쪽) 정도에 머물렀던 청년 타케오가 범접할 수 없는 숭고한 인간으로 등극하기 위해서는 보다 특별한 계기가 필요했다. 그것이 바로 제국의 전쟁이다. 타케오는 어느 날 참전을 결심하고, "칠천만과 이천만이 빈틈없이 일체가 되어 인류를 이끌기에 족한 높고 힘 있는 일본을 만들기 위해 군의 고귀한 생을 바쳐"(56쪽) 달라는 편지를 충식에게 전하고 전쟁에 나가며, 충식은 그 내용에 마음이 격발해 역시 군의(軍醫)로 전쟁에 참여한다. 그리고 다시 석란과 후미에가 타케오와 충식에 감화되어 간호사로 참전을 결행하게 된다. 가히 감화의 연쇄인 셈이며, 이 공적(公的) 공감의 정점에는 물론 히가시 타케오가 있다. 이광수는 이어 『무정』에서의 삼랑진 수해복구 장면을 연상시키는 '전장(戰場)의 만남'이라는 드라마틱한 사건을 준비한다. 충식이 나가 있는 야전병원으로 석란과 후미에가 도착하고 최종적으로 부상을 당한 타케오가 이들이 있는 곳으로 이송되어 오는 것이다.

마지막 남은 갈등을 말끔히 씻어내고 이형식을 위대한 교사로 추대하는 것이 『무정』의 삼랑진 장면이듯, 전쟁과 타케오의 부상은 이 내선의 청년들 사이에 남은, 혹은 오해와 편견이 답습된 구세대들에 의해 여전히 야기되고 있는—특히 타케시와 후미에의 부모는 충식과 후미에, 타케오와 석란의 사이가 연애관계로 발전하는 것을 내내 경계한다—갈등과 앙금을 망각하거나 덮어버리고 이들 신세대 청년들이 신일본/대동아 제국을 위해 기투하는 대단원을 마련한다. 이러한 내선일체의 대단원을 견인하는 데 결정적 역할을 담당하는 인물은 물론 부상으로 시력을 잃은 타케오이다. 타케오의 훼손된 몸은 그의 존재를 퇴색시키거나 무력하게 만들기보다 오히려 그를 '정신'의 결정체이자 신성한 영웅으로 승격시킨다.[47] 타케오를 빛/태양과 연결시키는 다음과 같은 대목은 바로 그가 '日의 本', 곧 일본정신의 표상으로 추대되

47) 소설의 말미에서 타케오는 석란에게 오히려 시력을 잃은 "장님이 되고 나서 도를 깨달"(99쪽)은 것 같다고 직접 언급하기도 한다.

는 장면이 아닐까.

> **타케오는 햇빛의 감촉을 찾기라도 하려는 듯이 얼굴을 이리저리 움직이고 있다. 석란은 조용히 방향을 돌려 타케오가 태양을 향해 정면이 되는 위치에 세워주웠다.**
>
> **"음, 여기 햇님이 있군요—신기하게도 햇빛의 감촉이 있네요."하고 타케오는 즐거운 듯이 말했다.**
>
> **"음, 역시 조금은 빛이 보이는 듯하다."**
>
> "당신은 눈에 붕대를 하고 계시는 걸요."
>
> **"하하하하. 붕대를 하건 안 하건 내 눈은 똑같아요."**
>
> 타케오는 쓸쓸하게 웃었다.
>
> "이제 피곤하시지요, 돌아갈까요?"
>
> 석란은 타케오에게 빛에 대한 슬픔을 이 이상 느끼게 하는 것을 참을 수 없었다.
>
> "아뇨, 아뇨. 아직 피곤하지 않아요. 좀더 걷게 해주세요. **빛 속에 있다고 생각하는 것만으로도 기쁩니다.** 산도 보입니까?
>
> 타케오는 산을 찾으려는 듯이 머리를 돌렸다.
>
> —『진정 마음이 만나서야말로』, 80~81쪽

몸의 인간이 아닌 '정신(빛/태양)'의 인간이 된 이 성스러운 타케오와 각성 중인 범인(凡人) 석란이 결연되는 길은 석란이 그의 몸(눈), 그의 "지팡이"(81쪽), 그의 말씀을 대리하는 '통역자'가 되는 것이다. 시력을 상실한 타케오는 적진인 지나(중국)군 진영으로 들어가 그들에게 "일본의 진의(眞意)와 아시아의 대세"(79쪽)를 전하고 서로 협력해 "아시아를 아시아인의 아시아"(96쪽)로 만들자고 웅변함으로써 중국군을 회유하는 선무공작원, 다시 말해 일본정신을 전파하는 전도자가 되겠다고 나선다. 석란은 이런 타케오의 신성한 결단에 틈 없이 감화되며, 그리하여 타케오 곧 일본정신에 "순(殉)"하는 것이 "여자의 길"(85쪽), 즉 조선의 길임을 수락한다.[48] 중국어와 일본어에 능통한 석란은 타케오의 "마음"(95쪽)을 중국군 적장에게 전달하는 '통역자'로 나서며, 그것이 "일생일대의 대역"(95쪽)이라고 결정하는 것이다. 기실 충실한 통역자로서의 석란/조선의 위치는 소설 초반부터 환기되고 있었다. 석란은 타케오가 "진짜 조선인 아가씨"인지 의심할 정도로 "일본어가 훌륭"(15쪽)하였으며, 타케오와 그녀의 아버지인 김영준, 김영준과 타케오의 아버지인 히가시 대좌 사이에서 시종일관 유연한 통역자로서의 역할을 담당했던 것이다.

이러한 석란은 '전쟁'이라는 매우 예외적 계기를 통해서 갈등을 무마하고 타케오와 마침내 맺어질 수 있었으나, 이미 이 결연은 평등하지 않으며 또한 이들 사이의 평등은 이미-언제나 유예되어 있다. 숭고한 일본정신의 표상인 타케오와 그의 충실한 눈이자 지팡이이자 통역자인 석란의 결합에는 명백한 '위계'가 설정되어 있기 때문이다. 이광수이자 가야마 미쯔로우(香山光郎)인 식민지의 내선인 작가는 완벽한 정체(精體)로서의 일본정신을 상상하고 그 정신의 원상(原像)으로 타케오라는 판타지를 만들어내며, 그를 열심히 통역해/모방해 궁극에는 그와 평등한 국민이 되기를 욕망하는, 단 한 치의 틈새도 불허하는 내선일체의 멜로드라마를 쓰지만, 그러나 아이러니하게도 바로 이 판타지가 오히려 식민주의—내선일체를 통한 평등한 국민 되기/만들기—의 균열을 야기하고 있는 것이다. 일본정신의 원상(原像)인 타케오와 그를 모방하고 순(殉)하는 "춘향사상"(85쪽)을 내면화한 식민지의

---

48) 조선/식민지와 일본/제국의 관계를 여성/남성의 관계로 젠더화하는 내선 연애소설의 성정치에 대해서는 심진경의 「식민/탈식민의 상상력과 연애소설의 성정치」(『민족문학사연구』, 2005)를 참고할 수 있다.

석란, 충식 그리고 후미에마저도 타케오와 영원히 평등해 질 수는 없다. 원상/원본에 대한 모방본의 위치를 점하고 있는 그들은 타케오와 결코 동등한 지위를 누릴 수 없으며, 일본인, 곧 제국의 온전한 국민이 아닌 내선인(內鮮人)이나 준일본인(이등국민)으로 그 이동이 멈추는 것이다. 따라서 조선인도 일본인도 아닌 이 식민지의 저주 받은 내선인들은 언제나 일본정신의 원상, 완전한 일본국민인 타케오의 '결여'이거나 '과잉'으로 남게 되며, 과잉은 언제나 결여의 짝패이다.

이광수의 「그들의 사랑」이 보여주는 것은 바로 이 결여와 과잉 사이를 오가며 미끄러지는 내선의 일체를 향한—일본인이 되려는—내선인들의 욕망이다. 1941년 잡지 『신시대』에 3회 연재되었던 「그들의 사랑」에서 30대 젊은 이학자 '리원구' 혹은 '마끼하라 가쯔지'는 가솔린에 대용될 인조연료의 제조법을 완성해 신문에 대서특필된다. 소설은 이 현재의 시점으로부터 그의 과거를 되감기 하는 방식으로 진행되고 있다. 다시 말하면 이는 빈한한 농촌 출신 조선인 청년 리원구가 가솔린 대체연료 발명으로 제국의 전쟁에 기여하는 과학자 '마끼하라 가쯔지'로 성숙하는 과정을 부각하는 서사적 경로인 셈이다. 리원구가 마끼하라 가쯔지로 이름도 정신도 변태하는 과정에서 결정적 역할을 담당하는 인물은 역시 일본인들이다. 『진정』에서 확인한 바와 같이 식민지 조선인들이 국민이 되는 방법은 반드시 진정한 일본인을 '통해서만' 가능한 일이기 때문이다. 리원구/마끼하라 가쯔지는 공적 미디어(신문)를 통해 아버지가 없는 어린 자신을 키운 진정한 아버지가 은사 가쯔하라 교수와 니시모도 박사라고 공식화한다. 그러나 실상 이들은 리원구를 마끼하라 가쯔지로 이동시킨 결정적 견인자들이 아니며, 더구나 새로운 제국 건설의 진정한 주인공이 될 수도 없다. 민족이나 국민과 같은 집단적 주체를 상상한 이광수가 언제나 호명했던 것은

'청년'이었다. 조선인 청년 리원구를 "딸 미지꼬를 유혹한다는 이유로 큰 모욕을 주어 내어쫓은"[49] 니시모도 박사는 리원구가 자신의 일본성을 증명해 보여야 하는 존재일지언정, 이광수가 욕망하는 일본정신의 표상이자 대동아 제국의 국민으로 모방하고 싶은 대상은 아니다. 말하자면 소설 『진정』의 타케오와 같은 위상을 지닌 존재가 필요한데, 「그들의 사랑」에서 이 역할을 떠맡고 있는 인물은 니시모도 박사의 아들인 '다다시'이다. "순결한 제국청년"(109쪽) 다다시는 가난한 조선인 학생 원구의 마음을 처음으로 수락한 자이며, 마치 로빈슨 크루소가 프라이데이를 발탁하듯, "조선동포가 일본국민이 될 수" 있다는 신념을 원구를 통해 "실험"(113쪽)하고자 한다. 그는 부모의 반대를 무릅쓰고 원구를 자신의 집으로 들이며, 이를 통해 다다시와 원구는 적대관계가 아니라 '주인과 "서생"(131쪽)'의 관계로 재정립된다.[50] 서생이 된 원구는 이제 흠결 없는 순결한 주인 다다시의 부름에 응답하는 주체가 되며, 그와 "조금도 다르지 않은"(138쪽) 인간임을 승인 받기 위해 분투한다. 그러나 다다시라는 판타지 혹은 일본성을 모방/욕망하면 할수록 원구의 의식을 더욱 강렬하게 점령하는 것은 그와의 차이이며, 이 차이는 고스란히 일본성의 결여로서 조선성이라는 대쌍(對雙)의 판타지를 사실로 오인하는 결과를 낳게 된다. 원구는 일본인의 시

49) 이광수, 「그들의 사랑」(『신시대』, 1941. 1~3), 『이광수 친일소설 발굴집』, 103쪽. 이하 인용은 면수만 표시함. 잡지 『신시대』는 1941년 1월 창간돼 1945년 2월까지 발행된 친일적 성향의 대중 잡지이다. 『신시대』의 편집 겸 발행인은 박문서관과 대동인쇄소의 경영주였던 노익형이었다. 『신시대』에는 조선어와 일본어가 혼용되어 있다. 『신시대』에 대해서는 오태영, 「다이글로시아와 언어적 예외상태－1940년대 전반 잡지 『新時代』를 중심으로－」, 한국어문학연구 제54집 참조.

50) 다다시의 동생들을 가르치는 가정교사로 들어간 원구는 스스로를 다다시의 "집에 부쳐서 사는 서생"의 위치로 지정하며, 다다시의 동생인 미찌꼬에게 애정을 품고 있으면서도 감히 "주인댁 아가씨"를 넘볼 수 없다고 괴로워한다.

선으로 구성된 모든 열등한 표지들, 즉 '훔치는 버릇, 거짓말, 불결함, 신의 없음, 낮은 도덕생활정도, 대바르지 아니함(ひねくれている)'[51]을 조선인의 "흠점"(147쪽)으로 수리(受理)하며, 흠점 있는 결여의 조선인이 아니라 성실하고 순수한 "일본신민"(148쪽)으로 비준받기 위한 과잉의 노력을 행하는 것이다. 가령, 그는 "농담으로라도 거짓말을 아니하기로 결심"하며 "한번 승낙한 일이면 꼭 이행하기로 힘"쓰고, "대바르기"와 "素直(すなほ)하기"(147쪽)에 진력한다. 또한 생활은 일본정신을 구현하는 지표이므로, 더러운 조선 사람이 되지 않기 위해 청결에 강박적으로 집착하기도 한다.

> 원구가 가장 흥미를 느끼게 되는 것은 소제였다. 원구는 청결의 새 습관을 얻어서 제 방과 제 눈에 띄우는 것, 제 손에 닿는 데는 어디나 청결하게 하였다. 청결이 습관이 될수록 불결한 데가 눈에 띄었다. 거미줄 하나, 먼지 하나 있는 것이 다 마음에 걸렸다.
>
> **쓸고 훔치고 치이고, 그것이 확실히 큰 낙이었다. 원구는 이발과 면도도 자조하였다. 손톱에 조곰만 검은 때가 보여도 참을 수가 없었다. 학교에 다녀와서는 세수하고 발을 씻지 아니하고는 방에 들어올 수가 없는 것 같고 하물며 남의 앞에 나갈 수 없는 것 같았다.**
>
> **"君は随分潔癖だね(자넨, 너무 까다롭군)."**
>
> **다다시가 원구에게 이런 소리를 하게까지 되었다.**
>
> 원구는 말없이 빙그레 웃었다. 그러나 그 칭찬은 고마웠다.
>
> "朝鮮人はきたない(조선사람은 드럽다)."라는 말을 원구도 무척 많

---

51) 이광수는 「병역과 국어와 조선인」(『신시대』, 1942. 5)에서도 조선인이 비평되고 있는 결점을 거짓말 하는 것, 책임 관념이 희박한 것, 이기적인 것, 고식적인 수단을 좋아하고 원대한 심사숙고가 없는 것 등이라 지적하고, 이를 가장 겸허한 태도로 비판하는 것이 하루라도 빨리 황민이 되는 길이라고 주장한다. (이경훈 편역, 『춘원 이광수 친일문학전집 II』, 338~341쪽)

이 들었다.

–「그들의 사랑」, 144쪽

인용문에서 확인할 수 있듯이 일본인이 되고자 욕망하는 원구는 언제나 일본인의 결여이거나 과잉으로 미끄러지며, 때문에 끝내 일본인에 도달하지 못한다. 기실 원구가 모방하는 일본인(일본성)이 일종의 판타지인 이상 원구의 꿈은 애초부터 실현 불가능한 것일 수밖에 없었다. 일본인에 미달되거나 일본인을 초과하는 그는 결국 일본인과 "거의 동일하지만 똑같지는 않은 존재"52), 번역불가능성의 잉여/차이를 삭제하지 못하는 존재, 때문에 조선인도 일본인도 아닌 '내선인'으로 남는 것이다.

"例へば, 君のお作法とか, 日本語の發音やイントーネーションや, われわれと違つているものがあるだらう. もつとも今ぢや, それれさへ, 殆んど完全に消滅しているがね. それをね, その作法や言葉の違をさ, 何か限りなく大きい相違の中の, ちよつぴり見はれたものと勘違したんだね. 大洋の水面に見はれた冰山の一角と思つたわけだね. ところが, いよいよ君の正體が解つて見ると, 言葉の訛やお作法の相違しかわれわれと違つているものはないんだよ. つまりわれわれが警戒していたのは大冰山の一角ではなくて, たつ一片の誠た取るに足らない一冰片に過ぎなかつたんだ.(후략)

(이를테면, **자네의 예법이라든가, 일본어의 발음과 인터네순이 우리들 하고는 다른점이 있지 않나. 무엇 지금에는 그것마저 거의 사라지고 없지만.** 그것을, 예법과언어의 상위를 바로 무슨 한없이 큰 틀린점 가운데의 조그맣게 나타난것으로만 그릇 여긴것일세. **그러나 정작, 자**

52) 호미 바바, 앞의 책, 178쪽.

> **네의 정체를 알고보니, 사투리와 예법의 상위밖에는 우리들과 다른점이 없었단말이야.** 결국 우리들이 경계했던 것은 큰빙산의 일각이아니고 단 한 쪼각의 정말로 하찮은얼음 덩어리에 불과했던걸세.)(후략)"
>
> –「그들의 사랑」, 139쪽

위의 인용문은 원구에게 실험이 성공적이었음을 알리는 다다시의 말이다. 그는 원구를 통해서 조선인들이 자신들과 완전히 다른 존재는 아니며, 그러므로 조선인의 일본인(일본국민) 되기가 충분히 실현가능한 것임을 확인했다고 통보한다. 그러나 "일본어의 발음과 인터내순"이나 "예법"의 "상위(相違)", 비록 "단 한 쪼각의 정말로 하찮은 얼음덩어리에 불과"한 것일지라도 여전히 남아 있는 이 차이는 과연 극복될 수 있는 것인가. 인용문에서와 같이 내선의 일체를 위해 국어(일본어)와 조선어를 나란히 배치하고 있음에도 불구하고, 아이러니하게도 오히려 이 기괴한 이중의 언어 배치 속에서 조선(어)과 일본(어)의 차이가 더욱 극명하게 노출되듯이, "거의 사라지고 없지만" 그러나 완전히는 사라지지 않는 이 하찮은 얼음 한 조각의 차이가 실은 내선일체/식민주의를 내파하는 큰 빙산만큼의 간극인 것이 아닐까. 때문에 다음과 같은 번역 불가능성의 흔적은 의미심장하게 읽힌다.

> "(…)君をわれろと全然違つたものと思ひこんどいるかろ始めかろ君の一言一動を, 警戒穿鑿の眼を以つて見る. さういふ眼でみるから何んだが, われろのすることと違つているやうに感ずる. そこでますます警戒と穿鑿を加へる. ますます疑を起して氣まづくなる. 遠ざかる, といつたわけなんだよ**疑心暗鬼**だよ.
>
> ((…)자네를 우리들과는 아주 다른것으로 생각고만 있으니까, 처음부터 군의 일언일동을, 경계와 천착의 눈으로 보지. 그렇게만 보니 어

> 쩐지 우리들의 하는일과는 딴 것으로 느껴지네. 그러니 더욱 경계와 천착을 더하네. 자꾸자꾸 의혹을 일으켜서 거북하게 되고 멀어지고, 하는 까닭일세. **의심암귀**야).”
>
> –「그들의 사랑」, 137~138쪽

인용문에서 다다시는 원구를 통해 “조선동포 전체를 재인식”(137쪽)하기 이전, 자신을 포함한 대다수 일본인들이 가지고 있던 조선인에 대한 그릇된 “경계”와 의혹어린 “천착”에 대해 이야기하고 있다. 그러나 원구가 국민이 될 수 있는 가능성을 발견한 이후, 다다시는 적어도 자신이나 여동생 미찌꼬 혹은 그의 가족들만은 원구에 대한, 나아가 조선인에 대한 “疑心暗鬼”, 곧 ‘망상에서 오는 공포’53)를 털어버리게 되었다고 선언한다. 조선인이 내지인과 다르지 않고, 내선(內鮮)이 제국의 국민으로 일체가 될 수 있음을 감격스럽게 공포하는 이 장면은 그러나 내선일체가 균열하는 흔적을 은연중에 남긴다. 일본어에서 사용되는 “疑心暗鬼”와 대체가능한 조선어를 찾을 수 없었던 이광수는 글자만 조선어의 형태를 취했을 뿐 의미가 증발된 “의심암귀”로 쓰고 있다. “疑心暗鬼”와 “의심암귀”는 과연 동일한 것인가. 이광수가 언급한 바처럼 ‘밥을 먹는다’와 ‘御飯を頂く’가 같을 수 없다면 “疑心暗鬼”와 “의심암귀”는 더더욱 등가일 수 없을 것이다. 조선어와 내지어(일본어) 사이에 존재하는 이 통약불가능의 흔적은 조선인/피식민자를 향한 일본인/식민자의 ‘공포’와 ‘경계’가 사라지지 않을 것이며, 동시에 일본인/식민자를 향한 조선인/피식민자의 “僻み”(111쪽), 곧 ‘비뚤어진 마음’ 역시 삭제되지 못할 것임을 보여주는 증좌가 아닐까. 조선과 일본, 식민지와 제국 사이의 번역(모방)에 틈입하는 이 숱한 ‘정지’야말로

53) ‘의심암귀’의 의미는 『이광수 친일소설 발굴집』을 편역한 이경훈의 주석을 따른 것이다.

내선일체/식민주의가 스스로 균열할 수밖에 없는 일종의 판타지임을 증명하는 예외적 순간일지 모른다. 또한 이 문제적인 멈춤의 순간들은 「그들의 사랑」이 비록 3회로 중단되지 않고 계속되었다 할지라도, 원구와 미찌꼬의 사랑을 통해 내선의 평등한 일체를 상상한 이광수의 욕망, 이 식민지 내선인의 신앙이 끝내 좌절될 수밖에 없을 것임을 징후적으로 보여주는 것일 수 있다. 그렇지 않다면 소설 『진정 마음이 만나서야말로』처럼 내선의 결합은 다만 전쟁과 같은 예외적 계기를 통해서나 가능하며, 이미 수많은 불평의 균열을 내장한 평등한 해피엔딩임을 불현듯 노출하는 서사가 되었을지도 모른다. 아이러니하게도 내선일체에 철두철미 헌납된 이광수의 투명한 멜로드라마들은 도리어 그 불가능성을 확인시키는 이렇듯 모호하고 불투명한 서사가 되는 것이다.

Ⅴ. 결론을 대신하여
—내선인(內鮮人)의 문학과 침묵의 발화들

식민지/조선과 제국/일본의 사이를 유동할 수밖에 없는 것이 피식민자들의 실존이라면, 어떤 의미에서 내선인(內鮮人)이란 모든 식민지 조선인들에게 부여되어야 할 명명인지도 모른다. 그러나 최재서의 발언에서 확인할 수 있듯이, 일제말기 내선일체의 강령이 야기한 식민지인들의 혼란과 분열은 이전과는 확연히 차원과 강도를 달리한 것이었다. 조선인/민족을 삭제하고 일본인/국민을 새롭게 기입하라는 내선일체의 강력한 요구는 최재서의 고백처럼 지성적 이해와 감성적 습관으로는 도저히 용납될 수 없으며, 오직 사유를 멈추고 천황/살아있는

신에 절대적으로 기투하는 신앙의 힘을 빌어서만이 내부의 격심한 갈등과 균열을 초극할 수 있는 것이었다. 신앙/판타지로 갈등을 삭제하고 식민제국의 욕망을 모방하면서도 스스로 일본/국민임을 지시하는 순간 망각되어야 할 조선/민족이 귀환하는 내선인(内鮮人)들의 서사는, 그러므로 저항과 협력의 투명한 틀이 놓칠 수밖에 없는 수많은 균열을 내장하고 있다.

일제말기 내선일체의 국책에 일정하게 연동하면서 등장한 내선 연애·결혼 소설을 내선인의 서사로 재독하고, 자기동일성을 유지한 투명한 조선인과 일본인이 아닌 조선인과 일본인의 사이 지대에 놓인 불안정하고 모호한 내선인과 일본인의 결연서사로 다시 읽어야 하는 이유도 여기에 있을 것이다. 식민제국의 언어(일본어, 고쿠고)를 번역/통역 가능했던 소수의 식민지 주체들이 상상한, 일본어나 혹은 조선어–일본어의 이중 언어적 틀 속에서 대부분 기록된 이들 서사에 나타나는 균열은 저항 대 협력이라는 단선적 시선으로는 포착 불가능한 잉여의 흔적들을 남긴다. 흔적으로 기입된 이 잉여/균열이란 어쩌면 내선일체의 식민주의를 근본적으로 심문하고 내파하는 침묵의 발화이며, 또한 명시적인 작가의 발화 너머에 있는 텍스트의 발화가 아닐까. 그것은 내선일체를 웅변하는 이광수의 내선 결연소설이 도리어 그 불가능성을 고백하는 서사가 되는 이유이기도 할 것이다.

때문에 "문예는 정치의 도구가 아니라 높은 뜻에서 정치 그 자체"(「문학자와 세계관의 문제」)라고 주장했던 최재서의 발언은 어쩌면 정당한 것인지도 모르겠다. 식민 정치에 응답하는 문학에 대한 요구가 그 발화의 맥락이겠으나, 그럼에도 불구하고 지성과 과학을 주지로 비평했던 최재서는 문학의 객관적이고 엄연한 진리를 그 불순한 맥락 속에 담고 있는 것이다. 문학이 항상 작가의 의도와 욕망을 초월하는 생물

(生物)이며, 그러므로 식민주의를 포함한 모든 정치를 분절하는 정치임을 최재서의 발언은 다시 확인시킨다. 랑시에르가 주장하듯이 문학의 정치는 작가의 정치가 아니며 그 자체로 정치행위를 수행하는 정체인 것이다.[54] 이는 우리가 일제말기의 내선 연애·결혼 소설을 내선인(內鮮人)의 문학으로 재독하고, 그 불온한 텍스트 속을 떠도는 침묵하거나 혹은 미끄러지는 발화들에 다시 주목해야 하는 이유이기도 하다.

---

54) 자크 랑시에르 지음, 유재홍 옮김, 『문학의 정치』, 인간사랑, 2009, 9쪽.

참고문헌

1. 1차 자료

김동인, 「문단삼십년사」, 『김동인전집 6』, 삼중당, 1976.

『이광수 친일소설 발굴집-진정 마음이 만나서야말로』(이경훈 편역), 평민사, 1995.

『일본잡지 모던 일본과 조선 1939』 (홍선영 · 박미경 · 채영님 · 윤소영 역), 어문학사, 2007.

『일본잡지 모던 일본과 조선 1940』 (홍선영 · 박미경 · 채영님 · 윤소영 역), 어문학사, 2009.

『친일논설선집』(임종국 편), 실천문학사, 1987.

『춘원 이광수 친일문학전집 II』 (이경훈 편역), 평민사, 1995.

『친일문학작품선집 1』 (김병걸 · 김규동 편), 실천문학사, 1986.

『국민문학』, 『삼천리』, 『인문평론』, 『조선일보』

2. 2차 자료

곽은희, 「낭만적 사랑과 프로파간다」, 『인문과학연구』 36집, 2011.

김승태, 「일본의 식민지배와 식민통치 이데올로기」, 『근대열강의 식민통치와 국민통합』, 동북아역사재단, 2010.

미야타 세쓰코 해설 · 감수, 정재정 옮김, 『식민통치의 허상과 실상』, 혜안, 2002.

사카이 나오키 지음, 최정옥 옮김, 『일본, 영상, 미국』, 그린비, 2008.

심진경, 「식민/탈식민의 상상력과 연애소설의 성정치」, 『민족문학사연구』, 2005.

오태영, 「다이글로시아와 언어적 예외상태-1940년대 전반 잡지 『新時代』를 중심으로-」, 한국어문학연구 제54집.

요네타니 마사후미 지음, 조은미 옮김, 『사이間에서 근대의 폭력을 생각한다』, 그린비, 2010.

윤대석, 『식민지 국민문학론』, 역락, 2006.

이상경, 「일제말기 소설에 나타난 '내선결혼의 층위」, 『친일문학의 내적논리』, 역락, 2003.

이영재, 「황군의 사랑, 왜 병사가 아니라 그녀가 죽는가」, 『근대 한국, '제국'과 '민족'의 교차로』(비교역사문화연구소 기획), 책과함께, 2011.

자크 랑시에르 지음, 유재홍 옮김, 『문학의 정치』, 인간사랑, 2009.
장용경, 「일제말기 내선결혼론과 조선인 육체」, 『역사문제연구』 제18호, 역사비평서, 2007.
정영혜 지음, 후지이 다케시 옮김, 『다미가요 제창』, 삼인, 2011.
조윤정, 「내선결혼 소설에 나타난 사상과 욕망의 간극」, 『한국현대문학연구』 27, 2009.
조진기, 「내선일체의 실천과 내선결혼 소설」, 『한민족어문학』 50, 2007.
호미 바바, 『문화의 위치』, 소명출판, 2002.
황호덕, 「國語와 朝鮮語 사이, 內鮮語의 존재론」, 『대동문화연구』 제58집, 2007.

찾아보기

【ABC】

필자소개(논문 게재 순) 및 원고출처

이용일(李龍一) hboell@dnue.ac.kr

대구교육대학교 사회과교육과 조교수. 2003년 독일 빌레펠트대학교 역사철학부에서 독일의 외국인력모집정책(1955-1973)에 대한 논문으로 박사학위를 받았다. 이민사, 민족주의, 트랜스내셔널 히스토리에 학문적 관심을 기울이며 Die Ausländer-beschäftigung als ein Bestandteil des deutschen Produktionsregimes für die industrielle Wachstumsgesellschaft 1955-1973 (LIT: Schriftenreihe der Stipendiatinnen und Stipendiaten der Friedrich-Ebert-Stiftung Band 31), 『허구의 민족주의』와 『서양현대사회와 이주민』 등의 저역서와 「트랜스내셔널 공간으로서 이민박물관」, 「'트랜스내셔널 전환'과 새로운 역사적 이민연구」, 「"인정투쟁"으로서 주변의 재발견—독일사회의 일국적 패러다임과 트랜스내셔널 이주민공동체」 등의 학술논문들을 내놓았다. 이 저서에 실린 「혼종과 횡단의 공간으로서 유럽과 정체성정치 - 독일 터키이주민을 중심으로」는 『Homo Migrans』 제4호 (이민인종연구회, 2011. 5)에 게재되었던 글을 총서의 체제에 맞게 약간 수정한 것이다.

이효석(李孝石) hsyee@pusan.ac.kr

부산대학교 인문학연구소 HK 교수. 2002년 고려대학교에서 「Henry James 소설연구」라는 제목으로 학위를 받았고, 전공분야는 비교문화이다. 지은 책으로는 『헨리 제임스의 영미문화 비판』이 있고 역서로는 『팽창하는 세계』, 『행복한 걷기』, 『포스트모더니즘 백과사전』(공역), 『하이재킹 아메리카』(공역)가 있다. 지금 관심을 기울이고 있는 분야는 서양과 동양의 문화교섭의 양상, 고전의 형성, 주변부 문화와 보편성의 문제 등이다. 이 저서에 실린 「아일랜드 탈민족주의 담론과 문학의 포스트-수정주의적 개입」은 『영미문화』 제12권 1호(한국영미문화학회, 2012. 4)에 게재되었던 글을 총서의 체제에 맞게 약간 수정한 것이다.

김정현(金定鉉) activejhk@hanmail.net

부산대학교 인문학연구소 HK연구교수. 2001년 서강대학교에서 『뾜 리꾀르의 도덕철학-목적론적 윤리와 의무론적 도덕의 종합』이라는 제목으로 문학박사(철학전공)를 받았고, 전공 분야는 윤리학, 정치철학, 상호문화 철학이다. 동아대학교 석당학

술원 전임연구원, 루벤대학교(K.U. Leuven) 전문연구원을 역임했다. 주요 논문 및 저서로는, 「언어 번역에서 문화 번역으로-폴 리쾨르 번역론 연구를 통한 상호문화성 성찰」, 「상호성의 윤리와 타자 중심성의 윤리: 리쾨르와 레비나스의 조우, 그리고 문화 간 관계에 대한 그 함축」, 『상호문화 철학의 논리와 실천』(편집 및 공역) 등이 있다. 현재 관심 분야는 민족주의, 세계시민주의, 그리고 정치적, 문화적 이방인으로서의 타자 등이다. 이 저서에 실린 「비서구와 서구의 철학적 소통을 향하여-두셀(E. Dussel)과 리쾨르(P. Ricoeur의 경우에서」는 『철학논총』 제64집 제2권(새한철학회, 2011. 4)에 게재되었던 글을 총서의 체제에 맞게 약간 수정한 것이다.

허정(許正) heoj2000@hanmail.net

동아대학교 국어국문학과 조교수. 2008년 동아대학교에서 「임화 시 연구」라는 제목으로 학위를 받았고, 전공분야는 한국 현대시이다. 현재 『작가와사회』 편집주간 일을 함께 하고 있으며, 지은 책에는 『먼곳의 불빛』, 『공동체의 감각』이 있다. 이 저서에 수록된 「문화횡단으로서의 동아시아-'정체성'과 '차이'의 관점에서 본 동아시아」는 『동북아문화연구』 제25집(동북아시아문화학회, 2010. 12)에 게재되었던 글을 총서의 체제에 맞게 약간 수정한 것이다.

최현덕 hyondok128@gmail.com

이화여자대학교를 졸업하였으며 독일 브레멘대학에서 철학 박사학위를 받았다. 문화 간의 소통과정에서 발생하는 철학적 주제와 젠더의 문제에 관해 관심을 가지고 있다. 주요 논문으로는 「경계와 상호 문화성-상호문화철학의 기본과제」, 「다문화사회에서의 사회통합을 위하여」 등이 있으며, 공저서로 『젠더와 탈/경계의 지형』, 『다문화사회와 국제이해교육』 등이 있다. 이 저서에 수록된 「다문화주의와 여성주의 사이의 갈등에 전제되어 있는 문화개념에 관하여-여성 디아스포라의 관점에서」는 『사회와 철학』 제20호(사회와 철학 연구회, 2010. 10)에 게재되었던 글을 총서의 체제에 맞게 약간 수정한 것이다.

이은령(李恩鈴) eunryounglee@pusan.ac.kr

부산대학교 인문학연구소 HK교수, 2004년 프랑스사회과학원에서 발화화행이론에 입각한 담화분석으로 언어학박사 학위를 받았고 전공분야는 의미론이다. 주요 논문으로는 "Exploiting Morpho-syntactic Features for Verb Sense Distinction in KorLex"와 「19세기 이중어사전 『한불자전(1880)』과 『한영자전(1911)』 비교연구」 등이 있다. 지금 관심 있는 연구 주제는 프랑스어 문화권에서 프랑스어와 지역어의 관계와 다언어주의의 문제이다. 이 저서에 수록된 「『한어문전』의 문법기술과 품사 구분 - 문화소통의 관점에서 다시 보기」는 『프랑스학연구』 제56권 (프랑스학회, 2011. 5)에 게재되었던 글을 총서의 체제에 맞게 약간 수정한 것이다.

김애령(金愛鈴) aeryung@ewha.ac.kr

이화여자대학교에서 철학 공부를 시작했고, 베를린 자유대학교에서 은유와 서사이론에 관한 해석한 연구로 박사학위를 받았다. 소수자의 언어, 다의적 표현, 이해와 해석의 문제 등에 관심을 가지고 공부하고 있다. 저서로는 『예술: 세계이해를 향한 도전』, 『주체와 타자 사이: 여성, 타자의 은유』 등이 있다. 부산대학교 인문학연구소에서 HK교수로 재직했고, 현재는 이화여자대학교 탈경계인문학 연구단의 HK교수로 재직하고 있다. 이 저서에 실린 「텍스트 읽기의 열린 가능성과 그 한계 - 드 만의 해체 독서와 리쾨르의 미메시스 독서」는 『해석학연구』 제29권(한국해석학회, 2012. 6)에 게재되었던 글을 총서의 체제에 맞게 약간 수정한 것이다.

서민정(徐旼廷) smj@pusan.ac.kr

부산대학교 인문학연구소 HK연구교수. 2004년 부산대학교에서 「한국어 정보 처리를 위한 토 연구」라는 제목으로 학위를 받았고, 전공분야는 '한국어 문법', '언어문화'이다. 주요 업적으로는 『토에 기초한 한국어 문법』(2009), 『근대지식인의 언어 인식』(2009, 2인 공역), 『민족의 언어와 이데올로기』(2010, 공저) 등이 있다. 최근에는 인문학적 관점에서 국어학 보기, 언어와 문화와의 관계 등에 관심을 두고 공부하고 있다. 이 글에 실린 「『훈민정음』'서문'의 두 가지 번역-15세기와 20세기」는 『코기토』 제69집(부산대학교 인문학연구소, 2011. 2)에 게재되었던 글을 총서의 체제에 맞게 약간 수정한 것이다.

신상필(申相弼) ynia173@hanmail.net

부산대학교 점필재연구소 HK교수, 2005년 성균관대학교에서 「필기의 서사화 양상에 관한 연구」라는 제목으로 학위를 받았고, 전공분야는 한국한문학이다. 현재 민족문학사학회의 편집위원을 맡고 있으며, 지은 책에는 『대한자강회월보 편역집1』

(공역), 『잊혀진 문학사의 복원-16세기 소설사』(공저)이 있다. 지금 관심을 기울이고 있는 분야는 동아시아 서사학의 상호교류와 성격의 문제이다. 이 저서에 수록된 「한중 서사의 교류와 구비전승의 역할」은 『국어국문학』 제161집(국어국문학회, 2012. 8)에 게재되었던 글을 총서의 체제에 맞게 약간 수정한 것이다.

이상현(李祥賢) dctrue1975@hanmail.net

부산대 점필재연구소 HK연구교수. 2009년 성균관대학교에서 「제임스 게일(James Scarth Gale)의 한국학 연구와 고전서사의 번역」이라는 제목으로 학위를 받았고, 전공분야는 한국 고소설이다. 상명대, 성균관대, 세명대 등에서 시간강사를 역임했고 서울대학교 국어국문학과 박사후연구원을 거친 후 현재 연구단에서 근무하고 있다. 저서로는 『한국 고전번역가의 초상』, 『개념과 역사, 근대 한국의 이중어사전』 1~2(공저) 등이 있다. 한국 고소설을 비롯한 고전문학 전반에 있어서의 번역의 문제, 외국인들의 한국학 연구, 한문전통과 근대성의 관계, 한국문학사론 등에 관심을 갖고 공부하고 있다. 이 저서에 수록된 「한국신화와 성경, 선교사들의 한국신화 해석-게일의 성취론과 단군신화 인식의 전환」은 『비교문학』 제58집(한국비교문학회, 2012. 10)에 게재되었던 글을 총서의 체제에 맞게 약간 수정한 것이다.

김경연(金炅延) ssday426@naver.com

부산대 국어국문학과를 졸업하고 동대학원에서『1920~30년대 여성잡지와 근대 여성문학의 형성』으로 박사학위를 취득했다. 부산대 [고전번역+비교문화학] 연구단에서 HK연구교수로 재직했으며 현재 부산대 국어국문학과에 재직하고 있다. 저서로 『세이렌들의 귀환』(2011), 『살아있는 신화, 황진이』(2006, 공저), 『2000년대 한국문학의 징후들』(2007, 공저), 『문학과 문화, 디지털을 만나다』(2008, 공저), 『혁명 이후의 문학』(2009, 공저), 『불가능한 대화들』(2011, 편저)이 있다. 이 저서에 수록된 「내선일체의 멜로드라마와 식민주의의 균열-이광수의 내선 연애/결혼 소설을 중심으로」는 『어문학』 제114집(한국어문학회, 2011. 12)에 게재되었던 글을 총서의 체제에 맞게 약간 수정한 것이다.

[고전번역+비교문화학 연구단] 총서 3
문화소통과 동서양의 고전

2013년 5월 28일 초판 1쇄 펴냄

저 자 이용일, 이효석, 김정현, 허정, 최현덕, 이은령
김애령, 서민정, 신상필, 이상현, 김경연
발행인 김흥국
발행처 도서출판 보고사

책임편집 박현정
표지디자인 오동준

등록 1990년 12월 13일 제6-0429호
주소 서울특별시 성북구 보문동7가 11번지 2층
전화 922-5120~1(편집), 922-2246(영업)
팩스 922-6990
메일 kanapub3@naver.com
http://www.bogosabooks.co.kr

ISBN 979-11-5516-021-3 93810

정가 23,000원

이 도서의 국립중앙도서관 출판시도서목록(CIP)은 서지정보유통지원시스템 홈페이지(http://seoji.nl.go.kr)와 국가자료공동목록시스템(http://www.nl.go.kr/kolisnet)에서 이용하실 수 있습니다. (CIP제어번호: CIP2013006898)